Michael Connelly
Schwarzes Echo

Michael Connelly

Schwarzes Echo

Roman

Ullstein

Titel der amerikanischen Originalausgabe: *Black Echo*

Amerikanische Originalausgabe 1992 by Little, Brown & Company
Ins Deutsche übertragen von Jörn Ingwersen

Satz: MPM, Wasserburg
Druck und Verarbeitung: Scand Book AB
Printed in Sweden 1994
ISBN 3-550-06713-5

Gedruckt auf alterungsbeständigem Papier
mit chlorfrei gebleichtem Zellstoff

Die Deutsche Bibliothek – CIP-Einheitsaufnahme
Connelly, Michael:
Schwarzes Echo/Michael Connelly.
[Ins Dt. übertr. von Jörn Ingwersen]
– Frankfurt/M.; Berlin: Ullstein, 1994
ISBN 3-550-06713-5

Für W. Michael Connelly
und Mary McEvoy Connelly

Danksagung

Folgenden Leuten möchte ich für ihre Hilfe und Unterstützung danken:

Meinem Agenten Philip Spitzer und meiner Lektorin Patricia Mulcahy für die harte Arbeit, den Enthusiasmus und ihren Glauben an dieses Buch.

Weiterhin den zahlreichen Polizeibeamten, die mir im Laufe der Jahre einen Einblick in ihren Beruf und ihr Leben ermöglicht haben. Außerdem möchte ich Tom Mangold und John Pennycate erwähnen, deren Buch *The Tunnels of Cu Chi* die wahre Geschichte der Tunnelratten im Vietnamkrieg erzählt.

Schließlich möchte ich meiner Familie und meinen Freunden für ihre Ermutigung und die uneingeschränkte Unterstützung danken, vor allem aber meiner Frau Linda für ihre Inspiration und ihr unerschütterliches Vertrauen.

Erster Teil

Sonntag, 20. Mai

Der Junge konnte im Dunkeln nichts sehen, aber das war auch nicht nötig. Erfahrung und langjährige Praxis sagten ihm, daß es gut kam. Schön gleichmäßig. Mit weichem Schwung. Er bewegte den ganzen Arm, sanft das Handgelenk. Laß die Kugel rollen. Keine Nasen. Wunderbar.

Er hörte das Zischen der ausströmenden Luft und spürte das Rollen der Kugel. Es waren beruhigende Empfindungen. Der Geruch erinnerte ihn an die Tüte in seiner Tasche, und er überlegte, ob er sich anknallen sollte. Vielleicht hinterher, beschloß er. Er wollte jetzt nicht aufhören, nicht bevor er den Schriftzug vollendet hatte.

Dann hörte er auf – als außer dem Zischen der Spraydose ein Motor zu hören war. Er drehte sich um, sah aber nirgendwo Licht, nur das silbrigweiße Spiegelbild des Mondes auf dem Wasserbecken und die matte Birne über der Tür zur Pumpstation, die auf halbem Weg zum Damm lag.

Aber er ließ sich nicht täuschen. Es war ein Motor. Hörte sich an wie ein Laster. Und dann meinte der Junge, das Knirschen von Reifen auf dem Kiesweg zu hören, der um das Wasserbecken führte. Es kam näher. Fast drei Uhr morgens, und jemand kam. Weshalb? Der Junge stand auf und warf die Sprühdose über den Zaun zum Wasser hin. Er hörte, wie sie im Unterholz aufschlug, kurz vor der Stelle, die er angepeilt hatte. Er zog die Tüte aus seiner Tasche und beschloß, einen kleinen Zug zu nehmen, um sich etwas Mut zu machen. Er vergrub seine Nase in der Tüte und atmete die Farbdämpfe tief ein. Auf den Absätzen torkelte er rückwärts, und seine

Augenlider zuckten unkontrolliert. Die Tüte warf er über den Zaun.

Der Junge nahm sein Motorrad und schob es über die Straße, rüber ins hohe Gras zwischen die Kiefern am Fuße des Hügels. Das ist eine gute Deckung, dachte er, und sehen konnte er von hier auch, wer kam. Der Motor wurde immer lauter. In wenigen Augenblicken mußte jemand da sein, aber Scheinwerfer konnte er keine sehen. Das verblüffte ihn. Aber es war zu spät, um zu fliehen. Er legte das Motorrad in das hohe, braune Gras und hielt das freilaufende Vorderrad mit der Hand fest. Dann drückte er sich an den Boden und wartete, wer oder was da kommen mochte.

Harry Bosch konnte den Hubschrauber da oben hören. Irgendwo über der Finsternis kreiste er im Licht. Wieso landete er nicht? Wieso brachte er keine Hilfe? Harry kroch durch einen verräucherten, dunklen Tunnel, und die Batterien seiner Taschenlampe ließen nach. Mit jedem Meter, den er zurücklegte, wurde das Licht schwächer. Er brauchte Hilfe. Er mußte sich beeilen. Er mußte das Ende des Tunnels erreichen, bevor er kein Licht mehr hatte und allein in der Finsternis hockte. Er hörte, wie der Helikopter ein letztes Mal über ihn hinwegflog. Warum landete er nicht? Wo blieb die Hilfe, die er brauchte? Als das Dröhnen der Rotoren verklang, spürte er, wie seine Panik wuchs, und er bewegte sich schneller, kroch auf zerschrammten und blutigen Knien, hielt mit einer Hand das trübe Licht, stützte sich mit der anderen ab, um nicht das Gleichgewicht zu verlieren. Er drehte sich nicht um, denn er wußte, daß hinter ihm im schwarzen Dunst der Feind lauerte. Unsichtbar, aber da. Und er kam näher.

Als das Telefon in der Küche klingelte, war Bosch augenblicklich wach. Er zählte das Läuten, fragte sich, ob er die ersten ein, zwei Male überhört hatte, fragte sich, ob der Anrufbeantworter angestellt war.

War er nicht. Der Anruf wurde nicht entgegengenommen, und erst nach dem achten Mal hörte das Läuten wie üblich auf. Geistesabwesend überlegte er, woher diese Vorschrift stammen mochte. Wieso nicht sechsmal? Wieso nicht zehn? Er rieb seine Augen und sah sich um. Wieder lag er auf seinem Wohnzimmersessel, dem weichen Lehnstuhl, dem Herzstück seiner dürftigen Möblierung. Er betrachtete ihn als seinen Bereitschaftssessel. Was allerdings eine nicht ganz zutreffende Bezeichnung war, denn in diesem Sessel schlief er oft, sogar wenn er dienstfrei hatte.

Morgenlicht drang durch einen Spalt in den Vorhängen und lag grell auf dem abgebeizten Kiefernholzboden. Er sah Staubteilchen vor der gläsernen Schiebetür träge im Licht taumeln. Die Lampe auf dem Tisch neben ihm war an, und im Fernseher lief ohne Ton eine Sonntagmorgen-Jesus-Show. Auf dem Tisch neben dem Stuhl die Gefährten seiner Schlaflosigkeit: Kartenspiel, Illustrierte und Krimis – letztere kaum durchgeblättert, dann weggelegt. Er sah eine zerknüllte Zigarettenschachtel und drei leere Bierflaschen – verschiedene Sorten aus verschiedenen Sixpacks. Bosch war vollständig bekleidet, einschließlich einer zerknitterten Krawatte, die mit einem silbernen 187er-Krawattenclip an sein weißes Hemd geklemmt war.

Er faßte an seinen Gürtel und dann nach hinten in die Nierengegend. Er wartete. Als sich der elektronische Pieper meldete, stellte er das entnervende Geräusch augenblicklich ab. Er nahm das Gerät von seinem Gürtel und sah sich die Nummer an. Er war nicht überrascht. Er kam aus dem Sessel hoch, streckte sich, knackte mit den Gelenken in Nacken und Rücken. Er ging in die Küche, wo das Telefon auf dem Tresen stand. Sonntag, 8.53 Uhr schrieb er in ein Notizbuch, das er aus seiner Jackentasche holte, bevor er wählte. Als es zweimal geklingelt hatte, meldete sich eine Stimme: »Los Angeles Police Department. Hollywood Division. Sie sprechen mit Officer Pelch. Was kann ich für Sie tun?«

Bosch sagte: »In der Zeit, die Sie brauchen, das alles loszuwerden, könnte jemand zu Tode kommen. Geben Sie mir den wachhabenden Sergeant.«

Bosch fand in einem Küchenschrank ein neues Päckchen Zigaretten und steckte sich die erste Kippe des Tages an. Er spülte Staub aus einem Glas und füllte es mit Leitungswasser, dann nahm er zwei Kopfschmerztabletten aus einer Plastikflasche, die auch in dem Schrank stand. Gerade schluckte er die zweite davon hinunter, als ein Sergeant namens Crowley abnahm.

»Was ist, hab' ich dich aus der Kirche geholt? Bei dir zu Hause hat keiner abgenommen.«

»Crowley, was hast du für mich?«

»Na ja, ich weiß, wir haben dich letzte Nacht wegen dieses Fernsehmords rausgeholt. Aber du bist immer noch dran. Du und dein Partner. Das ganze Wochenende. Das heißt also, du kriegst die Leiche oben in Lake Hollywood. In einer Röhre an der Zufahrtsstraße zum Mulholland-Damm. Kennst du die?«

»Ich weiß Bescheid. Was noch?«

»Die Streife ist da. ME und SID sind informiert. Meine Leute wissen noch nicht, was sie da haben, nur daß es eine Leiche ist. Der Tote steckt gut zehn Meter tief in der Röhre. Na ja, sie wollen nicht ganz reingehen und an einem möglichen Tatort irgendwas durcheinanderbringen. Ich hab gesagt, sie sollen deinen Partner anpiepen, aber der hat sich nicht gemeldet. Ans Telefon geht er auch nicht. Ich dachte, ihr beiden wärt vielleicht zusammen oder so. Dann fiel mir ein, daß er bestimmt nicht dein Typ ist. Und du nicht seiner.«

»Ich werd' ihn schon finden. Wenn sie nicht ganz reingegangen sind, woher wissen sie dann, daß es eine Leiche ist und nicht bloß einer, der seinen Rausch ausschläft?«

»Sie sind wohl ein Stück weit drin gewesen und haben mit einem Stock ordentlich an dem Mann rumgestochert. Der ist steif wie ein Schwanz in der Hochzeitsnacht.«

»Sie wollen an einem Tatort nichts durcheinanderbringen und stochern mit einem Stock an der Leiche rum. Das ist ja toll. Sind diese Typen bei uns, weil die Zugangsbestimmungen zum College verschärft worden sind, oder was?«

»Hey, Bosch, wir kriegen einen Anruf, und wir müssen ihm nachgehen. Okay? Möchtest du, daß wir unsere Leichenfunde direkt ans Morddezernat weiterleiten? Ihr Jungs wärt nach einer Woche reif für die Anstalt.«

Bosch zerdrückte die Kippe in der Spüle und sah aus dem Küchenfenster. Am unteren Ende des Hügels konnte er eine der Touristenbahnen sehen, die zwischen den beigefarbenen Studios von Universal City herumfuhren. Die Seitenwand eines der endlosen Gebäude war himmelblau angestrichen, darauf weiße Wolkenfetzen. Für Außenaufnahmen, wenn sich die natürliche Umgebung von L.A. weizenbraun färbte.

Bosch sagte: »Wie kam der Anruf rein?«

»Anonym auf 911. Kurz nach vier. Die Telefonistin sagte, der Anruf wäre von einer Zelle am Boulevard gekommen. Irgend jemand hat sich da draußen rumgetrieben und die Leiche in dem Rohr gefunden. Wollte seinen Namen nicht verraten. Hat nur gesagt, da wär' ein Toter im Rohr, das war alles. Sie bringen das Band runter ins ComCenter.«

Bosch spürte, wie er langsam wütend wurde. Er nahm die Flasche mit den Kopfschmerztabletten aus dem Schrank und steckte sie in seine Tasche. Während er über den Vier-Uhr-Anruf nachdachte, öffnete er den Kühlschrank und sah hinein. Er fand nichts, was ihn interessierte. Er sah auf seine Uhr.

»Crowley, wenn die Meldung um vier Uhr morgens eingegangen ist, wieso kommst du dann jetzt damit zu mir, fast fünf Stunden später?«

»Hör zu, Bosch, wir hatten nur einen anonymen Anruf. Das war alles. Die Telefonistin sagte, es wäre ein Junge gewesen, weiter nichts. Auf eine solche Information hin wollte ich nicht einen meiner Männer mitten in der Nacht in diese Röhre schicken. Hätte ein Streich sein können. Hätte ein Hinterhalt sein können. Herrgott noch mal, es hätte alles mögliche sein können. Ich hab' gewartet, bis es hell wurde und hier langsam etwas Ruhe einkehrte, dann hab' ich gegen Ende der Schicht ein paar von meinen Männern hingeschickt. Da wir gerade vom Schichtende reden ... ich bin so gut wie auf dem Weg. Ich hab' nur gewartet, bis ich was von denen höre und dann von dir. Noch was?«

Bosch hätte ihn gern gefragt, ob ihm schon mal in den Sinn gekommen wäre, daß es in der Röhre dunkel war, egal ob sie um vier oder um acht darin herumstocherten, aber er ließ es. Was sollte das schon bringen?

»Noch was?« sagte Crowley wieder.

Bosch wollte nichts einfallen. Crowley durchbrach die Stille.

»Ist wahrscheinlich nur wieder ein Junkie, der den Löffel abgegeben hat, Harry. Kein eigentlicher 187er-Fall. Passiert doch dauernd. Teufel auch, du weißt doch, daß wir letztes Jahr schon mal einen aus derselben Röhre gezogen haben ... ach so, das war, bevor du nach Hollywood gekommen bist ... also damals klettert so ein Typ in diese Röhre – die Landstreicher, die schlafen ständig da oben – aber er, ein Knacki, setzt sich den Goldenen Schuß, und aus. Abgemeldet. Nur daß wir ihn damals nicht so schnell gefunden haben, und bei der Sonne auf der Röhre hat er zwei Tage lang da drin gebraten. Geröstet wie ein Truthahn. Nur hat er nicht so gut gerochen.«

Crowley lachte über seinen eigenen Scherz. Bosch nicht. Der wachhabende Sergeant fuhr fort.

»Als wir den Mann rausgeholt haben, steckte die Nadel noch in seinem Arm. Ist diesmal bestimmt dasselbe. Ein Scheißjob, ein Toter unter vielen. Fahr da raus, und wenn du mittags wieder zurück bist, leg dich aufs Ohr und sieh dir vielleicht die Dodgers an. Und dann am nächsten Wochenende? Steckt der nächste in der Röhre, und du hast dienstfrei. Das sind drei Tage am Stück. Nächstes Wochenende ist Memorial Day. Tu mir also einen Gefallen. Fahr raus und sieh dir an, was da los ist.«

Bosch dachte einen Moment nach und wollte schon auflegen, dann sagte er: »Crowley, was soll das heißen, den anderen habt ihr nicht so schnell gefunden? Woher willst du wissen, daß wir diesen schnell gefunden haben?«

»Meine Leute da draußen sagen, sie können bei dem Toten nichts riechen, nur Pisse. Der muß frisch sein.«

»Sag deinen Leuten, ich bin in einer Viertelstunde da. Sag ihnen, sie sollen an meinem Tatort keinen Mist bauen.«

»Sie ...«

Bosch wußte, daß Crowley seine Leute wieder verteidigen wollte, legte aber auf, bevor er es sich anhören mußte. Er steckte sich die nächste Zigarette an, als er zur Haustür ging, um sich die *Times* von der Treppe zu holen. Er breitete die zwölf Pfund Sonntagszeitung auf dem Küchentresen aus und fragte sich, wie viele Bäume dafür sterben mußten. Er fand den Immobilienteil und blätterte darin herum, bis er eine große Anzeige für »Valley Pride Properties« fand. Er fuhr mit dem Finger über eine Liste frei zu vermietender Häuser, bis er eine Adresse fand, unter der SPRECHEN SIE MIT JERRY stand. Er wählte die Nummer.

»Valley Pride Properties, kann ich Ihnen helfen?«

»Jerry Edgar, bitte.«

Einige Sekunden vergingen, und Bosch hörte es ein paarmal klicken, bis sein Partner an den Apparat kam.

»Jerry am Apparat, kann ich Ihnen helfen?«

»Jed, wir haben gerade einen Auftrag bekommen. Oben am Mulholland-Damm. Und du trägst deinen Pieper nicht.«

»Scheiße«, sagte Edgar, dann war es still. Bosch konnte beinahe hören, was er dachte: Drei Besichtigungen hab' ich heute. Es blieb still, und Bosch stellte sich seinen Partner am anderen Ende der Leitung in einem 900-Dollar-Anzug mit bankrottem Stirnrunzeln vor. »Was für einen Auftrag?«

Bosch erzählte ihm das wenige, was er wußte.

»Wenn du möchtest, daß ich das solo mache, tu ich es«, sagte Bosch. »Wenn Ninety-eight irgendwas will, denk' ich mir was aus. Ich sag' ihm, du kümmerst dich um die Fernsehsache und ich mich um die Leiche in dem Rohr.«

»Ja, ich weiß, daß du das tun würdest, aber es ist schon okay. Ich mach' mich auf den Weg. Ich muß bloß jemanden finden, der für mich einspringt.«

Sie wollten sich bei der Leiche treffen, und Bosch legte auf. Er schaltete den Anrufbeantworter ein, nahm zwei Päckchen Zigaretten aus dem Schrank und schob sie in die Tasche seines Sakkos. Dann griff er in einen anderen Schrank und holte den Nylon-Holster hervor, in dem seine Waffe steckte, eine 9 mm Smith & Wesson, geladen mit acht XTPs. Bosch dachte an die Anzeige, die er in einem Polizeimagazin gesehen hatte. Garantiert tödlich. Ein Geschoß, das beim Aufprall zum Anderthalbfachen seiner Größe anwächst, tödlich tief in den Körper eindringt und maximale Einschußkanäle hervorruft. Wer immer das geschrieben hatte, wußte, wovon er redete. Vor einem Jahr hatte Bosch einen Mann aus sieben Metern Entfernung erschossen. Drang unter der rechten Achsel ein, trat unter der linken Brustwarze aus, zerschlug dabei Herz und Lunge. XTP. Maximale Einschußkanäle. Er klemmte den Holster auf der rechten Seite an seinen Gürtel, damit er ihn mit der linken Hand greifen konnte.

Er ging ins Badezimmer und putzte sich die Zähne ohne Zahnpasta: Er hatte keine mehr und vergessen, welche zu besorgen. Er zerrte einen feuchten Kamm durch sein Haar und starrte einen Moment lang seine rot umränderten, vierzig Jahre alten Augen an. Dann untersuchte er die grauen Haare, die das Braun aus seinem lockigen Haar mehr und mehr verdrängten. Sogar der Schnurrbart wurde grau. Beim Rasieren hatte er graue Stoppeln im Waschbecken entdeckt. Er betastete sein Kinn, beschloß, sich nicht zu rasieren, und ging aus dem Haus, ohne auch nur die Krawatte gewechselt zu haben. Seinem Klienten war es ohnehin egal.

Bosch fand eine Stelle ohne Taubenscheiße und stützte seine Ellbogen auf das Geländer, das oben am Mulholland-Damm entlang lief. Zwischen seinen Lippen steckte eine Zigarette. Durch zwei Hügel konnte er hinunter auf die Stadt sehen. Der Himmel war pulvergrau, und wie ein Leichentuch lag der Smog über Hollywood. Einige ferne Türme der Innenstadt ragten aus der Giftwolke auf, doch der Rest der Stadt blieb unter der Decke verborgen. Hollywood sah aus wie eine Geisterstadt.

Ein leicht chemischer Geruch lag in der warmen Brise, und nach einer Weile wußte er, was es war. Malathion. Im Radio hatte er gehört, daß die Helikopter in der Nacht Nord-Hollywood bis hin zum Cahuenga Pass mit Gift gegen die Fruchtfliegen besprüht hatten. Sein Traum fiel ihm ein, und er erinnerte sich an den Hubschrauber, der nicht landen wollte.

Hinter ihm erstreckte sich die blaugrüne Weite des Wasserreservoirs der Stadt, zweihundertvierzig Millionen Liter Trinkwasser, gebändigt von einem altehrwürdigen Damm im Canyon zwischen zwei Hollywood-Hügeln. Ein zwei Meter breiter Streifen aus getrocknetem Lehm zog sich am Ufer entlang und erinnerte daran, daß L.A. das vierte Jahr einer Dürreperiode erlebte. Weiter oben am Ufer des Bassins gab es einen drei Meter hohen Maschendrahtzaun, der das gesamte Ufer umfaßte. Bei seiner Ankunft hatte sich Bosch diesen Zaun genauer angesehen und gefragt, ob damit die Leute vor dem Wasser oder das Wasser vor den Leuten geschützt werden sollte.

Bosch trug einen braunen Overall über seinem zerknitterten Anzug. Schweiß zeichnete sich durch beide Kleiderschichten unter seinen Achseln und am Rücken ab. Sein Haar war feucht, sein Bart hing. Er war in der Röhre gewesen. Er spürte, wie das leise, warme Kitzeln der Santa-Ana-Winde den Schweiß in seinem Nacken trocknete. Sie kamen früh in diesem Jahr.

Harry war kein großer Mann. Er war knapp unter eins achtzig und schlank gebaut. Die Zeitungen – wenn sie ihn beschrieben – nannten ihn »drahtig«. Unter dem Overall hatte er Muskeln wie Nylonseile, kräftig, aber nicht protzig. Seine Augen waren schwarzbraun und gaben nur selten Gefühle oder Absichten preis.

Die Röhre lag über der Erde und verlief etwa fünfzig Meter an der Zufahrtsstraße zum Wasserbecken entlang. Drinnen wie draußen war sie verrostet. Sie war leer und unbenutzt, sah man von denen ab, die ihr Inneres als Unterkunft oder ihr Äußeres für Graffiti benutzten. Bosch hatte keine Ahnung, wozu sie diente, bis der Aufseher der Anlage es ihm mitteilte. Die Röhre war ein Schlammschutz. Heftiger Regen, sagte der Aufseher, könne Erdmassen lösen und Schlamm von den Hügeln ins Becken abrutschen lassen. Die ein Meter dicke Röhre, die von irgendeinem vergessenen Projekt stammte, war zum Schutz des Wasserreservoirs in einem gefährdeten Bereich angebracht worden. Sie wurde von einer zentimeterdicken Eisenstrebe gehalten, die im Beton darunter eingegossen war.

Bosch hatte seinen Overall angezogen, bevor er in die Röhre kroch. Die Buchstaben LAPD prangten in weißer Farbe auf dem Rücken. Nachdem er ihn aus dem Kofferraum des Wagens geholt und übergezogen hatte, fiel ihm auf, daß das Ding wahrscheinlich sauberer war als der Anzug, den er damit schützen wollte. Aber er trug ihn trotzdem, denn er hatte ihn schon immer getragen. Er war ein methodisch vorgehender, von Hause aus mißtrauischer Detective.

Als er mit einer Taschenlampe in der Hand in den feucht riechenden, beängstigend engen Zylinder kroch, spürte er, wie sich seine Kehle zusammenzog und sein Herz schneller schlug. Eine vertraute Leere packte seine Eingeweide. Angst.

Dann aber knipste er die Lampe an, und mit der Dunkelheit verflog auch das unangenehme Gefühl. Er machte sich an die Arbeit. Jetzt stand er auf dem Damm und rauchte und dachte nach. Crowley, der wachhabende Sergeant, hatte recht gehabt, der Mann in der Röhre war mit Sicherheit tot. Aber er hatte ebenso unrecht gehabt. Es würde kein einfacher Fall werden. Harry würde nicht rechtzeitig zu Hause sein, um sich aufs Ohr zu hauen oder die Dodgers auf KABC anzuhören. Hier lief irgendwas falsch. Harry mußte keine drei Meter weit in die Röhre kriechen, um sich seiner Sache sicher zu sein.

Es gab keine Spuren in der Röhre. Oder besser gesagt, es gab keine brauchbaren Spuren. Der Boden war bedeckt mit trockenem, orangefarbenem Schlamm und lag voller Papiertüten, leerer Weinflaschen, Wattefetzen, gebrauchter Spritzen, Schlafstellen aus Zeitungspapier – Abfall von Obdachlosen und Drogenabhängigen. All das hatte sich Bosch im Licht der Taschenlampe angesehen, als er sich langsam der Leiche näherte. Und er fand keine erkennbare Spur, die der Tote, der mit dem Kopf voran in der Röhre lag, verursacht haben konnte. Irgendwas stimmte da nicht. Wenn der Tote aus eigenem Antrieb hineingekrochen war, mußte es Anzeichen dafür geben. Wenn er hineingezogen worden war, hätte man es auch sehen müssen. Aber es war nichts festzustellen, und das war nicht das Einzige, was Bosch beunruhigte.

Als er bei der Leiche war, sah er, daß das Hemd des toten Mannes – ein schwarzes, am Kragen offenes Militärhemd – über seinen Kopf gezogen war und die Arme sich darin verheddert hatten. Bosch hatte schon genug Leichen gesehen, und er wußte sehr wohl, daß während der letzten Atemzüge buchstäblich nichts unmöglich war. Er hatte an einem Fall gearbeitet, bei dem sich ein Mann in den Kopf geschossen hatte und dann, bevor er starb, die Hosen wechselte, weil er offenbar nicht wollte, daß man seine Leiche mit Exkrementen verschmiert fand. Doch das Hemd und die Arme des Toten in dem Rohr konnte Harry so nicht hinnehmen. Für Bosch sah es aus, als hätte jemand die Leiche am Kragen in die Röhre gezerrt.

Bosch hatte den Toten weder angerührt noch das Hemd vom Gesicht gezogen. Er hatte gesehen, daß es sich um einen männlichen Weißen handelte. Er fand keinen direkten Hinweis auf die tödliche Verletzung. Nachdem er die Leiche untersucht hatte, schob sich Bosch vorsichtig über sie hinweg, wobei sein Gesicht bis auf zehn Zentimeter an ihn herankam, und kroch dann die dahinter liegenden vierzig Meter ab. Er fand weder Spuren noch sonst irgendwas von Wert. Nach zwanzig Minuten stand er wieder im Sonnenlicht. Dann schickte er einen Tatortspezialisten namens Donovan hinein, der die Lage der Abfälle aufzeichnen und die Position der Leiche auf Video festhalten sollte. Donovans Miene verriet seine Überraschung darüber, wegen eines Falles, den er als Überdosis abgeschrieben hatte, in das Rohr kriechen zu müssen. Wahrscheinlich hat er Karten für die Dodgers, dachte Bosch.

Nachdem er Donovan die Röhre überlassen hatte, steckte sich Bosch eine Zigarette an und trat an das Geländer des Damms, um auf die stinkende Stadt hinabzusehen und vor sich hinzubrüten.

Am Geländer konnte er den Verkehrslärm hören, der vom Hollywood Freeway herauftrieb. Aus dieser Entfernung klang er beinah sanft. Wie ein stiller Ozean. Durch den Canyon sah er blaue Swimming-Pools und spanische Ziegeldächer.

Eine Frau in einem weißen Top und hellgrünen Jogging-Shorts lief auf dem Damm an ihm vorbei. Ein kleines Radio hing an ihrem Hosenbund, und ein dünner, gelber Draht führte zu den Kopfhörern, die in ihren Ohren steckten. Sie schien in ihrer eigenen Welt zu sein, nahm die Ansammlung von Polizisten gar nicht wahr, bis sie an das gelbe Band am Ende des Damms kam, das den Tatort absperrte. In zwei

Sprachen forderte es sie auf, nicht weiterzugehen. Einen Moment lang joggte sie auf der Stelle. Das lange, blonde Haar klebte am Schweiß auf ihren Schultern, und sie sah sich die Polizisten an, die größtenteils auch sie betrachteten. Dann drehte sie sich um und kam wieder an Bosch vorbei. Er folgte ihr mit seinem Blick, und ihm fiel auf, daß sie, als sie am Pumpenhaus vorbeikam, ihren Kurs änderte, um irgend etwas auszuweichen. Er ging hinüber und fand Glas auf dem Gehweg. Er sah hoch und bemerkte die zerbrochene Birne in der Fassung über der Tür zum Pumpenhaus. In Gedanken machte er eine Notiz, daß er den Aufseher fragen wollte, ob die Birne in letzter Zeit überprüft worden war.

Als Bosch wieder zu seiner Stelle am Geländer zurückkam, bemerkte er eine undeutliche Bewegung unter sich. Er blickte nach unten und sah einen Kojoten, der zwischen den Kiefernnadeln und dem Müll herumschnüffelte, der den Boden unter den Bäumen vor dem Damm bedeckte. Das Tier war klein, sein Fell zerzaust, und an manchen Stellen war es vollkommen kahl. Nur wenige waren in den abgesperrten Teilen der Stadt noch übrig, suchten nach Aas im Müll der menschlichen Aasgeier.

»Sie holen ihn jetzt raus«, sagte eine Stimme hinter ihm.

Bosch drehte sich um und sah einen der Uniformierten, der dem Tatort zugeteilt war. Er nickte und folgte ihm den Damm hinunter, unter dem gelben Band hindurch und zurück zu der Röhre.

Grunzen und schweres Keuchen hallten aus dem Schlund der mit Graffiti übersäten Röhre. Ein Mann ohne Hemd, sein muskulöser Rücken zerkratzt und schmutzig, kam rückwärts heraus und zerrte an einer dicken, schwarzen Plastikfolie, auf der die Leiche lag. Das Gesicht des Toten blickte noch immer nach oben, und die Arme waren unter dem schwarzen Hemd verborgen. Bosch sah sich nach Donovan um und fand ihn an der Heckklappe eines blauen Einsatzfahrzeugs beim Verstauen eines Videorecorders. Harry ging hinüber.

»Du mußt leider noch mal rein. Der ganze Abfall da drinnen, Zeitungen, Dosen, Tüten, ich hab' ein paar Spritzen gesehen, Watte, Flaschen, ich will das alles mitnehmen.«

»Kannst du haben«, sagte Donovan. Er wartete kurz und fügte hinzu: »Ich will ja nichts sagen, Harry, aber ich meine, glaubst du wirklich, da ist was dran? Ist die Sache es wert, daß wir uns dafür den Arsch aufreißen?«

»Ich schätze, wir werden es erst wissen, wenn sie ihn aufgeschnitten haben.«

Er wandte sich ab, blieb aber stehen.

»Hör zu, Donnie, ich weiß, es ist Sonntag, aber danke, daß du noch mal reingehst.«

»Kein Problem. Das sind alles Überstunden.«

Der Mann ohne Hemd und ein Helfer des Coroners hockten am Boden und beugten sich über die Leiche. Beide trugen weiße Gummihandschuhe. Der Techniker war Larry Sakai, ein Mann, den Bosch seit Jahren kannte und noch nie gemocht hatte. Neben ihm stand eine offene Angelkiste am Boden. Er nahm ein Skalpell heraus und machte einen zwei Zentimeter langen Schnitt an der Seite der Leiche, kurz über der linken Hüfte. Es trat kein Blut aus der Wunde. Er holte ein Thermometer aus der Kiste und befestigte es am Ende einer gebogenen Sonde. Er schob es in den Einschnitt, drehte es geschickt, wenn auch etwas grob, und trieb es bis hinauf in die Leber.

Der Mann ohne Hemd verzog das Gesicht, und Bosch fiel auf, daß er an seinem rechten Auge eine blau tätowierte Träne hatte. Es war sicher der einzige Ausdruck von Mitgefühl, den der Tote zu erwarten hatte.

»Die Todeszeit dürfte eine harte Nuß werden«, sagte Sakai. Er sah nicht von seiner Arbeit auf. »Wissen Sie, so eine Röhre ... bei den steigenden Temperaturen verfälscht sie den Temperaturverlust in der Leber. Osito hat drinnen abgelesen, es waren siebenundzwanzig Grad. Zehn Minuten später waren es neunundzwanzig. Wir haben keine feste Temperatur, weder in der Leiche noch im Rohr.«

»Also?« sagte Bosch.

»Also werde ich Ihnen hier nichts sagen können. Ich muß ihn mitnehmen und ein bißchen rechnen.«

»Sie meinen, Sie wollen ihn jemandem geben, der weiß, wie man es ausrechnet?« fragte Bosch.

»Sie werden es schon erfahren, wenn Sie zur Autopsie kommen. Keine Sorge, Mann.«

»Apropos, wer schneidet denn heute?«

Sakai antwortete nicht. Er war mit den Beinen des Toten beschäftigt. Er nahm die beiden Schuhe und verdrehte die Fußgelenke. Er schob seine Hände die Beine hinauf und faßte unter die Oberschenkel, hob die Beine an und beobachtete, wie sie an den Knien einknickten. Dann drückte er mit den Händen auf den Unterleib, als suche er nach geschmuggelten Drogen. Schließlich langte er in das Hemd und versuchte, den Kopf des toten Mannes herumzudrehen. Doch der rührte sich nicht. Bosch wußte, daß Leichenstarre am Kopf begann, dann den Körper und anschließend die Gliedmaßen steif werden ließ.

»Der Hals dieses Mannes sitzt bombenfest«, sagte Sakai. »Der Magen steht kurz davor. Nur die Gliedmaßen lassen sich noch gut bewegen.«

Er zog einen Bleistift hinter dem Ohr hervor und drückte das Radiergummiende an der Seite des Rumpfes gegen die Haut. Rötliche Flecken zeigten sich auf dem Teil der Leiche, der dem Erdboden am nächsten war, so als wäre der Mann mit Rotwein abgefüllt. Es waren Leichenflecken. Wenn das Herz aufhört zu pumpen, sucht sich das Blut den tiefsten Punkt. Als Sakai den Bleistift gegen die dunkle Haut drückte, färbte sie sich nicht weiß, ein Zeichen dafür, daß das Blut vollständig geronnen war. Der Mann war seit Stunden tot.

»Die Leichenfärbung ist gleichmäßig«, sagte Sakai. »Das, zusammen mit der Spritze, sagt mir, daß der Bursche vielleicht sechs bis acht Stunden tot ist. Bis wir mit den Temperaturen arbeiten können, muß Ihnen das genügen, Bosch.«

Sakai sah nicht auf, als er es sagte. Er und Osito fingen an, die Taschen in den grünen Militärhosen des Toten umzudrehen. Sie waren leer, ebenso wie die großen, ausgebeulten Taschen an den Oberschenkeln. Sie rollten die Leiche auf die Seite, um in den Gesäßtaschen nachzusehen. Während sie damit beschäftigt waren, beugte sich Bosch herab, um einen Blick auf den nackten Rücken des Toten zu werfen. Die Haut war schmutzig und gerötet von Leichenflecken. Aber er sah keine Kratzer oder sonstige Spuren, die den Schluß zuließen, daß die Leiche über den Boden geschleift worden war.

»In der Hose ist nichts, Bosch, kein Ausweis«, sagte Sakai.

Dann begannen sie vorsichtig, dem Toten das schwarze Hemd auszuziehen. Er hatte struppiges Haar mit vielen grauen Strähnen, kaum noch schwarz, was es einmal gewesen sein mochte. Der Bart war ungepflegt, und er sah aus wie etwa fünfzig, woraufhin Bosch ihn auf etwa vierzig schätzte. In der Brusttasche des Hemdes fand sich etwas. Sakai fischte es heraus, betrachtete es einen Augenblick, dann legte er es in den Plastikbeutel, den sein Partner offenhielt.

»Bingo«, sagte Sakai und reichte Bosch den Beutel nach oben. »Das ist doch eine Spur. Erleichtert uns den Job um einiges.«

Als nächstes zog Sakai die Augenlider des toten Mannes hoch. Die Augen waren blau und von einem milchigen Film überzogen. Beide Pupillen hatten sich zur Größe einer Bleistiftmine zusammengezogen. Ausdruckslos starrten sie Bosch an, jede Pupille ein kleines, schwarzes Vakuum.

Sakai machte sich ein paar Notizen auf einem Klemmbrett. Seine Entscheidung in diesem Fall war getroffen. Dann zog er ein Stempelkissen und eine Karte aus der Angelkiste neben sich. Er färbte die Finger der linken Hand ein und begann, sie darauf zu pressen. Bosch bewunderte, wie schnell und geschickt er arbeitete. Aber dann erstarrte Sakai.

»Hey, sieh sich das mal einer an.«

Vorsichtig bewegte Sakai den Zeigefinger. Er ließ sich leicht in alle Richtungen drehen. Das Gelenk war sauber gebrochen, aber man sah keine Spur einer Schwellung oder Blutung.

»Ich würde meinen, das war nachträglich«, sagte Sakai.

Bosch beugte sich vor, um genauer sehen zu können. Er nahm die Hand des Toten und betastete sie selber. Er sah Sakai an, dann Osito.

»Bosch, damit brauchen Sie gar nicht erst anzufangen«, bellte Sakai. »Sehen Sie ihn nicht so an. Er weiß, was er tut. Ich habe ihn selbst ausgebildet.«

Bosch erinnerte Sakai nicht daran, daß er höchstpersönlich am Steuer des Wagens gesessen hatte, aus dem vor ein paar Monaten eine Bahre samt Leiche gerollt war, mitten auf den Ventura Freeway. Während der Rush-hour. Die Bahre war die Ausfahrt am Lankershim Boulevard hinuntergerollt und an einer Tankstelle ins Heck eines Wagens geknallt. Wegen der Trennwand aus Fiberglas hatte Sakai erst am Leichenschauhaus bemerkt, daß der Tote unterwegs auf der Strecke geblieben war.

Bosch überließ dem Helfer die Hand des toten Mannes. Sakai wandte sich Osito zu und stellte ihm eine Frage auf spanisch. Ositos kleines, braunes Gesicht wurde sehr ernst, und er schüttelte energisch den Kopf.

»Er hat die Hände des Mannes nicht angerührt. Also warten Sie bis zur Autopsie, bis Sie etwas sagen, was Sie nicht genau wissen.«

Sakai fuhr fort, die Fingerabdrücke zu nehmen, dann reichte er Bosch die Karte.

»Tüten Sie die Hände ein«, sagte Bosch zu ihm, obwohl es nicht nötig war. »Und die Füße.«

Er stand wieder auf und wedelte mit der Karte, um die Tinte zu trocknen. In der anderen Hand hielt er die Plastiktüte mit den Beweisstücken, die Sakai ihm gegeben hatte. Darin hielt ein Gummiband eine Injektionsspritze, eine kleine Ampulle, halbvoll mit etwas, das wie schmutziges Wasser aussah, ein Stück Watte und ein Streichholzheftchen zusammen. Es war ein Fixerbesteck, und es sah ziemlich neu aus. Die Nadel war sauber, ohne jede Spur von Rost. Die Watte, schätzte Bosch, war nur ein- oder zweimal als Sieb benutzt worden. In den Fasern sah man winzige, weißlich braune Kristalle. Als er den Beutel umdrehte, konnte er beide Seiten des Streichholzheftchens sehen und ihm fiel auf, daß nur zwei Streichhölzer fehlten.

In diesem Augenblick kam Donovan aus dem Rohr gekrochen. Er trug einen Bergarbeiterhelm mit einer Grubenlampe. In einer Hand hielt er mehrere Plastiktüten, in denen sich jeweils vergilbtes Zeitungspapier, Lebensmittelverpackungen, eine zerdrückte Bierdose befanden. In der anderen hielt er ein Klemmbrett, auf dem eingezeichnet war, wo jeder dieser Gegenstände in der Röhre gelegen hatte. Spinnweben hingen an den Seiten des Helms. Schweiß lief über sein Gesicht und verfärbte die Atemmaske, die er über Mund und Nase trug. Bosch hielt die Tüte mit dem Fixerbesteck hoch. Abrupt blieb Donovan stehen.

»Hast du da drinnen eine Pfanne gefunden?« fragte Bosch.

»Scheiße, das ist ein Junkie?« sagte Donovan. »Ich wußte es. Wozu machen wir hier den ganzen Mist?«

Bosch antwortete nicht. Er wartete ab.

»Ja, ich habe eine Coladose gefunden«, sagte Donovan.

Der Spurensicherungsexperte sah die Plastiktüten durch und reichte Bosch eine herüber. Sie enthielt zwei Hälften einer Coladose. Die Dose sah einigermaßen neu aus und war mit einem Messer in zwei Teile geschnitten worden. Die untere Hälfte hatte man umgedreht und die konkave Oberfläche als Pfanne benutzt, um darin Heroin und Wasser zu kochen. Die meisten Junkies benutzten keine Löffel mehr. Einen Löffel bei sich zu haben, war ein möglicher Grund, verhaftet zu werden. Dosen waren leicht zu beschaffen, leicht zu benutzen und zu vernichten.

»Wir brauchen die Fingerabdrücke vom Besteck und von der Pfanne, so bald wie möglich«, sagte Bosch. Donovan nickte und schleppte die Plastiktüten zum Transporter. Bosch wandte seine Aufmerksamkeit wieder den Männern vom Coroner zu.

»Er hat kein Messer bei sich, stimmt's?« sagte Bosch.

»Stimmt«, sagte Sakai. »Wieso?«

»Ich brauche ein Messer. Unvollständiger Tatort ohne Messer.«

»Na und? Der Typ ist ein Junkie. Junkies beklauen andere Junkies. Wahrscheinlich haben seine Kumpels es mitgenommen.«

Sakai krempelte die Ärmel des Toten auf. Zum Vorschein kam ein Muster aus vernarbter Haut an beiden Armen. Alte Einstichspuren, Krater von Abszessen und Infektionen. In der Beuge des linken Armes waren ein frischer Einstich und unter der Haut eine rötlichgelbe Blutung zu sehen.

»Bingo«, sagte Sakai. »Ich würde sagen, der Typ hat sich die volle Dröhnung in den Arm geknallt und pfffft, das war's. Wie gesagt, Sie haben hier einen Drogenfall, Bosch. Ihr Tag ist heute früh zu Ende. Holen Sie sich eine Karte für die Dodgers.«

Bosch ging wieder in die Hocke, um genauer hinsehen zu können.

»Das erzählt mir hier jeder«, sagte er.

Und wahrscheinlich hat Sakai recht, dachte er. Aber noch wollte er diesen Fall nicht zu den Akten legen. Zuviel paßte nicht zueinander. Die fehlenden Spuren im Rohr. Das Hemd über den Kopf gezogen. Der gebrochene Finger. Kein Messer.

»Wie kommt es, daß sämtliche Einstiche alt sind, bis auf den einen?« fragte er mehr sich selbst als Sakai.

»Wer weiß?« antwortete Sakai trotzdem. »Vielleicht war er eine Zeitlang nicht drauf und hat beschlossen, wieder anzufangen. Einmal Junkie, immer Junkie. Die brauchen keine Gründe.«

Beim Betrachten der Einstiche im Arm des toten Mannes bemerkte Bosch kurz unter dem Ärmel, der am linken Bizeps zusammengerollt war, blaue Farbe auf der Haut. Er sah nicht genug, um erkennen zu können, was es war.

»Ziehen Sie das hoch«, sagte er und zeigte darauf.

Sakai schob den Ärmel bis zur Schulter und legte eine Tätowierung aus roter und blauer Tinte frei. Es war eine karikierte Ratte, die auf den Hinterbeinen hockte und mit großen Zähnen ordinär grinste. In der einen Hand hielt die Ratte eine Pistole, in der anderen eine Schnapsflasche mit der Aufschrift XXX. Die blaue Schrift über und unter dem Cartoon war vom Alter und der gespannten Haut verzogen. Sakai versuchte sie zu lesen.

»Da steht ›Force‹ ... nein, ›First Infantry‹. Der Typ war in der Armee. Der untere Teil macht keinen ... das ist eine andere Sprache. ›Non ... Gratum ... Anum ... Ro...‹ Das kann ich nicht entziffern.«

»Rodentum«, sagte Bosch.

Sakai sah ihn an.

»Küchenlatein«, erklärte Bosch. »Nicht mehr wert als ein Rattenschiß. Er war eine Tunnelratte. Vietnam.«

»Wie auch immer«, sagte Sakai. Er warf einen prüfenden Blick auf die Leiche und das Rohr und sagte: »Na, in einem Tunnel ist er dann auch krepiert, nicht? In gewisser Weise.«

Bosch berührte das Gesicht des toten Mannes und strich ihm das struppige, grauschwarze Haar aus der Stirn und den leeren Augen. Da er es ohne Handschuhe tat, unterbrachen die anderen ihre Arbeit und beobachteten dieses ungewöhnliche, höchst unhygienische Verhalten. Bosch kümmerte sich nicht darum. Lange Zeit starrte er in das Gesicht, sagte nichts, hörte nicht, ob etwas gesagt wurde. In dem Augenblick, als ihm klar wurde, daß er das Gesicht kannte, genau wie er die Tätowierung kannte, blitzte das Bild eines jungen Mannes vor seinem inneren Auge auf. Grobknochig und braungebrannt, das Haar kurzgeschoren. Lebendig, nicht tot. Er stand auf und wandte sich abrupt von dem Toten ab.

Dabei stieß er mit Jerry Edgar zusammen, der endlich eingetroffen war und sich gerade über die Leiche beugen wollte. Beide traten einen Schritt zurück, einen Moment lang wie benommen. Bosch griff sich an die Stirn. Edgar, der wesentlich kleiner war, befühlte sein Kinn.

»Scheiße, Harry«, sagte Edgar. »Bist du okay?«

»Ja. Und du?«

Edgar sah nach, ob an seiner Hand Blut war.

»Ja. Tut mir leid. Wieso springst du hier so rum?«

»Ich weiß nicht.«

Edgar warf über Harrys Schulter einen Blick auf die Leiche, dann folgte er seinem Partner, fort von der Meute.

»Tut mir leid, Harry«, sagte Edgar. »Ich mußte eine Stunde warten, bis ich jemanden hatte, der meine Termine übernehmen konnte. Also, sag an, was haben wir hier?«

Edgar rieb sich beim Sprechen noch immer das Kinn.

»Weiß nicht genau«, sagte Bosch. »Ich möchte, daß du dich in einen von diesen Wagen mit MCT setzt. Eins, das funktioniert. Sieh nach, ob du irgendwas zu dem Namen Meadows, Billy, findest, oder besser William. Geburtsjahr dürfte 1950 sein. Seine Adresse müßten wir von der Verkehrsbehörde kriegen können.«

»Ist das der Tote?«

Bosch nickte.

»Nichts, keine Adresse auf seinem Ausweis?«

»Er hatte keinen Ausweis. Ich hab' ihn erkannt. Also prüf das über Funk nach. Es müßte in den letzten paar Jahren einige Kontakte gegeben haben. Zumindest Drogengeschichten bei der Van Nuys Division.«

Edgar schlenderte zu der Reihe von parkenden Streifenwagen hinüber, um einen mit mobilem Computerterminal zu finden. Da er ein stattlicher Mann war, wirkte sein Gang schwerfällig, aber Bosch wußte aus Erfahrung, daß es nicht immer leicht war, mit ihm Schritt zu halten. Edgars Kleidung war makellos. Er trug einen maßgeschneiderten, braunen Anzug mit dünnen Nadelstreifen. Sein Haar war kurzgeschnitten und seine Haut beinahe so weich und schwarz wie eine Aubergine. Bosch sah Edgar hinterher und konnte sich des Gedankens nicht erwehren, daß er sein Eintreffen so hingedreht hatte, daß er gerade eben zu spät kam, um sein Ensemble nicht zerknittern zu müssen, indem er in einen Overall stieg und durch das Rohr kroch.

Bosch trat an den Kofferraum seines Wagens und holte die Polaroidkamera heraus. Dann ging er zu der Leiche zurück, stellte sich breitbeinig darüber und beugte sich vor, um Fotos vom Gesicht zu machen. Drei würden genügen, sagte er sich und legte die Polaroids zum Entwickeln auf das Rohr. Er mußte das Gesicht einfach anstarren, die Veränderungen, die die Zeit mit sich gebracht hatte. Er dachte an das Gesicht und das besoffene Grinsen an jenem Abend, als die Ratten der First Infantry geschlossen aus dem Tätowiersalon in Saigon gekommen waren. Es hatte die abgekämpften Amerikaner vier Stunden gekostet, aber sie waren zu Blutsbrüdern geworden, als sie sich alle dasselbe Brandzeichen verpassen ließen. Bosch erinnerte sich an Meadows' Begeisterung über ihre Verbundenheit und die Angst, die sie gemeinsam teilten.

Harry trat von der Leiche zurück, während Sakai und Osito einen schwarzen, schweren Plastiksack mit einem Reißverschluß in der Mitte entfalteten. Als der Leichensack offen war, hoben die Leute des Coroners Meadows an und legten ihn hinein.

»Sieht aus wie dieser verdammte Rip Van Winkle«, sagte Edgar, als er näher kam.

Sakai zog den Reißverschluß zu, und Bosch sah, daß ein paar von Meadows' grauen Locken darin eingeklemmt waren. Meadows wäre es egal. Er hatte Bosch einmal gesagt, eines Tages würde er in einem Leichensack enden. Wie alle anderen auch, sagte er.

Edgar hielt in einer Hand ein kleines Notizbuch, einen goldenen Füller in der anderen.

»William Joseph Meadows, 21. 7. 50. Hört sich das gut an, Harry?«

»Ja, das ist er.«

»Na, du hattest recht, es gab mehrfach Kontakt. Aber nicht nur Junkiezeugs. Wir haben einen Bankraub, versuchten Raub, Besitz von Heroin. Wir haben Landstreicherei hier oben am Damm vor einem Jahr oder so. Und tatsächlich ein paar Verfahren wegen Drogen. Das eine in Van Nuys, von dem du gesprochen hast. Was war er, dein Informant?«

»Nein. Hast du eine Adresse?«

»Wohnt im Valley. Sepulveda, oben bei der Brauerei. Schwierig, in der Gegend ein Haus zu verkaufen. Wenn er also kein Informant war, woher kennst du den Mann?«

»Ich kannte ihn nicht ... jedenfalls nicht in letzter Zeit. Ich kannte ihn in einem anderen Leben.«

»Was heißt das? Wann kanntest du ihn?«

»Das letzte Mal hab' ich Billy Meadows vor gut zwanzig Jahren gesehen. Er war ... es war in Saigon.«

»Tja, das dürfte etwa zwanzig Jahre her sein.« Edgar ging zu den Polaroids hinüber und sah sich die drei Aufnahmen von Billy Meadows' Gesicht an. »Kanntest du ihn gut?«

»Eigentlich nicht. So gut wie man jemanden da unten eben kennengelernt hat. Du vertraust den Leuten dein Leben an, und dann ist es vorbei, und du merkst, daß du die meisten von ihnen gar nicht gekannt hast. Ich hab' ihn kein einziges Mal getroffen, nachdem ich wieder hier war. Letztes Jahr haben wir telefoniert, das war alles.«

»Wie hast du ihn erkannt?«

»Hab' ich zuerst gar nicht. Bis ich die Tätowierung an seinem Arm gesehen habe. Da kam mir das Gesicht bekannt vor. Wahrscheinlich erinnert man sich an Leute wie ihn. Ich jedenfalls.«

»Wahrscheinlich ...«

Sie ließen das Schweigen etwas wirken. Bosch versuchte, einen Entschluß zu fassen, wie es weitergehen sollte, konnte sich aber nur über den Zufall wundern, daß er an einen Tatort gerufen wurde, an dem er Meadows fand. Edgar störte seine Nachdenklichkeit.

»Würdest du mir erzählen, was deiner Meinung nach hier faul sein soll? Donovan da drüben sieht aus, als wenn er sich wegen der Arbeit, die du ihm aufhalst, gleich in die Hosen macht.«

Bosch erzählte Edgar von den Problemen, dem Fehlen erkennbarer Spuren im Rohr, dem Hemd, das über den Kopf gezogen war, dem gebrochenen Finger und daß kein Messer zu finden war.

»Kein Messer?« sagte sein Partner.

»Er brauchte irgendwas, um die Dose in zwei Teile zu schneiden, damit er eine Pfanne hatte ... falls die Pfanne seine war.«

»Er könnte sie mitgebracht haben. Möglich, daß jemand drinnen war und das Messer mitgenommen hat, als der Mann schon tot war. Falls da überhaupt ein Messer war.«

»Ja, könnte sein. Es gibt keine Spuren, die uns irgendwas verraten könnten.«

»Na ja, aus seiner Akte wissen wir, daß er ein ausgebrannter Junkie war. Als du ihn kanntest, war er da auch so?«

»Bis zu einem gewissen Grad. Konsument und Verkäufer.«

»Na, da hast du es doch, Langzeitabhängiger, man kann nie sagen, was sie als nächstes tun, ob sie von dem Scheißzeug loskommen oder wieder anfangen. Das sind Verlorene, Harry.«

»Aber er war weg davon ... wenigstens glaube ich das. Er hat nur einen einzigen frischen Einstich im Arm.«

»Harry, du hast gesagt, du hast diesen Mann seit Saigon nicht mehr gesehen. Woher willst du wissen, ob er drauf war oder nicht?«

»Ich hab' ihn nicht gesehen, aber mit ihm gesprochen. Er hat mich einmal angerufen, irgendwann im letzten Jahr. Juli oder August, glaube ich. Eine Streife hatte ihn wegen seiner Einstichspuren aufgegriffen und nach Van Nuys geschafft. Irgendwoher, vielleicht aus der Zeitung oder so – es war etwa zur selben Zeit wie die Dollmaker-Sache – hat er erfahren, daß ich Bulle bin und rief mich im Morddezernat an. Rief aus dem Van-Nuys-Gefängnis an und fragte, ob ich ihm nicht helfen könnte. Er hätte nur etwa dreißig Tage absitzen müssen, aber er sagte, er wäre völlig fertig. Und er, hm, sagte, diesmal könne er seine Zeit nicht absitzen, allein könne er nicht runterkommen ...«

Bosch brach ab, bevor er die Geschichte zu Ende gebracht hatte. Nach langer Zeit half ihm Edgar wieder auf die Sprünge.

»Und ...? Komm schon, Harry, was hast du getan?«

»Und ich hab' ihm geglaubt. Ich hab' mit dem Cop geredet. Ich weiß noch, daß er Nuckles hieß. Guter Name für einen Streifenbullen, dachte ich. Und dann hab ich die Veteranenfürsorge oben in Sepulveda angerufen und Meadows in den Entzug gelotst. Nuckles hat mitgespielt. Er ist selbst Veteran. Er hat den Staatsanwalt dazu gebracht, den Richter um eine Verschiebung zu ersuchen. Also, jedenfalls hat die Klinik Meadows aufgenommen. Sechs Wochen später habe ich mich erkundigt, und sie sagten, er hätte es voll durchgezogen, wäre runter und es ginge ihm soweit ganz gut. Ich meine, das haben sie mir erzählt. Sie sagten, er wäre in der zweiten Betreuungsstufe. Gespräche mit einem Psychiater, Gruppentherapie ... Seit dem ersten Anruf hab' ich nie wieder mit Meadows gesprochen. Er hat nie mehr angerufen, und ich habe nicht versucht, ihn zu besuchen.«

Edgar sah auf seinen Block. Bosch merkte, daß die Seite, auf die er starrte, leer war.

»Hör mal, Harry«, sagte Edgar, »das ist fast ein Jahr her. Eine lange Zeit für einen Fixer, oder? Wer weiß? Er könnte seitdem dreimal schwach geworden und wieder von der Droge runtergekommen sein. Aber das ist hier nicht unser Problem. Die Frage ist: Was willst du mit dem anfangen, was wir hier haben? Was willst du wegen heute unternehmen?«

»Glaubst du an Zufälle?« fragte Bosch.

»Ich weiß nicht. Ich ...«

»Es gibt keine Zufälle.«

»Harry, ich weiß nicht, wovon du redest. Aber willst du meine Meinung hören? Ich sehe hier nichts Außergewöhnliches. Einer kriecht in eine Röhre, in der Dunkelheit kann er vielleicht nicht sehen, was er tut, er pumpt sich zuviel Stoff in den Arm und krepiert. Das ist alles. Vielleicht war jemand bei ihm und hat beim Abhauen die Spuren verwischt. Und das Messer mitgenommen. Es könnten hundert versch...«

»Manchmal ist es eben nicht so offensichtlich, Jerry. Das ist hier das Problem. Es ist Sonntag. Alle wollen nach Hause. Golf spielen. Häuser verkaufen. Sich das Match ansehen. Keinen kümmert es. Nur der Form halber. Siehst du nicht, daß es genau das ist, worauf sie bauen?«

»Wer ist ›sie‹, Harry?«

»Wer immer das getan hat.«

Einen Moment lang hielt er den Mund. Er überzeugte kaum sich selbst, von anderen ganz zu schweigen. Auf Edgars

Einsatzfreude anzuspielen, wäre ein Fehler. Er würde den Job hinschmeißen, sobald sich ihm die Gelegenheit bot. Dann würde er eine Anzeige von der Größe einer Visitenkarte in die Gewerkschaftszeitung setzen – *Ehemaliger LAPD-Beamter gibt Kollegen Prozente* – und dann eine Viertelmillion jährlich verdienen, indem er Häuser an Cops oder im Auftrag von Cops im San Fernando Valley oder dem Santa Clarita Valley oder dem Antelope Valley oder sonst einem Valley verkaufte, das die Bulldozer gerade ansteuerten.

»Was wollte er in dem Rohr?« sagte Bosch dann endlich. »Du hast gesagt, er wohnt oben im Valley. Wieso sollte er hier runterkommen?«

»Harry, wer weiß? Der Typ war ein Junkie. Vielleicht hat seine Frau ihn rausgeworfen. Vielleicht ist er da oben krepiert und seine Freunde haben seinen toten Arsch hier runtergeschleppt, weil sie das alles nicht erklären wollten.«

»Das ist immer noch ein Verbrechen.«

»Ja, es ist ein Verbrechen, aber sag mir Bescheid, wenn du einen Staatsanwalt gefunden hast, der daraus einen Fall macht.«

»Sein Besteck sah sauber aus. Neu. Die anderen Spuren an seinem Arm sehen alt aus. Ich glaube nicht, daß er wieder gedrückt hat. Nicht regelmäßig. Irgendwas stimmt da nicht.«

»Na, ich weiß nicht ... Weißt du, wegen AIDS und so, sie sollen ihr Besteck sauber halten.«

Bosch starrte seinen Partner an, als wäre er ihm vollkommen fremd.

»Harry, hör auf mich. Ich will doch nur sagen, daß er vielleicht vor zwanzig Jahren im Schützengraben dein Kumpel war, aber noch im letzten Jahr war er ein Junkie. Du wirst niemals für alles eine Erklärung finden, was er gemacht hat. Ich weiß nicht, was es mit dem Besteck und den Spuren auf sich hat, aber ich weiß, daß diese Sache nicht danach aussieht, daß wir uns daran alt und runzlig arbeiten sollten. Das hier ist reine Routine. Wochenenden und Urlaub sind da nicht eingeschlossen.«

Bosch gab auf ... für den Augenblick.

»Ich fahre rauf nach Sepulveda«, sagte er. »Kommst du mit, oder willst du zurück zu deiner Immobilie?«

»Ich mach' meinen Job«, sagte Edgar ruhig. »Nur weil wir nicht einer Meinung sind, heißt das nicht, daß ich nicht tue, wofür ich bezahlt werde. So ist es nie gewesen und wird es auch nie sein. Aber wenn es dir nicht paßt, wie ich meine Geschäfte mache, gehen wir morgen früh zu Ninety-eight und bitten um einen Wechsel.«

Augenblicklich tat Bosch sein Schuß unter die Gürtellinie leid, aber er sagte es nicht. »Okay. Du fährst da rauf, siehst nach, ob jemand zu Hause ist. Wir treffen uns, wenn ich mit dem Tatort fertig bin.«

Edgar ging hinüber zu der Röhre und nahm eines der Polaroids von Meadows an sich. Er schob es in seine Manteltasche, dann ging er die Zufahrtstraße hinunter zu seinem Wagen, ohne noch ein weiteres Wort zu Bosch gesagt zu haben.

Nachdem Bosch seinen Overall ausgezogen und zusammengefaltet in den Kofferraum seines Wagens gelegt hatte, sah er sich an, wie Sakai und Osito die Leiche rüde auf die Bahre und dann hinten in den blauen Transporter rutschen ließen. Er überlegte, wie er es schaffen konnte, die Autopsie als vorrangige Angelegenheit behandeln zu lassen, was bedeutete, daß sie am nächsten Tag und nicht erst vier oder fünf Tage später durchgeführt würde. Er holte den Mann von der Gerichtsmedizin ein, als der gerade die Fahrertür öffnete.

»Wir hauen ab, Bosch.«

Bosch legte seine Hand an die Tür, verhinderte so, daß Sakai hineinklettern konnte.

»Wer schneidet heute?«

»Bei dem hier? Niemand.«

»Kommen Sie schon, Sakai. Wer hat Dienst?«

»Sally. Aber er wird den hier nicht zu sehen kriegen, Bosch.«

»Hören Sie, ich habe dasselbe gerade mit meinem Partner durchgekaut. Kommen Sie jetzt nicht auch noch so, ja?«

»Bosch, hören Sie. Sehen Sie es doch ein. Ich arbeite seit sechs Uhr gestern abend, und das hier ist der siebte Tatort, um den ich mich kümmere. Wir haben mehrere Fahrerfluchten, Wasserleichen, einen Sexfall. Die Leute können es gar nicht erwarten, daß wir zu ihnen kommen. Keine Rast für müde Krieger, und das bedeutet: Keine Zeit für etwas, das Sie für einen Fall halten. Hören Sie dieses eine Mal auf Ihren Partner. Diese Sache ist eine Routineangelegenheit. Das heißt, wir werden Mittwoch dazu kommen, vielleicht Donnerstag. Ich verspreche: spätestens Freitag. Und toxikologische Ergebnisse dauern mindestens zehn Tage. Das wissen Sie. Wozu die verdammte Eile?«

»Dauern. Toxikologische Ergebnisse *dauern* zehn Tage.«

»Am Arsch.«

»Sagen Sie Sally, ich brauch' die Voruntersuchung noch heute. Ich komm' später vorbei.«

»Himmel, Bosch, hören Sie doch, was ich sage. Bei uns stapeln sich Leichen auf den Bahren im Flur, von denen wir wissen, daß sie 187er sind und aufgeschnitten werden müssen. Salazar wird keine Zeit für etwas haben, das für mich und alle anderen hier – abgesehen von Ihnen – wie ein Drogentoter aussieht. Reine Routine, Mann. Was soll ich ihm sagen, damit er die Autopsie noch heute vornimmt?«

»Zeigen Sie ihm den Finger. Sagen Sie ihm, daß es in dem Rohr keinerlei Spuren gab. Denken Sie sich was aus. Sagen Sie ihm, der Tote war ein Mann, der sich mit Nadeln viel zu gut auskannte, um sich eine Überdosis zu spritzen.«

Sakai lehnte die Stirn gegen die Seite des Transporters und lachte laut auf. Dann schüttelte er den Kopf, als hätte ein kleines Kind einen Spaß gemacht.

»Und wissen Sie, was er zu mir sagen wird? Er wird sagen, daß es egal ist, wie lange der Mann gedrückt hat. Sie drehen alle ab. Bosch, wie viele fünfundsechzigjährige Junkies sieht man rumlaufen? Keiner von denen schafft es so weit. Am Ende kriegt die Nadel sie immer. Genau wie den Mann im Rohr.«

Bosch drehte sich um, weil er sichergehen wollte, daß keiner der Uniformierten etwas hörte. Dann wandte er sich wieder Sakai zu.

»Sagen Sie ihm, ich komme später vorbei«, sagte er leise. »Wenn er bei der Voruntersuchung nichts findet, gut, dann stellen Sie die Leiche ans Ende der Schlange auf dem Flur oder parken Sie sie unten bei der Tankstelle an der Lankershim. Dann soll es mir egal sein, Larry. Aber sagen Sie es ihm. Es ist seine Entscheidung, nicht Ihre.«

Bosch nahm die Hand von der Tür und trat zurück. Sakai stieg in den Wagen und knallte die Tür zu. Er ließ den Motor an und starrte Bosch lange durch die Scheibe an, bevor er sie herunterkurbelte.

»Bosch, Sie sind eine echte Nervensäge. Morgen früh. Das ist alles, was ich für Sie tun kann. Heute ist nichts zu machen.«

»Erster Schnitt am Morgen?«

»Hauptsache, heute lassen Sie uns in Ruhe.«

»Erster Schnitt?«

»Ja, ja. Erster Schnitt.«

»Selbstverständlich lasse ich Sie in Ruhe. Ich sehe Sie morgen.«

»Mich nicht, Mann. Ich werde schlafen.«

Sakai kurbelte das Fenster hoch, und der Wagen fuhr an. Bosch trat zurück, um ihn vorbeizulassen, und als er weg war, stand er da und starrte die Röhre an. Da nahm er die Graffiti eigentlich zum ersten Mal wahr. Nicht, daß ihm nicht aufgefallen wäre, daß die Röhre buchstäblich mit gesprayten Botschaften übersät war, aber diesmal sah er sich die einzelnen Zeichnungen an. Viele waren alt, ineinander verwoben – ein Muster aus Buchstaben, die Drohungen ausstießen, die entweder lang vergessen oder längst eingelöst waren. Es gab Slogans: Raus aus L.A. Es gab Namen: Ozone, Bomber, Stryker und viele andere. Einer der neueren Schriftzüge fiel ihm ins Auge. Er bestand nur aus drei Buchstaben, etwa vier Meter vor dem Ende der Röhre – *Sha.* Die drei Buchstaben waren in einer fließenden Bewegung gesprüht. Das S war oben gezackt und dann mit Konturen versehen. Es sah aus wie ein Maul. Ein weit aufgerissener Rachen. Zähne waren keine zu sehen, aber Bosch konnte sie spüren. Es schien, als wäre das Werk nicht vollendet. Dennoch war es gut, originell und sauber. Er richtete die Polaroidkamera darauf und machte ein Foto.

Bosch ging zum Polizeitransporter hinüber, steckte die Aufnahme in seine Tasche. Donovan war gerade dabei, die Ausrüstung auf Borden und die Tüten mit den Beweisstücken in hölzernen Napa-Valley-Weinkisten zu verstauen.

»Hast du irgendwelche abgebrannten Streichhölzer gefunden?«

»Ja, eins. Ein frisches«, sagte Donovan. »An einem Ende abgebrannt. Es lag etwa drei Meter weit drinnen. Steht da auf der Liste.«

Bosch sammelte ein Klemmbrett auf, an dem ein skizziertes Diagramm der Röhre steckte. Der Fundort der Leiche war eingezeichnet, ebenso die Stellen, an denen die anderen Gegenstände im Rohr gelegen hatten. Bosch fiel auf, daß das Streichholz etwa fünf Meter von der Leiche entfernt gefunden worden war. Dann zeigte Donovan ihm das Streichholz am Boden eines Plastikbeutels. »Ich sag' dir Bescheid, ob es aus dem Heftchen stammt, das dem Toten gehört hat«, sagte er. »Falls du das gerade überlegen solltest.«

Bosch sagte: »Was ist mit den Uniformierten? Was haben die gefunden?«

»Ist alles da drüben«, sagte Donovan und deutete auf eine Holzkiste, in der noch weitere Tüten mit Beweisstücken lagen.

Sie enthielten Abfälle, die die Streifenbeamten in einem Radius von fünfzig Metern um die Röhre eingesammelt hatten. Jeder Beutel enthielt eine Beschreibung des jeweiligen Fundortes. Bosch nahm die Beutel heraus und sah sich den Inhalt genau an. Das meiste war Abfall, der wahrscheinlich nichts mit der Leiche zu tun hatte. Es waren Zeitungen, Lumpen, ein hochhackiger Schuh, ein weißer Strumpf mit getrockneter, blauer Farbe. Eine Schnüffeltüte.

Bosch nahm einen Beutel in die Hand, der das Oberteil einer Sprühdose enthielt. Im nächsten Beutel war die Dose selbst. Auf dem Krylon-Etikett stand *Ocean Blue.* Bosch wog den Beutel in der Hand und schätzte, daß noch Farbe in der Dose war. Er nahm den Beutel mit zur Röhre, öffnete ihn, tippte die Düse mit einem Kugelschreiber an, sprühte einen blauen Strich neben die Buchstaben *Sha.* Er sprühte zuviel. Die Farbe verlief an der Wölbung der Röhre und tropfte auf den Kies. Aber Bosch konnte sehen, daß die Farben übereinstimmten.

Darüber dachte er einen Moment lang nach. Warum sollte ein Graffiti-Sprayer eine halbvolle Dose Farbe wegwerfen? Er sah nach, was auf dem Beutel stand. Man hatte sie am Rand des Reservoirs gefunden. Jemand hatte versucht, sie in den See zu werfen, aber nicht getroffen. Wieder dachte er: wieso? Er hockte sich neben die Röhre und sah sich die Buchstaben genau an. Er kam zu dem Schluß, daß die Botschaft oder der Name, was immer es sein sollte, nicht vollständig sein konnte. Irgendwas war passiert, das den Sprayer veranlaßt hatte, aufzuhören und die Dose, den Deckel und seine Schnüffeltüte über den Zaun zu werfen. War es die Polizei gewesen? Bosch nahm sein Notizbuch und schrieb auf, daß er Crowley nach Mitternacht anrufen wollte, um nachzufragen, ob sich jemand von seinen Leuten während der Frühschicht am Reservoir aufgehalten hatte.

Aber was, wenn es kein Cop gewesen war, der den Sprayer

dazu gebracht hatte, seine Sachen über den Zaun zu werfen? Was, wenn der Sprayer beobachtet hatte, wie die Leiche hergeschafft wurde? Bosch dachte daran, was Crowley über den anonymen Anrufer gesagt hatte. Ein Junge, weiter nichts. Hatte der Sprayer angerufen? Bosch brachte die Dose zurück zum SID-Wagen und reichte sie Donovan.

»Nimm hiervon Abdrücke, wenn du mit dem Besteck und der Pfanne fertig bist«, sagte er. »Ich glaube, das könnte einem Zeugen gehören.«

»Wird gemacht«, sagte Donovan.

Bosch verließ die Hügel und nahm am Barham Boulevard die Auffahrt zum Hollywood Freeway. Nachdem er den Cahuenga Pass hinter sich gelassen hatte, fuhr er über den Ventura Freeway nach Westen, dann auf dem San Diego Freeway in Richtung Norden. Für die zehn Meilen brauchte er knapp zwanzig Minuten. Es war Sonntag, und so herrschte nicht viel Verkehr. An der Roscoe bog er ab und fuhr zwei Blocks weit ostwärts in Meadows' Wohnviertel an der Langdon hinein. Wie in den meisten Vororten im Raum Los Angeles gab es in Sepulveda sowohl gute als auch schlechte Viertel. Bosch erwartete von Meadows' Straße weder getrimmte Rasenflächen noch Rinnsteine, vor denen sich Volvos aneinanderreihten, und er wurde auch nicht enttäuscht. Es war mindestens zehn Jahre her, daß die Apartments ansehnlich gewesen waren. Vor den Fenstern der Erdgeschoßwohnungen sah man Gitter, und Graffiti an allen Garagentoren. Der scharfe Gestank der Brauerei an der Roscoe wehte in das Viertel hinein. Die Gegend roch wie eine Bar um vier Uhr morgens.

Meadows hatte in einem U-förmigen Apartmenthaus gewohnt, das aus den Fünfzigern stammte, als noch nicht der Gestank von Hopfen in der Luft lag, an den Straßenecken noch keine Gangbanger herumlungerten und es noch Hoffnung für das Viertel gab. In der Mitte des Hofes war ein Pool, den man aber schon lange mit Sand und Erde zugeschüttet hatte. Jetzt bestand der Innenhof aus einem nierenförmigen Beet mit braunem Gras, eingefaßt von schmutzigem Beton. Meadows' Wohnung lag an einer Ecke im ersten Stock. Bosch konnte das gleichmäßige Summen vom Highway hören, als er die Treppe nahm und den Korridor vor den Apartments entlang ging. Die Tür zu 7B war unverschlossen und führte in ein kleines, kombiniertes Wohn- und Eßzimmer mit Kochnische. Edgar stand an einen Tresen gelehnt und schrieb etwas in sein Notizbuch. Er sagte: »Hübsch hier, hm?«

»Ja«, sagte Bosch und sah sich um. »Keiner zu Hause?«

»Nein. Ich hab' eine Nachbarin von nebenan gefragt, und sie hat seit vorgestern niemanden hier gesehen. Sie hat gesagt, daß der Mann, der hier gewohnt hat, Fields hieß, nicht Meadows. Nett, hm? Sie hat gesagt, er hätte hier ganz allein gewohnt. Wäre seit etwa einem Jahr hier und meistens für sich allein gewesen. Das war alles, was sie wußte.«

»Hast du ihr das Bild gezeigt?«

»Ja, sie hat ihn erkannt. Hat ihr aber nicht gefallen, sich das Foto von einem toten Mann anzusehen.«

Bosch trat in einen kleinen Flur, der zum Badezimmer und ins Schlafzimmer führte. Er sagte: »Hast du die Tür aufgebrochen?«

»Nichts da ... die war offen. Ohne Scheiß, ich klopf' zweimal an und will gerade meine Tasche aus dem Wagen holen und das Schloß knacken, da denk' ich, egal, versuch' dein Glück und dreh' am Knopf.«

»Und die Tür geht auf.«

»Sie geht auf.«

»Hast du mit dem Vermieter gesprochen?«

»Die Vermieterin ist nicht da. Sollte sie sein, aber vielleicht ist sie essen gegangen oder H besorgen. Ich glaube, alle, die ich bisher hier gesehen hab', sind Fixer.«

Bosch kam ins Wohnzimmer zurück und sah sich um. Da

gab es nicht viel. Eine Couch mit grünem Vinylbezug stand an der einen Wand, ein Polstersessel an der gegenüberliegenden, daneben auf dem Teppich ein kleiner Farbfernseher. Im Eßzimmer gab es einen Resopaltisch mit drei Stühlen. Der vierte Stuhl stand einsam an der Wand. Bosch betrachtete einen alten, mit Brandflecken übersäten Kaffeetisch vor der Couch, auf dem ein übervoller Aschenbecher stand und ein Buch mit Kreuzworträtseln lag. Karten waren zu einer unvollendeten Patience gelegt. Es gab einen *TV Guide*. Bosch hatte keine Ahnung, ob Meadows rauchte, aber er wußte, daß man bei der Leiche keine Zigaretten gefunden hatte. Er machte sich im Geiste eine Notiz, dies später nachzuprüfen.

Edgar sagte: »Harry, die Wohnung wurde gefilzt. Nicht nur, daß die Tür offen stand und alles. Mir scheint, da ist noch mehr. Die Wohnung ist komplett durchsucht worden. Die haben ihren Job halbwegs anständig gemacht, aber man merkt es trotzdem. Sie hatten es eilig. Sieh dir das Bett an und den Schrank, und du weißt, was ich meine. Ich werde es noch mal bei der Vermieterin versuchen.«

Edgar ging hinaus und Bosch durch das Wohnzimmer ins Schlafzimmer. Auf dem Weg bemerkte er den Uringeruch. An einer Wand des Schlafzimmers stand ein Doppelbett ohne Rückenlehne. Man sah eine schmierige Verfärbung an der weißen Wand, etwa auf der Höhe, wo Meadows seinen Kopf angelehnt haben mußte, wenn er im Bett saß. Gegenüber stand eine alte Anrichte mit sechs Schubladen. Ein billiges Rattan-Nachtschränkchen mit einer Lampe war neben dem Bett. Ansonsten gab es nichts in dem Zimmer, nicht mal einen Spiegel.

Bosch sah sich zuerst das Bett an. Es war ungemacht, und die Kissen und Decken lagen in der Mitte auf einem Haufen. Bosch fiel auf, daß ein Zipfel einer der Decken zwischen Matratze und Rahmen steckte, in der Mitte der linken Bettseite. So war das Bett mit Sicherheit nicht gemacht worden.

Bosch zog den Zipfel unter der Matratze hervor und ließ ihn lose herabhängen. Er hob die Matratze an, als wolle er darunter nachsehen, dann ließ er sie fallen. Der Deckenzipfel steckte wieder zwischen Matratze und Rahmen. Edgar hatte recht.

Als nächstes öffnete er die sechs Schubladen. Die Kleidung, soweit vorhanden – Unterwäsche, weiße und dunkle Socken und mehrere T-Shirts – waren sauber gefaltet und wirkten unangetastet. Als er die unterste Schublade schloß, merkte er, daß sie klemmte und sich nicht vollständig hineinschieben ließ. Er zog sie ganz aus der Kommode. Dann zog er eine weitere Schublade heraus. Dann die anderen. Als sie draußen waren, checkte er die Unterseiten, ob irgendwas daran klebte oder geklebt hatte. Er fand nichts. Er schob sie wieder hinein, allerdings in anderer Reihenfolge, bis jede einzelne leicht zu bewegen war und sich vollständig schließen ließ. Am Ende paßten die Schubladen. Er war überzeugt davon, daß jemand sie herausgezogen hatte, um darunter und dahinter etwas zu suchen, und daß dieser Jemand sie dann falsch wieder einsortiert hatte.

Er trat in den begehbaren Wandschrank und stellte fest, daß nur ein Viertel des vorhandenen Raums genutzt wurde. Am Boden standen zwei Paar Schuhe, ein Paar schwarze Reebok-Laufschuhe, die voller Sand und grauem Staub waren, und ein Paar Schnürstiefel, die aussahen, als wären sie erst vor kurzem geputzt und eingefettet worden. Grauer Staub von den Schuhen lag auch überall auf dem Teppich. Er ging in die Hocke und nahm etwas davon zwischen die Finger. Es schien Betonstaub zu sein. Er zog eine kleine Tüte aus der Tasche und streute ein paar Körnchen hinein. Dann steckte er die Tüte weg und stand auf. Fünf Hemden hingen auf Bügeln, ein weißes Oxford mit geknöpftem Kragen und vier langärmlige, schwarze Pullover wie der, den Meadows getragen hatte. Auf den Bügeln neben den Hemden hingen zwei Paar verwaschene Jeans und zwei Pyjama- oder Karatehosen. Die Taschen aller vier Hosen waren herausgezogen. In einem Plastikwäschekorb fanden sich schmutzige schwarze Hosen, T-Shirts, Strümpfe und ein Paar Boxershorts.

Bosch trat aus dem Schrank und ließ das Schlafzimmer hinter sich. Im Badezimmer blieb er stehen und öffnete den Medizinschrank. Er fand eine halbleere Tube Zahnpasta, ein Fläschchen mit Kopfschmerztabletten und eine einzelne, leere Packung für Insulinspritzen. Als er den Schrank schloß, betrachtete er sich und sah die Müdigkeit in seinen Augen. Er strich sein Haar glatt.

Harry kehrte ins Wohnzimmer zurück und setzte sich auf die Couch vor die unvollendete Patience. Edgar kam herein.

»Meadows hat die Wohnung am ersten Juli gemietet«, sagte er. »Die Vermieterin ist wieder da. Eigentlich hatte sie monatsweise vermieten wollen, aber er hat elf Monate im voraus bezahlt. Vier Scheine pro Monat. Fast fünf Riesen hat er in bar hingelegt. Sie sagt, nach Referenzen hätte sie ihn nicht gefragt. Sie hat nur das Geld genommen. Er wohnte ...«

»Sie sagt, er hätte für elf Monate bezahlt?« unterbrach ihn Bosch. »War das ein Deal, zahl für elf und du kriegst den zwölften umsonst?«

»Nichts dergleichen. Ich hab' sie danach gefragt, und sie sagt nein, es wäre von ihm gekommen. Er hätte es so gewollt. Er hätte gesagt, er würde zum ersten Juni ausziehen, dieses Jahr. Das wäre – warte mal – in zehn Tagen? Sie sagt, er hätte ihr erzählt, er wäre wegen einer Art Job hergekommen, aus Phoenix, glaubt sie. Hat gesagt, er wäre so was wie ein Schichtführer für den Tunnelbau bei diesem U-Bahn-Projekt in der Innenstadt. Sie war der Meinung, so lange würde er für den Job brauchen, elf Monate, und dann zurück nach Phoenix gehen.«

Edgar sah in sein Notizbuch, rekapitulierte sein Gespräch mit der Vermieterin.

»Das war es in etwa. Auch sie hat ihn nach dem Foto identifiziert. Auch sie kannte ihn als Fields, Bill Fields. Sagt, er hätte merkwürdige Arbeitszeiten gehabt, als würde er in der Nachtschicht arbeiten oder so was. Sagt, sie hätte gesehen, wie er letzte Woche morgens nach Hause kam und von einem gelben oder beigefarbenen Jeep abgesetzt wurde. Kein Kennzeichen, weil sie nicht drauf geachtet hat. Aber sie sagt, er wäre ganz schmutzig gewesen, daher hätte sie gewußt, daß er von der Arbeit kam.«

Eine Zeitlang schwiegen sie, dachten beide nach.

Schließlich sagte Bosch: »J. Edgar, ich schlage dir einen Deal vor.«

»Du schlägst mir einen Deal vor? Okay, laß hören.«

»Du gehst jetzt nach Hause oder wieder zu deinem Haus oder sonstwohin. Ich mache hier weiter. Ich hol' das Band im ComCenter ab, geh' wieder ins Büro und fang' den Bericht an. Ich werde mal sehen, ob Sakai irgendwelche Angehörigen benachrichtigt hat. Ich glaube, wenn ich mich recht erinnere, kam Meadows aus Louisiana. Egal, jedenfalls habe ich die Autopsie für morgen früh acht Uhr durchgedrückt. Darum kümmere ich mich auf dem Weg ins Büro.

Dafür machst du morgen diese Fernsehsache von gestern abend fertig und bringst sie rüber zum Bezirksstaatsanwalt. Damit solltest du keine Probleme haben.«

»Du übernimmst also den beschissenen Teil, und ich darf mich amüsieren. Dieser Ein-Transvestit-outet-den-anderen-Fall ist so abgelutscht, wie er nur sein kann. Das soll keine Anspielung sein.«

»Ja. Aber um eine Sache würde ich dich bitten. Wenn du morgen aus dem Valley kommst, halt beim Veteranenkrankenhaus in Sepulveda an und sieh mal, ob du sie überreden kannst, dich einen Blick in seine Akte werfen zu lassen. Vielleicht stehen da ein paar Namen, die uns weiterhelfen. Wie gesagt, angeblich soll er sich während der ambulanten

Behandlung einem Psychiater gegenüber und in einem dieser gruppendynamischen Treffen geäußert haben. Vielleicht hat einer von den Typen mit ihm gemeinsam gedrückt und weiß, was da los war. Es ist weit hergeholt, ich weiß. Wenn sie dir das Leben schwer machen, ruf mich an und ich bemühe mich um einen Durchsuchungsbefehl.«

»Hört sich gut an. Aber ich mache mir Sorgen um dich, Harry. Ich meine, wir beide sind noch nicht allzu lange Partner, und ich weiß, daß du dich wahrscheinlich wieder nach Downtown zum Morddezernat hocharbeiten willst, aber ich sehe nicht, was es bringen soll, wenn du dir in dieser Sache den Arsch aufreißt. Ja, diese Bude ist gefilzt worden, aber das ist nicht die Frage. Die Frage ist, wieso. Und wenn ich es genau betrachte, will mir nichts so richtig aufstoßen. Für mich sieht es so aus, als hätte jemand den toten Meadows unten am Reservoir abgeladen und die Wohnung durchsucht, um seinen Stoff zu finden. Falls er welchen hatte.«

»Wahrscheinlich war es so«, sagte Bosch einige Augenblicke später. »Aber ein paar Dinge stören mich trotzdem. Ich möchte noch ein bißchen daran rumtüfteln, bis ich mir sicher bin.«

»Na, wie gesagt, ich hab' damit keine Probleme. Du bietest mir das saubere Ende der Latte an.«

»Ich glaube, ich werde mich noch mal etwas umsehen. Geh du nur, und wir sehen uns morgen, wenn ich von der Autopsie komme.«

»Okay, Partner.«

»Und, Jed?«

»Ja?«

»Mit Downtown hat das alles nichts zu tun.«

Bosch saß allein, sinnierte vor sich hin und suchte das Zimmer nach Geheimnissen ab. Schließlich fiel sein Blick auf die Karten, die ausgebreitetet vor ihm auf dem Kaffeetisch lagen.

Patience. Er sah, daß alle vier Asse aufgedeckt waren. Er nahm den Stapel mit den restlichen Karten und ging ihn durch, nahm immer drei Karten auf einmal. Dabei stieß er auf Pik Zwei und Drei und die Herz Zwei. Das Spiel war keineswegs steckengeblieben. Es war unterbrochen worden, nicht beendet.

Er wurde unruhig. Er sah in den grünen, gläsernen Aschenbecher und stellte fest, daß sämtliche Kippen filterlose Camel waren. Handelte es sich um Meadows' Marke oder die seines Mörders? Er stand auf und lief im Zimmer herum. Wieder fiel ihm der leichte Uringeruch auf. Er ging zurück ins Schlafzimmer. Er zog die Schubladen der Kommode auf und sah sich deren Inhalt noch mal an. Ihm fiel nichts auf. Er trat ans Fenster und sah die Rückseite eines weiteren Apartmenthauses auf der anderen Seite der Gasse. Unten stand ein Mann vor einem Einkaufswagen. Mit seinem Knüppel stocherte er in einem Müllcontainer herum. Der Wagen war voller Aluminiumdosen. Bosch trat zurück, setzte sich auf das Bett und lehnte den Kopf gegen die Wand, wo ein Brett hätte sein sollen und die weiße Farbe schmuddelig grau war. Die Wand in seinem Rücken fühlte sich kühl an.

»Erzähl mir was«, flüsterte er in die Leere hinein.

Er war sicher, daß irgend etwas das Kartenspiel unterbrochen hatte und Meadows hier gestorben war. Dann hatte man ihn zu dem Rohr gebracht. Aber wieso? Warum hatte man ihn nicht liegen lassen? Bosch lehnte den Kopf an die Wand und starrte geradeaus. Genau in dem Augenblick bemerkte er den Nagel in der Wand gegenüber. Der Nagel steckte etwa einen Meter über der Kommode, und irgendwann hatte man ihn zusammen mit der Wand weiß gestrichen. Deshalb war er ihm nicht aufgefallen. Er stand auf und ging hinüber, um hinter der Kommode nachzusehen. In dem zehn Zentimeter breiten Spalt zwischen Schrank und Wand sah er den Rand eines heruntergefallenen Bilderrahmens. Mit der Schulter schob er die schwere Kommode von der Wand ab und hob den Rahmen auf. Er trat zurück und setzte sich auf die Bettkante, um ihn zu betrachten. Das Glas war zersprungen, wahrscheinlich beim Herunterfallen. Das kaputte Glas verdeckte zum Teil ein 20 x 25 cm großes Schwarzweißfoto, das körnig und an den Rändern bräunlich vergilbt war. Das Foto war sicher über zwanzig Jahre alt. Bosch erkannte es, weil er zwischen zwei Sprüngen im Glas sah, wie sein eigenes, junges Gesicht ihn anlächelte.

Bosch drehte den Rahmen um und bog vorsichtig die Blechklammern zurück, die die Pappe an der Rückseite hielten. Als er das vergilbte Foto herausschob, gab das Glas schließlich nach und die Scherben fielen zu Boden. Er betrachtete die Fotografie. Weder vorn noch hinten war ersichtlich, wann sie gemacht worden war. Aber er wußte, sie mußte irgendwann Ende 1969 oder Anfang 1970 entstanden sein, da einige der Männer auf dem Bild danach nicht mehr gelebt hatten.

Sieben von ihnen waren auf dem Bild. Alles Tunnelratten. Alle ohne Hemden und stolz auf ihre Sonnenbräune und die Tätowierungen. Die Hundemarken waren zusammengeklebt, damit sie nicht klapperten, wenn die Männer durch die Tunnel krochen. Es mußte der Echo-Sektor im Cu-Chi-Distrikt gewesen sein, aber Bosch konnte sich nicht erinnern, in welchem Dorf. Die Soldaten standen in einem Schützengraben zu beiden Seiten eines Tunneleingangs, der nicht breiter war als die Röhre, in der man Meadows tot aufgefunden hatte. Bosch betrachtete sich selbst und fand sein Grinsen auf dem Foto albern. Es war ihm peinlich angesichts dessen, was ihnen nach diesem Augenblick noch bevorgestanden hatte. Dann betrachtete er Meadows auf dem Foto und sah das schmale Lächeln und den leeren Blick. Die anderen hatten immer gesagt, Meadows hätte einen Tausendmeterblick in einem Drei-mal-drei-Meter-Zimmer.

Bosch sah auf das Glas zwischen seinen Füßen hinab und fand einen rosafarbenen Zettel von der Größe eines Baseballtickets. Mit spitzen Fingern sammelte er ihn auf und untersuchte ihn genau. Es war ein Pfandschein aus einem Laden in der Innenstadt. Der Kundenname lautete auf William Fields. Ein verpfändeter Gegenstand war angegeben: ein antikes Armband, Gold mit Einlegearbeiten aus Jade. Das Datum auf dem Schein lag sechs Wochen zurück. Fields hatte 800 Dollar für das Armband bekommen. Bosch steckte den Zettel in eine Klarsichthülle aus seiner Tasche und stand auf.

Wegen des Verkehrs zum Dodger Stadion dauerte die Fahrt in die Innenstadt eine Stunde. Bosch vertrieb sich die Zeit damit, über das Apartment nachzudenken. Es war durchsucht worden, aber Edgar hatte recht. Es war in Eile geschehen. Die Hosentaschen waren der deutliche Hinweis. Zumindest die Schubladen hätte man ordentlich zurückschieben können, und das Foto und den versteckten Pfandschein hätten sie nicht übersehen dürfen. Wozu die Eile? Er schloß daraus, daß Meadows' Leiche noch im Apartment gelegen hatte. Sie mußte weg.

Bosch bog am Broadway ab und fuhr südlich am Times Square vorbei zu der Pfandleihe im Bradbury Building. An den meisten Wochenenden war es in Downtown L.A. so ruhig wie in Forest Lawn, und er ging nicht davon aus, daß der Laden geöffnet hatte. Er war neugierig und wollte nur vorbeifahren und einen Blick auf das Geschäft werfen, bevor er sich zum ComCenter aufmachte. Als er jedoch an der Ladenfront vorüberfuhr, sah er, wie ein Mann mit einer Sprühdose das Wort GEÖFFNET in schwarz auf eine Sperrholzplatte schrieb. Die Platte ersetzte die Schaufensterscheibe des Ladens. Bosch sah die Scherben auf dem dreckigen Gehweg unterhalb der Sperrholzplatte. Er hielt am Straßenrand. Der Sprayer war schon drinnen, als Bosch an die Tür kam. Er passierte eine

Photozelle, die irgendwo über all den Musikinstrumenten an der Decke eine Glocke erklingen ließ.

»Ich hab' nicht geöffnet, nicht sonntags«, rief ein Mann von hinten. Er stand hinter seiner verchromten Registrierkasse, die auf einem Glastresen thronte.

»Auf dem Schild, das Sie gerade geschrieben haben, steht was anderes.«

»Ja, aber das gilt für morgen. Wenn die Leute Bretter vor den Fenstern sehen, denken sie, man hat das Geschäft aufgegeben. Ich hab' das Geschäft nicht aufgegeben. Ich hab' geöffnet, außer an Wochenenden. Ich hab' nur für ein paar Tage ein Brett da draußen. Ich habe GEÖFFNET geschrieben, damit die Leute Bescheid wissen, verstehen Sie? Ab morgen.«

»Gehört der Laden Ihnen?« sagte Bosch, während er sein Ausweisetui hervorzog und seine Marke aufklappte. »Es wird nur ein paar Minuten dauern.«

»Oh, Polizei. Warum haben Sie das nicht gleich gesagt? Ich warte schon den ganzen Tag auf die Polizei.«

Bosch drehte sich um, verblüfft, dann sah er den Zusammenhang.

»Sie meinen die Scheibe? Deswegen bin ich nicht hier.«

»Was soll das heißen? Die Streifenbeamten haben gesagt, ich soll auf die Detectives warten. Ich habe gewartet. Seit fünf Uhr früh bin ich hier.«

Bosch sah sich im Laden um. Das übliche Angebot von Blechblasinstrumenten, elektronischem Schrott, Schmuck und Sammlerstücken. »Hören Sie, Mr. ...«

»Obinna. Oscar Obinna Pfandleihen in Los Angeles und Culver City.«

»Mr. Obinna, wegen Vandalismus tanzen an Wochenenden keine Detectives mehr an. Ich meine, vielleicht tun sie es nicht mal mehr in der Woche.«

»Wieso Vandalismus? Ich wurde ausgeraubt. Ein echter Raub.«

»Sie meinen, ein Einbruch? Was wurde gestohlen?«

Obinna deutete auf zwei Vitrinen zu beiden Seiten der Kasse. Die oberen Scheiben der Vitrinen waren in tausend Stücke zersprungen. Bosch trat näher heran und sah zwischen den Scherben kleine Schmuckstücke, billig wirkende Ringe und Ohrringe. Außerdem sah er samtbezogene Sockel, verspiegelte Platten und hölzerne Ringstifte, auf denen sich kein Schmuck mehr befand. Er sah sich um und konnte im ganzen Laden keinen weiteren Schaden entdecken.

»Mr. Obinna, ich könnte den wachhabenden Detective anrufen und fragen, ob heute noch jemand zu Ihnen kommt, und wenn ja, wann sie hier sein können. Aber deswegen bin ich nicht gekommen.«

Dann zog Bosch die Klarsichthülle mit dem Pfandschein hervor. Er hielt ihn Obinna hin.

»Kann ich bitte dieses Armband sehen?« Im selben Augenblick, als er es sagte, kam ihm die böse Ahnung. Der Pfandleiher, ein kleiner, rundlicher Mann mit olivfarbener Haut und dunklem Haar, das er sich um den kahlen Schädel drapiert hatte, blickte skeptisch zu Bosch auf, und die buschigen, dunklen Augenbrauen schoben sich zusammen.

»Sie wollen meinen Fall nicht aufnehmen?«

»Nein, Sir. Ich untersuche einen Mordfall. Könnten Sie mir bitte das Armband zeigen, das auf diesem Pfandschein steht? Dann rufe ich im zuständigen Büro an und versuche rauszufinden, ob heute noch jemand wegen ihres Einbruchs kommt. Vielen Dank für Ihre Kooperation.«

»Aaaah! Das ist typisch! Ich kooperiere. Ich schicke jede Woche meine Listen, mache sogar Fotos für Ihre Hehlerei-Abteilung. Dann bitte ich mal um einen Detective, der einen Raub untersuchen soll, und ich kriege einen Mann, der sagt, sein Job ist Mord. Ich warte seit fünf Uhr heute morgen.«

»Geben Sie mir Ihr Telefon. Ich besorge Ihnen jemanden.«

Obinna nahm den Hörer vom Wandtelefon und reichte ihn

herüber. Bosch gab ihm die Nummer, die er wählen sollte. Während Bosch mit der wachhabenden Beamtin im Parker Center sprach, suchte der Ladeninhaber in einem dicken Buch nach der Eintragung. Die Beamtin, eine Frau, von der Bosch wußte, daß sie während ihrer gesamten Laufbahn noch nie im Außendienst gearbeitet hatte, fragte Bosch, wie es ihm ginge, dann erklärte sie ihm, sie habe den Einbruch in die Pfandleihe an das zuständige Revier weitergeleitet, obwohl sie wußte, daß dort heute keine Detectives sein würden. Das zuständige Revier war Central Division. Bosch ging um den Tresen herum und rief die dortige Dienststelle trotzdem an. Niemand nahm ab. Während das Telefon läutete, begann Bosch ein einseitiges Gespräch.

»Ja, hier ist Harry Bosch, Hollywood Detectives. Ich wollte mich nur nach dem Stand des Einbruchs drüben beim Happy Hocker am Broadway erkundigen ... ist er? Wissen Sie, wann? ... Mh-hm, mh-hm ... Richtig, Obinna. O-B-I-N-N-A.«

Er sah hinüber, und Obinna nickte, daß er korrekt buchstabiert hatte.

»Ja, er wartet hier ... gut ... ich sage es ihm. Danke.«

Er hängte ein. Obinna sah ihn an, die buschigen Augenbrauen hochgezogen.

»Heute war viel zu tun, Mr. Obinna«, sagte Bosch. »Die Detectives sind im Einsatz, aber sie kommen her. Dürfte nicht mehr allzu lange dauern. Ich habe dem Wachhabenden Ihren Namen gegeben und gesagt, er soll die Männer so schnell wie möglich herschicken. Kann ich jetzt das Armband sehen?«

»Nein.«

Bosch fummelte eine Zigarette aus einer Packung, die er aus seiner Manteltasche gezogen hatte. Er wußte, was kam, bevor Obinna seinen Arm über einer der zertrümmerten Vitrinen ausstreckte.

»Ihr Armband ist weg«, sagte der Pfandleiher. »Ich habe es hier in meiner Liste rausgesucht. Ich sehe, daß ich es hier in der Vitrine hatte, weil es ein sehr schönes Stück war, sehr wertvoll. Jetzt ist es weg. Wir sind beide Opfer des Einbrechers, was?«

Obinna lächelte, offensichtlich froh, seinen Kummer mit jemandem teilen zu können. Bosch betrachtete das Glitzern der Scherben am Boden der Vitrine. Er nickte und sagte: »Ja.«

»Sie kommen einen Tag zu spät, Detective. Schade.«

»Haben Sie gesagt, nur diese beiden Vitrinen wären betroffen?«

»Ja. Eingeschlagen und ausgeräumt. Zackzack.«

»Um welche Uhrzeit?«

»Die Polizei hat mich um halb fünf heute morgen angerufen. Da wurde der Alarm ausgelöst. Ich bin gleich hergekommen. Als die Scheibe eingeschlagen wurde, ist der Alarm losgegangen. Die Beamten haben niemanden gesehen. Sie haben gewartet, bis ich da war. Seitdem warte ich auf Detectives, die nicht kommen. Ich kann meine Vitrinen nicht saubermachen, bevor sie da waren und diese Sache untersucht haben.«

Bosch dachte an den zeitlichen Ablauf. Die Leiche war irgendwann vor dem anonymen Anruf um vier Uhr abgeladen worden. Der Einbruch in die Pfandleihe hatte etwa zur selben Zeit stattgefunden. Ein Armband des Toten war gestohlen worden. Es gibt keine Zufälle, sagte er zu sich selbst.

»Sie sagten irgendwas von Fotos. Listen und Fotos für das Dezernat Hehlerei?«

»Ja, LAPD, das stimmt. Ich gebe Listen von allem, was ich annehme, an die Detectives weiter. Das steht so im Gesetz. Ich kooperiere in jeder Hinsicht.«

Obinna nickte energisch und betrachtete traurig seine zerbrochene Vitrine.

»Was ist mit den Fotos?« sagte Bosch.

»Ja, Fotos. Diese Detectives, sie sagen, ich soll Fotos von meinen besten Erwerbungen machen. So können sie gestohlene Ware besser erkennen. Das ist nicht vorgeschrieben, aber wie ich sage, ich arbeite mit. Ich kaufe eine Polaroidkamera. Ich hebe die Fotos auf, falls sie kommen und nachsehen wollen. Tun sie nie. Ist alles Quatsch.«

»Haben Sie ein Foto von diesem Armband?«

Wieder zogen sich Obinnas Augenbrauen hoch, als er diese Idee zum ersten Mal überdachte.

»Ich glaube«, sagte er, und dann verschwand er durch einen schwarzen Vorhang in einem Korridor hinter dem Tresen. Einige Augenblicke später kam er mit einem Schuhkarton voller Polaroids zurück, an denen gelbe Durchschläge aus Kohlepapier hingen. Er blätterte die Fotos durch, zog gelegentlich eines heraus, krauste die Augenbrauen und steckte es dann wieder an seinen Platz zurück. Schließlich fand er, was er suchte.

»Hier. Das ist es.«

Bosch nahm das Foto und betrachtete es.

»Antik, Gold mit geschnitzter Jade, sehr hübsch«, sagte Obinna. »Ich erinnere mich, erstklassige Ware. Kein Wunder, daß der Drecksack, der mir die Scheibe eingeschlagen hat, es haben wollte. Angefertigt in den dreißiger Jahren, Mexiko ... Ich habe dem Mann achthundert Dollar gegeben. Einen so hohen Preis habe ich noch nicht oft für ein Schmuckstück bezahlt. Ich erinnere mich, wie ein sehr dicker Mann hier reinkam mit dem Super-Bowl-Ring. 1983. Sehr hübsch. Ich habe ihm eintausend Dollar gegeben. Er ist nie wiedergekommen.«

Er streckte seine linke Hand aus, um den überdimensionalen Ring vorzuzeigen, der an seinem stummeligen Finger noch größer wirkte.

»Der Mann, der das Armband verpfändet hat ... erinnern Sie sich an den genauso gut?« fragte Bosch.

Obinna machte ein verdutztes Gesicht. Bosch fand, seine Augenbrauen wirkten wie zwei miteinander kämpfende Planierraupen. Er zog eines der Polaroids von Meadows aus der

Tasche und reichte es dem Pfandleiher. Der sah es sich genau an.

»Der Mann ist tot«, sagte Obinna nach einem Moment. Die Planierraupen schienen vor Angst zu erzittern. »Der Mann sieht tot aus.«

»Dafür brauche ich Ihre Hilfe nicht«, sagte Bosch. »Ich möchte wissen, ob er das Armband versetzt hat.«

Obinna gab ihm das Foto zurück. Er sagte: »Ich glaube, ja.«

»Ist er jemals hier gewesen und hat irgendwas anderes versetzt, vor oder nach dem Armband?«

»Nein. Ich glaube, ich würde mich an ihn erinnern. Ich würde sagen, nein.«

»Ich nehme das hier mit«, sagte Bosch und hielt das Polaroid von dem Armband hoch. »Wenn Sie es brauchen, rufen Sie mich an.«

Er legte eine seiner Visitenkarten auf die Kasse. Die Karte war von der billigen Sorte, Name und Telefonnummer waren handschriftlich eingetragen. Als er unter einer Reihe von Banjos hindurch zur Ladentür ging, sah Bosch auf seine Uhr. Er wandte sich zu Obinna um, der wieder in seinem Karton mit Polaroids kramte.

»Mr. Obinna, der Wachhabende hat mich gebeten, Ihnen zu sagen, daß Sie besser nach Hause gehen sollten, wenn die Detectives nicht binnen einer halben Stunde da wären. Die Beamten würden dann morgen früh kommen.«

Obinna starrte ihn an, ohne ein Wort zu sagen. Die Planierraupen griffen an und kollidierten. Bosch hob den Kopf und sah sich selbst in dem polierten Messingknie eines Saxophons, das an der Decke hing. Ein Tenor. Dann drehte er sich um, ging zur Tür hinaus und machte sich auf den Weg zum ComCenter, wo er das Tonband abholen wollte.

Der wachhabende Sergeant im ComCenter unter der City Hall ließ Bosch den Notruf von einem der großen Tonbandgeräte überspielen, die niemals aufhören, sich zu drehen und die Schreie der Großstadt festzuhalten. Die Stimme des Notdienstes war weiblich und schwarz. Der Anrufer war männlich und weiß. Der Anrufer klang wie ein Junge.

»Notruf neun eins eins. Was möchten Sie melden?«

»Äh, äh ...«

»Kann ich Ihnen helfen? Was möchten Sie melden?«

»Äh, ja, ich melde, daß Sie da einen toten Mann in einer Röhre haben.«

»Sie sagen, Sie melden einen Toten?«

»Ja, das stimmt.«

»Was meinen Sie mit einer Röhre, Sir?«

»Er liegt in einer Röhre oben beim Damm.«

»Welcher Damm ist das?«

»Äh, Sie wissen schon, wo das Wasserreservoir und das alles ist, beim Hollywood-Zeichen.«

»Ist das der Mulholland-Damm, Sir? Oberhalb von Hollywood?«

»Ja, der. Genau. Mulholland. Ich wußte den Namen nicht mehr.«

»Wo ist die Leiche?«

»Da oben gibt es eine dicke, alte Röhre. Sie wissen schon, die, in der die Leute schlafen. Der Tote liegt da in der Röhre. Hinten drin.«

»Kennen Sie diese Person?«

»Nein, Mann, kein Stück.«

»Schläft er?«

»Scheiße, nein.« Der Junge lachte nervös. »Er ist tot.«

»Wieso sind Sie so sicher?«

»Ich bin mir sicher. Ich sag' es Ihnen doch. Wenn Sie nicht wollen ...«

»Wie ist Ihr Name, Sir?«

»Was soll das? Wozu brauchen Sie meinen Namen? Ich hab' ihn nur gesehen. Ich hab' es nicht getan.«

»Woher soll ich wissen, daß dies ein ernstgemeinter Anruf ist?«

»Sehen Sie in der Röhre nach, und Sie wissen es. Ich weiß nicht, was ich Ihnen noch sagen soll. Was hat mein Name damit zu tun?«

»Für unsere Akten, Sir. Können Sie mir Ihren Namen sagen?«

»Äh, nein.«

»Sir, werden Sie warten, bis ein Officer eintrifft?«

»Nein, ich bin schon weg. Ich bin nicht da, Mann. Ich bin unten ...«

»Ich weiß, Sir. Auf meinem Bildschirm sehe ich, daß Sie in einer Telefonzelle an der Gower in der Nähe vom Hollywood Boulevard sind. Werden Sie warten, bis ein Officer da ist?«

»Wie ...? Egal, ich muß los. Sehen Sie nach. Die Leiche ist da. Ein toter Mann.«

»Sir, wir würden gern mit Ihnen ...«

Die Verbindung wurde unterbrochen. Bosch steckte die Cassette in seine Tasche und ging auf demselben Weg aus dem ComCenter hinaus, auf dem er hereingekommen war.

Es war fast zehn Monate her, seit Harry Bosch zuletzt den dritten Stock des Parker Centers betreten hatte. Gut zehn Jahre war er beim Morddezernat gewesen, dann aber seit seiner Suspendierung und der Versetzung von der Spezialeinheit zu den Hollywood Detectives nie mehr hierher gekommen. An dem Tag, an dem er es erfahren hatte, war sein Schreibtisch von Lewis und Clarke, zwei Gorillas von der Abteilung für Innere Angelegenheiten, leergeräumt worden. Sie hatten sein Zeug im Revier von Hollywood auf dem Schreibtisch abgeladen, an dem die Mordfälle bearbeitet wurden, und dann auf seinem Anrufbeantworter zu Hause die Nachricht hinterlassen, wo er seine Sachen finden könne. Jetzt, zehn Monate später, ging er wieder über den geweihten

Flur der Eliteeinheit und freute sich, daß Sonntag war. Er würde keine bekannten Gesichter treffen. Kein Grund, sich abzuwenden.

Zimmer 321 war leer, abgesehen von einem Detective, der Wochenenddienst hatte und den Bosch nicht kannte. Harry zeigte auf den hinteren Teil des Zimmers und sagte: »Bosch, Hollywood Detectives. Ich muß mal die Kiste da hinten benutzen.«

Der Detective vom Dienst, ein junger Bursche mit einem Haarschnitt, der noch aus seiner Zeit beim Marine Corps stammen mußte, saß am Schreibtisch und blätterte in einem Waffenkatalog. Er drehte sich zu den Computern an der Rückwand um, als wollte er sichergehen, daß sie noch da waren, und sah dann Bosch wieder an.

»Schlage vor, Sie benutzen den in Ihrer eigenen Abteilung«, sagte er.

Bosch ging an ihm vorbei. »Ich habe nicht die Zeit, nach Hollywood rauszufahren. In zwanzig Minuten hab' ich eine Autopsie«, log er.

»Wissen Sie, ich hab' schon von Ihnen gehört, Bosch. Ja. Die Fernsehserie und das alles. Sie waren früher mal auf diesem Flur. Früher mal.«

Der letzte Satz hing in der Luft wie Smog, und Bosch versuchte, ihn zu ignorieren. Als er nach hinten zu den Computerterminals ging, konnte er nicht anders, als einen Blick auf seinen alten Schreibtisch zu werfen. Er fragte sich, wer ihn jetzt wohl benutzte. Alles lag durcheinander, und ihm fiel auf, daß die Karten auf dem Rolodex neu und ohne Eselsohren waren. Nagelneu. Harry drehte sich um und sah den Detective vom Dienst an, der ihn noch immer beobachtete.

»Ist das dein Schreibtisch, wenn du nicht gerade Sonntagsdienst hast?«

Der Junge lächelte und nickte.

»Du hast es verdient, Jungchen. Du bist genau der Richtige für den Job. Das Haar, das blöde Grinsen. Du wirst es weit bringen.«

»Nur weil man dich hier rausgeschmissen hat, weil du eine wandelnde Ein-Mann-Armee bist ... ach, leck mich am Arsch, Bosch, du bist doch erledigt.«

Bosch zog einen Stuhl auf Rollen von einem Schreibtisch heran und schob ihn vor den IBM-PC an der Rückwand. Er schaltete ein, und ein paar Sekunden später erschienen die bernsteinfarbenen Buchstaben auf dem Bildschirm: HITMAN – Homicide Information Tracking Management Automated Network.

Einen Augenblick lang lächelte Bosch über das unaufhörliche Bedürfnis des Dezernats nach Akronymen. Es kam ihm vor, als hätte man jede Einheit, jede Einsatzgruppe und Computerakte auf einen Namen getauft, dessen Akronym etwas Elitäres vermitteln sollte. Für die Öffentlichkeit waren Akronyme gleichbedeutend mit Taten, mit enormem Personalaufwand zur Bekämpfung lebensbedrohlicher Probleme. Da gab es HITMAN, COBRA, CRASH, BADCATS, DARE. Hundert weitere. Irgendwo im Parker Center sitzt jemand, der den ganzen Tag nichts anderes macht, als sich eingängige Akronyme auszudenken, dachte er. Computer hatten Akronyme, sogar Ideen hatten Akronyme. Wenn deine Spezialeinheit kein Akronym hatte, dann warst du in diesem Dezernat einen Dreck wert.

Als er im HITMAN-Programm war, erschien ein Fragenfeld zu dem gesuchten Fall, und er füllte die Leerstellen aus. Dann tippte er drei Stichworte ein: »Mulholland-Damm«, »Überdosis« und »vorgetäuschte Überdosis«. Dann drückte er die entsprechende Taste, und eine halbe Minute später erklärte ihm der Computer, daß ein Suchlauf durch achttausend Mordfälle, die auf der Festplatte gespeichert waren und etwa zehn Jahre umfaßten, nur sechs Treffer gebracht hatte. Bosch rief einen nach dem anderen auf. Die ersten drei waren ungeklärte Morde an jungen Frauen, die man Anfang der Achtziger tot neben dem Damm gefunden hatte. Sie alle waren erwürgt worden. Bosch warf einen kurzen Blick auf die Information und ging zum nächsten weiter. Der vierte Fall betraf eine Leiche, die vor fünf Jahren im Wasserbecken getrieben hatte. Die Todesursache war nicht Ertrinken gewesen, doch Näheres war nicht bekannt. Bei den letzten beiden handelte es sich um Drogentote. Einer war bei einem Picknick im Park oberhalb des Reservoirs umgekommen. Die Sache sah für Bosch ziemlich eindeutig aus, und er ging weiter. Der letzte Fall betraf eine Leiche, die man vor vierzehn Monaten in der Röhre gefunden hatte. Als Todesursache wurde Herzstillstand aufgrund einer Überdosis braunen Heroinkonzentrats festgestellt.

»Der Verstorbene war dafür bekannt, daß er sich regelmäßig am Damm aufhielt und in der Röhre schlief«, stand auf dem Bildschirm. »Keine weiteren Vorfälle.«

Das war der Tote, von dem Crowley, der wachhabende Sergeant in Hollywood, am Telefon gesprochen hatte. Bosch drückte eine Taste und druckte die Informationen zu dem letzten Fall aus, wenn er auch nicht glaubte, daß der etwas mit seinem Fall zu tun hatte. Er ging aus dem Programm und schaltete den Computer ab, dann saß er noch einen Moment da und dachte nach. Ohne von seinem Stuhl aufzustehen, rollte er vor einen anderen PC. Er stellte ihn an und gab sein Paßwort ein. Er nahm das Polaroid aus der Tasche, sah sich das Armband an und fütterte die Datei gestohlener Gegenstände mit der Beschreibung des Schmuckstücks. Das allein schon war eine Kunst. Er mußte das Armband so beschreiben, wie er glaubte, daß andere Cops es tun würden, Cops, die möglicherweise Beschreibungen eines ganzen Inventars gestohlener Schmuckstücke aus einem Raub oder einem Diebstahl eingeben mußten. Er beschrieb das Armband einfach als »antikes

Goldarmband mit geschnitztem Delphin aus Jade.« Er drückte die Suchtaste, und nach dreißig Sekunden sagte der Bildschirm »Nicht gefunden«. Er versuchte es noch einmal, tippte »Gold- und Jadearmband« ein und drückte die Suchtaste. Diesmal gab es 436 Treffer. Zu viele. Er mußte die Herde ausdünnen. Er tippte »Goldarmband mit Jadefisch« und drückte auf »Suchen«. Sechs Treffer. Schon besser.

Der Computer sagte, ein Goldarmband mit einem geschnitzten Jadefisch tauche in vier Polizeiberichten und zwei Bulletins auf, die seit seiner Einführung 1983 in das Computersystem eingegeben worden waren. Bosch wußte, daß wegen der zahlreichen doppelten Ausführungen in sämtlichen Departments alle sechs Eintragungen ohne weiteres vom selben Fall oder derselben Meldung über ein verlorengegangenes oder gestohlenes Armband stammen konnten. Er holte die Kurzfassungen der Polizeiberichte auf den Schirm und stellte fest, daß sein Verdacht zutraf. Die Berichte stammten allesamt vom selben Einbruch im September an der Ecke Sixth und Hill in Downtown L.A. Geschädigte war eine Frau namens Harriet Beecham, einundsiebzig, aus Silver Lake. Bosch versuchte sich zu erinnern, welches Gebäude oder Geschäft sich an dieser Ecke befand. Es gab keine Zusammenfassung des Verbrechens im Computer. Er würde ins Archiv gehen und sich einen Ausdruck geben lassen müssen. Es gab jedoch eine knappe Beschreibung des jadebesetzten Goldarmbandes und verschiedener weiterer Schmuckstücke, die man der Beecham entwendet hatte. Das Armband, das die Beecham als gestohlen gemeldet hatte, konnte möglicherweise das Stück sein, das Meadows versetzt hatte, oder vielleicht auch nicht ... Die Beschreibung war zu vage. Mehrere weiterführende Aktenzeichen waren angegeben, die Bosch allesamt in sein Notizbuch schrieb. Dabei schien es ihm, als hätten Harriet Beechams Verluste eine ungewöhnliche Menge an Papierkram mit sich gebracht.

Als nächstes rief er die Information zu den beiden Bulletins auf. Beide stammten vom FBI, und das erste war zwei Wochen nach dem Raub aufgesetzt worden. Drei Monate später hatte man es erneut veröffentlicht, nachdem der Schmuck der Beecham noch immer nicht aufgetaucht war. Bosch schrieb die Nummer des Bulletins auf und stellte den Computer ab. Er ging hinüber zur Ermittlungsgruppe »Geschäftseinbrüche«. Auf einem Stahlregal, das die gesamte Rückwand einnahm, reihten sich Dutzende schwarzer Ordner aneinander, in denen die Bulletins und Fahndungsmeldungen vergangener Jahre aufbewahrt wurden. Bosch nahm den Ordner mit der Aufschrift »September« und begann ihn durchzusehen. Bald merkte er, daß die Bulletins nicht chronologisch geordnet und keineswegs alle im September herausgegeben waren. Es gab überhaupt kein System. Möglicherweise würde er alle zehn Monate seit dem Raub durchsehen müssen, um das Bulletin zu finden, das er suchte. Er nahm einen Stapel Ordner aus dem Regal und setzte sich an den Tisch für Einbruchsdelikte. Wenige Augenblicke später spürte er, daß auf der anderen Seite des Tisches jemand war.

»Was willst du?« sagte er ohne aufzusehen.

»Was ich will?« sagte der Detective vom Dienst. »Ich will wissen, was zum Teufel Sie da machen, Bosch. Das hier ist nicht mehr Ihre Dienststelle. Sie können nicht einfach hier reinplatzen und so tun, als würden Sie den Laden schmeißen. Stellen Sie den Scheiß wieder zurück, und wenn Sie was suchen, kommen Sie morgen wieder und fragen nach, verdammt. Und erzählen Sie mir nicht wieder den Blödsinn mit der Autopsie. Sie sind schon eine halbe Stunde da.«

Bosch blickte zu ihm auf. Er schätzte ihn auf achtundzwanzig, vielleicht neunundzwanzig, noch jünger als Bosch gewesen war, als er beim Morddezernat angefangen hatte. Entweder waren die Ansprüche gesunken, oder das Morddezernat war nicht mehr, was es mal war. Bosch wußte, daß beides stimmte. Er widmete sich wieder dem Bulletin-Ordner.

»Ich rede mit dir, Arschloch!« bellte der Detective.

Bosch streckte seinen Fuß unter dem Tisch aus und trat gegen den Stuhl, der ihm gegenüber stand. Der Stuhl schoß unter dem Tisch hervor, und seine Lehne traf den Detective zwischen die Beine. Er klappte zusammen, gab ein *Uumpf* von sich und tastete nach dem Stuhl, um sich abzustützen. Bosch wußte, daß sein Ruf für ihn arbeitete. Harry Bosch: Einzelgänger, Kampfmaschine, Killer. Komm schon, Junge, sagte er damit, tu was.

Aber der junge Detective starrte Bosch nur an, hielt Wut und Erniedrigung im Zaum. Er war ein Cop, der die Waffe ziehen, aber nicht abdrücken konnte. Und als Bosch dies wußte, wußte er auch, daß der Bengel kneifen würde.

Der junge Cop schüttelte den Kopf, wedelte mit den Armen, als wollte er sagen, jetzt ist es aber genug, und kehrte an seinen Tisch zurück.

»Mach schon, schreib mich auf, Jungchen«, sagte Bosch seinem Rücken zugewandt.

»Du kannst mich mal«, gab der Junge kraftlos zurück.

Bosch wußte, daß er sich keine Sorgen machen mußte. Das IAD, das Department für Innere Angelegenheiten, würde sich die Beschwerde eines Officers über einen anderen ohne Zeugen oder Bandaufzeichnung nicht einmal ansehen. Das Wort eines Cops gegen das eines anderen war etwas, bei dem man in diesem Dezernat nichts unternehmen würde. Tief in ihrem Inneren wußten sie, daß das Wort eines Cops nichts wert war. Deshalb arbeiteten die Leute vom IAD immer paarweise.

Eine Stunde und sieben Zigaretten später hatte Bosch es gefunden. Die Fotokopie eines Polaroids von dem jadebesetzten Goldarmband gehörte zu einem fünfzig Seiten dicken Packen von Beschreibungen und Fotos von Gegenständen, die bei einem Raub in der WestLand National Bank an der Ecke

Sixth und Hill verschwunden waren. Endlich konnte Bosch die Adresse einordnen und erinnerte sich an das dunkel getönte Glas des Gebäudes. Im Inneren der Bank war er nie gewesen. Ein Banküberfall, bei dem Schmuck geraubt wurde, dachte er. Das machte nicht viel Sinn. Er betrachtete die Liste. Bei fast allen Gegenständen handelte es sich um Schmuckstücke, doch für einen Banküberfall waren es zu viele. Allein Harriet Beecham hatte acht alte Ringe, vier Armreifen, vier Ohrringe verloren. Außerdem hatte man die Stücke als gestohlen, nicht als geraubt vermerkt. Er ging die Fahndungsmeldungen durch, konnte aber nichts finden. Nur einen Kontakt zum FBI: Special Agent E.D. Wish.

Dann fiel ihm auf, daß in einem Feld auf dem Fahndungsblatt drei Tage als Datum des Einbruchs angegeben waren. Ein Einbruch, verteilt über eine Spanne von drei Tagen in der ersten Septemberwoche. Das Wochenende um den Labor Day herum. Da waren die Banken in der Innenstadt drei Tage geschlossen. Jemand hatte ein Ding in einer Bank mit einem Tresorraum gedreht. Ein Tunneljob? Bosch lehnte sich zurück und dachte darüber nach. Wieso erinnerte er sich nicht daran? So ein Einbruch wäre doch tagelang durch die Medien gegangen. Im Dezernat hätte man sogar noch länger davon gesprochen. Dann fiel ihm ein, daß er am Labor Day in Mexiko gewesen war, und die drei darauffolgenden Wochen ebenfalls. Der Bankraub war geschehen, als er seine einmonatige Suspendierung wegen des Dollmaker-Falles verbüßt hatte. Er beugte sich vor, nahm einen Hörer ab und wählte.

»Times, Bremmer.«

»Hier ist Bosch. Sie arbeiten immer noch jeden Sonntag, was?«

»Von zwei bis zehn, jeden Sonntag, ohne Bewährung. Also, was gibt's? Seit ... mh ... Ihrem Problem mit der Dollmaker-Sache haben Sie nichts mehr von sich hören lassen. Gefällt Ihnen die Hollywood Division?«

»Geht so. Muß ja.« Er sprach leise, damit der Detective vom Dienst ihn nicht belauschen konnte.

Bremmer sagte: »So schlimm? Na, ich habe gehört, Sie hätten heute morgen die Leiche vom Damm gekriegt.«

Joel Bremmer schrieb schon länger für die *Times* über die Polizeiarbeit als die meisten Cops bei der Truppe waren, Bosch eingeschlossen. Es gab nicht viel, was er über das Department nicht hörte oder nicht mit einem Anruf herausfinden konnte. Vor einem Jahr hatte er Bosch angerufen, ob er einen Kommentar zu seiner Suspendierung abgeben wollte, ohne Bezahlung. Bremmer hatte früher als Bosch davon gewußt. Normalerweise haßte das Department die *Times,* und die *Times* sparte nie mit ihrer Kritik am Department. Aber mitten drin saß Bremmer, dem jeder Cop trauen konnte, was viele, wie Bosch, auch taten.

»Ja, das ist mein Fall«, sagte Bosch. »Bisher gibt es da nicht viel. Aber Sie müssen mir einen Gefallen tun. Wenn es so läuft, wie ich annehme, dürfte es etwas werden, was Sie interessiert.«

Bosch wußte, daß er ihn nicht zu ködern brauchte, aber der Reporter sollte wissen, daß es später noch etwas geben konnte.

»Was brauchen Sie?« sagte Bremmer.

»Wie Sie wissen, habe ich am Labor Day im letzten Jahr meinen verlängerten Urlaub genommen, dank des IAD. Deswegen ist mir diese Sache entgangen. Aber da gab es ...«

»Der Tunneljob? Sie wollen mich doch nicht nach der Tunnelsache fragen, oder? Hier unten in Downtown? Der ganze Schmuck? Verkäufliche Pfandbriefe, Aktien, vielleicht Drogen?«

Bosch hörte, wie die Stimme des Reporters eine Spur eindringlicher wurde. Er hatte recht gehabt. Es war ein Tunnel gewesen, und die Geschichte war lang und breit ausgeschlachtet worden. Wenn Bremmer sich so sehr dafür interessierte, handelte es sich um einen wichtigen Fall. Trotzdem überraschte es Bosch, daß er nichts davon gehört hatte, als er im Oktober wieder an seine Arbeit gegangen war.

»Ja, genau die Sache«, sagte er. »Ich war weg, deshalb habe ich es verpaßt. Irgendwelche Festnahmen?«

»Nein, nichts dergleichen. Zuständig ist das FBI, soweit ich weiß.«

»Ich möchte mir heute abend die Ausschnitte ansehen. Ginge das?«

»Ich kümmere mich um Kopien. Wann kommen Sie?«

»Ich mach' mich bald auf den Weg.«

»Ich gehe recht in der Annahme, daß es etwas mit der Leiche von heute morgen zu tun hat?«

»Sieht so aus. Vielleicht. Ich kann jetzt nicht reden. Und ich weiß, daß die Spinner vom FBI den Fall haben. Mit denen treffe ich mich morgen. Deshalb möchte ich die Ausschnitte heute abend noch sehen.«

»Ich bin da.«

Als er aufgelegt hatte, betrachtete Bosch die FBI-Fotokopie des Armbands. Es gab keinen Zweifel, daß es sich um das Stück handelte, das Meadows versetzt hatte und das auf Obinnas Polaroid zu sehen war. Das Armband auf dem FBI-Foto lag um ein mit Leberflecken übersätes Handgelenk. Drei kleine, geschnitzte Fische schwammen auf einer Woge aus Gold. Bosch nahm an, daß es sich um Harriet Beechams einundsiebzigjähriges Handgelenk handelte und man das Foto aus Versicherungsgründen aufgenommen hatte. Er sah zu dem Detective vom Dienst hinüber, der noch immer in seinem Waffenkatalog blätterte. Er hustete laut, wie er es in einem Film mit Nicholson gesehen hatte, und riß gleichzeitig das Fahndungsblatt aus dem Ordner. Der Junge sah zu Bosch herüber, dann widmete er sich wieder Waffen und Munition.

Als er das Fahndungsblatt in seine Tasche schob, ging Boschs elektronischer Pieper los. Er nahm den Hörer ab und rief das Revier in Hollywood an, rechnete damit, daß ihn eine weitere Leiche erwartete. Ein wachhabender Sergeant namens Art Crocket, den alle nur Davey nannten, nahm den Anruf entgegen.

»Harry, bist du immer noch draußen?« sagte er.

»Ich bin im Parker Center. Mußte ein paar Sachen nachsehen.«

»Gut, dann bist du ja schon in der Nähe vom Leichenschauhaus. Ein gewisser Sakai hat angerufen und gesagt, er muß dich sprechen.«

»Mich sprechen?«

»Er hat gesagt, ich soll dir ausrichten, daß sich was ergeben hätte und sie die Autopsie schon heute machen. Genauer gesagt, sind sie im Augenblick dabei.«

Bosch brauchte fünf Minuten zum County-USC-Hospital und eine Viertelstunde, um einen Parkplatz zu finden. Das Büro des Gerichtsmediziners lag hinter einem der Krankenhausgebäude, die nach dem Erdbeben 1987 für abbruchreif erklärt worden waren. Es war ein gelbes, zweistöckiges Fertighaus ohne architektonischen Reiz oder Ausstrahlung. Als Bosch durch die Glastüren trat, durch die die Lebenden hereinkamen, und dann weiter in die Eingangshalle ging, kam er an einem Detective vom Sheriff's Department vorbei, mit dem er Anfang der Achtziger einige Zeit in der Night-Stalker-Sondereinheit zusammengearbeitet hatte.

»Hey, Bernie«, sagte Bosch und lächelte.

»Leck mich am Arsch, Bosch«, sagte Bernie. »Wir anderen haben auch Fälle, die wichtig sind.«

Bosch blieb einen Augenblick lang stehen und sah dem Detective hinterher, der über den Parkplatz lief. Dann ging er hinein und dann nach rechts, einen behördengrünen Korridor hinunter, kam durch zwei Paar Doppeltüren – und der Gestank wurde immer schlimmer. Es roch nach Tod und extrastarkem Desinfektionsmittel. Der Tod behielt die Oberhand. Bosch betrat den gelb gefliesten Desinfektionsraum. Larry Sakai war da und zog gerade einen Umhang aus Papier über. Papiermaske und -schuhe hatte er schon an. Bosch nahm sich die gleiche Ausrüstung aus einem der Pappkartons auf dem Metalltisch und begann sie überzuziehen.

»Was ist mit Bernie Slaughter los?« fragte Bosch. »Was ist ihm hier drinnen passiert, daß er so sauer ist?«

»*Sie* sind passiert, Bosch«, sagte Sakai, ohne ihn anzusehen. »Er wurde gestern morgen rausgerufen. Irgend so ein Sechzehnjähriger hat seinen besten Freund erschossen. Oben in Lancaster. Sieht aus wie ein Unfall, aber Bernie wartet, daß wir Schußkanal und Schmauchspuren checken. Er will den Fall abschließen. Ich hatte ihm gesagt, wir würden heute spät dazu kommen, also hat er sich auf den Weg gemacht. Nur kommen wir heute gar nicht mehr dazu. Weil Sally unbedingt Ihren Fall bearbeiten will. Fragen Sie mich nicht, wieso. Als ich den Toten reingebracht habe, hat er ihn sich nur kurz angesehen und entschieden, daß wir ihn heute machen. Ich habe ihm gesagt, daß wir dafür jemanden rausschmeißen müssen, und er hat gesagt, nimm Bernie. Aber den konnte ich nicht mehr rechtzeitig an den Apparat kriegen, um zu verhindern, daß er extra herkommt. Deswegen ist Bernie sauer. Sie wissen, daß er ganz da unten in Diamond Bar wohnt. Eine lange Fahrt umsonst.«

Bosch hatte Maske, Umhang und Schuhe an und folgte Sakai den langen, gefliesten Korridor zu den Autopsieräumen hinunter. »Dann sollte er vielleicht auf Sally sauer sein und nicht auf mich«, sagte er.

Sakai antwortete nicht. Sie traten an den ersten Tisch, auf dem Billy Meadows lag, nackt, im Nacken von einem kurzen Kantholz gestützt. Sechs Metalltische standen im Raum. Sie alle hatten Rinnen an den Rändern und Abflußlöcher an den Ecken. Auf jedem lag eine Leiche. Dr. Jesus Salazar stand mit dem Rücken zu Bosch und Sakai über Meadows' Brust gebeugt.

»Tag, Harry, ich hab schon gewartet«, sagte Salazar und sah noch immer nicht auf. »Larry, hiervon werde ich Proben brauchen.« Mit seinem Gummihandschuh hielt er etwas, das aussah wie ein viereckiger Pfropfen Fleisch mit rosa Muskelfasern. Er legte es in eine Stahlpfanne, eine von der Sorte, mit denen man Brownies macht, und reichte sie Sakai. »Machen Sie mir ein paar Vertikale, eine vom Einstichkanal, dann zum Vergleich je eine von den Seiten.«

Sakai nahm die Pfanne und ging hinaus ins Labor. Bosch sah, daß das Stück Fleisch aus Meadows' Brust stammte, etwa zwei bis drei Zentimeter über der linken Brustwarze.

»Was hast du gefunden?« fragte Bosch.

»Bin mir noch nicht sicher. Wir werden sehen. Die Frage ist: Was hast du gefunden, Harry? Mein Mitarbeiter hat gesagt, du hättest die Autopsie gern noch heute gehabt. Wieso das?«

»Ich habe ihm gesagt, es müßte heute sein, weil ich wollte, daß sie morgen gemacht wird. Ich dachte, darauf hätten wir uns auch geeinigt.«

»Ja, das hat er mir gesagt, aber ich bin neugierig geworden. Ich liebe rätselhafte Fälle, Harry. Wieso glaubst du, an dieser Sache wäre was faul, wie ihr Detectives sagt?«

Wir sagen es nicht mehr, dachte Bosch. Wenn es erst mal im Film auftaucht und Leute wie Salazar es übernehmen, ist es aus der Mode.

»Anfangs paßten nur ein paar Dinge nicht zusammen«, sagte Bosch. »Inzwischen sind es mehr geworden. Für mich sieht es aus wie Mord. Da gibt es nichts mehr zu rätseln.«

»Was für Sachen?«

Bosch holte sein Notizbuch hervor und fing an, darin herumzublättern, während er sprach. Er zählte die Dinge auf, die ihm am Tatort aufgefallen waren: der gebrochene Finger, das Fehlen erkennbarer Spuren in der Röhre, das Hemd, das über den Kopf gezogen war.

»Er hatte ein Fixerbesteck in der Tasche, und wir haben

einen Kocher und eine Pfanne in der Röhre gefunden, aber das Ganze wirkt irgendwie nicht echt. Für mich sieht es aus wie eine Finte. Es kommt mir so vor, als ob er mit diesem Schuß umgebracht wurde. Die anderen Narben sind alt. Seine Arme hat er seit Jahren nicht benutzt.«

»Da hast du recht. Neben dem frischen Einstich im Arm ist der Unterleib der einzige Bereich, an dem die Einstiche neu sind. Die Innenseiten der Oberschenkel benutzen normalerweise nur Leute, die sich große Mühe geben, ihre Sucht zu verbergen. Aber andererseits könnte es auch sein, daß er zum ersten Mal wieder die Arme genommen hat. Was hast du sonst noch, Harry?«

»Er hat geraucht, da bin ich ziemlich sicher. Bei der Leiche waren keine Zigaretten.«

»Könnte die nicht jemand der Leiche weggenommen haben? Bevor sie entdeckt wurde? Ein Leichenfledderer?«

»Stimmt. Aber wieso hat er die Kippen genommen und das Besteck nicht? Und dann ist da noch die Wohnung. Irgend jemand hat sie durchsucht.«

»Könnte jemand gewesen sein, der ihn kannte. Jemand, der nach seinen Vorräten gesucht hat.«

»Stimmt auch wieder.« Bosch blätterte in seinem Notizbuch ein paar Seiten weiter. »Im Fixerbesteck bei der Leiche fanden sich bräunlichweiße Kristalle in der Watte. Ich hab' schon oft braunes Heroin gesehen und weiß, daß es die Watte dunkelbraun färbt, manchmal sogar schwarz. Sieht so aus, als hätte er gutes Zeug in den Arm bekommen, wahrscheinlich von Übersee. Das paßt nicht zu der Art und Weise, wie er gelebt hat. Das ist Reiche-Leute-Stoff.«

Salazar dachte einen Moment lang nach, bevor er sagte: »Das sind eine ganze Menge Vermutungen, Harry.«

»Aber dann ist da noch was, und daran fange ich gerade erst an zu arbeiten: Er hatte mit einem großen Ding zu tun.«

Bosch gab ihm eine kurze Zusammenfassung von dem, was

er über das Armband, die Entwendung aus dem Banktresor und die Pfandleihe wußte. Salazars Domäne waren von jeher die forensischen Details eines Falles gewesen, aber Bosch hatte schon immer auf Sally vertraut und es manchmal hilfreich gefunden, ihm Einzelheiten eines Falles zu erzählen. Die beiden hatten sich 1974 kennengelernt, als Bosch noch Streifenpolizist und Sally der neue Stellvertretende Coroner gewesen war. Bosch war zum Objektschutz an der East 54th in South Central eingeteilt gewesen, wo nach einem Schußwechsel mit der Symbionese Liberation Army ein Haus ausgebrannt war und man fünf Leichen im qualmenden Schutt gefunden hatte. Sally sollte feststellen, ob irgendwo in der Asche eine sechste lag – Patty Hearst. Drei Tage hatten die beiden zusammen dort verbracht, und als Sally aufgab, hatte Bosch seine Wette, daß sie noch lebte, gewonnen. Wo auch immer.

Als Bosch mit der Geschichte vom Armband fertig war, schien Sallys Sorge, Billy Meadows' Tod berge möglicherweise gar kein Geheimnis, besänftigt. Er wirkte angespornt. Er drehte sich zu einem Wagen um, auf dem sein Sezierbesteck lag, und rollte ihn neben den Obduktionstisch. Er stellte das Diktiergerät an und nahm ein Skalpell und eine ganz normale Gartenschere in die Hand. Er sagte: »Na gut, machen wir uns an die Arbeit.«

Bosch trat ein Stück zurück, um Spritzern auszuweichen und lehnte sich gegen einen Tresen, auf dem ein Tablett mit Messern, Sägen und Skalpellen stand. Ein Schild fiel ihm ins Auge, das seitlich an dem Tablett klebte. Darauf stand: Müssen geschärft werden.

Salazar sah auf Billy Meadows hinab und begann: »Die Leiche ist die eines gut entwickelten Mannes kaukasischer Abstammung, einhundertfünfundsiebzig Zentimeter groß, wiegt einhundertfünfundsechzig Pfund und wirkt im allgemeinen seinem angegebenen Alter von vierzig Jahren entsprechend. Der

Tote ist kalt und unbalsamiert, befindet sich in vollständiger Leichenstarre und zeigt eine nachträgliche, bedingt bleibende Verfärbung.«

Bosch sah ihm anfangs zu, dann fiel ihm allerdings die Plastiktüte mit Meadows' Kleidern auf dem Tresen neben der Besteckschale auf. Er zog sie herüber und öffnete sie. Augenblicklich brannte der Uringeruch in seiner Nase, und einen Moment lang dachte er an das Wohnzimmer in Meadows' Wohnung. Er zog ein Paar Handschuhe über, während Salazar mit der Beschreibung der Leiche fortfuhr.

»Am linken Zeigefinger läßt sich ein fühlbarer Bruch ohne Fleischwunde oder blutige Quetschung oder Blutung feststellen.«

Bosch warf einen Blick über seine Schulter und sah, daß Salazar mit dem stumpfen Ende des Skalpells am gebrochenen Finger herumwackelte, während er dabei in den Recorder sprach. Er beendete seine äußerliche Beschreibung der Leiche mit der Erwähnung der Einstiche.

»Zu sehen sind blutige Einstiche, die von einer Nadel herrühren, oben auf der Innenseite der Oberschenkel und an der Innenseite des linken Armes. Der Armeinstich sondert eine blutige Flüssigkeit ab und scheint jüngeren Ursprungs zu sein. Keinerlei Schorfbildung. In der linken, oberen Brust befindet sich ein weiterer Einstich, der geringe Mengen von Flüssigkeit absondert und etwas größer als der Einstich einer Nadel zu sein scheint.«

Salazar legte eine Hand über das Mikrophon des Recorders und sagte zu Bosch: »Ich lasse Sakai Proben vom Brusteinstich nehmen. Das sah sehr interessant aus.«

Bosch nickte, drehte sich wieder zum Tresen um und fing an, Meadows' Kleidung auszubreiten. Hinter sich hörte er, wie Salazar mit der Schere den Brustkorb des Mannes öffnete.

Der Detective zog beide Taschen heraus und sah sich die Fusseln an. Er drehte die Strümpfe um und prüfte die Innennähte von Hose und Hemd. Nichts. Er nahm ein Skalpell aus der Müssen-geschärft-werden-Schale, durchschnitt die Nähte von Meadows' Ledergürtel und trennte ihn auf. Wieder nichts. Hinter seinem Rücken hörte er, wie Salazar sagte: »Die Milz wiegt hundertneunzig Gramm. Die Kapsel ist intakt und etwas faltig, das Parenchym ist hellrot und wulstig.«

Bosch hatte das alles schon Hunderte von Malen gehört. Das meiste von dem, was der Pathologe in seinen Recorder diktierte, sagte dem Detective nichts. Er war nur am Ergebnis interessiert. Was hatte die Person auf dem Stahltisch getötet? Wer? Und wie?

»Die Gallenblase ist dünnwandig«, sagte Salazar. »Sie enthält einige Kubikzentimeter grünlichblauer Gallenflüssigkeit ohne Steine.«

Bosch stopfte die Kleidungsstücke zurück in die Plastiktüte. Dann holte er Meadows' lederne Arbeitsschuhe aus einer zweiten Plastiktüte. Rötlichorangefarbener Staub rieselte aus dem Inneren der Schuhe. Ein weiterer Hinweis darauf, daß jemand die Leiche in die Röhre gezerrt hatte. Die Absätze waren über den getrockneten Schlamm geschrammt und hatten den Staub in die Schuhe gelenkt.

Salazar sagte: »Die Blasenschleimhaut ist intakt, und darin enthalten sind nicht mehr als fünfzig Milliliter hellgelber Urin. Die äußeren Genitalien und Vagina sind nicht weiter bemerkenswert.«

Bosch drehte sich um. Salazar hielt seine Hand über das Mikrophon des Diktiergeräts. Er sagte: »Pathologenhumor. Wollte nur sehen, ob du zuhörst, Harry. Es könnte sein, daß du es irgendwann bezeugen mußt. Um meine Aussage zu stützen.«

»Das möchte ich bezweifeln«, sagte Bosch. »Niemand langweilt die Geschworenen gern zu Tode.«

Salazar stellte die kleine Kreissäge an, mit der man Schädel öffnet. Sie klang wie ein Bohrer beim Zahnarzt. Bosch wandte sich wieder den Schuhen zu. Sie waren ordentlich gefettet und gepflegt. Die Gummisohlen waren nur wenig abgetragen. In einer der tiefen Rillen im Profil des rechten Schuhs steckte ein weißer Stein. Bosch löste ihn mit dem Skalpell heraus. Es war ein kleiner Brocken Zement. Der weiße Staub auf dem Teppich in Meadows' Wandschrank fiel ihm ein. Er überlegte, ob der Staub oder dieser Brocken vielleicht von dem Beton aus dem Tresorraum der WestLand Bank stammte. Wenn aber die Schuhe so gut gepflegt waren, konnte der kleine Brocken dann die neun Monate seit dem Einbruch im Profil gesteckt haben? Das war unwahrscheinlich. Vielleicht stammte er von der Arbeit beim U-Bahn-Bau. Falls Meadows tatsächlich so einen Job gehabt hatte. Bosch warf den Zementbrocken in einen kleinen Plastikumschlag und steckte ihn in die Tasche zu den anderen, die er im Laufe des Tages gesammelt hatte.

Salazar sagte: »Bei der Untersuchung des Kopfes und des Schädelinhalts zeigt sich weder ein Trauma, noch eine pathologische Vorerkrankung oder eine angeborene Anomalie. Harry, ich werde mir jetzt den Finger ansehen.«

Bosch stellte die Schuhe wieder in die Plastiktüte und wandte sich zum Autopsietisch um, als Salazar ein Röntgenbild von Meadows' linker Hand gegen einen Lichtkasten an der Wand hielt.

»Siehst du hier diese Splitter?« sagte er, während er auf kleine, spitze, weiße Flecken im Negativ deutete. Drei davon lagen in der Nähe des gebrochenen Gelenks. »Wäre das hier ein alter Bruch, wären sie mit der Zeit in das Gelenk gewandert. Narben sind auf dem Röntgenbild keine zu erkennen, aber das werde ich mir gleich mal ansehen.«

Er trat an die Leiche und machte mit dem Skalpell einen T-förmigen Schnitt in die Haut an der Oberseite des Gelenks. Dann zog er die Haut zurück, bohrte mit dem Skalpell im rosigen Fleisch herum und sagte: »Nein ... nein ... nichts. Das war nachträglich, Harry. Meinst du, es könnte einer von meinen Leuten gewesen sein?«

»Ich weiß nicht«, sagte Bosch. »Sieht nicht so aus. Sakai hat gesagt, er und sein Helfer wären vorsichtig gewesen. Ich bin mir sicher, daß ich es nicht gewesen sein kann. Wie kommt es, daß die Haut nicht beschädigt wurde?«

»Das ist eine interessante Frage. Ich weiß es nicht. Irgendwie wurde der Finger gebrochen, ohne daß äußerlicher Schaden entstand. Darauf habe ich keine Antwort. Aber es dürfte nicht allzu schwierig gewesen sein. Einfach den Finger festhalten und nach unten reißen. Vorausgesetzt, man bringt es über sich. So etwa.«

Salazar ging um den Tisch. Er hob Meadows' rechte Hand und riß den Finger nach hinten. Ihm fehlte die Hebelkraft, und er konnte das Gelenk nicht brechen.

»Schwieriger als ich dachte«, sagte er. »Vielleicht hat jemand mit einem stumpfen Gegenstand auf den Finger geschlagen. Mit einem Ding, das die Haut nicht beschädigt.«

Als Sakai eine Viertelstunde später mit den Proben hereinkam, war die Autopsie beendet und Salazar nähte Meadows' Brustkorb mit einer dicken, gewachsten Schnur zu. Dann nahm er einen von der Decke hängenden Schlauch, spritzte die Leiche ab und befeuchtete das Haar. Sakai band die Arme und Beine mit einem Seil zusammen, um zu verhindern, daß sie sich in den verschiedenen Stadien der Leichenstarre bewegten. Bosch sah, daß das Seil in die Tätowierung an Meadows' Arm schnitt, direkt am Hals der Ratte.

Mit Daumen und Mittelfinger drückte Salazar Meadows' Augen zu.

»Bringen Sie ihn in die Box«, sagte er zu Sakai. Dann zu Bosch: »Sehen wir uns mal die Proben an. Es kam mir seltsam vor, weil das Loch größer war als bei einer normalen Nadel, und die Stelle an der Brust ist ziemlich ungewöhnlich.

Der Einstich wurde zweifellos vor dem Tod vorgenommen, möglicherweise während des Todes ... es gab nur eine leichte Blutung. Aber es hat sich kaum Schorf auf der Wunde gebildet. Das heißt also: kurz bevor oder während er gestorben ist. Möglicherweise die Todesursache, Harry.«

Salazar brachte die Proben zu einem Mikroskop, das auf dem Tresen im hinteren Teil des Raumes stand. Er suchte eine der Proben aus und legte sie auf die Sichtscheibe. Er beugte sich darüber, und nach einer halben Minute sagte er: »Interessant.«

Dann sah er sich kurz die anderen Proben an. Als er fertig war, legte er die erste Probe wieder auf die Sichtscheibe.

»Okay, ich habe dort, wo der Einstich war, aus der Brust ein quadratisches Stück von zweieinhalb Zentimetern entnommen. Ich bin mit dem Schnitt etwa vier Zentimeter in die Brust eingedrungen. Diese Probe ist ein vertikales Präparat der Probe und zeigt den Verlauf des Einstichs. Kannst du mir folgen?«

Bosch nickte.

»Gut. Das ist in etwa so, als würde man einen Apfel aufschneiden, um den Gang eines Wurmes freizulegen. Die Probe zeigt den Verlauf der Perforation, jeden direkten Schlag und jede Verletzung. Sieh es dir an.«

Bosch beugte sich über das Okular des Mikroskops. Die Probe zeigte eine gerade, etwa zweieinhalb Zentimeter tiefe Perforation durch die Haut und in den Muskel, die sich am Ende wie ein Nagel verjüngte. Der rosige Muskel färbte sich am unteren Ende der Penetration dunkelbraun.

»Was bedeutet das?« fragte er.

»Es bedeutet«, sagte Salazar, »daß der Einstich durch die Haut ging, durch die Faszie – das ist die sehnenartige Muskelhaut – und dann direkt in den pektoralen Muskel. Ist dir die dunkler werdende Färbung des Muskels um die Penetration herum aufgefallen?«

»Ja, ist sie.«

»Harry, das kommt, weil der Muskel dort verbrannt ist.«

Bosch wandte sich vom Mikroskop ab und sah Salazar an.

Unter der Atemmaske des Pathologen schien sich ein schmales Lächeln abzuzeichnen.

»Verbrannt?«

»Ein Elektroschocker«, sagte der Pathologe. »Einer, der seinen Elektrodenpfeil tief ins Hautgewebe dringen läßt. Etwa drei bis vier Zentimeter. Wenn es in diesem Fall auch wahrscheinlicher sein dürfte, daß die Elektrode manuell tiefer in den Brustkorb gepreßt wurde.«

Bosch überlegte einen Augenblick. Es wäre praktisch unmöglich, einen bestimmten Elektroschocker nachzuweisen. Sakai kam wieder herein, lehnte sich an den Tresen bei der Tür und sah ihnen zu. Salazar nahm drei Glasröhrchen mit Blut und zwei mit einer gelblichen Flüssigkeit vom Gerätewagen. Außerdem stand da noch eine kleine Stahlschüssel mit einem braunen Klumpen, den Bosch als Leber erkannte.

»Larry, hier sind die toxikologischen Proben«, sagte Salazar. Sakai nahm sie entgegen und verschwand.

»Was du da sagst, deutet auf Folter hin, Elektroschock«, sagte Bosch.

»So sieht es aus«, sagte Salazar. »Nicht so stark, daß es ihn töten würde, dafür ist das Trauma zu gering. Aber möglicherweise stark genug, um Informationen aus ihm herauszuholen. Ein Stromstoß kann eine ziemliche Überzeugungskraft haben. Ich glaube, dafür gibt es genügend Beispiele. Wenn die Elektrode an der Brust des Delinquenten befestigt wird, merkt er wahrscheinlich, wie ihm der Saft direkt ins Herz fließt. Dann wäre er gelähmt. Er würde ihnen erzählen, was sie wissen wollen und könnte dann nur noch zusehen, wie sie ihm die tödliche Dosis Heroin in den Arm spritzen.«

»Können wir irgendwas davon beweisen?«

Salazar sah auf den Fliesenboden hinab, legte einen Finger an seine Maske und kratzte sich an der Lippe darunter. Bosch brauchte unbedingt eine Zigarette. Seit fast zwei Stunden war er jetzt im Autopsieraum.

»Irgendwas davon beweisen?« sagte Salazar. »Nicht medizinisch. Die toxikologischen Proben sind in einer Woche fertig. Nur mal angenommen, sie kommen als Überdosis Heroin zurück. Wie sollen wir beweisen, daß jemand anders sie ihm in den Arm gegeben hat, nicht er selbst? Medizinisch können wir es nicht. Aber wir können zeigen, daß auf das Opfer zum Zeitpunkt des Todes oder kurz davor ein traumatischer Angriff in Form eines Elektroschocks verübt wurde. Er wurde gefoltert. Nach Eintritt des Todes wäre dann da noch der unerklärliche Bruch des ersten Fingers der linken Hand.«

Wieder rieb er sich über die Maske und sagte abschließend: »Ich könnte aussagen, daß es Mord war. Sämtliche medizinischen Beweise zusammengefaßt weisen auf Tod durch Dritte hin. Aber im Augenblick gibt es dafür keinen Anlaß. Wir warten die Ergebnisse der Toxikologie ab, und dann stecken wir die Köpfe noch mal zusammen.«

Bosch hielt eine Zusammenfassung dessen, was Salazar gesagt hatte, in seinem Notizbuch fest. Er würde es für seinen eigenen Bericht brauchen.

»Natürlich«, sagte Salazar, »ist es eine ganz andere Frage, ob man irgend etwas davon einer Jury von Geschworenen zweifelsfrei beweisen kann. Ich nehme mal an, Harry, du wirst das Armband auftreiben oder rausfinden müssen, was so viel wert war, daß ein Mann dafür gefoltert und getötet wurde.«

Bosch klappte sein Notizbuch zu und fing an, den Papierkittel auszuziehen.

Die untergehende Sonne ließ den Himmel brennen, rosa und orange. Die Farben leuchteten wie die Neoprenanzüge von Surfern. Wie schön doch diese Täuschung ist, dachte Bosch, als er auf dem Hollywood Freeway in Richtung Norden nach Hause fuhr. Das hatten die Sonnenuntergänge hier so an sich. Sie ließen einen vergessen, daß es der Smog war, der ihre

Farben so leuchtend machte. Daß hinter jedem hübschen Bild eine häßliche Geschichte lauern konnte.

Die Sonne hing wie eine kupferne Kugel in der Scheibe auf der Beifahrerseite. Er hatte im Radio einen Jazzsender gesucht, und Coltrane spielte »Soul Eyes«. Auf dem Sitz neben ihm lag ein Aktenordner mit den Zeitungsausschnitten von Bremmer. Ein Sechserpack Henry's hielt den Ordner, wo er war. In Barnham fuhr Bosch ab und nahm den Woodrow Wilson hinauf in die Hügel oberhalb von Studio City. Sein Zuhause war ein hölzerner Einzimmerausleger, kaum größer als eine Garage in Beverly Hills. Er hing über dem Rand eines Hügels und wurde an seinem Mittelpunkt von drei Stahlstützen gehalten. Bei Erdbeben war dies ein beängstigender Ort, als forderte man Mutter Natur heraus, die Träger abzuknicken und das Haus wie einen Schlitten den Hügel hinunterzuschicken. Aber der Blick war unbezahlbar. Von der hinteren Veranda aus konnte Bosch im Nordosten Burbank und Glendale sehen. Er sah die rötlich eingefärbten Berge jenseits von Pasadena und Altadena. Manchmal konnte er die hoch aufragenden Rauchsäulen und den orangefarbenen Schimmer der Buschbrände in den Hügeln sehen. Nachts ließ das Rauschen des Freeway unter ihm etwas nach, und die Suchscheinwerfer von Universal City strichen über den Himmel. Das Valley zu überblicken, gab Bosch jedesmal ein Gefühl von Macht, das er sich nicht erklären konnte. Aber er wußte, daß dies einer der Gründe gewesen war, der Hauptgrund eigentlich, warum er das Haus genommen hatte und es nie mehr verlassen wollte.

Vor acht Jahren hatte Bosch es gekauft und eine Anzahlung von 50 000 Dollar geleistet, bevor der Immobilienboom krankhafte Ausmaße annahm. Somit blieb eine Belastung von 1400 Dollar monatlich, die er sich ohne weiteres leisten konnte, denn ansonsten gab er sein Geld nur für Essen, Trinken und Jazz aus.

Das Geld für die Anzahlung stammte von einem Studio, das

von ihm das Recht erworben hatte, seinen Namen in einer TV-Serie zu benutzen, die auf einer Reihe von Morden an Besitzern von Schönheitssalons in Los Angeles basierte. Bosch und sein Partner wurden von zwei mittelmäßig bekannten Fernsehschauspielern verkörpert. Sein Partner hatte seine fünfzig Riesen und seine Pension genommen und war nach Ensenada gezogen. Bosch hatte seinen Anteil auf ein Haus gesetzt, von dem er nicht wußte, ob es das nächste Erdbeben überleben würde, ihm aber das Gefühl gab, der König dieser Stadt zu sein.

Trotz Boschs Entschlossenheit, nie mehr wegzuziehen, erklärte ihm Jerry Edgar, sein momentaner Partner und Teilzeit-Immobilienmann, dieses Haus wäre inzwischen dreimal soviel wert wie er dafür bezahlt hatte. Wann immer das Thema auf Immobilien kam, was oft der Fall war, riet Edgar Bosch, es zu verkaufen und die günstige Gelegenheit zu nutzen. Edgar wollte es übernehmen. Doch Bosch wollte einfach bleiben, wo er war.

Als er beim Haus ankam, war es schon dunkel. Er trank das erste Bier im Stehen auf der hinteren Veranda und sah auf den Lichterteppich hinab. Er trank eine zweite Flasche, als er mit dem geschlossenen Ordner auf dem Schoß in seinem Bereitschaftssessel saß. Er hatte den ganzen Tag noch nichts gegessen, und das Bier tat bald seine Wirkung. Er fühlte sich träge, doch trotzdem unruhig, und hatte Hunger. Er stand auf, ging in die Küche und schmierte sich ein Truthahn-Sandwich, das er mit einem weiteren Bier zu seinem Sessel trug.

Nachdem er gegessen hatte, wischte er die Sandwichkrümel vom Ordner und schlug ihn auf. In der *Times* hatte es vier Geschichten über den Einbruch in der WestLand Bank gegeben. Er las sie in der Reihenfolge ihres Erscheinens. Die erste war nur kurz und stand auf Seite 3 des Lokalteils. Die Informationen waren offenbar an dem Dienstag zusammengetragen worden, an dem man den Einbruch entdeckt hatte. Zu diesem

Zeitpunkt waren weder LAPD noch FBI daran interessiert, mit der Presse zu sprechen oder die Öffentlichkeit über die Geschehnisse zu informieren.

BEHÖRDEN UNTERSUCHEN BANKEINBRUCH

Eine nicht näher bezeichnete Menge von Wertgegenständen wurde während des verlängerten Wochenendes aus der WestLand National Bank in Downtown gestohlen. Das meldeten die Behörden am Dienstag.

Nach Angaben von Special Agent John Rourke war der Einbruch, den das FBI gemeinsam mit dem Los Angeles Police Department untersucht, entdeckt worden, als Mitarbeiter der an der Ecke Hill Street und Sixth Avenue gelegenen Bank am Dienstag eintrafen und feststellten, daß der Tresorraum mit den Schließfächern leergeräumt worden war.

Rourke sagte, eine Schätzung der gestohlenen Wertsachen sei noch nicht vorgenommen worden. Quellen aus dem Umfeld der Untersuchung vermuten jedoch, aus den Kundenschließfächern im Tresor der Bank seien Juwelen und andere Gegenstände im Wert von über einer Million Dollar entwendet worden.

Rourke wollte ebenfalls keine Aussage darüber machen, wie die Einbrecher in den Tresor gelangt waren, sagte jedoch, das Alarmsystem habe nicht richtig funktioniert. Er weigerte sich, dies weiter auszuführen.

Ein Sprecher von WestLand wollte sich am Dienstag nicht zu dem Einbruch äußern. Nach Aussage der Behörden gab es weder Festnahmen noch Verdächtige.

Bosch schrieb den Namen John Rourke in sein Notizbuch und ging zu der nächsten Zeitungsgeschichte über, die sehr viel länger war. Sie war am Tag nach der ersten veröffentlicht und zur Schlagzeile auf der Titelseite des Lokalteils gemacht worden. Sie hatte eine zweizeilige Überschrift, und daneben gab es ein Foto von einem Mann und einer Frau, die im Tresorraum standen und in ein mannsgroßes Loch im Boden sahen. Hinter ihnen war ein Stapel von Schließfächern zu sehen. Die meisten der kleinen Türen standen offen. Bremmers Name stand über der Geschichte.

MINDESTENS 2 MILLIONEN DOLLAR BEUTE BEI TUNNELRAUB
GAUNER HATTEN LANGES WOCHENENDE ZEIT ZUM GRABEN

Der Artikel basierte auf der ersten Geschichte, ergänzt um das Detail, daß die Eindringlinge einen Tunnel in die Bank gegraben hatten, etwa hundertfünfzig Meter weit von einem Hochwassertunnel, der unter der Hill Street verlief. In dem Artikel stand, man habe den letzten Durchbruch im Boden des Tresorraums mit Sprengstoff vorgenommen. Nach Angaben des FBI hatten sich die Einbrecher den größten Teil des Wochenendes im Tresor aufgehalten und die einzelnen Schließfächer aufgebohrt. Es wurde angenommen, daß der Tunnel vom Hochwasserkanal zum Tresor in etwa sieben bis acht Wochen vor dem Raub gegraben worden war.

Bosch machte sich eine Notiz, daß er beim FBI fragen wollte, wie der Tunnel gegraben worden war. Falls man schwere Gerätschaften eingesetzt hatte, hätte die Alarmanlage, die sicher wie in den meisten Banken sowohl Geräusche als auch Vibrationen registrierte, die Erschütterungen wahrnehmen und den Alarm auslösen müssen. Außerdem fragte er sich, wieso der Sprengsatz nicht Alarm geschlagen hatte.

Dann sah er sich den dritten Artikel an, der einen Tag nach dem zweiten veröffentlicht worden war. Er war nicht von Bremmer verfaßt worden, obwohl auch er im Lokalteil stand. Es war ein Bericht über die Leute, die zu Dutzenden vor der Bank Schlange standen, um nachzusehen, ob ihre Schließfächer unter denen waren, die man aufgebrochen und ausgeraubt hatte. Das FBI begleitete sie in den Tresorraum und nahm ihre Aussagen auf. Bosch überflog die Geschichte, sah aber immer wieder dasselbe: Leute, die wütend oder verzweifelt oder beides waren, da sie Dinge verloren hatten, die im Tresor gelandet waren, weil sie glaubten, hier wären sie sicherer als zu Hause. Gegen Ende der Geschichte wurde Harriet Beecham erwähnt. Man hatte sie interviewt, als sie aus der Bank kam, und sie hatte dem Reporter erklärt, sie habe ihre gesamte Schmucksammlung verloren, die sie auf Weltreisen mit ihrem verstorbenen Mann Harry zusammengetragen hatte. In dem Artikel stand, die Beecham habe ihre Augen mit einem Spitzentaschentuch getupft.

»Ich habe die Ringe verloren, die er mir in Frankreich gekauft hat, ein Goldarmband mit Jadebesatz aus Mexiko«, sagte die Beecham. »Wer auch immer das getan hat, er hat mir meine Erinnerungen genommen.«

Höchst melodramatisch. Bosch fragte sich, ob sich der Reporter das letzte Zitat ausgedacht hatte.

Die vierte Geschichte im Ordner war eine Woche später erschienen. Sie stammte von Bremmer, war kurz und auf den letzten Seiten des Lokalteils versteckt, noch hinter den Nachrichten aus dem Valley. Bremmer berichtete, daß die Untersuchung der WestLand-Sache ausschließlich vom FBI geführt wurde. Das LAPD hatte anfangs geholfen, aber als die Spuren undeutlicher wurden, hatte man den Fall in die Hände der Bundesbehörden gelegt. Erneut wurde Special Agent Rourke zitiert. Er sagte, nach wie vor seien Agenten rund um die Uhr mit dem Fall beschäftigt, jedoch habe man bisher weder Fortschritte gemacht, noch ließe sich ein konkreter Verdacht äußern. Von den gestohlenen Gegenständen aus dem Tresor sei noch nichts wieder aufgetaucht.

Bosch schloß den Ordner. Der Fall war zu groß, als daß das FBI ihn wie einen Banküberfall abschütteln konnte. Er fragte sich, ob Rourke die Wahrheit gesagt hatte, was das Fehlen konkreter Verdächtiger anging. Er fragte sich, ob Meadows' Name jemals aufgetaucht war. Vor zwei Jahrzehnten hatte Meadows in den Tunneln unter den Dörfern von Südvietnam gekämpft und manchmal auch dort gelebt. Wie alle Tunnelkämpfer verstand er etwas von Abbrucharbeiten. Aber das betraf die Zerstörung von Tunneln. Implosionen. Konnte er gelernt haben, wie man den Stahlbetonboden eines Banktresors sprengte? Dann wurde Bosch klar, daß Meadows nicht unbedingt gewußt haben mußte, wie man so etwas machte. Er war sicher, daß für das Ding in der WestLand Bank mehr als eine Person nötig gewesen war.

Er stand auf und holte sich noch ein Bier aus dem Kühlschrank. Bevor er aber zu seinem Sessel zurückkehrte, machte er einen Umweg ins Schlafzimmer, wo er ein altes Fotoalbum aus der untersten Schublade der Kommode holte. Als er wieder in seinem Sessel saß, trank er das Bier halb aus und schlug dann das Buch auf. Haufenweise Fotos lagen lose zwischen den Seiten. Er hatte sie schon längst einkleben wollen, war nur noch nicht dazu gekommen. Er schlug das Buch kaum jemals auf. Die Seiten waren vergilbt und an den Ecken bräunlich verfärbt. Sie waren brüchig, ganz wie die Erinnerungen, die diese Fotos wachriefen. Einzeln nahm er die Schnappschüsse in die Hand und betrachtete sie, war sich irgendwann darüber im klaren, daß er sie nie eingeklebt hatte, weil es ihm gefiel, die Bilder in der Hand zu halten, sie zu fühlen.

Die Fotos waren allesamt in Vietnam aufgenommen. Wie das Bild, das er in Meadows' Wohnung gefunden hatte, waren auch diese größtenteils schwarzweiß. Damals war es in Saigon billig gewesen, einen Schwarzweißfilm entwickeln zu lassen. Auf einigen Bildern war Bosch zu sehen, aber bei den meisten handelte es sich um Aufnahmen, die er mit einer alten Leica gemacht hatte. Sein Pflegevater hatte sie ihm vor der Abreise gegeben, ein Friedensangebot des alten Herrn. Er war dagegen, daß Harry ging, und es hatte Streit darum gegeben. Deshalb wurde die Kamera verschenkt. Und angenommen. Aber Bosch gehörte nicht zu denen, die Geschichten erzählten, als sie heimkehrten, und die Fotos wurden über die Seiten des Albums verteilt, gar nicht erst eingeklebt und kaum jemals angesehen.

Wenn es ein wiederkehrendes Thema dieser Fotos gab, dann waren es lächelnde Gesichter und Tunnel. Auf fast allen Bildern sah man Soldaten, die mit herausfordernden Posen am Schlund eine Lochs standen, das sie wahrscheinlich gerade gestürmt und erobert hatten. Auf einen Außenstehenden mußten die Bilder fremdartig wirken, vielleicht sogar faszinierend. Für Bosch waren sie unheimlich, wie Zeitungsfotos von Leuten, die in Autowracks eingeklemmt waren und darauf warteten, von den Feuerwehrmänner befreit zu werden. Die Bilder zeigten lächelnde Gesichter junger Männer, die in die Hölle hinabgestiegen und wieder herausgekommen waren, um in die Kamera zu lächeln. »Aus heiterem Himmel ins finstere Loch« nannten sie es, wenn sie in einen Tunnel gingen. Jeder einzelne ein schwarzes Echo. Nur Tod in seinem Inneren. Und dennoch stiegen sie hinein.

Bosch blätterte eine rissige Seite um, und dort starrte ihn Billy Meadows an. Die Aufnahme war zweifellos wenige Minuten nach dem Foto entstanden, das Bosch in Meadows' Wohnung gefunden hatte. Dieselben Soldaten. Derselbe Schützengraben und derselbe Tunnel. Echo Sektor, Cu-Chi-Distrikt. Nur war Bosch nicht auf diesem Bild, weil er den Schnappschuß gemacht hatte. Seine Leica hatte Meadows' leeren Blick und das bekiffte Grinsen eingefangen – seine blasse Haut sah wächsern aus, aber straff. Er hatte den wahren Meadows eingefangen, dachte Bosch. Er legte das Foto auf das Blatt zurück und blätterte weiter. Das nächste zeigte ihn selbst, niemanden sonst. Er erinnerte sich genau daran, wie er die

Kamera auf dem Holztisch in einer Hütte postiert und den Timer eingestellt hatte. Dann war er vor die Kamera getreten. Sie hatte geklickt, zeigte, wie er ohne Hemd dasaß und das Sonnenlicht durch das Fenster auf die Tätowierung an seiner sonnengebräunten Schulter fiel. Hinter ihm, wenn auch unscharf, sah man zwischen dem Stroh am Boden der Hütte den dunklen Eingang zu einem Tunnel. Der Tunnel war eine verschwommene, bedrohliche Finsternis wie der grauenhafte Mund auf Edward Munchs Gemälde *Der Schrei*.

Während er das Foto betrachtete, erinnerte sich Bosch, daß es den Tunnel in einem Dorf zeigte, das sie Timbuk 2 genannt hatten. Sein letzter Tunnel. Auf diesem Bild lächelte er nicht. Seine Augen saßen in tiefen Höhlen. Und auch jetzt, als er es ansah, lächelte er nicht. Er hielt das Foto in beiden Händen, rieb geistesabwesend seine Daumen am Rand auf und ab. Er starrte das Foto an, bis Erschöpfung und Alkohol ihn in einen Dämmerzustand sinken ließen. Beinahe traumähnlich. Er erinnerte sich an diesen letzten Tunnel, und er erinnerte sich an Billy Meadows.

Drei von ihnen gingen hinein. Zwei von ihnen kamen heraus.

Der Tunnel war bei einer Routinedurchsuchung in einem kleinen Dorf im E-Sektor entdeckt worden. Das Dorf hatte keinen Namen auf den Karten, deshalb nannten die Soldaten es Timbuk 2. Überall tauchten diese Tunnel auf, und es waren nicht genug Ratten da, sie anzugehen. Als unter einem Reiskorb in einer Hütte der Tunneleingang entdeckt wurde, wollte der Sergeant nicht warten müssen, bis ein Hubschrauber mit neuen Ratten landete. Er wollte weiterkommen, aber er wußte, daß der Tunnel überprüft werden mußte. Also fällte er eine Entscheidung, wie sie so oft im Krieg getroffen wurde. Er schickte drei seiner eigenen Männer hinein. Drei Jungfrauen, die Hosen voll, vielleicht seit sechs Wochen im Land. Der Sergeant sagte ihnen, sie sollten nicht weit reingehen, nur

Sprengladungen anbringen und wieder rauskommen. Macht schnell und deckt euch gegenseitig. Gehorsam stiegen die drei grünen Jungs in das Loch hinab. Aber eine halbe Stunde später kamen nur zwei wieder heraus.

Die beiden, die wiedergekommen waren, sagten, sie seien verschiedene Wege gegangen. Der Tunnel verzweigte sich in mehrere Richtungen, und sie hatten sich getrennt. Gerade als sie das erzählten, war ein Donnern zu hören, und Lärm und Qualm und Staub drangen wie ein mächtiger Husten aus dem Schlund des Tunnels. Die C-4-Sprengsätze waren detoniert. Der Lieutenant kam und sagte, ohne den Vermißten würden sie die Zone nicht verlassen. Der Trupp wartete einen ganzen Tag lang, bis sich Qualm und Staub im Tunnel gelegt hatten, und dann wurden per Hubschrauber zwei Tunnelratten abgesetzt – Harry Bosch und Billy Meadows. Es sei ihm egal, ob der vermißte Soldat noch lebe, erklärte ihnen der Lieutenant. Holt ihn raus. Er wollte keinen seiner Jungs in dem Loch zurücklassen. »Geht rein und holt ihn raus da, damit er eine anständige Beerdigung kriegt.«

Meadows sagte: »Von unseren Leuten würden wir auch keinen da unten lassen.«

Dann stiegen Bosch und Meadows hinab und stellten fest, daß der Haupteingang zu einem Kreuzungsraum führte, in dem Reiskörbe gestapelt wurden und drei weitere Gänge begannen. Zwei davon waren bei den C-4-Explosionen eingebrochen. Der dritte stand noch offen. Es war der, den der vermißte Soldat genommen hatte. Und es war der Weg, den sie nahmen.

Sie krochen durch die Finsternis, Meadows voran, benutzten ihre Lampen nur selten, bis sie nicht weiter kamen. Meadows stocherte am Boden des Tunnels herum, bis er eine versteckte Tür fand. Er brach sie auf, und sie ließen sich in eine tiefergelegene Ebene des Labyrinths hinab. Ohne ein Wort zu sagen, zeigte Meadows in eine Richtung und kroch davon. Bosch wußte, er sollte die andere Richtung nehmen.

Beide wären jetzt allein, es sei denn, vor ihnen wartete der Vietcong. Bosch befand sich in einem gewundenen Gang, in dem es warm war wie in einem Dampfbad. Der Tunnel stank feucht und etwas wie eine Latrine. Er roch den vermißten Soldaten, bevor er ihn sah. Er war tot, seine Leiche verweste schon, aber dennoch saß er breitbeinig mitten im Tunnel, die Spitzen seiner Stiefel deuteten nach oben. Der Tote lehnte an einem Pfosten, der im Boden des Tunnels steckte. Ein Stück Draht, das ein paar Zentimeter weit in seinen Hals schnitt, war um den Pfosten gewickelt und hielt ihn aufrecht. Aus Angst vor einer Sprengfalle rührte Bosch ihn nicht an. Er leuchtete mit seiner Taschenlampe über die Halswunde und folgte der Spur getrockneten Blutes auf der Leiche. Der tote Mann trug ein grünes T-Shirt, auf dem vorn in Blockbuchstaben sein Name stand. Al Crofton war dort unter dem Blut zu lesen. Fliegen klebten im verkrusteten Blut auf seiner Brust, und einen Moment lang fragte sich Bosch, wie sie den Weg hierher gefunden hatten. Er ließ das Licht zwischen die Beine des Soldaten sinken und sah, daß auch dort schwarzes, getrocknetes Blut war. Die Hosen waren aufgerissen, und Crofton sah aus, als hätte ihn ein wildes Tier angefallen. Der Schweiß begann in Boschs Augen zu brennen, und sein Atem wurde lauter und hastiger, als er es wollte. Im selben Augenblick wurde er sich dessen bewußt, ebenso wie der Tatsache, daß er nichts dagegen tun konnte. Croftons linke Hand lag mit der Handfläche nach oben am Boden neben seinem Oberschenkel. Bosch leuchtete darauf und sah die blutigen Hoden. Er unterdrückte den Zwang, sich übergeben zu müssen, konnte aber nicht verhindern, daß er hyperventilierte.

Er preßte die Hände vor den Mund und versuchte, sein keuchendes Atmen zu verlangsamen. Es ging nicht. Er verlor die Kontrolle. Er geriet in Panik. Er war zwanzig Jahre alt, und er hatte Angst. Die Wände des Tunnels kamen immer näher. Er rollte sich von der Leiche weg und ließ die Lampe fallen, deren Licht aber auf Crofton gerichtet blieb. Bosch trat nach den Lehmwänden des Tunnels und rollte sich wie ein Embryo zusammen. Tränen spülten den Schweiß in seinen Augen fort. Anfangs kam es leise, doch bald erschütterte sein Schluchzen den ganzen Körper, und es schien in alle Richtungen zu hallen, bis dahin, wo der Charlie hockte und wartete. Mitten in der Hölle.

Zweiter Teil

Montag, 21. Mai

Bosch wachte gegen vier Uhr morgens in seinem Sessel auf. Er hatte die gläserne Schiebetür zur Veranda offengelassen, und die Santa-Ana-Winde blähten die Vorhänge gespenstisch auf, wehten sie in den Raum hinein. Der warme Wind und sein Traum hatten ihn erst zum Schwitzen gebracht, dann hatte der Wind die Feuchtigkeit auf seiner Haut zu einem salzigen Panzer getrocknet. Er trat auf die Veranda hinaus, stand gegen das hölzerne Geländer gelehnt und sah auf die Lichter im Valley hinab. Die Suchscheinwerfer bei Universal waren über Nacht abgestellt, und auf dem Freeway unten im Paß war alles still. In der Ferne, vielleicht von Glendale her, hörte er das Rattern eines Hubschraubers. Er suchte und fand das rote Licht, das sich langsam durch den Kessel bewegte. Es kreiste nicht, und ein Suchscheinwerfer war auch nicht zu sehen. Das waren keine Cops. Dann meinte er, im Wind leichten Malathiongeruch zu erkennen, scharf und bitter.

Er ging wieder nach drinnen und schloß die Schiebetür. Er dachte an sein Bett, wußte aber, daß er heute nacht keinen Schlaf mehr finden würde. So ging es Bosch oft. Der Schlaf kam früh am Abend, aber er blieb nicht. Oder er kam erst, wenn die aufgehende Sonne sanft die Umrisse der Hügel im Morgennebel erkennen ließ.

Er war in der Veteranenklinik für Schlafstörungen in Sepulveda gewesen, aber die Psychologen konnten ihm nicht helfen. Sie erklärten ihm, er wäre in einem Zyklus. Er würde Zeiten mit ausgedehnten Tiefschlafphasen erleben, in denen ihn quälende Träume heimsuchten. Darauf würden Monate der Schlaflosigkeit folgen, in denen sein Gehirn defensiv auf die Schrecken des Schlafes reagierte. »Ihr Bewußtsein hat die Angst, die Sie aufgrund Ihrer Erlebnisse im Krieg empfinden, unterdrückt«, hatte der Arzt ihm erklärt. »Sie müssen diese Gefühle in Ihren Wachzeiten lindern, erst dann werden sich Ihre Schlafzeiten weiterentwickeln.« Nur verstand der Arzt nicht, daß die Risse sich nicht kitten ließen. Es gab kein Zurück mehr, um zu reparieren, was geschehen war. Eine verwundete Seele ließ sich nicht mit einem Pflaster heilen.

Er duschte und rasierte sich, betrachtete darauf sein Gesicht im Spiegel und dachte daran, wie übel die Zeit Billy Meadows mitgespielt hatte. Boschs Haar wurde grau, aber es war voll und lockig. Abgesehen von den Augenringen war sein Gesicht faltenlos und gutaussehend. Er wischte den Rest Rasierschaum ab und zog seinen beigefarbenen Sommeranzug an, dazu ein hellblaues Hemd mit geknöpftem Kragen. Auf einem Bügel im Schrank fand er eine rotbraune, mit kleinen Gladiatorenhelmen gemusterte Krawatte, die nicht unzumutbar zerknittert oder fleckig war. Er steckte sie mit der 187er Krawattennadel fest, klemmte seine Waffe an den Gürtel und trat ins Dunkel des frühen Morgens hinaus. Er fuhr in die Innenstadt, um sich ein Omelett, Toast und Kaffee in der Pantry an der Figueroa zu genehmigen. Vierundzwanzig Stunden am Tag geöffnet, und das seit der Zeit vor der Depression. Ein Schild prahlte damit, daß der Laden in all den Jahren nicht eine Minute ohne Kundschaft gewesen sei. Bosch drehte sich am Tresen um und sah, daß dieses Verdienst momentan ausschließlich auf seinen Schultern lastete. Er war allein.

Der Kaffee und die Zigaretten machten Bosch fit für den Tag. Danach nahm er den Freeway nach Hollywood, vorbei an einem unbeweglichen Meer von Autos, die darum kämpften, in die Innenstadt zu gelangen.

Das Revier von Hollywood lag an der Wilcox, nur zwei Blocks südlich des Boulevards, von wo die meiste Arbeit kam.

Bosch parkte vor der Tür, weil er nur kurz bleiben und nicht beim Schichtwechsel auf dem Parkplatz hinter dem Revier im Stau stehen wollte. Als er durch die kleine Lobby ging, sah er eine Frau mit einem blauen Auge, die weinte und beim wachhabenden Officer einen Bericht ausfüllte. Im Büro der Detectives links unten im Gang war es still. Der Mann von der Nachtschicht mußte wohl draußen sein oder oben in der Hochzeitssuite, einem Ruheraum im ersten Stock, in dem zwei Feldbetten standen. Wer zuerst kam, schlief zuerst. Das sonst übliche geschäftige Treiben des Büros war wie erstarrt. Es war keiner da, aber auf den langen Tischen, die den Überfällen, Autodiebstählen, der Jugendkriminalität, Raub und Mord zugeteilt waren, herrschte ein wildes Durcheinander von Papieren. Detectives wechselten oft. Der Papierkram blieb immer derselbe.

Bosch ging in den hinteren Teil des Büros, um eine Kanne Kaffee aufzusetzen. Er warf einen Blick durch die Tür in den Korridor, in dem die Arrestbänke standen und der zu den Zellen führte. Mitten im Gang, auf halbem Weg zum Verwahrzimmer, saß ein weißer Junge mit blonden Dreadlocks an eine Bank gekettet. Ein Jugendlicher, höchstens siebzehn, dachte Bosch. Es war gegen das Gesetz, sie mit Erwachsenen zusammen in eine Zelle zu stecken. Was dasselbe war, als sagte man, für einen Kojoten wäre es zu gefährlich, seinen Zwinger mit Dobermännern zu teilen.

»Was glotzt du so, Arschgesicht?« rief der Junge über den Gang.

Bosch sagte nichts. Er streute eine Tüte Kaffee in den Papierfilter. Ein Uniformierter streckte seinen Kopf aus dem Büro des Schließers unten im Gang hervor.

»Ich hab' es dir gesagt«, schrie der Uniformierte den Jungen an. »Einmal noch, und ich zieh' die Handschellen eine Nummer fester. Halbe Stunde, und du spürst deine Hände nicht mehr. Womit willst du dir dann den Arsch abwischen?«

»Da werd' ich wohl deine blöde Fresse nehmen müssen.«

Der Uniformierte trat auf den Gang hinaus und ging auf den Jungen zu, machte lange, wütende Schritte mit seinen harten, schwarzen Schuhen. Bosch schob den Filter in die Kaffeemaschine und stellte sie an. Er ließ die Tür zum Gang hinter sich und trat an den Tisch für die Mordsachen. Er wollte nicht sehen, was mit dem Jungen passierte. Er zog seinen Stuhl vom Tisch rüber zu einer der Gemeinschaftsschreibmaschinen. Die Formblätter, die er brauchte, steckten in Fächern in einem Bord an der Wand über der Maschine. Er legte ein leeres Tatortformular in die Schreibmaschine ein. Dann nahm er sein Notizbuch und schlug die erste Seite auf.

Nachdem er zwei Stunden getippt, geraucht und schlechten Kaffee getrunken hatte, hing eine bläuliche Wolke um die Deckenlampen über dem Tisch, und Bosch hatte die unzähligen Formblätter ausgefüllt, die zu einer Morduntersuchung gehörten. Er stand auf und machte im hinteren Gang Kopien. Ihm fiel auf, daß der Junge nicht mehr da war. Dann nahm er einen neuen blauen Ordner aus dem Schrank mit den Büromaterialien – nachdem er die Tür mit seinem LAPD-Ausweis geknackt hatte – und hakte einen Satz getippter Berichte in die drei Ringe. Den anderen Satz versteckte er in einem abgewetzten blauen Ordner, den er in einer Aktenschublade aufbewahrte und auf dem der Name eines alten, ungelösten Falles stand. Als er fertig war, las er sein Werk noch einmal durch. Ihm gefiel die Ordnung, die der Papierkram einem Fall gab. Bei vielen früheren Fällen hatte er es sich zur Gewohnheit gemacht, sich die Mordakte jeden Morgen wieder durchzulesen. Es half ihm, Theorien zu entwickeln. Der Geruch von neuem Plastik erinnerte ihn an andere Fälle und belebte ihn. Er war wieder auf der Jagd. Die Berichte, die er geschrieben und in der Mordakte abgeheftet hatte, waren allerdings nicht komplett. Im »Chronologischen Bericht des untersuchenden Beamten« hatte er einiges von seinem Sonntagnachmittag und dem Abend ausgelassen. Er hatte es unterlassen, die Verbindung zu erwähnen, die er zwischen Meadows und dem Einbruch in der WestLand Bank festgestellt hatte. Die Besuche in der Pfandleihe und bei Bremmer in der *Times* hatte er ebenso ausgelassen. Es gab auch keine maschinegeschriebenen Zusammenfassungen dieser Gespräche. Es war erst Montag, der zweite Tag. Er wollte warten, bis er beim FBI gewesen war, bevor er diese Informationen der offiziellen Akte hinzufügte. Vorher wollte er wissen, was genau vor sich ging. Es war eine Vorsichtsmaßnahme, die er bei jedem Fall traf. Er verließ das Büro, bevor irgend einer der anderen Detectives eingetroffen war.

Gegen neun Uhr war Bosch in Westwood angekommen und saß im siebzehnten Stock des Federal Building am Wilshire Boulevard. Das Wartezimmer beim FBI war schmucklos, die üblichen Sofas mit Plastikpolstern und zerkratzte Kaffeetischchen. Auf nachgemachtem Holzfurnier lagen alte Ausgaben des *FBI Bulletin* verteilt. Bosch wollte weder lesen noch sich setzen. Er stand vor den dünnen, weißen Vorhängen an den Fenstern, die von der Decke bis zum Boden reichten, und sah hinaus. Die Nordlage bot einen Ausblick, der vom Pazifik ostwärts um den Rand der Santa Monica Mountains bis nach Hollywood reichte. Die Vorhänge lagen wie eine Nebelschicht über dem Smog. Er stand da – seine Nase berührte beinahe den weichen Stoff – und sah nach unten über den Wilshire zum Veteranenfriedhof. Die weißen Steine wuchsen aus dem gepflegten Rasen wie Reihen von Babyzähnen. In der Nähe des Friedhofseingangs fand eine Beerdigung statt, und eine Ehrenformation präsentierte das Gewehr. Es waren nicht viele Trauergäste anwesend. Weiter nördlich, auf einer Anhöhe ohne Grabsteine, konnte Bosch mehrere Arbeiter sehen, die Grassoden entfernten und mit Hacken ein langes Stück Erde umgruben. Während er die Aussicht genoß, sah er sich von

Zeit zu Zeit ihre Fortschritte an, fand aber nicht heraus, was sie da machten. Die Grube war viel zu lang und zu breit für ein Grab.

Um halb elf war das Soldatenbegräbnis beendet, aber die Friedhofsarbeiter auf dem Hügel mühten sich noch immer ab. Und Bosch stand noch immer am Vorhang und wartete. Schließlich ließ ihn eine Stimme aufschrecken.

»All diese Gräber. So ordentliche Reihen. Ich versuche, hier nie aus dem Fenster zu sehen.«

Er drehte sich um. Sie war groß und geschmeidig, hatte braunes, welliges Haar mit blonden Strähnen bis auf die Schultern. Hübsch sonnengebräunt, mit nur wenig Make-up. Sie wirkte unnachgiebig und vielleicht etwas müde für die Tageszeit, so wie nur Polizistinnen und Nutten aussehen. Sie trug ein braunes Kostüm und eine weiße Bluse mit einer schokoladenbraunen Fliege. Er bemerkte den asymmetrischen Schwung ihrer Hüften unter dem Jackett. Sie trug etwas Kleines auf der linken Seite, vielleicht eine Ruger, was ungewöhnlich war. Bosch hatte immer nur weibliche Detectives gekannt, die ihre Waffen in Handtaschen trugen.

»Das ist der Veteranenfriedhof«, sagte sie zu ihm.

»Ich weiß.«

Er lächelte, wenn auch nicht darüber. Er hatte erwartet, daß Special Agent E. D. Wish ein Mann war. Aber nur aus dem Grund, weil die meisten Special Agents, die mit Bankeinbrüchen zu tun hatten, Männer waren. Frauen gehörten zum neueren Image des FBI und waren normalerweise nicht bei den Schwerverbrechen zu finden. Die waren eine Bruderschaft, die hauptsächlich aus Sauriern und Außenseitern bestand, Männern, die sich nicht an der vordringlichen Arbeit des FBI in Bereichen wie Wirtschaftskriminalität, Spionage und Drogenfahndung beteiligen konnten oder wollten. Die Zeiten von G-Man Melvin Purvis waren endgültig vorbei. Bankraub war nicht mehr schick. Bei den meisten Bankräubern handelte es sich nicht mehr um professionelle Diebe. Es waren Junkies auf der Suche nach einer Beute, die sie für eine Woche über Wasser halten würde. Allerdings war Bankraub immer noch ein Verbrechen, dessen Zuständigkeit bei den Bundesbehörden lag. Das war der einzige Grund, warum sich das FBI überhaupt die Mühe machte.

»Natürlich«, sagte sie. »Den müssen Sie ja kennen. Was kann ich für Sie tun, Detective Bosch? Ich bin Agent Wish.«

Sie gaben sich die Hand, aber Wish machte keine Anstalten, mit ihm zur Tür zu gehen, die längst ins Schloß gefallen war. Bosch zögerte einen Augenblick und sagte dann: »Na, ich warte schon den ganzen Morgen darauf, mit Ihnen zu sprechen. Es geht um die Abteilung Bankraub ... um einen Ihrer Fälle.«

»Ja, das haben Sie dem Pförtner schon gesagt. Tut mir leid, daß ich Sie habe warten lassen, aber wir waren nicht verabredet, und ich hatte noch andere dringende Dinge zu erledigen. Hätten Sie doch vorher angerufen.«

Bosch nickte verständnisvoll, aber auch jetzt machte sie keine Anstalten, ihn hereinzubitten. Irgendwas läuft hier falsch, dachte er.

»Haben Sie da hinten vielleicht einen Kaffee?« sagte er.

»Uh ... ja, ich glaube schon. Aber könnten wir uns kurz fassen? Ich stecke im Augenblick wirklich mitten in einer anderen Sache.«

Wer nicht, dachte Bosch. Mit einem Kartenschlüssel öffnete sie die Tür, zog sie auf und ließ ihn vorgehen. Drinnen führte sie ihn einen Gang hinunter, in dem neben den Türen Plastikschilder angebracht waren. Das FBI hatte nicht dieselbe Vorliebe für Akronyme wie die Polizei. Die Schilder waren numeriert – Gruppe 1, Gruppe 2 und so weiter. Beim Gehen versuchte er, ihren Akzent festzumachen. Er war leicht nasal, aber nicht wie aus New York. Philadelphia, dachte er, vielleicht New Jersey. Mit Sicherheit nicht Südkalifornien, egal wie braungebrannt sie sein mochte.

»Schwarz?« sagte sie.

»Milch und Zucker, bitte.«

Sie drehte sich um und betrat einen Raum, den man als kleine Küche eingerichtet hatte. Es gab einen Tresen und Schränke, eine Vier-Tassen-Kaffeemaschine, eine Mikrowelle und einen Kühlschrank. Das Ganze erinnerte Bosch an Anwaltsbüros, in denen er gewesen war, um Aussagen zu machen. Nett, sauber, teuer. Sie reichte ihm einen Styroporbecher mit schwarzem Kaffee und machte eine Geste, daß er sich bei Milch und Zucker bedienen sollte. Sie selbst nahm nichts. Falls es ein Versuch sein sollte, ihm ein unbehagliches Gefühl zu vermitteln, hatte sie damit vollen Erfolg gehabt. Bosch fühlte sich, als wäre er ihr eine Last, nicht jemand, der gute Neuigkeiten brachte, den Durchbruch in einem großen Fall. Er folgte ihr auf den Flur hinaus, und sie gingen durch den nächsten Eingang, an dem »Gruppe 3« stand. Es war die Einheit für Bankraub/Geiselnahme. Der Raum hatte etwa die Größe eines Supermarktes. Es war der erste Einsatzraum einer Bundesbehörde, den Bosch je zu sehen bekam, und der Vergleich mit seinem eigenen Büro war deprimierend. Die Möbel waren neuer als irgend etwas, das man beim LAPD finden konnte. Es gab sogar einen Teppich auf dem Boden und auf fast jedem Tisch eine Schreibmaschine. Von den drei Reihen von je fünf Schreibtischen waren bis auf einen alle leer. Ein Mann in einem grauen Anzug saß am ersten Tisch in der mittleren Reihe und telefonierte. Er kümmerte sich nicht darum, daß Bosch und Wish eintraten. Sah man vom Polizeifunk ab, der aus einem Empfänger auf einem der Aktenschränke kam, hätte das Zimmer auch als Immobilienbüro durchgehen können.

Wish setzte sich an den ersten Tisch in der ersten Reihe und bedeutete Bosch mit einer Geste, daß er sich den Stuhl daneben nehmen sollte. So saß er direkt zwischen Wish und dem grauen Anzug am Telefon. Bosch stellte seinen Kaffee auf ihrem Schreibtisch ab und dachte sich gleich, daß der Mann im grauen Anzug gar nicht wirklich telefonierte, auch wenn der Typ alle paar Augenblicke »mh-hm, mh-hm« oder »mh-mh« sagte. Wish öffnete eine Schublade in ihrem Schreibtisch und holte eine Plastikflasche mit Wasser heraus, aus der sie sich etwas in einen Pappbecher schenkte.

»Wir hatten einen Zwo-Elf bei einer Sparkasse in Santa Monica. Fast alle sind da draußen«, erklärte sie, als er sich in dem fast leeren Raum umsah. »Ich habe von hier aus koordiniert. Deshalb mußten Sie da draußen warten. Tut mir leid.«

»Kein Problem. Haben Sie ihn?«

»Wie kommen Sie darauf, daß es ein er war?«

Bosch zuckte mit den Schultern. »Prozentzahlen.«

»Nun, sie waren zu zweit. Ein Pärchen. Und ja, wir haben sie gekriegt. Sie saßen in einem Wagen, der gestern in Reseda als gestohlen gemeldet wurde. Die Frau ist reingegangen und hat die Sache durchgezogen. Der Mann war der Fahrer. Sie haben die 10 zur 405 genommen, sind zum Flughafen und haben den Wagen vor einem Flugsteig von United abgestellt. Dann haben sie den Fahrstuhl zur Ankunftsebene genommen, sind mit einem Busshuttle zum Abflugsteig von Van Nuys gefahren und dann mit einem Taxi den ganzen Weg zurück nach Venice. Zu einer Bank. Die ganze Zeit hatten wir einen LAPD-Helikopter über ihnen. Kein einziges Mal haben sie hochgesehen. Als sie in die zweite Bank ging, dachten wir, wir bekämen noch einen Zwo-Elf zu sehen, also haben wir sie überrascht, als sie in der Schlange an einer Kasse stand. Ihn haben wir uns auf dem Parkplatz geschnappt. Da stellt sich raus: Sie wollte nur das Geld aus dem ersten Bankraub einzahlen. Ein Transfer von einer Bank zur anderen, auf die harte Tour. Man sieht eine Menge dummer Menschen in diesem Geschäft, Detective Bosch. Was kann ich für Sie tun?«

»Sie können mich Harry nennen.«

»Während ich *was* für Sie tue?«

»Kooperation zwischen den Abteilungen«, sagte er. »Etwa so wie Sie und unser Hubschrauber heute morgen.«

Bosch nahm einen Schluck von seinem Kaffee und sagte: »Ihr Name steht auf einer Fahndung, auf die ich gestern gestoßen bin. Der Fall, für den ich mich interessiere, ist vor einem Jahr in Downtown passiert. Ich arbeite bei der Hollywood Div...«

»Ja, ich weiß«, unterbrach ihn Agent Wish.

»... ision.«

»Der Pförtner hat mir die Karte gezeigt, die Sie bei ihm hinterlegt haben. Möchten Sie sie übrigens wiederhaben?«

Das ging unter die Gürtellinie. Er sah seine traurige Visitenkarte auf ihrer sauberen, grünen Schreibunterlage. Seit Monaten hatte sie in seiner Brieftasche gesteckt. Die Ecken waren umgeknickt. Es handelte sich um eine von diesen allgemein gehaltenen Karten, die das Department den Detectives im Außendienst gab. Das Polizeiwappen war geprägt, und man hatte die Telefonnummer der Hollywood Division vermerkt, allerdings keinen Namen. Man konnte sich ein Stempelkissen kaufen, einen Stempel bestellen und am Anfang jeder Woche an seinem Schreibtisch sitzen und ein paar Dutzend Karten stempeln. Oder man konnte seinen Namen einfach mit einem Kuli auf der Linie eintragen und nicht allzu viele davon verteilen. Bosch hatte letzteres getan. Nichts von dem, was das Department tat, konnte ihm peinlicher sein.

»Nein, die können Sie behalten. Übrigens, hätten Sie auch eine für mich?«

Mit einer knappen, ungeduldigen Bewegung zog sie die mittlere, obere Schublade auf, nahm eine Karte aus einem kleinen Fach und legte sie auf die Schreibplatte neben Boschs Ellbogen. Er nahm einen Schluck Kaffee und sah sie sich an. Das E stand für Eleanor.

»Also gut, Sie wissen, wer ich bin und woher ich komme«, fing er an. »Und ich weiß ein bißchen über Sie. Zum Beispiel haben Sie im letzten Jahr einen Bankeinbruch untersucht oder untersuchen ihn noch, bei dem die Täter unterirdisch eingedrungen sind. Ein Tunneljob. WestLand National.«

Er merkte, daß sie im selben Augenblick bei der Sache war und meinte sogar wahrzunehmen, daß der graue Anzug den Atem anhielt. Bosch fischte im richtigen Tümpel.

»Ihr Name steht in den Bulletins. Ich untersuche einen Mordfall, von dem ich glaube, daß es eine Verbindung zu Ihrem Fall gibt, und ich möchte wissen ... eigentlich möchte ich wissen, was Sie rausgefunden haben ... können wir über Verdächtige, mögliche Verdächtige sprechen? ... Ich glaube, es könnte sein, daß wir dieselben Leute suchen. Ich glaube, mein Mann könnte einer Ihrer Täter sein.«

Wish schwieg und spielte mit einem Bleistift herum, den sie von ihrer Schreibunterlage genommen hatte. Mit dem Radiergummi schob sie Boschs Karte auf dem grünen Quadrat herum. Der graue Anzug tat immer noch, als wäre er am Telefon. Bosch sah zu ihm hinüber, und für einen kurzen Moment trafen sich ihre Blicke. Bosch nickte, und der graue Anzug wandte sich ab. Bosch war sicher, daß er dem Mann in die Augen sah, dessen Kommentare in den Zeitungsartikeln gestanden hatten. Special Agent John Rourke.

»Sonst noch was, Detective Bosch?« sagte Agent Wish. »Ich meine, Sie kommen hier reinspaziert, schwenken die Fahne der Kooperation und erwarten von mir, daß ich so einfach unsere Akten öffne.«

Sie tippte dreimal mit dem Bleistift auf den Schreibtisch und schüttelte den Kopf, als tadelte sie ein Kind.

»Wie wär's mit einem Namen?« sagte sie. »Wie wär's, wenn Sie mir einen Grund für diese Verbindung nennen würden? Normalerweise regeln wir solche Anfragen auf dem Dienstweg. Wir haben Verbindungsleute, die Bitten anderer Strafverfolgungsbehörden um Einsicht in unsere Akten prüfen. Das wissen Sie. Ich glaube, es wäre das beste ...«

Bosch zog das FBI-Bulletin mit dem Versicherungsfoto des Armbands aus seiner Tasche. Er faltete es auseinander und legte es auf die Schreibunterlage. Dann nahm er das Foto aus der Pfandleihe und legte auch dieses auf den Tisch.

»WestLand National«, sagte er und tippte mit dem Finger auf das Bulletin. »Der Mann hat es verpfändet. Jetzt ist er tot.«

Sie nahm ihren Blick nicht vom Armband auf dem Polaroid, und Bosch sah, daß sie es wiedererkannte. So sehr war ihr der Fall noch geläufig.

»Sein Name ist Billy Meadows. Man hat ihn gestern morgen in einer Röhre gefunden, oben am Mulholland-Damm.«

Der graue Anzug beendete seine einseitige Konversation. Er sagte: »Ich danke Ihnen für die Informationen. Ich muß gehen, wir wickeln gerade einen Zwo-Elf ab. Mh-hm ... Danke ... Ihnen auch, auf Wiederhören.«

Bosch beachtete ihn nicht. Er beobachtete Wish. Er meinte zu spüren, daß sie gern zu dem grauen Anzug hinübersehen würde. Ihre Augen zuckten in die Richtung, dann aber schnell wieder zu dem Foto zurück. Irgend etwas stimmte nicht, und Bosch beschloß, gegen das Schweigen anzugehen.

»Wieso hören wir nicht auf mit dem Unsinn, Agent Wish? Soweit ich weiß, haben Sie bisher keine einzige Aktie, keine Münze, kein Juwel oder Goldarmband mit Jadearbeiten wiedergefunden. Rein gar nichts haben Sie. Also hören Sie auf mit diesem Quatsch vom Verbindungsmann. Ich meine, was soll das? Der Mann hat das Armband versetzt, jetzt ist er tot. Wieso? Wir führen hier parallel laufende Untersuchungen, glauben Sie nicht? Wahrscheinlich noch dieselbe Untersuchung.«

Nichts.

»Der Mann hat dieses Armband entweder von Ihren Tätern bekommen oder es denen gestohlen. Oder war möglicherweise einer von ihnen. Vielleicht sollte das Armband also noch gar nicht auftauchen. Nichts anderes wurde bisher gefunden.

Und er geht los und bricht die Abmachung und versetzt das Ding. Die legen ihn um, dann gehen sie in die Pfandleihe und klauen es zurück. Wie auch immer. Wir suchen dieselben Leute. Und ich brauche eine Richtung, in die ich gehen kann.«

Sie schwieg weiter, aber Bosch spürte, daß eine Entscheidung bevorstand. Diesmal wartete er ab.

»Erzählen Sie mir von ihm«, sagte sie schließlich.

Er erzählte. Von dem anonymen Anruf. Von der Leiche. Von der Wohnung, die durchsucht worden war. Wie er den Pfandschein hinter dem Foto gefunden hatte und dann in die Pfandleihe gegangen war, aus der man das Armband gerade gestohlen hatte. Er sagte nicht, daß er Meadows gekannt hatte.

»Wurde noch irgendwas aus der Pfandleihe gestohlen oder nur dieses Armband?« fragte sie, als er fertig war.

»Natürlich. Ja. Aber das war nur Tarnung für das, was sie eigentlich wollten. Das Armband. So seh' ich das. Meadows wurde ermordet, weil seine Mörder das Armband wollten. Er wurde gefoltert, bevor man ihn umbrachte, weil sie wissen wollten, wo es war. Sie haben gekriegt, was sie wollten, ihn umgelegt, dann sind sie losgegangen und haben das Armband geholt. Stört es Sie, wenn ich rauche?«

»Ja, das tut es. Was sollte so wichtig an diesem Armband sein? Dieses Armband ist nur ein Tropfen auf dem heißen Stein, bei all dem, was gestohlen wurde und nie wieder aufgetaucht ist.«

Daran hatte Bosch auch schon gedacht und wußte keine Antwort. Er sagte: »Ich weiß es nicht.«

»Wenn er gefoltert wurde, wie Sie sagen, wieso war dann der Pfandschein noch da? Und warum mußten sie in die Pfandleihe einbrechen? Sie meinen, er hätte ihnen gesagt, wo das Armband ist, den Pfandschein aber nicht preisgegeben?«

Auch daran hatte Bosch gedacht. Er sagte: »Ich weiß es nicht. Vielleicht wußte er, daß sie ihn nicht am Leben lassen würden. Also hat er ihnen die Hälfte von dem gesagt, was sie wissen wollten. Er hat etwas zurückgehalten. Es war ein Hinweis. Er hat den Pfandschein als Hinweis zurückgelassen.«

Bosch dachte über die Situation nach. Beim Lesen seiner Notizen und dem Abtippen der Berichte hatte er das zum ersten Mal getan. Er kam zu dem Schluß, daß es Zeit wurde, seine Karten auf den Tisch zu legen.

»Ich habe Meadows vor zwanzig Jahren gekannt.«

»Sie kannten das Tatopfer, Detective Bosch?« Ihre Stimme wurde lauter, vorwurfsvoll. »Warum haben Sie das nicht gleich gesagt, als Sie reinkamen? Seit wann erlaubt das LAPD seinen Detectives, den Tod von Freunden zu untersuchen?«

»Das habe ich nicht gesagt. Ich sagte, ich habe ihn gekannt. Vor zwanzig Jahren. Und ich habe um diesen Fall nicht gebeten. Ich war einfach an der Reihe. Ich wurde rausgerufen. Es war ...«

Er wollte nicht sagen, daß es Zufall war.

»Das ist alles sehr interessant«, sagte Wish. »Außerdem ist es gegen die Vorschrift. Wir ... ich bin nicht sicher, ob wir Ihnen helfen können. Ich glaube ...«

»Hören Sie, als ich ihn kannte, war ich in der US-Army. Erste Infantriedivision in Vietnam. Okay? Wir waren beide da. Er war etwas, das man damals Tunnelratte nannte. Wissen Sie, was das bedeutet? ... Ich war auch eine.«

Wish sagte nichts. Wieder sah sie sich das Armband an. Bosch hatte den grauen Anzug schon ganz vergessen.

»Die Vietnamesen hatten Tunnel unter ihren Dörfern«, sagte Bosch. »Manche davon waren hundert Jahre alt. Die Tunnel reichten von Hütte zu Hütte, von Dorf zu Dorf, von Dschungel zu Dschungel. Sie waren unter unseren eigenen Camps, überall. Und das war unser Job: Tunnelsoldaten, die in diese Dinger runter mußten. Unter der Erde fand ein ganz eigener Krieg statt.«

Bosch merkte, daß er außer einem Psychologen und der

Gesprächsgruppe der Veteranen in Sepulveda noch nie jemandem von den Tunneln und dem, was dort passiert war, erzählt hatte.

»Und Meadows, er konnte das gut. Wenn überhaupt jemand es ›mögen‹ konnte, nur mit einer Taschenlampe und einer .45er bewaffnet in so ein schwarzes Loch zu steigen, dann er. Manchmal sind wir runtergegangen, und es hat Stunden gedauert, manchmal sogar Tage. Und Meadows, na ja, er war der einzige, den ich kannte, der nie Angst hatte runterzugehen. Es war eher das Leben über der Erde, das ihm angst machte.«

Sie sagte kein Wort. Bosch sah zu dem grauen Anzug hinüber, der etwas auf einen gelben Block schrieb, was Bosch nicht lesen konnte. Bosch hörte, wie jemand im Polizeifunk meldete, daß er zwei Gefangene zum Metro-Gefängnis brachte.

»Und zwanzig Jahre später haben Sie jetzt einen Tunnelraub, und ich habe einen toten Tunnelkämpfer. Man hat ihn in einer Röhre gefunden, einem Tunnel. Er hatte einen Gegenstand aus Ihrem Raub in seinem Besitz.« Bosch suchte in seinen Taschen nach Zigaretten, dann fiel ihm ein, daß sie nein gesagt hatte. »Wir müssen in dieser Sache zusammenarbeiten. Ab sofort.«

Er sah ihrem Gesicht an, daß es nicht funktioniert hatte. Er leerte seinen Kaffeebecher, bereit aufzustehen. Er sah Wish nicht mehr an. Er hörte, wie der graue Anzug den Hörer wieder abnahm und eine Nummer eintippte. Er starrte die Zuckerreste am Boden des Bechers an. Er konnte Zucker im Kaffee nicht ausstehen.

»Detective Bosch«, begann Wish. »Es tut mir leid, daß Sie heute morgen so lange auf dem Gang warten mußten. Es tut mir leid, daß dieser Kamerad von Ihnen, Meadows, tot ist. Ob es nun zwanzig Jahre her ist oder nicht, es tut mir leid. Ich habe Mitgefühl für ihn, für Sie und das, was Sie vielleicht durchmachen mußten ... Aber es tut mir auch leid, daß ich

Ihnen im Augenblick nicht helfen kann. Ich muß mich an die Regeln halten und mit meinem Supervisor sprechen. Ich werde mich bei Ihnen melden. So bald wie möglich. Das ist alles, was ich im Augenblick tun kann.«

Bosch warf den Becher in einen Papierkorb neben ihrem Schreibtisch und streckte eine Hand aus, um das Polaroid und die Seite aus dem Bulletin an sich zu nehmen.

»Können wir das Foto hier behalten?« fragte Agent Wish. »Ich muß es meinem Supervisor zeigen.«

Bosch behielt das Polaroid. Er stand auf und baute sich vor dem Schreibtisch des grauen Anzugs auf. Er hielt dem Mann das Polaroid vors Gesicht. »Er hat es schon gesehen«, sagte er über seine Schulter hinweg, als er das Büro verließ.

Deputy Chief Irvin Irving saß an seinem Schreibtisch, knirschte mit den Zähnen und spannte seine Kiefermuskeln zu harten Gummibällen. Er war verstört. Er hatte die Angewohnheit, die Zähne zu fletschen oder mit ihnen zu knirschen, wenn er gestört wurde oder seinen Gedanken nachhing. Als Folge davon waren die Unterkiefermuskeln das hervorstechendste Merkmal seiner Gesichtszüge geworden. Wenn man ihn von vorn sah, war Irvings Unterkiefer tatsächlich breiter als seine Ohren, die flach und flügelförmig am rasierten Schädel klebten. Die Ohren und der Unterkiefer gaben Irving ein einschüchterndes, wenn nicht gar absonderliches Äußeres. Er sah aus wie ein fliegender Unterkiefer, dessen mächtige Backenzähne Glasmurmeln zerbeißen konnten. Und Irving tat alles, um das Image eines furchterregenden Kettenhundes aufrechtzuerhalten, der seine Zähne in eine Schulter oder ein Bein graben und ein Stück Fleisch von der Größe eines Softballs herausreißen konnte. Es war ein Image, das ihm geholfen hatte, mit seinem einzigen Handikap als Polizist in Los Angeles – seinem albernen Namen – fertig zu werden. Bei seinem seit langem geplanten Aufstieg zum Chefbüro im sechsten Stock würde es sicher auch eine Hilfe sein. Also pflegte er dieses Image, selbst wenn es ihn alle achtzehn Monate 2000 Dollar für einen neuen Satz Backenzähne kostete.

Irving zog seine Krawatte am Hals fester und fuhr sich mit der Hand über den blanken Schädel. Er drückte auf den Summer der Gegensprechanlage. Wenn er auch ohne weiteres den Lautsprecherknopf hätte drücken und seinen Befehl herausbellen können, wartete er doch erst die Antwort seiner neuen Adjutantin ab. Das war noch so eine Angewohnheit.

»Ja, Chief?«

Er liebte es, das zu hören. Er lächelte, dann beugte er sich vor, bis sein großer, breiter Unterkiefer nur Zentimeter von der Sprechanlage entfernt war. Er war ein Mann, der nicht auf die Technik vertraute. Er mußte seinen Mund immer nah an das Mikro halten und schreien.

»Mary, holen Sie mir den Umschlag über Bosch. Er müßte bei den Aktiven sein.«

Er buchstabierte ihr den Vor- und den Nachnamen.

»Sofort, Chief.«

Irving lehnte sich zurück, grinste durch zusammengebissene Zähne hindurch, meinte dann aber, etwas Störendes zu bemerken. Routiniert fuhr er mit der Zunge über seinen linken unteren Backenzahn, suchte nach einem Fehler an der glatten Oberfläche, einem feinen Riß vielleicht. Nichts. Er öffnete die Schreibtischschublade und nahm einen kleinen Spiegel heraus. Er machte den Mund auf und inspizierte die hinteren Zähne. Er legte den Spiegel zurück, nahm einen hellblauen Notizblock und vermerkte, daß er wegen einer zahnärztlichen Untersuchung telefonieren wollte. Er schloß die Schublade und dachte daran, wie er sich einmal einen Glückskeks in den Mund geschoben hatte, als er mit dem Stadtrat von der Westside beim Mittagessen saß. Der rechte hintere Backenzahn unten war unter dem trockenen Keks zerbröckelt. Der bissige Kettenhund hatte beschlossen, lieber die dentalen Reste herunterzuschlucken, als dem Stadtrat, dessen Stimme er eines Tages brauchen und erwarten würde, seine Schwäche preiszugeben. Während des Essens hatte er die Aufmerksamkeit des Stadtrats darauf gelenkt, daß dessen Neffe, ein Streifenpolizist beim LAPD, ein heimlicher Homosexueller sei. Irving hatte erwähnt, daß er sein Bestes täte, den Neffen zu schützen und eine Bloßstellung zu verhindern. Das Department war so schwulenfeindlich wie die Kirche von Nebraska, und wenn die Nachricht erst mal bis zur Mannschaft vorgedrungen war, hatte Irving dem Stadtrat erklärt, konnte der Officer jede Hoffnung auf eine Beförderung vergessen. Außerdem hätte er brutale Schikanen von sämtlichen Freunden und Helfern in L.A. zu erwarten. Die Konsequenzen für den Fall, daß ein Skandal losbrach, mußte Irving nicht extra erwähnen. Selbst auf der liberalen Westside würde es den Ambitionen eines Stadtrats auf das Bürgermeisteramt nicht gerade weiterhelfen.

Als Irving bei dem Gedanken lächelte, klopfte Officer Mary Grosso und kam mit einer drei Zentimeter dicken Akte in der Hand herein. Sie legte sie auf Irvings gläsernen Schreibtisch. Ansonsten gab es nichts auf der schimmernden Platte, nicht einmal ein Telefon.

»Sie hatten recht, Chief. Die Akte war noch bei den Aktiven.«

Der stellvertretende Chef der Abteilung für Innere Angelegenheiten beugte sich vor und sagte: »Ja, und ich glaube, ich habe sie nicht ins Archiv überstellen lassen, weil ich das Gefühl hatte, ich hätte Detective Bosch nicht zum letzten Mal gesehen. Lassen Sie mich mal sehen, das müßten Lewis und Clarke sein, glaube ich.«

Er schlug die Akte auf und las die Bemerkungen auf der Innenseite des Einbands.

»Ja. Mary, würden Sie bitte Lewis und Clarke hereinrufen.«

»Chief, ich habe sie im Department gesehen. Sie haben sich

gerade für den DzA fertiggemacht. Ich bin nicht sicher, um welchen Fall es ging.«

»Nun, Mary, dann werden sie den Disziplinarausschuß absagen müssen ... und bitte sprechen Sie nicht in Abkürzungen mit mir. Ich bin ein langsam denkender, sorgfältiger Polizist. Ich mag keine Abkürzungen. Das werden Sie lernen müssen. Also, sagen Sie Lewis und Clarke, daß sie das Hearing verschieben und sich unverzüglich bei mir melden sollen.«

Er spannte seine Unterkiefermuskeln und hielt sie – hart wie Tennisbälle – in voller Breite. Grosso trippelte eilig aus dem Büro. Irving entspannte sich und blätterte in der Akte herum, machte sich wieder mit Harry Bosch vertraut. Boschs Militärlaufbahn und sein schneller Aufstieg im Department fielen ihm auf. Von der Streife über die Detectives zur Elitetruppe des Morddezernats in acht Jahren. Dann der Sturz: im letzten Jahr administrative Versetzung zur Mordkommission Hollywood. Man hätte ihn feuern sollen, dachte sich Irving, als er die chronologischen Eintragungen zu Boschs Karriere betrachtete.

Als nächstes überflog Irving die Beurteilung eines psychologischen Tests, dem Bosch sich im Jahr zuvor hatte unterziehen müssen, weil man seine Diensttauglichkeit feststellen wollte, nachdem er einen unbewaffneten Mann erschossen hatte. Der Psychologe des Departments schrieb:

> Aufgrund ihrer Kriegs- und Polizeierfahrungen, insbesondere der oben erwähnten Schüsse, die den Tod eines Menschen zur Folge hatten, zeigt sich die Versuchsperson körperlicher Gewalt gegenüber als in hohem Maße desensibilisiert. Sie spricht von Gewalt oder auch Aspekten der Gewalt als normalem Teil ihres täglichen Lebens, ihres Lebens insgesamt. Daher ist es unwahrscheinlich, daß ihr der kürzlich zutage getretene Ausbruch als psychologische Abschreckung dienen würde,

sollte man sie erneut in eine Situation versetzen, in der sie sich oder andere mit Tötungswaffen verteidigen müßte. Sie würde ohne weiteres abdrücken. Tatsächlich offenbarte das Gespräch keinerlei Spätfolgen des Vorfalls, vorausgesetzt, man äußerte keine Zweifel an der Berechtigung seiner Zufriedenheit mit dem Ausgang des Vorfalls – dem Tod des Verdächtigen.

Irving schloß die Akte und tippte mit einem manikürten Fingernagel darauf herum. Dann nahm er ein langes, braunes Haar von der Glasplatte – Officer Mary Grossos, nahm er an – und ließ es in den Papierkorb neben dem Schreibtisch fallen. Harry Bosch ist ein Problem, dachte er. Ein guter Cop, ein guter Detective – eigentlich bewunderte Irving seine Arbeit im Morddezernat, besonders seine Affinität zu Serienmördern. Aber auf lange Sicht – davon war der stellvertretende Chief überzeugt – funktionierten Außenseiter nicht gut im System. Und Harry Bosch war ein Außenseiter, würde es immer sein. Kein Mitglied der LAPD-Familie. Und jetzt war Irving das Schlimmste zu Ohren gekommen. Bosch hatte nicht nur die Familie verlassen, sondern schien auch in Aktivitäten verstrickt zu sein, die der Familie Schaden zufügen, sie in Verlegenheit bringen würden. Irving war zu dem Schluß gekommen, daß er schnell und entschlossen handeln mußte. Er drehte sich auf seinem Stuhl um und sah aus dem Fenster zur City Hall auf der anderen Seite der Los Angeles Street hinüber. Dann blieb sein Blick wie immer am Marmorbrunnen vor dem Parker Center hängen, dem Denkmal für Beamte, die im Dienst den Tod gefunden hatten. Das war Familie. Das war Ehre. Mit aller Kraft fletschte er die Zähne, triumphierend. Da ging die Tür auf.

Die Detectives Pierce Lewis und Don Clarke marschierten herein und grüßten. Keiner sagte etwas. Sie hätten Brüder sein können. Beide hatten die abgespreizten Arme von Gewichthebern, trugen kurzgeschorenes Haar und konservative, graue

Anzüge. Der von Lewis hatte schmale, schwarzgraue Streifen, der von Clarke kastanienbraune. Beide Männer waren breit gebaut, kleinwüchsig und agil. Beide standen leicht vorgebeugt, als wateten sie aufs Meer hinaus und pflügten mit den Köpfen durch die Brecher.

»Gentlemen«, sagte Irving, »wir haben ein Problem – ein höchst dringendes Problem. Es betrifft einen Officer, den wir schon einmal bei uns gehabt haben. Einen Officer, mit dem Sie beide früher mit einigem Erfolg zusammengearbeitet haben.«

Lewis und Clarke sahen einander an, und Clarke erlaubte sich ein kleines, knappes Grinsen. Er konnte sich nicht denken, wer es war, aber Wiederholungstäter hatte er gern. Die waren so verzweifelt.

»Harry Bosch«, sagte Irving. Er ließ den Namen einen Augenblick lang wirken, dann sagte er: »Sie werden einen kleinen Ausflug zur Hollywood Division machen müssen. Ich möchte einen Eins-Punkt-Einundachtzig gegen ihn einleiten. Beschwerdeführer wird das Federal Bureau of Investigation sein.«

»FBI?« sagte Lewis. »Was haben die mit ihm zu tun?«

Irving rügte ihn wegen der Verwendung einer Abkürzung und wies sie an, auf den beiden Stühlen vor seinem Schreibtisch Platz zu nehmen. Die folgenden zwanzig Minuten verbrachte er damit, den Telefonanruf wiederzugeben, den er vor wenigen Minuten vom Bureau bekommen hatte.

»Das Federal Bureau of Investigation sagt, es wäre ein allzu großer Zufall«, schloß er. »Ich stimme dem zu. Er könnte sich die Finger schmutzig gemacht haben, und das Bureau will, daß er den Meadows-Fall verliert. Es scheint, als hätte er zumindest geholfen, diesen Verdächtigen, seinen ehemaligen Kriegskameraden, im vergangenen Jahr vor einer Gefängnisstrafe zu bewahren. Möglicherweise, damit dieser seinen Bankeinbruch begehen konnte. Ob Bosch davon wußte oder ob es weitergehende Verwicklungen bei diesem Verbrechen gibt, weiß ich nicht. Aber wir werden herausfinden, was Detective Bosch vorhat.«

Irving zögerte hier einen Moment, um seine Ansichten mit einer vollen Unterkieferanspannung zu unterstreichen. Lewis und Clarke waren klug genug, ihn nicht zu unterbrechen. Dann sagte Irving: »Diese Gelegenheit eröffnet dem Department die Möglichkeit, das zu tun, was uns mit Bosch bisher mißlungen war. Ihn zu eliminieren. Sie werden mir direkt Bericht erstatten. Oh, und ich möchte, daß Boschs Vorgesetzter, ein gewisser Lieutenant Pounds, täglich Durchschläge Ihrer Berichte erhält. Ohne jedes Aufsehen. Mir werden Sie allerdings nicht nur Durchschläge geben. Ich möchte zweimal täglich telefonische Berichte, morgens und abends.«

»Wir sind schon auf dem Weg«, sagte Lewis, während er sich erhob.

»Geben Sie Ihr Bestes, Gentlemen, aber seien Sie vorsichtig«, mahnte Irving. »Detective Harry Bosch ist nicht mehr die Berühmtheit, die er einmal war. Aber trotzdem: Lassen Sie ihn nicht entwischen.«

Bosch war tief gekränkt, weil Agent Wish ihn so unverblümt entlassen hatte, und auf dem Weg nach unten machten sich Wut und Enttäuschung breit. Es war, als liege ihm physisch greifbar etwas auf der Brust und ginge ihm an die Kehle, als die Stahlkabine abwärts fuhr. Er war allein, und als sich der Pieper an seinem Gürtel meldete, ließ er ihn fünfzehn Sekunden piepen, anstatt ihn abzustellen. Er schluckte seine Wut und Beschämung hinunter und zwang sich zu Entschlossenheit. Als er aus dem Fahrstuhl trat, sah er sich die Telefonnummer auf der Digitalanzeige des Piepers an. Eine 818er-Vorwahl – das Valley, aber die Nummer kannte er nicht. Er trat in eine der Telefonzellen vorn im Hof des Federal Building und wählte die Nummer. Neunzig Cents, sagte eine elektronische Stimme.

Zum Glück hatte er genug Kleingeld. Er warf es ein, und nach einem halben Klingeln nahm Jerry Edgar ab.

»Harry«, fing er an, ohne Hallo zu sagen, »ich bin immer noch hier oben im Veteranenhospital und werde so richtig vorgeführt, Mann. Die haben keine Akten über Meadows. Sie sagen, ich muß es über D.C. machen oder einen Durchsuchungsbefehl besorgen. Ich sage ihnen, ich weiß, daß es eine Akte gibt – nach den Informationen, die du mir gegeben hast. Ich sage: ›Hören Sie, wenn ich schon einen Durchsuchungsbefehl besorgen soll, könnten Sie dann nachsehen und rausfinden, wo die Akte ist?‹ Und dann suchen sie eine Weile, und womit sie dann rauskommen, ist: Ja, sie hatten eine Akte, aber die ist weg. Rate mal, wer sie letztes Jahr per Gerichtsbeschluß angefordert hat?«

»Das FBI.«

»Weißt du irgendwas, was ich nicht weiß?«

»Ich hab' auch nicht gerade faul auf dem Arsch gesessen. Haben sie gesagt, wann das FBI sie abgeholt hat oder wieso?«

»Man hat ihnen nicht gesagt, wieso. Ein FBI-Agent ist mit dem Gerichtsbeschluß reingekommen und hat sie mitgenommen. Im letzten September abgeholt und seitdem nicht zurückgebracht. Hat keinen Grund genannt. Das Scheiß-FBI hat es nicht nötig.«

Bosch schwieg und dachte darüber nach. Sie hatten es die ganze Zeit über gewußt. Wish wußte über Meadows und die Tunnel Bescheid, und auch über alles andere, was er ihr gerade erzählt hatte. Es war alles Show gewesen.

»Harry, bist du noch da?«

»Ja, hör zu. Haben Sie dir eine Kopie der Papiere gezeigt oder den Namen des Agenten genannt?«

»Nein, den Gerichtsbeschluß konnten sie nicht finden, und an den Namen hat sich keiner erinnert, nur daß es eine Frau war.«

»Schreib dir die Nummer auf, wo ich bin. Geh wieder in

deren Archiv und frag nach einer anderen Akte, nur um zu sehen, ob sie da ist. Meine Akte.«

Er gab Edgar die Nummer der Telefonzelle, sein Geburtsdatum, die Sozialversicherungsnummer und seinen vollständigen Namen, wobei er den Vornamen buchstabierte.

»Heiliger Himmel, das ist dein Vorname?« sagte Edgar. »Abgekürzt Harry. Wie ist deine Mama denn *darauf* gekommen?«

»Sie hatte eine Vorliebe für Maler des fünfzehnten Jahrhunderts. Er paßt zum Nachnamen. Geh und frag nach der Akte, dann ruf mich zurück. Ich warte hier.«

»Ich kann das nicht mal aussprechen, Mann.«

»Reimt sich auf ›Anonymous‹.«

»Okay, ich werd's versuchen. Wo bist du überhaupt?«

»Eine Telefonzelle. Vor dem FBI.«

Bosch hängte ein, bevor sein Partner irgendwelche Fragen stellen konnte. Er steckte sich eine Zigarette an und stand an die Zelle gelehnt, während er eine kleine Gruppe von Leuten beobachtete, die auf dem langen, grünen Rasen vor dem Gebäude im Kreis liefen. Sie protestierten mit Schildern und Plakaten gegen die Erschließung neuer Ölquellen in der Santa Monica Bay. Er sah Schilder, auf denen stand ›Sag Nein zum Öl‹ und ›Ist die Bay nicht schon verdreckt genug?‹ und ›Vereinigte Staaten von Exxon‹ und so weiter.

Er bemerkte ein paar Fernsehteams, die den Protestmarsch auf dem Rasen filmten. Das war der Schlüssel, dachte er. Publicity. Solange die Medien auftauchten und es in den Sechs-Uhr-Nachrichten brachten, war der Protest ein Erfolg. Ein Kurznachrichten-Erfolg. Bosch beobachtete, daß der Sprecher der Gruppe vor der Kamera von einer Frau interviewt wurde, die er von Channel 4 her kannte. Auch den Sprecher erkannte er, aber er war nicht sicher, woher. Nachdem er einige Zeit zugesehen hatte, wie locker sich der Mann vor der Kamera gab, konnte Bosch ihn einordnen. Der Typ war Schauspieler und hatte in einer beliebten Comedy-Serie einen Trinker gespielt. Bosch hatte ihn ein- oder zweimal gesehen. Die Serie lief nicht mehr, auch wenn der Typ immer noch wie ein Trinker aussah.

Bosch rauchte seine zweite Zigarette, stand gegen die Telefonzelle gelehnt und begann, die Hitze des Tages zu spüren, als er zu den Glastüren des Gebäudes sah und Agent Eleanor Wish entdeckte. Sie wühlte angestrengt in ihrer Handtasche herum und hatte ihn noch nicht bemerkt. Hastig und ohne sich zu überlegen, wieso, versteckte er sich hinter den Telefonen und benutzte sie als Schild, schlich um sie herum, als die Frau vorbeiging. Sie hatte in der Handtasche ihre Sonnenbrille gesucht. Die trug sie jetzt, als sie die Demonstranten passierte, ohne sie auch nur eines Blickes zu würdigen. Sie lief die Veteran Avenue hinauf zum Wilshire Boulevard. Bosch wußte, daß das Parkhaus des Federal Building unter dem Gebäude lag. Wish lief in die entgegengesetzte Richtung. Sie wollte nicht weit. Das Telefon klingelte.

»Harry, deine Akte haben sie auch. Das FBI. Was ist bloß los?«

Edgars Stimme klang drängend und bestürzt. Er mochte keine Unsicherheiten. Er mochte keine Geheimnisse. Er machte seine Arbeit ordentlich, aber auch nicht mehr.

»Ich weiß nicht, was los ist, und sie wollten es mir nicht sagen«, gab Bosch zurück. »Fahr du ins Büro. Wir reden da. Falls du vor mir ankommst, möchte ich, daß du drüben beim U-Bahn-Bau anrufst. Personalabteilung. Frag nach, ob Meadows da gearbeitet hat. Versuch es auch unter dem Namen Fields. Dann schreib den Bericht über den Fernsehmord, wie wir es besprochen haben. Kümmer dich um deinen Teil unserer Abmachung. Wir treffen uns dort.«

»Harry, du hast mir erzählt, du kennst diesen Mann, diesen Meadows. Vielleicht sollten wir Ninety-eight sagen, daß es da einen Interessenkonflikt gibt, daß wir den Fall ans Morddezernat oder sonst wen abgeben sollten.«

»Wir reden nachher weiter, Jed. Unternimm nichts und rede mit keinem darüber, bis ich da bin.«

Bosch hängte den Hörer ein und lief in Richtung Wilshire. Er konnte sehen, daß Wish schon in östliche Richtung zum Westwood Village abgebogen war. Er schloß auf, wechselte auf die andere Straßenseite und folgte ihr. Er achtete darauf, ihr nicht zu nahe zu kommen, damit sie sein Spiegelbild nicht in einem der Schaufenster entdeckte, die sie sich beim Vorübergehen ansah. Als sie am Westwood Boulevard ankam, ging sie in Richtung Norden weiter, überquerte den Wilshire und kam auf Boschs Straßenseite herüber. Er verzog sich in die Lobby einer Bank. Ein paar Augenblicke später trat er auf den Gehweg hinaus und sah sie nicht mehr. Er suchte in beiden Richtungen, dann schlenderte er zur Ecke. Er sah sie einen halben Block weiter am Westwood, auf dem Weg ins Village.

Vor ein paar Schaufenstern wurde sie langsamer und blieb an einem Sportgeschäft stehen. Bosch konnte weibliche Schaufensterpuppen mit hellgrünen Jogging-Shorts und -Hemden im Fenster erkennen. Wish sah sich die Sachen eine Weile an, dann ging sie weiter und hielt erst im Theater District wieder an. Sie ging in die Stratton's Bar & Grill.

Bosch lief auf der anderen Straßenseite an dem Restaurant vorbei und ging bis zur nächsten Ecke. Er stand vor dem Bruin, unter der Markise des alten Theaters, und drehte sich um. Sie war nicht wieder herausgekommen. Er fragte sich, ob es eine Hintertür gab. Er sah auf seine Uhr. Es war etwas früh für die Mittagspause, aber vielleicht wollte sie den Massen zuvorkommen. Vielleicht aß sie gern allein. Er überquerte die Straße zur gegenüberliegenden Ecke und stand unter dem Vordach des Fox Theater. Er konnte durch die Scheiben des Stratton's sehen, konnte sie aber nicht entdecken. Er ging über den Parkplatz neben dem Restaurant und dann in die Seitenstraße dahinter. Er sah eine Tür auf der Rückseite. Hatte sie ihn gesehen und das Restaurant nur benutzt, um ihm zu entkommen? Es war lange her, seit er zuletzt jemanden allein observiert hatte, aber er konnte sich nicht vorstellen, daß sie ihn entdeckt hatte. Er ging die kleine Straße hinunter und trat durch die Hintertür ein.

Eleanor Wish saß allein in einer der hölzernen Sitzecken an der rechten Wand des Restaurants. Wie ein wachsamer Cop saß sie zur Vordertür gewandt, so daß sie Bosch erst sehen konnte, als er in die Bank ihr gegenüber rutschte, die Speisekarte nahm, die sie schon durchgesehen und auf den Tisch gelegt hatte.

Er sagte: »Hier war ich noch nie. Irgendwas besonders empfehlenswert?«

»Was soll das?« sagte sie, und die Überraschung stand ihr deutlich ins Gesicht geschrieben.

»Ich weiß nicht, ich dachte, Sie hätten vielleicht gern etwas Gesellschaft.«

»Sind Sie mir gefolgt? Sie sind mir gefolgt.«

»Wenigstens bin ich ehrlich. Wissen Sie, Sie haben im Büro einen Fehler gemacht. Sie waren zu cool. Ich bringe Ihnen die erste Spur seit neun Monaten, und Sie wollen über Verbindungsmänner und den ganzen Quatsch reden. Irgendwas stimmte da nicht, aber ich bin nicht drauf gekommen, was. Jetzt weiß ich es.«

»Wovon reden Sie da eigentlich? Egal, ich will es gar nicht wissen.«

Sie wollte aus der Bank rutschen, aber Bosch streckte eine Hand aus und legte sie fest auf ihr Handgelenk. Ihre Haut war warm und feucht vom Spaziergang hierher. Sie blieb sitzen, wandte sich ihm wieder zu und durchbohrte ihn mit ihren braunen Augen, die so böse und feurig waren, daß sie seinen Namen damit in einen Grabstein hätte brennen können.

»Lassen Sie los«, sagte sie, die Stimme sehr beherrscht, aber schneidend genug, daß klar wurde, wie schnell sie die Beherrschung verlieren konnte. Er ließ los.

»Gehen Sie nicht. Bitte.« Sie zögerte einen Moment, und er reagierte schnell und sagte: »Es ist schon in Ordnung. Ich verstehe Ihre Gründe für die ganze Sache, der kühle Empfang vorhin und alles. Ich muß zugeben, daß es eigentlich gute Arbeit war, was Sie da geleistet haben. Ich kann es Ihnen nicht zum Vorwurf machen.«

»Bosch, hören Sie zu, ich weiß nicht, wovon Sie reden. Ich glaube ...«

»Ich weiß, daß Sie schon von Meadows wußten, von den Tunneln, von der ganzen Sache. Sie haben seine Militärakten kassiert, Sie haben meine kassiert, wahrscheinlich haben Sie Akten über jede Ratte, die lebendig aus Vietnam rausgekommen ist. Es mußte irgendeinen Zusammenhang zwischen der WestLand-Sache und den Tunneln da drüben geben.«

Sie sah ihn lange an und wollte gerade etwas sagen, als eine Kellnerin mit Block und Bleistift kam.

»Im Augenblick nur einen Kaffee, schwarz, und ein Evian. Danke«, sagte Bosch, bevor Wish oder die Kellnerin zu Wort kamen. Die Kellnerin ging und schrieb auf ihrem Block.

»Ich dachte, Sie wären ein Milch-und-Zucker-Cop«, sagte Wish.

»Nur, wenn Leute raten wollen, was ich bin.«

Darauf schienen ihre Augen etwas sanfter zu werden, wenn auch nur ein bißchen.

»Detective Bosch, sehen Sie mal. Ich weiß nicht, woher Sie wissen, was Sie zu wissen glauben, aber ich werde nicht mit Ihnen über die WestLand-Sache sprechen. Es ist genau so, wie ich es Ihnen im Büro gesagt habe. Ich kann es nicht tun. Tut mir leid. Wirklich.«

Bosch sagte: »Ich schätze, ich sollte es Ihnen übelnehmen, aber ich tu's nicht. Es war ein logischer Schritt im Zuge der Untersuchung. Ich hätte dasselbe getan. Sie nehmen jeden, auf den die Täterbeschreibung Tunnelratte paßt, und gehen das Beweismaterial durch.«

»Sie stehen nicht unter Verdacht, Bosch, okay? Also vergessen Sie's.«

»Ich weiß, daß ich nicht unter Verdacht stehe.« Er stieß ein kurzes, gepreßtes Lachen hervor. »Ich war unten in Mexiko und vom Dienst suspendiert, und ich kann es beweisen. Aber das wissen Sie längst. Also, was mich betrifft, gut, ich vergesse es. Aber ich muß wissen, was Sie über Meadows haben. Seine Akte haben Sie schon im September geholt. Sie müssen gegen ihn ermittelt haben. Observation, seine Bekannten, Background. Vielleicht ... ich wette, Sie haben ihn sogar einkassiert und mit ihm gesprochen. Ich muß das alles wissen ... heute, nicht in drei, vier Wochen, wenn irgendein Verbindungsmann seinen Stempel darunter gesetzt hat.«

Die Kellnerin kam mit dem Kaffee und dem Wasser zurück. Wish nahm ihr Glas an sich, trank aber nicht.

»Detective Bosch, es ist nicht mehr Ihr Fall. Tut mir leid. Sie sollten es nicht von mir erfahren. Aber Sie sind raus. Fahren Sie in Ihr Büro zurück, und Sie werden sehen. Wir haben angerufen, als Sie weg waren.«

Er hielt seine Tasse mit beiden Händen, Ellbogen auf dem Tisch. Vorsichtig stellte er sie auf die Untertasse, für den Fall, daß seine Hände zitterten.

»Was haben Sie getan?« fragte Bosch.

»Es tut mir leid«, sagte Eleanor Wish. »Nachdem Sie gegangen waren, hat Rourke – der Mann, dem Sie das Bild unter die Nase gehalten haben – er hat die Nummer auf Ihrer Karte angerufen und mit einem gewissen Lieutenant Pounds gesprochen. Er hat ihm von Ihrem Besuch heute erzählt und angedeutet, daß es da wohl einen Interessenkonflikt gäbe, wenn Sie den Tod eines Freundes untersuchen. Er hat noch ein paar andere Sachen gesagt ...«

»Was für andere Sachen?«

»Hören Sie, Bosch, ich weiß über Sie Bescheid. Ich gebe zu,

daß wir Ihre Akten angefordert haben, daß wir sie überprüft haben. Aber, verdammt, dafür mußten wir nur die Zeitungen von damals lesen. Sie und diese Dollmaker-Sache. Ich weiß also, was Sie mit den Leuten von Internal Affairs durchgemacht haben, und es wird Ihnen nicht viel helfen, aber es war Rourkes Entscheidung. Er ...«

»Was für andere Sachen hat er erzählt?«

»Er hat die Wahrheit gesagt. Er hat gesagt, sowohl Ihrer als auch Meadows' Name wäre im Laufe der Untersuchung aufgetaucht. Er hat gesagt, Sie beide hätten sich gekannt. Er hat darum gebeten, Ihnen den Fall wegzunehmen. Also ist das alles jetzt nicht mehr wichtig.«

Bosch wandte sich ab, sah in den Raum hinein.

»Ich möchte es aus Ihrem Mund hören«, sagte er. »Stehe ich unter Verdacht?«

»Nein. Zumindest nicht, bis Sie heute morgen hereinspaziert kamen. Jetzt weiß ich es nicht. Ich will Ihnen die Wahrheit sagen. Ich meine, Sie müssen es von unserem Standpunkt aus betrachten. Ein Mann, den wir uns im letzten Jahr angesehen haben, spaziert herein und sagt, er untersucht den Mord an einem anderen Mann, den wir uns damals sehr genau angesehen haben. Der erste Mann sagt: ›Geben Sie mir mal Ihre Akten.‹«

Das alles hätte sie ihm nicht erzählen müssen. Er wußte das und wußte auch, daß sie wahrscheinlich Kopf und Kragen riskierte, wenn sie ihm überhaupt irgendwas sagte. Trotz all der Scheiße, in der er gerade steckte oder in die man ihn gelotst hatte, fing er doch an, die kalte, harte Eleanor Wish zu mögen.

»Wenn Sie mir schon nichts über Meadows erzählen wollen, dann erzählen Sie mir wenigstens etwas über mich. Sie sagten, man hätte mich überprüft und fallengelassen. Was hat meine Unschuld bewiesen? Sind Sie nach Mexiko gefahren?«

»Das und anderes.« Sie sah ihn einen Moment lang an,

bevor sie fortfuhr. »Ihre Unschuld wurde sehr bald deutlich. Zuerst waren wir ganz aufgeregt. Ich meine, wir sehen die Akten von Leuten mit Tunnelerfahrungen in Vietnam durch, und obenauf liegt der berühmte Harry Bosch, Detective Superstar, über dessen Fälle ein paar Bücher geschrieben wurden. Ein Fernsehfilm, nebenbei eine Serie. Und der Typ, der rein zufällig überall in den Zeitungen gestanden hat, dessen Stern gerade untergegangen ist und den man für einen Monat suspendiert und von der Eliteeinheit des Morddezernats versetzt hat in die ...« Sie zögerte.

»In die Kloake.« Er sagte es für sie.

Sie sah in ihr Glas und fuhr fort.

»Also hat Rourke sich gleich gedacht, daß Sie Ihre Freizeit vielleicht damit verbringen, Tunnel in Banken zu graben. Vom Helden zum Halunken, das wäre Ihre Art, es der Gesellschaft heimzuzahlen, irgend so was Verrücktes. Aber als wir uns über Sie erkundigt und uns in aller Stille umgehört haben, sagte man uns, Sie wären in dem Monat in Mexiko gewesen. Wir haben jemanden runter nach Ensenada geschickt und es überprüft. Sie hatten ein Alibi. Zur selben Zeit haben wir Ihre Krankenakten oben in Sepulveda bekommen ... oh, das war es, da haben Sie heute morgen nachgefragt, stimmt's?«

Er nickte. Sie redete weiter.

»Jedenfalls, in der Krankenakte waren die Berichte des Psychologen ... es tut mir leid. Das ist doch ein furchtbarer Einbruch in Ihre Intimsphäre.«

»Ich will es wissen.«

»Die Therapie aufgrund von PTS. Ich meine, Sie sind vollkommen funktionstüchtig. Aber hin und wieder tritt der posttraumatische Streß in Form von Schlaflosigkeit oder anderem in Erscheinung, Klaustrophobie zum Beispiel. Ein Arzt hat sogar geschrieben, so würden Sie in keinen Tunnel mehr gehen, nie wieder. Egal, wir haben Ihre Beschreibung unserem Verhaltenslabor in Quantico geschickt. Die haben Sie als

Verdächtigen ausgeschlossen und gesagt, es sei unwahrscheinlich, daß Sie diese Schwelle für so etwas wie eine materielle Bereicherung überschreiten würden.«

Sie ließ das alles etwas wirken.

»Diese Akten sind alt«, sagte Bosch. »Die ganze Geschichte ist alt. Ich werde mich nicht hier hinsetzen und darum kämpfen, unter Verdacht zu kommen. Aber das Veteranen-Zeugs ist alt. Seit fünf Jahren habe ich weder einen Psychologen noch das Veteranenhospital oder ähnliches mehr aufgesucht. Und was diesen Phobiescheiß angeht: Ich bin gestern erst in einen Tunnel geklettert, um mir Meadows anzusehen. Was meinen Sie, was Ihre Hirnschrauber in Quantico dazu sagen würden?«

Er fühlte, wie sich sein Gesicht vor Verlegenheit rötete. Er hatte zuviel erzählt. Aber je mehr er sich bemühte, sich zu beherrschen und es zu verbergen, desto mehr Blut strömte in sein Gesicht. Genau diesen Augenblick suchte sich die breithüftige Kellnerin aus, um zurückzukommen und ihm Kaffee nachzuschenken.

»Möchten Sie jetzt bestellen?« sagte sie.

»Nein«, sagte Wish, ohne ihre Augen von Bosch zu nehmen. »Noch nicht.«

»Bestes Kind, mittags kommen viele Leute her, und wir werden den Tisch für diejenigen brauchen, die was essen wollen. Ich verdiene meinen Lebensunterhalt mit den Hungrigen. Nicht mit denen, die zu wütend sind, um zu essen.«

Sie ging, und Bosch dachte, daß Kellnerinnen wahrscheinlich bessere Beobachter waren als die meisten Cops. Wish sagte: »Es tut mir wirklich alles sehr leid. Sie hätten mich gleich vorhin gehen lassen sollen.«

Die Verlegenheit war verflogen, aber wütend war er immer noch. Er starrte nicht mehr in den Raum hinein. Er sah sie direkt an.

»Sie glauben, Sie kennen mich aus ein paar Berichten in

einer Akte? Sie kennen mich nicht. Sagen Sie mir, was Sie wissen.«

»Ich kenne Sie nicht. Ich weiß Dinge über Sie«, sagte sie. Sie überlegte einen Moment, um ihre Gedanken zu sammeln. »Sie sind ein Anstaltsmensch, Detective Bosch. Ihr ganzes Leben. Jugendheime, Pflegeheime, die Armee, dann die Polizei. Nie das System verlassen. Eine fehlerhafte gesellschaftliche Institution nach der anderen.«

Sie trank etwas Wasser und schien zu überlegen, ob sie weitersprechen sollte. Sie tat es. »Hieronymus Bosch ... Das einzige, was Ihnen Ihre Mutter mitgegeben hat, ist der Name eines fünfhundert Jahre alten Malers. Aber ich denke, verglichen mit dem, was Sie gesehen haben, dürften die bizarren Träume, die er gemalt hat, wie Disneyland wirken. Ihre Mutter war allein. Sie mußte Sie weggeben. Sie sind in Heimen aufgewachsen. Sie haben es überlebt, und Sie haben Vietnam überlebt und das Police Department. Bis jetzt jedenfalls. Aber Sie sind ein Außenseiter in einem Insiderjob. Sie haben es bis zum Morddezernat geschafft und Verbrechen bearbeitet, die in den Schlagzeilen waren, aber immer waren Sie ein Außenseiter. Sie haben alles auf Ihre Weise gemacht, und am Ende hat man Sie dafür rausgeworfen.«

Sie trank ihr Glas aus, anscheinend um Bosch genug Zeit zu geben, ihr zu sagen, daß sie aufhören sollte. Er tat es nicht.

»Sie mußten nur einen Fehler machen«, sagte sie. »Letztes Jahr haben Sie einen Mann getötet. Er war selbst ein Mörder, aber das war egal. Den Berichten zufolge haben Sie gedacht, er würde unter seinem Kopfkissen nach einer Waffe greifen. Da stellt sich raus: Er wollte nur sein Toupet nehmen. Das klingt fast lächerlich, aber das IAD fand eine Zeugin, die aussagte, sie hätte Sie lange vorher darüber informiert, daß der Verdächtige sein Haar unter dem Kissen versteckt hielt. Da sie eine Nutte war, zweifelte man ihre Glaubwürdigkeit an. Es reichte nicht, um Sie zu feuern, aber es kostete Sie Ihre

Stellung. Jetzt arbeiten Sie in Hollywood, dem Viertel, das die meisten Leute im Department ›Kloake‹ nennen.«

Ihre Stimme wurde immer leiser. Sie war fertig. Bosch sagte nichts dazu, und es folgte ein langes Schweigen. Die Kellnerin kam an ihrem Tisch vorbei, war aber klug genug, sie nicht anzusprechen.

»Wenn Sie wieder im Büro sind«, setzte er schließlich an, »sagen Sie Rourke, er soll noch einen Anruf machen. Er hat mir den Fall weggenommen, er wird ihn mir auch wieder beschaffen.«

»Ich kann nicht. Er würde es nicht tun.«

»Doch, er wird es tun, und sagen Sie ihm, er hat bis morgen früh dafür Zeit.«

»Oder was sonst? Was wollen Sie machen? Ich meine, sind wir doch ehrlich. Bei Ihrer Akte sind Sie morgen wahrscheinlich suspendiert. Als Pounds sein Gespräch mit Rourke beendet hatte, hat er wahrscheinlich das IAD angerufen, falls Rourke es nicht schon selbst getan hat.«

»Macht nichts. Morgen früh höre ich was von Rourke, sonst kann er in der *Times* die Geschichte lesen, wie ein FBI-Verdächtiger in einem großen Bankraub – trotz Observation – direkt vor der Nase des FBI ermordet wurde und das Geheimnis des berühmten WestLand-Tunnel-Raubes mit in den Tod genommen hat. Die Fakten werden vielleicht nicht in der richtigen Reihenfolge erscheinen, aber es wird genügen. Viel wichtiger ist, daß es sich gut lesen läßt. Und es wird Wellen bis nach D.C. schlagen. Es wird peinlich sein und außerdem eine Warnung für diejenigen, die Meadows umgelegt haben. Die werden Sie nie mehr kriegen. Und Rourke wird auf ewig anhängen, daß er sie hat entkommen lassen.«

Sie sah ihn an und schüttelte den Kopf, als stünde sie über der ganzen Sache. »Es ist nicht meine Entscheidung. Ich werde zurückgehen müssen und ihm die Entscheidung überlassen, was zu tun ist. Aber wenn es nach mir ginge, würde ich es darauf ankommen lassen. Und ich will Ihnen offen sagen: Das ist genau das, was ich ihm raten werde.«

»Ich bluffe nicht. Sie haben mich überprüft. Sie wissen, ich gehe zu den Medien, und die Medien werden auf mich hören, und es wird ihnen gefallen. Seien Sie schlau. Sagen Sie ihm, es ist kein Bluff. Ich habe dabei nichts zu verlieren. Und er hat nichts zu verlieren, wenn er mich wieder reinholt.«

Er wollte schon aus der Bank rutschen, aber er blieb noch kurz sitzen und warf ein paar Dollar auf den Tisch.

»Sie haben meine Akte. Sie wissen, wo Sie mich erreichen können.«

»Ja, das wissen wir«, sagte sie. »Hey, Bosch?«

Er blieb stehen und drehte sich zu ihr um.

»Die Nutte, hat sie die Wahrheit gesagt? Was das Kissen anging?«

»Tun sie das nicht alle?«

Bosch stellte den Wagen auf dem Parkplatz hinter dem Revier an der Wilcox ab und rauchte, bis er an der Hintertür war. Er trat die Kippe am Boden aus und ging hinein, ließ den Geruch von Erbrochenem hinter sich zurück, der aus den Drahtfenstern der Verwahrzelle auf der Rückseite des Reviers nach außen drang.

»Wir sollen sofort zu Ninety-eight kommen.«

»Ja? Weswegen?«

»Ich weiß nicht, aber er kommt alle zehn Minuten aus seiner Glasbox und sucht dich. Du hast deinen Pieper und das Funkgerät abgestellt. Und ich hab' vor einiger Zeit zwei von diesen IAD-Seidenhemden da reingehen sehen.«

Bosch nickte, ohne seinem Partner etwas Beruhigendes zu sagen.

»Was ist los?« platzte Edgar heraus. »Wenn du was zu erzählen hast, sollten wir es klären, bevor wir da reingehen. Du hast Erfahrung mit dieser Scheiße, ich nicht.«

»Ich bin nicht sicher, was los ist. Ich glaube, sie nehmen uns den Fall weg. Mir zumindest.« Er gab sich sehr gelassen, was diese Sache anging.

»Harry, deswegen holen sie nicht das IAD. Irgendwas ist los, und, Mann, ich hoffe, daß du mich, egal, was du angestellt hast, nicht mit reingerissen hast.«

Noch im selben Augenblick war es Edgar peinlich.

»Tut mir leid, Harry, so hab' ich es nicht gemeint.«

»Ganz ruhig. Gehen wir rein und sehen wir mal, was der Mann von uns will.«

Bosch steuerte den Einsatzraum der Detectives an. Edgar wollte lieber den Weg durch den Wachraum nehmen und dann durch die Eingangshalle reinkommen, damit es nicht so aussah, als hätten sie ihre Geschichte abgesprochen. Als Bosch an seinem Schreibtisch war, fiel ihm als erstes auf, daß die blaue Mordakte über Meadows weg war. Außerdem bemerkte er, daß man die Cassette mit dem Notruf übersehen hatte. Bosch nahm die Cassette und steckte sie gerade in seine Manteltasche, als Ninety-eights Stimme aus dem gläsernen Büro an der Stirnseite des Einsatzraumes dröhnte. Er brüllte nur ein Wort: »Bosch!« Die anderen Detectives im Raum drehten sich um. Bosch stand langsam auf und ging zu der Glasbox hinüber, wie das Büro von Lieutenant Harvey »Ninety-eight« Pounds genannt wurde. Durch die Scheiben sah er die Rücken zweier Männer, die da drinnen bei Pounds saßen. Bosch erkannte die beiden IAD-Detectives, die den Dollmaker-Fall bearbeitet hatten. Lewis und Clarke.

Edgar kam durch den vorderen Korridor herein, schloß sich Bosch an, und gemeinsam betraten sie die Glasbox. Mit müdem Blick saß Pounds hinter seinem Schreibtisch. Die beiden Männer von Internal Affairs rührten sich nicht von der Stelle.

»Zuallererst mal: Rauchen verboten, Bosch, haben Sie verstanden?« sagte Pounds. »Der ganze Einsatzraum stank heute morgen wie ein riesiger Aschenbecher. Ich kann mir die Mühe wohl sparen, zu fragen, ob Sie es waren.«

Das Department und die Stadtverordnungen verboten das Rauchen in allen gemeinschaftlich genutzten Büros. Es war okay, in einem abgeschlossenen Büro zu rauchen, wenn es einem selbst gehörte oder der Benutzer des Büros seinen Besuchern das Rauchen gestattete. Pounds hatte mit dem Rauchen aufgehört und war militanter Gegner geworden. Die meisten der zweiunddreißig Detectives unter seinem Kommando aber rauchten wie Junkies. Wenn Ninety-eight nicht da war, setzten sich viele eher in sein Büro, wenn sie schnell eine durchziehen wollten, als daß sie raus auf den Parkplatz gingen, wo sie das Telefon nicht hören konnten und der Gestank von Pisse und Kotze aus den Rückfenstern der Ausnüchterungszelle drang. Pounds war dazu übergegangen, seine Bürotür abzuschließen, selbst wenn er nur kurz den Flur rauf ins Büro des Revierleiters ging, aber jedes Kind konnte die Tür in drei Sekunden mit einem Brieföffner knacken. Ständig kam der Lieutenant zurück und mußte feststellen, daß sein Büro nach Zigarettenrauch stank. Er hatte zwei Ventilatoren in seinem drei mal drei Meter großen Zimmer und eine Dose Geruchsspray auf dem Tisch. Da der Gestank seit Boschs Versetzung vom Parker Center zu den Hollywood Detectives zugenommen hatte, war Pounds überzeugt davon, daß Bosch der Hauptschuldige war. Und damit lag er genau richtig, hatte Bosch nur noch nie auf frischer Tat ertappt.

»Darum geht es hier?« fragte Bosch. »Das Rauchen im Büro?«

»Setzen Sie sich hin«, schnauzte Pounds ihn an.

Bosch hob seine Hände, um zu zeigen, daß er keine Zigaretten zwischen den Fingern hielt. Dann drehte er sich zu den beiden Männern vom IAD um.

»Tja, Jed, sieht so aus, als sollten wir Zeugen einer Lewis-und-Clarke-Expedition werden. Ich hab' die großen Entdekker nicht mehr gesehen, seit sie mich auf unbezahlten Urlaub nach Mexiko geschickt haben. Haben damals eine ihrer schönsten Leistungen gezeigt. Schlagzeilen, Kurznachrichten, alles dabei. Die Stars von Internal Affairs.«

Die Gesichter der beiden IAD-Cops liefen augenblicklich rot an.

»Diesmal sollten Sie sich selbst den Gefallen tun und Ihre große Klappe halten«, sagte Clarke. »Sie haben bösen Ärger, Bosch. Ist Ihnen das klar?«

»Ja, das ist mir klar. Danke für den Tip. Ich hab auch einen für dich. Hol wieder deinen Freizeitanzug aus dem Schrank, den du immer anhattest, bevor du Irvings Knecht geworden bist. Du weißt schon, das gelbe Ding, das so gut zu deinen Zähnen gepaßt hat. Polyester steht dir besser als Seide. Ehrlich gesagt hat einer von den Typen draußen im Bullenstall erwähnt, daß dein Anzug am Arsch zu glänzen anfängt, weil du immer nur am Schreibtisch hockst.«

»Schon gut, schon gut«, ging Pounds dazwischen. »Bosch, Edgar, setzen Sie sich hin und halten Sie einen Moment den Mund. Das hier ...«

»Lieutenant, ich hab' kein Wort gesagt«, setzte Edgar an. »Ich ...«

»Klappe halten! Alle Mann! Halten Sie einen Moment den Mund«, bellte Pounds. »Himmelherrgott! Edgar, fürs Protokoll: Diese beiden da sind von der Abteilung für Innere Angelegenheiten, falls Sie es noch nicht wissen sollten. Die Detectives Lewis und Clarke. Was das zu bedeuten hat ...«

»Ich will einen Anwalt«, sagte Bosch.

»Ich glaub', ich auch«, fügte Edgar hinzu.

»Ach, Unsinn«, sagte Pounds. »Wir werden darüber reden und einige Dinge klären, und von diesem Polizeischutzquatsch will ich hier nichts hören. Wenn ihr einen Anwalt wollt, besorgt euch später einen. Im Augenblick werdet ihr euch hier hinsetzen, alle beide, und ein paar Fragen beantworten. Falls nicht, Edgar, hole ich Sie eigenhändig aus diesem Achthundertdollaranzug und stecke Sie wieder in eine Uniform, und Bosch, Scheiße, Bosch, Sie werden diesmal wahrscheinlich endgültig ausgezählt.«

Einen Moment lang war in dem kleinen Raum alles still, wenn auch die Spannungen zwischen den fünf Männern drohte, die Scheiben zu sprengen. Pounds starrte in den Einsatzraum hinaus und sah ein gutes Dutzend Detectives, die so taten, als würden sie arbeiten, sich aber in Wahrheit große Mühe gaben, soviel wie möglich durch die Scheiben aufzuschnappen. Einige hatten versucht, dem Lieutenant von den Lippen zu lesen. Er stand auf und ließ die Jalousien an den Fenstern herab. Das tat er nur selten. Für die Truppe war es das Zeichen, daß es um eine große Sache ging. Sogar Edgar zeigte sich besorgt, denn er atmete hörbar aus. Pounds setzte sich wieder hin. Er tippte mit einem langen Fingernagel auf dem blauen Plastikhefter herum, der zugeklappt auf seinem Schreibtisch lag.

»Okay, kommen wir zur Sache«, begann er. »Sie beide sind den Meadows-Fall los. Soviel vorweg. Keine Fragen, das ist gelaufen. Und jetzt werden Sie uns die ganze Geschichte erzählen, und zwar von Anfang an.«

Dabei klappte Lewis seinen Aktenkoffer auf und nahm einen Cassettenrecorder heraus. Er stellte ihn an und postierte ihn auf Pounds' makellosem Schreibtisch.

Edgar war erst seit acht Monaten Boschs Partner. Bosch kannte ihn nicht gut genug, um sagen zu können, wie er die Schikanen aufnehmen würde oder wie lange er gegen diese Scheißkerle durchhalten konnte. Allerdings kannte er ihn gut genug, um zu wissen, daß er ihn mochte und nicht wollte, daß er in die Klemme geriet. Seine einzige Sünde bei dieser ganzen Sache war, daß er Sonntagnachmittage immer frei haben wollte, um Häuser zu verkaufen.

»Das ist doch Scheiße«, sagte Bosch und deutete auf den Recorder.

»Stellen Sie das ab«, sagte Pounds zu Lewis und deutete ebenfalls auf den Recorder, der eigentlich näher bei ihm als bei Lewis stand. Der IAD-Detective stand auf und nahm das Gerät an sich. Er machte es aus, spulte zurück und stellte es wieder auf den Schreibtisch.

Als sich Lewis wieder gesetzt hatte, sagte Pounds: »Mann Gottes, Bosch, heute ruft mich das FBI an und erklärt mir, Sie stehen unter dem Verdacht, an einem gottverdammten Bankraub beteiligt gewesen zu sein. Die sagen, dieser Meadows stünde ebenfalls unter Verdacht, und aufgrund dieser Tatsache würden Sie jetzt außerdem verdächtigt, Meadows ermordet zu haben. Glauben Sie vielleicht, wir würden Ihnen dazu keine Fragen stellen wollen?«

Diesmal atmete Edgar noch lauter aus. Er hörte das alles zum ersten Mal.

»Lassen Sie das Band aus, und wir reden darüber«, sagte Bosch. Pounds dachte kurz darüber nach und sagte: »Vorerst ohne Band. Erzählen Sie.«

»Erstens: Edgar hat von der ganzen Sache keinen Schimmer. Wir haben gestern einen Deal gemacht. Ich übernehme den Meadows-Fall, und er geht nach Hause. Er kümmert sich um Spivey, den Fernsehmann, der vorgestern nacht erstochen wurde. Von dieser FBI-Sache, dem Bankraub, hat er keine Ahnung. Lassen Sie ihn gehen.«

Pounds schien bewußt weder Lewis noch Clarke oder Edgar anzusehen. Er wollte seine Entscheidung allein treffen. Es nötigte Bosch einen Funken Respekt ab. Es war, als stellte man eine Kerze ins Auge eines Sturms der Inkompetenz. Pounds zog seine Schreibtischschublade auf und holte ein altes Holzlineal hervor. Er spielte mit beiden Händen daran herum. Schließlich sah er Edgar an.

»Stimmt das, was Bosch sagt?«

Edgar nickte.

»Sie wissen, daß es ein schlechtes Licht auf ihn wirft. Es sieht aus, als wollte er versuchen, den Fall für sich zu behalten und die Zusammenhänge vor Ihnen zu verbergen?«

»Er hat mir erzählt, daß er Meadows kannte. Er war von Anfang an ganz offen. Es war Sonntag. Wir hätten niemanden gefunden, der bereit gewesen wäre, aus seinem Loch zu kriechen, um uns den Fall abzunehmen, nur weil er den Mann vor zwanzig Jahren gekannt hat. Außerdem sind die meisten Leute, die in Hollywood sterben, der Polizei auf die eine oder andere Weise bekannt. Das Zeug mit der Bank muß er rausgefunden haben, als ich weg war. Ich höre hier und jetzt zum ersten Mal davon.«

»Okay«, sagte Pounds. »Haben Sie noch irgendwelche Papiere zu diesem Fall?«

Edgar schüttelte den Kopf.

»Okay, machen Sie das fertig, was Sie über diesen – wie haben Sie ihn genannt? – Spivey, ja, den Spivey-Fall haben. Ich gebe Ihnen einen neuen Partner. Ich weiß noch nicht wen, aber ich lasse es Sie wissen. Okay, Sie können gehen, das war alles.«

Edgar stieß einen weiteren, hörbaren Seufzer aus und stand auf.

Nachdem Edgar gegangen war, wartete Harvey »Ninety-eight« Pounds, bis sich die Lage im Raum etwas beruhigt hatte. Bosch brauchte dringend eine Zigarette, und wenn er sie nur kalt im Mund hielt. Aber eine solche Blöße würde er sich nicht geben.

»Okay, Bosch«, sagte Pounds. »Wollen Sie uns irgendwas darüber erzählen?«

»Ja. Das ist doch alles Blödsinn.«

Clarke grinste süffisant. Bosch beachtete ihn nicht. Nur Pounds warf dem IAD-Detective einen vernichtenden Blick zu, was Bosch weiteren Respekt abnötigte.

»Das FBI hat mir heute erklärt, ich stünde nicht unter Verdacht«, sagte Bosch. »Sie haben mich vor neun Monaten überprüft, weil sie sich alle Leute angesehen haben, die in den

Tunneln von Vietnam gewesen sind. Sie hatten eine Verbindung zu den Tunneln da drüben gefunden. So einfach ist das. Sie haben gut gearbeitet und sich jeden einzelnen vorgenommen. Also haben sie mich überprüft und fallengelassen. Himmelarsch, ich war in Mexiko – dank dieser beiden Gorillas –, als die Bank dran glauben mußte. Das FBI will nur ...«

»Angeblich.«

»Am Arsch, Clarke. Ihr wollt doch nur da unten Ferien machen und auf Kosten der Steuerzahler runterfahren. Fragt beim FBI nach und spart das Geld.«

Dann wandte sich Bosch wieder Pounds zu und drehte seinen Stuhl so, daß er den Männern vom IAD den Rücken zeigte. Er sprach leise, um deutlich zu machen, daß er mit Pounds redete, nicht mit ihnen. »Das Bureau will, daß man mir den Fall wegnimmt, weil ich ihnen zunächst mal Knüppel zwischen die Beine geworfen habe, als ich heute aufgetaucht bin und mich nach dem Bankraub erkundigt habe. Schließlich hatten sie meinen Namen schon mal gehört, und da sind sie in Panik geraten und haben bei Ihnen angerufen. Und zweitens wollen sie, daß man mir den Fall wegnimmt, weil sie ihn wahrscheinlich vermasselt haben, als sie Meadows letztes Jahr haben laufen lassen. Sie haben ihre große Chance vertan und wollen nicht, daß ein außenstehendes Department reinkommt und es merkt oder den Fall knackt, den sie selbst seit neun Monaten nicht knacken können.«

»Nein, Bosch, *Sie* sind es, der Blödsinn redet«, sagte Pounds. »Heute morgen habe ich vom Stellvertreter des leitenden Special Agent, dem die Bankraub-Gruppe untersteht, einem Mann namens ...«

»Rourke.«

»Sie kennen ihn. Tja, er hat darum gebeten ...«

»Mir unverzüglich den Fall Meadows abzunehmen. Er sagt, ich hätte Meadows gekannt, der rein zufällig der Hauptverdächtige für den Bankraub ist. Er ist tot, und ich bearbeite die

Sache. Zufall? Rourke glaubt es nicht. Ich bin mir selbst nicht mehr sicher.«

»Genau das hat er gesagt. Fangen wir da also an. Erzählen Sie uns von Meadows, wie Sie ihn kennengelernt haben, wie es war, als Sie ihn kannten. Lassen Sie nichts aus.«

Bosch verbrachte die folgende Stunde damit, Pounds von Meadows zu erzählen, den Tunneln, Meadows' Anruf nach beinah zwanzig Jahren und wie Bosch ihn in den Entzug gebracht hatte, ohne ihn jemals zu treffen. Nur per Telefon. Kein einziges Mal sprach Bosch die IAD-Detectives an oder nahm überhaupt wahr, daß sie im Raum waren.

»Ich habe kein Geheimnis daraus gemacht, daß ich ihn kannte«, sagte er am Ende. »Ich habe es Edgar erzählt. Ich bin beim FBI reinspaziert und habe es denen gesagt. Glauben Sie, das hätte ich getan, wenn ich Meadows umgelegt hätte? Nicht mal Lewis und Clarke wären so blöd.«

»Aber, Mann Gottes, Bosch, wieso haben Sie es mir nicht erzählt?« donnerte Pounds. »Wieso steht es nicht in den Berichten in dieser Akte? Wieso muß ich es vom FBI erfahren? Wieso muß Internal Affairs es vom FBI erfahren?«

Also hatte Pounds nicht beim IAD angerufen. Rourke war es gewesen. Bosch fragte sich, ob Eleanor Wish davon gewußt und ihn belogen, oder ob Rourke die Gorillas auf eigene Faust gerufen hatte. Er kannte die Frau kaum – er kannte die Frau überhaupt nicht –, aber er merkte, wie sehr er hoffte, daß sie ihn nicht belogen hatte.

»Ich habe erst heute mit den Berichten begonnen«, sagte Bosch. »Ich wollte sie auf den neuesten Stand bringen, wenn ich beim FBI gewesen war. Wie Sie wissen, habe ich dazu bisher keine Gelegenheit gehabt.«

»Nun, das kann ich Ihnen ersparen«, sagte Pounds. »Der Fall ist ans FBI übergeben worden.«

»Wie bitte? Das FBI ist dafür nicht zuständig. Das ist ein Mordfall.«

»Rourke hat gesagt, man wäre der Ansicht, daß dieser Mord in direktem Zusammenhang mit ihrer laufenden Ermittlung wegen des Bankraubes stünde. Man will diesen Fall den eigenen Ermittlungen angliedern. Wir selbst werden einen Beamten für die Zusammenarbeit zwischen den Abteilungen benennen. Sollte der Zeitpunkt kommen, jemanden des Mordes anzuklagen, wird der betreffende Beamte die Klage dem Staatsanwalt einreichen.«

»Himmel, Pounds, da geht doch irgendwas vor sich. Sehen Sie das denn nicht?«

Pounds legte das Lineal in die Schublade zurück und schloß sie.

»Ja, da geht was vor sich. Aber ich seh' es nicht wie Sie«, sagte er. »Das war's, Bosch. Und das ist ein Befehl. Sie sind raus. Diese beiden Männer wollen sich mit Ihnen unterhalten, und Sie sitzen am Schreibtisch, bis Internal Affairs seine Ermittlungen beendet hat.«

Er schwieg einen Moment, bis er feierlich weitersprach. Ein Mann, der unglücklich war mit dem, was er zu sagen hatte.

»Wissen Sie, man hat Sie letztes Jahr zu mir geschickt, und ich hätte Sie sonstwo hinsetzen können. Ich hätte Sie an den gottverdammten Tisch mit den Einbruchsdelikten setzen können, wo Sie fünfzig Berichte die Woche schreiben müssen und in Papierkram ersticken. Aber das habe ich nicht getan. Ich habe Ihre Talente erkannt und Ihnen die Morde gegeben, weil ich dachte, das wollten Sie. Man hat mir letztes Jahr gesagt, Sie wären gut, würden sich aber nicht an die Regeln halten. Jetzt sehe ich, daß es stimmt. Inwiefern mir das schadet, kann ich nicht sagen. Aber ich mach' mir keine Gedanken mehr darüber, was für Sie das Beste wäre. Also, Sie können sich mit diesen Leuten unterhalten oder es sein lassen. Es ist mir eigentlich egal. Das war's. Wir sind fertig, Sie und ich. Wenn Sie es schaffen, aus dieser Sache rauszukommen, sollten Sie sich besser um eine Versetzung bemühen, denn meine Mordfälle werden Sie nicht mehr bearbeiten.«

Pounds nahm den blauen Ordner vom Schreibtisch und erhob sich. Auf dem Weg nach draußen sagte er: »Ich muß jemanden finden, der das hier rüber zum FBI bringt. Sie können das Büro so lange haben, wie Sie es brauchen.«

Er schloß die Tür und war verschwunden. Bosch dachte darüber nach und kam zu dem Schluß, daß er Pounds nicht übelnehmen konnte, was er gesagt oder getan hatte. Er nahm sich eine Zigarette und steckte sie an.

»Hey, rauchen verboten, du hast den Mann doch gehört«, sagte Lewis.

»Leck mich am Arsch«, sagte Bosch.

»Bosch, du bist erledigt«, sagte Clarke. »Diesmal kriegen wir dich. Du bist nicht mehr der Held, der du mal warst. Diesmal gibt es keine PR-Probleme. Niemand wird sich einen Dreck darum scheren, was mit dir passiert.«

Dann stand er auf und stellte das Bandgerät wieder an. Er nannte das Datum, die Namen der drei Anwesenden und die IAD-Aktennummer dieser Ermittlung. Bosch fiel auf, daß die Nummer etwa um siebenhundert höher war als die Akte, die ihn vor neun Monaten nach Hollywood gebracht hatte. Neun Monate, und siebenhundert Cops sind durch diese beschissene Mangel gedreht worden, dachte er. Eines Tages wäre keiner mehr da, das zu tun, was auf den Türen jedes Streifenwagens geschrieben stand: dienen und beschützen.

»Detective Bosch«, übernahm Lewis mit veränderter, ruhigerer Stimme, »wir würden Ihnen gern ein paar Fragen zu Ihren Ermittlungen hinsichtlich des Todes von William Meadows stellen. Würden Sie uns von Ihren früheren Begegnungen mit dem Verstorbenen erzählen und was Sie sonst noch über ihn wissen.«

»Ohne meinen Anwalt verweigere ich die Aussage«, sagte Bosch. »Ich berufe mich auf mein Recht auf juristischen

Beistand gemäß den kalifornischen Dienstvorschriften für Polizeibeamte.«

»Detective Bosch, die Leitung des Departments erkennt diesen Aspekt der Dienstvorschriften nicht an. Man hat Ihnen den Befehl erteilt, diese Fragen zu beantworten, und sollten Sie es nicht tun, drohen Ihnen Suspendierung und eine mögliche Entlassung. Sie ...«

»Könnten Sie die Handschellen bitte etwas lockern?« sagte Bosch.

»Was?« schrie Lewis, völlig aus der Fassung gebracht.

Clarke stand auf, ging zum Cassettenrecorder und beugte sich darüber.

»Detective Bosch trägt keine Handschellen, und hier im Raum befinden sich zwei Zeugen, die diesen Umstand bestätigen können«, sagte er.

»Nur die beiden, die mir die Handschellen angelegt haben«, sagte Bosch. »Und mich geschlagen haben. Das ist eine direkte Verletzung meiner Bürgerrechte. Ich verlange, daß ein Gewerkschaftsvertreter und mein Anwalt hinzugezogen werden, bevor wir weitermachen.«

Clarke spulte das Band zurück und stellte den Recorder ab. Sein Gesicht war puterrot, als er ihn in den Aktenkoffer seines Partners legte. Es dauerte eine Weile, bis sie die Sprache wiedergefunden hatten.

Clarke sagte: »Es wird mir eine Freude sein, dich fertigzumachen, Bosch. Bis heute abend liegen die Suspendierungsunterlagen beim Chief auf dem Schreibtisch. Man wird dir einen Arbeitsplatz im IAD zuweisen, wo wir dich im Auge behalten können. Wir fangen bei ungebührlichem Verhalten an und arbeiten uns von da aus nach oben durch, vielleicht sogar bis zum Mord. Wie auch immer: Im Department bist du fertig. Du bist am Ende.«

Bosch stand auf, ebenso die beiden IAD-Detectives. Bosch nahm einen letzten Zug von seiner Zigarette, ließ sie vor

Clarke auf den Boden fallen und trat sie aus, rieb sie in das polierte Linoleum. Er wußte, sie würden es lieber saubermachen, als Pounds davon erfahren lassen, daß sie weder das Verhör noch den zu Verhörenden im Griff gehabt hatten. Er trat zwischen die beiden, atmete den Rauch aus und ging hinaus, ohne noch ein Wort zu sagen. Draußen hörte er Clarke, der seine Stimme kaum unter Kontrolle hatte.

»Lassen Sie die Finger von dem Fall, Bosch!«

Bosch wich den Blicken aus, die ihm durch den Einsatzraum folgten und ließ sich auf den Stuhl an seinem Schreibtisch fallen. Er sah zu Edgar hinüber, der seinen eigenen Arbeitsplatz hatte.

»Du hast es richtig gemacht«, sagte Bosch. »Du wirst keine Probleme kriegen.«

»Was ist mir dir?«

»Mir haben sie den Fall weggenommen, und diese beiden Arschgeigen wollen einen Bericht über mich schreiben. Mir bleibt wohl nur noch heute nachmittag, bevor ich suspendiert werde.«

»Verdammt.«

Der stellvertretende Leiter des IAD mußte sämtliche endgültigen oder zeitlich begrenzten Suspendierungen abzeichnen. Härtere Strafen mußten einem speziellen Komitee zur Genehmigung vorgelegt werden. Lewis und Clarke würden sich um eine einstweilige Dienstenthebung wegen ungebührlichen Betragens eines Officers bemühen. Dann würden sie etwas Schärferes ausarbeiten, was sie dem Komitee unterbreiten konnten. Falls der stellvertretende Leiter eine Suspendierung für Bosch unterzeichnete, würde man ihn den Vorschriften entsprechend davon unterrichten müssen. Das hieß entweder persönlich oder in einem auf Band festgehaltenen Telefongespräch. Hatte man ihn benachrichtigt, konnte man Bosch beim IAD im Parker Center oder bei sich zu Hause an den Schreibtisch setzen, bis die Ermittlungen abgeschlossen waren. Allerdings würden sich Lewis und Clarke wie angekündigt um eine Zuteilung zum IAD bemühen. Auf diese Weise konnten sie ihn wie eine Trophäe zur Schau stellen.

»Brauchst du irgendwas von mir über Spivey?« fragte er Edgar.

»Nein, ich hab' alles zusammen. Ich fang' an, es abzutippen, sobald ich an eine Maschine komme.«

»Hast du zufällig daran gedacht, dich nach Meadows' Job beim U-Bahn-Bau zu erkundigen?«

»Harry, du ...« Edgar schien sich eines besseren besonnen zu haben und sagte lieber nichts. »Ja, ich habe mich danach erkundigt. Es hat nicht viel zu bedeuten, aber sie haben gesagt, sie hatten nie jemanden mit Namen Meadows auf der Baustelle. Es gibt da einen Fields, aber der ist schwarz und war heute bei der Arbeit. Und unter einem anderen Namen hat Meadows wahrscheinlich auch nicht gearbeitet, denn es gibt da gar keine Nachtschicht. Das Projekt ist seinem Zeitplan voraus. Hat man so was schon mal gehört?« Dann rief Edgar: »Jetzt bin ich aber mal dran mit der Selectric.«

»Keine Chance«, rief Minkly, einer der Detectives für Autodiebstahl. »An die laß ich keinen ran.«

Edgar fing an, sich nach einem anderen Kandidaten umzusehen. Gegen Ende des Tages waren Schreibmaschinen im Büro Gold wert. Es gab ein Dutzend Maschinen für zweiunddreißig Detectives. Und das auch nur, wenn man die mechanischen und die elektrischen mitzählte, die keine Ränder halten konnten oder deren Leertasten sprangen.

»Na gut«, rief Edgar. »Nach dir bin ich aber dran, Mink.« Dann sprach Edgar leiser und drehte sich zu Bosch um. »Was glaubst du, mit wem er mich zusammensteckt?«

»Pounds? Ich weiß nicht.« Es war genauso, als solltest du raten, wen deine Frau heiratet, wenn du zum letzten Mal deine Karte in die Stechuhr gesteckt hast. Bosch interessierte sich absolut nicht dafür, wer Edgars neuer Partner sein würde. Er sagte: »Hör zu, ich hab' noch was zu erledigen.«

»Klar, Harry. Brauchst du irgendwelche Hilfe, irgendwas von mir?«

Bosch schüttelte den Kopf und nahm den Hörer ab. Er rief seinen Anwalt an und hinterließ eine Nachricht. Normalerweise brauchte man drei Nachrichten, bis der Mann zurückrief, und Bosch machte sich eine Notiz, ihn später wieder anzurufen. Dann drehte er an seinem Rolodex herum, suchte eine Nummer und rief das Archiv der US-Streitkräfte in St. Louis an. Er fragte, wer für die Strafverfolgungsbehörden zuständig sei, und bekam eine Frau namens Jessie St. John an den Apparat. Er beantragte die dringende Überstellung sämtlicher Militärakten von Billy Meadows. Drei Tage, sagte St. John. Er legte auf und dachte, daß er diese Akten niemals zu sehen bekäme. Sie würden eintreffen, aber er wäre nicht in seinem Büro, an seinem Tisch, an seinem Fall. Als nächstes rief er Donovan beim SID an und erfuhr, daß am Fixerset aus Meadows' Hemdtasche keine Abdrücke zu finden waren, und an der Sprühdose mit der Farbe waren sie verschmiert. Die hellbraunen Kristalle in der Watte hatten sich als fünfundfünfzigprozentig reines Heroin entpuppt, asiatische Mischung. Bosch wußte, daß das meiste Heroin, das auf der Straße verkauft und dann gespritzt wurde, etwa fünfzehnprozentig war. Bei dem meisten davon handelte es sich um braunes Heroin, das die Mexikaner herstellten. Irgend jemand hatte Meadows den Goldenen Schuß gesetzt. Für Harry waren dadurch die toxikologischen Ergebnisse, auf die er wartete, zur reinen Formalität geworden. Man hatte Meadows ermordet.

Ansonsten war vom Tatort nicht viel zu gebrauchen, einmal abgesehen von Donovans Hinweis, daß das frisch abgebrannte Streichholz, das man in der Röhre gefunden hatte, nicht aus dem Streichholzheftchen in Meadows' Tasche stammte. Bosch gab Donovan die Adresse von Meadows Wohnung durch und bat ihn, ein Team hinzuschicken, das diesen Aspekt weiterverfolgte. Er sagte, sie sollten die Streichhölzer im Aschenbecher auf dem Kaffeetisch mit denen aus dem Heftchen in Meadows' Tasche vergleichen. Dann legte er auf und fragte sich, ob Donovan jemanden schicken würde, bevor sich die Nachricht verbreitete, daß man Bosch den Fall abgenommen oder ihn inzwischen suspendiert hatte.

Sein letzter Anruf galt dem Büro des Coroners. Sakai sagte, er habe die nächsten Angehörigen benachrichtigt. Meadows' Mutter war noch am Leben, und man hatte sie in New Iberia, Louisiana, gefunden. Sie besaß nicht genug Geld, ihn zu sich zu holen und beerdigen zu lassen. Seit achtzehn Jahren hatte sie ihn nicht mehr gesehen. Billy Meadows würde nicht heimkehren. Das L.A. County würde ihn bestatten müssen.

»Was ist mit der Veteranenfürsorge?« fragte Bosch. »Er war ein Veteran.«

»Stimmt. Ich kümmere mich drum«, sagte Sakai und hängte ein.

Bosch stand auf und nahm einen kleinen, tragbaren Cassettenrecorder aus einer seiner Schubladen im Aktenschrank. Die Reihe dieser Schränke befand sich hinter seinem Schreibtisch an der Wand. Er schob das Gerät mit dem 911er-Notrufband in seine Manteltasche und verließ den Einsatzraum durch den hinteren Flur. Er ging an den Arrestbänken und der Zelle vorbei hinunter ins CRASH-Büro. Der winzige Raum war noch voller als das Büro der Detectives. Schreibtische und Akten für fünf Männer und eine Frau stapelten sich in einem Raum, der nicht größer war als das Gästeschlafzimmer in einem Apartment in Venice. An einer Wand des Zimmers standen die Aktenschränke, vor der gegenüberliegenden Wand Computer und Fernschreiber. Dazwischen hatte man je zwei Schreibtische nebeneinander geschoben. An der Rückwand hing der übliche Stadtplan mit den schwarzen Markierungen der achtzehn Polizeibezirke. Darüber hing die Top

Ten: Farbfotos der zehn Top-Arschlöcher, die die Hollywood Division momentan zu bieten hatte. Bosch sah, daß eins davon aus dem Leichenschauhaus stammte. Der Junge war tot und stand trotzdem auf der Liste. Na, wenn das kein echtes Arschloch ist, dachte er. Und über den Fotos stand in schwarzen Plastikbuchstaben CRASH, die Einheit zur Bekämpfung des Bandenwesens.

Nur Thelia King war da und saß vor dem Computer. Das war genau, was Bosch wollte. Thelia King, auch bekannt als The King, was sie nicht leiden konnte, und als Elvis, was ihr nichts ausmachte, war der CRASH-Computerfreak. Wenn man die Herkunft einer Gang nachvollziehen wollte oder auch nur nach einem jugendlichen Straftäter Ausschau hielt, der sich irgendwo in Hollywood herumtrieb, mußte man zu Elvis gehen. Allerdings überraschte es Bosch, daß sie allein war. Er sah auf seine Uhr. Kurz nach zwei. Zu früh. Die Truppe war noch nicht draußen.

»Wo sind die anderen alle?«

»Hey, Bosch«, sagte sie und wandte sich vom Bildschirm ab. »Beerdigungen. Wir haben zwei verschiedene Gangs, zwei kriegführende Stämme, die ihre Homeboys heute auf demselben Friedhof im Valley begraben. Wir brauchen alle Mann da draußen, um dafür zu sorgen, daß alles ruhig bleibt.«

»Und wieso bist du nicht draußen bei den Jungs?«

»Bin gerade vom Gericht wiedergekommen. Also, bevor du mir erzählst, warum du gekommen bist, Harry, erzähl mir, was heute in Ninety-eight Pounds' Büro passiert ist.«

Bosch lächelte. In einem Polizeirevier breiteten sich Nachrichten schneller aus als auf der Straße. Er gab ihr einen verkürzten Bericht seiner Erlebnisse am Pranger und der bevorstehenden Schlacht mit dem IAD.

»Bosch, du nimmst das alles viel zu ernst«, sagte sie. »Wieso besorgst du dir nicht einen Job nebenbei. Irgendwas, das dir hilft, bei Verstand zu bleiben, mit dem Strom zu schwimmen. Wie dein Partner. Zu schade, daß der Kerl verheiratet ist. Der verdient mit den Häusern, die er nebenher verkauft, dreimal soviel wie wir, wenn wir uns den Arsch aufreißen. So einen Job bräuchte ich auch.«

Bosch nickte. Nur: Wenn man zu sehr mit dem Strom schwimmt, landet man in der Kloake, dachte er, sagte es aber nicht. Manchmal fand er, daß er die Dinge richtig sah und alle anderen sie nicht ernst genug nahmen. Das war das Problem. Alle anderen hatten Jobs nebenher.

»Was brauchst du?« sagte sie. »Ich mach' es lieber gleich, bevor sie deinen Bericht reinreichen. Danach kannst du dich hier nicht mehr blicken lassen.«

»Bleib, wo du bist«, sagte er, zog einen Stuhl heran und erklärte ihr, was er vom Computer wissen wollte.

Der CRASH-Computer besaß ein Programm namens GRIT, ein Akronym innerhalb eines Akronyms, in diesem Fall für »Gang Related Information Tracking«. In diesen Dateien befanden sich Angaben über die 55 000 identifizierten Bandenmitglieder und jugendlichen Straftäter der Stadt. Außerdem stand das Programm in Verbindung mit dem Gang Computer im Sheriff's Department, der noch einmal etwa 30 000 eigene Bandenmitglieder gespeichert hatte. Teil des GRIT-Programms war die Decknamen-Datei. Dort hatte man Straftäter nach ihren Kampfnamen gespeichert und konnte sie so mit den richtigen Namen, Geburtsdaten, Adressen und so weiter zusammenbringen. Sämtliche Namen, auf die die Polizei durch Festnahmen, »Shake Cards« – Berichte über Straßenverhöre – gestoßen war, hatte man in diesem Computerprogramm gespeichert. Es hieß, in der GRIT-Datei befänden sich mehr als 90 000 Decknamen. Man mußte nur wissen, welche Tasten zu drücken waren. Und Elvis wußte es.

Bosch nannte ihr die drei Buchstaben, die er wußte. »Ich weiß nicht, ob das alles ist oder nur ein Teil vom Ganzen«, sagte er. »Ich glaube, es ist nur ein Teil.«

Sie gab die Befehle ein, um in die GRIT-Datei zu kommen,

tippte die Buchstaben S-H-A und drückte auf Eingabe. Es dauerte etwa dreizehn Sekunden. Fragend verzog sich Thelia Kings schwarzes Gesicht. »Dreihundertdreiundvierzig Treffer«, verkündete sie. »Könnte sein, daß du noch was bleiben mußt, Herzchen.«

Er sagte, sie solle die Schwarzen und die Latinos weglassen. In seinen Ohren klang das Notrufband weiß. Sie drückte weitere Tasten, dann baute sich die Liste mit den bernsteinfarbenen Buchstaben neu auf.

»Schon besser. Neunzehn Treffer«, sagte King.

Es gab keinen Namen, der nur aus drei Buchstaben bestand, *Sha*. Es gab fünf Shadows, vier Shahs, zwei Sharkeys, zwei Sharkies und je einen Shark, Shabby, Shallow, Shank, Shabot und Shame. Bosch führte sich das Graffito an der Röhre oben am Damm vor Augen. Das gezackte S, fast wie ein aufgerissenes Maul. Das Maul von einem Hai?

»Frag nach den Varianten von Shark«, sagte er.

King drückte zwei Tasten, und das obere Drittel des Bildschirms füllte sich mit neuen, bernsteinfarbenen Buchstaben. Shark kam aus dem Valley. Nur wenig Kontakt mit der Polizei. Er hatte Bewährung bekommen und mußte Graffitis entfernen, nachdem man ihn beim Besprühen der Bänke an den Bushaltestellen am Ventura Boulevard in Tarzana erwischt hatte. Er war fünfzehn. Bosch hielt es für wenig wahrscheinlich, daß er sich um drei Uhr früh an einem Sonntagmorgen oben am Damm herumtrieb. King holte den ersten Sharkie auf den Schirm. Er befand sich momentan in Malibu in einem Camp für jugendliche Straftäter. Der zweite Sharkie war tot, umgekommen in einem Bandenkrieg zwischen dem KGB – den »Kids Gone Bad« – und den »Vineland Boyz« im Jahre 1989. Sein Name war nur noch nicht in der Datei gelöscht.

Als King den ersten Sharkey aufrief, füllte sich der Bildschirm mit Informationen, und unten blinkte ein »Weiter«. »Na, da haben wir ja ein echtes Früchtchen«, sagte sie.

Der Computer beschrieb Edward Niese, weiß, männlich, siebzehn Jahre alt. Er fuhr ein gelbes Motorrad, Kennzeichen JVN138, hatte keine bekannten Verbindungen zu Banden, benutzte aber »Sharkey« als Namenszug. Lief regelmäßig seiner Mutter in Chatsworth weg. Zweimal füllte sich der Bildschirm mit Daten über Sharkeys Kontakte mit der Polizei. Bosch konnte anhand der Einzelheiten über die Verhaftungen und Verhöre sehen, daß dieser Sharkey eine Schwäche für Hollywood und West Hollywood hatte, wenn er weglief. Sein Augenmerk fiel auf den unteren Rand des zweiten Bildschirms, wo eine Verhaftung wegen Herumlungerns am Hollywood Reservoir vor drei Monaten registriert war.

»Das ist er«, sagte er. »Vergiß den letzten Jungen. Ausdruck?«

Sie tippte auf einige Tasten, um die Datei auszudrucken, dann deutete sie auf die Aktenschränke. Er ging hinüber und öffnete die N-Schublade. Er fand eine Akte über Edward Niese und zog sie heraus. Sie enthielt ein farbiges Lichtbild. Sharkey war blond und wirkte klein auf dem Bild. Seine Miene spiegelte Schmerz und Trotz wider, was in diesen Zeiten auf den Gesichtern von Teenagern so verbreitet war wie Akne. Bosch kam dieses Gesicht irgendwie bekannt vor. Er konnte es aber nicht einordnen. Er drehte das Foto um. Es war zwei Jahre alt. King reichte ihm den Ausdruck, und er setzte sich an einen der leeren Tische, um sich die Unterlagen durchzusehen.

Die schwerwiegendsten Straftaten, die der Junge, der sich Sharkey nannte, begangen und bei denen man ihn erwischt hatte, waren Ladendiebstahl, Vandalismus, Herumlungern und der Besitz von Marihuana und Speed. Als man ihn wieder einmal wegen Drogenbesitzes verhaftet hatte, wurde er für zwanzig Tage in die Sylmar Juvenile Hall eingesperrt, dann aber auf Hausarrest freigelassen. Alle anderen Male, die man ihn geschnappt hatte, war er umgehend seiner Mutter überstellt worden. Er war ein chronischer Ausreißer und ein kleines Schlitzohr.

In den Akten stand nicht viel mehr als im Computer. Nur etwas ausführlichere Angaben zu den Verhaftungen. Bosch blätterte in den Papieren herum, bis er den Bericht über die Anzeige wegen Herumlungerns fand. Es sollte vor Gericht gehen, wurde aber zurückgewiesen, als Sharkey einwilligte, zurück zu seiner Mutter zu gehen und dort zu bleiben. Das hatte offenbar nicht lange gedauert. Es gab einen Bericht, daß die Mutter ihn zwei Wochen später seinem Bewährungshelfer als vermißt gemeldet hatte. Nach den Unterlagen zu urteilen war er seitdem nicht wieder aufgegriffen worden.

Bosch las den Bericht des untersuchenden Officers über die Verhaftung wegen Herumlungerns. Dort stand:

> Der diensthabende Beamte hat mit Donald Smiley gesprochen, einem Verwalter am Mulholland-Damm, der aussagte, er sei heute um sieben Uhr morgens in die Röhre entlang der Zufahrtsstraße zum Reservoir gestiegen, um sie von Abfällen zu reinigen. Smiley fand einen schlafenden Jungen auf einem Lager aus Zeitungen. Der Junge war schmutzig und redete unzusammenhängend, als er geweckt wurde. Der Beschuldigte schien unter Drogeneinfluß zu stehen. Die Polizei wurde gerufen, und der diensthabende Beamte fuhr zum Einsatzort. Der Verhaftete erklärte ihm gegenüber, er habe dort regelmäßig geschlafen, weil seine Mutter ihn zu Hause nicht haben wolle. Der diensthabende Beamte meldete den Beschuldigten als Ausreißer und nahm ihn am heutigen Tag wegen des Verdachts auf Stadtstreicherei in Gewahrsam.

Sharkey ist ein Gewohnheitstier, dachte Bosch. Vor zwei Monaten wurde er am Damm verhaftet, aber am Sonntag morgen war er trotzdem wieder zum Schlafen dorthin gegangen. Er sah die restlichen Papiere in der Akte nach Hinweisen auf weitere

Gewohnheiten durch, die Bosch helfen könnten, ihn zu finden. Von einer postkartengroßen Shake Card erfuhr Bosch, daß man Sharkey im Januar auf dem Santa Monica Boulevard in der Nähe West Hollywoods angehalten und befragt, allerdings nicht verhaftet hatte. Sharkey war gerade dabei gewesen, neue Reeboks zuzuschnüren, als ihn der Officer bat, die Quittung vorzuzeigen. Er glaubte, Sharkey hätte die Schuhe gestohlen. Er tat es, und damit hätte die Sache beendet sein können. Nur als der Junge die Quittung aus einer Ledertasche an seinem Motorrad zog, fiel dem Officer eine Plastiktüte auf, und er bat darum, auch diese sehen zu dürfen. Die Tüte enthielt zehn Fotos von Sharkey. Auf allen davon war er nackt und stand in verschiedenen Posen da, befummelte sich auf einigen, hatte auf anderen einen erigierten Penis. Der Officer nahm die Fotos an sich und vernichtete sie, vermerkte jedoch auf seiner Shake Card, daß er das Büro des Sheriffs in West Hollywood darüber informieren werde, daß Sharkey auf dem Santa Monica Boulevard Fotos an Homosexuelle verkaufe.

Das war alles. Bosch schloß die Akte, behielt nur das Foto von Sharkey. Er dankte Thelia King und verließ das kleine Büro. Er lief den hinteren Korridor des Reviers hinunter, vorbei an den Arrestbänken, als ihm einfiel, wieso ihm das Bild so bekannt vorkam. Das Haar war inzwischen länger und zu Dreadlocks geflochten, der Trotz hatte den Schmerz auf dem Gesicht verdrängt, aber Sharkey war der Junge, den sie am Morgen mit Handschellen an die Bank gefesselt hatten. Da war Bosch ganz sicher. Thelia konnte das auf ihrem Computerdurchlauf nicht finden, weil die Verhaftung noch nicht eingegeben war. Bosch trat in das Büro des Wachhabenden, erklärte dem Lieutenant, was er suchte, und wurde an einen Kasten geführt, auf dem »Frühschicht« stand. Bosch sah die Berichte durch, die sich in dem Kasten stapelten, bis er auf die Papiere über Edward Niese stieß.

Sharkey war um vier Uhr morgens bei einem Zeitungsstand

an der Vine aufgegriffen worden. Ein Streifenpolizist hatte gedacht, der Junge würde nach Freiern Ausschau halten. Nachdem er ihn einkassiert hatte, machte er einen Computercheck und fand heraus, daß es sich um einen Ausreißer handelte. Bosch sah sich die Verhaftungsliste des Tages an und stellte fest, daß man den Jungen bis neun Uhr hierbehalten hatte und dann sein Bewährungshelfer gekommen war, um ihn abzuholen. Bosch rief den Mann in der Sylmar Juvenile Hall an, erfuhr aber, man habe bereits vor einem Jugendgericht Anklage gegen Sharkey erhoben und ihn in den Gewahrsam seiner Mutter überstellt.

»Und das ist das größte Problem«, sagte der Bewährungshelfer. »Heute abend ist er wieder weg, wieder auf der Straße. Dafür kann ich garantieren. Ich habe es dem Richter gesagt, aber der wollte den Jungen nicht in den Affenstall stecken, nur weil er herumgelungert hatte und seine Mutter zufällig eine Telefonnutte ist.«

»Eine was?« fragte Bosch.

»Es müßte eigentlich in der Akte stehen. Ja, während sich Sharkey auf der Straße rumtreibt, sitzt die Mutti zu Hause und erzählt Typen am Telefon, wie sie ihnen in den Mund pißt und Gummibänder um ihre Schwänze wickelt. Annonciert in Herrenmagazinen. Kassiert vierzig Dollar pro Viertelstunde. Akzeptiert MasterCard, Visa, stellt die Typen auf eine Nebenleitung, während sie über einen anderen Anschluß sichergeht, daß die Nummer stimmt und sie kreditwürdig sind. Soweit ich weiß, macht sie das schon fünf Jahre. Edwards entscheidende Jahre bestanden darin, sich diesen Dreck anzuhören. Ist doch kein Wunder, daß der Junge Scheiße baut und wegrennt. Was soll man da erwarten?«

»Wie lange ist es her, daß er mit ihr weggegangen ist?«

»Gegen Mittag. Wenn Sie ihn da erwischen wollen, fahren Sie besser los. Haben Sie die Adresse?«

»Ja.«

»Und, Bosch, eins noch: Erwarten Sie keine Nutte, wenn Sie da ankommen. Seine Mom, sie sieht nicht so aus wie die Type, die sie am Telefon spielt, wenn Sie verstehen, was ich meine. Ihre Stimme mag es vielleicht bringen, aber wenn man sie sieht, könnte man blind werden.«

Bosch bedankte sich für die Warnung und legte auf. Er nahm die 101 raus zum Valley und dann die 405 nördlich zur 118 und nach Westen. Er bog in Chatsworth ab und fuhr durch die rauhen Klippen des oberen Valley. Dort gab es eine Anlage von Eigentumswohnungen, von der er wußte, daß es sich dabei früher mal um eine Filmranch gehandelt hatte. Es war eine dieser Anlagen, in der sich Charles Manson und seine Anhänger versteckt hatten. Körperteile von einem seiner Anhänger wurden angeblich nach wie vor vermißt und waren hier irgendwo vergraben. Es dämmerte fast, als Bosch dort war. Die Leute kamen von der Arbeit nach Hause. Eine Menge Verkehr für die schmalen Straßen der Gegend. Eine Menge verschlossener Türen. Eine Menge Anrufe bei Sharkeys Mutter. Bosch war spät dran.

»Ich hab' keine Zeit, schon wieder mit der Polizei zu sprechen«, sagte Veronica Niese, als sie an die Tür kam und sich seine Marke ansah. »Kaum daß ich ihn zu Hause hatte, war er wieder zur Tür raus. Ich weiß nicht, wo er hin ist. Sagen Sie's mir. Das ist Ihr Job. Ich hab' drei Anrufe in der Leitung, einer davon ein Ferngespräch. Ich muß gehen.«

Sie war Ende Vierzig, fett und faltig. Ganz offensichtlich trug sie eine Perücke, und ihre Pupillen waren ungleich groß. Sie roch nach alten Socken, wie alle Speedsüchtigen. Die Anrufer waren mit ihren Phantasien besser dran, wenn sie nur die Stimme hörten und sich Gesicht und Körper dazu vorstellen mußten.

»Mrs. Niese. Ich suche Ihren Sohn nicht, weil er etwas angestellt hat. Ich muß ihn sprechen, weil er etwas beobachtet haben könnte. Möglicherweise ist er in Gefahr.«

»Ach, Unsinn. Den Spruch hab ich doch schon mal gehört.«

Sie schlug die Tür zu, und er stand da. Einige Augenblicke später konnte er sie am Telefon hören, und er glaubte, einen französischen Akzent zu erkennen, war sich aber nicht sicher. Er konnte nur ein paar Sätze verstehen, aber die ließen ihn rot werden. Er dachte über Sharkey nach und kam zu dem Schluß, daß er eigentlich gar kein Ausreißer war, denn hier war ja nichts, vor dem er hätte ausreißen können. Er trat von der Tür zurück und ging zum Wagen. Soviel zu diesem Tag. Seine Zeit war abgelaufen. Inzwischen mußten Lewis und Clarke ihren Bericht über ihn fertig haben. Am nächsten Morgen würde er beim IAD am Schreibtisch sitzen. Er fuhr zurück zum Revier und meldete sich ab. Alle hatten Feierabend gemacht, und auf seinem Schreibtisch lag keine Nachricht, nicht mal von seinem Anwalt. Auf dem Weg nach Hause hielt er am Lucky und kaufte vier Flaschen Bier, zwei mexikanische, ein englisches Lager namens Old Nick und ein Henry's.

Er erwartete, eine Nachricht von Lewis und Clarke auf dem Anrufbeantworter zu finden. Damit lag er richtig, aber die Nachricht enthielt nicht das, was er erwartet hatte.

»Ich weiß, daß du da bist, also hör zu«, sagte eine Stimme, die Bosch als Clarke identifizierte. »Die können vielleicht ihre Meinung ändern, aber nicht unsere. Wir sehen uns noch.«

Weitere Nachrichten gab es nicht. Dreimal spielte er Clarkes Nachricht ab. Irgendwas war ihnen schiefgegangen. Man hatte sie wohl zurückgepfiffen. Sollte seine lahme Drohung, sich an die Medien zu wenden, funktioniert haben? Schon bei dem Gedanken daran bezweifelte er, daß die Antwort »ja« sein konnte. Was war also passiert? Er sank in seinen Sessel und fing an, die Biere zu trinken – die mexikanischen zuerst – und in dem Fotoalbum vom Krieg herumzublättern, das er vergessen hatte wegzustellen. Als er es am Sonntag abend aufgeschlagen hatte, waren düstere Erinnerungen wachgeworden. Jetzt stellte er fest, daß er ganz verzaubert davon war und mit der

Zeit nicht nur die Fotos, sondern auch ihre Bedrohlichkeit verblaßt waren. Irgendwann nach Einbruch der Dunkelheit klingelte das Telefon, und Harry nahm ab, bevor der Anrufbeantworter reagierte.

»Tja«, sagte Lieutenant Harvey Pounds, »das FBI meint jetzt, man wäre wohl etwas streng gewesen. Die haben es sich anders überlegt und wollen, daß Sie wieder dabei sind. Sie sollen die Ermittlungen nach deren Wünschen unterstützen. Das kommt direkt von der Leitung im Parker Center.«

Pounds Stimme verriet sein Erstaunen über die Umkehr.

»Was ist mit dem IAD?« fragte Bosch.

»Man hat keine Akte über Sie angelegt. Wie gesagt, das FBI zieht sich zurück, ebenso das IAD. Fürs erste.«

»Also bin ich wieder drin.«

»Sie sind wieder drin. War nicht meine Entscheidung. Damit Sie es wissen: Man hat über meinen Kopf hinweg entschieden, und ich hab' ihnen gesagt, daß sie mich allesamt mal am Arsch lecken können. Irgendwas an der Sache stinkt, aber ich schätze, das wird bis später warten müssen. Vorerst sind Sie abgeordnet. Bis auf weiteres arbeiten Sie für das FBI.«

»Was ist mit Edgar?«

»Kümmern Sie sich nicht um Edgar. Das ist nicht mehr Ihre Sorge.«

»Pounds, Sie tun so, als hätten Sie mir einen Gefallen getan, als Sie mir die Mordfälle gegeben haben, nachdem man mich beim Parker Center rausgeschmissen hatte. Ich habe Ihnen den Gefallen getan, Mann. Wenn Sie von mir eine Entschuldigung hören wollen, muß ich Sie enttäuschen.«

»Bosch, ich will von Ihnen überhaupt nichts mehr hören. Sie haben sich selbst reingeritten. Das Problem ist nur, daß Sie mich dabei wahrscheinlich mit reingeritten haben. Wenn es nach mir ginge, würden Sie nicht mal mehr in die Nähe dieses Falles kommen. Sie würden Pfandhauslisten prüfen.«

»Aber nach Ihnen geht es nicht, oder?«

Er legte auf, bevor Pounds etwas erwidern konnte. Er dachte einen Moment lang nach, und seine Hand lag noch auf dem Hörer, als es wieder klingelte.

»Was?«

»Hart drauf, richtig?« sagte Eleanor Wish.

»Ich dachte, es wäre jemand anders.«

»Na, ich denke, Sie haben es schon gehört.«

»Ich hab' es gehört.«

»Sie werden mit mir zusammenarbeiten.«

»Wie kommt es, daß Sie die Hunde zurückgepfiffen haben?«

»Ganz einfach. Wir wollen die Ermittlungen aus den Zeitungen raushalten.«

»Da steckt mehr dahinter.«

Sie sagte nichts, aber sie legte auch nicht auf. Schließlich fiel ihm etwas ein, was er sagen konnte.

»Morgen, was mache ich da?«

»Kommen Sie morgen früh zu mir. Dann sehen wir weiter.«

Bosch legte auf. Er dachte über sie nach und darüber, daß er nicht wußte, was los war. Es gefiel ihm nicht, aber jetzt konnte er nicht mehr zurück. Er ging in die Küche und holte die Flasche Old Nick aus dem Kühlschrank.

Lewis stand mit dem Rücken zum Verkehr, schirmte die Telefonzelle mit seinem breiten Rücken gegen Lärm ab.

»Er fängt beim FBI – eh, dem Bureau – an, morgen früh«, sagte Lewis. »Was sollen wir tun?«

Erst antwortete Irving nicht. Lewis stellte sich ihn am anderen Ende der Leitung vor, den angespannten Unterkiefer. Popeyefresse, dachte Lewis und grinste hämisch. Clarke kam vom Wagen herüber und flüsterte: »Was ist so komisch? Was hat er gesagt?«

Lewis winkte ab und sah seinen Partner mit einer Nerv-mich-nicht-Miene an.

»Wer war das?« fragte Irving.

»Das war Clarke, Sir. Er kann es nicht abwarten, von unserem neuen Auftrag zu erfahren.«

»Hat sich Lieutenant Pounds zu dem Thema geäußert?«

»Ja, Sir«, sagte Lewis und fragte sich, ob Irving dieses Gespräch aufzeichnete. »Der Lieutenant sagte, der – mh – Betreffende wäre dem F... dem Bureau zugewiesen worden. Sie legen diesen Mordfall und die Ermittlungen in der Banksache zusammen. Er arbeitet mit Special Agent Eleanor Wish zusammen.«

»Was hat er vor ...?« sagte Irving, wenn er auch weder eine Antwort erwartete, noch von Lewis eine geboten bekam. Eine Weile herrschte Schweigen in der Leitung, denn Lewis war klug genug, Irvings Gedanken nicht zu stören. Er sah, daß Clarke sich abermals der Telefonzelle näherte, winkte ab und schüttelte den Kopf, als hätte er es mit einem ungeduldigen Kind zu tun. Die offene Telefonzelle stand am unteren Ende des Woodrow Wilson Drive, wo der Barham Boulevard den Hollywood Freeway kreuzte. Lewis hörte, wie ein Sattelschlepper auf dem Freeway vorüberdonnerte und spürte, wie warmer Wind in die Zelle wehte. Er sah zu den Lichtern der Häuser am Hang auf und versuchte auszumachen, welches Licht zu Boschs Pfahlbau gehörte. Es war unmöglich zu erkennen. Der Hügel sah aus wie ein riesenhafter, dicker Weihnachtsbaum mit zu vielen Kerzen.

»Er scheint irgendwie Druck auf sie auszuüben«, sagte Irving schließlich. »Er hat sich den Weg mit Gewalt geebnet. Ich will Ihnen sagen, wie Ihr Auftrag lautet. Sie beide bleiben an ihm dran. Nicht so, daß es es merkt. Aber bleiben Sie dran. Er hat irgendwas vor. Finden Sie raus, was. Und bauen Sie Ihren Eins-Punkt-Einundachtzig-Fall dabei auf. Das Federal Bureau of Investigation mag seine Beschwerde zurückgenommen haben, aber wir kuschen nicht.«

»Was ist mit Pounds? Wollen Sie immer noch, daß wir ihn informieren?«

»Es heißt Lieutenant Pounds, Detective Lewis. Ja, schicken

Sie ihm täglich eine Kopie Ihres Observationsberichts. Das müßte genügen.«

Ohne eine weiteres Wort legte Irving auf.

»Selbstverständlich, Sir«, sagte Lewis in die tote Leitung. Clarke sollte nicht erfahren, daß man ihn gekränkt hatte. »Wir bleiben dran. Danke, Sir. Gute Nacht.«

Dann legte auch er auf, im stillen betroffen darüber, daß sein Vorgesetzter es nicht für nötig erachtet hatte, ihm eine gute Nacht zu wünschen. Eilig kam Clarke heran.

»Also?«

»Also holen wir ihn morgen früh wieder ab. Bring deine Pinkelflasche mit.«

»Mehr nicht? Nur Observieren?«

»Für den Augenblick.«

»Scheiße. Am liebsten würde ich das Haus von dem Wichser durchsuchen. Irgendwas kaputtmachen. Wahrscheinlich hat er das Zeug von dem Raub da oben versteckt.«

»Sollte er etwas damit zu tun haben, möchte ich bezweifeln, daß er so blöd wäre. Wir lassen es ruhig angehen. Wenn er Dreck am Stecken hat, werden wir es erfahren.«

»Oh, er hat Dreck am Stecken. Keine Sorge.«

»Wir werden sehen.«

Sharkey saß auf der Betonmauer vor einem Parkplatz am Santa Monica Boulevard. Er beobachtete die erleuchtete Front des 7-Eleven auf der anderen Straßenseite, sah sich an, wer kam und wer ging. Größtenteils Touristen und Pärchen. Bis jetzt keine Singles. Keiner, der in Frage kam. Der Junge namens Arson schlenderte herüber und sagte: »Das bringt doch nichts, Mann.«

Arsons Haar war feuerrot und mit Wachs zu stachligen Flammen geformt. Er trug schwarze Jeans und ein schmutziges, schwarzes T-Shirt. Er rauchte eine Salem. Er war nicht stoned, aber er hatte Hunger. Sharkey sah ihn an und dann an ihm vorbei zu dem dritten Jungen, den sie Mojo nannten und der bei den Motorrädern am Boden hockte. Mojo war kleiner und breiter, hatte sein schwarzes Haar hinten am Kopf zu einem Knoten geflochten. Mit den Aknenarben sah sein Gesicht ewig mürrisch aus.

»Warte noch ein paar Minuten«, sagte Sharkey.

»Ich will was essen, Mann«, sagte Arson.

»Was meinst du, was ich hier mache? Wir wollen alle essen.«

»Vielleicht können wir sehen, was Bettijane treibt«, sagte Mojo. »Die hat bestimmt was zu essen für uns.«

Sharkey sah zu ihm hinüber und sagte: »Geht schon vor. Ich bleib', bis was passiert. Ich krieg' schon was zu essen.«

Als er das sagte, hielt ein kastanienbrauner Jaguar XJ6 auf dem Parkplatz des Supermarkts.

»Was ist mit dem Mann in der Röhre?« fragte Arson. »Meinst du, die haben ihn schon gefunden? Wir könnten raufgehen und nachsehen, ob er Kohle hat. Ich versteh' nicht, wieso du dich gestern abend nicht getraut hast, Shark.«

»Hey, geh doch selbst rauf und sieh nach, wenn du willst«, sagte Sharkey. »Mal sehen, wer sich traut.«

Er hatte ihnen nicht erzählt, daß er wegen der Leiche 911 angerufen hatte. Das würden sie ihm schwerer verzeihen als seine Angst, in das Rohr zu kriechen. Ein Mann stieg allein aus dem Jaguar. Er sah aus wie Ende Dreißig, Bürstenschnitt, weite, weiße Hosen und Hemd, Sweater um die Schultern gelegt. Sharkey sah niemanden im Wagen sitzen.

»Hey, seht euch den Jag an«, sagte er. Die beiden anderen starrten zum Laden hinüber. »Der ist es. Ich geh' rüber.«

»Wir warten«, sagte Arson.

Sharkey sprang von der Mauer und schlenderte über den Boulevard. Er beobachtete den Besitzer des Jaguars durch die Scheiben des Ladens. Er hielt ein Eis in der Hand und stand vor den Illustrierten herum. Ununterbrochen taxierte er die anderen Männer im Laden. Sharkey war guten Mutes, als er sah, daß der Mann zum Tresen ging, um sein Eis zu bezahlen.

Er hockte sich vor den Laden, kaum einen Meter vom Kühler des Jag entfernt.

Als der Mann herauskam, wartete Sharkey, bis sich ihre Blicke trafen und der Mann lächelte, bevor er etwas sagte.

»Hey, Mister?« sagte er, als er aufstand. »Ich hab' gerade gedacht, ob Sie mir vielleicht einen Gefallen tun könnten?«

Der Mann sah sich auf dem Parkplatz um, bevor er antwortete.

»Klar. Was brauchst du?«

»Na, ich hab' gedacht, ob Sie reingehen und mir ein Bier kaufen könnten. Ich geb' Ihnen das Geld und alles. Ich will nur ein Bier. Zum Entspannen, wissen Sie?«

Der Mann zögerte. »Ich weiß nicht... das wäre illegal, oder? Du bist keine einundzwanzig. Ich könnte Ärger kriegen.«

»Na«, sagte Sharkey mit einem Lächeln, »haben Sie denn Bier zu Hause? Dann müßten Sie mir keins kaufen. Jemandem ein Bier zu geben, ist kein Verbrechen.«

»Na ja ...«

»Ich würde nicht lange bleiben. Vielleicht könnten wir uns gegenseitig beim Entspannen helfen, oder was meinen Sie?«

Noch einmal sah sich der Mann auf dem Parkplatz um. Niemand beobachtete sie. Sharkey war sicher, daß er ihn an der Angel hatte.

»Okay«, sagte er. »Ich kann dich später wieder herbringen, wenn du willst.«

»Klar. Das wär' cool.«

Sie fuhren auf dem Santa Monica ostwärts nach Flores und dann ein paar Blocks Richtung Süden in eine Wohnanlage. Kein einziges Mal drehte sich Sharkey um oder versuchte, in den Spiegel zu sehen. Sie waren hinter ihnen. Er wußte es. Draußen vor der Anlage gab es ein gesichertes Tor, für das der Mann einen Schlüssel hatte und das er hinter ihnen verriegelte. Dann gingen sie in sein Haus.

»Ich heiße Jack«, sagte der Mann. »Was soll ich dir holen?«

»Ich bin Phil. Haben Sie was zu essen? Ich hab' auch ein bißchen Hunger.« Sharkey sah sich nach der Gegensprechanlage und dem Knopf um, der das Tor öffnete. Das Apartment bestand größtenteils aus hellen Möbeln auf einem dickflorigen, gedeckt weißen Teppich. »Schicke Wohnung.«

»Danke. Mal sehen, was ich da habe. Wenn du deine Sachen waschen möchtest, kannst du das ruhig tun, solange du hier bist. Ich mach' das nicht sehr oft, weißt du. Aber wenn ich jemandem helfen kann, versuche ich es.«

Sharkey folgte ihm in die Küche. Der Kasten befand sich an der Wand neben dem Telefon. Als Jack den Kühlschrank öffnete und sich bückte, um hineinzusehen, drückte Sharkey den Knopf, der das Tor entriegelte. Jack merkte nichts davon.

»Ich habe Thunfisch da. Und ich könnte Salat machen. Seit wann bist du schon auf der Straße? Ich werde dich nicht Phil nennen. Wenn du mir deinen richtigen Namen nicht sagen willst, ist das okay.«

»Mmh, Thunfisch wäre gut. Nicht sehr lange.«

»Bist du clean?«

»Ja, klar. Ich bin okay.«

»Wir werden Vorsichtsmaßnahmen treffen.«

Es wurde Zeit. Sharkey trat in den Flur zurück. Jack sah vom Kühlschrank auf, eine Plastikschüssel in der Hand, den Mund leicht geöffnet. Sharkey meinte, im Gesicht des Mannes eine Ahnung dessen, was ihm bevorstand, zu erkennen. Sharkey drehte den Riegel und machte die Tür auf. Arson und Mojo traten ein.

»Hey, was soll das?« sagte Jack, wenn auch ohne jedes Selbstvertrauen in der Stimme. Er rannte in den Flur, und Arson, der Größte der vier, schlug ihm mit der Faust aufs Nasenbein. Es hörte sich an, als würde ein Bleistift zerbrechen, und die Plastikschüssel mit dem Thunfisch fiel zu Boden. Dann war alles voller Blut auf dem gedeckt weißen Teppich.

Dritter Teil

Dienstag, 22. Mai

Eleanor Wish rief am Dienstag morgen wieder an, als Bosch vor dem Badezimmerspiegel an seiner Krawatte herumnestelte. Sie sagte, sie wolle sich mit ihm in einem Coffeeshop in Westwood treffen, bevor sie ihn mit zum FBI nähme. Er hatte schon zwei Tassen Kaffee getrunken, sagte aber, er würde da sein. Er legte auf, fummelte den obersten Knopf an seinem weißen Hemd zu und zog die Krawatte eng um den Hals. Er konnte sich nicht erinnern, wann er den Details seines Äußeren zuletzt eine solche Aufmerksamkeit gewidmet hatte.

Als er ankam, saß sie an einem Tisch am Fenster. Sie hatte beide Hände um das Glas Wasser vor sich gelegt und wirkte zufrieden. Ein Teller war zur Seite geschoben, auf dem die Papierhülle eines Muffin lag. Sie warf ihm einen kurzen Blick zu und lächelte höflich, als er sich setzte und der Kellnerin winkte.

»Nur Kaffee«, sagte Bosch.

»Sie haben schon gegessen?« sagte Wish, als die Kellnerin ging.

»Mh, nein. Aber ich möchte nichts.«

»Sie essen nicht viel, das sieht man.«

Klang eher wie eine Mutter, nicht wie ein Detective.

»Also, wer will es mir erzählen? Sie oder Rourke?«

»Ich.«

Die Kellnerin stellte eine Tasse Kaffee ab. Bosch konnte hören, daß am Nebentisch vier Vertreter um ihre Rechnung feilschten. Er nahm einen kleinen Schluck Kaffee.

»Ich hätte das Ersuchen des FBI um meine Mitarbeit gern

schriftlich, unterschrieben vom leitenden Special Agent des Büros Los Angeles.«

Sie zögerte einen Augenblick, stellte ihr Glas ab und sah ihn zum ersten Mal direkt an. Ihre Augen waren so dunkel, daß sie nichts preisgaben. An den Rändern sah er den Beginn eines feinen Faltenmusters auf der sonnengebräunten Haut. Am Kinn hatte sie eine kleine, weiße, halbmondförmige Narbe, sehr alt und kaum wahrnehmbar. Er fragte sich, ob die Narbe und die Falten sie störten, wie es wohl den meisten Frauen ergehen würde. Ihre Gesichtsform schien eine gewisse Trauer zu vermitteln, als hätte sich ein Geheimnis aus ihrem Inneren nach außen vorgearbeitet. Vielleicht ist es Erschöpfung, dachte er. Dennoch war sie eine attraktive Frau. Er schätzte sie auf Anfang Dreißig.

»Ich glaube, das läßt sich arrangieren«, sagte sie. »Noch irgendwelche Forderungen, bevor wir an die Arbeit gehen?«

Er lächelte und schüttelte den Kopf.

»Wissen Sie, Bosch, ich habe Ihre Mordakte gestern bekommen und sie heute nacht gelesen. Für das, was Sie hatten, und für den einen Tag Arbeit war das sehr gut. Bei den meisten anderen Detectives würde diese Leiche noch immer in der Warteschlange vor dem Leichenschauhaus stehen und als versehentliche Überdosis gelten.«

Er sagte nichts.

»Wo wollen wir heute anfangen?« fragte sie.

»Ich hab' ein paar Sachen laufen, die noch nicht in der Akte stehen. Wieso erzählen Sie mir nicht erst mal von dem Bankraub? Ich brauche mehr Hintergrund. Ich weiß nur, was Sie den Zeitungen gegeben und in den Fahndungsmeldungen veröffentlicht haben. Bringen Sie mich auf den letzten Stand, dann übernehme ich und erzähle Ihnen von Meadows.«

Die Kellnerin kam und sah nach seiner Tasse und ihrem Glas. Dann erzählte Eleanor Wish die Geschichte des Bankraubs. Bosch überlegte sich währenddessen Fragen, versuchte aber, sich diese zu merken und später zu stellen. Er spürte, daß sie über die Geschichte, die Planung und Ausführung staunte. Wer diese Tunnelgräber auch sein mochten, sie hatten ihren Respekt. Er wurde beinahe eifersüchtig.

»Unter den Straßen von L.A.«, sagte sie, »gibt es mehr als sechshundert Kilometer von Abwasserabflüssen, die breit und hoch genug sind, um mit einem Wagen durchzufahren. Dazu die Nebenkanäle. Eintausendachthundert weitere Kilometer, durch die man gehen oder zumindest kriechen kann.

Das bedeutet, daß jeder runtersteigen und – wenn er den Weg kennt – zu jedem Gebäude der Stadt gelangen kann. Und es ist nicht schwer, den Weg zu finden. Die Pläne für das gesamte Netz sind öffentlich, liegen im Archiv des County aus. Jedenfalls haben diese Typen die Kanalisation benutzt, um zur WestLand National zu kommen.«

Soweit hatte er es sich schon gedacht, behielt es aber für sich. Sie sagte, das FBI sei davon überzeugt, daß mindestens drei Leute unter der Erde gewesen wären, und mindestens einer oben Wache gestanden hätte, für alle Fälle. Der Mann oben hatte wahrscheinlich per Funk mit ihnen kommuniziert, außer vielleicht gegen Ende der Aktion, um die Sprengsätze nicht versehentlich durch Funkwellen zu zünden.

Die Männer unten hatten sich mit Honda Geländefahrzeugen, sogenannten ATVs, durch die Kanalisation bewegt. Im Becken des Los Angeles River gab es nordöstlich der Innenstadt eine Einfahrt zur Kanalisation. Dort waren sie reingefahren – wahrscheinlich im Schutz der Dunkelheit – und hatten sich mit Hilfe der Archivkarten durch das Tunnelsystem gearbeitet, bis zu einer Stelle unter dem Wilshire Boulevard, etwa zehn Meter tief gelegen und hundertfünfzig Meter westlich der WestLand National. Es war eine Fahrt von zwei Meilen.

Eine Industriebohrmaschine mit einem Sechzig-Zentimeter-Bohrer, wahrscheinlich mit Diamantspitze, wurde an einen Generator an einem der ATVs angeschlossen. Damit wurde ein Loch in die fünfzehn Zentimeter dicke Betonwand des Hochwassertunnels gebohrt. Von da aus hatten die Männer zu graben begonnen.

»Der eigentliche Einbruch in den Tresor geschah am Labor-Day-Wochenende«, sagte Wish. »Wir glauben, sie müssen die Arbeit am Tunnel drei oder vier Wochen vorher aufgenommen haben. Sie haben wohl nur nachts gearbeitet. Sind reingegangen, haben ein Stück gegraben und waren bei Morgengrauen wieder draußen. Das DWP, das ›Department of Water and Power‹, zuständig für die Wasser- und Stromversorgung, hat Inspektoren, die das Kanalsystem routinemäßig überprüfen und nach Rissen oder anderen Problemen suchen. Sie arbeiten tagsüber, also war das Risiko für die Täter äußerst gering.«

»Was ist mit dem Loch, das sie in die Seite gebohrt haben? Müßten die Inspektoren das nicht gesehen haben?« fragte Bosch, der sich augenblicklich über sich selbst ärgerte, weil er eine Frage stellte, bevor Wish fertig war.

»Nein«, sagte sie. »Die Leute haben an alles gedacht. Sie haben ein kreisrundes Stück Sperrholz ausgesägt, etwa sechzig Zentimeter im Durchmesser. Sie haben es mit Zement bestrichen – wir haben es hinterher gefunden. Wir glauben, wenn sie morgens gegangen sind, haben sie es in das Loch geschoben und jedesmal etwas mehr Zement um den Rand gestrichen. Es sah sicher aus wie das alte, verschlossene Ende eines Abflußrohrs. Das ist da unten so üblich. Ich war da. Überall sieht man verschlossene Rohre. Die sechzig Zentimeter sind ein Standardmaß. Das hat also ganz normal ausgesehen. Niemand bemerkt es, und die Täter kommen einfach am nächsten Abend wieder, gehen rein und graben sich ein Stück weiter zur Bank durch.«

Sie sagte, der Tunnel sei in erster Linie mit Handwerkzeugen gegraben worden – Schaufeln, Hacken, Bohrern, die vom Generator des ATV betrieben wurden. Wahrscheinlich hatten die Tunnelgräber Taschenlampen benutzt, aber ebenso Kerzen. Manche davon hatten noch gebrannt, als der Raub entdeckt wurde. Sie standen in kleinen Nischen in den Wänden.

»Klingelt da bei Ihnen was?« fragte Wish.

Er nickte.

»Wir haben errechnet, daß sie pro Nacht drei bis sechs Meter vorangekommen sind«, sagte sie. »Wir haben zwei Schubkarren im Tunnel gefunden. Man hatte sie in zwei Hälften zerlegt und so auseinandergebaut, daß sie durch das Loch paßten. Hinterher wurden sie dann zusammengebunden, um sie während des Grabens zu verwenden. Es muß die Aufgabe von einem oder zweien der Täter gewesen sein, den Schutt und die Erde aus dem Tunnel in den Hauptkanal zu kippen. In diesem Kanal gibt es eine ständige Strömung, und die hat den Schutt irgendwann bis zum Flußbett weggespült. Wir denken, ein Komplize hat in manchen Nächten Feuerhydranten aufgedreht, damit unten mehr Wasser floß.«

»So hatten sie da unten Wasser, sogar bei Dürre.«

»Sogar bei Dürre ...«

Wish berichtete, daß die Diebe, als sie schließlich unter der Bank angekommen waren, die unterirdische Stromversorgung und die Telefonleitungen der Bank angezapft hatten. Da Downtown L.A. an Wochenenden einer Geisterstadt glich, hatte die Filiale samstags geschlossen. Daher konnten die Diebe am Freitag nach Geschäftsschluß die Alarmanlage kurzschließen. Einer der Täter muß Schmiere gestanden haben. Nicht Meadows, der war wahrscheinlich für das Sprengen verantwortlich.

»Das Komische ist, daß sie eigentlich niemanden zum Schmierestehen brauchten«, sagte sie. »Die Sensoren-Alarmanlage im Tresor war in dieser Woche mehrfach losgegangen. Die Täter müssen den Alarm beim Graben mit ihren Bohrern ausgelöst haben. Drei Nächte hintereinander wurden die

Cops und der Filialleiter rausgerufen. Manchmal dreimal die Nacht. Sie fanden nichts und fingen an zu glauben, daß es an der Alarmanlage lag. Der Geräusch- und Bewegungsmelder war aus dem Gleichgewicht geraten. Also rief der Filialleiter die Firma an, aber die konnte vor den Feiertagen niemanden mehr schicken, Sie wissen schon, Labor Day. Also, dieser Typ, der Filialleiter ...«

»Schaltet den Alarm ab«, beendete Bosch den Satz für sie.

»Sie sagen es. Er beschloß, daß er am Wochenende nicht jede Nacht rausgerufen werden will. Er möchte runter nach Palm Springs in seine Ferienwohnung und Golf spielen. Er stellt den Alarm ab. Inzwischen arbeitet er natürlich nicht mehr für die WestLand National.«

Unter dem Tresor arbeiteten die Diebe mit einer wassergekühlten Industriebohrmaschine, die kopfüber gegen die untere Tresorplatte gestellt war, um so ein sieben Zentimeter großes Loch durch den einen Meter fünfzig dicken Stahlbeton zu bohren. Spezialisten vom FBI schätzten, es habe etwa fünf Stunden gedauert, aber das nur, wenn sich der Bohrer nicht überhitzt hatte. Kühlwasser kam von einem Hahn an der unterirdischen Hauptwasserleitung. Sie benutzten das Wasser der Bank.

»Als das Loch gebohrt war, haben sie es mit C-4 vollgestopft«, sagte sie. »Haben das Kabel durch ihren Tunnel gelegt und dann raus in die Kanalisation. Von da aus haben sie gesprengt.«

Sie sagte, die Noteinsatzlisten des LAPD zeigten, daß um 9.14 Uhr an diesem Samstag in einer Bank gegenüber der WestLand National und bei einem Juwelier einen halben Block weiter Alarm ausgelöst worden war.

»Wir denken, das war der Zeitpunkt der Sprengung«, sagte Wish. »Eine Streife wurde hingeschickt, hat sich umgesehen und nichts gefunden. Man kam zu dem Schluß, daß der Alarm wahrscheinlich von einem leichten Erdbeben ausgelöst worden war, und fuhr weg. Niemand machte sich die Mühe, bei WestLand National nachzusehen. Deren Alarm hatte keinen Mucks von sich gegeben. Sie wußten nicht, daß er abgestellt war.«

Erst einmal im Tresor, sind sie geblieben und haben das ganze lange Wochenende gearbeitet, die Schlösser der Schließfächer aufgebohrt, die Schubfächer rausgezogen und geleert.

»Wir haben leere Dosen gefunden, Tüten mit Kartoffelchips, gefriergetrocknete Lebensmittel, Sie wissen schon, dieses Zeug aus Armeeläden«, sagte Wish. »Es sieht so aus, als wären sie unten geblieben, haben vielleicht in Schichten geschlafen. Im Tunnel gab es eine breite Stelle, einen kleinen Raum, der offensichtlich zum Schlafen benutzt wurde. Wir haben den Abdruck eines Schlafsacks am Boden gefunden. Außerdem haben wir im Sand Abdrücke von Kolben mehrerer M-16 gefunden – sie hatten automatische Waffen dabei. Sie wollten sich nicht ergeben, falls die Sache schiefging.«

Darüber ließ sie ihn einen Moment lang nachdenken und fuhr dann fort. »Wir schätzen, daß sie sich circa sechzig Stunden im Tresor aufgehalten haben, vielleicht etwas länger. Sie haben vierhundertvierundsechzig Fächer aufgebohrt. Von siebenhundertfünfzig. Wenn sie zu dritt waren, dann wären das etwa einhundertfünfundfünfzig für jeden. Ziehen wir etwa fünfzehn Stunden fürs Schlafen und Essen während der drei Tage ab, hat jeder Mann drei bis vier Fächer in der Stunde aufgebohrt.«

Sie schienen ein Zeitlimit gehabt zu haben, sagte sie. Vielleicht drei Uhr früh am Dienstag morgen oder etwas in der Art. Wenn sie da aufgehört hatten, wäre ihnen reichlich Zeit geblieben, zusammenzupacken und zu verschwinden. Sie nahmen die Beute, ihr Werkzeug und zogen sich zurück. Der Filialleiter – sonnengebräunt aus Palm Springs zurückgekehrt – entdeckte den Raub, als er den Tresorraum am Dienstag morgen bei Geschäftsbeginn aufschloß.

»Das war's. In Kurzform«, sagte sie. »Das beste, was ich gesehen oder gehört habe, seit ich diesen Job mache. Nur ganz wenige Fehler. Wir haben eine Menge darüber rausgefunden, wie sie es gemacht haben, aber nicht viel darüber, wer es war. Näher als an Meadows sind wir ihnen nicht gekommen, und der ist jetzt tot. Das Foto, das Sie mir gestern gezeigt haben. Von dem Armband? Sie hatten recht. Es ist das erste, was nach unseren Informationen bisher aus einem dieser Fächer aufgetaucht ist.«

»Aber jetzt ist es weg.«

Bosch wartete, daß sie etwas sagte, aber sie war fertig.

»Wonach haben sie die Fächer ausgesucht, die sie aufbohren wollten?« fragte er.

»Macht einen eher zufälligen Eindruck. Ich hab' ein Video im Büro, das zeige ich Ihnen. Aber es scheint fast, als hätten sie gesagt: ›Du nimmst die Wand da, ich nehm' die andere‹, und so weiter. Manche Fächer gleich neben anderen, die aufgebohrt waren, haben sie nicht angerührt. Wieso, weiß ich nicht. Sah nicht so aus, als hätten sie ein Schema verfolgt. Trotzdem wurden uns bei neunzig Prozent der aufgebohrten Fächer Diebstähle gemeldet. Größtenteils nicht auffindbare Sachen. Sie haben klug gewählt.«

»Wie kommen Sie darauf, daß es drei waren?«

»Wir haben uns ausgerechnet, daß man mindestens drei bräuchte, um so viele Fächer aufzubohren. Außerdem waren so viele ATVs da.«

Sie lächelte, und er biß die Zähne zusammen. »Okay, woher wissen Sie das mit den ATVs?«

»Na, da waren Spuren im Schlamm des Abwasserkanals, und über die Reifen haben wir sie identifiziert. Außerdem haben wir Farbe, blaue Farbe an der Wand einer der Kurven des Kanals gefunden. Einer von ihnen war im Schlamm ins Rutschen gekommen und gegen die Mauer geprallt. Das Farblabor in Quantico fand das Baujahr und die Marke heraus. Wir waren bei sämtlichen Honda-Händlern in Südkalifornien, bis wir auf den Kauf von drei blauen ATVs bei einem Händler in Tustin gestoßen sind, vier Wochen vor Labor Day. Der Mann hat bar bezahlt und sie auf seinen Hänger geladen. Hat einen falschen Namen und eine falsche Adresse angegeben.«

»Wie war der?«

»Der Name? Frederic B. Isley, wie FBI. Ist noch mal wieder aufgetaucht. Einmal haben wir dem Händler ein paar Bilder gezeigt, unter denen auch Meadows' Foto, Ihres und die einiger anderer waren, aber außer Isley konnte er niemanden erkennen.«

Sie wischte sich den Mund mit einer Serviette ab und warf sie auf den Tisch. Er konnte keinen Lippenstift daran entdecken.

»Also«, sagte sie, »das war genug Wasser für eine Woche. Treffen wir uns drüben in meinem Büro, und wir gehen durch, was wir haben und was Sie bezüglich der Meadows-Sache wissen. Rourke und ich glauben, das ist die Richtung, in die wir gehen sollten. Wir haben sämtliche Spuren in dem Bankraub bis zum Ende verfolgt und stoßen mit dem Kopf an die Wand. Vielleicht bringt uns der Fall Meadows den nötigen Durchbruch.«

Wish nahm die Rechnung, Bosch gab das Trinkgeld.

Sie fuhren in getrennten Wagen zum Federal Building. Bosch dachte beim Fahren an sie, nicht an den Fall. Er wollte sie nach der kleinen Narbe an ihrem Kinn fragen und nicht danach, wie sie die WestLand-Tunnelgräber mit den Vietnam-Tunnelratten in Verbindung brachte. Er wollte wissen, woher der süße, traurige Ausdruck auf ihrem Gesicht kam. Er folgte ihrem Wagen durch ein Viertel voller Studentenwohnungen nahe der UCLA und dann über den Wilshire Boulevard. Sie trafen sich am Fahrstuhl in der Tiefgarage des Federal Building.

»Ich glaube, es wäre das Beste, wenn Sie erster Linie mit mir zu tun hätten«, sagte sie, als sie allein nach oben fuhren. »Rourke ... Sie und Rourke hatten nicht gerade den besten Einstieg, und ...«

»Wir hatten überhaupt keinen Einstieg«, sagte Bosch.

»Nun, wenn Sie ihm die Chance geben würden, könnten Sie sehen, daß er ein guter Mann ist. Er hat das getan, was ihm für den Fall das Beste zu sein schien.«

Die Fahrstuhltüren glitten im siebzehnten Stock auseinander, und da stand Rourke.

»Da sind Sie beide ja«, sagte er. Er hielt Bosch seine Hand hin, der sie ohne große Überzeugung nahm. Rourke stellte sich vor.

»Ich wollte gerade auf einen Kaffee und ein Brötchen nach unten«, sagte er. »Wollen Sie mitkommen?«

»Uuh, John, wir kommen gerade aus einem Coffeeshop«, sagte Wish. »Wir sehen uns nachher hier oben.«

Inzwischen waren Bosch und Wish draußen vor dem Fahrstuhl und Rourke drinnen. Der Stellvertreter des leitenden Special Agent nickte nur, und die Tür schloß sich. Bosch und Wish gingen in das Büro.

»In gewisser Weise ist er Ihnen sehr ähnlich ... hat den Krieg mitgemacht und das alles«, sagte sie. »Versuchen Sie es mit ihm. Sie schaden der Sache, wenn Sie nicht etwas auftauen.«

Er ging nicht darauf ein. Sie liefen den Flur hinunter zur Gruppe 3, und Wish deutete auf einen Schreibtisch hinter ihrem. Sie sagte, er stünde leer, seit der Agent, der ihn benutzt hatte, zur Gruppe 2, dem Porno-Department, versetzt worden war. Bosch stellte seinen Aktenkoffer auf den Tisch und setzte sich. Er sah sich im Raum um. Es war sehr viel voller als am Tag zuvor. Etwa ein halbes Dutzend Agenten saß an Schreibtischen, und drei weitere sammelten sich hinten um einen Aktenschrank, auf dem ein Karton mit Donuts stand. Er sah einen Fernseher und einen Videorecorder auf einem Rollwagen an der Rückwand des Büros. Der war am Tag vorher noch nicht da gewesen.

»Sie sagten was von einem Video«, sagte er zu Wish.

»Oh, ja, ich stelle das Gerät an, und Sie können sich den Film ansehen, während ich ein paar Telefonate erledige.«

Sie nahm eine Videokassette aus einer Schreibtischschublade, und sie gingen in den hinteren Teil des Raumes. Die drei Männer zogen sich schweigend mit ihren Donuts zurück, beunruhigt von der Anwesenheit eines Fremden. Sie schob das Video ein und ließ ihn allein zurück.

Das Video war eine verwackelte, unprofessionelle Aufnahme des Weges, den die Diebe genommen hatten. Es begann mit etwas, von dem Bosch vermutete, daß es sich um den Hochwasserkanal handelte, einen viereckigen Tunnel, den das Licht der Kamera nicht erreichen konnte. Wish hatte recht gehabt: Er war groß. Ein Lastwagen hätte hindurchgepaßt. Ein Wasserrinnsal floß langsam in seiner Mitte über den Beton. Schimmel und Algen breiteten sich auf dem Boden und am unteren Teil der Wände aus, und Bosch konnte die Feuchtigkeit beinahe riechen. Die Kamera schwenkte auf den gräulichgrünen Betonboden. Man sah Reifenspuren im Morast. Die nächste Videoszene zeigte den Eingang zum Tunnel, den die Diebe gegraben hatten: ein sauber ausgeschnittenes Loch in der Wand des Abwasserkanals. Ein paar Hände kamen ins Bild und hielten die runde Sperrholzplatte, von der Wish gesagt hatte, mit ihr wäre das Loch tagsüber verdeckt gewesen. Die Hände kamen weiter ins Bild, dann folgte ein dunkelhaariger Kopf. Es war Rourke. Er trug einen dunklen Overall mit weißen Buchstaben auf dem Rücken. FBI. Er hielt die Sperrholzplatte an das Loch. Sie paßte perfekt.

Dann kam ein Schnitt und man befand sich im Inneren des Tunnels. Bosch war der Anblick unheimlich und weckte Erinnerungen an die von Hand gegrabenen Gänge, durch die er in Vietnam gekrochen war. Der Tunnel machte eine Rechtskurve. Alle sechs bis sieben Meter standen Kerzen in Nischen in der Wand und verbreiteten flackerndes, unwirkliches Licht. Nachdem der Tunnel seiner Schätzung nach etwa zwanzig Meter lang eine Kurve beschrieben hatte, bog er scharf nach links ab. Dann folgte eine Gerade von gut dreißig Metern. Nach wie vor flackerten Kerzen an den Wänden. Schließlich kam die Kamera in eine Sackgasse, wo ein Haufen aus Bauschutt, verbogenen Eisenstäben und Platten lag. Die Kamera schwenkte zu einem Loch in der Decke des Tunnels. Licht fiel aus dem Tresorraum herab. Oben stand Rourke in seinem Overall, blickte nach unten in die Kamera. Er strich mit einem Finger über seinen Hals, und es folgte ein Schnitt. Diesmal befand sich die Kamera im Inneren des Tresors, eine Weitwinkelaufnahme des gesamten Raumes. Wie auf dem Zeitungsfoto, das Bosch gesehen hatte, standen die Türen Hunderter Schließfächer offen. Die Kisten stapelten sich leer am Boden. Zwei Tatortspezialisten staubten die Türen nach Fingerabdrücken ab. Eleanor Wish und ein weiterer Agent standen vor der stählernen Wand der Schließfächer und schrieben in ihren Notizbüchern. Die Kamera schwenkte auf den Boden und das Loch, das zum Tunnel führte. Dann wurde der Bildschirm schwarz. Er spulte zurück, nahm das Video und legte es auf ihren Schreibtisch.

»Interessant«, sagte er. »Ein paar Dinge davon hab' ich schon mal gesehen. In den Tunneln drüben. Aber nichts, woraufhin ich speziell nach Tunnelratten gesucht hätte. Wie sind Sie auf Meadows gekommen, auf Leute wie mich?«

»Vor allem durch das C-4«, sagte sie. »Das Department für Alkohol, Tabak und Feuerwaffen, ATF, hat ein Team rübergeschickt, das sich den Beton und den Stahl aus dem Sprengloch ansehen sollte. Es fanden sich Spuren des Sprengstoffs. Die ATF-Leute haben ein paar Tests durchgeführt und C-4 gefunden. Das kennen Sie ja sicher. Es wurde in Vietnam verwendet. Tunnelratten haben es besonders dafür benutzt,

Tunnel implodieren zu lassen. Die Sache ist: Inzwischen kann man viel besseres Zeug bekommen, konzentrierter in der Sprengwirkung, leichter zu handhaben und sogar billiger. Darüber hinaus ungefährlicher und einfacher zu beschaffen. Also haben wir uns gedacht – ich meine, die ATF-Leute haben sich gedacht –, der Grund, warum C-4 verwendet wurde, ist der, daß der Benutzer damit vertraut war, es früher schon benutzt hatte. Also sind wir darauf gekommen, daß es ein Vietnamveteran sein muß.

Ein weiterer Hinweis auf Vietnam waren die Sprengfallen. Wir glauben, daß sie, bevor sie in den Tresor gestiegen sind und angefangen haben, die Fächer aufzubohren, den Tunnel verdrahtet haben, um ihren Rückzug zu sichern. Sehen Sie, wir haben zur Sicherheit einen ATF-Hund durchgeschickt, um festzustellen, ob da noch mehr scharfes C-4 rumliegt. Das Tier hat eine Fährte aufgenommen und Sprengstoff angezeigt – an zwei Stellen im Tunnel. In der Mitte und am Eingang in der Wand des Abwasserkanals. Aber es war nichts mehr da. Die Täter hatten es mitgenommen. Allerdings haben wir Löcher von Stiften im Boden des Tunnels gefunden und an beiden Stellen Reste von Draht – so als ob man Draht mit einer Zange abgeknipst hätte.«

»Stolperdraht«, sagte Bosch.

»Genau. Wir glauben, daß sie den Tunnel gegen Eindringlinge gesichert haben. Falls jemand reingekommen wäre, hätte er den Tunnel gesprengt. Er wäre unter der Hill Street begraben worden. Wenigstens haben die Tunnelgräber den Sprengstoff mitgenommen, als sie gingen. Das hat uns immerhin erspart, darüber stolpern zu müssen.«

»Aber bei so einer Explosion wären die Täter wahrscheinlich genauso umgekommen wie die Eindringlinge«, sagte Bosch.

»Das wissen wir. Diese Leute sind nicht einfach nur ein Risiko eingegangen. Sie waren schwer bewaffnet, bereit, sich zu verteidigen und alles auf eine Karte zu setzen. Friß oder stirb ...

Egal, speziell auf die Tunnelratten sind wir erst gekommen, als wir bei näherer Betrachtung der Reifenspuren im Hauptabwasserkanal auf etwas gestoßen sind. Es gab Spuren hier und da, aber keine war vollständig. Deshalb haben wir zwei Tage gebraucht, bis wir sie zum Eingang beim Flußbett zurückverfolgen konnten. Das war kein leichtes Spiel. Da unten ist ein Labyrinth. Man muß sich auskennen. Wir hatten uns überlegt, daß diese Leute bestimmt nicht jeden Abend mit Taschenlampe und Karte auf ihren ATVs gehockt haben.«

»Hänsel und Gretel? Sie haben Brotkrumen auf den Weg gestreut?«

»So ungefähr. Die Wände da unten sind voller Farbe. Sie wissen schon, Markierungen vom DWP, damit die wissen, wo sie sind, welcher Kanal wohin führt, Inspektionsdaten und so weiter. So farbenfroh sehen manche aus wie ein 7-Eleven im Barrio von East-L.A. Also haben wir uns überlegt, daß die Täter den Weg markiert haben müssen. Wir sind den Spuren gefolgt und haben nach wiederkehrenden Symbolen gesucht. Es gab nur eins. So etwas wie ein Peace-Zeichen ohne Kreis. Nur drei schnelle Striche.«

Er kannte das Zeichen. Er hatte es selbst vor zwanzig Jahren in den Tunneln benutzt. Drei hingeworfene Striche mit dem Messer an der Tunnelwand. Es war das Symbol, das sie benutzten, um ihren Weg zu markieren, damit sie wieder nach draußen fanden.

Wish sagte: »Einer der Cops, die an dem Tag da waren – das war, bevor uns das LAPD die ganze Sache überstellt hat – einer vom Raubdezernat sagte, er würde das Zeichen aus Vietnam kennen. Er war keine Tunnelratte, aber er hat uns davon erzählt. Daraufhin sind wir zum Verteidigungsministerium und zum Veteranenamt und haben Namen bekommen. Den von Meadows. Ihren. Und andere.«

»Wie viele andere?«

Sie schob einen fünfzehn Zentimeter dicken Stapel mit Akten über ihren Schreibtisch.

»Das sind alle. Werfen Sie einen Blick drauf, wenn Sie wollen.«

Da kam Rourke heran.

»Agent Wish hat mir von dem Brief erzählt, den Sie haben wollen«, sagte er. »Nichts dagegen einzuwenden. Ich hab da was entworfen, und wir wollen sehen, daß Senior Special Agent Whitcomb es heute unterschreibt.«

Als Bosch nichts dazu sagte, redete Rourke weiter.

»Vielleicht haben wir gestern etwas überreagiert, aber ich hoffe, ich habe mit Ihrem Lieutenant und den Leuten vom IAD alles soweit geregelt.« Er zeigte ein Lächeln, um das ihn ein Politiker beneidet hätte. »Und übrigens wollte ich Ihnen noch sagen, wie sehr ich Ihre Akte bewundere. Ihre Militärakte. Ich selbst bin drei Dienstzeiten geblieben. Aber ich bin nie in einen dieser grauenhaften Tunnel gestiegen. Trotzdem, ich war bis zum bitteren Ende da. Was für eine Schande.«

»Was ist die Schande ... daß es vorbei war?«

Rourke starrte ihn lange an, und Bosch sah, wie sich das Rot von der Stelle, an der seine Augenbrauen aneinanderstießen, auf seinem Gesicht ausbreitete. Rourke war ein sehr blasser Mann mit fahlem Teint, der den Eindruck vermittelte, als wäre er ein scheußlicher Miesmacher. Er war ein paar Jahre älter als Bosch. Sie waren gleich groß, aber Rourke war schwerer. Der traditionellen Uniform aus blauem Blazer und hellblauem Hemd hatte er eine knallrote Krawatte hinzugefügt.

»Hören Sie, Detective, Sie müssen mich nicht mögen, das ist in Ordnung«, sagte Rourke. »Aber, bitte, arbeiten Sie mit mir daran. Wir wollen doch dasselbe.«

Für den Moment gab Bosch nach.

»Was soll ich für Sie tun? Erklären Sie es mir genau. Soll ich nur mitlaufen, oder wollen Sie wirklich meine Arbeit?«

»Bosch, angeblich sind Sie ein erstklassiger Detective. Zeigen Sie es uns. Gehen Sie Ihrem Fall nach. Wie Sie gestern gesagt haben: Sie finden den, der Meadows ermordet hat, und wir finden die Leute, die die WestLand ausgenommen haben. Also: Ja, wir wollen, daß Sie so gut arbeiten wie möglich. Machen Sie so weiter, wie Sie es normalerweise tun würden, nur jetzt mit Special Agent Wish als Ihrer Partnerin.«

Rourke drehte sich um und verließ den Einsatzraum. Er mußte wohl irgendwo auf einem stillen Flur sein eigenes Büro haben. Bosch drehte sich zu Wishs Schreibtisch um und nahm den Stapel Akten. Er sagte: »Okay, gehen wir.«

Wish besorgte einen Dienstwagen, und Bosch ging den Stapel Militärakten durch. Er sah, daß seine eigene obenauf lag. Er warf noch einen Blick auf einige andere, kannte davon aber nur Meadows.

»Wohin?« fragte Wish, als sie aus der Garage fuhr und die Veteran Avenue hinauf zum Wilshire nahm.

»Hollywood«, sagte er. »Ist Rourke immer so steif?«

Sie bog nach Osten ab und lächelte so seltsam, daß Bosch sich fragte, ob zwischen ihr und Rourke etwas wäre.

»Wenn er will«, sagte sie. »Aber er ist ein guter Administrator. Er hat die Truppe im Griff. Ich schätze, er war schon immer eine Führungspersönlichkeit. Ich meine, er hätte mal erzählt, er wäre für eine ganze Einheit oder so was verantwortlich gewesen, als er bei der Armee war. Drüben in Saigon.«

Nie im Leben war zwischen den beiden etwas, dachte er. Man verteidigt seinen Liebhaber nicht, indem man ihn als guten »Administrator« bezeichnet. Da war nichts.

»Wenn er verwalten will, hat er den falschen Job«, sagte Bosch. »Fahren Sie den Hollywood Boulevard rauf, in die Gegend südlich vom Chinese Theater.«

Es würde eine Viertelstunde dauern, dorthin zu kommen. Er schlug die oberste Akte auf – es war seine eigene – und fing an, die Papiere durchzusehen. Zwischen einigen psychiatrischen Gutachten fand er eine Schwarzweißaufnahme – fast wie ein Verbrecherfoto – von einem jungen Mann in Uniform, das Gesicht unbeleckt von Alter oder Erfahrung.

»Sie sahen gut aus mit dem Bürstenschnitt«, sagte Wish und unterbrach seine Gedanken. »Hat mich an meinen Bruder erinnert, als ich es gesehen habe.«

Bosch sah sie an, sagte aber nichts. Er legte das Foto zurück und machte sich wieder daran, die Dokumente in der Akte durchzustöbern, las Bruchstücke von Informationen über einen Fremden, der er selbst war.

Wish sagte: »Neun Männer mit Tunnelerfahrungen aus Vietnam und einem Wohnsitz in Südkalifornien haben wir gefunden. Wir haben sie alle gecheckt. Meadows war der einzige, den wir tatsächlich als verdächtig eingestuft haben. Er war ein Fixer, besaß ein Strafregister. Außerdem hat er sogar noch in Tunneln gearbeitet, nachdem er aus dem Krieg heimgekehrt war.« Ein paar Minuten lang fuhren sie schweigend, während Bosch las. Dann sagte sie. »Wir haben ihn einen ganzen Monat lang observiert. Nach dem Raub.«

»Was hat er gemacht?«

»Nichts Auffälliges. Vielleicht hat er etwas gedealt. Wir waren nie sicher. Alle drei Tage hat er sich Heroin gekauft. Aber es sah aus, als wäre es für den persönlichen Gebrauch bestimmt. Sollte er gedealt haben, so waren jedenfalls keine Kunden festzustellen. Kein Besuch den ganzen Monat über. Verdammt, wenn wir hätten beweisen können, daß er ein Dealer war, hätten wir ihn hochgenommen und ihn dann wegen der Banksache in die Zange genommen.«

Wieder schwieg sie einen Moment lang, sagte dann in einem Ton, mit dem sie wohl eher sich selbst als Bosch überzeugen wollte: »Er hat nichts verkauft.«

»Ich glaube Ihnen«, sagte er.

»Erzählen Sie mir, wonach wir in Hollywood suchen?«

»Wir suchen einen möglichen Zeugen. Wie hat Meadows in dem Monat, in dem Sie ihn observiert haben, gelebt? Ich meine, was seine Finanzen angeht. Woher hatte er das Geld, runter nach Venice zu fahren?«

»Soweit wir sehen konnten, hat er Sozialhilfe bezogen und bekam einen kleinen Invaliditätsscheck von der Veteranenfürsorge. Das war alles.«

»Wieso haben Sie die Observation nach einem Monat abgebrochen?«

»Wir haben nichts gefunden, und wir waren nicht mal sicher, ob er überhaupt was damit zu tun hatte. Wir ...«

»Wer hat die Sache abgeblasen?«

»Das war Rourke. Er konnte nicht ...«

»Der Administrator.«

»Lassen Sie mich zu Ende erzählen. Er konnte die Kosten einer so ergebnislosen Observation nicht länger rechtfertigen. Wir sind einer Ahnung gefolgt, mehr nicht. Sie sehen das Ganze im nachhinein. Aber seit dem Raub waren fast zwei Monate vergangen. Es gab nichts, was auf ihn deutete. Ehrlich gesagt, haben wir es irgendwann nur noch der Form halber gemacht. Wir dachten: Wer auch immer es getan hat, sitzt längst in Monaco oder Argentinien. Der läuft nicht mit Heroin in den Hosentaschen am Strand von Venice rum und wohnt in einem schäbigen Apartment im Valley. Zu dem Zeitpunkt machte Meadows einfach keinen Sinn. Rourke hat die Observation abgebrochen. Und ich habe zugestimmt. Ich denke, inzwischen wissen wir, daß wir es versaut haben. Zufrieden?«

Bosch antwortete nicht. Er wußte, daß Rourke recht gehabt hatte, die Observation abzubrechen. Nirgendwo war man hinterher schlauer als bei der Polizeiarbeit. Er wechselte das Thema.

»Wieso diese Bank? Haben Sie darüber mal nachgedacht? Wieso die WestLand National? Wieso nicht eine Wells Fargo oder ein Tresor bei einer Bank in Beverly Hills? Wahrscheinlich liegt sowieso mehr Geld auf den Banken drüben in den Hills. Sie haben doch gesagt, diese Tunnel wären überall?«

»Sind sie auch. Ich kann das nicht beantworten. Vielleicht haben sie eine Bank in der Innenstadt ausgesucht, weil sie die ganzen drei Tage Zeit haben wollten, die Schließfächer aufzubrechen, und wußten, daß die Banken in der Innenstadt geschlossen sind. Vielleicht kennen nur Meadows und seine Freunde die Antwort. Was suchen wir in dieser Gegend? In Ihren Berichten stand nichts von einem möglichen Zeugen. Ein Zeuge wovon?«

Sie waren im Viertel. In der Straße reihten sich heruntergekommene Motels aneinander, die schon am Tag ihrer Fertigstellung deprimierend gewesen sein mußten. Bosch deutete auf eines davon, das Blue Chateau, und sagte, sie solle anhalten. Es war nicht weniger deprimierend als die anderen Häuser in dieser Straße. Ein Betonklotz, Anfang Fünfziger Jahre. Hellblau gestrichen, dunkelblau abgesetzt, und die Farbe blätterte. Es war ein zweigeschossiges Gebäude mit einem Innenhof, aus dessen offenen Fenstern fast überall Handtücher und Kleidungsstücke hingen. Bosch wußte, daß das Haus drinnen noch heruntergekommener aussehen würde als draußen. Ausreißer drängten sich zu acht oder zu zehnt in einem Zimmer. Der Stärkste im Bett, die anderen am Boden oder in der Wanne. Solche Motels gab es überall in der Nähe des Boulevard. Hatte es schon immer gegeben und würde es immer geben.

Während sie im FBI-Wagen saßen und sich das Motel ansahen, erzählte Bosch von dem halbfertigen Schriftzug, den er an der Röhre oben beim Reservoir gefunden hatte, dann von dem anonymen Notruf auf 911. Er erklärte ihr, er wäre überzeugt davon, daß die Stimme zu dem Schriftzug gehörte. Edward Niese, alias Sharkey.

»Diese Kids, Ausreißer, bilden Cliquen«, sagte Bosch, als er aus dem Wagen stieg. »Nicht wie Gangs. Sie wollen kein Revier verteidigen. Es geht um Selbstschutz und Geschäfte. Den CRASH-Akten zufolge hat Sharkeys Bande die letzten beiden Monate hier im Chateau verbracht.«

Als Bosch die Tür zuschlug, fiel ihm auf, daß einen halben Block entfernt ein Wagen am Rinnstein hielt. Er warf einen kurzen Blick darauf, aber der Wagen kam ihm nicht bekannt vor. Er meinte, zwei Gestalten darin sehen zu können, aber er war zu weit weg und konnte nicht erkennen, ob es sich vielleicht um Lewis und Clarke handelte. Er lief über die Steinplatten zur Eingangshalle unter einem kaputten Neonschild durch, das auf das Büro des Motels hinwies.

Im Büro saß hinter einer Glasscheibe ein alter Mann an einem Schalter. Der Mann las in der aktuellen Rennzeitung von Santa Anita. Er blickte erst auf, als Bosch und Wish direkt vor der Scheibe standen.

»Ja, Officer, was kann ich für Sie tun?«

Er war ein ausgemergelter Mann, dessen Augen aufgehört hatten, sich um irgend etwas anderes zu scheren als die Quoten der Dreijährigen. Er erkannte Cops, bevor sie ihre Marken zogen. Und er war klug genug, ihnen ohne große Umstände alles zu sagen, was sie hören wollten.

»Ein Junge namens Sharkey«, sagte Bosch. »Welches Zimmer?«

»Sieben, aber er ist nicht da. Glaube ich. Normalerweise steht sein Motorrad hier im Flur, wenn er da ist. Ich seh' kein Motorrad. Also ist er weg. Höchstwahrscheinlich.«

»Höchstwahrscheinlich. Sonst noch jemand auf Nummer Sieben?«

»Sicher. Irgend einer ist immer da.«

»Erster Stock?«

»Jep.«

»Hintertür oder Fenster?«

»Beides. Schiebetür auf der Rückseite. Ersatz wird sehr teuer.«

Der alte Mann griff nach dem Schlüsselbrett und nahm den Schlüssel mit der Nummer Sieben vom Haken. Er legte ihn in das Schubfach unter der Scheibe zwischen sich und Bosch.

Detective Pierce Lewis fand die Quittung von einem Geldautomaten in seiner Brieftasche und stocherte sich damit zwischen den Zähnen herum. Er hatte einen Geschmack im Mund, als steckte da noch irgendwo ein Stück Frühstückswürstchen. Er schob die Pappkarte zwischen den Zähnen hin und her, bis sie sich sauber anfühlten. Dann gab er ein schmatzendes, unzufriedenes Geräusch von sich.

»Was?« sagte Detective Don Clarke. Er kannte die Angewohnheiten seines Partners bis ins Einzelne. Das Zahnstochern und Schmatzen bedeutete, daß ihn irgendwas ärgerte.

»Ich glaube, er hat uns gesehen«, sagte Lewis, nachdem er das Kärtchen durchs Fenster auf die Straße geschnippt hatte. »Als er beim Aussteigen einen kurzen Blick die Straße runter geworfen hat. Das war nur ganz kurz, aber ich glaube, er hat uns gesehen.«

»Der hat uns nicht gesehen. Wenn ja, wär' er die Straße runtergestürmt und hätte einen Riesenaufstand oder sonstwas veranstaltet. So machen sie's doch immer. Aufsehen erregen, Klage einreichen. Der hätte uns inzwischen jemanden auf den Hals gehetzt. Ich sage dir, Cops bemerken einen Schatten als allerletzte.«

»Tja ... wahrscheinlich«, sagte Lewis.

Er ließ es für einen Moment gut sein. Aber er blieb besorgt. Er wollte diesen Job nicht vermasseln. Diesen Bosch hatte er schon mal am Arsch gehabt, und der Typ war davongekommen, weil Irving, das Fliegende Kinn, Lewis und Clarke zurückgepfiffen hatte. Aber diesmal nicht, schwor sich Lewis im stillen. Diesmal ist er dran.

»Machst du Notizen?« fragte er seinen Partner. »Was meinst du, was sie in dem Loch da wollen?«

»Nach irgendwas suchen.«

»Was du nicht sagst. Meinst du wirklich?«

»Meine Güte, was ist dir denn heute über die Leber gelaufen?«

Lewis wandte sich vom Chateau ab und sah Clarke an, der seine Hände auf dem Schoß gefaltet und seinen Sitz im Sechzig-Grad-Winkel gekippt hatte. Da er eine Sonnenbrille mit verspiegelten Gläsern trug, konnte man unmöglich sagen, ob er wach war oder nicht.

»Machst du jetzt Notizen, oder was?« sagte Lewis laut.

»Wenn du Notizen brauchst, wieso machst du dir dann nicht selber welche?«

»Weil ich fahre. Das war der Deal. Schon immer. Wenn du nicht fahren willst, mußt du schreiben und fotografieren. Also, schreib auf, damit wir Irving was vorzuweisen haben. Sonst kriegen wir von ihm einen Einseinundachtzig, und Bosch können wir vergessen.«

»Das heißt Eins *Punkt* Einundachtzig. Lassen Sie uns keine Abkürzungen nehmen, auch nicht in der Sprache.«

»Du kannst mich mal.«

Clarke kicherte und holte ein Notizbuch aus seinem Jackett und einen goldenen Cross-Kugelschreiber aus der Hemdtasche. Als Lewis zufriedengestellt war, daß jemand Notizen machte, und sich wieder zum Motel umdrehte, sah er, daß ein Junge mit blonden Dreadlocks und einem gelben Motorrad zweimal auf der Straße im Kreis fuhr. Der Junge hielt neben dem Wagen, aus dem Lewis gerade Bosch und diese FBI-Frau hatte kommen sehen. Der Junge schirmte die Augen vor der Sonne ab und stierte auf der Fahrerseite in den Wagen.

»Was ist das denn jetzt?« sagte Lewis.

»Ein Rotzlöffel«, sagte Clarke, als er von seinen Notizen aufblickte. »Er sucht nach einem Radio, das er klauen kann. Und wenn er es versucht, was machen wir dann? Die Observation auffliegen lassen, damit irgendein Arschloch seinen Cassettenrecorder behält?«

»Wir werden überhaupt nichts tun. Und er wird es nicht wagen. Er sieht das Funkgerät. Er weiß, daß es ein Bullenwagen ist. Er zieht sich schon zurück.«

Der Junge ließ das Motorrad aufheulen und drehte noch zwei Runden auf der Straße, wobei er den Blick auf das Motel gerichtet hielt. Dann fuhr er langsam über den seitlichen Parkplatz und wieder hinaus auf die Straße. Er hielt hinter einem alten VW-Bus, der am Straßenrand parkte, so daß er vom Hotel aus nicht zu sehen war. Er schien den Eingang zum Chateau durch die Scheiben des verbeulten, alten Busses zu beobachten. Die beiden Männer vom IAD, die einen halben Block weit hinter ihm in einem geparkten Wagen saßen, bemerkte er nicht.

»Komm schon, Junge, zieh ab«, sagte Clarke. »Ich möchte dir keine Streife auf den Hals hetzen. Scheißkrimineller.«

»Nimm die Nikon, und mach ein Foto von ihm«, sagte Lewis. »Man weiß nie. Vielleicht passiert irgendwas, und wir können es brauchen. Und wenn du schon dabei bist, schreib die Nummer vom Motel auf. Wir müssen später anrufen und sehen, was Bosch und das FBI-Mädchen da drinnen gemacht haben.«

Lewis hätte ohne weiteres die Kamera selbst vom Sitz nehmen und Fotos machen können, aber das wäre ein gefährlicher Präzedenzfall gewesen, der das empfindliche Gleichgewicht der Observationsvorschriften zerstört hätte. Der Fahrer fährt. Der Beifahrer schreibt – und erledigt alle artverwandten Tätigkeiten.

Gehorsam nahm Clarke die Kamera mit dem Teleobjektiv und machte Bilder von dem Jungen auf dem Motorrad.

»Mach eins mit dem Nummernschild«, sagte Lewis.

»Ich weiß schon, was ich tu«, sagte Clarke, als er die Kamera sinken ließ.

»Hast du die Nummer vom Motel? Wir müssen da anrufen.«

»Hab' ich. Ich schreib' sie auf. Siehst du? Wozu die Aufregung? Bestimmt legt Bosch die Braut gerade flach. Die hübsche FBI-Braut. Wenn wir da anrufen, finden wir bestimmt nur raus, daß er ein Zimmer gemietet hat.«

Lewis paßte auf, daß Clarke die Nummer im Observationsbericht eintrug.

»Vielleicht auch nicht«, sagte Lewis. »Sie haben sich gerade erst kennengelernt, und außerdem möchte ich bezweifeln, daß er so blöd ist. Die sind da drinnen, weil sie jemanden suchen. Einen Zeugen zum Beispiel.«

»Aber in der Mordakte stand nichts von einem Zeugen.«

»Er hat es für sich behalten. So ist Bosch. So arbeitet er.«

Clarke sagte nichts dazu. Lewis sah wieder die Straße hinunter zum Chateau. Dann merkte er, daß der Junge weg war. Das Motorrad war nirgendwo zu sehen.

Bosch wartete einen Moment, damit Eleanor Wish genug Zeit blieb, hinter das Chateau zu gelangen und von dort aus die Schiebetür auf der Rückseite von Zimmer 7 im Auge zu behalten. Er beugte sich vor, hielt ein Ohr an die Tür und glaubte, ein Rascheln und gelegentlich ein Murmeln zu hören. Da war jemand im Zimmer. Er wartete einen Moment, dann klopfte er laut an die Tür. Er hörte, wie sich auf der anderen Seite etwas bewegte – hastige Schritte auf dem Teppich, aber niemand antwortete. Er klopfte noch einmal und wartete, dann hörte er die Stimme eines Mädchens.

»Wer ist da?«

»Polizei«, sagte Bosch. »Wir möchten mit Sharkey sprechen.«

»Der ist nicht da.«

»Dann möchten wir wohl mit Ihnen sprechen.«

»Ich weiß nicht, wo er ist.«

»Machen Sie bitte die Tür auf.«

Er hörte ein Gepolter, als wenn jemand gegen Möbel stieß. Aber keiner machte auf. Dann hörte er, wie etwas rollte: Eine

Glastür wurde aufgeschoben. Er steckte den Schlüssel ins Schloß, und als er die Tür aufstieß, sah er gerade noch, wie ein Mann durch die Hintertür verschwand und von der Terrasse auf die Erde sprang. Es war nicht Sharkey. Von draußen hörte er, wie Wishs Stimme dem Mann befahl stehenzubleiben.

Bosch sah sich den Raum kurz an. Ein Flur mit einem Schrank links, einem Badezimmer rechts, beides leer bis auf ein paar Kleidungsstücke am Boden des Schranks. Zwei große Doppelbetten standen an gegenüberliegenden Wänden, eine Kommode mit einem Spiegel an einer weiteren Wand, ein gelblich brauner Teppich, abgewetzt auf den Trampelpfaden zum Badezimmer und um die Betten herum. Das Mädchen, blond, klein, vielleicht siebzehn Jahre alt, saß in ein Laken gewickelt auf der Kante eines der Betten. Bosch konnte die Umrisse einer Brustwarze sehen, die sich gegen das schmuddelige, ehemals weiße Tuch preßte. Das Zimmer roch nach billigem Parfum und Schweiß.

»Bosch, sind Sie okay da drinnen?« rief Wish von draußen. Er konnte sie nicht sehen, weil ein Laken als Gardine vor der Schiebetür hing.

»Okay. Und Sie?«

»Okay. Was haben wir da?«

Bosch trat an die Schiebetür und sah hinaus. Wish stand hinter jemandem, der seine Arme ausgestreckt und die Hände an die Wand des Motels gelegt hatte. Er war ungefähr dreißig, mit der bleichen Haut eines Mannes, der gerade einen Monat hinter Gittern verbracht hatte. Seine Hosen standen vorn offen. Das karierte Hemd war schief geknöpft. Mit vorquellenden Augen starrte er vor sich auf den Boden wie jemand, der keine Erklärung hatte, aber dringend eine benötigte. Einen Moment lang wunderte sich Bosch über den Entschluß des Mannes, erst sein Hemd zuzuknöpfen, dann die Hose.

»Er ist sauber«, sagte sie. »Auch wenn er ein bißchen fertig aussieht.«

»Könnte Verführung Minderjähriger sein, wenn Sie die Zeit investieren wollen. Ansonsten lassen Sie ihn laufen.«

Er drehte sich zu dem Mädchen auf dem Bett um.

»Sag ehrlich: Wie alt bist du, und was hat er gezahlt? Ich bin nicht hier, um dich mitzunehmen.«

Sie dachte einen Augenblick darüber nach. Bosch wandte sich keine Sekunde von ihr ab.

»Fast siebzehn«, sagte sie mit gelangweilter Stimme. »Er hat überhaupt noch nichts bezahlt. Er hat gesagt, er wollte, aber so weit ist er noch gar nicht gekommen.«

»Wer hat das Sagen in eurer Clique? Sharkey? Hat er dir nicht beigebracht, daß du dir das Geld im voraus geben lassen sollst?«

»Sharkey ist nicht immer da. Woher kennen Sie eigentlich seinen Namen?«

»Hab' ich irgendwo aufgeschnappt. Wo ist er heute?«

»Ich hab' Ihnen doch gesagt, ich weiß es nicht.«

Der Mann im karierten Hemd kam durch die Vordertür ins Zimmer, gefolgt von Wish. Seine Hände waren auf dem Rücken gefesselt.

»Ich nehme ihn fest. Es ist mir ein Bedürfnis. Das Ganze ist widerlich. Sie sieht aus ...«

»Sie hat gesagt, sie ist achtzehn«, sagte das karierte Hemd.

Bosch ging zu ihm und schob das Hemd mit einem Finger auf. Er hatte einen blauen Adler mit ausgebreiteten Flügeln auf der Brust. In seinen Klauen hielt der Vogel einen Dolch und ein Hakenkreuz. Darunter stand One Nation. Bosch wußte, daß damit die Aryan Nation gemeint war, die Ariergang im Knast. Er ließ das Hemd los.

»Seit wann bist du denn draußen?« fragte er.

»Ach, komm schon, Mann«, sagte das karierte Hemd. »Das ist doch Scheiße. Sie hat mich von der Straße geangelt. Laß mich wenigstens meine verdammte Hose zumachen. Das ist doch alles Blödsinn.«

»Gib mir mein Geld, du Wichser«, sagte das Mädchen.

Sie sprang vom Bett auf – wobei das Laken zu Boden fiel – und machte sich nackt über die Hosentaschen des Freiers her.

»Los, schafft sie mir vom Hals«, rief er, während er sich wand, um ihren Händen zu entgehen. »Sie sehen es doch! Sie sollte dran sein, nicht ich.«

Bosch ging dazwischen, trennte die beiden und stieß das Mädchen aufs Bett zurück. Er trat hinter den Mann und sagte zu Wish: »Geben Sie mir Ihren Schlüssel.«

Sie rührte sich nicht, also griff er in seine Tasche und nahm seinen eigenen Handschellenschlüssel. Einer paßte für alle. Er schloß die Handschellen auf und führte das karierte Hemd zur Eingangstür des Zimmers. Er öffnete sie und stieß ihn nach draußen. Auf dem Flur blieb der Mann stehen, um seine Hosen zuzuknöpfen, was Bosch Gelegenheit gab, ihm einen Fuß an den Hintern zu setzen und zuzutreten. »Verschwinde, Blindfisch«, sagte er, als der Mann den Korridor hinunterstolperte. »Heute ist dein Glückstag.«

Das Mädchen hatte sich das schmutzige Laken wieder umgelegt, als Bosch ins Zimmer kam. Er betrachtete Wish und sah den Zorn in ihren Augen. Er wußte, daß es nicht nur um den Mann im karierten Hemd ging. Bosch sah das Mädchen an und sagte: »Nimm deine Sachen, geh ins Badezimmer und zieh dich an.« Als sie sich nicht rührte, sagte er: »Jetzt gleich! Mach schon!«

Als sie ihre Kleider vom Boden neben dem Bett gesammelt und sich zum Badezimmer aufgemacht hatte – das Laken war dabei zu Boden geglitten –, drehte sich Bosch zu Wish um.

»Wir haben zuviel anderes zu tun«, sagte er. »Sie würden den restlichen Nachmittag damit verbringen, ihre Aussage aufzunehmen und den Kerl einzubuchten. Außerdem ist das eine Staats- und keine Bundessache, also müßte *ich* ihn mitnehmen. Und es wäre garantiert ein Flop. Könnte ein Verbrechen oder ein Vergehen sein. Ein kurzer Blick auf das Mädchen, und der Staatsanwalt macht daraus ein Vergehen, wenn er es überhaupt registriert. Es ist den Aufwand nicht wert. So ist da Leben hier unten, Agent Wish.«

Sie starrte ihn mit funkelnden Augen an, denselben Augen, mit denen sie ihn angesehen hatte, als er sie am Verlassen des Restaurants hatte hindern wollen.

»Bosch, für mich war klar, daß es den Aufwand wert wäre. Tun Sie das nie wieder.«

Sie standen da, und keiner wich dem Blick des anderen aus, bis das Mädchen aus dem Badezimmer kam. Sie trug verwaschene Jeans, die an den Knien aufgerissen waren, darüber ein Top. Keine Schuhe. Bosch registrierte, daß ihre Zehennägel rot lackiert waren. Sie saß auf dem Bett, ohne ein Wort zu sagen.

»Wir müssen Sharkey finden«, sagte Bosch.

»Weswegen? Haben Sie eine Zigarette?«

Er holte sein Päckchen aus der Tasche und schüttelte eine für sie hervor. Er reichte ihr ein Streichholz, das sie selbst anriß.

»Weswegen?« sagte sie wieder.

»Wegen Samstag abend«, sagte Wish kurz angebunden. »Wir wollen ihn nicht verhaften. Wir wollen ihm keinen Ärger machen. Wir wollen ihm nur ein paar Fragen stellen.«

»Was ist mit mir?« sagte das Mädchen.

»Was soll mit dir sein?« sagte Wish.

»Wollen Sie mir Ärger machen?«

»Du meinst, ob wir dich dem Jugendamt überstellen, ja?« Bosch sah Wish an, wartete auf eine Reaktion. Es kam nichts. Er sagte: »Nein, wenn du uns hilfst, werden wir das Jugendamt nicht einschalten. Wie heißt du? Dein richtiger Name?«

»Bettijane Felker.«

»Also gut, Bettijane, du weißt nicht, wo Sharkey ist? Wir wollen nur mit ihm reden.«

»Ich weiß nur, daß er arbeitet.«

»Was meinst du? Wo?«

»Boytown. Wahrscheinlich kümmert er sich mit Arson und Mojo ums Geschäft.«

»Das sind die anderen aus der Clique?«

»Genau.«

»Was haben sie gesagt, wohin sie in Boytown wollten?«

»Sie sagen nie was. Ich glaub', sie gehen einfach dahin, wo die Schwulen sind. Sie wissen schon.«

Entweder konnte das Mädchen nicht genauer sein, oder sie wollte nicht. Es war egal. Er kannte die Adressen von den Shake Cards her und wußte, daß Sharkey irgendwo auf dem Santa Monica Boulevard zu finden wäre.

»Danke«, sagte er zu dem Mädchen und ging zur Tür. Er war schon halb den Flur hinunter, als Wish aus dem Zimmer kam und ihm mit forschen, wütenden Schritten folgte. Bevor sie irgend etwas sagen konnte, blieb er am Münztelefon im Korridor neben dem Büro stehen. Er nahm ein kleines Telefonbuch, das er immer bei sich trug, suchte die Nummer vom Jugendamt und wählte. Zwei Minuten mußte er warten, bis er zu einem Anrufbeantworter durchgestellt wurde, auf dem er das Datum, die Zeit und den Aufenthaltsort der mutmaßlichen Ausreißerin Bettijane Felker hinterließ. Er hängte ein und fragte sich, wie viele Tage es wohl dauern würde, bis die Nachricht aufgenommen wurde, und wie viele Tage, bis sie bei Bettijane vor der Tür standen.

Sie fuhren längst auf dem Santa Monica Boulevard durch West Hollywood, und noch immer war sie sauer. Bosch hatte versucht, sich zu verteidigen, merkte aber, daß es keinen Sinn hatte. Also saß er schweigend da und hörte zu.

»Es ist eine Vertrauenssache, mehr nicht«, sagte Wish. »Es ist mir egal, wie lange oder wie kurz wir zusammen arbeiten. Wenn Sie ihre Tour mit der Ein-Mann-Armee nicht ablegen, wird es zwischen uns nie das Vertrauen geben, das wir brauchen, um Erfolg zu haben.«

Er starrte in den Spiegel auf der Beifahrerseite, der so eingestellt war, daß er den Wagen beobachten konnte, der ihnen seit dem Blue Chateau folgte. Inzwischen war er sicher, daß es Lewis und Clarke waren. Er hatte Lewis' mächtigen Nacken und den Bürstenschnitt hinter dem Lenkrad erkannt, als der Wagen an einer Ampel bis auf drei Wagenlängen herangekommen war. Er sagte Wish nicht, daß sie verfolgt wurden. Und falls sie den Wagen bemerkt haben sollte, verlor sie darüber kein Wort. Sie war zu sehr mit anderen Dingen beschäftigt. Er saß da, beobachtete den Wagen im Rückspiegel und lauschte ihren Klagen darüber, wie falsch er doch alles machte.

Schließlich sagte er: »Meadows wurde am Sonntag gefunden. Heute ist Dienstag. Es ist nun mal bei Morden so, daß die Chance, die Wahrscheinlichkeit, ihn aufzuklären, mit jedem Blatt, das man vom Kalender reißt, geringer wird. Also, es tut mir leid. Ich dachte, daß es uns nicht helfen würde, einen Tag zu verschenken, indem wir ein Arschloch einbuchten, das wahrscheinlich von einer sechzehnjährigen Nutte kurz vor ihrem dreißigsten Geburtstag in ein Motelzimmer gelockt wurde. Außerdem dachte ich, daß es sich nicht lohnen würde, auf das Jugendamt zu warten, bis die rauskommen und das Mädchen abholen, denn ich würde meinen Gehaltsscheck verwetten, daß das Jugendamt das Mädchen längst kennt und weiß, wo es wohnt, für den Fall, daß sie es abholen wollen. Kurz gesagt, ich wollte weiterkommen und anderer Leute Angelegenheiten eben diesen Leuten überlassen und mich um meinen Job kümmern. Und das heißt, das zu tun, was wir jetzt tun. Fahren Sie hier oben an der Ragtime langsamer. Das ist eine der Stellen, die auf den Shake Cards erwähnt werden.«

»Wir wollen beide diesen Fall lösen, Bosch. Also seien Sie nicht so gottverdammt herablassend, als wären Sie auf einer edlen Mission, und ich würde nur so mitfahren. Wir haben beide damit zu tun. Vergessen Sie das nicht.«

Sie bremste vor einem Terrassencafé, in dem Männer pärchenweise auf weißen, schmiedeeisernen Stühlen vor Glastischen saßen und Eistee mit Orangenscheiben aus geschliffenen Gläsern tranken. Einige der Männer begutachteten Bosch und wandten sich desinteressiert wieder ab. Er suchte die Terrasse ab, konnte Sharkey aber nirgendwo entdecken. Während der Wagen langsam vorbeifuhr, starrte er in eine kleine Seitenstraße und sah ein paar junge Männer, die dort herumhingen, aber sie waren zu alt, um Sharkey sein zu können.

Die folgenden zwanzig Minuten verbrachten sie damit, vor Schwulenbars und -restaurants herumzukurven, fast nur in Santa Monica, bekamen den Jungen aber nicht zu sehen. Bosch beobachtete, wie der Wagen von Internal Affairs dranblieb, nie weiter als einen Block zurückfiel. Bosch wußte, daß Gesetzeshüter für gewöhnlich die letzten waren, die eine Observation bemerkten, weil sie die letzten waren, die jemals daran dachten, daß man sie verfolgen könnte. Sie waren Jäger, nicht Beute.

Bosch fragte sich, was Lewis und Clarke vorhatten. Erwarteten sie, daß er mit einem FBI-Agenten im Schlepptau das Gesetz brach oder eine Dienstvorschrift übertrat? Er fing an, sich zu fragen, ob sich die beiden IAD-Detectives nicht nur auf eigene Kappe wichtig machten. Vielleicht wollten sie, daß er sie sah. Eine Art psychologischer Kriegsführung. Er bat Wish, vor Barnie's Beanery anzuhalten, und sprang hinaus, um das Münztelefon neben dem Eingang der alten Bar zu benutzen. Er wählte die inoffizielle Nummer der Dienststelle für Innere Angelegenheiten, die er auswendig wußte, seitdem er sich letztes Jahr, als er zu Hausarrest verurteilt worden war, zweimal täglich hatte melden müssen. Eine Frau, der wachhabende Officer, kam ans Telefon.

»Sind Lewis oder Clarke da?«

»Nein, Sir, das sind sie nicht. Soll ich eine Nachricht aufnehmen?«

»Nein, danke. Mmh, hier ist Lieutenant Pounds von den Hollywood Detectives. Sind sie nur kurz weg? Ich muß etwas mit ihnen besprechen.«

»Ich glaube, bis zur Spätschicht sind sie auf Code Sieben.«

Er legte auf. Sie waren bis vier Uhr nicht im Dienst. Irgendwas hatten sie vor, oder Bosch hatte ihnen diesmal einfach zu fest auf die Füße getreten, und jetzt waren sie auf eigene Faust hinter ihm her. Er stieg wieder in den Wagen und erzählte Wish, er habe im Büro gefragt, ob es eine Nachricht für ihn gäbe. In dem Moment, als sie sich wieder in den Verkehr einfädelte, sah er das gelbe Motorrad etwa einen halben Block weit vom Barnie's entfernt. Es stand vor einem Pancake-Restaurant an eine Parkuhr gelehnt.

»Da«, sagte er und deutete darauf. »Fahren Sie dran vorbei, und ich schreib' mir die Nummer auf. Falls es seins ist, schlagen wir zu.«

Es war Sharkeys Maschine. Bosch verglich das Kennzeichen mit seinen Notizen aus der CRASH-Akte des Jungen. Nur von Sharkey selbst war nichts zu sehen. Wish fuhr um den Block und parkte an derselben Stelle vor Barnie's, an der sie eben erst gewesen waren.

»Also warten wir«, sagte sie. »Da Sie glauben, dieser Junge könnte ein Zeuge sein.«

»Allerdings. Genau das glaube ich. Sie können mich hier rauslassen, wenn Sie wollen. Ich setz' mich in den Laden, bestell' mir ein Henry's und eine Schüssel Chili und paß vom Fenster aus auf.«

»Ist schon in Ordnung. Ich bleibe.«

Bosch bereitete sich auf eine längere Wartezeit vor. Er holte seine Zigaretten aus der Tasche, aber sie hackte auf ihn ein, noch bevor er eine aus der Schachtel genommen hatte.

»Haben Sie schon mal vom Risiko des passiven Rauchens gehört?« fragte sie.

»Dem was?«

»Zigarettenrauch aus zweiter Hand. Hat tödliche Folgen, Bosch. Das Umweltministerium hat es im letzten Monat veröffentlicht, offiziell. Sie sagen, er wäre krebserregend. Dreitausend Menschen erkranken durch passives Rauchen jährlich an Lungenkrebs. Sie bringen sich und mich damit um. Bitte nicht.«

Er schob die Zigaretten zurück in seine Manteltasche. Sie schwiegen, während sie das Motorrad, das mit einer Kette an die Parkuhr geschlossen war, im Auge behielten. Bosch sah ein paarmal in den Außenspiegel, konnte den Wagen vom IAD aber nirgends entdecken. Auch Wish sah er an, immer wenn er glaubte, sie merkte es nicht. Der Verkehr auf dem Santa Monica Boulevard wurde immer dichter, je weiter der Feierabendverkehr sich seinem Höhepunkt näherte. Wish hatte ihr Fenster hochgekurbelt, um das Kohlenmonoxyd draußen zu halten. Daher war es im Wagen sehr heiß.

»Wieso starren Sie mich dauernd an?« fragte sie nach gut einer Stunde.

»Sie? Hab' ich gar nicht gemerkt.«

»Haben Sie aber getan. Tun Sie immer noch. Haben Sie schon mal einen weiblichen Partner gehabt?«

»Nein. Aber das wäre auch nicht der Grund, warum ich starren würde. Wenn ich es täte.«

»Wieso dann? Wenn Sie es täten.«

»Ich würde versuchen, aus Ihnen schlau zu werden. Sie wissen schon, wieso Sie hier sind und das alles tun. Ich hab' immer gedacht – ich meine, jedenfalls habe ich es so gehört –, daß die Abteilung Bankraub beim FBI etwas für Saurier und Nieten wäre, für Agenten, die zu alt oder zu blöd sind, einen Computer zu bedienen oder die Aktiva von irgend so einem Wirtschaftskriminellen in einem Berg von Akten nachzuvollziehen. Aber trotzdem sind Sie da. Bei den schweren Jungs. Sie sind kein Saurier, und irgendwas sagt mir, daß Sie auch keine Niete sind. Irgendwas sagt mir, Sie sind ein Prunkstück, Eleanor.«

Einen Moment lang war sie still, und Bosch glaubte, ein Lächeln auf ihrem Gesicht zu sehen.

»Ich nehme an, das war eine Art Kompliment«, sagte sie. »Falls ja, vielen Dank. Ich habe meine Gründe, an dieser Stelle für das FBI zu arbeiten. Und glauben Sie mir: Ich hätte die Wahl. Was die anderen im Department angeht, würde ich sie keineswegs so charakterisieren, wie Sie es tun. Ich glaube, daß diese Haltung, die übrigens von vielen Ihrer Kollegen ...«

»Da ist Sharkey«, sagte er.

Ein Junge mit blonden Dreadlocks war aus einer Seitenstraße zwischen dem Pancake-Shop und einem kleinen Einkaufszentrum getreten. Ein älterer Mann stand bei ihm. Er trug ein T-Shirt mit der Aufschrift »The Gay 90s Are Back!« Bosch und Wish blieben im Wagen und sahen zu. Sharkey und der Mann wechselten ein paar Worte, dann holte Sharkey etwas aus seiner Tasche und bot es ihm an. Der Mann blätterte darin herum. Es sah aus wie ein Stapel Spielkarten. Er nahm zwei davon und gab den Rest zurück. Dann reichte er Sharkey eine einzelne, grüne Banknote.

»Was macht er?« fragte Wish.

»Er kauft Babyfotos.«

»Was?«

»Ein Pädophiler.«

Der ältere Mann spazierte den Gehweg hinunter, und Sharkey ging zu seinem Motorrad. Er beugte sich über die Kette mit dem Schloß.

»Okay«, sagte Bosch, und sie stiegen aus.

Genug für heute, dachte Sharkey. Zeit abzuhauen. Er steckte sich eine Zigarette an und beugte sich über den Sitz seines Motorrads, um die Kombination des Schlosses einzugeben. Seine Dreadlocks fielen ihm über die Augen, und er konnte etwas von dem Kokoszeug riechen, das er sich gestern abend im Haus von diesem Jaguar-Typen ins Haar geschmiert hatte.

Nachdem Arson dem Mann die Nase gebrochen hatte und alles voller Blut gewesen war. Er stand auf und wollte sich gerade die Kette um die Hüfte legen, als er sie kommen sah. Bullen. Sie waren zu nah dran. Zu spät zum Fliehen. Er gab sich alle Mühe, so zu tun, als hätte er sie noch nicht gesehen, ging aber schnell in Gedanken den Inhalt seiner Taschen durch. Die Kreditkarten waren weg, längst verkauft. Das Geld konnte von überallher stammen, was zum Teil auch stimmte. Er war sauber. Das einzige, was sie in der Hand hatten, wäre die Identifikation durch den Schwulen, falls es zu einer Gegenüberstellung käme. Es überraschte Sharkey, daß der Typ Anzeige erstattet hatte. Das war noch nie passiert.

Sharkey lächelte die beiden Cops an, und der Mann hielt einen Cassettenrecorder hoch. Einen Cassettenrecorder? Was sollte das? Der Mann drückte die Starttaste, und nach wenigen Sekunden erkannte Sharkey seine eigene Stimme. Dann wurde ihm klar, woher das stammte. Es ging nicht um den Typen im Jaguar. Es ging um die Röhre.

Sharkey sagte: »Und?«

»Und«, sagte der Bulle, »wir möchten, daß du uns was darüber erzählst.«

»Mann, ich hatte überhaupt nichts damit zu tun. Das hängt ihr mir nicht an – hey! Sie sind doch der Typ vom Revier. Ja, ich hab' Sie am nächsten Tag da gesehen. Sie werden mich nicht dazu kriegen, daß ich sage, ich hab' die Scheiße da oben gemacht.«

»Schalt mal einen Gang zurück, Sharkey«, sagte der Mann. »Wir wissen, daß du es nicht getan hast. Wir wollen nur wissen, was du gesehen hast, mehr nicht. Schließ deine Maschine ab. Wir bringen dich wieder her.«

Der Mann nannte seinen Namen und den der Frau. Bosch und Wish. Er sagte, sie sei vom FBI, was alles nur noch komplizierter machte. Der Junge zögerte, dann beugte er sich vor und schloß sein Motorrad wieder an.

Bosch sagte: »Wir wollen nur rüber zur Wilcox fahren, um dir ein paar Fragen zu stellen, vielleicht, um ein Bild zu machen.«

»Wovon?« fragte Sharkey.

Bosch antwortete nicht. Er machte nur eine Geste mit der Hand, daß er mitkommen sollte, und deutete auf einen grauen Caprice, der ein Stück weit die Straße hinauf stand. Es war der Wagen, den Sharkey vor dem Chateau gesehen hatte. Während sie gingen, hatte Bosch seine Hand auf Sharkeys Schulter gelegt. Sharkey war noch nicht so groß wie Bosch, aber beide hatten den gleichen drahtigen Körperbau. Der Junge trug ein rotes, gebatiktes T-Shirt und eine gelbe Brille. Eine schwarze Sonnenbrille hing an einem orangefarbenen Band um seinen Hals. Der Junge setzte sie auf, als sie sich dem Caprice näherten.

»Okay, Sharkey«, sagte Bosch am Wagen. »Du kennst die Vorschriften. Wir müssen dich durchsuchen, bevor du in den Wagen steigst. Dann brauchen wir dich auf der Fahrt nicht zu fesseln. Leg alles auf die Haube.«

»Mann, Sie haben doch gesagt, ich steh' nicht unter Verdacht«, protestierte Sharkey. »Ich muß das nicht machen.«

»Ich hab' dir gesagt, daß es die Vorschrift ist. Du kriegst alles wieder. Außer den Fotos. Das können wir nicht machen.«

Sharkey sah erst Bosch an, dann Wish, dann begann er mit den Händen in den Taschen seiner durchgescheuerten Jeans herumzugraben.

»Ja, wir wissen über die Fotos Bescheid«, sagte Bosch.

Der Junge legte 46,55 Dollar auf die Haube, dazu eine Schachtel Zigaretten und ein Streichholzheftchen, ein kleines Taschenmesser an einer Kette und einen Stapel Polaroid-Fotos. Es waren Fotos von Sharkey und den anderen Jungen aus der Clique. Die Modelle waren nackt und befanden sich in den verschiedensten Stadien sexueller Erregung. Als Bosch die Bilder durchblätterte, sah Wish kurz über seine Schulter, wandte sich aber schnell wieder ab. Sie nahm die Zigarettenschachtel, durchsuchte sie und fand zwischen den Kools einen einzelnen Joint.

»Ich fürchte, den werden wir auch behalten müssen«, sagte Bosch.

Sie fuhren zum Revier an der Wilcox, denn es war Hauptverkehrszeit und bis zum Federal Building in Westwood hätten sie eine gute Stunde gebraucht. Es war schon nach sechs, als sie ins Büro der Detectives kamen. Der Raum war leer, alle waren nach Hause gegangen. Bosch brachte Sharkey in eines der drei mal drei Meter großen Vernehmungszimmer, in dem ein kleiner, von Zigaretten angekokelter Tisch und drei Stühle standen. Ein Schild an der Wand besagte: »Jammern zwecklos!« Er setzte Sharkey auf die »Rutsche« – einen Holzstuhl, dessen Sitz dick eingewachst war und dessen Vorderbeine man um etwa einen Zentimeter verkürzt hatte. Nicht soviel, daß man es merkte, aber doch genug, daß die Leute, die auf diesem Stuhl saßen, es unbequem hatten. Die meisten harten Burschen lehnten sich zurück und rutschten langsam herunter. Es blieb ihnen nur, sich nach vorn zu lehnen, direkt vor das Gesicht des verhörenden Beamten. Bosch sagte dem Jungen, er solle sich nicht von der Stelle rühren, dann ging er nach draußen, um seine Strategie mit Wish zu besprechen, und schloß die Tür hinter sich. Wish stieß die Tür wieder auf.

Sie sagte: »Es ist illegal, einen Jugendlichen unbeaufsichtigt in einem geschlossenen Raum zu lassen.«

Bosch machte die Tür wieder zu.

»Er beschwert sich ja nicht«, sagte er. »Wir müssen uns unterhalten. Was für ein Gefühl haben Sie bei ihm? Wollen Sie ihn übernehmen, oder soll ich?«

»Ich weiß nicht«, sagte sie.

Damit war die Frage geklärt. Das war ein Nein. Beim ersten Verhör eines Zeugen, dazu eines widerwilligen Zeugen, mußte man im richtigen Verhältnis lügen, gut zureden und fordern können. Wenn sie es nicht konnte, war sie draußen.

»Sie sollen bei Verhören doch angeblich so großartig sein«, sagte sie mit einem Tonfall, der in Boschs Ohren höhnisch klang. »Nach Ihrer Akte zu urteilen. Ich weiß nicht, ob damit Hirn oder Gewalt gemeint ist. Aber ich würde gern sehen, wie man es macht.«

Er nickte, ignorierte den Seitenhieb. Er holte die Zigaretten und die Streichhölzer des Jungen aus seiner Tasche.

»Gehen Sie rein und geben Sie ihm die. Ich will sehen, ob Nachrichten auf meinem Schreibtisch liegen, und ein Bandgerät vorbereiten.« Als er den Ausdruck auf ihrem Gesicht beim Anblick der Zigaretten sah, fügte er hinzu: »Regel Nummer Eins bei Verhören: Geben Sie dem Verdächtigen das Gefühl der Geborgenheit. Geben Sie ihm die Zigaretten. Halten Sie die Luft an, wenn es Ihnen nicht gefällt.«

Er wollte sich abwenden, aber sie sagte: »Bosch, was hat er mit den Fotos gemacht?«

Das ist es also, was an ihr nagt, dachte er. »Hören Sie. Vor fünf Jahren wäre ein Junge wie er mit dem Mann gegangen und hätte wer weiß was gemacht. Heutzutage verkauft er ihm statt dessen ein Bild. Es gibt so viele Killer – Krankheitserreger und sonstwas – diese Kids sind schlau geworden. Es ist sicherer, seine Polaroids zu verkaufen als seine Haut.«

Sie öffnete die Tür zum Vernehmungszimmer und ging hinein. Bosch durchquerte den Einsatzraum und sah auf seinem Schreibtisch nach, ob irgendwelche Zettel auf dem verchromten Dorn steckten. Sein Anwalt hatte endlich zurückgerufen. Ebenso Bremmer drüben von der *Times*, wenn auch unter einem Pseudonym, auf das sie sich früher mal geeinigt hatten. Bosch wollte verhindern, daß jemand, der auf seinem Schreibtisch herumschnüffelte, erfuhr, daß die Presse angerufen hatte.

Bosch ließ die Zettel auf dem Dorn zurück, nahm seinen

Ausweis, ging zum Vorratsschrank und knackte das Schloß. Er riß eine unbespielte Neunzig-Minuten-Kassette auf und legte sie in den Recorder auf dem untersten Bord des Schranks. Er schaltete die Maschine ein und vergewisserte sich, daß die Sicherungskopie lief. Dann ging er durch den Korridor zum Empfang und sagte dem dicken Pfadfinder, der dort saß, er solle eine Pizza ordern. Er gab dem Jungen einen Zehner und wies ihn an, sie zusammen mit drei Cokes in das Vernehmungszimmer zu bringen.

»Was wollen Sie drauf haben?« fragte der Junge.

»Was würdest du nehmen?«

»Salami und Peperoni. Anchovis kann ich nicht ausstehen.«

»Dann Anchovis.«

Bosch ging zurück ins Büro. Wish und Sharkey schwiegen, als er in das kleine Vernehmungszimmer kam, und er hatte das Gefühl, als hätten sie bisher nicht viel gesagt. Wish fand keinen Draht zu dem Jungen. Sie saß rechts von Sharkey. Bosch nahm den Stuhl links neben ihm. Das einzige Fenster war ein kleines Quadrat aus Spiegelglas in der Tür. Man konnte hineinsehen, aber nicht hinaus. Bosch beschloß, dem Jungen gegenüber von vornherein offen und ehrlich zu sein. Er war noch ein Kind, aber wahrscheinlich schlauer als die meisten Männer, die vor ihm auf der Rutsche gesessen hatten. Wenn er ein Täuschungsmanöver witterte, würde er anfangen, auf Fragen einsilbig zu antworten.

»Sharkey, wir werden dieses Gespräch aufzeichnen, weil es uns später vielleicht helfen könnte, es besser nachzuvollziehen«, sagte Bosch. »Wie gesagt: Du stehst nicht unter Verdacht, also brauchst du dir keine Sorgen zu machen, was du sagst, es sei denn, du sagst, daß du es getan hast.«

»Sehen Sie, was ich meine?« protestierte der Junge. »Ich wußte, daß Sie damit anfangen und es auf Band bringen. Scheiße, ich bin schon mal in so einem Zimmer gewesen.«

»Deswegen erzählen wir dir auch keine Scheiße. Also, nur

eben für die Akten: Ich bin Harry Bosch, LAPD, das da ist Eleanor Wish, FBI, und du bist Edward Niese, alias Sharkey. Ich möchte anfangen mit ...«

»Was soll der Scheiß? War das der Präsident da in dem Rohr? Was soll das FBI hier?«

»Sharkey!« sagte Bosch laut. »Ganz ruhig. Das ist nur ein Austauschprogramm. Wie damals in der Schule, als die Kinder aus Frankreich oder sonstwoher kamen. Stell dir vor, sie wäre aus Frankreich. Sie sitzt nur ein bißchen dabei und lernt von den Profis.« Er lächelte und blinzelte Wish zu. Sharkey sah sie an und lächelte ebenfalls ein wenig. »Erste Frage, Sharkey. Schaffen wir sie aus dem Weg, damit wir zu den interessanteren Fragen kommen. Hast du den Mann oben am Damm umgelegt?«

»Scheiße, nein. Ich sehe ...«

»Moment mal, Moment mal«, ging Wish dazwischen. Sie sah Bosch an. »Können wir kurz nach draußen gehen?«

Bosch stand auf und ging hinaus. Sie folgte ihm, und diesmal schloß sie die Tür hinter sich.

»Was machen Sie?« sagte er.

»Was machen *Sie?* Wollen Sie diesen Jungen über seine Rechte belehren, oder wollen Sie das Verhör von vornherein verderben?«

»Was reden Sie da? Er hat es nicht getan. Er steht nicht unter Verdacht. Ich stell' ihm nur Fragen, weil ich versuche, ein Vernehmungsschema aufzubauen.«

»Wir wissen nicht, ob er nicht doch der Mörder ist. Ich finde, wir sollten ihn über seine Rechte belehren.«

»Belehren wir ihn über seine Rechte, wird er glauben, er ist als Verdächtiger, nicht als Zeuge hier. Wenn wir das tun, können wir genausogut da reingehen und mit der Wand reden. Er wird sich an nichts erinnern.«

Ohne ein weiteres Wort ging sie in das Vernehmungszimmer zurück. Bosch folgte ihr und machte da weiter, wo er aufgehört hatte, ohne irgend etwas von irgendwelchen Rechten zu erwähnen.

»Hast du den Mann in dem Rohr umgelegt, Sharkey?«

»Niemals, Mann. Ich hab' ihn gesehen, mehr nicht. Er war schon tot.«

Der Junge sah nach rechts zu Wish, als er dies sagte. Dann schob er sich auf seinem Stuhl hoch.

»Okay, Sharkey«, sagte Bosch. »Übrigens: Wie alt bist du, woher kommst du? Erzähl mir was von dir.«

»Ich werd' bald achtzehn, Mann, dann bin ich frei«, sagte der Junge und sah Bosch an. »Meine Mom wohnt oben in Chatsworth, aber ich will nicht mehr bei ihr ... Mann, das steht doch alles längst in einem von Ihren kleinen Notizbüchern.«

»Bist du schwul, Sharkey?«

»Nie im Leben, Mann«, sagte der Junge und starrte Bosch durchdringend an. »Ich verkauf' denen Bilder, ist ja nichts dabei. Aber ich bin nicht einer von denen.«

»Machst du noch mehr als Bilder verkaufen? Nimmst du manchmal welche aus, wenn du kannst? Du lauerst ihnen auf, nimmst ihnen das Geld weg? Wer soll schon Anzeige erstatten? Hab' ich recht?«

Jetzt sah Sharkey wieder zu Wish hinüber und hob eine offene Hand. »Solche Scheiße mach' ich nicht. Ich dachte, wir reden hier über den Toten.«

»Tun wir auch, Sharkey«, sagte Bosch. »Ich will nur rausfinden, mit wem wir es zu tun haben, das ist alles. Fang von vorn an. Erzähl uns deine Geschichte. Ich hab' Pizza bestellt, und da sind noch mehr Zigaretten. Wir haben Zeit.«

»Es wird nicht lange dauern. Ich hab nichts gesehen, nur den Toten da drinnen. Ich hoffe, die ist ohne Anchovis.«

Er sagte es mit einem Blick auf Wish, während er sich aufsetzte. Ganz offensichtlich sah er Bosch an, wenn er die Wahrheit sagte, und Wish, wenn er sie verschleierte oder eine glatte Lüge erzählt. Gauner setzen immer auf die Frauen.

»Sharkey«, sagte Bosch, »wenn du willst, können wir dich rauf nach Sylmar bringen und über Nacht festsetzen. Wir können morgen früh noch mal von vorn anfangen, wenn dein Gedächtnis vielleicht wieder etwas ...«

»Ich mach' mir Gedanken um meine Maschine da unten. Könnte geklaut werden.«

»Vergiß die Maschine«, sagte Bosch und lehnte sich ganz nah an ihn heran. »Wir wollen dich nicht verwöhnen. Sharkey, du hast uns noch nichts erzählt. Fang deine Geschichte an, dann überlegen wir uns was mit dem Motorrad.«

»Okay, okay. Ich erzähl' Ihnen alles.«

Der Junge griff nach seinen Zigaretten auf dem Tisch, und Bosch lehnte sich zurück und nahm eine von seinen eigenen. Sich ganz nah heranbeugen und dann wieder zurücklehnen, war eine Technik, die Bosch in den endlosen Stunden in diesem Raum gelernt hatte. Lehn dich vor, dring in die fünfzig Zentimeter ein, die ihnen gehören, nimm ihnen den Bewegungsspielraum. Lehn dich zurück, wenn du kriegst, was du haben wolltest. Es geschieht unbewußt. Das meiste von dem, was bei einem Polizeiverhör vor sich geht, hat nichts mit dem zu tun, was gesagt wird. Es sind die Interpretationen, die Nuancen. Und manchmal das, was nicht gesagt wird. Sharkeys Zigarette zündete er zuerst an. Wish lehnte sich auf ihrem Stuhl zurück, als sie den blauen Dunst ausatmeten.

»Möchten Sie rauchen, Agent Wish?« sagte Bosch.

Sie schüttelte den Kopf.

Bosch sah Sharkey an, und sie tauschten einen wissenden Blick aus. Du und ich, Kumpel, sagte der Blick. Der Junge lächelte. Bosch nickte ihm zu, daß er mit seiner Geschichte anfangen sollte. Das tat er. Und was für eine Geschichte es war.

»Ich fahr' manchmal zum Pennen da rauf«, sagte Sharkey. »Wissen Sie? Wenn ich nicht weiß, woher ich Geld für ein Zimmer oder so was kriegen soll. Manchmal ist das Zimmer in dem Motel bei meiner Clique zu voll. Dann muß ich raus. Dann geh' ich da rauf und schlaf' in dem Rohr. Ist nachts fast immer warm da. Nicht schlecht. Also, egal, so ein Abend war das jedenfalls. Ich bin da raufgefahren ...«

»Wie spät war es?« fragte Wish.

Bosch warf ihr einen Blick zu, der sagen sollte: Langsam, stellen Sie Ihre Fragen, wenn die Geschichte zu Ende ist. Der Junge war schon gut in Gang gewesen.

»Muß ziemlich spät gewesen sein«, antwortete Sharkey. »Drei, vielleicht vier. Ich hab' keine Uhr. Ich bin also da raufgefahren. Und ich bin in das Rohr geklettert, und da hab' ich diesen toten Mann gesehen. Lag einfach da. Ich bin rausgekrochen und abgehauen. Ich wollte nicht mit einem Toten da drin bleiben. Als ich wieder unten war, hab' ich bei Ihnen angerufen, neun-eins-eins.«

Er wandte sich von Wish wieder Bosch zu.

»Das war's«, sagte er. »Fährt mich jetzt einer zu meinem Motorrad?«

Keiner antwortete, also steckte sich Sharkey noch eine Zigarette an und setzte sich auf.

»Das ist eine hübsche Geschichte, Edward, aber wir wollen alles hören«, sagte Bosch. »Außerdem wollen wir es richtig hören.«

»Wie meinen Sie das?«

»Ich meine, es klingt, als hätte es sich irgendein Schlauberger ausgedacht. Das meine ich. Wie hast du die Leiche da drinnen gesehen?«

»Ich hatte eine Taschenlampe«, erklärte er Wish.

»Nein, hattest du nicht. Du hattest Streichhölzer. Eins davon haben wir gefunden.« Bosch lehnte sich vor, bis sein Gesicht kaum dreißig Zentimeter vor dem des Jungen war. »Sharkey, was glaubst du, woher wir wissen, daß du angerufen hast? Meinst du, der Operator hat dich an der Stimme erkannt? ›Oh, ist das nicht der gute, alte Sharkey? Er ist doch wirklich ein braver Junge, daß er uns wegen der Leiche anruft‹. Denk nach, Sharkey. Du hast deinen Namen – oder zumindest die Hälfte davon – da oben auf dem Rohr hinterlassen. Wir haben deine Abdrücke von einer halbvollen Farbdose genommen. Und wir wissen, daß du nur ein Stück weit in das Rohr gekrochen bist. Da hast du es mit der Angst gekriegt und bist wieder raus. Du hast Spuren hinterlassen.«

Sharkey starrte geradeaus, das Kinn leicht angehoben, den Blick auf das verspiegelte Fenster in der Tür gerichtet.

»Du wußtest, daß der Tote da drin war, bevor du reingeklettert bist. Du hast gesehen, wie jemand ihn in das Rohr gezerrt hat, Sharkey. Sieh mich an, und erzähl mir die wahre Geschichte.«

»Hören Sie, ich hab' keine Gesichter gesehen. Es war zu dunkel, Mann«, sagte der Junge zu Bosch. Eleanor atmete aus. Bosch war kurz davor, ihr zu sagen, daß sie – wenn sie das Gespräch mit dem Jungen für Zeitverschwendung hielt – lieber gehen sollte.

»Ich hatte mich versteckt«, sagte Sharkey. »Denn, na ja, erst hab' ich gedacht, die wären vielleicht hinter mir her. Ich hatte nichts damit zu tun. Wieso reißen Sie mich da rein, Mann?«

»Ein Mensch ist gestorben, Edward. Wir müssen rausfinden, wieso. Gesichter sind egal. Das ist schon okay. Erzähl uns, was du gesehen hast, dann bist du den Ärger los.«

»Mehr nicht?«

»Mehr nicht.«

Dann lehnte sich Bosch zurück und steckte seine zweite Zigarette an.

»Na gut. Ich war da oben, und ich war noch nicht besonders müde, da hab' ich ein bißchen rumgesprüht und gehört, wie ein Wagen kam. Und ich denk: Scheiße, verdammte. Komisch war, daß ich ihn gehört hatte, bevor ich ihn sehen konnte. Denn der Typ hatte kein Licht an. Also, Mann, ich hab' meinen Arsch in Gang gebracht und mich in den Büschen auf dem Hügel gleich daneben versteckt, gleich neben dem Rohr, gleich da, wo ich meine Maschine abstelle, wenn ich da schlafe.«

Der Junge wurde immer aufgeregter, nahm die Hände zur Hilfe, nickte mit dem Kopf und sah jetzt meistens Bosch an.

»Scheiße, ich dachte, diese Typen wären hinter mir her, als hätte jemand die Bullen gerufen, weil ich da oben was gesprüht hatte oder so. Also versteck' ich mich. Und als sie da sind, steigt einer von den Typen aus und sagt zu dem anderen: ›Es riecht nach Farbe‹. Aber dann stellt sich raus, daß sie mich nicht mal gesehen haben. Sie haben nur wegen der Leiche bei dem Rohr angehalten. Es war auch eigentlich kein normaler Wagen. Es war ein Jeep.«

»Hast du das Kennzeichen gesehen?« sagte Wish.

»Lassen Sie ihn erzählen«, sagte Bosch, ohne sie eines Blickes zu würdigen.

»Nein, verdammt, ich hab' kein Kennzeichen gesehen. Scheiße, die Lichter waren aus. Es war zu dunkel. Also, jedenfalls waren sie zu dritt, wenn man den Toten mitrechnet. Einer steigt aus – der Fahrer – und zerrt den Toten raus, unter einer Decke oder so was. Hat hinten am Jeep eine kleine Tür aufgemacht und jemanden auf die Erde gezogen. Es war der totale Horror, Mann. Ich konnte sehen, daß er echt war, ein echter Toter, so wie der auf die Erde gefallen ist. Wie eine Leiche. Er hat Geräusche gemacht wie eine Leiche. Nicht wie im Fernsehen. Aber man erwartet irgendwas wie: ›Oh, nein, das ist eine Leiche, die der da eben rausgezerrt hat‹, oder irgendwas in der Art. Dann hat er den Toten ins Rohr geschleppt. Der andere Typ hat ihm nicht geholfen. Er ist im Jeep geblieben. Also dieser erste Mann, der hat es ganz allein gemacht.«

Sharkey nahm einen tiefen Zug von seiner Zigarette und drückte sie in dem Blechaschenbecher aus, der schon voller Kippen lag. Er atmete durch die Nase aus und sah Bosch an, der nur nickte, daß er weitererzählen sollte. Der Junge setzte sich auf.

»Mmh, ich bin da geblieben, und eine Minute später ist der Typ wieder aus dem Rohr gekommen. Länger war das nicht. Er hat sich umgedreht, als er rauskam, hat mich aber nicht gesehen. Er ist zu einem Busch gegangen – fast da, wo ich mich versteckt hatte – und hat einen Zweig abgebrochen. Dann ist er wieder eine Zeitlang in dem Rohr verschwunden. Und ich konnte hören, wie er da drinnen fegt oder irgend so was mit dem Zweig macht. Dann ist er rausgekommen, und sie sind weggefahren. Oh, und – mh – er wollte zurücksetzen, und der Rückfahrscheinwerfer ging an. Er hat den Gang schnell wieder rausgenommen. Dann hab' ich gehört, wie er irgendwas davon sagte, daß sie wegen dem Licht nicht rückwärts fahren konnten. Sie könnten gesehen werden. Also sind sie vorwärts gefahren, ohne Licht. Sie sind die Straße runtergefahren und über den Damm und auf die andere Seite des Sees. Als sie an dem kleinen Haus auf dem Damm vorbeikamen, haben sie die Glühbirne kaputtgeschlagen. Ich hab' gesehen, wie sie ausging. Ich bin in meinem Versteck geblieben, bis der Motor nicht mehr zu hören war. Dann bin ich rausgekommen.«

Sharkey unterbrach die Geschichte für einen Augenblick, und Wish sagte: »Entschuldigen Sie, können wir die Tür aufmachen und den Rauch rauslassen?«

Bosch griff nach dem Knauf und zog die Tür nach innen, ohne aufzustehen oder seinen Ärger zu verbergen. »Red weiter, Sharkey«, war alles, was er sagte.

»Als sie weg waren, bin ich rüber zu dem Rohr und hab' reingerufen. Sie wissen schon, ›Hey, Sie da drinnen‹ und ›Sind Sie okay?‹, so Zeugs. Aber keiner hat geantwortet. Also hab' ich meine Maschine so hingelegt, daß das Licht nach drinnen leuchten konnte, und bin ein Stück weit reingekrochen. Außerdem hab' ich ein Streichholz angemacht, genau wie Sie gesagt haben. Und ich hab' ihn da drinnen gesehen, und er sah tot aus und alles. Ich wollte auf Nummer Sicher gehen, aber es war zu gruselig. Ich bin wieder rausgekrochen. Ich bin den Hügel runter und hab' die Bullen gerufen. Das war alles, das ist die ganze Geschichte.«

Bosch dachte sich, daß der Junge den Toten hatte ausrauben wollen, es aber auf halbem Wege mit der Angst bekommen hatte. Aber das war in Ordnung so. Das konnte der Junge für sich behalten. Dann dachte er an den Zweig, der vom Busch abgeknickt worden war, und mit dem der Mann, den Sharkey gesehen hatte, die Fußabdrücke und Schleifspuren im Rohr verwischt hatte. Er fragte sich, wieso die Uniformierten bei der Untersuchung des Tatorts weder auf den abgebrochenen Zweig noch auf den gestutzten Busch gestoßen waren. Aber er hielt sich nicht lange damit auf, denn er kannte die Erklärung. Schlampigkeit, Bequemlichkeit. Es war nicht das erste Mal, daß Dinge übersehen wurden, und es würde nicht das letzte Mal gewesen sein.

»Wir gehen mal eben raus und sehen nach der Pizza«, sagte Bosch, und er stand auf. »Dauert nur ein paar Minuten.«

Draußen vor dem Vernehmungszimmer schluckte Bosch seinen Ärger hinunter und sagte: »Mein Fehler. Wir hätten mehr darüber reden sollen, wie wir es machen wollen, bevor wir uns seine Geschichte anhören. Ich hör' mir gern erst mal an, was sie zu sagen haben, und stell' die Fragen dann. Es war mein Fehler.«

»Macht nichts«, sagte Wish kurz angebunden. »Er scheint ohnehin nicht sonderlich brauchbar zu sein.«

»Vielleicht.« Er dachte einen Moment nach. »Ich überlege, ob ich nicht wieder reingehen und noch etwas mit ihm reden sollte, vielleicht ein Identikit mitnehmen. Und wenn er sich nicht genauer erinnern kann, könnten wir ihn hypnotisieren.«

Bosch hatte keine Ahnung, wie sie auf diesen letzten Vorschlag reagieren würde. Er hatte ihn ganz beiläufig geäußert, halb in der Hoffnung, er würde unbemerkt durchgehen. Die kalifornischen Gerichte hatten bestimmt, daß durch die Hypnose eines Zeugen dessen spätere Aussage im Prozeß ungültig würde. Wenn sie Sharkey hypnotisierten, würde er niemals bei einem Verfahren, das aus dem Fall Meadows entstehen konnte, als Zeuge vor Gericht aussagen.

Wish runzelte die Stirn.

»Ich weiß«, sagte Bosch. »Wir würden ihn vor Gericht verlieren. Aber vielleicht kommen wir mit dem, was er uns bis jetzt erzählt hat, sowieso nie bis vor Gericht. Sie haben doch eben selbst gesagt, er wäre nicht besonders brauchbar.«

»Ich weiß nur nicht, ob wir über seine Brauchbarkeit schon endgültig entscheiden sollten. So früh in den Ermittlungen.«

Bosch trat hinüber an die Tür des Vernehmungszimmers und sah sich den Jungen durch die Spiegelglasscheibe an. Er rauchte schon wieder. Er legte die Zigarette in den Aschenbecher und stand auf. Er blickte zum Fenster in der Tür, aber Bosch wußte, daß er nicht nach draußen sehen konnte. Heimlich und leise tauschte er seinen Stuhl gegen den aus, auf dem Wish gesessen hatte. Bosch lächelte und sagte: »Er ist ein cleverer Junge. Es könnte da noch Dinge geben, die wir nie erfahren, wenn wir ihn nicht unter Hypnose setzen. Ich glaube, es wäre das Risiko wert.«

»Ich wußte nicht, daß Sie einer von den Hypnotiseuren im LAPD sind. Das muß ich in Ihrer Akte übersehen haben.«

»Ich bin mir sicher, daß Sie eine ganze Menge übersehen haben«, erwiderte Bosch. Ein paar Augenblicke später sagte er: »Ich nehme an, ich bin einer der Letzten, die es davon noch gibt. Nachdem das Oberste Gericht die Hypnose zurückgewiesen hatte, hat das Department aufgehört, Leute dafür auszubilden. Es gab nur eine einzige Klasse. Ich war einer der Jüngsten. Die meisten anderen sind pensioniert.«

»Trotzdem«, sagte sie, »ich finde nicht, daß wir es jetzt

schon tun sollten. Lassen Sie uns noch etwas mit ihm reden und vielleicht zwei Tage warten, bevor wir ihn als Zeugen verlieren.«

»Gut. Aber wer weiß, wo ein Junge wie Sharkey in zwei Tagen steckt?«

»Oh, Sie sind doch findig. Sie haben ihn diesmal gefunden. Das können Sie noch mal schaffen.«

»Wollen Sie Ihr Glück da drinnen versuchen?«

»Nein, Sie machen das gut. Solange ich von jetzt an dazwischenreden darf, wenn mir was einfällt.«

Sie lächelte, und er lächelte, und sie kehrten in das Vernehmungszimmer zurück, in dem es nach Rauch und Schweiß stank. Bosch ließ die Tür offen, um durchzulüften. Wish mußte nicht erst darum bitten.

»Nichts zu essen?« sagte Sharkey.

»Ist unterwegs«, sagte Bosch.

Bosch und Wish ließen Sharkey seine Geschichte noch zweimal erzählen und notierten kleine Details. Sie machten es im Team. Partner, die wissende Blicke austauschten, heimliches Nicken, sogar ein Lächeln. Ein paarmal bemerkte Bosch, daß Wish auf ihrem Stuhl herunterrutschte, und glaubte, ein Grinsen auf Sharkeys jungenhaftem Gesicht zu sehen. Als die Pizza kam, protestierte er wegen der Anchovis, aß aber trotzdem drei Viertel davon und stürzte zwei Cokes hinunter. Bosch und Wish lehnten dankend ab.

Sharkey erzählte ihnen, der Jeep, mit dem Meadows' Leiche gebracht worden war, wäre schmutzigweiß oder beige gewesen. Er sagte, da sei ein Siegel an der Seitentür gewesen, aber er könne es nicht beschreiben. Vielleicht hatte es aussehen sollen wie ein Fahrzeug vom DWP, der Wasser- und Stromversorgung, dachte Bosch. Vielleicht war es ein Fahrzeug vom DWP gewesen. Jetzt hätte er den Jungen erst recht gern hypnotisiert, beschloß aber, nicht wieder davon anzufangen. Er wollte warten, bis Wish von selbst darauf kam, daß es nötig war.

Sharkey sagte, der Mann, der im Jeep geblieben war, als man die Leiche ins Rohr zerrte, habe die ganze Zeit, die Sharkey ihn beobachtet hatte, kein Wort gesagt. Dieser Mann war kleiner als der Fahrer. Sharkey konnte sonst nur erkennen, daß er schlank war, eine undeutliche Silhouette im schwachen Licht des Mondes über dem dichten Kieferngehölz um das Reservoir.

»Was hat dieser andere Mann gemacht?« fragte Wish.

»Nur zugesehen, glaub' ich. Wie ein Aufpasser. Er ist nicht mal den Wagen gefahren. Ich glaub', er hatte das Kommando.«

Den Fahrer hatte sich der Junge genauer ansehen können, aber doch nicht genau genug, um sein Gesicht beschreiben oder ein Phantombild mit den Gesichtsschablonen aus dem Identikit, das Bosch mitgebracht hatte, zusammensetzen zu können. Der Fahrer hatte dunkles Haar und war weiß. Sharkey konnte oder wollte in seiner Beschreibung nicht genauer sein. Er hatte dunkle Sachen angehabt, möglicherweise einen Overall. Sharkey sagte, dazu habe er eine Art Werkzeuggürtel oder eine Zimmermannsschürze getragen. Die dunklen Werkzeugtaschen hingen leer an den Hüften und schlugen wie eine Schürze an seinen Unterleib. Das war merkwürdig, dachte Bosch, und er stellte Sharkey mehrere Fragen, näherte sich aus verschiedenen Richtungen, bekam aber keine genauere Beschreibung.

Nach einer Stunde waren sie fertig. Sie ließen Sharkey in dem verqualmten Zimmer zurück, während sie sich draußen erneut besprachen. Wish sagte: »Jetzt müssen wir nur noch einen Jeep mit einer Decke im Kofferraum finden. Eine Mikroanalyse vornehmen und Haare vergleichen. Nur, daß es gut zwei Millionen weiße oder beigefarbene Jeeps in diesem Staat gibt. Möchten Sie, daß ich eine Fahndungsmeldung rausgebe, oder wollen Sie sich selbst darum kümmern?«

»Hören Sie. Vor zwei Stunden hatten wir überhaupt noch nichts. Jetzt haben wir eine ganze Menge. Wenn Sie wollen, lassen Sie mich den Jungen hypnotisieren. Wer weiß, vielleicht kriegen wir dadurch ein Kennzeichen, eine bessere Beschreibung des Fahrers, vielleicht erinnert er sich daran, daß ein Name gefallen ist, oder kann das Siegel an der Tür beschreiben.«

Bosch hob die Hände mit offenen Handflächen. Sein Angebot stand, aber sie hatte es schon einmal abgelehnt. Und sie tat es auch diesmal.

»Noch nicht, Bosch. Lassen Sie mich mit Rourke sprechen. Vielleicht morgen. Ich möchte es nicht übereilen und später möglicherweise feststellen müssen, daß es ein Fehler war. Okay?«

Er nickte und ließ die Hände sinken.

»Und was jetzt?« sagte sie.

»Na ja, der Junge hat gegessen. Wieso liefern wir ihn nicht ab, und dann gehen Sie und ich zusammen was essen. Ich kenne da einen Laden ...«

»Ich kann nicht«, sagte sie.

»... an der Overland.«

»Ich habe heute abend schon was vor. Tut mir leid. Vielleicht ein andermal.«

»Natürlich.« Er trat an die Tür des Vernehmungszimmers und sah durch die Scheibe, nur damit sie sein Gesicht nicht sehen konnte. Er kam sich albern vor, weil er sich so schnell an sie herangemacht hatte. Er sagte: »Wenn Sie gehen müssen, dann gehen Sie. Ich bring' ihn für die Nacht in eine Unterkunft oder sonst wohin. Wir müssen nicht beide unsere Zeit damit verplempern.«

»Sind Sie sicher?«

»Ja, klar. Ich kümmer' mich um ihn. Ich besorg' eine Streife, die uns fährt. Auf dem Weg holen wir sein Motorrad ab. Ich laß mich an meinem Wagen absetzen.«

»Das ist nett. Ich meine, daß Sie sein Motorrad holen und sich Gedanken um ihn machen.«

»Na, wir haben doch einen Deal mit ihm, wenn Sie sich erinnern.«

»Ich erinnere mich. Aber Sie machen sich Gedanken um ihn. Ich habe beobachtet, wie Sie mit ihm umgehen. Erkennen Sie ein Stück von sich selbst in ihm wieder?«

Er wandte sich von der Scheibe ab und sah sie an.

»Nein, nicht unbedingt«, sagte er. »Er ist nur ein Zeuge, der verhört werden muß. Wenn Sie meinen, er ist jetzt ein kleiner Scheißkerl, dann warten Sie noch ein Jahr, warten Sie, bis er neunzehn oder zwanzig ist, falls er es soweit schafft. Bis dahin ist er ein Monstrum auf Raubzug. Es wird heute nicht das letzte Mal sein, daß er in diesem Zimmer sitzt. Sein ganzes Leben wird er mal drinnen, mal draußen sein, bis er jemanden umbringt, oder sie ihn umbringen. Es ist das Darwinsche Gesetz. Das Recht des Stärkeren, und er ist stark genug, zu überleben. Also, nein, ich sorge nicht für ihn. Ich bringe ihn in eine Unterkunft, damit ich weiß, wo er ist, falls wir ihn noch mal brauchen. Das ist alles.«

»Hübsche Ansprache, aber das nehme ich Ihnen nicht ab. Ich weiß ein bißchen über Sie Bescheid, Bosch. Sie machen sich sehr wohl Gedanken um ihn. So, wie Sie ihm was zu essen besorgt und ihn gefragt haben ...«

»Hören Sie, es ist mir egal, wie oft Sie meine Akte gelesen haben. Sie meinen, das bedeutet, Sie wüßten etwas über mich? Ich habe es Ihnen schon mal gesagt: Das ist Blödsinn.«

Er trat an sie heran, bis sein Gesicht kaum zwei Handbreit von ihrem entfernt war. Aber sie sah ihn nicht an, starrte in ihr Notizbuch, als hätten ihre Aufzeichnungen irgend etwas mit dem zu tun, was sie sagte.

»Hören Sie zu«, sagte er. »Wir können zusammen daran arbeiten, vielleicht sogar rausfinden, wer Meadows ermordet hat, falls wir noch mehr solche Chancen kriegen wie heute mit dem Jungen. Aber wir werden niemals echte Partner werden, und wir werden einander auch nie kennen. Also sollten wir vielleicht nicht so tun, als ob. Erzählen Sie mir nichts von Ihrem kleinen Bruder mit dem Bürstenschnitt, und daß er aussieht wie ich, denn Sie wissen nicht, wie ich war. Ein Haufen Papiere und Fotos in einer Akte sagen überhaupt nichts über mich aus.«

Sie schloß das Notizbuch und schob es in ihre Handtasche. Dann sah sie endlich zu ihm auf. Ein Klopfen aus dem Inneren des Vernehmungszimmers war zu hören. Sharkey betrachtete sich selbst in der Spiegelglasscheibe der Tür. Aber beide ignorierten sie ihn, und Wish durchbohrte Bosch mit ihrem Blick.

»Werden Sie immer so, wenn eine Frau nicht mit Ihnen essen gehen will?« sagte sie gelassen.

»Das hat nichts damit zu tun, und das wissen Sie genau.«

»Sicher, das weiß ich.« Sie wollte sich schon abwenden, da sagte sie: »Treffen wir uns morgen früh gegen neun beim FBI?«

Er antwortete nicht, woraufhin sie tatsächlich zum Ausgang des Einsatzraumes ging. Sharkey klopfte wieder von innen an die Tür, und Bosch drehte sich um, sah, daß der Junge sich im Spiegel der Tür seine Pickel ausdrückte. Noch einmal wandte sich Wish um, bevor sie hinausging.

»Ich habe nicht von meinem kleinen Bruder gesprochen«, sagte sie. »Tatsächlich war er mein großer Bruder. Und ich habe von früher gesprochen. Darüber, wie er aussah, als ich ein kleines Mädchen war und er für eine Zeit weg mußte, nach Vietnam.«

Bosch sah sie nicht an. Er konnte es nicht. Er wußte, was jetzt kam.

»Ich weiß noch, wie er damals aussah«, sagte sie, »weil es das letzte Mal war, daß ich ihn gesehen habe. Das vergißt man nicht. Er gehörte zu denen, die nicht zurückkamen.«

Damit ging sie hinaus.

Harry aß das letzte Stück Pizza. Es war kalt, und er haßte Anchovis, aber er hatte das Gefühl, er hätte es nicht besser verdient. Mit der Coke erging es ihm nicht anders. Sie war warm. Danach saß er am Tisch für Mordfälle und telefonierte, bis er ein leeres Bett – oder besser: eine leere Ecke – in einer dieser Unterkünfte am Boulevard gefunden hatte, in denen keine Fragen gestellt wurden. Im Home Street Home versuchte man nicht, Ausreißer dorthin zurückzuschicken, woher sie gekommen waren. Man wußte, daß in den meisten Fällen »zu Hause« ein schlimmerer Alptraum war als die Straße. Man gab den Kindern nur einen sicheren Platz zum Schlafen und versuchte, sie danach sonstwohin zu lotsen, wenn sie sich nur von Hollywood fernhielten.

Er besorgte sich einen neutralen Wagen und fuhr Sharkey zu seinem Motorrad. Es würde nicht in den Kofferraum passen, also hatte Bosch mit dem Jungen einen Deal gemacht. Sharkey sollte mit dem Motorrad zur Unterkunft fahren, Bosch fuhr hinterher. Sollte der Junge da sein und sich angemeldet haben, wollte Bosch ihm sein Geld, seine Brieftasche und die Zigaretten zurückgeben. Nur nicht die Polaroids und den Joint. Die kamen in den Müll. Es gefiel Sharkey nicht, aber er ging darauf ein. Bosch sagte ihm, er solle noch zwei Tage in der Unterkunft bleiben, obwohl er wußte, daß der Junge wahrscheinlich gleich morgens als allererstes abhauen würde.

»Einmal hab' ich dich schon gefunden. Wenn es sein muß, kann ich es wieder tun«, sagte er, als der Junge sein Motorrad draußen vor dem Heim ankettete.

»Ich weiß, ich weiß«, sagte Sharkey.

Es war eine müßige Drohung. Bosch wußte, daß er Sharkey gefunden hatte, als der Junge nicht wußte, daß man ihn suchte. Es wäre eine ganz andere Geschichte, wenn der Junge sich verstecken wollte. Bosch gab dem Jungen eine seiner billigen Visitenkarten und sagte, er solle ihn anrufen, wenn ihm noch irgendwas einfallen würde, das von Nutzen sein konnte.

»Von Nutzen für Sie oder für mich?« fragte Sharkey.

Bosch antwortete nicht. Er stieg wieder in den Wagen und fuhr zurück zum Revier an der Wilcox, suchte im Rückspiegel nach Verfolgern. Er fand keine. Nachdem er den Wagen abgegeben hatte, trabte er an seinen Schreibtisch und nahm die FBI-Akten. Er ging ins Büro des Wachhabenden, wo der Lieutenant der Nachtschicht einen Streifenwagen hereinrief, der Bosch zum Federal Building bringen sollte. Der Streifenpolizist war ein junger Cop, der sein Haar auf einen halben Zentimeter Länge gestutzt hatte. Asiate. Bosch hatte im Revier gehört, daß sein Name Gung Ho war. Die zwanzig Minuten zum Federal Building fuhren sie schweigend.

Harry kam gegen neun nach Hause. Das rote Licht auf seinem Anrufbeantworter blinkte, aber es war keine Nachricht auf dem Band, nur das Geräusch von jemandem, der auflegte. Er stellte im Radio das Spiel der Dodgers an, schaltete aber wieder ab. Hatte genug davon, Leuten beim Reden zuzuhören. Er legte CDs von Sonny Rollins, Frank Morgan und Branford Marsalis ein und lauschte statt dessen dem Saxophon. Er breitete die Akten auf dem Eßzimmertisch aus und holte sich eine Flasche Bier. Alkohol und Jazz, dachte er beim Trinken. In Klamotten schlafen. Du bist ein Klischee-Cop, Bosch. Ein offenes Buch. Und nicht besser als das Dutzend anderer Dummköpfe, die sich jeden Tag an sie ranmachen. Kümmer dich um deinen Job. Und gib die Hoffnung auf. Er schlug die Akte Meadows auf, las sorgfältig jede Seite. Vorhin bei Wish im Wagen hatte er sie nur überflogen.

Meadows war Bosch ein Rätsel. Ein Pillenschlucker, ein Heroinabhängiger, aber ein Soldat, der sich freiwillig für eine weitere Dienstzeit in Vietnam gemeldet hatte. Sogar als sie ihn aus den Tunneln geholt hatten, war er geblieben. 1970, nach zwei Jahren in den Tunneln, hatte man ihn einer Einheit der

Militärpolizei zugeteilt, die für die amerikanische Botschaft in Saigon arbeitete. Hatte nie wieder Feindberührung gehabt, war aber bis zum Ende geblieben. Nach dem Waffenstillstand und dem Rückzug 1973 bat er um seine Entlassung und blieb, diesmal als einer der zivilen Berater im Umfeld der Botschaft. Alle wollten nach Hause, nur Meadows nicht. Er blieb bis zum 30. April 1975, dem Tag, an dem Saigon fiel. Er saß in einem Hubschrauber und dann in einem Flugzeug, das Flüchtlinge außer Landes brachte. Das war sein letzter Regierungsauftrag: Sicherung des gewaltigen Flüchtlingstransports zu den Philippinen und weiter in die Staaten.

Nach den Akten zu urteilen, wohnte Meadows nach seiner Rückkehr im Süden Kaliforniens. Nur waren seine Talente auf Militärpolizei, Tunnelkiller und Drogendealer beschränkt. In der Akte befand sich eine Bewerbung für das LAPD mit dem Vermerk »Abgelehnt«. Er war beim Drogentest durchgefallen. Darunter lag in der Akte ein Ausdruck seiner Vorstrafen aus dem National Criminal Intelligence Computer, kurz NCIC. Seine erste Verhaftung wegen Besitzes von Heroin war 1978 gewesen. Bewährung. Im nächsten Jahr wurde er wieder geschnappt, diesmal wegen eines beabsichtigten Deals. Es blieb bei einfachem Besitz, und er bekam achtzehn Monate im Wayside Honor Rancho. Zehn davon verbüßte er. Die folgenden zwei Jahre waren gekennzeichnet von regelmäßigen Haftstrafen wegen sichtbarer Spuren von Drogenmißbrauch, da frische Einstiche als Vergehen geahndet wurden und für sechzig Tage im Bezirksgefängnis gut waren. Es machte den Eindruck, als hätte Meadows in der Drehtür dieses Gefängnisses bis 1981 festgesessen, als er für längere Zeit rein mußte. Diesmal für versuchten Raub, eine Bundesangelegenheit. Auf dem NCIC-Ausdruck stand nicht, ob es um Bankraub gegangen war, aber wenn die Feds die Sache übernahmen, mußte man davon ausgehen. Auf dem Ausdruck stand, Meadows wäre zu vier Jahren in Lompoc verurteilt worden und hätte zwei davon abgesessen.

Er war erst ein paar Monate wieder draußen, als man ihn wegen Bankraubs verhaftete. Sie mußten ihn auf frischer Tat erwischt haben. Er bekannte sich schuldig und verbüßte weitere fünf Jahre in Lompoc. Er wäre nach drei Jahren rausgekommen, aber nach zwei Jahren wurde er bei einem Fluchtversuch erwischt. Er bekam noch einmal fünf Jahre, und man verlegte ihn nach Terminal Island.

1988 wurde Meadows von dort entlassen. All die Jahre im Bau, dachte Bosch. Er wußte nichts von ihm, hatte nie irgendwas gehört. Was hätte er getan, wenn es ihm zu Ohren gekommen wäre? Er dachte einen Moment darüber nach. Wahrscheinlich hatte der Knast Meadows mehr verändert als der Krieg. Er wurde in eine Rehabilitationseinrichtung für Vietnamveteranen überstellt. Sie hieß Charlie Company und befand sich auf einer Farm nördlich von Ventura, etwa vierzig Meilen vor Los Angeles. Dort blieb er fast ein Jahr.

Danach gab es laut Akte keine weiteren Kontakte mit der Polizei. Die Sache mit den Einstichspuren, die Meadows vor einem Jahr dazu gebracht hatte, Bosch anzurufen, war nicht aktenkundig geworden. Sie stand nicht auf dem Ausdruck. Keine weiteren Polizeikontakte seit seiner Entlassung aus dem Gefängnis.

Es lag noch ein weiteres Blatt in dem Stapel. Es war handschriftlich verfaßt, und Bosch nahm an, daß es sich um Wishs saubere, leserliche Schrift handelte. Es war eine Auflistung seiner Arbeitsplätze und Wohnorte. Zusammengestellt war sie aus den Akten der Sozialversicherung und der Verkehrsbehörde. Aber es gab Lücken. Zeitspannen, die nicht ausgewiesen waren. Meadows hatte zuerst für das Südkalifornische Wasserwerk gearbeitet, als er aus Vietnam zurückkam. Er war Pipeline-Kontrolleur. Er verlor den Job nach vier Monaten exzessiven Zuspätkommens und Krankfeierns. Von da an schien er es mit dem Dealen von Heroin versucht zu haben, denn die nächste richtige Anstellung wurde erst wieder nach seiner Entlassung aus Wayside 1979 aufgeführt. Er arbeitete beim DWP als Kanal-Kontrolleur – Abteilung Hochwasserschutz. Verlor den Job sechs Monate später aus demselben Grund wie den beim Wasserwerk. Es folgten noch einige weitere sporadische Anstellungen. Nachdem er die Charlie Company verlassen hatte, fing er für ein paar Monate bei einer Goldgräberfirma im Santa Clarita Valley an. Sonst nichts.

Fast ein Dutzend Wohnorte wurden aufgeführt. Die meisten davon waren Apartments in Hollywood. Vor der Festnahme 1979 gab es ein Haus in San Pedro. Falls er damals Dealer war, stammte das Zeug wahrscheinlich vom Hafen in Long Beach. Die Adresse in San Pedro wäre dafür äußerst passend gewesen.

Außerdem sah Bosch, daß er nach der Charlie Company in dem Apartment in Sepulveda gewohnt hatte. Ansonsten stand nichts über die Rehabilitationseinrichtung in der Akte, oder darüber, was Meadows dort gemacht hatte. Bosch fand den Namen von Meadows' Bewährungshelfer in den Kopien der Beurteilung, die man nach sechsmonatiger Beobachtung über ihn angefertigt hatte. Daryl Slater arbeitete von Van Nuys aus. Bosch schrieb es in sein Notizbuch. Außerdem notierte er die Adresse der Charlie Company. Dann breitete er die Verhaftungslisten, die Aufzeichnungen über Arbeitsplätze, Wohnorte und die Berichte des Bewährungshelfers vor sich aus. Auf einem neuen Blatt Papier fing er an, eine Chronologie aufzustellen, die mit Meadows' Einweisung ins Bundesgefängnis 1981 begann.

Als er fertig war, waren viele Lücken geschlossen. Meadows hatte insgesamt sechseinhalb Jahre im Bundesgefängnis gesessen. Anfang 1988 war er entlassen und in das Charlie-Company-Programm aufgenommen worden. Er verbrachte zehn Monate in diesem Programm, bevor er das Apartment in Sepulveda bezog. Die Bewährungsakten zeigten, daß er einen Job als Bohrführer in einer Goldmine im Santa Clarita Valley bekommen hatte. Seine Bewährungsfrist lief im Februar 1989 aus, und er kündigte den Job einen Tag, nachdem sein Bewährungshelfer ihn freigegeben hatte. Danach war der Sozialbehörde keine weitere Anstellung gemeldet worden. Das Finanzamt sagte, Meadows sei seit 1988 nicht mehr in den Akten aufgetaucht.

Bosch ging in die Küche, holte ein Bier und machte sich ein Sandwich mit Schinken und Käse. Er stand an der Spüle, aß und trank und versuchte, die Einzelheiten in seinem Kopf zu ordnen. Er glaubte, daß Meadows seit seiner Entlassung von TI oder zumindest seit der Charlie Company etwas im Sinn gehabt hatte. Er war planmäßig vorgegangen, hatte legale Jobs angenommen, bis seine Bewährung zu Ende ging. Dann hatte er gekündigt und mit der Ausführung des Planes begonnen. Da war Bosch ganz sicher. Und er vermutete, daß Meadows entweder im Gefängnis oder im offenen Vollzug auf die Männer gestoßen war, mit denen er die Bank ausgeraubt hatte. Und von denen er dann ermordet worden war.

Es klingelte an der Tür. Bosch warf einen Blick auf seine Uhr und sah, daß es elf war. Er ging an die Tür, spähte durch das Guckloch, und Eleanor Wish sah ihn an. Er trat zurück und warf einen Blick in den Spiegel im Flur. Ein Mann mit dunklen, müden Augen musterte ihn. Er strich sein Haar glatt und öffnete die Tür.

»Hallo«, sagte sie. »Friede?«

»Friede. Woher wissen Sie, wo ich ... egal. Kommen Sie rein.«

Sie trug dasselbe Kostüm wie tagsüber, war noch nicht zu Hause gewesen. Er sah, daß sie die Akten und Papiere auf dem Eßtisch bemerkte.

»Bin noch bei der Arbeit«, sagte er. »Ich seh' mir gerade ein paar Sachen in Meadows' Akte an.«

»Gut. Mh, ich war nur zufällig gerade hier draußen, und ich wollte, ich komme nur vorbei, um zu sagen, daß wir ... na ja, es war bis jetzt eine harte Woche. Für uns beide. Vielleicht können wir unsere Partnerschaft morgen noch mal neu anfangen.«

»Ja«, sagte er. »Und hören Sie, es tut mir leid, was ich vorhin ... und es tut mir leid wegen Ihrem Bruder. Sie haben versucht, was Nettes zu sagen, und ich ... Können Sie ein paar Minuten bleiben, auf ein Bier?«

Er ging in die Küche und holte zwei neue Flaschen. Er reichte ihr eine davon und führte sie durch die Schiebetür auf die Veranda. Draußen war es kühl, nur gelegentlich wehte ein warmer Wind aus dem dunklen Canyon herauf. Eleanor Wish sah zu den Lichtern im Valley hinab. Die Scheinwerfer von Universal City leuchteten in wiederkehrendem Muster über den Himmel.

»Das ist sehr hübsch«, sagte sie. »Ich war noch nie in einem von diesen Häusern. Man nennt sie Ausleger?«

»Ja.«

»Muß bei Erdbeben unheimlich sein.«

»Ist schon unheimlich, wenn der Müllwagen vorbeifährt.«

»Und wie sind Sie zu so einem Haus gekommen?«

»Ein paar Leute – die da unten mit ihren Scheinwerfern – haben mir einen Haufen Geld für eine Fernsehserie gegeben. Und ich wußte nicht, was ich sonst damit anfangen sollte. Ich bin im Valley aufgewachsen und habe mich immer gefragt, wie es wäre, in so einem Ding zu wohnen. Also hab' ich mir eins gekauft. Früher hat es einem Drehbuchautor gehört. Hier hat er gearbeitet. Es ist ziemlich klein, hat nur ein Schlafzimmer. Aber ich schätze, mehr werde ich wohl auch nie brauchen.«

Sie lehnte sich aufs Geländer und blickte den Hang hinunter in die Schlucht. Im Dunkeln sah man nur die schwachen Umrisse des Eichenwäldchens unter ihnen. Auch er lehnte sich vor, fing an, gedankenverloren Stücke des goldfarbenen Etiketts von seiner Bierflasche zu kratzen und ließ sie fallen. Das Gold glitzerte in der Dunkelheit, wenn es in die Tiefe taumelte.

»Ich habe Fragen«, sagte er. »Ich möchte rauf nach Ventura fahren.«

»Können wir morgen darüber reden? Ich bin nicht hergekommen, um über die Akten zu sprechen. Ich lese diese Akten jetzt seit fast einem Jahr.«

Er nickte und schwieg, beschloß, sie von selbst erzählen zu lassen, was sie hergeführt hatte. Nach einiger Zeit sagte sie: »Sie müssen ziemlich sauer sein, wegen all der Überprüfungen, die wir über Sie angestellt haben. Und dann noch wegen gestern. Tut mir leid.«

Sie nahm einen kleinen Schluck aus ihrer Flasche, und Bosch merkte, daß er gar nicht gefragt hatte, ob sie vielleicht ein Glas wollte. Ein paar lange Augenblicke schwebten ihre Worte dort draußen in der Dunkelheit.

»Nein«, sagte er schließlich. »Ich bin nicht sauer. Ehrlich gesagt, ich weiß überhaupt nicht, was ich bin.«

Sie drehte sich um und sah ihn an. »Wir dachten, Sie würden die Sache fallenlassen, wenn Rourke Ihnen Ärger bei Ihrem Lieutenant macht. Sicher, Sie kannten Meadows, aber das ist lange her. Und das ist die Sache, die ich nicht verstehe. Dies ist für Sie nicht ein Fall wie jeder andere. Aber wieso? Es muß doch mehr dahinter stecken. Irgendwas aus Vietnam? Warum bedeutet er Ihnen so viel?«

»Es gibt Gründe. Gründe, die mit dem Fall nichts zu tun haben.«

»Ich glaube Ihnen. Aber ob ich Ihnen glaube, ist nicht der Punkt. Ich versuche herauszufinden, was vor sich geht. Ich muß es wissen.«

»Wie ist das Bier?«

»Gut. Erzählen Sie mir davon, Detective Bosch.«

Er starrte in die Tiefe und beobachtete, wie ein kleines Stück bedruckter Folie im Dunkel verschwand.

»Ich weiß es nicht«, sagte er. »Eigentlich weiß ich es, und ich weiß es doch nicht. Ich denke, es hat mit den Tunneln zu tun.

Gemeinsame Erfahrungen. Nicht, daß er mir das Leben gerettet hätte oder ich ihm. So einfach ist es nicht. Aber ich habe das Gefühl, ich stehe in seiner Schuld. Egal, was er getan hat oder was für ein Versager er später wurde. Vielleicht hätte ich im letzten Jahr mehr tun sollen, als ein paarmal für ihn zu telefonieren. Ich weiß es nicht.«

»Seien Sie nicht albern«, sagte sie. »Als er Sie letztes Jahr angerufen hat, war sein Plan schon in vollem Gange. Er hat Sie benutzt. Und jetzt ist es so, als würden Sie ihn benutzen. Nur daß er tot ist.«

Von seinem Etikett war nichts mehr übrig. Er drehte sich um und stand mit dem Rücken am Geländer. Mit einer Hand fummelte er eine Zigarette aus seiner Tasche, steckte sie in den Mund, zündete sie aber nicht an.

»Meadows«, sagte er und schüttelte den Kopf bei dem Gedanken an ihn. »Meadows war ein Fall für sich ... Damals, wir waren alle ein Haufen Kinder, fürchteten uns in der Dunkelheit. Und diese Tunnel waren so verdammt dunkel. Nur Meadows, der hatte keine Angst. Er meldete sich freiwillig und meldete sich und meldete sich. Aus dem Licht in die Finsternis. So empfand er den Tunneleinsatz. Wir nannten es das »Schwarze Echo«. Es war, als würde man zur Hölle fahren. Man war da unten und konnte seine eigene Angst riechen. Da unten war man wie tot.«

Stück für Stück hatten sie sich einander zugewandt, so daß sie sich jetzt gegenüberstanden. Forschend betrachtete er ihr Gesicht und sah etwas, das er für Mitgefühl hielt. Er wußte nicht, ob es das war, was er wollte. Darüber war er längst hinaus. Aber was er wollte, wußte er auch nicht.

»Wir ängstlichen, kleinen Kinder, wir haben uns gegenseitig den Treueeid geleistet. Jedesmal, wenn einer in einen der Tunnel stieg, haben wir ihn wiederholt. Der Schwur lautete, daß – egal was da unten passierte – keiner zurückbleiben durfte. Egal, ob einer da unten krepierte, man würde ihn nicht zurücklassen. Denn sie taten einem Dinge an. Wie die Psychopathen bei uns. Und es hat funktioniert. Keiner wollte zurückbleiben, weder tot noch lebendig. Ich hab' mal in einem Buch gelesen, daß es egal ist, ob man auf einem Hügel unter einem Grabstein aus Marmor oder im Ölsumpf begraben liegt. Wenn man tot ist, ist man tot.

Aber wer immer das geschrieben hat, er war nicht da drüben. Wenn man lebt, aber dem Tod so nah ist, denkt man an solche Dinge. Und dann ist es einem nicht egal ... Also haben wir diesen Schwur abgelegt.«

Bosch wußte, daß er nichts erklärt hatte. Er sagte, er wollte noch ein Bier holen. Sie sagte, sie hätte noch genug. Als er wieder nach draußen kam, lächelte sie ihn an und sagte nichts.

»Ich will Ihnen eine Geschichte von Meadows erzählen«, sagte er. »Man hat es folgendermaßen gemacht: Man hat zwei, vielleicht drei Tunnelratten einer Einheit zugeteilt. Wenn die auf einen Tunnel stieß, sind wir kurz runter, haben nachgesehen, Sprengsätze gelegt, was auch immer.«

Er nahm einen tiefen Zug von seinem Bier.

»Und so sind Meadows und ich mal – es muß 1970 gewesen sein – hinter einer Patrouille hergetrabt. Wir waren in einer Hochburg der Vietcong. Alles war mit Tunneln durchlöchert. Jedenfalls befanden wir uns etwa drei Meilen vor einem Dorf, das Nhuan Luc hieß, als wir eine Vorhut verloren. Der Mann wurde ... Tut mir leid, wahrscheinlich wollen Sie das gar nicht hören. Wegen Ihrem Bruder und so.«

»Doch, ich will es hören. Bitte.«

»Diese Vorhut wurde also von einem Pionier erschossen, der in einem Spinnenloch hockte. So wurden die kleinen Tunneleingänge genannt. Also hat einer den Pionier abgeknallt, und dann mußten Meadows und ich runter in das Loch, um nachzusehen. Wir sind reingeklettert und mußten uns gleich trennen. Es war ein riesiges Netz. Ich bin in die eine Richtung gegangen und er in die andere. Wir hatten gesagt, wir wollten eine Viertelstunde laufen, die Zünder auf zwanzig Minuten stellen und dann umkehren und auf dem Weg weitere Sprengsätze legen ... Ich weiß noch, daß ich da unten ein Krankenhaus fand. Vier leere Grasmatten, einen Vorratsschrank, alles mitten in diesem Tunnel. Ich weiß noch, daß ich dachte, Himmelherrgott, was wird wohl hinter der Kurve sein? Ein Drive-In-Kino, oder was? Ich meine, diese Leute hatten sich richtig eingegraben ... Jedenfalls war da drinnen dieser kleine Altar, auf dem Weihrauch brannte. Immer noch brannte. Da wußte ich, daß sie noch irgendwo waren, die Vietcong, und es machte mir Angst. Ich hab' einen Sprengsatz hinter dem Altar versteckt und bin so schnell wie möglich zurück. Auf dem Weg hab ich noch zwei weitere installiert und so eingestellt, daß alles auf einmal hochging. Ich komm' also wieder an unsere Einstiegsstelle zurück, das Spinnenloch, und Meadows ist nicht da. Ich hab' ein paar Minuten gewartet, und die Zeit wurde knapp. Keiner möchte gern da unten sein, wenn das C-4 losgeht. Manche von diesen Tunneln sind hundert Jahre alt. Ich konnte nichts tun, also bin ich rausgeklettert. Oben war er auch nicht.«

Er legte eine Pause ein, um etwas Bier zu trinken und über die Geschichte nachzudenken. Sie beobachtete ihn genau, drängte ihn aber nicht.

»Ein paar Minuten später gingen meine Sprengsätze los, und der Tunnel, zumindest der Teil, in dem ich gewesen war, stürzte ein. Wer immer da drinnen gewesen war, war tot und begraben. Wir warteten zwei Stunden, bis sich Rauch und Staub gelegt hatten. Wir schlossen einen Mighty-Mite-Ventilator an und bliesen Luft in den Einstiegsschacht. Man konnte sehen, wie der Rauch rausgedrückt wurde und aus den Luftlöchern und den anderen Eingängen überall im Dschungel stieg.

Und als alles wieder klar war, bin ich mit einem anderen zusammen runtergegangen, um Meadows zu suchen. Wir dachten, er wäre tot, aber wir hatten ja diesen Eid geleistet. Egal, was passierte, wir würden ihn rausholen und nach Hause schicken. Aber wir konnten ihn nicht finden. Den ganzen Tag sind wir da unten geblieben und haben gesucht, aber überall nur tote Vietcong gefunden. Die meisten von ihnen waren erschossen worden, manche hatten durchschnittene Kehlen. Allen hatte man ein Ohr abgeschnitten. Als wir wieder nach oben kamen, erklärte der Sergeant, wir könnten nicht länger warten. Wir hatten unsere Einsatzbefehle. Wir zogen ab, und ich hatte meinen Eid gebrochen.«

Bosch starrte mit leerem Blick in die Nacht hinaus, sah aber nur die Geschichte, die er erzählte.

»Zwei Tage später war eine andere Einheit in Nhuan Luc, und jemand fand in einer Hütte einen Tunneleingang. Sie holten ihre Leute, um nachzusehen, und die waren keine fünf Minuten im Tunnel, als sie Meadows fanden. Er saß wie Buddha in einem der Gänge. Ohne Munition. Redete wirres Zeug. Machte keinen Sinn, war aber okay. Und als sie dann versuchten, ihn dazu zu bringen, mit ihnen raufzukommen, wollte er nicht. Schließlich mußten sie ihn fesseln und ein Seil um ihn legen und ihn von der Patrouille da oben raushieven lassen. Im Licht sahen sie, daß er eine Kette aus Menschenohren um den Hals trug. Aufgefädelt zusammen mit seiner Hundemarke.«

Er trank das Bier aus und ging vom Balkon nach drinnen. Sie folgte ihm in die Küche, wo er sich ein neues Bier nahm. Sie stellte ihre halbleere Flasche auf den Tresen.

»Soviel zu meiner Geschichte. So war Meadows. Er fuhr nach Saigon, um etwas auszuspannen. Aber er konnte nicht ohne die Tunnel. Nur war er danach nie mehr der alte. Er erzählte mir, er wäre da unten einfach durcheinandergekommen und hätte sich verlaufen. Er wäre immer weiter in die falsche Richtung gelaufen und hätte alles umgelegt, was ihm begegnet wäre. Angeblich waren dreiunddreißig Ohren an seiner Kette. Und jemand hat mich mal gefragt, wieso Meadows einem der Vietcong ein Ohr gelassen hatte. Sie verstehen, wegen der ungeraden Zahl. Und ich habe ihm geantwortet, daß Meadows jedem von ihnen ein Ohr gelassen hatte.«

Sie schüttelte den Kopf. Er nickte.

Bosch sagte: »Ich wünschte, ich hätte ihn damals gefunden, als ich nach ihm gesucht habe. Ich habe ihn im Stich gelassen.«

Beide standen eine Weile da und sahen auf den Küchenfußboden. Bosch goß den Rest von seinem Bier in die Spüle.

»Eine Frage noch zu Meadows' Akte, und dann kein Wort mehr zum Geschäft«, sagte er. »In Lompoc wurde er bei einem Fluchtversuch geschnappt. Und dann nach TI verlegt. Wissen Sie irgendwas darüber?«

»Ja. Es war ein Tunnel. Man traute ihm und ließ ihn in der Wäscherei arbeiten. Die Trockner hatten unterirdische Abzüge, die vom Gebäude nach draußen führten. Unter einem davon hat er gegraben. Nie mehr als eine Stunde am Tag. Man sagt, er hätte wahrscheinlich mindestens ein halbes Jahr an dem Tunnel gearbeitet, bis er entdeckt wurde, weil die Rasensprenger, mit denen im Sommer der Sportplatz berieselt wurde, den Boden aufgeweicht hatten, und der Tunnel einsackte.«

Er nickte. Er hatte sich schon gedacht, daß es ein Tunnel gewesen war.

»Die beiden anderen, die dabei waren«, sagte sie. »Ein Drogendealer und ein Bankräuber. Die sitzen noch. Da gibt es keine Verbindung.«

Wieder nickte er.

»Ich glaube, ich sollte jetzt gehen«, sagte sie. »Wir haben morgen viel zu tun.«

»Ja. Ich hab' noch eine Menge Fragen.«

»Ich werde versuchen, sie zu beantworten, soweit ich kann.«

Sie schob sich auf dem schmalen Stück zwischen Kühlschrank und Tresen nah an ihm vorbei und trat hinaus auf den Flur. Er konnte ihr Haar riechen, als sie vorbeikam. Apfelduft, dachte er. Er merkte, daß sie sich den Druck an der Wand gegenüber des Garderobenspiegels ansah. Er bestand aus drei gerahmten Teilen und war der Druck eines Gemäldes aus dem fünfzehnten Jahrhundert mit dem Titel *Der Garten der Lüste.* Der Maler war ein Holländer.

»Hieronymus Bosch«, sagte sie, während sie die alptraumhafte Landschaft des Gemäldes betrachtete. »Als ich gelesen habe, daß das Ihr vollständiger Name war, habe ich mich gefragt ...«

»Keinerlei Verwandtschaft«, sagte er. »Meiner Mutter gefielen seine Sachen. Wegen des Nachnamens, nehme ich an. Sie hat mir den Druck irgendwann geschickt. Schrieb in dem Brief, er würde sie an L.A. erinnern. All die Verrückten. Meine Pflegeeltern ... denen hat er nicht gefallen, aber ich habe ihn die ganzen Jahre über behalten. Er hängt da schon, seit ich hier wohne.«

»Aber Sie lassen sich gern Harry nennen.«

»Ja, Harry gefällt mir.«

»Gute Nacht, Harry. Vielen Dank für das Bier.«

»Gute Nacht, Eleanor ... vielen Dank für den Besuch.«

Vierter Teil

Mittwoch, 23. Mai

Gegen zehn Uhr waren sie auf dem Ventura Freeway, der durch das untere San Fernando Valley und dann aus der Stadt hinaus führt. Bosch saß am Steuer, und sie fuhren gegen den Strom in Richtung Nordwesten zum Ventura County, ließen den Smog hinter sich, der wie schmutzige Sahne über dem Valley lag.

Sie fuhren zur Charlie Company. Das FBI hatte Meadows' Verbindung zum Rehabilitationsprogramm im Vorjahr nur oberflächlich geprüft. Wish sagte, sie habe ihr nur geringe Bedeutung beigemessen, weil Meadows' Aufenthalt dort fast ein Jahr vor dem Tunnelraub zu Ende gegangen war. Sie sagte, das FBI habe zwar eine Kopie der Meadows-Akte angefordert, sich allerdings die anderen Sträflinge, die zusammen mit Meadows an diesem Programm teilgenommen hatten, nicht näher angesehen. Bosch hielt dies für einen Fehler und meinte, die Liste von Meadows' Arbeitsplätzen deute darauf hin, daß dem Bankraub eine langfristige Planung vorausgegangen war. Der Einbruch in die Bank könne in der Charlie Company ausgeheckt worden sein.

Bevor sie losgefahren waren, hatte er Meadows' Bewährungshelfer Daryl Slater angerufen und sich den Weg zur Charlie Company erklären lassen. Slater sagte, es handele sich um eine Gemüsefarm, die einem pensionierten Colonel gehöre und von ihm geleitet werde. Er hatte mit dem Staat und den Bundesgefängnissen vertraglich vereinbart, vorzeitig entlassene Sträflinge aufzunehmen, unter der einzigen Bedingung, daß es sich dabei um Vietnamveteranen handelte. Diese Voraussetzung sei nicht schwer zu erfüllen, sagte Slater. Wie in jedem anderen Staat des Landes saßen auch in Kalifornien die Gefängnisse voller Vietnamveteranen. Gordon Scales, dem ehemaligen Colonel, war es egal, welche Verbrechen diese Veteranen begangen hatten, sagte Slater. Er wollte sie nur wieder auf den rechten Weg bringen. In der Einrichtung arbeiteten drei Leute, Scales mitgerechnet, und es waren nie mehr als vierundzwanzig Männer gleichzeitig dort untergebracht. Der durchschnittliche Aufenthalt dauerte neun Monate. Von sechs bis um drei arbeiteten sie auf den Gemüsefeldern, legten nur gegen Mittag eine Pause ein. Nach der Arbeit folgte eine Stunde lang etwas, das sich Soul Talk nannte, dann gab es Abendessen und Fernsehen. Die letzte Stunde, bevor das Licht gelöscht wurde, gehörte der Religion. Slater sagte, Scales nutze seine Verbindungen in der Gemeinde, um den Veteranen Jobs zu besorgen, wenn sie für die Welt draußen bereit seien. In sechs Jahren hatte die Charlie Company eine rekordverdächtig geringe Rückfallquote von nur elf Prozent gehabt. Diese Zahl war so unglaublich, daß Scales sogar in einer Rede des Präsidenten auf dessen letzter Wahlkampfrunde durch den Staat erwähnt worden war.

»Der Mann ist ein Held«, sagte Slater. »Und nicht wegen des Krieges, sondern für seine Leistungen danach. Wenn man so eine Einrichtung hat, vielleicht dreißig, vierzig Zuchthäusler im Jahr durchschleust und nur einer von zehn irgendwann wieder in der Scheiße sitzt, dann ist das ein Riesenerfolg. Sämtliche Bewährungskommissionen und die Hälfte aller Gefängnisdirektoren in diesem Staat hören auf Scales.«

»Heißt das, er kann sich aussuchen, wer zur Charlie Company kommt?« fragte Bosch.

»Vielleicht nicht aussuchen, aber seine Zustimmung entscheidet«, sagte der Bewährungshelfer. »Und alle wissen über den Mann Bescheid. Seinen Namen kennt man in jedem einzelnen Zellenblock, in dem ein Veteran sitzt. Die Leute kommen zu ihm. Sie schicken ihm Briefe, Bibeln, rufen an, lassen Anwälte Kontakt aufnehmen. Alles, damit sie von Scales unterstützt werden.«

»Ist Meadows auch so da hingekommen?«

»Soweit ich weiß. Er war schon auf dem Weg dorthin, als er mir zugeteilt wurde. Sie müßten auf Terminal Island anrufen und da in den Akten nachsehen lassen. Oder mit Scales reden.«

Bosch informierte Wish über das Gespräch, als sie unterwegs waren. Ansonsten war es eine lange Fahrt und es gab einige Schweigephasen. Bosch machte sich Gedanken zum gestrigen Abend. Ihr Besuch. Wieso war sie gekommen? Als sie im Ventura County waren, kehrte er mit seinen Gedanken wieder zu dem Fall zurück, und er stellte ihr ein paar von den Fragen, auf die er am Abend vorher bei der Durchsicht der Akten gestoßen war.

»Warum sind sie nicht in den Haupttresor eingestiegen? In der WestLand gibt es zwei Tresore. Einmal die Schließfächer und dann den Haupttresor der Bank für Bargeld und die Geldboxen der Kassierer. Im Tatortbericht steht, daß beide Tresore fast baugleich sind. Der Schließfachtresor ist zwar größer, aber die Panzerung am Boden ist dieselbe. Man sollte glauben, Meadows und seine Komplizen hätten sich ebensogut zum Haupttresor durchgraben, reinklettern, alles einpacken und wieder verschwinden können. Kein Grund, das Risiko einzugehen, ein ganzes Wochenende da drinnen zu verbringen. Und kein Grund, die Schließfächer aufzubrechen.«

»Vielleicht wußten sie nicht, daß sie baugleich waren. Vielleicht haben sie angenommen, der Haupttresor wäre schwieriger.«

»Aber wir gehen davon aus, daß sie über die Konstruktion des Schließfachtresors Bescheid wußten, bevor sie anfingen. Warum wußten sie nichts von dem anderen Tresor?«

»Sie konnten sich den Haupttresor nicht ansehen. Er ist für den Publikumsverkehr nicht zugänglich. Aber wir glauben, daß einer von ihnen ein Fach im Schließfachtresor gemietet und sich den Raum angesehen hat. Natürlich unter falschem Namen. Verstehen Sie, die Täter konnten sich den einen Tresor ansehen, aber nicht den anderen. Deswegen vielleicht.«

Bosch nickte und sagte: »Wieviel war im Haupttresor?«

»Kann ich so nicht sagen. Das müßte in den Berichten stehen, die ich Ihnen gegeben habe. Falls nicht, steht es in den anderen Akten im Büro.«

»Aber doch mehr? Oder? Es war mehr Bargeld im Haupttresor als die zwei oder drei Millionen an Wertgegenständen, die sie aus den Fächern geholt haben.«

»Ich schätze, das könnte stimmen.«

»Verstehen Sie, was ich sagen will? Wenn sie sich den Haupttresor vorgenommen hätten, wäre ihnen das Zeug überall stapelweise und säckeweise in die Hände gefallen. Hätte nur noch eingepackt werden müssen. Das wäre einfacher gewesen. Wahrscheinlich hätte es mehr Geld bei weniger Aufwand bedeutet.«

»Aber, Harry, das können wir jetzt im nachhinein sagen. Wer weiß, was sie wußten, als sie reingegangen sind? Vielleicht dachten sie, in den Schließfächern wäre mehr. Sie sind das Risiko eingegangen und haben verloren.«

»Oder vielleicht gewonnen.«

Sie sah ihn an.

»Vielleicht war da irgendwas in den Fächern, von dem wir gar nichts wissen. Was niemand als gestohlen gemeldet hat. Irgendwas, wodurch der Schließfachtresor zu einem lohnenderen Objekt wurde. Lohnender als der Haupttresor.«

»Falls Sie an Drogen denken, lautet die Antwort nein. Das haben wir bedacht. Das Drogendezernat war mit einem von den Hunden da, und wir sind die aufgebrochenen Fächer durchgegangen. Nichts. Keine Spur von Drogen. Dann hat er an den Fächern rumgeschnüffelt, zu denen die Diebe nicht mehr gekommen waren, und wurde fündig. In einem der kleineren Fächer.«

Sie lachte kurz auf und sagte: »Also haben wir diese Box aufgebohrt. Der Hund hat völlig verrückt gespielt und in einer Tüte fünf Gramm Koks gefunden. Der arme Kerl, der sein Koks in der Bank gebunkert hatte, wurde erwischt, nur weil zufällig jemand einen Tunnel in eben diesen Tresor gegraben hat.«

Wieder lachte Wish, aber auf Bosch wirkte es etwas gezwungen. So komisch war die Geschichte nicht. »Jedenfalls«, sagte sie, »das Verfahren gegen den Mann wurde von einem stellvertretenden Bundesstaatsanwalt gekippt, weil er sagte, die Durchsuchung sei unrechtmäßig gewesen. Wir hätten die Rechte des Mannes verletzt, als wir sein Fach ohne Durchsuchungsbefehl aufbohrten.«

Bosch bog vom Freeway in den Ort Ventura ab und fuhr Richtung Norden. »Mir gefällt die Idee mit den Drogen immer noch. Auch mit dem Hund«, sagte er nach einer Viertelstunde Schweigen. »Die sind nicht unfehlbar, diese Hunde. Wenn das Zeug da drinnen richtig gepackt war und die Diebe es gefunden haben, gab es vielleicht gar keine Spur. Zwei von diesen Fächern voll Koks, und langsam wird die Sache den Aufwand wert.«

»Ihre nächste Frage betrifft die Kundenlisten, stimmt's?« sagte sie.

»Stimmt.«

»Tja, daran haben wir lange gearbeitet. Wir haben alle überprüft, sogar Ankäufe von Gegenständen nachvollzogen, die angeblich in den Fächern gewesen waren. Die Leute, die den Einbruch verübt haben, konnten wir zwar nicht finden, aber den Versicherungsgesellschaften haben wir erspart, gut zwei Millionen für Dinge zu zahlen, die gar nicht existierten.«

Er fuhr auf eine Tankstelle, um eine Straßenkarte unter dem Sitz hervorzuziehen und den Weg zur Charlie Company herauszusuchen. Sie hörte nicht auf, die Ermittlungen des FBI zu verteidigen.

»Das Drogendezernat hat sich jeden Namen auf der Liste der Schließfachinhaber angesehen und nur Nieten gezogen. Wir haben die Namen durch den NCIC laufen lassen. Es gab ein paar Treffer, aber nichts Ernstes, meistens alte Geschichten.« Wieder stieß sie ein kurzes, gekünsteltes Lachen hervor. »Der Inhaber eines der größeren Fächer hatte eine Verurteilung wegen Kinderpornos in den Siebzigern. Hat zwei Jahre in Soledad abgesessen. Jedenfalls wurde er nach dem Bankraub befragt, und er gab an, es sei nichts entwendet worden, weil seine Box vor kurzem geleert worden sei. Aber man sagt, diese Pädophilen können sich von ihrem Zeugs, diesen Fotos und Filmen nicht trennen, nicht mal von den Briefen, in denen von Kindern die Rede ist. Und in der Bank gab es keine Hinweise darauf, daß er in den zwei Monaten vor dem Raub in der Bank gewesen war. Also dachten wir uns, daß er in dem Fach wohl seine Sammlung aufbewahrt. Aber egal, es hatte nichts mit dem Raub zu tun. Wie alles andere, was wir rausgefunden haben.«

Bosch fand den Weg auf der Karte und fuhr von der Tankstelle. Die Charlie Company lag in einem Waldgebiet. Er dachte über die Geschichte mit dem Pädophilen nach. Irgendwas daran störte ihn. Er drehte und wendete sie in seinem Kopf, kam aber nicht drauf. Er gab es auf und ging zu einer anderen Frage über.

»Wieso wurde nie irgendwas gefunden? Da sind all die Juwelen und Pfandbriefe und Aktien, aber außer einem einzigen Armband taucht nichts davon jemals wieder auf. Nicht mal was von dem wertlosen Zeug, das sie mitgenommen haben.«

»Sie halten es immer noch zurück, bis sie glauben, daß sie

in Sicherheit sind«, sagte Wish. »Deshalb wurde Meadows ermordet. Er ist aus der Reihe getanzt und hat das Armband versetzt, bevor er es durfte. Vielleicht vor dem Termin, auf den sie sich geeinigt hatten. Sie haben rausgefunden, daß er es verkauft hatte. Er wollte nicht sagen, wo, also haben sie ihn unter Strom gesetzt, bis er es ihnen verraten hat. Dann haben sie ihn ermordet.«

»Und rein zufällig werde ich gerufen.«

»So was passiert.«

»Es gibt da etwas an dieser Geschichte, das nicht funktioniert«, sagte Bosch. »Wir gehen davon aus, daß Meadows gegrillt, gefoltert wird, richtig? Er sagt ihnen, was sie wissen wollen, sie schießen ihm eine volle Ladung in den Arm und gehen in die Pfandleihe, um das Armband zu holen, okay?«

»Okay.«

»Aber sehen Sie, das funktioniert so nicht. Der Pfandschein ist bei mir. Er war versteckt. Den hat er ihnen also nicht gegeben, und sie mußten in den Laden einbrechen, das Armband klauen und die Sache verschleiern, indem sie einen Haufen anderes Zeug mitnehmen. Wenn er ihnen den Pfandschein also nicht gegeben hat, woher wußten sie dann, wo das Armband war?«

»Er hat es ihnen gesagt, nehme ich an«, sagte Wish.

»Das glaube ich nicht. Ich verstehe nicht, wieso er das eine preisgeben sollte, das andere aber nicht. Es hatte für ihn keinen Vorteil, den Schein zurückzuhalten. Wenn sie den Namen des Ladens aus ihm herausbekommen hätten, wäre ihnen damit auch der Schein in die Hände gefallen.«

»Sie wollen also sagen, er ist gestorben, bevor er ihnen irgendwas verraten hat. Aber sie wußten, daß er das Armband versetzt hatte.«

»Genau. Sie haben ihn bearbeitet, um an den Schein zu kommen, aber er war stur, wollte ihn nicht hergeben. Sie bringen ihn um. Dann laden sie die Leiche ab und filzen seine Wohnung. Aber immer noch finden sie keinen Abschnitt. Also fallen sie wie drittklassige Einbrecher über die Pfandleihe her. Die Frage ist: Wenn Meadows ihnen nicht gesagt hat, wo er das Armband versetzt hatte, und sie den Abschnitt nicht gefunden haben, woher wußten sie, wo es war?«

»Harry, das sind Spekulationen auf der Basis von Spekulationen.«

»So machen Cops das.«

»Na, ich weiß nicht. Es könnte so einiges dafür in Frage kommen. Sie könnten Meadows einen Schatten angehängt haben, weil sie ihm nicht trauten, und der hat gesehen, wie er in die Pfandleihe ging. Es könnte so manches gewesen sein.«

»Könnte sein, daß sie jemanden hatten, sagen wir, einen Cop, der das Armband in der monatlichen Pfandhausliste gesehen hat, und sie es auf dem Wege erfahren haben. Die Zettel gehen an jede Polizeidienststelle im County.«

»Ich glaube, solche Spekulationen sind äußerst gewagt.«

Sie waren da. Bosch hielt den Wagen an einer Kieseinfahrt unter einem Holzschild mit grünem Adler und den Worten Charlie Company. Das Tor stand offen, und sie fuhren einen Kiesweg hinunter, an dessen Seiten schlammige Bewässerungskanäle verliefen. Die Straße durchschnitt das Ackerland, Tomaten auf der rechten Seite und etwas, das wie Paprika roch, auf der linken. Geradeaus standen eine große Scheune mit Aluminiumwänden und ein langgestreckter Bungalow. Dahinter sah Bosch einen kleinen Hain aus Avocadobäumen. Sie fuhren auf einen kreisförmigen Parkplatz vor der Ranch, und Bosch stellte den Motor ab.

Ein Mann mit einer weißen Schürze, so akkurat sauber wie sein blankrasierter Schädel, erschien hinter dem Fliegengitter der Haustür.

»Ist Mr. Scales da?« fragte Bosch.

»Colonel Scales, meinen Sie? Nein, ist er nicht. Aber es ist bald Zeit zum Essenfassen. Dann kommt er vom Feld.«

Der Mann lud sie nicht ein, aus der Sonne nach drinnen ins Kühle zu kommen, und so liefen Bosch und Wish wieder zurück und setzten sich in den Wagen. Ein paar Minuten später kam ein staubiger, weißer Pick-up heran. Ein Adler in einem großen C war auf der Fahrertür zu sehen. Drei Männer stiegen aus und sechs weitere kletterten von der Ladefläche. Eilig steuerten sie das Haus an. Altersmäßig lagen sie zwischen Ende Dreißig und Ende Vierzig. Sie trugen olivgrüne Hosen und schweißnasse, weiße T-Shirts. Keiner von ihnen hatte ein Halstuch oder eine Sonnenbrille oder die Ärmel aufgekrempelt. Bei keinem war das Haar länger als einen halben Zentimeter. Die weißen Männer waren braungebrannt wie gebeiztes Holz. Der Fahrer trug dieselbe Uniform, war aber mindestens zehn Jahre älter als der Rest. Er blieb stehen und ließ die anderen hineingehen. Während er herüberkam, schätzte Bosch ihn auf Anfang Sechzig, wenn auch fast noch so kräftig gebaut, als wäre er zwanzig. Sein Haar, oder was auf dem schimmernden Schädel davon noch übrig war, war weiß, seine Haut wirkte wie eine Walnuß. Er trug Arbeitshandschuhe.

»Kann ich helfen?« fragte er.

»Colonel Scales?« sagte Bosch.

»Stimmt genau. Sie sind von der Polizei?«

Bosch nickte und stellte sich und Wish vor. Scales wirkte nicht sonderlich beeindruckt, auch nicht, als er vom FBI hörte.

»Erinnern Sie sich, daß das FBI Sie vor sieben, acht Monaten um Informationen über einen gewissen William Meadows gebeten hat, der hier bei Ihnen war?« fragte Wish.

»Sicher tu' ich das. Ich erinnere mich an jedes Mal, wenn einer von Ihnen anruft oder herkommt, um mich nach einem von meinen Jungs auszufragen. Es paßt mir nicht, also merk' ich es mir. Sie wollen noch mehr Informationen über Billy? Hat er Probleme?«

»Nicht mehr«, sagte Bosch.

»Was soll das denn heißen?« sagte Scales. »Hört sich an, als wollten Sie sagen, er wäre tot.«

»Sie wußten es nicht?« sagte Bosch.

»Natürlich nicht. Erzählen Sir mir, was passiert ist.«

Bosch meinte, erst ehrliche Überraschung und dann so etwas wie Trauer auf Scales' Gesicht zu sehen. Die schlechte Nachricht hatte ihm weh getan.

»Er wurde vor drei Tagen in L.A. gefunden. Mord. Wir glauben, die Tat steht im Zusammenhang mit einem Verbrechen, das letztes Jahr verübt wurde. Möglicherweise haben Sie beim letzten FBI-Kontakt davon gehört.«

»Die Tunnelsache? In dieser Bank in L.A.?« fragte er. »Ich weiß nur das, was das FBI mir gesagt hat. Mehr nicht.«

»Mehr muß auch nicht sein«, sagte Wish. »Was wir von Ihnen brauchen, sind vollständige Informationen darüber, mit wem Meadows bei Ihnen zusammen war. Wir waren zwar schon mal hier, aber wir checken alles noch mal durch, suchen nach allem, was weiterhelfen könnte. Würden Sie mit uns zusammenarbeiten?«

»Ich arbeite doch immer mit Ihnen zusammen. Es paßt mir nur nicht, weil ich glaube, daß Sie sich die Hälfte der Zeit kurzschließen. Die meisten meiner Jungs handeln sich keinen Ärger mehr ein, wenn sie hier entlassen werden. Wir erreichen gute Resultate. Falls Meadows getan hat, was Sie sagen, ist er eine Ausnahme.«

»Darüber sind wir uns im klaren«, sagte sie. »Und das alles wird streng vertraulich behandelt.«

»Also schön, kommen Sie in mein Büro, und Sie können Ihre Fragen stellen.«

Als sie durch die Haustür traten, sah Bosch zwei lange Tische in einem Raum, der wahrscheinlich das ehemalige Wohnzimmer der Ranch war. Etwa zwanzig Männer saßen vor Tellern mit etwas, das aussah wie Hühnchen mit Bergen von Gemüse. Kein einziger sah Eleanor Wish an, weil sie gerade schweigend beim Tischgebet saßen, die Köpfe gesenkt, die Augen geschlossen, die Hände gefaltet. An fast allen Armen sah Bosch Tätowierungen. Als sie mit ihrem Gebet fertig waren, machten sich die Gabeln geschlossen über die Teller her. Da nutzten einige der Männer die Gelegenheit, Eleanor anerkennend zu begutachten. Der Mann mit der Schürze, der vorhin an die Tür gekommen war, stand jetzt im Eingang zur Küche.

»Colonel, essen Sie heute mit den Männern, Sir?« rief er.

Scales nickte und sagte: »Ich bin in ein paar Minuten soweit.«

Sie gingen einen Flur hinunter und durch die erste Tür in ein Büro, das wohl ursprünglich ein Schlafzimmer gewesen war. Ein Schreibtisch mit einer türgroßen Platte ließ kaum Platz für anderes. Scales deutete auf zwei Stühle, die davor standen. Bosch und Wish setzten sich, während er selbst den Polstersessel hinter dem Tisch nahm.

»Also, ich weiß genau, was ich Ihnen dem Gesetz nach sagen muß und worüber ich mich mit Ihnen gar nicht zu unterhalten brauche. Aber ich bin gewillt, mehr als das zu tun, wenn es hilft und wir uns einigen können. Meadows ... ich wußte irgendwie, daß er so endet, wie Sie gesagt haben. Ich habe zu unserem Herrn gebetet, daß er ihn führen möge, aber ich wußte es. Ich werde Ihnen helfen. In einer zivilisierten Welt sollte niemand das Leben eines anderen nehmen. Absolut niemand.«

»Colonel«, begann Bosch, »wir sind Ihnen für Ihre Hilfe sehr dankbar. Sie sollen wissen, daß wir uns sehr wohl darüber im klaren sind, was für eine schwierige Aufgabe Sie hier meistern. Wir wissen, daß Sie den Respekt und die Unterstützung von Landes- und Bundesbehörden genießen. Aber unsere Ermittlungen zu Meadows' Ermordung legen den Schluß nahe, daß er sich mit Männern zusammengetan hat, die dieselben Fertigkeiten hatten wie er und ...«

»Sie wollen sagen, es waren Veteranen«, ging Scales dazwischen. Er stopfte eine Pfeife mit Tabak aus einer Dose auf dem Tisch.

»Möglicherweise. Wir haben sie bisher noch nicht identifiziert, also können wir es nicht mit Sicherheit sagen. Aber wenn das der Fall sein sollte, wäre es möglich, daß die Täter sich hier kennengelernt haben. Ich betone das Wort ›möglich‹. Daher gibt es zwei Dinge, um die ich Sie bitten möchte: einen Blick in Ihre Akten, die Sie noch über Meadows haben, und eine Liste sämtlicher Männer, die während der zehn Monate seines Aufenthalts hier waren.«

Scales stopfte seine Pfeife und schien dem, was gesagt wurde, keine Beachtung zu schenken. Dann sagte er: »Kein Problem, was seine Akten angeht – er ist tot. Was das andere betrifft, sollte ich vielleicht mit meinem Anwalt sprechen, um sicherzugehen, daß ich es darf. Wir haben hier ein gut funktionierendes Programm. Aber unser Gemüse und das Geld vom Staat und von den Bundesbehörden decken nicht die Kosten. Ich nehme meinen Schuhkarton und mache die Runde. Wir sind von den Beiträgen der Gemeinde, von Bürgervereinen und ähnlichen Einrichtungen abhängig. Schlechte Presse würde diese Geldquelle schneller versiegen lassen als der heiße Santa-Ana-Wind es könnte. Helfe ich Ihnen, setze ich alles aufs Spiel. Außerdem riskiere ich, das Vertrauen der Männer zu verlieren, die hierher gekommen sind, um einen neuen Anfang zu machen. Sehen Sie, die meisten der Männer, die mit Meadows hier waren, haben ein neues Leben begonnen. Sie sind keine Kriminellen mehr. Wenn ich ihre Namen an jeden Cop weiterreiche, der hier auftaucht, wirft das kein sonderlich gutes Licht auf mein Programm, oder?«

»Colonel Scales, wir haben keine Zeit, diese Sache Anwälten zu übergeben«, sagte Bosch. »Wir arbeiten an einem Mordfall, Sir. Wir brauchen diese Informationen. Sie wissen, daß wir sie bekommen können, wenn wir zu den staatlichen Vollzugsbehörden gehen, aber die brauchen vielleicht noch länger als Ihr Anwalt. Wir könnten auch mit einer Vorladung zum Ziel kommen, aber wir dachten, gegenseitige Hilfe wäre das beste. Wir wären erheblich motivierter, leise aufzutreten, wenn wir uns Ihrer Kooperation sicher sein könnten.«

Scales rührte sich nicht und schien auch gar nicht zuzuhören. Blauer Dunst stieg wie ein Geist aus seinem Pfeifenkopf auf.

»Ich verstehe«, sagte er schließlich. »Dann suche ich die Akten wohl besser raus, was?« Er stand auf und trat an eine Reihe beigefarbener Aktenschränke hinter seinem Schreibtisch. Er nahm sich eine Schublade mit der Aufschrift M-N-O vor, und nach kurzer Suche zog er einen dünnen Umschlag hervor. Er warf ihn vor Bosch auf den Schreibtisch. »Das da ist die Akte Meadows«, sagte er. »Mal sehen, was wir hier noch so finden können.«

Er stellte sich vor die erste Schublade, die vorn im Kartenschlitz nicht beschriftet war. Er ging die Akten durch, ohne eine herauszuziehen. Dann nahm er eine heraus und setzte sich damit hin.

»Sie können sich diese Akte ansehen, und ich kann Ihnen alles kopieren, was Sie davon haben möchten«, sagte Scales. »Das ist meine Bestandsliste der Leute, die hier durchkommen. Ich kann Ihnen eine Liste sämtlicher Männer zusammenstellen, die Meadows hier kennengelernt haben könnte. Ich nehme an, Sie brauchen Geburtsdaten und Häftlingsnummern?«

»Das wäre eine Hilfe«, sagte Wish.

Es dauerte nur eine Viertelstunde, Meadows' Akte durchzusehen. Er hatte ein Jahr vor seiner Entlassung von TI einen Briefwechsel mit Scales begonnen. Er hatte Rückendeckung von einem Kaplan und einem Anwalt gehabt, der ihn kannte, weil er für den Reinigungsdienst im Aufnahmebüro des Gefängnisses zuständig war. In einem der Briefe hatte Meadows die Tunnel beschrieben, in denen er in Vietnam gewesen war, und wie die Finsternis ihn fasziniert hatte.

»Die meisten anderen hatten Angst, da runterzugehen«, schrieb er. »Ich wollte es. Damals wußte ich nicht, wieso, aber jetzt glaube ich, daß ich meine Grenzen austesten wollte. Aber die Erfüllung, die es mir gab, täuschte. Ich war so hohl wie der Boden, auf dem wir kämpften. Die Erfüllung, die ich jetzt empfinde, kommt aus Jesus Christus und dem Bewußtsein, daß Er bei mir ist. Sollte ich die Chance bekommen, könnte ich unter Seiner Führung diesmal die richtigen Entscheidungen treffen und diese Gitterstäbe ein für alle Mal hinter mir lassen. Ich möchte von hohlem auf heiligen Boden wechseln.«

»Abgeschmackt, aber irgendwie ehrlich, nehme ich an«, sagte Wish.

Scales sah von seinem Schreibtisch auf, während er Namen, Geburtsdaten und Häftlingsnummern auf einem gelben Blatt Papier notierte. »Er war ehrlich«, sagte er mit einer Stimme, die andeutete, daran könne es keinen Zweifel geben. »Als Billy Meadows uns verließ, dachte ich, glaubte ich, er wäre bereit für die Welt und hätte sich von seinen früheren Kontakten zu Drogen und Verbrechen losgesagt. Es wird deutlich, daß er der Versuchung nicht widerstehen konnte. Aber ich bezweifle, daß Sie beide hier finden werden, wonach Sie suchen. Ich gebe Ihnen die Namen, aber sie werden Ihnen nicht helfen.«

»Wir werden sehen«, sagte Bosch. Scales fing wieder an zu schreiben, und Bosch beobachtete ihn. Er war viel zu eingenommen von seinem Glauben und seiner Loyalität, um zu merken, daß man ihn benutzt haben könnte. Bosch war überzeugt davon, daß Scales ein guter Mensch war, wenn auch allzu schnell bereit, seinen Glauben und seine Hoffnungen auf jemand anderen zu projizieren, vielleicht jemanden wie Meadows.

»Colonel, was gibt Ihnen das alles?« fragte Bosch.

Diesmal legte er den Stift beiseite, richtete seine Pfeife zwischen den Zähnen und faltete die Hände auf dem Schreibtisch. »Es geht nicht darum, was es mir gibt. Es geht darum, was es dem Herrn gibt.« Er nahm den Stift wieder auf, aber dann kam ihm ein weiterer Gedanke. »Wissen Sie, diese Jungs waren in vielerlei Hinsicht zerstört, als sie zurückkamen. Ich weiß, es ist eine alte Geschichte, und jeder hat sie schon gehört, hat sie im Kino gesehen. Aber diese Männer müssen damit leben. Tausende sind zurückgekehrt und auf direktem Weg in die Gefängnisse gewandert. Eines Tages habe ich darüber gelesen und mich gefragt, was gewesen wäre, wenn es keinen Krieg gegeben hätte und diese Jungs nie irgendwohin gemußt hätten. Wenn sie in Omaha und Los Angeles geblieben wären, in Jacksonville, New Iberia oder sonstwo. Wären sie trotzdem im Gefängnis gelandet? Wären sie obdachlose, umherirrende Geisteskranke? Drogensüchtige?

Bei den meisten von ihnen möchte ich es bezweifeln. Es war der Krieg, der ihnen das angetan hat, der sie in die falsche Richtung getrieben hat.« Er nahm einen tiefen Zug von seiner kalten Pfeife. »Also versuche ich nur – mit Hilfe der Erde und ein paar Gebetsbüchern – das wieder hineinzutun, was die Erlebnisse in Vietnam ihnen genommen haben. Und das mache ich ziemlich gut. Ich gebe Ihnen also diese Liste, lasse Sie einen Blick in die Akte werfen. Aber zerstören Sie nicht das, was wir hier haben. Sie beide hegen ein natürliches Mißtrauen dem gegenüber, was hier geschieht, und das ist in Ordnung so. Es ist nur verständlich für Leute in Ihrer Position. Aber gehen Sie vorsichtig mit dem um, was hier gut und richtig ist. Detective Bosch, Sie sehen aus, als wären Sie in dem Alter. Waren Sie jemals da drüben?«

Bosch nickte, und Scales sagte: »Dann wissen Sie ja Bescheid.« Er machte sich wieder an seine Liste. Ohne aufzusehen, sagte er: »Sie beide bleiben zum Essen? Das frischeste Gemüse weit und breit.«

Sie lehnten ab und standen auf, nachdem Scales die Liste mit den vierundzwanzig Namen, auf die er gestoßen war, an Bosch weitergereicht hatte. Als Bosch sich umdrehen wollte, zögerte er und sagte: »Colonel, würden Sie mir wohl sagen, was für Fahrzeuge es hier auf der Farm noch gibt? Den Pick-up habe ich schon gesehen.«

»Es macht mir nichts aus, daß Sie fragen, denn wir haben nichts zu verbergen. Wir haben noch zwei solche Pick-ups, zwei John Deeres und einen Wagen mit Vierradantrieb.«

»Was für einen Wagen mit Vierradantrieb?«

»Einen Jeep.«

»Und welche Farbe?«

»Er ist weiß. Was soll das?«

»Ich versuche nur, etwas herauszufinden. Aber ich nehme an, der Jeep hat sicher das Charlie-Company-Siegel auf der Tür, genau wie der Pick-up, stimmt's?«

»Das stimmt. Unsere Fahrzeuge sind gekennzeichnet. Wenn wir nach Ventura fahren, sind wir stolz auf das, was wir erreicht haben. Wir wollen, daß die Leute wissen, woher das Gemüse kommt.«

Bosch sah sich die Namen auf der Liste erst an, als er im Wagen saß. Er kannte keinen davon, aber er merkte, daß Scales hinter acht der vierundzwanzig Namen die Buchstaben PH geschrieben hatte.

»Was bedeutet das?« fragte Wish, als sie sich vorbeugte und ebenfalls in die Liste sah.

»Purple Heart, das Verwundetenabzeichen«, sagte Bosch. »Ein weiterer Hinweis darauf, vorsichtig zu sein, nehme ich an.«

»Was ist mit dem Jeep?« sagte er. »Er hat gesagt, er wäre weiß. Er hat ein Siegel an der Seite.«

»Sie haben gesehen, wie dreckig der Pick-up war. Ein schmutzig weißer Jeep könnte beige gewirkt haben. Falls es der richtige Jeep ist.«

»Das kann ich mir nicht vorstellen. Scales. Er scheint okay zu sein.«

»Vielleicht ist er es auch. Vielleicht sind es die Leute, denen er den Jeep geliehen hat. Ich wollte ihn nicht weiter bedrängen, bis wir mehr wissen.«

Er ließ den Wagen an, und sie fuhren über den Kiesweg zum Tor. Bosch kurbelte sein Fenster herunter. Der Himmel hatte die Farbe ausgewaschener Jeans, und die Luft war klar und sauber und roch nach frischem, grünem Paprika. Nicht mehr lange, dachte Bosch. Jetzt geht es wieder zurück in die stinkende Stadt.

Auf dem Rückweg bog Bosch vom Ventura Freeway ab und fuhr südlich durch den Malibu Canyon zum Pazifik. Es dauerte länger, aber die frische Luft machte süchtig. Er wollte sie so lange wie möglich genießen.

»Ich möchte die Liste der Verdächtigen sehen«, sagte er, nachdem sie sich durch den gewundenen Canyon gequält hatten und die blaßblaue Oberfläche des Meeres zu sehen war. »Dieser Pädophile, den Sie vorhin erwähnt haben. Irgendwas an dieser Geschichte hat mich gestört. Wieso sollten sie seine Kinderporno-Sammlung mitgenommen haben?«

»Harry, kommen Sie, Sie wollen doch wohl nicht andeuten, das wäre der Grund gewesen. Diese Typen graben wochenlang einen Tunnel und sprengen einen Banktresor, um eine Sammlung von Kinderpornos zu stehlen?«

»Natürlich nicht. Aber genau das wirft doch die Frage auf. Wieso haben sie das Zeug mitgenommen?«

»Na, vielleicht wollten sie es einfach haben. Vielleicht war einer pädophil, und dem hat es gefallen. Wer weiß?«

»Oder vielleicht gehörte das alles zu ihrer Tarnung. Alles aus jedem Fach mitzunehmen, das sie aufgebohrt haben, um zu verbergen, daß sie eigentlich hinter einer ganz bestimmten Box her waren. Wissen Sie, als wollte man das Bild verzerren, indem man Dutzende von Fächern aufbrach. Aber die ganze Zeit über hatten sie nur ein einziges Fach im Auge. Dasselbe Prinzip wie bei dem Einbruch in die Pfandleihe: Nimm einen Haufen Schmuck mit, auch wenn du nur ein Armband willst.

Nur wollten sie aus dem Tresor etwas haben, das später niemand als gestohlen melden würde. Irgendwas, das nicht gemeldet werden konnte, weil es den Besitzer in Schwierigkeiten bringen würde. Wie bei dem Pädophilen. Als seine Sachen gestohlen wurden, was konnte er da schon sagen? Hinter so was waren die Tunnelgräber her, nur wertvoller. Irgendwas, das den Schließfachtresor lohnender machte als den Haupttresor.

Irgendwas, das Meadows' Ermordung notwendig machte, als die ganze Sache in Gefahr geriet, weil er das Armband versetzt hatte.«

Sie blieb still. Bosch sah zu ihr hinüber, aber hinter ihrer Sonnenbrille war sie unergründlich.

»Hört sich für mich an, als wollten Sie schon wieder von Drogen anfangen«, sagte sie nach einer Weile. »Und der Hund hat gesagt: keine Drogen. Das Drogendezernat hat auf unserer Kundenliste keine Verbindungen feststellen können.«

»Vielleicht Drogen, vielleicht auch nicht. Aber genau deshalb sollten wir uns diese Schließfachbesitzer ansehen. Ich möchte die Liste selbst sehen. Ich möchte sehen, ob es irgendwo bei mir klingelt. Die Leute, die nichts gestohlen gemeldet haben, mit denen fange ich an.«

»Ich besorge Ihnen die Liste. Wir haben ohnehin nichts anderes laufen.«

»Na ja, wir müssen diese Namen von Scales überprüfen«, sagte Bosch. »Ich dachte mir, wir suchen die Fotos raus und zeigen sie Sharkey.«

»Könnte einen Versuch wert sein. Besser als abzuwarten.«

»Mir ist so, als ob der Junge was weiß. Vielleicht hat er in der Mordnacht ein Gesicht gesehen.«

»Ich habe Rourke wegen der Hypnose ein Memo dagelassen. Er müßte sich heute oder morgen deswegen bei uns melden.«

Sie nahmen den Pacific Coast Highway um die Bay herum. Der Smog war ins Inland geweht, und die Luft war so klar, daß man hinter den Schaumkronen Catalina Island sehen konnte. Sie hielten zum Mittagessen vor Alice's Restaurant, und da es schon spät war, fanden sie einen Tisch am Fenster. Wish bestellte einen Eistee, Bosch nahm ein Bier.

»Als ich klein war, bin ich immer auf diesem Pier gewesen«, erzählte Bosch. »Eine ganze Busladung von uns haben sie hier rausgekarrt. Damals gab es draußen am Ende einen Laden, in dem man Köder kaufen konnte. Ich hab nach Gelbschwänzen gefischt.«

»Kinder vom Jugendamt?«

»Ja. Äh, nein. Damals nannte es sich Amt für Soziale Dienste. Vor einigen Jahren haben sie endlich gemerkt, daß man eine eigene Abteilung für Kinder braucht, also wurde das Jugendamt eingerichtet.«

Sie blickte aus dem Fenster des Restaurants über den Pier. Sie lächelte über seine Erinnerungen, und er fragte, an welche Orte sie sich am besten erinnerte.

»An alle möglichen«, sagte sie. »Mein Vater war beim Militär. Mehr als zwei Jahre habe ich nie an einem Ort verbracht. Daher habe ich kaum Erinnerungen an Orte. Eher an Menschen.«

»Sie und Ihr Bruder standen sich sehr nahe?« sagte Bosch.

»Ja, weil mein Vater viel unterwegs war. Mein Bruder war meistens da. Bis er sich freiwillig gemeldet hat und für immer wegging.«

Salate wurden auf den Tisch gestellt, und sie aßen und plauderten ein wenig. Und irgendwann, nachdem die Kellnerin die Salatteller mitgenommen und bevor sie die Teller mit den Hauptgerichten gebracht hatte, erzählte sie die Geschichte ihres Bruders.

»Jede Woche hat er mir geschrieben, und jede Woche hat er gesagt, er hätte Angst und wollte nach Hause«, sagte sie. »Das war nichts, was er Vater oder Mutter hätte erzählen können. Aber Michael war nicht der Typ dafür. Er hätte nie gehen sollen. Wegen unserem Vater ist er gegangen. Er wollte ihn nicht enttäuschen. Er hatte nicht den Mut, nein zu sagen, aber doch soviel Mut, da rüberzugehen. Es macht keinen Sinn. Haben Sie schon mal etwas so Dummes gehört?«

Bosch antwortete nicht, denn er hatte schon ähnliche Geschichten gehört, inklusive seiner eigenen. Und sie schien an dieser Stelle nicht weitersprechen zu wollen. Entweder wußte sie nicht, was mit ihrem Bruder drüben passiert war, oder sie wollte sich nicht an die Einzelheiten erinnern.

Nach einer Weile sagte sie: »Warum waren Sie da?«

Er wußte, daß die Frage kommen würde, aber er hatte sie noch nie im Leben ehrlich beantworten können, nicht mal sich selbst gegenüber.

»Ich weiß nicht. Ich denke, ich hatte keine Wahl. Das Leben in Institutionen, wie Sie schon gesagt haben. Ich war nicht auf dem College. Kanada kam nie ernstlich in Frage. Ich glaube, es wäre schwieriger gewesen auszuwandern, als sich einfach einziehen zu lassen und nach Vietnam zu gehen. Achtundsechzig hab' ich dann in gewisser Weise in der Einberufungslotterie gewonnen. Meine Nummer war so niedrig, daß ich wußte, man würde mich einziehen. Also dachte ich, ich trickse sie aus, indem ich mich freiwillig melde und mir selbst einen Einberufungsbefehl ausstelle.«

»Und dann?«

Bosch lachte genauso gespielt wie sie vorher. »Ich kam rein, habe die Grundausbildung und die ganze Scheiße mitgemacht, und als es daran ging, sich für etwas zu entscheiden, habe ich mich für die Infanterie entschieden. Ich weiß immer noch nicht, wieso. Sie ziehen einen in diesem Alter, in dem du dich für unbesiegbar hältst. Als ich drüben ankam, habe ich mich freiwillig für eine Tunneleinheit gemeldet. Es war so ähnlich wie in diesem Brief, den Meadows an Scales geschrieben hat. Man will sehen, was man kann. Man tut Dinge, die man nie im Leben verstehen wird. Wissen Sie, was ich meine?«

»Ich glaube schon«, sagte sie. »Was ist mit Meadows? Er hätte gehen können und hat es nie getan, bis zum Ende. Warum sollte jemand bleiben wollen, wenn er nicht muß?«

»Da gab es viele, die so waren«, sagte Bosch. »Ich glaube, es war weder normal noch unnormal. Einige wollten einfach nicht weg. Meadows war einer davon. Es könnte auch eine geschäftliche Entscheidung gewesen sein.«

»Sie meinen Drogen?«

»Na ja, ich weiß, daß er Heroin genommen hat, als er drüben war. Wir wissen, daß er, als er wieder hier ankam, gedrückt und gedealt hat. Also hat er da drüben vielleicht angefangen, es zu verschieben, und wollte kein gut laufendes Geschäft zurücklassen. Eine Menge deutet darauf hin. Er wurde nach Saigon versetzt, als sie ihn aus den Tunneln geholt haben. Saigon wäre der richtige Ort dafür gewesen, besonders mit der Unbedenklichkeitsbescheinigung der Botschaft, die er als MP hatte. Saigon war die Stadt der Laster. Huren, Haschisch, Heroin. Es war ein freier Markt. Eine Menge Leute sind eingestiegen. Heroin hätte ihm gutes Geld gebracht, besonders, wenn er einen Plan hatte, eine Möglichkeit, etwas von dem Zeug hierher zu schaffen.«

Sie schob die Fischreste, die sie nicht essen wollte, mit der Gabel auf dem Teller herum.

»Es ist unfair«, sagte sie. »Er wollte nicht zurück. Andere Jungs wollten nach Hause, hatten aber nie die Chance.«

»Ja, nichts da drüben war fair.«

Bosch drehte sich um und sah aufs Meer hinaus. Vier Surfer in hellen Neoprenanzügen ritten auf den Wellen.

»Und nach dem Krieg sind Sie zu den Cops gegangen.«

»Na ja, ich hab' mich etwas rumgetrieben und bin dann beim Department gelandet. Es machte den Eindruck, als gingen – wie Scales heute sagte – sämtliche Veteranen, die ich kannte, zur Polizei oder ins Gefängnis.«

»Ich weiß nicht, Harry. Sie wirken auf mich vom Typ her eher wie ein Einzelgänger, ein Privatdetektiv. Nicht wie jemand, der Befehle von Männern entgegennehmen muß, vor denen er keinen Respekt hat.«

»Es gibt keine Privatdetektive mehr. Jeder nimmt Befehle entgegen ... Aber über mich steht alles in der Akte. Sie wissen es doch.«

»Nicht alles über einen Menschen läßt sich auf Papier bringen, haben Sie das nicht selbst gesagt?«

Er lächelte, als eine Kellnerin den Tisch abräumte. Er sagte: »Was ist mit Ihnen? Wie sind Sie zum FBI gekommen?«

»Eigentlich ganz einfach. Hauptfach Strafrecht. Nebenfach Buchführung, von der Penn State abgeworben. Gute Bezahlung, gute Sozialleistungen, Frauen gesucht und bevorzugt. Nichts Besonderes.«

»Wieso die Abteilung Bankraub? Ich dachte, am schnellsten käme man mit Terrorismusbekämpfung, Wirtschaftskriminalität, vielleicht auch mit Drogen weiter. Aber doch nicht über die Schwerverbrechen.«

»Die Wirtschaftssachen habe ich fünf Jahre lang gemacht. Ich war auch in D.C., da, wo man sein sollte. Die Sache war, daß es sich nur gut anhörte. Das war alles tödlich, tödlich langweilig.« Sie lächelte und schüttelte den Kopf. »Ich hab' gemerkt, daß ich eigentlich Cop sein wollte. Deshalb habe ich mich verändert. Ich bin zur erstbesten akzeptablen Straßeneinheit gegangen, bei der was frei wurde. L.A. ist die Hauptstadt des Landes für Bankraub. Als hier eine Stelle frei wurde, habe ich meine Sachen gepackt und die Stelle übernommen. Nennen Sie mich ruhig einen Saurier, wenn Sie wollen.«

»Dafür sind Sie zu hübsch.«

Trotz ihres dunklen Teints konnte Bosch sehen, daß die Bemerkung sie in Verlegenheit brachte. Auch ihm war sie unangenehm, denn sie war ihm irgendwie rausgerutscht.

»Tut mir leid«, sagte er.

»Nein. Nein, das war nett. Vielen Dank.«

»Und sind Sie verheiratet, Eleanor?« sagte er und wurde rot, bereute augenblicklich sein mangelndes Feingefühl. Sie lächelte über seine Verlegenheit.

»Ich war es. Aber das ist lange her.«

Bosch nickte. »Sie haben keinen ... was ist mit Rourke? Sie beide machten den Eindruck ...«

»Was? Machen Sie Witze?«

»Tut mir leid.«

Dann lachten sie gemeinsam und ließen darauf ein Lächeln und ein langes, zufriedenes Schweigen folgen.

Nach dem Essen gingen sie auf den Pier hinaus zu der Stelle, an der Bosch früher mit seiner Angel gestanden hatte. Niemand fischte. Einige der Gebäude am Ende des Piers waren verfallen. In der Nähe eines der Pfeiler glitzerte das Wasser wie ein Regenbogen. Außerdem fiel Bosch auf, daß die Surfer nicht mehr da waren. Vielleicht sind die Kids alle in der Schule, dachte Bosch. Oder vielleicht angeln sie hier gar nicht mehr. Vielleicht schafft es kein Fisch mehr so weit in die vergiftete Bay.

»Ich war schon lange nicht mehr hier«, sagte er zu Eleanor. Er lehnte sich auf das Geländer des Piers, die Ellbogen auf dem Holz, das von unzähligen Angelmessern vernarbt war. »Alles ändert sich.«

Es war Nachmittag, als sie wieder im Federal Building waren. Wish schickte die Namen und Häftlingsnummern, die Scales ihnen gegeben hatte, durch die Computer des NCIC und des Justizministeriums und bestellte Lichtbilder per Foto-Fax aus verschiedenen Staatsgefängnissen. Bosch nahm die Liste der Namen, rief im US-Militärarchiv von St. Louis an und fragte nach Jessie St. John, derselben Mitarbeiterin, mit der er schon am Montag telefoniert hatte. Sie sagte, die Akte William Meadows, um die Bosch gebeten hatte, sei schon auf dem Weg. Bosch erzählte ihr nicht, daß er die FBI-Kopie davon längst gesehen hatte. Statt dessen überredete er sie dazu, die neuen Namen im Computer aufzurufen und ihm die Hauptpunkte in der Militärlaufbahn jedes einzelnen zu nennen. Es würde sie bis nach Ende ihrer Schicht um fünf Uhr St. Louis-Zeit beschäftigen, aber sie sagte, sie wolle ihm helfen.

Um fünf Uhr L.A.-Zeit hielten Bosch und Wish vierundzwanzig Fotos und Kurzbeschreibungen der Verbrechens- und Militärlaufbahnen der Männer in Händen. Nichts davon schien ihnen auffällig. Fünfzehn der Männer hatten in Vietnam gedient, als Meadows dort gewesen war. Elf davon hatten der US-Army angehört. Keiner war bei den Tunnelratten gewesen, wenn auch vier zusammen mit Meadows während seiner ersten Dienstzeit bei der Ersten Infantriedivision gedient hatten. Es gab noch zwei andere, die in Saigon bei der Militärpolizei gewesen waren.

Sie konzentrierten sich auf die NCIC-Register der sechs Soldaten, die der Ersten Division oder der Militärpolizei angehört hatten. Nur die Militärpolizisten besaßen Vorstrafen wegen Bankraubs. Bosch blätterte die Fotos durch und zog zwei davon heraus. Er starrte die Gesichter an, erwartete fast, eine Bestätigung von den verstockten, desinteressierten Blikken zu bekommen, mit denen sie in die Kamera schauten. »Die beiden gefallen mir«, sagte er.

Ihre Namen waren Art Franklin und Gene Delgado. Beide besaßen Adressen in Los Angeles. In Vietnam hatten sie ihre Dienstzeiten bei verschiedenen Einheiten der MP in Saigon abgedient. Nicht in der Botschaftseinheit, der Meadows angehört hatte. Aber trotzdem, sie waren in der Stadt gewesen. Beide waren 1973 entlassen worden. Aber wie Meadows blieben sie als zivile Militärberater in Vietnam. Bis zum Ende. Für Bosch war es keine Frage. Alle drei Männer – Meadows, Franklin und Delgado – hatten sich gekannt, bevor sie in der Charlie Company im Ventura County zusammentrafen.

In den Staaten wurde Franklin nach 1975 bei einer Reihe von Raubüberfällen gefaßt und saß fünf Jahre ein. 1984 wurde er bei einem Bankraub, ein Bundesverbrechen, in Oakland gefaßt und war zur selben Zeit wie Meadows auf TI. Zur Bewährung wurde er der Charlie Company überstellt, zwei Monate, bevor Meadows das Programm abschließen sollte. Delgado hatte ausschließlich gegen kalifornische Gesetze verstoßen. Drei Verurteilungen wegen Einbrüchen in L.A., für die er in Staatsgefängnissen einsaß, dann ein versuchter Bankraub in Santa Ana 1985. Nach Zustimmung der Bundesanwälte konnte sein Fall vor einem kalifornischen Gericht verhandelt werden. Er kam nach Soledad, wurde 1988 entlassen und traf drei Monate vor Meadows in der Charlie Company ein. Er verließ Charlie Company einen Tag, nachdem Franklin eingetroffen war.

»Einen Tag«, sagte Wish. »Es bedeutet, daß die drei nur einen Tag zusammen in der Charlie Company waren.«

Bosch sah sich ihre Fotos und die dazugehörigen Beschreibungen an. Franklin war der größere von beiden. Einsachtzig, hundertneunzig Pfund, dunkles Haar. Delgado war schlank, einsdreiundsiebzig und hundertvierzig Pfund. Ebenfalls dunkles Haar. Bosch starrte die Fotos von dem großen und dem kleinen Mann an und dachte an die Beschreibungen der Männer, die Meadows' Leiche mit dem Jeep abgeladen hatten.

»Besuchen wir Sharkey«, sagte er nach einer Weile.

Er rief im Home Street Home an und erfuhr, was er sich schon gedacht hatte: Sharkey war weg. Bosch versuchte es im

Blue Chateau, und eine müde, alte Stimme erklärte ihm, daß Sharkeys Clique gegen Mittag ausgezogen sei. Sharkeys Mutter legte auf, als sie merkte, daß Bosch kein Kunde war. Es war fast sieben. Bosch erklärte Wish, sie würden wohl wieder auf die Straße müssen, um ihn zu finden. Sie sagte, sie wolle fahren. Die folgenden zwei Stunden verbrachten sie in West Hollywood, hauptsächlich auf dem Santa Monica Boulevard. Aber von Sharkey war nichts zu sehen, und auch sein Motorrad stand nirgendwo an eine Parkuhr gekettet. Sie winkten ein paar Streifenwagen vom Sheriff's Department heran und erklärten den Beamten, wen sie suchten, aber auch die zusätzlichen Augen halfen nichts. Sie parkten am Straßenrand vor dem Oki Dog, und Bosch überlegte, ob der Junge vielleicht wieder bei seiner Mutter war und sie aufgelegt hatte, um ihn zu schützen.

»Hätten Sie Lust auf einen Ausflug nach Chatsworth?« fragte er.

»So sehr ich diese Hexe von einer Mutter sehen möchte, hatte ich eigentlich eher daran gedacht, für heute Feierabend zu machen. Sharkey können wir auch morgen noch suchen. Wie wär's mit dem Abendessen, das wir gestern abend nicht haben konnten?«

Bosch wollte Sharkey, aber ebensosehr wollte er sie. Sie hatte recht, es gab immer einen nächsten Tag.

»Hört sich gut an«, sagte er. »Wohin möchten Sie gern?«

»Zu mir.«

Eleanor Wish wohnte in einem Mietshaus, zwei Blocks vom Strand in Santa Monica entfernt. Sie parkten am Gehweg vor der Tür, und als sie hineingingen, erzählte sie Bosch, daß sie, obwohl sie so nah am Meer wohnte, sich auf dem Balkon vorbeugen und rechts den Ocean Park Boulevard hinunter schauen mußte, um es zu sehen. Dann konnte sie zwischen zwei Wohntürmen, die dort am Ufer aufragten, wenigstens ein

Stückchen Pazifik erspähen. Aus diesem Winkel, sagte sie, könne sie außerdem in das Schlafzimmer ihres Nachbarn sehen. Der Nachbar war ein ehemaliger Schauspieler, der sich inzwischen als kleiner Drogendealer betätigte und durch dessen Schlafzimmer eine nie enden wollende Prozession von Frauen führte. Es lenkte irgendwie von der Aussicht ab, sagte sie. Sie bot Bosch an, sich ins Wohnzimmer zu setzen, während sie das Essen vorbereitete. »Falls Sie Jazz mögen, liegt da drüben eine CD, die ich neu habe. Ich hatte noch keine Zeit, sie zu hören«, sagte sie.

Er trat an die Stereoanlage, die sich auf Borden neben einem Bücherschrank stapelte, und nahm die neue Platte in die Hand. Es war Rollins' *Falling in Love with Jazz,* und innerlich lächelte Bosch, denn die hatte er selbst. Es war eine angenehme Gemeinsamkeit. Er öffnete die Hülle, legte die Platte auf und fing an, sich im Wohnzimmer umzusehen. Es gab pastellfarbene Läufer und helle Bezüge auf den Möbeln. Bücher über Architektur und Einrichtungsmagazine lagen ausgebreitet auf einem Glastisch vor einer hellblauen Couch. Die Wohnung war sehr gepflegt. Auf eine gerahmte Leinwand neben der Eingangstür waren die Worte »Willkommen in diesem Haus« gestickt. Mit kleinen Buchstaben stand in der Ecke EDS 1970, und Bosch überlegte, was der letzte Buchstabe heißen mochte.

Er fand eine weitere Seelenverwandtschaft mit Eleanor Wish, als er sich umdrehte und die Wand über der Couch betrachtete. In schwarzes Holz gerahmt, hing dort ein Druck von Edward Hoppers *Nighthawks.* Bosch hatte selbst keinen Druck davon zu Hause, aber er kannte das Bild und dachte sogar von Zeit zu Zeit daran, wenn er in einen Fall oder eine Observation vertieft war. Er hatte das Original einmal in Chicago gesehen und fast eine Stunde davor gestanden und es betrachtet. Ein stiller, schattenhafter Mann sitzt am Tresen in einem Diner an einer Straßenecke. Er blickt zu einem anderen

Kunden hinüber, der ihm selbst ganz ähnlich ist, nur befindet sich der zweite Mann in Begleitung einer Frau. Irgendwie fand sich Bosch darin wieder, identifizierte sich mit dem ersten Mann. Ich bin der Einzelgänger, dachte er. Ich bin der Nachtschwärmer, der Falke. Der Druck paßte mit seinen kräftigen, dunklen Farbtönen nicht in dieses Apartment, fand Bosch. Die Düsternis harmonierte nicht mit den Pastellfarben. Weshalb hatte Eleanor es hier hängen? Was bedeutete es für sie?

Er betrachtete den Rest des Zimmers. Es gab keinen Fernseher, nur eine Musikanlage, Magazine auf dem Tisch und Bücher im Schrank gegenüber der Couch. Er ging hinüber, sah durch die Glasscheiben und betrachtete ihre Sammlung. Auf den oberen beiden Borden standen größtenteils anspruchsvolle »Bücher des Monats« und Kriminalromane von Autoren wie Crumley, Willeford und anderen. Ein paar davon hatte er gelesen. Er zog ein Buch mit dem Titel *Verschlossene Türen* heraus. Er hatte davon gehört, es aber nie irgendwo im Laden gesehen. Er schlug es auf, um nachzusehen, wie alt es war, und löste damit gleichzeitig das Rätsel des letzten Buchstabens auf der Stickerei. Mit Tinte geschrieben stand auf der ersten Seite: Eleanor D. Scarletti – 1979. Offenbar hatte sie nach der Scheidung den Namen ihres Mannes behalten. Er stellte das Buch zurück und schloß den Schrank.

Die Bücher auf den unteren beiden Regalen reichten von True-Crime-Titeln über historische Betrachtungen des Vietnamkrieges bis hin zu FBI-Handbüchern. Sogar ein Lehrbuch des LAPD zur Ermittlungsarbeit in Mordfällen war dabei. Viele dieser Bücher hatte Bosch gelesen. In einem davon war sogar von ihm die Rede. Es war ein Buch, das der *Times*-Reporter Bremmer über den sogenannten »Beauty-Shop-Schlächter« geschrieben hatte. Der Schlächter hieß Harvard Kendal und hatte in einem Jahr sieben Frauen im San Fernando Valley ermordet. Sie alle hatten Schönheitssalons besessen oder waren dort angestellt gewesen. Er sah sich die Läden an, folgte seinen Opfern nach Hause und ermordete sie, indem er ihnen die Kehle mit einer geschärften Nagelfeile durchschnitt. Bosch und sein damaliger Partner waren durch ein Autokennzeichen, das Opfer Nummer Sieben am Abend vor seiner Ermordung auf einen Block im Schönheitssalon notiert hatte, auf Kendal gestoßen. Sie fanden nie heraus, wieso sie die Nummer notiert hatte, aber die Detectives vermuteten, daß sie gesehen haben mußte, wie Kendal den Laden von seinem Lieferwagen aus beobachtete. Sie schrieb das Kennzeichen als Vorsichtsmaßnahme auf, war dann aber so unvorsichtig, allein nach Hause zu gehen. Über das Kennzeichen kamen Bosch und sein Partner auf Kendal und fanden heraus, daß er in den sechziger Jahren wegen einer Reihe von Brandstiftungen in Schönheitssalons bei Oakland fünf Jahre in Folsom gesessen hatte. Später fanden sie heraus, daß seine Mutter als Maniküre in einem Schönheitssalon gearbeitet hatte, als er ein kleiner Junge war. Sie hatte ihre Kunst an Kendals Fingernägeln geübt, und die Psychologen schlossen daraus, daß er dies wohl nie verwunden hatte. Bremmer machte daraus einen Bestseller. Und als Universal einen Film darüber drehte, hatte das Studio Bosch und seinen Partner für die Verwendung ihrer Namen und die fachliche Beratung bezahlt. Die Summe verdoppelte sich, als aus dem Film eine Serie wurde. Sein Partner kündigte und zog nach Ensenada. Bosch blieb, investierte seinen Anteil in das Pfahlhaus auf dem Hügel über dem Studio, das ihm das Geld gegeben hatte. Bosch war diese Symbiose schon immer etwas seltsam vorgekommen.

»Ich hatte das Buch gelesen, bevor Ihr Name überhaupt in dieser Sache aufgetaucht war.«

Eleanor war mit zwei Gläsern Rotwein aus der Küche hereingekommen. Harry lächelte.

»Ich habe nicht die Absicht, Ihnen irgendeinen Vorwurf zu machen«, sagte er. »Außerdem handelt das Buch nicht von mir. Es ist über Kendal. Das Ganze war sowieso reine Glückssache. Aber immerhin haben sie ein Buch und eine Fernsehserie daraus gemacht. Was das da draußen auch sein mag, es riecht gut.«

»Mögen Sie Pasta?«

»Ich mag Spaghetti.«

»Genau die gibt es auch. Ich habe eine große Schüssel Bolognese gemacht. Ich liebe es, lange in der Küche zu stehen und an nichts anderes zu denken. Ich finde, das ist die beste Therapie gegen Streß. Ich muß die Soße nur aufwärmen und ein paar Nudeln kochen.«

Bosch nippte an seinem Wein und sah sich weiter um. Noch immer hatte er sich nicht gesetzt, fühlte sich bei ihr aber ungeheuer wohl. Ein Lächeln fuhr über sein Gesicht. Er deutete auf den Druck von Hopper. »Das gefällt mir. Aber weshalb etwas so Düsteres?«

Sie sah zu dem Druck hinüber und legte die Stirn in Falten, als hätte sie sich noch nie Gedanken darüber gemacht.

»Ich weiß nicht«, sagte sie. »Ich hab' das Bild schon immer gemocht. Irgendwas daran berührt mich. Die Frau ist mit einem Mann da. Das bin also nicht ich. Also denke ich, wenn ich einer davon sein soll, dann der Mann, der vor seinem Kaffee sitzt. Ganz allein. Und irgendwie beobachtet er die beiden anderen.«

»Ich habe es mal in Chicago gesehen«, sagte Bosch. »Das Original. Ich war wegen einer Überstellung da und hatte eine Stunde Zeit, bis ich die Leiche abholen konnte. Also bin ich ins Art Institute gegangen, und da hing es. Die ganze Stunde habe ich damit verbracht, es mir anzusehen. Es hat so etwas an sich ... genau wie Sie sagten. Ich kann mich nicht an den Fall erinnern oder wen ich zurückgebracht habe. Aber ich erinnere mich an das Bild.«

Nachdem sie gegessen hatten, saßen sie am Tisch und redeten fast eine Stunde. Sie erzählte mehr von ihrem Bruder und ihren Schwierigkeiten, über die Wut und den Verlust hinwegzukommen. Achtzehn Jahre später versuchte sie noch immer, damit fertigzuwerden, sagte sie. Bosch antwortete, er selbst versuche nach wie vor, mit vielem fertigzuwerden. Hin und wieder träume er immer noch von den Tunneln, habe allerdings noch öfter mit seiner Schlaflosigkeit zu kämpfen. Er erzählte ihr, wie verwirrt er bei seiner Rückkehr gewesen war, wie schmal der Grat war, die Entscheidung zwischen dem, was er später gemacht hatte, und dem, wo Meadows gelandet war. Es hätte anders kommen können, sagte er, und sie nickte, schien zu wissen, daß es stimmte.

Später erkundigte sie sich nach dem Dollmaker-Fall und seiner Entlassung vom Morddezernat. Es war mehr als bloße Neugier. Er spürte, daß in dem, was er ihr erzählte, für sie große Bedeutung lag. Sie kam zu einer Entscheidung, was ihn anging.

»Ich denke, Sie kennen das Wesentliche«, begann er. »Jemand erwürgte Frauen, meist Prostituierte, dann malte er ihnen die Gesichter an. Dicker, roter Lippenstift, kräftiges Rouge auf den Wangen, breiter, schwarzer Lidstrich. Jedesmal dasselbe. Die Leichen wurden sogar gebadet. Aber wir haben kein Wort davon verlauten lassen, daß es so aussah, als würde er Puppen aus ihnen machen. Irgendein Idiot – ich glaube, dieser Sakai drüben vom Coroner – hat durchsickern lassen, daß der gemeinsame Nenner das Make-up wäre. Dann fing dieses Dollmaker-Zeugs in der Presse an. Ich glaube, Channel 4 kam als erster mit dem Namen. Und dann ging es los. Für mich sah es eher aus wie die Tat eines Beerdigungsunternehmers. Aber die Wahrheit ist, daß wir nicht sonderlich gut vorankamen. Wir hatten erst was gegen den Kerl in der Hand, als die Zahl der Opfer schon zweistellig war.

Nur wenig greifbare Beweise. Die Leichen wurden wahllos abgeladen, überall auf der Westside. Von Faserprüfungen bei zweien der Opfer wußten wir, daß der Kerl wahrscheinlich ein

Toupet oder irgend so ein Haarteil trug, einen falschen Bart oder sonst was. Was die Frauen anging, so ließen sich Zeit und Ort ihrer letzten Freier feststellen. Wir fuhren zu den Stundenhotels, fanden aber nichts. Also dachten wir uns, der Typ sammelt sie mit dem Wagen auf und bringt sie dann woanders hin, vielleicht zu sich nach Hause oder an einen sicheren Ort, wo er sie in Ruhe ermorden kann. Wir fingen an, den Boulevard und andere Straßen zu beobachten, an denen es einen Straßenstrich gibt, und haben bestimmt dreihundert Freier festgesetzt, bis sich was ergab. Eines Morgens ruft eine Nutte namens Dixie McQueen in der Sondereinheit an und sagt, sie sei gerade dem Dollmaker entkommen und ob es eine Belohnung gäbe, wenn sie ihn verraten würde. Na ja, solche Anrufe bekamen wir jede Woche. Ich meine, bei elf ermordeten Frauen kommen die Leute mit Hinweisen an, die überhaupt keine Hinweise sind. Die ganze Stadt war in Panik.«

»Ich erinnere mich«, sagte Wish.

»Aber Dixie war anders. Ich hatte an dem Abend Spätschicht in der Sondereinheit und nahm den Anruf entgegen. Ich bin zu ihr gefahren und hab' mich mit ihr unterhalten. Sie erzählte, daß dieser Freier, den sie auf dem Hollywood Boulevard in der Nähe von Spa Row aufgegabelt hatte, sie zu seiner Garagenwohnung in Silver Lake mitgenommen hatte. Sie erzählte, daß der Kerl sich ausziehen und sie währenddessen auf die Toilette gehen wollte. Sie geht also rein, und während sie das Wasser laufen läßt, sucht sie in dem Schrank unterm Waschbecken herum, wahrscheinlich, um nachzusehen, ob es da irgendwas zu klauen gibt. Aber sie sieht die kleinen Fläschchen und Puderdosen und all die Frauensachen. Sie sieht sich das alles an und macht sich ihren Reim darauf. Einfach so. Bingo. Das muß der Kerl sein. Also packt sie das kalte Grausen, und sie geht raus. Sie kommt aus dem Badezimmer, und der Typ liegt im Bett. Sie nimmt nur noch die Beine in die Hand und verschwindet durch die Haustür.

Das Ding ist, daß wir nicht alles über das Make-up veröffentlicht hatten. Oder, besser gesagt, das Arschloch, das es den Medien gesteckt hat, wollte nicht alles preisgeben. Sehen Sie, wir wußten, daß der Kerl die Sachen seiner Opfer bei sich behalten hat. Sie wurden mit ihren Handtaschen gefunden, die aber keine Kosmetika, Lippenstift, Puderdosen und solche Dinge mehr enthielten. Als mir Dixie also von dem erzählte, was da im Badezimmerschrank stand, hatte sie meine ganze Aufmerksamkeit. Ich wußte, sie war okay.

Und das war der Moment, in dem ich es vermasselt habe. Es war drei Uhr früh, als ich mit Dixie fertig war. Alle anderen aus der Sondereinheit waren nach Hause gegangen, und ich saß da und dachte, dieser Typ könnte sich absetzen, wenn er gemerkt hatte, daß Dixie wußte, wer er war. Also bin ich allein hingefahren. Ich meine, Dixie kam mit, um mir die Garage zu zeigen, aber sie wollte gar nicht aussteigen. Als wir da waren, sah ich ein Licht über der Garage, die hinter einem verfallenen Haus hinter der Hyperion lag. Ich funkte Unterstützung an, und während ich wartete, sah ich den Schatten von dem Kerl hinter den Vorhängen hin- und herlaufen. Irgendwas sagte mir: Der will sich absetzen und das ganze Zeug aus dem Schrank mitnehmen. Und wir hatten keine Beweise für eine Verbindung zwischen ihm und den elf Leichen. Wir brauchten das Zeug aus dem Badezimmerschrank. Die andere Überlegung war: Was ist, wenn er jemanden bei sich hat? Einen Ersatz für Dixie. Also bin ich da rein. Allein. Den Rest kennen Sie.«

Wish sagte: »Sie sind ohne Durchsuchungsbefehl eingedrungen und haben ihn erschossen, als er unter sein Kopfkissen greifen wollte. Später haben Sie dem Untersuchungsteam erklärt, es sei eine Notwehrsituation gewesen. Er hätte genug Zeit gehabt, loszugehen und sich eine andere Prostituierte zu besorgen. Sie haben gesagt, dies hätte Ihnen das Recht gegeben, die Tür ohne Durchsuchungsbefehl aufzubrechen. Sie haben gesagt, Sie hätten geschossen, weil Sie glaubten, der

Verdächtige wollte nach seiner Waffe greifen. Es war ein Schuß aus fünf oder sechs Metern in den oberen Torso, wenn ich mich recht erinnere. Aber der Dollmaker war allein, und unter dem Kopfkissen lag nur sein Haarteil.«

»Nur sein Toupet«, sagte Bosch. Er schüttelte den Kopf, kaputt wie ein Quarterback am Montagmorgen. »Das Untersuchungsteam hat mich entlastet. Über das Haar des Toupets ließen sich Verbindungen zu zwei Leichen herstellen, über das Make-up im Badezimmer Verbindungen zu weiteren acht. Es gab keinen Zweifel. Er war unser Mann. Ich war entlastet, aber dann machten sich die Schmeißfliegen darüber her. Ein Job für Lewis und Clarke. Sie haben Dixie aufgetrieben und sie dazu gebracht, eine Erklärung zu unterschreiben, die besagt, sie hätte mich vorher informiert, daß er sein Haar unter dem Kissen aufbewahrt. Ich weiß nicht, womit sie sie unter Druck gesetzt haben, aber ich kann es mir vorstellen. Das IAD war schon immer scharf auf mich. Sie mögen niemanden, der nicht ein hundertprozentiger Teil der Familie ist. Jedenfalls legten sie plötzlich eine Dienstaufsichtsbeschwerde gegen mich ein. Sie wollten mich feuern und Dixie vor ein Geschworenengericht stellen. Es war, als wäre Blut im Wasser und mittendrin zwei fette, weiße Haie.«

Er hörte auf zu reden, aber Eleanor sprach weiter. »Nur hatten die IAD-Detectives die Lage falsch eingeschätzt, Harry. Sie waren sich nicht darüber im klaren, daß Sie die öffentliche Meinung auf Ihrer Seite hatten. Aus den Zeitungen kannte man Sie als den Cop, der den ›Beauty-Shop-Schlächter‹ und den ›Dollmaker‹ gefaßt hatte. Eine Figur aus einer Fernsehserie. Ohne eine Menge öffentlicher Erkundigungen und Peinlichkeiten für das Department konnte man Sie nicht rauswerfen.«

»Irgend jemand von ganz oben hat der Sache mit dem Geschworenengericht ein Ende gemacht«, sagte Bosch. »Sie kamen überein, sich mit einer Suspendierung und meiner

Versetzung zur Mordkommission in Hollywood zufriedenzugeben.«

Bosch hatte die Finger am Stiel seines leeren Weinglases und drehte das Glas abwesend auf dem Tisch herum.

»Tolle Übereinkunft«, sagte er nach einer Weile. »Und diese beiden IAD-Haie schwimmen immer noch frei rum und lauern auf ihre Gelegenheit.«

Dann saßen sie einen Augenblick lang schweigend da. Er wartete darauf, daß sie die Frage stellte, die ihr auf der Zunge lag. Hatte die Nutte gelogen? Sie sagte nichts, und nach einer Weile sah sie ihn nur an und lächelte. Und er fühlte sich, als hätte er den Test bestanden. Sie fing an, die Teller auf dem Tisch zusammenzustellen. Bosch half ihr in der Küche, und als die Arbeit getan war, standen sie nah beieinander, trockneten ihre Hände am selben Handtuch ab und küßten sich sanft. Dann, als folgten sie denselben geheimen Signalen, preßten sie sich aneinander und küßten sich mit dem Verlangen zweier einsamer Menschen.

»Ich möchte bleiben«, sagte Bosch, als er sich kurz von ihr löste.

»Ich bitte dich zu bleiben«, sagte sie.

Arsons bekiffte Augen glänzten und spiegelten die neonhelle Nacht wider. Er sog fest an seiner Kool und hielt den kostbaren Rauch in der Lunge. Die Zigarette war mit PCP bestrichen. Ein Grinsen breitete sich auf seinem Gesicht aus, als der Rauch zwei Düsenstrahlen gleich aus seinen Nasenlöchern trat. Er sagte: »Ich hab' noch nie gehört, daß man einen Hai als Köder benutzt.«

Er lachte und nahm noch einen tiefen Zug, bevor er die Zigarette an Sharkey weiterreichte, der abwinkte, weil er genug hatte. Dann nahm Mojo sie.

»Ich hab' langsam genug von diesem Scheiß«, sagte Sharkey. »Jetzt ist mal ein anderer dran.«

»Ganz ruhig, Mann, du bist der einzige, der damit durchkommt. Mojo und ich, Mann, wir spielen die Rolle einfach nicht so gut wie du. Außerdem haben wir auch unsere Aufgabe. Du bist nicht groß genug, um diesen Schwuchteln eins überzubraten.«

»Na und wieso gehen wir nicht wieder zum 7-Eleven?« sagte Sharkey. »Gefällt mir nicht, wenn ich nicht weiß, wer es ist. Ich mag das 7-Eleven. Wir suchen uns die Leute aus, nicht umgekehrt.«

»Keine Chance«, meldete sich Mojo. »Wenn wir wieder dahin gehen, wissen wir nicht, ob dieser letzte Typ es dem Sheriff gemeldet hat oder nicht. Wir müssen uns ein bißchen zurückhalten. Wahrscheinlich beobachten sie den Laden von dem Parkplatz aus, auf dem wir waren.«

Sharkey wußte, daß sie recht hatten. Er fand nur, daß es da draußen auf dem Schwulenstrich am Santa Monica zu gefährlich war. Als nächstes, fürchtete er, ist den beiden Kiffern plötzlich nicht mehr danach einzugreifen. Dann wollen sie plötzlich, daß er richtig ran soll, um das Geld zu verdienen. Er würde sich von den beiden trennen müssen.

»Okay«, sagte er und trat vom Bordstein herunter. »Laßt mich nicht sitzen.«

Er lief über die Straße. Arson rief ihm hinterher: »BMW oder besser!«

Als ob man mir das sagen müßte, dachte Sharkey. Er ging einen halben Block zur La Brea und lehnte sich dann an die Tür einer geschlossenen Galerie. Er war immer noch einen halben Block vom Hot Rod's entfernt, einem Pornoladen, in dem man sich für fünfundzwanzig Cents nackte Männer ansehen konnte. Aber er war nah genug, jedem in die Augen zu blicken, der herauskam. Falls diese Augen herübersahen. Er spähte in die andere Richtung und sah den Joint in der Einfahrt glimmen, in der Arson und Mojo auf ihren Motorrädern saßen.

Sharkey stand noch keine zehn Minuten da, als ein Wagen, ein neuer Grand Am, am Straßenrand hielt und die Scheibe heruntерglitt. Sharkey wollte ihn weiterschicken, erinnerte sich an »BMW oder besser«, bis er Gold glänzen sah und näher herantrat. Sein Adrenalinhaushalt bekam einen Kick. Am Handgelenk, das der Fahrer am Lenkrad drapiert hatte, eine Rolex Presidential. Wenn die echt war, wußte Arson, wo man 3000 Dollar dafür bekommen konnte. Einen Riesen für jeden, ganz zu schweigen von dem, was der Typ zu Hause oder in der Brieftasche haben mochte. Sharkey sah sich den Mann an. Er sah aus wie ein Spießer, ein Geschäftsmann. Dunkles Haar, dunkler Anzug, Mitte Vierzig, nicht allzu groß. Vielleicht konnte Sharkey ihn allein schaffen. Der Mann lächelte ihn an und sagte: »Wie geht's denn so?«

»Ganz gut. Was gibt's?«

»Ach, ich weiß nicht. Ich fahr' nur so in der Gegend rum. Kommst du mit?«

»Wohin?«

»Nichts Spezielles. Ich weiß, wohin wir können. Wo wir allein sind.«

»Haben Sie hundert Dollar bei sich?«

»Nein, aber ich hab' fünfzig für Baseball im Dunkeln.«

»Schlagen oder fangen?«

»Ich bin Schlagmann. Und ich hab' auch meinen eigenen Handschuh dabei.«

Sharkey zögerte und warf einen Blick zu der Einfahrt hinüber, wo er die Kool hatte glimmen sehen. Sie war nicht mehr da. Sie schienen sich bereitgemacht zu haben. Er sah wieder die Uhr an.

»Cool«, sagte er und stieg ein.

Der Wagen fuhr in Richtung Westen an der Einfahrt vorbei. Sharkey beherrschte sich, nicht hinzusehen, aber er meinte, das Aufheulen und Knattern ihrer Maschinen zu hören. Sie kamen hinterher.

»Wohin fahren wir?« fragte er.

»Mh, ich kann dich nicht mit nach Hause nehmen, mein Freund. Aber ich weiß, wohin wir fahren können. Niemand wird uns stören.«

»Cool.«

Sie hielten vor der Ampel an der Flores, was Sharkey an den Typen neulich abends erinnerte. Sie waren in der Nähe seiner Wohnung. Arson schien jedesmal fester zuzuschlagen. Sie würden bald damit aufhören müssen, sonst brachten sie noch jemanden um. Er hoffte, der Mann würde die Rolex friedlich hergeben. Man konnte nie sagen, was die beiden tun würden. Voll auf PCP, waren sie zu Kampf und Blutvergießen bereit.

Plötzlich schlingerte der Wagen über die Kreuzung. Sharkey merkte, daß die Ampel noch rot war.

»Was soll das?« fragte er scharf.

»Nichts. Ich hab' bloß keine Lust mehr zu warten.«

Sharkey hielt es für unverdächtig, jetzt nach hinten zu sehen. Er drehte sich um und sah nur zwei Autos hinten an der Kreuzung. Keine Motorräder. Dreckschweine, dachte er. Er spürte, wie seine Kopfhaut feucht wurde und er vor Angst leicht zu zittern begann. Hinter Barney's Beanery bog der Wagen rechts ab und fuhr den Hügel zum Sunset hinauf. Sie fuhren östlich in Richtung Highland, und dann bog der Mann mit der Rolex nach Norden ab.

»Sind wir schon mal zusammen gewesen?« fragte der Mann. »Du kommst mir bekannt vor. Ich weiß nicht, vielleicht haben wir uns mal irgendwo gesehen.«

»Nein, ich hab' noch nie ... Ich glaube kaum.«

»Sieh mich an.«

»Was?« sagte Sharkey, erschrocken über die Frage und den barschen Ton des Mannes. »Wieso?«

»Sieh mich an. Kennst du mich? Hast du mich schon mal gesehen?«

»Was ist das hier? Werbung für Kreditkarten? Ich hab' nein gesagt, Mann.«

Der Typ bog von der Straße auf den östlichen Parkplatz am Hollywood Bowl. Er war menschenleer. Ohne ein weiteres Wort fuhr der Mann zielstrebig zum dunklen, nördlichen Ende hinüber. Sharkey dachte: Wenn das dein verschwiegenes, kleines Versteck ist, dann hast du keine echte Rolex am Arm, Meister.

»Hey, was machen Sie da, Mann?« sagte Sharkey. Er überlegte, wie er sich aus dieser Sache rausziehen konnte. Er war ziemlich sicher, daß sich Arson und Mojo, bekifft wie sie waren, verfahren hatten. Er war mit dem Typen allein, und er wollte die Kurve kratzen.

»Das Stadion ist geschlossen«, sagte Rolex. »Aber ich habe einen Schlüssel für die Umkleidekabinen. Wir gehen nur durch den Tunnel unter dem Cahuenga, und da, wo er wieder rauskommt, gibt es einen kleinen Gang, durch den wir reinkommen können. Da ist heute keiner. Ich arbeite hier. Ich kenn' mich aus.«

Einen Augenblick lang dachte Sharkey daran, den Mann allein zu übernehmen, dann kam er zu dem Schluß, daß er es nicht schaffen würde. Es sei denn, er konnte ihn überrumpeln. Mal sehen. Der Mann stellte den Motor ab und machte seine Tür auf. Sharkey öffnete die Beifahrertür, stieg aus und überblickte die dunkle Weite des leeren Parkplatzes. Er suchte nach den Lichtern der Motorräder, aber die waren nicht zu sehen. Ich schnapp' mir den Kerl drüben auf der anderen Seite, beschloß er. Er wollte es versuchen. Entweder zuschlagen und weglaufen oder einfach nur weglaufen.

Sie gingen auf das Schild zu, auf dem »Fußgängerunterführung« stand. Dort gab es ein Nebengebäude aus Beton mit offenem Zugang und einer Treppe. Als sie die getünchten Stufen hinuntergingen, legte der Mann mit der Rolex seine Hand auf Sharkeys Schulter und krallte sie väterlich in seinen

Nacken. Sharkey konnte das kalte Metall des Uhrenarmbands spüren.

Der Mann sagte: »Bist du sicher, daß wir uns nicht kennen, Sharkey? Vielleicht haben wir uns doch schon mal gesehen?«

»Nein, Mann, ich sag' es Ihnen doch. Mit Ihnen war ich noch nicht los.«

Sie hatten den Tunnel halb hinter sich, als Sharkey bewußt wurde, daß er dem Mann seinen Namen gar nicht gesagt hatte.

Fünfter Teil

Donnerstag, 24. Mai

Für ihn war es lange her. Und in Eleonores Schlafzimmer bewegte sich Harry Bosch unbeholfen wie ein Mann, der schrecklich gehemmt und aus der Übung war. Wie bei den meisten ersten Malen, die er erlebt hatte, war es nicht gut. Sie dirigierte ihn mit den Händen und ihrem Flüstern. Und hinterher war ihm, als müsse er sich entschuldigen, tat es aber nicht. Sie hielten einander in den Armen und dösten etwas, und er hatte den Geruch von ihrem Haar in der Nase. Derselbe Apfelduft, der ihm am Abend vorher in seiner Küche aufgefallen war. Bosch war von ihr ganz hingerissen und wollte am liebsten nichts anderes mehr riechen. Nach einer Weile küßte er sie wach, und sie liebten sich noch einmal. Diesmal brauchte er keine Anweisungen, und sie brauchte auch ihre Hände nicht. Hinterher flüsterte Eleanor: »Glaubst du, man kann auf dieser Welt allein sein und dabei nicht einsam?«

Er antwortete nicht gleich, und sie sagte: »Bist du allein oder bist du einsam, Harry Bosch?«

Darüber dachte er einen Moment nach, während ihre Finger zärtlich die Tätowierung an seiner Schulter nachzeichneten.

»Ich weiß nicht, was ich bin«, flüsterte er schließlich. »Man gewöhnt sich daran, wie die Dinge sind. Und ich bin schon immer allein gewesen. Ich schätze, dann muß ich wohl auch einsam gewesen sein. Bis jetzt.«

Sie lächelten in der Dunkelheit und küßten sich, und bald hörte er an ihrem tiefen Atmen, daß sie schlief. Viel später stieg Bosch aus dem Bett, zog seine Hose an und trat auf den

Balkon, um zu rauchen. Am Ocean Park Boulevard fuhren keine Autos, und er konnte das Rauschen des Meeres hören. Im Apartment nebenan war es dunkel. Überall waren die Lichter aus, nur nicht an den Straßen. Er konnte sehen, daß die Jakarandabäume entlang der Gehwege ihre Blüten verloren. Wie violetter Schnee waren sie auf den Boden und über die Autos am Straßenrand gefallen. Bosch lehnte sich auf das Geländer und blies Rauch in den kühlen Nachtwind.

Als er bei seiner zweiten Zigarette war, hörte er, wie die Tür in seinem Rücken aufglitt, und fühlte ihre Hände um seine Taille, als sie ihn von hinten umarmte.

»Was ist los, Harry?«

»Nichts, ich denke nur nach. Paß lieber auf. Karzinogen-Alarm. Hast du noch nie was vom Risiko des positiven Rauchens gehört?«

»Passiv, Harry, nicht positiv. Worüber denkst du nach? Verbringst du die meisten Nächte so?«

Bosch drehte sich in ihren Armen um und küßte sie auf die Stirn. Sie trug einen kurzen Mantel aus pinkfarbener Seide. Er rieb seinen Daumen in ihrem Nacken auf und ab. »Fast nie ist eine Nacht wie diese. Ich konnte nur nicht schlafen. Ich hab wohl über eine Menge Dinge nachgedacht.«

»Über uns?« Sie küßte sein Kinn.

»Glaube schon.«

»Und?«

Er strich mit der Hand an ihrem Kinn entlang.

»Ich habe mich gefragt, woher du wohl diese kleine Narbe hast.«

»Oh ... die hab' ich, seit ich ein kleines Mädchen war. Mein Bruder und ich sind radgefahren, und ich saß auf dem Lenker. Und wir sind diesen Hügel runtergefahren, der hieß Highland Avenue – damals haben wir in Pennsylvania gewohnt – und er hat die Gewalt über das Rad verloren. Es fing an zu schlingern, und ich hatte solche Angst, weil ich wußte, daß wir hinfallen würden. Und als er vollkommen die Kontrolle verloren hatte und wir schon flogen, schrie er: ›Ellie, dir passiert nichts!‹ Einfach so. Und weil er das geschrien hatte, behielt er auch recht damit. Ich habe mir das Kinn aufgeschlagen, aber kein bißchen geweint. Das fand ich schon immer bemerkenswert ... daß er sich eher um mich Gedanken machte, als sich in so einem Augenblick um sich selbst zu kümmern. Aber so war mein Bruder.«

Bosch nahm seine Hände von ihrem Gesicht. Er sagte: »Außerdem hab' ich daran gedacht, daß das, was zwischen uns passiert ist, schön war.«

»Das finde ich auch, Harry. Schön für zwei Nachteulen. Komm jetzt wieder ins Bett.«

Sie gingen nach drinnen. Bosch verschwand im Badezimmer und putzte sich die Zähne mit dem Finger, dann kroch er unter ihre Decke. Die blauen Ziffern der Digitaluhr auf dem Nachttisch zeigten auf 2:26, und Bosch schloß die Augen.

Als er sie wieder öffnete, zeigte die Uhr auf 3:46, und von irgendwo im Raum hörte er ein entnervendes Zirpen. Er merkte, daß er nicht in seinem eigenen Zimmer sein konnte. Dann fiel ihm ein, daß er bei Eleanor Wish war. Als er sich endlich orientiert hatte, sah er, wie sich ihre schattenhafte Gestalt neben dem Bett bückte und ihre Hände seine Sachen durchwühlten.

»Wo ist er?« sagte sie. »Ich kann ihn nicht finden.«

Bosch griff nach seiner Hose, tastete mit den Händen den Gürtel ab, bis er den Pieper gefunden hatte, und stellte ihn ab, ohne daß er daran hätte herumfummeln müssen. Das hatte er schon viele Male im Dunkeln getan.

»Meine Güte«, sagte sie. »Das war ja scheußlich.«

Bosch schwang seine Beine über die Bettkante, raffte die Decke um seine Taille und setzte sich auf. Er gähnte, und dann warnte er sie, daß er das Licht anmachen wolle. Sie sagte: »Mach ruhig«, und als es anging, traf das Licht ihn wie ein explodierender Diamant zwischen die Augen. Als er wieder klar sehen konnte, stand sie nackt vor ihm, starrte auf die Digitalanzeige des Piepers in seiner Hand. Endlich sah sich auch Bosch die Nummer an, erkannte sie aber nicht. Er wischte mit einer Hand über sein Gesicht und fuhr sich durchs Haar. Auf dem Nachttisch stand ein Telefon, und er zog es auf seinen Schoß. Er wählte die Nummer und tastete dann seine Kleidung nach einer Zigarette ab, die er sich in den Mund steckte, aber nicht anzündete.

Eleanor merkte, daß sie nackt war und lief zu einem Sessel, um ihren Mantel zu holen. Nachdem sie ihn übergezogen hatte, ging sie ins Badezimmer und schloß die Tür. Bosch hörte das Wasser. Am anderen Ende der Leitung wurde noch während des ersten Klingelns abgenommen. Jerry Edgar sagte nicht einmal Hallo, nur: »Harry, wo steckst du?«

»Ich bin nicht zu Hause. Was ist los?«

»Dieser Junge, den du gesucht hast, der von dem 911er-Notruf, den hast du doch gefunden, oder?«

»Ja, aber wir suchen ihn schon wieder.«

»Wer ist ›wir‹ – du und die FBI-Ziege?«

Eleanor kam aus dem Badezimmer und setzte sich neben ihn auf die Bettkante.

»Jerry, weshalb rufst du mich an?« fragte Bosch. Langsam bekam er ein flaues Gefühl im Magen.

»Wie heißt der Junge?«

Bosch war ganz benommen. Seit Monaten hatte er nicht mehr so fest geschlafen, und jetzt wurde er rüde geweckt. Er konnte sich an Sharkeys richtigen Namen nicht erinnern, und Eleanor wollte er nicht fragen, weil Edgar es vielleicht hören könnte und dann wüßte, daß sie zusammen waren. Harry sah Eleanor an, und als sie etwas sagen wollte, legte er einen Finger an die Lippen und schüttelte den Kopf.

»Heißt er Edward Niese?« sagte Edgar in die Stille hinein. »Heißt der Junge so?«

Das flaue Gefühl war verflogen. Bosch spürte, wie sich eine unsichtbare Faust unter seinen Rippen in Herz und Eingeweide grub.

»Stimmt«, sagte er. »So heißt er.«

»Du hast ihm eine deiner Visitenkarten gegeben?«

»Stimmt.«

»Harry, du brauchst ihn nicht mehr zu suchen.«

»Erzähl schon.«

»Komm her und sieh es dir selbst an. Ich bin hier beim Bowl. Sharkey liegt im Fußgängertunnel unter dem Cahuenga. Park auf der Ostseite. Du siehst die Wagen schon.«

Der Ostparkplatz am Hollywood Bowl hätte morgens um halb fünf eigentlich leer sein müssen. Aber als Bosch und Wish die Highland hinauf zum Eingang des Cahuenga Passes fuhren, sahen sie, daß sich am nördlichen Ende des Platzes die üblichen Dienstwagen und Transporter drängten, die auf das gewaltsame oder zumindest unerwartete Ableben eines Menschen hindeuteten. Eine gelbe Tatortabsperrung aus Plastikband beschrieb ein Quadrat, sperrte den Eingang zur Treppe in die Fußgängerunterführung ab. Bosch zeigte seine Marke und nannte seinen Namen einem uniformierten Cop, der auf einem Klemmbrett die Liste der am Tatort anwesenden Beamten führte. Er und Wish schoben sich unter dem Band hindurch und wurden vom lauten Geknatter eines Motors empfangen, das aus dem Schlund des Tunnels hallte. Am Klang erkannte Bosch, daß es sich um einen Generator handelte, der den Saft für die Scheinwerfer am Tatort lieferte. An der obersten Stufe, bevor sie hinabstiegen, drehte er sich zu Eleanor um und sagte: »Möchtest du hier warten? Wir müssen nicht beide da runter.«

»Du meine Güte, ich bin Polizistin«, sagte sie. »Ich hab' schon mal eine Leiche gesehen. Meinst du jetzt, du müßtest mich beschützen, Bosch? Ich will dir was sagen: Soll ich runtergehen, und du bleibst hier?«

Erschrocken über ihren abrupten Stimmungswandel, antwortete Bosch nicht. Er sah sie noch einen Moment an, verblüfft. Er wollte ein paar Stufen vor ihr hinuntergehen, blieb aber stehen, als er sah, wie Edgars mächtige Gestalt aus dem Tunnel kam und die Treppe heraufging. Edgar sah Bosch, und dann sah Bosch, wie er über seine Schulter starrte und Eleanor Wish begutachtete.

»Hey, Harry«, sagte er. »Ist das deine neue Partnerin? Ihr scheint ja schon ganz gut miteinander auszukommen.«

Bosch starrte ihn nur an. Eleanor stand noch immer drei Stufen hinter ihm und hatte die Bemerkung wahrscheinlich gar nicht gehört.

»Tut mir leid, Harry«, sagte Edgar so laut, daß man ihn trotz des Dröhnens aus dem Tunnel verstehen konnte. »Ich bin unmöglich. War eine schlimme Nacht. Du solltest sehen, mit welchem neuen Partner mich dieser nutzlose Sack Ninetyeight Pounds zusammengesteckt hat.«

»Ich dachte, du solltest ...«

»Von wegen. Hör's dir an: Pounds hat mir Porter vom Autodiebstahl gegeben. Der Typ ist ein schwerer Trinker.«

»Ich weiß. Wie hast du ihn für diese Sache überhaupt aus dem Bett gekriegt?«

»Er war nicht im Bett. Ich hab' ihn im Parrot oben in North Hollywood aufgetrieben. Das ist einer von diesen privaten Saufclubs. Porter hat mir die Nummer gegeben, als man uns einander vorgestellt hat, und gesagt, da wäre er fast jeden Abend zu finden. Er hat mir erzählt, er mache da den Sicherheitsdienst. Aber ich hab' das Büro für Außerdienstliche Tätigkeiten im Parker Center angerufen, und die haben nichts in den Akten. Ich weiß, daß er da nur säuft. Er muß praktisch bewußtlos gewesen sein, als ich angerufen habe. Der Barkeeper hat gesagt, der Pieper an seinem Gürtel wäre losgegangen, aber er hätte es nicht mal gehört. Harry, ich glaube, der Kerl hätte mindestens zwei Promille, wenn er pusten müßte.«

Bosch nickte, runzelte höfliche drei Sekunden lang die Stirn und schob dann Jerry Edgars Probleme beiseite. Er merkte, daß Eleanor neben ihm die Treppe herunterkam und stellte sie Edgar vor. Sie gaben sich die Hand, lächelten, und Bosch sagte: »Also, was ist los?«

»Na ja, das hier haben wir bei der Leiche gefunden«, sagte Edgar und hielt eine durchsichtige Plastiktüte hoch. Darin befand sich ein kleiner Stapel Polaroids. Weitere Nacktfotos von Sharkey. Er hatte nicht lange damit gewartet, seine Bestände neu aufzufüllen. Edgar drehte den Beutel um, und da war Boschs Visitenkarte.

»Sieht so aus, als wenn der Junge unten in Boytown auf den Strich gegangen wäre«, sagte Edgar, »aber wenn du ihn schon einmal hochgenommen hast, weißt du das ja. Jedenfalls habe ich die Karte gesehen und mir gedacht, daß er der Junge von dem 911er-Notruf sein könnte. Wenn du runterkommen und ihn dir ansehen möchtest, tu dir keinen Zwang an. Wir haben den Tatort schon aufgenommen, also faß alles an, wenn du möchtest. Allerdings kann man da unten seine eigenen Gedanken nicht verstehen. Irgend jemand ist durchgegangen und hat sämtliche Lampen im Tunnel kaputtgeschlagen. Wir haben noch nicht rausgefunden, ob es der Täter war oder ob die Lichter schon vorher zerbrochen waren.

Jedenfalls mußten wir unser eigenes Licht aufbauen. Und unsere Kabel waren nicht lang genug, um den Generator hier oben aufzustellen. Der schreit da unten wie ein Fünf-PS-Baby.«

Er drehte sich um und wollte wieder in den Tunnel, aber Bosch hielt ihn an der Schulter fest.

»Jed, wie seid ihr gerufen worden?«

»Anonym. Es war keine 911er-Leitung, also gab es kein Tonband und keine Möglichkeit, die Leitung zurückzuverfolgen. Kam direkt am Tresen in Hollywood an. Anrufer war männlich. Das ist alles, was dieser Blödmann, der ihn entgegengenommen hat – einer von diesen dicken Pfadfindern – uns sagen konnte.«

Edgar wandte sich der Unterführung zu. Bosch und Wish folgten ihm. Es handelte sich um einen langen Gang, der eine Rechtskurve beschrieb. Der Boden bestand aus schmutzigem Beton, die Wände waren weiß verputzt und mit einer dicken Schicht Graffiti überzogen. Es geht doch nichts über eine Dosis Großstadtrealität, wenn man aus dem Symphoniekonzert kommt, dachte Bosch. Sah man von dem grellen Licht ab, das den Tatort auf halbem Weg erhellte, lag der Tunnel im Dunkel. Bosch konnte menschliche Umrisse sehen, ausgestreckt und auf dem Rücken liegend. Sharkey. Er konnte Männer sehen, die im Licht herumstanden oder arbeiteten. Bosch strich im Gehen mit den Fingern seiner rechten Hand über die verputzte Wand. Es half ihm, das Gleichgewicht zu halten. Der Tunnel roch alt und modrig. Dazu kam der Gestank von Benzin und Abgasen aus dem Generator. Bosch spürte, wie ihm der Schweiß auf die Stirn trat und sein Hemd feucht wurde. Nach zehn Metern kamen sie am Generator vorbei, und nach etwa weiteren zehn Metern lag Sharkey am Boden des Tunnels im grellen Licht der Scheinwerfer.

Der Kopf des Jungen lehnte in unnatürlichem Winkel an der Wand. Er wirkte kleiner und jünger, als Bosch ihn in Erinnerung hatte. Seine Augen waren halb geöffnet und hatten diesen vertrauten, leeren Blick. Er trug ein schwarzes T-Shirt, auf dem Guns N' Roses stand, und es war blutgetränkt. Die Taschen seiner abgetragenen Jeans waren herausgezogen und leer. Neben ihm stand eine Spraydose mit Farbe in einem Spurensicherungsbeutel. An die Wand über seinem Kopf hatte jemand »RIP Sharkey« gesprüht. Die Farbe war von ungeübter Hand aufgetragen und viel zuviel davon verwendet worden. Schwarze Farbe war in dünnen Streifen an der Wand heruntergelaufen, manches davon in Sharkeys Haar.

Als Edgar über den Lärm des Generators hinweg rief:

»Willst du sie sehen?« wußte Bosch, daß er die Wunde meinte. Da Sharkeys Kopf nach vorn gekippt war, konnte man die Halswunde nicht sehen. Nur das Blut. Bosch schüttelte den Kopf.

Bosch bemerkte die Blutspritzer an der Wand und am Boden, etwa einen Meter von der Wand entfernt. Porter, der Trinker, verglich die Form der Tropfen mit denen auf Spritzerkarten an einem Metallring. Ein Tatortspezialist namens Roberge machte Fotos. Das Blut am Boden bestand aus runden Flecken. Die Spritzer an der Wand waren elliptisch. Man brauchte keine Spritzerkarten, um festzustellen, daß der Junge hier im Tunnel ermordet worden war.

»So, wie es aussieht«, sagte Porter laut zu niemand Speziellem, »ist einer von hinten gekommen, hat ihm die Kehle durchgeschnitten und ihn gegen die Wand da gestoßen.«

»Das ist nur halb richtig, Porter«, sagte Edgar. »Wie soll jemand in so einem Tunnel hinter einem stehen? Da waren welche bei ihm, und die haben ihn umgelegt. Sie haben ihm nicht aufgelauert, Porter.«

Porter steckte die Spritzerkarten in seine Tasche und sagte: »Tut mir leid, Partner.«

Weiter sagte er nichts. Er war fett und erledigt, wie so viele Cops, die länger blieben, als gut für sie war. Porter konnte nach wie vor einen Gürtel Größe 34 tragen, aber ein enormer Wanst quoll wie ein Sonnensegel darüber hervor. Er trug einen sportlichen Tweedmantel mit durchgescheuertem Ellbogen. Sein Gesicht war ausgebrannt und fahl wie eine Mehltortilla, aus der eine große, unförmige und knallrote Nase ragte.

Bosch zündete sich eine Zigarette an und steckte das Streichholz in seine Tasche. Wie ein Fänger beim Baseball hockte er sich neben die Leiche, hob den Beutel mit der Farbdose an und prüfte das Gewicht. Sie war fast voll, und das bestätigte, was er sich schon gedacht, was er befürchtet hatte.

Er selbst hatte Sharkey ermordet. In gewisser Hinsicht zumindest. Bosch hatte ihn aufgespürt und wertvoll – oder potentiell wertvoll – für den Fall gemacht. Irgend jemand konnte das nicht zulassen. Bosch hockte sich hin, die Ellbogen auf den Knien, rauchte und sah sich die Leiche genau an, sorgte dafür, daß er nichts davon vergaß.

Meadows hatte zu dieser Sache gehört ... Eine Kette miteinander verwobener Ereignisse hatte ihn das Leben gekostet. Aber nicht so Sharkey. Er war ein armer Wurm, und sein Tod rettete irgend jemandem das Leben, der es nicht verdient hatte. In dieser Kette war er unschuldig. Und das bedeutete, daß etwas außer Kontrolle geraten war und neue Regeln galten ... für beide Seiten. Bosch deutete mit der Hand auf Sharkeys Hals, und ein Ermittlungsbeamter des Coroners zog die Leiche von der Wand. Bosch stützte sich mit einer Hand am Boden ab, um nicht das Gleichgewicht zu verlieren, und starrte lange den aufgeschnittenen Hals und das Genick an. Kein einziges Detail wollte er übersehen. Sharkeys Kopf fiel nach hinten, legte die klaffende Halswunde frei. Boschs Blick blieb ungerührt.

Als Bosch schließlich von der Leiche aufsah, merkte er, daß Eleanor nicht mehr im Tunnel war. Er stand auf und winkte Edgar, daß er draußen mit ihm reden wolle. Harry hatte keine Lust, den Lärm des Generators zu überschreien. Als sie aus dem Tunnel kamen, sah er, daß Eleanor allein auf der obersten Stufe saß. Sie gingen nach oben, an ihr vorbei, und Harry legte im Vorübergehen seine Hand auf ihre Schulter. Er spürte, wie sie bei seiner Berührung erstarrte.

Als er und sein alter Partner einigermaßen weit vom Lärm entfernt waren, sagte Harry: »Was haben die Techniker gefunden?«

»Rein gar nichts«, sagte Edgar. »Wenn es ein Bandenmord war, ist es der sauberste, den ich je gesehen habe. Kein einziger

Abdruck, nicht mal ein Teil davon. Die Spraydose ist sauber. Keine Waffe. Keine Zeugen.«

»Sharkey hatte eine Clique, mit der er in einem Motel am Boulevard gewohnt hat, aber mit Banden hatte er nichts am Hut«, sagte Bosch. »Es steht auch in den Akten. Er war ein kleiner Gauner. Du weißt schon, die Polaroids, Homosexuelle abzocken, solche Sachen.«

»Du willst damit sagen, er steht in der Gang-Datei, ohne daß er in einer Gang war?«

»Genau.«

Edgar nickte und sagte: »Er könnte trotzdem von jemandem umgelegt worden sein, der ihn für ein Bandenmitglied hielt.«

Wish kam zu ihnen herüber, sagte aber nichts.

»Du weißt, daß es kein Bandenmord ist«, sagte Bosch.

»Tu ich das?«

»Ja, tust du. Wenn es das wäre, würde da drinnen keine volle Dose Farbe stehen. Kein Gangbanger würde so was stehen lassen. Außerdem hatte derjenige, der die Wand besprüht hat, keine Ahnung. Die Farbe ist verlaufen. Wer immer das getan hat, versteht nichts von Graffiti.«

»Komm mal eben mit«, sagte Edgar.

Bosch sah Eleanor an und nickte ihr zu, daß es okay wäre. Edgar und er gingen ein paar Schritte zur Seite und standen neben der Tatortabsperrung.

»Was hat dir dieser Junge erzählt, und wieso ist er frei rumgelaufen, wenn er mit dem Fall zu tun hatte?« fragte er.

Bosch erzählte ihm die Geschichte in groben Zügen, und daß sie gar nicht wußten, ob Sharkey für den Fall wirklich wichtig war. Aber offensichtlich war jemand davon überzeugt oder konnte das Risiko nicht eingehen zu warten, bis sie es herausfanden. Während Bosch sprach, blickte er zu den Hügeln auf und sah, wie das erste Licht des frühen Morgengrauens die großen Palmen oben auf den Gipfeln umriß.

Edgar trat einen Schritt zur Seite und hob den Kopf in dieselbe Richtung. Er sah jedoch nicht in den Himmel. Seine Augen waren geschlossen. Schließlich wandte er sich wieder Bosch zu.

»Harry, weißt du, welches Wochenende wir haben?« sagte er. »Das Memorial-Day-Wochenende. Das größte, dreitägige Ausstellungs-Wochenende des Jahres. Der Start in die Sommersaison. Letztes Jahr habe ich an diesem Wochenende vier Häuser verkauft und dabei fast soviel verdient wie als Cop im ganzen Jahr.«

Bosch verwirrte dieser plötzliche Richtungswechsel in ihrem Gespräch. »Was redest du?«

»Ich rede davon, daß ... ich mir für diesen Fall nicht den Arsch aufreißen werde. Die Sache wird mir nicht mein Wochenende versauen, so wie das letzte. Also, ich will damit sagen: Wenn du den Fall möchtest, geh' ich zu Pounds und sag' ihm, daß du und das FBI den Fall übernehmen wollt, weil er zu dem gehört, an dem ihr schon arbeitet. Ansonsten werde ich ihn streng nach Dienstplan bearbeiten.«

»Sag Pounds, er soll damit machen, was er will, Jed. Das ist nicht meine Sache.«

Bosch wollte zu Eleanor zurück, und Edgar sagte: »Eins noch. Wer wußte, daß du den Jungen gefunden hattest?«

Bosch blieb stehen und sah Eleanor an. Ohne sich umzudrehen, sagte er: »Wir haben ihn von der Straße aufgesammelt. Wir haben ihn drüben an der Wilcox vernommen. Die Berichte sind ans FBI gegangen. Was soll ich sagen, Jed?«

»Nichts«, sagte Edgar. »Aber, Harry, vielleicht hättet ihr, du und das FBI, besser auf euren Zeugen aufpassen sollen. Ihr hättet mir eine Menge Arbeit und dem Jungen den Tod erspart.«

Schweigend kehrten Bosch und Wish zum Wagen zurück. Als sie drinnen saßen, sagte Bosch: »Wer wußte es?«

»Was meinst du?« sagte sie.

»Was er eben gefragt hat: Wer wußte von Sharkey?«

Sie dachte einen Moment nach. Dann sagte sie: »Von mir kriegt Rourke täglich Zusammenfassungen, und dann hat er das Memo wegen der Hypnose bekommen. Die Zusammenfassungen wandern in die Akten und werden für den leitenden Special Agent kopiert. Das Tonband von der Vernehmung, das du mir gegeben hast, ist in meinem Schreibtisch eingeschlossen. Das hat niemand gehört. Es ist nicht übertragen worden. Also, ich denke, alle möglichen Leute könnten diese Zusammenfassungen gesehen haben. Aber daran würde ich keinen Gedanken verschwenden, Harry. Niemand ... Das kann nicht sein.«

»Na, sie wußten, daß wir den Jungen gefunden hatten und daß er wichtig werden könnte. Was sagt dir das? Sie müssen eine Information haben.«

»Harry, das ist Spekulation. Es könnten eine Menge Dinge gewesen sein. Wie du ihm eben selbst gesagt hast: Wir haben ihn von der Straße aufgesammelt. Alle möglichen Leute könnten zugesehen haben. Seine eigenen Freunde, das Mädchen, jeder könnte verbreitet haben, daß wir auf der Suche nach Sharkey waren.«

Bosch dachte über Lewis und Clarke nach. Die mußten gesehen haben, wie sie Sharkey mitgenommen hatten. Was spielten die beiden für eine Rolle? Es machte alles keinen Sinn.

»Sharkey war mit allen Wassern gewaschen«, sagte er. »Glaubst du, er ist einfach mit jemandem in diesen Tunnel gegangen? Ich glaube, er hatte keine Wahl. Und um das zu schaffen, brauchte der andere vielleicht eine Marke.«

»Oder vielleicht Geld. Du weißt, daß er mit Männern gegangen ist, wenn Geld drin war.«

Sie ließ den Wagen nicht an, und sie saßen da und dachten nach. Schließlich sagte Bosch. »Sharkey war eine Botschaft.«

»Was?«

»Eine Botschaft an uns. Verstehst du? Sie haben meine Karte bei ihm hinterlassen. Sie rufen auf einer Leitung an, die nicht nachzuvollziehen ist. Und sie legen ihn in einem Tunnel um. Wir sollen wissen, daß sie es waren. Wir sollen wissen, daß sie einen Informanten haben. Sie lachen uns aus.«

Sie ließ den Wagen an. »Wohin?«

»Zum FBI.«

»Harry, sei vorsichtig mit diesem Zeug von einem Informanten. Wenn du es laut äußerst, und es ist nicht wahr, gibst du deinen Feinden alles in die Hand, was sie brauchen, um dich fertigzumachen.«

Feinde, dachte Bosch. Wer sind diesmal meine Feinde?

»Meinetwegen wurde der Junge ermordet«, sagte er. »Das Mindeste, was ich tun kann, ist, rauszufinden, wer es war.«

Bosch sah durch die Baumwollvorhänge im Wartezimmer hinunter auf den Veteranenfriedhof, während Eleanor Wish die Tür zu den Büros aufschloß. Der Bodennebel war noch nicht verflogen, und von oben sah es aus, als wollten tausend Geister auf einmal aus ihren Gräbern steigen. Bosch konnte den dunklen Graben sehen, der auf der Nordseite des Friedhofs den Hügel durchzog, konnte aber immer noch nicht erkennen, was es werden sollte. Es sah beinahe aus wie ein Massengrab, eine lange Furche durch den Hügel, eine mächtige Wunde. Die freigelegte Erde war mit schwarzen Plastikfolien abgedeckt.

»Möchtest du Kaffee?« sagte Wish hinter ihm.

»Unbedingt«, sagte er. Er riß sich von den Vorhängen los und folgte ihr nach drinnen. Das Büro war leer. Sie gingen in die Küche, und er sah zu, wie sie gemahlenen Kaffee in einen Filter schüttete und die Maschine anstellte. Schweigend standen sie da, beobachteten, wie der Kaffee langsam in eine runde Glaskanne auf der Warmhalteplatte lief. Bosch steckte sich eine Zigarette an und versuchte, nur an den Kaffee zu denken, den er bald bekommen sollte. Sie verteilte den Rauch mit einer Hand, sagte aber nicht, daß er sie ausmachen solle.

Als der Kaffee fertig war, nahm Bosch seinen schwarz. Wie ein Geschoß schlug er in seinem Magen ein. Er nahm eine zweite Tasse und trug beide in den Einsatzraum. Als er an seinem provisorischen Schreibtisch saß, zündete er die nächste Zigarette am Stummel der ersten an.

»Meine letzte«, versprach er, als er ihren Blick sah.

Eleanor schenkte sich Wasser aus einer Flasche ein, die sie in ihrem Aktenschrank aufbewahrte.

»Geht dir das Zeug zwischendurch auch mal aus?« fragte er.

Sie ignorierte die Frage. »Harry, wir können uns nicht die Schuld für Sharkey geben. Wenn wir schuld wären, könnten wir ebensogut jeder Person, mit der wir sprechen, unseren Schutz anbieten. Sollten wir uns seine Mutter schnappen und sie unter Zeugenschutz stellen? Was ist mit dem Mädchen in dem Motelzimmer? Sieh es ein, es wäre verrückt. Sharkey war Sharkey. Wenn du von der Straße lebst, stirbst du auch durch die Straße.«

Zuerst sagte Bosch nichts dazu. Dann sagte er: »Laß mich die Namen sehen.«

Wish nahm die Akten zum Fall WestLand heraus. Sie blätterte darin herum, zog einen mehrere Seiten langen Computerausdruck hervor, faltete ihn wie eine Ziehharmonika und warf ihn vor ihm auf den Tisch.

»Das ist das Original«, sagte sie. »Alle, die ein Fach hatten. Hinter einigen Namen stehen Notizen, aber die sind wahrscheinlich nicht von Belang. Das meiste davon dreht sich um Verdacht auf Versicherungsbetrug oder nicht.«

Bosch fing an, den Ausdruck auseinanderzufalten und merkte, daß es eine lange und fünf kürzere Listen waren, die man mit A bis E beschriftet hatte. Er fragte, worum es sich da handelte, und sie kam um den Schreibtisch herum und sah über seine Schulter. Er roch den Apfelduft in ihrem Haar.

»Okay, die lange Liste ist das, was ich gesagt habe: alle, die ein Fach hatten. Das ist die Liste mit allen inklusive. Dann haben wir fünf Unterabteilungen geschaffen, A bis E. Die erste – das ist A – zeigt die Aufbrüche von Fächern, die innerhalb der drei Monate vor dem Raub angemietet wurden. Dann B, da haben wir die Mieter zusammengefaßt, die keinen Verlust gemeldet haben. C ist die Liste der Sackgassen. Mieter, die längst gestorben waren oder die wir wegen einer Adressenänderung oder gezielter Falschinformationen bei der Anmietung nicht finden konnten.

Die vierte und fünfte Liste stimmen mit den ersten dreien überein. Unter D stehen alle, die in den vorangegangenen drei Monaten ein Fach gemietet, aber keinen Diebstahl gemeldet haben. Unter E stehen alle, die auf der Liste mit den Sackgassen und gleichzeitig auf der Drei-Monats-Liste auftauchen. Verstanden?«

Er verstand. Das FBI ging davon aus, daß der Tresor von den Dieben vor dem Raub inspiziert worden sein mußte und höchstwahrscheinlich jemand einfach in die Bank spaziert war und ein Fach gemietet hatte. So verschafft man sich berechtigten Zutritt. Der Mann, der das Fach angemietet hatte, konnte – wann immer er wollte – während der Geschäftszeiten in den Tresor gehen und sich umsehen. Also standen die Chancen gut, daß sich dieser Kundschafter auf der Liste derer befand, die innerhalb der drei Monate vor dem Raub eine Box gemietet hatten.

Zweitens war es wahrscheinlich, daß dieser Kundschafter nach dem Raub nicht die Aufmerksamkeit auf sich lenken wollte, daher also nichts als gestohlen meldete. Somit würde er auf der Liste D stehen. Oder wenn er gar keine Meldung oder eine nicht nachvollziehbare Information auf seinem Mietantrag gemacht hatte, würde sein Name auf der Liste E stehen.

Auf Liste D fanden sich nur sieben Namen, und fünf auf

Liste E. Einer der Namen auf Liste E war eingekreist. Frederick B. Isley aus Park La Brea, der Name des Mannes, der in Tustin drei Honda-Geländewagen gekauft hatte. Hinter den anderen Namen sah man Häkchen.

»Du erinnerst dich?« sagte Eleanor. »Ich hatte gesagt, der Name würde noch mal auftauchen.«

Harry nickte.

»Isley«, sagte sie. »Wir glauben, er war der Kundschafter. Hat das Fach neun Wochen vor dem Einbruch angemietet. Den Bankaufzeichnungen nach zu urteilen, hat er dem Tresor während der folgenden sieben Wochen insgesamt vier Besuche abgestattet. Nach dem Raub ist er allerdings nicht wiedergekommen, wer immer er gewesen sein mag. Er hat keine Anzeige erstattet. Und als wir versucht haben, Kontakt zu ihm aufzunehmen, stellten wir fest, daß die Adresse falsch war.«

»Habt ihr eine Beschreibung?«

»Nichts, was uns irgendwie helfen würde. Klein, dunkel, möglicherweise gutaussehend. Das war alles, woran sich die Angestellten im Tresor erinnern konnten. Wir hielten den Mann schon für den Kundschafter, bevor wir die Sache mit den Geländewagen rausfanden. Wenn ein Mieter sein Fach sehen möchte, bringt ein Angestellter ihn hin, schließt die kleine Tür auf und begleitet ihn in einen der Nebenräume. Wenn er fertig ist, bringen sie die Box gemeinsam zurück, und der Mieter zeichnet den Besuch mit seinen Initialen auf der entsprechenden Kundenkarte ab. Ähnlich wie in einer Bücherei. Als wir uns die Karte von diesem Mann angesehen haben, sahen wir seine Initialen – FBI. Du bist ein Mensch, der keine Zufälle mag. Wir auch nicht. Wir glauben, jemand hat sich einen Spaß mit uns erlaubt. Später wurde dies bestätigt, als wir den Kauf der Geländewagen nach Tustin zurückverfolgen konnten.«

Harry nahm einen Schluck Kaffee.

»Hat uns nicht viel genützt«, sagte sie. »Wir haben ihn nie

gefunden. Nach dem Einbruch haben wir seine Box in all dem Chaos im Tresor gefunden. Von ihr und von der Tür haben wir Abdrücke genommen. Nichts. Wir haben den Angestellten im Tresor ein paar Fotos gezeigt – darunter Meadows – aber sie haben niemanden wiedererkannt.«

»Wir könnten jetzt mit Franklin und Delgado noch mal hingehen und sehen, ob einer von ihnen Isley ist.«

»Ja. Das machen wir. Bin gleich wieder da.«

Sie stand auf und ging, und Bosch nahm einen Schluck Kaffee und sah sich die Liste an. Er las jeden Namen und jede Adresse auf der Liste, aber nichts davon kam ihm bekannt vor, abgesehen von einer Handvoll Namen von Prominenten, Politikern und ähnlichen Leuten, die Fächer gemietet hatten. Bosch ging die Liste ein zweites Mal durch, als Eleanor zurückkam. Sie hatte ein Blatt Papier bei sich, das sie auf den Schreibtisch legte.

»Ich hab' in Rourkes Büro nachgesehen. Das meiste von dem Papierkram, den ich ihm geschickt habe, hat er schon ans Archiv weitergeleitet. Aber das Hypnose-Memo lag noch in seinem Fach, also hat er es wohl noch gar nicht gesehen. Ich habe es wieder mitgebracht. Inzwischen nützt es nichts mehr, und vielleicht ist es besser, wenn er es nicht zu sehen bekommt.«

Harry warf einen Blick auf das Memo, dann faltete er das Blatt zusammen und steckte es in seine Tasche.

»Ehrlich gesagt«, sagte sie, »glaube ich nicht, daß diese Papiere lange genug draußen waren ... Ich meine, ich seh' das einfach nicht. Und Rourke ... Er ist ein Technokrat, kein Killer. Wie man in der Verhaltensforschung sagt: Für Geld würde er seine Grenzen nicht überschreiten.«

Bosch sah sie an und wollte ihr gern etwas sagen, um sie wieder auf seine Seite zu ziehen. Doch ihm wollte nichts einfallen, und er verstand die neuerliche Kälte in ihrem Verhalten nicht.

»Vergiß es«, sagte er, und dann fügte er mit einem Blick auf die Liste hinzu: »Wie weit habt ihr diese Leute überprüft, die keinen Verlust gemeldet hatten?«

Sie sah sich an, wen Bosch auf der Liste B eingekreist hatte. Neunzehn Namen standen dort.

»Wir haben jeden Namen durch die Dateien geschickt«, begann sie. »Wir haben sie telefonisch vernommen, später direkt. Wenn ein Agent seltsame Spannungen wahrnahm oder irgendeine Geschichte sich merkwürdig anhörte, haben wir einen anderen Agenten unangemeldet zu einer weiteren Vernehmung hingeschickt. Um eine zweite Meinung einzuholen. Daran habe ich nicht teilgenommen. Wir hatten eine zweite Gruppe, die sich um die Außenvernehmungen gekümmert hat. Solltest du dich für einen bestimmten Namen interessieren, könnte ich die entsprechenden Zusammenfassungen besorgen.«

»Was ist mit den vietnamesischen Namen auf der Liste? Ich zähle vierunddreißig Mieter mit vietnamesischen Namen. Vier stehen auf der Liste ohne Anzeigen, einer auf der mit den Sackgassen.«

»Was soll mit den Vietnamesen sein? Wahrscheinlich gibt es – wenn du danach suchst – eine Unterabteilung von Chinesen, Koreanern, Weißen, Schwarzen und Latinos. Die kommen alle genauso in Frage.«

»Ja, aber du hast die Verbindung von Meadows mit Vietnam eingebracht. Dazu kommen jetzt Franklin und Delgado, beide möglicherweise involviert. Alle drei gehörten der MP in Vietnam an. Wir haben Charlie Company, die vielleicht oder vielleicht auch nicht eine Rolle spielt. Als Meadows unter Verdacht kam und ihr angefangen habt, Militärakten über Tunnelratten heranzuziehen, habt ihr da diese Vietnamesen auf der Liste näher geprüft?«

»Nein ... oder ja. Namen fremder Nationalitäten wurden durch das INS geschickt, um festzustellen, wie lange sie schon hier waren und ob es sich um legale Einwanderer handelte. Aber das war es dann auch.« Einen Moment lang blieb sie still. »Ich sehe, worauf du hinaus willst. Es gibt da einen Fehler in unserer Vorgehensweise. Wir haben Meadows erst Wochen nach dem Raub als möglichen Verdächtigen betrachtet. Inzwischen waren von diesen Leuten fast alle vernommen worden. Als wir anfingen, uns Meadows näher anzusehen, sind wir – glaube ich – nicht wieder zu dieser Liste zurückgekehrt, um nachzusehen, ob irgendwelche Zusammenhänge zwischen ihm und diesen Namen bestanden. Glaubst du, einer dieser Vietnamesen könnte damit zu tun gehabt haben?«

»Ich weiß nicht, was ich glaube. Ich suche nur Verbindungen. Zufälle, die keine Zufälle sind.«

Bosch nahm ein Notizbuch aus seinem Mantel und fing an, eine Liste der Namen, Geburtsdaten und Adressen vietnamesischer Mieter von Bankschließfächern der WestLand aufzustellen. Die vier, die nichts als gestohlen gemeldet hatten, und den einen Namen von der Liste mit den Sackgassen, stellte er ganz oben an. Er hatte seine Liste gerade fertig und das Notizbuch zugeklappt, als Rourke den Einsatzraum betrat, das Haar noch feucht von der morgendlichen Dusche. Er trug einen Kaffeebecher, auf dem seitlich »Boss« stand. Er bemerkte Bosch und Wish und sah auf seine Uhr.

»Schon so früh dabei?«

»Unser Zeuge wurde tot aufgefunden«, sagte Wish ohne jeden Ausdruck auf dem Gesicht.

»Gott im Himmel. Wo? Ist jemand gefaßt worden?«

Wish schüttelte den Kopf und sah Bosch mit einer Miene an, die ihn warnen sollte, nur keinen Streit anzufangen. Rourke sah ihn ebenfalls an.

»Hat es irgendwas mit dem Fall zu tun?« sagte er. »Gibt es da Beweise?«

»Wir glauben, ja«, sagte Bosch.

»Jesus!«

»Das haben Sie gesagt«, sagte Bosch.

»Sollen wir den Fall vom LAPD übernehmen und ihn den Ermittlungen über Meadows zuordnen?« Als er das sagte, sah er Wish direkt an. Bosch gehörte hier nicht zu den Entscheidungsträgern. Sie antwortete nicht, also fügte Rourke hinzu: »Hätten wir ihm unseren Schutz anbieten sollen?«

Bosch konnte nicht widerstehen. »Vor wem?«

Eine feuchte Strähne löste sich und fiel über Rourkes Stirn. Dann wurde sein Gesicht puterrot.

»Was zum Teufel soll das heißen?«

»Woher wußten Sie, daß das LAPD den Fall hat?«

»Was?«

»Sie haben gerade eben gefragt, ob wir den Fall vom LAPD übernehmen sollten. Woher wußten Sie, daß die ihn haben? Wir haben es Ihnen nicht gesagt.«

»Ich bin einfach davon ausgegangen. Bosch, was Sie damit andeuten, nehme ich Ihnen persönlich übel. Wollen Sie etwa sagen, daß ich oder sonst jemand ... Falls Sie damit sagen wollen, daß es bei den Strafverfolgungsbehörden eine undichte Stelle in diesem Fall gibt, dann werde ich mich noch heute um eine interne Untersuchung bemühen. Aber ich sage es Ihnen gleich: Falls es eine undichte Stelle gibt, dann nicht beim FBI.«

»Wo zum Teufel sollte sie sonst sein? Was ist mit den Berichten passiert, die Sie bekommen haben? Wer hat sie gesehen?«

Rourke schüttelte den Kopf.

»Harry, machen Sie sich nicht lächerlich. Ich kann Ihre Gefühle nachempfinden, aber lassen Sie uns einen Moment zur Ruhe kommen und nachdenken. Der Zeuge wurde von der Straße geholt, im Revier von Hollywood vernommen und dann an einer öffentlichen Unterkunft für Jugendliche abgesetzt.

Und schließlich ist Ihnen Ihr eigenes Department auf den Fersen, Detective. Es tut mir leid, aber offenbar trauen Ihre eigenen Leute Ihnen nicht.«

Boschs Miene verfinsterte sich. Er fühlte sich irgendwie betrogen. Rourke konnte von der Observation nur durch Wish erfahren haben. Sie hatte Lewis und Clarke entdeckt. Wieso hatte sie nicht anstelle von Rourke mit ihm darüber gesprochen? Bosch sah zu ihr hinüber, aber sie starrte auf ihren Schreibtisch. Wieder sah er Rourke an, der nickte, als säße sein Kopf auf einer Feder.

»Ja, sie hat Ihren Schatten schon am ersten Tag entdeckt.« Rourke sah sich im leeren Einsatzraum um, wünschte offensichtlich, er hätte mehr Publikum. Er verlagerte sein Gewicht von einem Fuß auf den anderen, wie ein Boxer, der in seiner Ecke ungeduldig auf den Beginn der nächsten Runde wartet, um seinem angeschlagenen Gegner den endgültigen K.o. zu verpassen. Immer noch saß Wish schweigend an ihrem Tisch. Und in diesem Augenblick schien es Bosch eine Million Jahre her zu sein, daß sie einander im Bett umarmt hatten. Rourke sagte: »Vielleicht sollten Sie sich selbst und Ihr Department mal genauer ansehen, bevor Sie rumlaufen und wilde Anschuldigungen verbreiten.«

Bosch sagte nichts. Er stand nur auf und ging zur Tür.

»Harry, wo gehst du hin?« rief Eleanor von ihrem Schreibtisch hinterher.

Er drehte sich um, sah sie kurz an, und ging dann hinaus.

Als Boschs Caprice aus der Garage des Federal Building kam, hängten sich Lewis und Clarke an ihn. Clarke saß am Steuer. Pflichteifrig notierte Lewis die Zeit in seinem Observationsbericht.

Er sagte: »Dem haben sie die Suppe versalzen. Bleib lieber nah dran.«

Bosch war am Wilshire rechts abgebogen und steuerte den

405 an. Clarke erhöhte seine Geschwindigkeit, um ihn in der morgendlichen Rush-hour nicht zu verlieren.

»Mir wär auch die Suppe versalzen, wenn ich gerade meinen einzigen Zeugen verloren hätte«, sagte Clarke. »Und wenn ich auch noch schuld wäre, daß er umgelegt wurde.«

»Wie kommst du darauf?«

»Du hast es doch gesehen. Er hat den Jungen in dieser Unterkunft abgeliefert und ist seiner Wege gezogen. Ich weiß nicht, was dieser Junge gesehen oder was er ihnen erzählt hat, aber es war immerhin wichtig genug, ihn dafür zu eliminieren. Bosch hätte besser aufpassen sollen. Ihn wegsperren.«

Sie fuhren auf der 405 Richtung Süden. Bosch war zehn Wagen voraus, blieb jetzt auf der langsamsten Spur. Auf dem Freeway drängte sich eine stinkende Masse schleichenden Blechs.

»Ich glaube, er will rüber zur 10«, sagte Clarke. »Er fährt nach Santa Monica. Vielleicht zurück in ihre Wohnung, wahrscheinlich hat er seine Zahnbürste vergessen. Oder sie kommt hinterher, um sich mit ihm auf ein Schäferstündchen zu treffen. Soll ich dir was sagen? Lassen wir ihn doch fahren und sprechen mit Irving. Ich glaube, mit dieser Zeugensache läßt sich was anfangen. Vielleicht Pflichtversäumnis. Das genügt, um eine Anhörung zu bekommen. Dann schmeißen sie ihn wenigstens aus dem Morddezernat, und wenn Harry Bosch nicht mehr die Mordfälle kriegt, packt er ein und geht. Und wieder eine Kerbe in unserem Knauf.«

Lewis dachte über die Idee seines Partners nach. Sie war nicht schlecht. Es konnte klappen. Aber ohne Irvings Anweisung wollte er die Observation nicht abbrechen.

»Bleib an ihm dran«, sagte er. »Wenn er irgendwo hält, werf' ich einen Quarter ein und frag' mal nach, was Irving vorhat. Als er mich heute morgen wegen dem Jungen angerufen hat, machte er einen ganz zufriedenen Eindruck. Als würde alles prima laufen. Ohne seine Order will ich nicht abbrechen.«

»Wie auch immer. Woher wußte Irving überhaupt so schnell, daß jemand den Jungen umgelegt hat?«

»Ich weiß nicht. Paß auf da vorne. Er nimmt die 10.«

Sie folgten dem grauen Caprice auf den Santa Monica Freeway. Sie ließen den Innenstadtbereich hinter sich und bewegten sich in weniger dichtem Verkehr. Aber Bosch hatte es nicht mehr eilig. Er fuhr an den Ausfahrten Clover Field und Lincoln vorbei, die zu Eleanor Wishs Wohnung führten, blieb auf dem Freeway, der durch einen Tunnel führte und unterhalb des Kliffs am Strand als Pacific Coast Highway wieder auftauchte. Er fuhr an der Küste entlang Richtung Norden, die Sonne grell am Himmel und die Berge von Malibu als trübe Andeutung im Dunst voraus.

»Und jetzt?« sagte Clarke.

»Ich weiß nicht. Laß dich etwas zurückfallen.«

Es herrschte nicht viel Verkehr auf dem Pacific Coast Highway, und es fiel ihnen schwer, immer mindestens einen Wagen zwischen sich und Bosch zu bringen. Wenn Lewis auch glaubte, daß die meisten Cops sich die Mühe sparten, nachzusehen, ob ihnen jemand folgte, machte er heute mit seiner Theorie bei Bosch eine Ausnahme. Sein Zeuge war ermordet worden. Vielleicht nahm er instinktiv wahr, daß ihm jemand gefolgt war oder immer noch folgte.

»Ja, laß dich einfach zurückfallen. Wir haben den ganzen Tag Zeit, genau wie er.«

Bosch hielt seine Geschwindigkeit über die nächsten sechs Kilometer, bis er auf einen Parkplatz neben dem Alice's am Malibu Pier einbog. Lewis und Clarke fuhren vorbei. Nach einem Kilometer wendete Clarke verbotenerweise und fuhr zurück. Als sie auf den Parkplatz einscherten, war Boschs Wagen noch immer da, aber von ihm selbst war nichts zu sehen.

»Wieder dieses Restaurant?« sagte Clarke. »Er muß ja ganz verrückt sein nach dem Laden.«

»So früh ist da gar nicht geöffnet.«

Beide fingen an, sich in alle Richtungen umzusehen. Vier weitere Wagen standen am Ende des Parkplatzes, und die Dachgepäckträger deuteten darauf hin, daß sie dem Pulk von Surfern gehörten, die südlich des Piers auf den Wellen ritten. Endlich entdeckte Lewis Bosch und deutete auf ihn. Er befand sich in der Mitte des Piers, lief mit gesenktem Kopf, und sein Haar wehte in alle Richtungen. Lewis drehte sich nach der Kamera um und merkte, daß sie noch im Kofferraum lag. Er nahm einen Feldstecher aus dem Handschuhfach und richtete ihn auf Boschs kleiner werdende Gestalt. Er beobachtete ihn, bis Bosch das Ende der Holzplanken erreicht hatte und seine Ellbogen auf das Geländer stützte.

»Was macht er?« fragte Clarke. »Laß mich sehen.«

»Du fährst. Ich beobachte. Er macht überhaupt nichts. Steht nur so da.«

»Er muß doch irgendwas machen.«

»Er denkt nach. Okay? ... Da. Er steckt sich eine Zigarette an. Zufrieden? Er macht was ... Warte mal.«

»Was?«

»Mist. Wir hätten die Kamera bereit haben sollen.«

»Was soll diese ›wir‹-Scheiße? Das ist heute dein Job. Ich bin der Fahrer. Was macht er?«

»Er hat was fallen lassen. Ins Wasser.«

Durch den Feldstecher sah Lewis, wie Bosch entspannt am Geländer lehnte. Er starrte hinunter ins Wasser. Soweit Lewis sehen konnte, war sonst niemand auf dem Pier.

»Was hat er fallen lassen? Kannst du es sehen?«

»Woher soll ich wohl wissen, was er fallen lassen hat? Ich kann es von hier aus nicht sehen. Möchtest du vielleicht, daß ich da rübergehe und einen von den Surfern überrede, hinzupaddeln und nachzusehen? Ich weiß nicht, was er fallen lassen hat.«

»Immer mit der Ruhe. Ich frag' ja nur. Also, kannst du

dich an die Farbe des Objekts erinnern, das er fallen lassen hat?«

»Es sah weiß aus, wie ein Ball. Aber es driftete oder taumelte irgendwie.«

»Ich dachte, du kannst das Wasser nicht sehen.«

»Ich meine, es driftete oder taumelte nach unten. Ich glaube, es war ein Taschentuch oder eine Art Papier.«

»Was macht er jetzt?«

»Steht nur am Geländer rum. Er starrt aufs Wasser.«

»Gewissensbisse. Vielleicht springt er ja, und wir können die ganze Sache endlich vergessen.«

Clarke kicherte über seinen lauen Scherz. Lewis nicht.

»Ja, genau. Ich denke, das wird gleich passieren.«

»Gib mir das Fernglas und ruf an. Frag nach, was Irving unternehmen will.«

Lewis reichte ihm den Feldstecher und stieg aus. Zuerst trat er an den Kofferraum, öffnete ihn und holte die Nikon heraus. Er schraubte ein langes Objektiv auf, brachte die Kamera dann zum Fahrerfenster und reichte sie Clarke.

»Mach ein Foto von ihm da draußen, damit wir Irving was vorzuweisen haben.«

Dann trottete Lewis zum Restaurant hinüber, um ein Telefon zu suchen. Keine drei Minuten später war er wieder da. Bosch stand noch immer gegen das Geländer am Ende des Piers gelehnt.

»Der Chief sagt, wir sollen die Observation unter keinen Umständen abbrechen«, sagte Lewis. »Außerdem hat er gesagt, unsere Berichte wären einen Dreck wert. Er will mehr Details und mehr Bilder. Hast du ihn fotografiert?«

Clarke war viel zu sehr damit beschäftigt, durch die Kamera zu stieren. Lewis nahm das Fernglas und sah hinüber. Bosch rührte sich immer noch nicht. Lewis wurde nicht schlau daraus. Was macht er? Denkt er nach? Wieso kommt er den ganzen Weg hierher, wenn er nachdenken will?

»Scheiß Irving, das sieht ihm ähnlich«, sagte Clarke plötzlich, ließ die Kamera auf den Schoß sinken und sah seinen Partner an. »Ja, ich hab ein paar Bilder von ihm gemacht. Genug, um Irving glücklich zu machen. Aber er tut nichts. Steht nur so da.«

»Nicht mehr«, sagte Lewis, der noch immer durch den Feldstecher sah. »Schmeiß an. Es geht los.«

Bosch verließ den Pier, nachdem er das zusammengeknüllte Hypnose-Memo ins Wasser geworfen hatte. Wie eine Blume auf rauher See hielt es sich ein paar kurze Augenblicke lang an der Oberfläche und versank. Er war entschlossener denn je, Meadows' Mörder zu finden. Jetzt wollte er außerdem Gerechtigkeit für Sharkey. Als er über die alten Planken des Piers stiefelte, sah er, wie der Plymouth, der ihm gefolgt war, vom Parkplatz fuhr. Sie sind es, dachte er. Und wenn schon. Es war ihm egal, was sie gesehen hatten oder glaubten, gesehen zu haben. Es gab neue Regeln, und mit Lewis und Clarke hatte Bosch ganz eigene Pläne.

Er fuhr östlich auf der 10 Richtung Downtown. Er machte sich nicht die Mühe, im Rückspiegel nach dem schwarzen Wagen zu sehen, denn er wußte, er würde da sein. Er wollte, daß er da war.

Als er an der Los Angeles Street war, parkte er im Halteverbot vor dem Verwaltungsgebäude. Im zweiten Stock durchquerte Bosch eines der überfüllten Wartezimmer der Einwanderungs- und Einbürgerungsbehörde. Es roch wie in einem Gefängnis – Schweiß, Angst und Verzweiflung. Eine gelangweilte Frau saß hinter einem Schiebefenster und bearbeitete das Kreuzworträtsel der *Times*. Das Fenster war geschlossen. Auf der Fensterbank stand ein Ticket-Spender aus Plastik, wie man sie in Schlachtereien findet. Einen Moment später sah sie zu Bosch auf. Er hielt seine Marke hoch.

»Kennen Sie ein Wort mit sechs Buchstaben für einen ewig

traurigen und einsamen Mann?« fragte sie, nachdem sie das Fenster aufgeschoben und dann nachgesehen hatte, ob ihre Fingernägel Schaden genommen hatten.

»Bosch.«

»Wie?«

»Detective Harry Bosch. Lassen Sie mich rein. Ich möchte zu Hector V.«

»Da muß ich erst fragen«, sagte sie leicht schmollend. Sie flüsterte etwas ins Telefon, dann griff sie nach Boschs Etui mit der Marke und legte einen Finger auf den Namen im Ausweis. Dann hängte sie ein.

»Er sagt, Sie können kommen.« Sie drückte den Summer für die Tür neben dem Fenster. »Er sagt, Sie kennen den Weg.«

Bosch schüttelte Hector Villabonas Hand in einem Einsatzraum, der noch um einiges kleiner war als Boschs.

»Du mußt mir einen Gefallen tun. Ich brauche etwas Zeit am Computer.«

»Dann mal los.«

Das mochte Bosch an Hector V. Er fragte nie, was oder wieso, bevor er einen Entschluß faßte. Er war ein Dann-mal-los-Typ. Er spielte keine nutzlosen Spielchen, von denen Bosch inzwischen überzeugt war, daß jeder in seiner Branche sie spielte. Hector rollte seinen Stuhl an einen IBM auf einem Tisch an der Wand und gab sein Paßwort ein. »Du willst Namen durchlaufen lassen, stimmt's? Wie viele?«

Bosch wollte ihm ebensowenig vormachen. Er zeigte ihm die Liste mit den vierunddreißig Namen. Hector stieß einen leisen Pfiff aus und sagte: »Okay, wir können sie durchlaufen lassen, aber das sind Vietnamesen. Wenn die nicht von diesem Büro bearbeitet wurden, sind ihre Akten auch nicht hier. Ich hab' nur das, was unser Computer gespeichert hat. Du weißt, wie es ist, Harry.«

Bosch wußte es. Aber er wußte außerdem, daß die meisten

vietnamesischen Flüchtlinge nach der großen Reise ihre neue Heimat in Südkalifornien gefunden hatten. Hector begann, die Namen mit zwei Fingern einzutippen, und zwanzig Minuten später hielt Bosch einen Computerausdruck in Händen.

»Wonach suchen wir, Harry?« sagte Hector, als sie die Liste durchsahen.

»Ich weiß nicht. Siehst du was Ungewöhnliches?«

Einige Zeit verging, und Bosch dachte, Hector würde sagen, da wäre nichts Ungewöhnliches. Eine Sackgasse. Aber Bosch irrte.

»Okay, bei dem hier könntest du eine Verbindung finden.«

Der Name war Ngo Van Binh. Das sagte Bosch nichts, nur daß er von der Liste B stammte. Binh hatte nichts als gestohlen gemeldet.

»Eine Verbindung?«

»Er hatte Beziehungen«, sagte Hector. »Politische Verbindungen würde man es wohl nennen. Hier, vor seiner Aktennummer steht GL. Das sind Akten, die in D.C. von unserem Büro für Sonderfälle bearbeitet werden. Normalerweise kümmern die sich nicht um gewöhnliche Sterbliche. Sehr politisch. Kümmern sich um Leute wie den Schah oder die Familie Marcos, russische Überläufer, sofern es sich dabei um Wissenschaftler oder Ballerinas handelt. Solche Fälle. Fälle, die ich nie zu Gesicht bekomme.«

Er nickte und legte einen Finger auf den Ausdruck.

»Okay, dann haben wir hier die Daten, die zu nah beieinander liegen. Es ging zu schnell, was mir zeigt, daß bei diesem Fall nachgeholfen wurde. Ich habe keine Ahnung, wer dieser Mann ist, aber ich sehe, daß er Leute kannte. Sieh dir das Einreisedatum an: 4. Mai 1975. Vier Tage, nachdem er Vietnam verlassen hatte. Man sollte meinen, am ersten Tag ging es nach Manila, am letzten in die Staaten. Bleiben nur zwei Tage, um in Manila eine Genehmigung und ein Ticket zum Festland zu bekommen. Und zu der Zeit, Mann, da sind ganze Schiffsladungen nach Manila gekommen. Ohne Beziehungen war das in zwei Tagen nicht zu schaffen. Das heißt also, daß dieser Mann, dieser Binh, schon eine Genehmigung besaß. Er hatte Verbindungen. Das ist nicht so ungewöhnlich, denn viele Leute hatten Verbindungen. Wir haben eine Menge Leute da rausgeholt, als die Sache eng wurde. Viele davon gehörten zur Elite. Andere hatten das Geld, sich in die Elite einzukaufen.«

Bosch betrachtete das Datum, an dem Binh Vietnam verlassen hatte. 30. April 1975. Derselbe Tag, an dem Meadows Vietnam endgültig hinter sich lassen mußte. Der Tag, an dem Saigon der Nordarmee in die Hände fiel.

»Und diese Genehmigung?« sagte Villabona und deutete auf ein weiteres Datum. »In sehr kurzer Zeit bekommen. 14. Mai. Zehn Tage nach seiner Ankunft hat dieser Mann ein Visum. Das ist zu schnell für einen Durchschnitts-Joe. Oder in diesem Fall Ngo.«

»Was meinst du also?«

»Schwer zu sagen. Er könnte Agent gewesen sein. Es könnte sein, daß er einfach genug Geld für einen Platz im Hubschrauber hatte. Es kursieren immer noch diverse Gerüchte aus der Zeit. Leute wurden reich. Plätze in Militärtransportern für zehn Riesen. Zweifellos waren Visa teurer. Nichts davon ist jemals bestätigt worden.«

»Könntest du die Akte von dem Mann besorgen?«

»Ja. Wenn ich in D.C. wäre.«

Bosch sah ihn nur an, und schließlich sagte Hector: »Sämtliche GLs werden dort aufbewahrt. Dort, wo die Leute sitzen, zu denen man Verbindungen hat. Alles klar?«

Bosch sagte kein Wort.

»Werd nicht gleich sauer, Harry. Ich will sehen, was ich tun kann. Ich muß ein bißchen telefonieren. Bist du später noch da?«

Bosch überließ ihm die FBI-Nummer, sagte aber nichts vom FBI. Wieder gaben sie sich die Hand, dann ging Bosch. In der

Lobby im Erdgeschoß spähte er durch die getönten Scheiben, suchte Lewis und Clarke. Als er den schwarzen Plymouth schließlich um die Ecke biegen sah, die beiden IAD-Detectives hatten offenbar eine weitere Runde um den Block beendet, trat Bosch durch die Tür und ging die Stufen zu seinem Wagen hinunter. Im Augenwinkel sah er, wie der IAD-Wagen langsamer wurde und um die Ecke bog, während sie darauf warteten, daß er einstieg und abfuhr.

Bosch tat, was sie wollten. Weil es das war, was auch er wollte.

Der Woodrow Wilson Drive schlängelt sich gegen den Uhrzeigersinn seitlich an den Hollywood Hills hinauf, und der aufgeplatzte, geflickte Asphalt ist an keiner Stelle breit genug, um zwei Autos aneinander vorbeizulassen. Auf dem Weg nach oben liegen die Häuser zur Linken behäbig am Hügel. Sie repräsentieren das alte Geld, sicher und solide. Zur Rechten lassen die neueren Häuser furchtlos ihre hölzernen Räume über das braune Unterholz der Arroyos und die Gänseblümchen im Canyon hinausragen. Sie sind auf Pfählen und Hoffnungen errichtet und klammern sich so verzweifelt an den Hang wie die Besitzer an ihre Stellungen in den Studios unten im Tal. Boschs Haus war das viertletzte auf der rechten Seite.

Als er um die letzte Kurve bog, kam das Haus in Sicht. Er betrachtete das dunkle Holz, das Schuhkarton-Design, suchte nach einem Anzeichen, daß es sich irgendwie verändert hatte – als könnte ihm das Äußere des Hauses zeigen, was im Inneren nicht stimmte. Dann sah er in den Rückspiegel und beobachtete, wie das vordere Ende des schwarzen Plymouth um die Kurve kam. Bosch fuhr in die Garage neben seinem Haus und stieg aus. Er ging hinein, ohne einen Blick auf seine Verfolger zu werfen.

Er war zum Pier gefahren, um darüber nachzudenken, was Rourke gesagt hatte. Und dabei war ihm eingefallen, daß auf dem Anrufbeantworter zu hören gewesen war, wie jemand auflegte. Jetzt ging er in die Küche und spielte seine Nachrichten noch einmal ab. Zuerst war da der Anruf, der keiner war und noch vom Dienstag stammte, und dann hatte heute in den frühen Morgenstunden Jerry Edgar angerufen, um Bosch zu sagen, daß er raus zum Hollywood Bowl kommen solle. Bosch spulte das Band zurück und hörte sich noch einmal den Anruf an, bei dem aufgelegt worden war. Im stillen verfluchte er sich dafür, daß er dessen Bedeutung nicht schon beim ersten Hören erkannt hatte. Jemand hatte angerufen, seine Ansage gehört und dann nach dem Piepton eingehängt. Das Einhängen war auf dem Band zu hören. Die meisten Menschen würden – wenn sie keine Nachricht hinterlassen wollten – auflegen, sobald sie Boschs Stimme sagen hörten, daß er nicht zu Hause sei. Wenn sie allerdings glaubten, er wäre zu Hause, würden sie nach dem Piepton seinen Namen rufen. Aber dieser Anrufer hatte sich das Band angehört, und dann hatte er erst nach dem Piepton aufgelegt. Wieso? Zuerst war es Bosch nicht weiter aufgefallen, aber jetzt hielt er diesen Anruf für einen Mikrofon-Test.

Er ging zum Schrank neben der Tür und nahm einen Feldstecher heraus. Er stellte sich ans Wohnzimmerfenster und suchte durch einen Spalt im Vorhang nach dem schwarzen Plymouth. Der stand einen halben Block die Straße hinauf. Lewis und Clarke waren am Haus vorbeigefahren, hatten gewendet und am Bordstein mit der Nase bergab geparkt, bereit, Bosch zu folgen, sollte er herauskommen. Durch das Fernglas konnte Bosch sehen, daß Lewis hinter dem Lenkrad saß und das Haus beobachtete. Clarke hatte sich auf dem Beifahrersitz zurückgelehnt und die Augen geschlossen. Keiner von beiden schien Kopfhörer zu tragen. Trotzdem mußte Harry sichergehen. Ohne die Augen vom Fernglas zu nehmen, öffnete er die Haustür ein Stück und schloß sie wieder. Die Männer im IAD-Wagen zeigten keine Reaktion.

Clarke hatte die Augen nach wie vor geschlossen. Lewis stocherte noch immer mit einer Visitenkarte in seinen Zähnen herum.

Bosch kam zu dem Schluß, daß sie ihm eine Wanze untergeschoben hatten, die per Sender ein Bandgerät steuerte. Das war sicherer. Wahrscheinlich ein Minirecorder, der auf akustische Signale ansprang und irgendwo draußen am Haus versteckt war. Sie würden warten, bis er wegfuhr, dann sprang einer von ihnen aus dem Wagen, sammelte schnell das Tonband ein und tauschte es gegen ein neues aus. Dann konnten sie sich wieder an seine Fersen hängen, bevor er unten am Freeway war. Er trat vom Fenster zurück und sah sich kurz in Wohnzimmer und Küche um. Er untersuchte die Unterseiten der Tische und Elektrogeräte, aber er fand die Wanze nicht, und er hatte es auch nicht erwartet. Die raffinierteste Stelle – das wußte er – war das Telefon, und das sparte er sich auf bis zum Schluß. Es besaß eine eigene Energiequelle, und von dort aus konnte man sowohl das direkte Umfeld des Hauses als auch sämtliche Telefongespräche aufnehmen.

Bosch nahm den Hörer ab, und mit einem kleinen Taschenmesser an seinem Schlüsselbund öffnete er den Deckel der Sprechmuschel. Da war nichts, was nicht dahin gehörte. Dann löste er den Deckel der Hörmuschel. Da war es. Mit Hilfe des Messers holte er vorsichtig den Lautsprecher heraus. Dahinter hatte jemand mit einem kleinen Magneten einen flachen, runden Sender von der Größe einer Münze installiert. Zwei Drähte befanden sich an dem Gerät, von dem er wußte, daß es akustisch gesteuert wurde und T-9 hieß. Ein Draht war um die Kabel des Hörers gewickelt, um Strom für die Wanze abzuziehen. Der andere Draht verschwand im Griff des Hörers. Vorsichtig zog Bosch daran, und heraus kam eine zweite Energiequelle: ein winziges, schmales Netzteil mit Batterie. Die Wanze wurde vom Strom des Telefons gespeist, aber falls jemand das Telefon aus der Wand zog, lieferte die Batterie gut und gerne weitere acht Stunden Strom. Bosch nahm das Gerät aus dem Hörer und legte es auf den Tisch. Jetzt lief es auf Batterie. Er starrte es nur an, überlegte, was er tun sollte. Es war ein Standardabhörgerät vom Department. Im Umkreis von fünf bis sieben Metern konnte es alles, was im Raum gesagt wurde, aufnehmen. Die Reichweite des Senders war allerdings minimal, betrug höchstens dreiundzwanzig Meter, je nachdem, wieviel Metall es im Haus gab.

Bosch trat wieder an das Wohnzimmerfenster, um auf die Straße hinaus zu sehen. Lewis und Clarke wirkten nicht beunruhigt, hatten also nicht bemerkt, daß die Wanze entdeckt worden war. Lewis hatte aufgehört, in seinen Zähnen herumzustochern.

Bosch machte die Stereoanlage an und legte eine CD von Wayne Shorter auf. Dann ging er durch eine Seitentür aus der Küche zur Garage. Vom IAD-Wagen aus war er nicht zu sehen. Er fand das Tonband gleich an der ersten Stelle, an der er suchte: im Anschlußkasten unter dem Stromzähler des DWP an der Rückwand der Garage. Die Fünf-Zentimeter-Spulen drehten sich zum Klang von Wayne Shorters Saxophon. Der Nagra-Recorder war – wie das T-9 – an das Stromnetz des Hauses angeschlossen und besaß zur Sicherheit eine Batterie. Bosch klemmte das Ding ab und nahm es mit nach drinnen, wo er es neben dem Sender auf den Tisch stellte.

Shorter beendete seinen »502 Blues«. Bosch saß im Bereitschaftssessel, steckte sich eine Zigarette an, betrachtete die beiden Geräte und versuchte, einen Plan zu schmieden. Er spulte das Band zurück und drückte den Startknopf. Als erstes hörte er seine eigene Stimme, die sagte, er sei nicht da, dann Jerry Edgars Nachricht wegen der Sache am Hollywood Bowl. Dann wurden zweimal Türen geöffnet und geschlossen, dann Wayne Shorters Sax. Seit dem Testanruf hatten sie die Spulen mindestens einmal gewechselt. Dann wurde ihm klar, daß Eleanor Wishs Besuch belauscht worden war. Darüber dachte er nach und fragte sich, ob die Wanze aufgenommen hatte, was sie auf der hinteren Veranda gesprochen hatten. Boschs Geschichten über sich und Meadows. Es machte ihn wütend, wenn er sich vorstellte, daß die beiden Männer im schwarzen Plymouth ihm diesen intimen Augenblick gestohlen hatten.

Er rasierte sich, duschte und zog sich etwas anderes an. Einen hellbraunen Sommeranzug mit rosafarbenem Hemd und eine blaue Krawatte. Dann ging er ins Wohnzimmer und schob die Wanze und den Recorder in die Taschen des Jacketts. Noch einmal warf er einen Blick mit dem Feldstecher durch die Vorhänge. Noch immer rührte sich im IAD-Wagen nichts. Wieder trat er aus der Hintertür und kletterte vorsichtig den Hang hinunter zum Fuß der ersten Stütze, einem Stahlträger. Schritt für Schritt bewegte er sich unterhalb des Hauses weiter. Ihm fiel auf, daß die vertrockneten Büsche mit Fetzen von Goldfolie bestreut waren, dem Flaschenetikett, das er abgekratzt und von der Veranda hatte fallen lassen, als Eleanor zu Besuch gewesen war.

Auf der anderen Seite seines Grundstücks angekommen, suchte er sich einen Weg über den Hügel und lief unter den nächsten drei Pfahlbauten hindurch. Hinter dem dritten kletterte er den Hang hinauf und spähte um die vordere Ecke auf die Straße hinaus. Er befand sich jetzt hinter dem schwarzen Plymouth. Er zupfte die Kletten von seinen Hosenaufschlägen und schlenderte gemütlich über die Straße.

Bosch erreichte unbemerkt die Beifahrertür. Das Fenster war heruntergekurbelt, und kurz bevor er die Tür aufriß, meinte er, ein Schnarchen aus dem Wagen zu hören.

Clarkes Mund stand offen, und seine Augen waren noch geschlossen, als Bosch durch die Tür langte und beide Männer an ihren Seidenkrawatten packte. Bosch stellte seinen rechten Fuß auf die Schwelle, um sich besser abstützen zu können, und zog beide Männer zu sich heran. Sie waren zwar zu zweit, aber

Bosch hatte die Überraschung auf seiner Seite. Clarke war orientierungslos, und Lewis wußte nicht, was vor sich ging. Da er sie an ihren Krawatten zog, konnten sie sich nicht wehren, ohne sich die Luft abzuschnüren. Fast freiwillig kamen sie heraus, torkelten wie Hunde an der Leine und landeten unter einer Palme einen Meter neben dem Gehweg. Ihre Gesichter waren rot und geifernd. Ihre Hände fuhren zu den Hälsen, zerrten an den Knoten ihrer Krawatten in dem verzweifelten Versuch, wieder Luft in die Lungen zu bekommen. Bosch griff nach ihren Gürteln und riß die Handschellen ab. Als die beiden langsam wieder Luft bekamen, schaffte es Bosch, Lewis' Linke an Clarkes Rechte zu fesseln. Dann steckte er Lewis' Rechte auf der Rückseite des Baumes in das andere Paar Handschellen. Aber Clarke merkte, was Bosch vorhatte, und versuchte aufzustehen und sich loszureißen. Bosch packte ihn wieder an seiner Krawatte und riß einmal kurz daran. Clarkes Kopf zuckte nach vorn, und er schlug mit dem Gesicht gegen die Palme. Einen Augenblick war er benommen, und Bosch schloß die letzte Handschelle um sein Gelenk. Die beiden IAD-Männer wälzten sich am Boden, nicht nur aneinander, sondern auch noch an die Palme gefesselt. Bosch nahm ihre Waffen, trat zurück und atmete durch. Ihre Waffen warf er auf den Beifahrersitz ihres Wagens.

»Du bist tot«, krächzte Clarke aus seinem geschwollenen Hals hervor.

Sie schafften es, sich an der Palme hochzuschieben. Sie sahen aus wie zwei erwachsene Männer, die man beim Ringelreihen erwischt hatte.

»Tätlicher Angriff auf einen Kollegen in zwei Fällen«, sagte Lewis. »Ungebührliches Benehmen. Wir können dich für mindestens ein halbes Dutzend Sachen rankriegen, Bosch.« Er mußte furchtbar husten, spuckte dabei über Clarkes Anzug. »Mach uns los, und vielleicht können wir die Sache hier vergessen.«

»Niemals. Wir vergessen nicht die kleinste Kleinigkeit«, sagte Clarke zu seinem Partner. » Wenn einer dran ist, dann die Arschgeige da.«

Bosch zog das Abhörgerät aus seiner Tasche und hielt es ihnen hin. »Wer ist dran?« fragte er.

Lewis betrachtete die Wanze, erkannte, was es war, und sagte: »Davon wissen wir nichts.«

»Natürlich nicht«, sagte Bosch. Er nahm den Recorder aus seiner anderen Tasche und hielt ihnen auch den hin. »Geräuschempfindliche Nagras. Die benutzt ihr Jungs doch bei allen euren Jobs, legal oder nicht, stimmt's? Hab' ich in meinem Telefon gefunden. Zur selben Zeit merke ich, daß ihr beiden Blödmänner mir durch die ganze Stadt folgt. Ihr beiden habt mir also nicht zufällig auch noch eine Wanze untergeschoben, damit ihr mich nicht nur belauern, sondern auch belauschen könnt?«

Weder Lewis noch Clarke antworteten, doch Bosch hatte auch keine Antwort erwartet. Ein kleiner Tropfen Blut war an einem von Clarkes Nasenlöchern zu sehen. Auf dem Woodrow Wilson bremste ein Wagen ab, und Bosch nahm seine Marke und hielt sie hoch. Der Wagen fuhr weiter. Die beiden IAD-Detectives riefen nicht um Hilfe, was Bosch ein Gefühl der Sicherheit gab. Dieser Auftritt gehörte ihm. Das Department hatte so viel schlechte Publicity dafür eingesteckt, in der Vergangenheit illegal eigene Beamte, Bürgerrechtler, sogar Schauspieler abgehört zu haben, daß die beiden es nicht an die große Glocke hängen würden. Die eigene Haut zu retten, war ihnen wichtiger als Boschs Skalp.

»Habt ihr einen Gerichtsbeschluß, daß ihr mich abhören dürft?«

»Hör zu, Bosch«, sagte Lewis. »Ich hab's doch schon gesagt, wir ...«

»Ich glaube kaum. Man braucht Beweise für ein Verbrechen, wenn man einen Gerichtsbeschluß erwirken will. Nach dem letzten Stand der Dinge jedenfalls. Aber mit solchen Feinheiten gibt sich die Abteilung für Innere Angelegenheiten wohl nicht ab. Weißt du, wie deine Anklage wegen Tätlichkeit aussehen wird, Clarke? Während ihr beiden mich vor den Rechtsausschuß schleppt, um mich dafür feuern zu lassen, daß ich euch aus dem Wagen gezerrt und ihr dabei Grasflecken an die glänzenden Ärsche gekriegt habt, werde ich euch beide, euren Boß Irving, das IAD, den Polizeichef und die ganze beschissene Stadt wegen illegaler Hausdurchsuchung und Beschlagnahme vor Gericht stellen. Und den Bürgermeister nehmen wir gleich noch dazu. Wie findest du das?«

Clarke spuckte vor Boschs Füßen ins Gras. Blut tropfte von seiner Nase auf sein weißes Hemd. Er sagte: »Du kannst nicht beweisen, daß es von uns kommt, weil es nicht stimmt.«

»Bosch, was willst du?« platzte Lewis heraus, und die Wut ließ sein Gesicht dunkler werden, als es mit der zugezogenen Krawatte um den Hals gewesen war. Bosch fing an, sie langsam zu umkreisen, so daß sie ständig die Köpfe drehen oder sich um die Palme winden mußten, wenn sie ihn sehen wollten.

»Was ich will? Na ja, so wenig ich euch beide ausstehen kann, will ich eure Ärsche trotzdem nicht vor Gericht zerren müssen. Sie über den Gehweg zu zerren, hat mir genügt. Was ich will ...«

»Bosch, du solltest dir mal den Kopf untersuchen lassen«, stieß Clarke hervor.

»Maul halten, Clarke«, sagte Lewis.

»Selber Maul halten«, gab Clarke zurück.

»Wenn ich die Wahrheit sagen soll, ich habe ihn schon untersuchen lassen«, sagte Bosch. »Und ich möchte immer noch lieber meinen haben als einen von euren. Ihr solltet euch mal von einem Proktologen durchchecken lassen.«

Das sagte er, während er nah an Clarke vorbeiging. Dann trat er ein paar Schritte zurück und setzte seine Runden fort. »Ich will euch was sagen. Ich bin bereit, die Vergangenheit auf sich beruhen zu lassen. Ihr braucht mir nur ein paar Fragen zu beantworten, und wir sind in diesem Durcheinander quitt. Schließlich gehören wir doch alle zur selben Familie, oder?«

»Was für Fragen, Bosch?« sagte Lewis. »Wovon redest du?«

»Wann habt ihr die Observation aufgenommen?«

»Dienstag morgen. Wir haben dich aufgesammelt, als du beim FBI warst«, sagte Lewis.

»Erzähl ihm kein Wort«, sagte Clarke zu seinem Partner.

»Das weiß er doch längst.«

Clarke sah seinen Partner an und schüttelte den Kopf, als könnte er nicht fassen, was er hörte.

»Wann habt ihr die Wanze in meinem Telefon installiert?«

»Haben wir nicht«, sagte Lewis.

»Unsinn. Aber egal. Ihr habt gesehen, wie ich den Jungen unten in Boytown vernommen habe.« Es war eine Feststellung, keine Frage. Bosch wollte, daß sie glaubten, er wüßte das meiste schon, und sie sollten nur die Lücken füllen.

»Ja«, sagte Lewis. »Das war an unserem ersten Tag. Du hast uns also gesehen. Na und?«

Harry sah, daß Lewis in seine Manteltasche greifen wollte. Schnell ging er hin und schob seine Hand zuerst hinein. Er zog einen Bund heraus, an dem der Handschellenschlüssel hing. Er warf ihn in den Wagen. Hinter Lewis stehend, sagte er: »Wem habt ihr davon erzählt?«

»Erzählt?« sagte Lewis. »Von dem Jungen? Niemandem. Wir haben es niemandem erzählt, Bosch.«

»Ihr schreibt doch täglich einen Bericht, oder? Ihr macht Fotos, nicht? Ich wette, da liegt eine Kamera auf dem Rücksitz in eurem Wagen. Es sei denn, ihr hättet sie vergessen, und sie liegt im Kofferraum.«

»Klar, haben wir.«

Bosch steckte sich eine Zigarette an und begann wieder, sie zu umkreisen. »An wen ist das alles gegangen?«

Es dauerte etwas, bis Lewis antwortete. Bosch sah, wie er

Blickkontakt mit Clarke herstellte. »Wir haben den ersten Bericht und den Film gestern abgeliefert. Haben ihn ins Fach vom Deputy Chief gelegt. Das war der einzige Bericht, den wir bis jetzt gemacht haben. Also, Bosch, nimm uns die Handschellen ab. Das ist doch peinlich. Alle Leute können uns sehen. Wir können doch danach weiterreden.«

Bosch trat zwischen die beiden, blies ihnen Rauch in die Gesichter und erklärte, die Handschellen blieben dran, bis die Unterhaltung beendet sei. Dann beugte er sich nah an Clarke heran und sagte: »An wen sind sonst noch Kopien gegangen?«

»Von unserem Bericht? An niemanden, Bosch«, sagte Lewis. »Das würde gegen die Vorschriften verstoßen.«

Bosch lachte, schüttelte nur den Kopf. Er wußte, daß sie nichts Illegales oder Unvorschriftsmäßiges zugeben würden. Er drehte sich um, ging zu seinem Haus.

»Warte, warte, Bosch«, rief Lewis. »Deinem Lieutenant haben wir eine Kopie geschickt. Gut? Komm zurück.«

Bosch kehrte um, und Lewis fuhr fort. »Er wollte darüber auf dem laufenden gehalten werden. Wir mußten es tun. Irving hatte sein Okay gegeben. Wir haben getan, was man uns gesagt hat.«

»Was stand in dem Bericht über den Jungen?«

»Nichts. Nur daß es irgendein Junge war ... Mh, ›Objekt verwickelte Jugendlichen in Gespräch. Jugendlicher wurde für offizielle Vernehmung zum Revier in Hollywood gebracht‹, irgendwas in der Art.«

»Habt ihr ihn in dem Bericht identifiziert?«

»Kein Name. Wir wußten seinen Namen gar nicht. Ehrlich, Bosch. Wir haben dich beschattet, das war alles. Jetzt mach uns los.«

»Was ist mit dem Home Street Home? Ihr habt gesehen, daß ich ihn da abgeliefert habe. Stand das im Bericht?«

»Ja, stand im Bericht.«

Bosch ging wieder näher ran. »Und jetzt kommt die große

Frage. Wenn keine Beschwerde vom FBI gegen mich vorliegt, wieso ist das IAD noch immer hinter mir her? Das FBI hat Pounds angerufen und die Beschwerde zurückgenommen. Und dann tut ihr Jungs, als hättet ihr den Fall gar nicht mehr, aber ihr habt ihn doch noch. Wieso?«

Lewis wollte etwas sagen, aber Bosch schnitt ihm das Wort ab. »Ich möchte, daß Clarke es mir erzählt. Du denkst mir viel zu schnell, Lewis.«

Clarke sagte kein Wort.

»Clarke, der Junge, mit dem du mich gesehen hast, ist tot. Jemand hat ihn umgelegt, weil er mit mir geredet hat. Und die einzigen, die wußten, daß er mit mir geredet hat, wart ihr beiden. Irgendwas geht hier vor sich, und wenn ich nicht die Antworten kriege, die ich brauche, werde ich einfach alles erzählen, es an die Öffentlichkeit bringen. Ihr werdet noch feststellen, daß ihr bald selbst vom IAD untersucht werdet.«

Clarke sagte seine ersten beiden Worte seit fünf Minuten. »Du kannst mich mal.«

Da sprang Lewis ein.

»Hör zu, Bosch. Ich will es dir sagen. Das FBI traut dir nicht. Das ist es. Sie sagen, sie haben dich mit dem Fall betraut, sind sich bei dir aber nicht sicher. Sie sagen, du hast dich mit Gewalt in den Fall gedrängt, und sie müssen dich im Auge behalten und aufpassen, daß du nicht irgendwas abziehst. Das ist alles. Deshalb hat man uns gesagt, wir sollten uns zwar zurückhalten, aber dranbleiben. Das haben wir getan. Mehr nicht, Mann. Jetzt mach' uns los. Ich krieg kaum Luft, und langsam tun mir die Handgelenke weh. Du hast die Dinger echt fest gemacht.«

Bosch wandte sich Clarke zu. »Wo ist dein Schlüssel?«

»Rechte Hosentasche«, sagte er. Er blieb ganz ruhig, sah Bosch nicht in die Augen. Bosch ging hinten um ihn herum und faßte mit beiden Händen um seine Taille. Er zog einen Schlüsselring aus Clarkes Tasche, dann flüsterte er ihm ins

Ohr: »Clarke, solltest du noch einmal in mein Haus einbrechen, leg' ich dich um.«

Dann riß er ihm die Hosen und Boxershorts mit einem Ruck bis auf die Knöchel und ging. Den Schlüssel warf er in den Wagen.

»Du Drecksau!« schrie Clarke. »Vorher leg' ich *dich* um, Bosch.«

Solange er die Wanze und das Nagra hatte, war Bosch einigermaßen sicher, daß Lewis und Clarke keine disziplinarischen Maßnahmen gegen ihn einleiten würden. Sie hatten mehr zu verlieren als er. Nach einem Prozeß und öffentlichem Skandal würde ihre Karriere an der Schwelle zum sechsten Stock enden. Bosch stieg in seinen Wagen und fuhr zum Federal Building zurück.

Zu viele Leute wußten über Sharkey Bescheid oder hätten Bescheid wissen können, merkte er, als er versuchte, die Situation einzuschätzen. Es gab keine Möglichkeit, den Informanten einfach »auszuwaschen«. Lewis und Clarke hatten den Jungen gesehen und die Information an Irving und Pounds und wer weiß wen weitergegeben. Rourke und der Mann im FBI-Archiv wußten es ebenfalls. Die Leute auf der Straße, die Sharkey mit Bosch beobachtet oder gehört hatten, daß Bosch ihn suchte, noch gar nicht mitgerechnet. Bosch wußte, daß er warten mußte, wie sich die Dinge entwickelten.

Im Federal Building ließ ihn die rothaarige Empfangsdame hinter der Glasscheibe auf dem FBI-Stockwerk warten, bis sie in der Gruppe 3 angerufen hatte. Wieder betrachtete er den Friedhof durch die Gaze-Vorhänge und sah mehrere Leute in dem Graben arbeiten, der den Hügel durchschnitt. Sie säumten die Wunde in der Erde mit schwarzen Steinblöcken, die das grelle, weiße Licht der Sonne reflektierten. Endlich glaubte Bosch zu wissen, was sie taten. Der Türsummer hinter ihm ging, und Bosch trat ein. Es war halb eins, und die Gruppe komplett unterwegs, bis auf Eleanor Wish. Sie saß an ihrem Schreibtisch und aß ein Eiersalatsandwich, eins von denen, die in der Cafeteria jedes Regierungsgebäudes verkauft werden. Die Plastikflasche mit dem Wasser und ein Pappbecher standen auf dem Tisch. Sie tauschten kurze Hallos aus. Bosch spürte, daß sich ihr Verhältnis geändert hatte, aber er wußte nicht, wie sehr.

»Bist du seit heute morgen hier?« fragte er.

Sie verneinte. Sie sagte, sie sei mit den Fotos von Franklin und Delgado bei den Angestellten im Tresor der WestLand National gewesen, und eine der Frauen habe Franklin eindeutig als Frederic B. Isley, den Inhaber eines Schließfachs, identifiziert. Der Kundschafter.

»Es reicht für einen Haftbefehl, aber Franklin ist nicht da«, sagte sie. »Rourke hat zwei Trupps zu den Adressen geschickt, die das Verkehrsamt für ihn und Delgado registriert hat. Die haben gerade eben zurückgerufen. Entweder sind sie umgezogen, oder sie haben nie dort gewohnt. Sieht aus, als wären sie ausgeflogen.«

»Und was jetzt?«

»Ich weiß nicht. Rourke redet davon, den Fall beiseite zu legen, bis wir sie haben. Du wirst dann wahrscheinlich wieder zu deinen Morden in Hollywood kommen. Wenn wir einen von ihnen fassen, holen wir dich her, damit du ihn zu dem Mord an Meadows befragen kannst.«

»Und zu dem Mord an Sharkey. Nicht vergessen.«

»Dazu auch.«

Bosch nickte. Es war vorbei. Das FBI wollte den Fall abschließen.

»Ach, übrigens, da ist eine Nachricht für dich«, sagte sie. »Jemand hat angerufen, sagte, sein Name sei Hector. Das war alles.«

Bosch setzte sich an den Schreibtisch neben ihrem und wählte Hector Villabonas Nummer. Nach dem zweiten Klingeln nahm er ab.

»Hier ist Bosch.«

»Hey, was machst du beim FBI?« fragte er. »Ich ruf' die Nummer an, die du mir gegeben hast, und da meldet sich einer mit FBI.«

»Ja, das ist eine lange Geschichte. Ich erzähl' sie dir später. Hast du irgendwas rausgefunden?«

»Nicht viel, Harry, und es wird auch nicht mehr werden. Ich kann die Akte nicht bekommen. Dieser Binh – wer immer er sein mag – hat echte Beziehungen. Wie wir uns gedacht haben. Seine Akte ist nach wie vor geheim. Ich hab' jemanden angerufen, den ich da drüben kenne, und ihn gebeten, sie herzuschicken. Er hat zurückgerufen und gesagt, es ginge nicht.«

»Warum könnte sie immer noch geheim sein?«

»Wer weiß, Harry. Deswegen ist sie ja geheim. Damit keiner rausfindet, warum.«

»Tja, vielen Dank. Es scheint inzwischen nicht mehr so wichtig zu sein.«

»Falls du eine Quelle im Außenministerium hast, jemanden mit Befugnissen, der könnte mehr Glück haben als ich. Ich bin nur die Alibierbse im Erbsenzähler-Department. Aber warte mal, da ist eine Sache, die diesem jemand, den ich da kenne, in gewisser Weise rausgerutscht ist.«

»Was?«

»Na ja, weißt du, ich hab' ihm Binhs Namen genannt, und als er zurückruft, sagt er: ›Tut mir leid, Captain Binhs Akte ist geheim.‹ Genau so hat er es gesagt. ›Captain‹ hat er ihn genannt. Der Typ muß also beim Militär gewesen sein. Deswegen haben sie ihn wahrscheinlich so schnell da rausgeholt. Wenn er beim Militär war, haben sie ihm ganz sicher den Arsch gerettet.«

»Ja«, sagte Bosch, dann dankte er Hector und legte auf.

Er drehte sich zu Eleanor um und fragte, ob sie irgendwelche Kontakte zum Außenministerium hätte. Sie schüttelte den Kopf. »Militärischer Geheimdienst, CIA, irgendwas in der Art?« sagte Bosch. »Irgend jemanden mit Zugangsbefugnis zu Computerakten?«

Sie überlegte einen Moment und sagte: »Na ja, da ist jemand auf dem Stockwerk vom Außenministerium. Den kenne ich ein bißchen aus D.C. Aber was ist los, Harry?«

»Kannst du ihn anrufen und sagen, er soll dir einen Gefallen tun?«

»Er redet nicht am Telefon, nicht übers Geschäft. Wir müßten zu ihm runtergehen.«

Er stand auf. Draußen vor dem Büro, während sie auf den Fahrstuhl warteten, erzählte Bosch ihr von Binh, dessen Rang und dem Umstand, daß er Vietnam am selben Tag wie Meadows verlassen hatte. Der Fahrstuhl ging auf, sie stiegen ein und Eleanor drückte auf sieben. Sie waren allein.

»Du hast die ganze Zeit gewußt, daß ich observiert werde«, sagte Bosch. »Internal Affairs.«

»Ich hab' sie gesehen.«

»Aber du hast es gewußt, bevor du sie gesehen hast, stimmt's?«

»Macht das einen Unterschied?«

»Ich glaub' schon. Warum hast du es mir nicht gesagt?«

Sie brauchte eine Weile. Der Fahrstuhl hielt.

»Ich weiß nicht«, sagte sie. »Es tut mir leid. Erst wollte ich nicht, und als ich es dann doch sagen wollte, konnte ich nicht. Ich dachte, es würde alles verderben. Und das hat es dann ja auch.«

»Wieso wolltest du erst nicht, Eleanor? Weil es immer noch Zweifel an mir gab?«

Sie sah in die stählerne Ecke des Fahrstuhls. »Am Anfang, ja, wir waren uns mit dir nicht sicher. Das will ich nicht abstreiten.«

»Was war nach dem Anfang?«

Die Tür öffnete sich im siebten Stock. Eleanor ging hinaus, sagte: »Du bist noch immer hier, oder?«

Bosch trat hinter ihr hinaus. Er nahm sie am Arm und hielt sie fest. Sie standen sich gegenüber, als zwei Männer in fast identischen grauen Anzügen durch die offene Fahrstuhltür stürmten.

»Ja, ich bin noch immer hier, aber du hast mir nichts von ihnen gesagt.«

»Harry, können wir später darüber reden?«

»Die Sache ist, daß sie uns mit Sharkey gesehen haben.«

»Ja, das dachte ich mir.«

»Na, und wieso hast du nichts gesagt, als ich von dem Informanten gesprochen habe, und als ich dich gefragt habe, wem du von dem Jungen erzählt hast?«

»Ich weiß nicht.«

Bosch starrte seine Füße an. Er fühlte sich wie der einzige Mensch auf dem Planeten, der nicht verstand, was vor sich ging.

»Ich hab' mit ihnen gesprochen«, sagte er. »Sie behaupten, sie hätten uns mit dem Jungen nur beobachtet. Sie hätten sich nie darum gekümmert, worum es ging. Sie sagten, sie wußten nicht, wer er war. Sharkeys Name stand nicht in ihren Berichten.«

»Und glaubst du ihnen?«

»Bisher nie. Aber ich glaube nicht, daß sie in diese Sache verwickelt sind. Die sind nur hinter mir her, und sie werden alles tun, um mich zu kriegen. Aber sie würden keinen Zeugen umlegen. Das wäre verrückt.«

»Vielleicht leiten sie die Informationen an jemanden weiter, der darin verwickelt ist, und sie merken es gar nicht.«

Bosch dachte wieder an Irving und Pounds.

»Eine Möglichkeit. Der Punkt ist, daß es einen Informanten gibt. Irgendwo. Wir wissen es. Und er könnte auf meiner Seite sitzen. Oder auf deiner. Wir müssen also sehr vorsichtig sein, mit wem wir reden und was wir tun.«

Einen Moment später sah er ihr offen in die Augen und sagte: »Glaubst du mir?«

Es dauerte sehr lange, aber schließlich nickte sie. Sie sagte: »Mir fällt sonst nichts ein, womit sich erklären ließe, was hier passiert.«

Eleanor ging auf eine Empfangsdame zu, während Bosch etwas zurück blieb. Einen Augenblick später trat eine junge Frau aus einer verschlossenen Tür und führte sie durch zwei Korridore in ein kleines Büro. Hinter dem Schreibtisch saß niemand. Sie nahmen die beiden Sessel vor dem Tisch und warteten.

»Wen besuchen wir hier?« flüsterte Bosch.

»Ich werde dich ihm vorstellen, und er kann dir selbst sagen, was er dir von sich erzählen möchte«, sagte sie.

Gerade wollte Bosch sie fragen, was das heißen sollte, als sich die Tür öffnete und ein Mann hereinkam. Er sah aus wie etwa fünfzig, mit silbrigem, sorgfältig gekämmtem Haar und kräftiger Statur unter dem Blazer. Seine grauen Augen waren matt wie Asche. Er setzte sich und sah Bosch nicht an. Er hielt seinen Blick ausschließlich auf Eleanor Wish gerichtet.

»Ellie, schön, Sie wiederzusehen«, sagte er. »Wie geht es Ihnen?«

Sie sagte, es ginge ihr gut, tauschte mit ihm ein paar Freundlichkeiten aus und ging dann dazu über, Bosch vorzustellen. Der Mann stand auf und beugte sich über den Tisch, um ihm die Hand zu geben.

»Bob Ernst, Berater für Handel und Entwicklung. Nett, Sie kennenzulernen. Ist das ein offizieller Besuch, oder kommen Sie nur vorbei, um einen alten Freund wiederzusehen?«

»Ja, es tut mir leid, Bob, aber wir arbeiten an etwas, und wir brauchen Ihre Hilfe.«

»Was immer ich für Sie tun kann, Ellie«, sagte Ernst. Er ging Bosch auf die Nerven, und dabei kannte er ihn erst eine Minute.

»Bob, wir brauchen Informationen über jemanden, dessen Name in einem Fall aufgetaucht ist«, sagte Wish. »Ich glaube, Sie sind in der Lage, uns diese Information ohne große Umstände und Zeitaufwand besorgen zu können.«

»Das ist genau unser Problem«, fügte Bosch hinzu. »Es handelt sich um einen Mordfall. Wir haben nicht die Zeit, den üblichen Weg zu nehmen. Darauf zu warten, bis aus Washington was kommt.«

»Ein ausländischer Staatsbürger?«

»Vietnamese«, sagte Bosch.

»Wann eingereist?«

»4. Mai 1975.«

»Ah, gleich nach dem Sturz. Ich verstehe. Sagen Sie, was ist das für ein Mord, an dem FBI und LAPD zusammenarbeiten und der mit einer so alten Geschichte und dann noch mit einem fremden Land zu tun hat?«

»Bob«, begann Eleanor, »ich glaube ...«

»Nein, antworten Sie nicht«, unterbrach Ernst sie. »Ich glaube, Sie haben recht. Es ist sicher das beste, wenn wir die Informationen dezentralisieren.«

Ernst machte sich daran, die Schreibunterlage und die Sachen auf seinem Schreibtisch zu ordnen. Eigentlich war überhaupt nichts unordentlich.

»Wie schnell brauchen Sie die Information?« sagte er schließlich.

»Sofort«, sagte Eleanor.

»Wir warten«, sagte Bosch.

»Sie sind sich darüber im klaren, daß ich vielleicht überhaupt nichts finde, vor allem so kurzfristig?«

»Natürlich«, sagte Eleanor.

»Geben Sie mir den Namen.«

Ernst schob einen Zettel über die Schreibunterlage. Eleanor schrieb Binhs Namen darauf und schob ihn zurück. Ernst sah den Zettel einen Augenblick lang an und stand auf, ohne ihn überhaupt angerührt zu haben.

»Ich will sehen, was ich tun kann«, sagte er und ging hinaus.

Bosch sah Eleanor an.

»›Ellie‹?«

»Bitte, niemand darf mich so nennen. Deshalb nehme ich seine Anrufe nicht entgegen und rufe auch nicht zurück.«

»Du meinst, bisher. Jetzt bist du ihm was schuldig.«

»Falls er was findet. Du aber auch.«

»Ich glaube, er darf mich Ellie nennen.«

Sie lächelte nicht.

»Wie hast du den Kerl überhaupt kennengelernt?«

Sie antwortete nicht.

Bosch sagte: »Wahrscheinlich belauscht er uns gerade.«

Er sah sich im Zimmer um, obwohl Abhörgeräte ohne Frage versteckt gewesen wären. Er nahm seine Zigaretten heraus, als er den schwarzen Aschenbecher auf dem Schreibtisch entdeckte.

»Bitte nicht rauchen«, sagte Eleanor.

»Nur eine halbe.«

»Ich habe ihn kennengelernt, als wir beide in Washington waren. Ich weiß nicht mal mehr, wieso. Damals war er auch beratender Irgendwas beim Außenministerium. Wir haben ein paar Drinks genommen. Das war alles. Irgendwann danach wurde er hierher versetzt. Als er mich hier im Fahrstuhl gesehen hat und rausfand, daß ich versetzt worden war, fing er an, mich anzurufen.«

»CIA vom Scheitel bis zur Sohle, stimmt's? Oder irgendwas in der Art.«

»Mehr oder weniger, glaube ich. Ist mir egal, wenn wir kriegen, was wir haben wollen.«

»Mehr oder weniger. Ich hab' im Krieg ein paar von diesen Typen kennengelernt. Ganz egal, wieviel er uns heute erzählt, es wird immer noch mehr geben. Deren Währung ist die Information. Die geben niemals alles preis. Wie er gesagt hat: Sie dezentralisieren Informationen. Die lassen dich umlegen, bevor sie alles erzählen.«

»Können wir dieses Gespräch jetzt abbrechen?«

»Sicher ... Ellie.«

Bosch vertrieb sich die Zeit damit, zu rauchen und die leeren Wände zu betrachten. Der Typ gab sich keine große

Mühe, den Raum wie ein echtes Büro aussehen zu lassen. Keine Flagge in der Ecke. Nicht mal ein Foto vom Präsidenten. Nach zwanzig Minuten kam Ernst zurück, und inzwischen war Bosch bei seiner zweiten Zigarette. Als der Berater für Handel und Entwicklung mit leeren Händen an seinen Schreibtisch trat, sagte er: »Detective, würde es Ihnen etwas ausmachen, nicht zu rauchen? Ich empfinde es in geschlossenen Räumen als äußerst unangenehm.«

Bosch drückte die Kippe in der kleinen, schwarzen Schale am Rand des Schreibtisches aus.

»Tut mir leid«, sagte er. »Ich hab' den Aschenbecher gesehen. Ich dachte ...«

»Das ist kein Aschenbecher, Detective«, sagte Ernst düster. »Es ist eine Reisschale, dreihundert Jahre alt. Ich habe sie nach meiner Stationierung aus Vietnam mitgebracht.«

»Haben Sie da auch in Handel und Entwicklung gemacht?«

»Entschuldigen Sie, Bob, haben Sie irgendwas gefunden?« unterbrach Eleanor. »Wegen des Namens?«

Es dauerte lange, bis Ernst seinen Blick von Bosch löste.

»Ich habe nur sehr wenig gefunden, aber das, was ich gefunden habe, könnte hilfreich sein. Dieser Mann, Binh, ist ein ehemaliger Polizeibeamter aus Saigon. Ein Captain ... Bosch, sind Sie Veteran dieses Konflikts?«

»Sie meinen den Krieg? Ja.«

»Natürlich sind Sie das«, sagte Ernst. »Verraten Sie mir doch, ob diese Information Ihnen etwas sagt.«

»Nicht viel. Ich war die meiste Zeit im Landesinneren. Hab' von Saigon außer den Yankee-Bars und Tätowiersalons nicht viel gesehen. Der Mann war Captain bei der Polizei. Sollte es mir was sagen?«

»Wohl nicht. Also will ich es Ihnen verraten. Im Rang eines Captains leitete Binh das Sittendezernat der Polizei.«

Darüber dachte Bosch einen Augenblick nach und sagte:

»Okay, er war bestimmt genauso korrupt wie alles andere, was mit dem Krieg zu tun hatte.«

»Ich nehme an, da Sie im Landesinneren waren, wissen Sie nicht viel darüber, wie es in Saigon lief«, sagte Ernst.

»Warum erzählen Sie uns nicht davon? Hört sich an, als wäre es Ihr Job gewesen. Mein Job war es, am Leben zu bleiben.«

Ernst ignorierte den Seitenhieb. Er zog es von nun an vor, Bosch insgesamt zu ignorieren. Er sah nur noch Eleanor an.

»Es funktionierte eigentlich ganz einfach«, sagte er. »Hatte man mit Drogen, Prostitution, Glücksspiel, irgendwie mit dem Schwarzmarkt zu tun, mußte man eine ortsübliche Gebühr entrichten, einen Zehnten aufs Haus sozusagen. Diese Zahlung hielt die Polizei fern und garantierte praktisch, daß das Geschäft nicht gestört wurde ... in bestimmten Grenzen. Die einzige Sorge galt der US-Militärpolizei. Natürlich konnte man auch die bestechen, nehme ich an. Solche Gerüchte gab es immer. Jedenfalls hat das System jahrelang funktioniert, vom Anfang bis zum amerikanischen Rückzug, ich meine bis zum 30. April 1975, dem Tag, als Saigon fiel.«

Eleanor nickte und wartete darauf, daß er fortfuhr.

»Das militärische Engagement dauerte über ein Jahrzehnt, und vorher waren die Franzosen da. Wir sprechen hier von vielen, vielen Jahren ausländischer Intervention.«

»Millionen«, sagte Bosch.

»Bitte?«

»Sie sprechen von Millionen Dollar an Bestechungsgeldern.«

»Ja, absolut. Viele Millionen Dollar, wenn man sie über die Jahre zusammenrechnet.«

»Und was hat Captain Binh damit zu tun?« fragte Eleanor.

»Sehen Sie«, sagte Ernst, »unseren damaligen Informationen nach wurde die Korruption innerhalb der Polizei von Saigon von einer Triade namens Devil's Three kontrolliert. Man bezahlte sie, oder man machte keine Geschäfte. So einfach war das. Zufällig, oder eher keineswegs zufällig, hatte die Polizei von

Saigon drei hohe Beamte, deren Domäne sozusagen ungemein passend mit der Domäne der Triade übereinstimmte. Ein Captain für die Sitte. Einer für Drogen. Einer für den Streifendienst. Unseren Informationen nach waren diese drei die Triade.«

»Sie sagen ›unsere Informationen‹. Sind das Informationen von Handel und Entwicklung? Woher haben Sie das?«

Ernst machte eine Bewegung, als wollte er schon wieder die Sachen auf seinem Tisch ordnen, und blickte Bosch dann mit kaltem Blick an. »Detective, Sie kommen wegen Informationen zu mir. Wenn Sie wissen wollen, woher die stammen, sind Sie bei mir falsch. Sie können glauben, was ich Ihnen sage, oder auch nicht. Das hat für mich keine Bedeutung.«

Die beiden Männer starrten einander an, sagten aber nichts weiter.

»Was ist mit ihnen geschehen?« fragte Eleanor. »Mit den Mitgliedern der Triade.«

Ernst löste seinen Blick von Bosch und sagte: »Nachdem die Vereinigten Staaten 1973 ihre militärischen Verbände zurückgezogen hatten, waren die Einnahmequellen der Triade so gut wie versiegt. Wie verantwortungsvolle Geschäftsleute hatten sie dies allerdings vorausgeahnt und sich einen Ersatz gesucht. Unseren damaligen Informationen nach verbesserten sie ihre Stellung erheblich. Anfang der Siebziger hielten sie nicht mehr nur die Hand über sämtliche Drogenaktivitäten in Saigon, sondern nahmen auch daran teil. Durch politische und militärische Kontakte und – natürlich – mit Hilfe ihrer Polizeimacht etablierten sie sich als Makler für alles braune Heroin, das aus dem Hochland kam und in die Vereinigten Staaten verschifft wurde.«

»Aber das dauerte nicht an«, sagte Bosch.

»Oh, nein. Natürlich nicht. Als Saigon im April 1975 fiel, mußten sie weg. Sie hatten Millionen gemacht, jeder schätzungsweise fünfzehn bis achtzehn Millionen amerikanische Dollar. Die wären in der neuen Ho-Chi-Minh-Stadt wertlos gewesen, ganz abgesehen davon, daß Tote ohnehin keine Freude an Reichtümern mehr haben. Die Triade mußte raus, denn sonst hätten sie sich vor einem Erschießungskommando der Nordarmee wiedergefunden. Und sie mußten ihr Geld rausbringen ...«

»Also, wie haben sie es gemacht?«

»Es war schmutziges Geld. Geld, das ein Captain der Polizei nicht haben konnte oder sollte. Ich nehme an, sie hätten es nach Zürich überweisen können, aber Sie müssen bedenken, daß wir es mit vietnamesischer Kultur zu tun haben. Geboren aus Chaos und Mißtrauen. Krieg. Diese Leute trauten noch nicht einmal den Banken in ihrem eigenen Land. Und außerdem war es inzwischen kein Geld mehr.«

»Wie?« sagte Eleanor verblüfft.

»Die ganze Zeit über hatten sie es schon eingetauscht. Wissen Sie, wie achtzehn Millionen Dollar aussehen? Die Scheine würden wahrscheinlich ein ganzes Zimmer füllen. Also fanden sie eine Möglichkeit, die Masse zu schrumpfen. Zumindest sind wir davon überzeugt.«

»Edelsteine«, sagte Bosch.

»Diamanten«, sagte Ernst. »Man sagt, die richtigen Diamanten im Wert von achtzehn Millionen Dollar würden ohne weiteres in zwei Schuhkartons passen.«

»Und in ein Schließfach im Tresor«, sagte Bosch.

»Das könnte sein, aber bitte, ich möchte nichts wissen, was ich nicht wissen muß.«

»Binh war einer der Captains«, sagte Bosch. »Wer waren die anderen beiden?«

»Man hat mir gesagt, einer von ihnen hätte Van Nguyen geheißen. Angeblich soll er tot sein. Er hat Vietnam nie verlassen. Ermordet von den anderen beiden oder vielleicht von der Nordarmee. Jedenfalls ist er nie rausgekommen. Das wurde von unseren Agenten in Ho-Chi-Minh-Stadt nach dem Sturz bestätigt. Die anderen beiden sind hergekommen. Beide hatten Pässe, beschafft mit Hilfe von Beziehungen und Geld, nehme ich an. Da kann ich Ihnen nicht weiterhelfen ... Der eine war Binh, den Sie scheinbar gefunden haben, der andere war Nguyen Tran. Er ist mit Binh gekommen. Wohin sie gegangen sind und was sie jetzt machen, kann ich Ihnen nicht sagen. Es ist fünfzehn Jahre her. Nachdem sie hier angekommen waren, gingen sie uns nichts mehr an.«

»Wieso hat man ihnen die Einreise gestattet?«

»Wer sagt, daß man es ihnen gestattet hat? Sie müssen sich klarmachen, Detective Bosch, daß diese Informationen zum größten Teil im nachhinein zusammengestellt wurden.«

Ernst erhob sich. Das waren alle Informationen, die er für heute dezentralisieren wollte.

Bosch wollte nicht wieder rauf zum FBI. Ernsts Informationen waren Amphetamine in seinem Blut. Er wollte laufen. Er wollte reden, weiterkommen. Als sie am Fahrstuhl waren, drückte er auf den Knopf für die Lobby und erklärte Eleanor, sie würden nach draußen gehen. Das FBI war wie ein Aquarium. Er brauchte Platz.

Bei jeder Ermittlung kam es Bosch so vor, als würden sich die Informationen langsam sammeln, ähnlich wie Sand, der gleichmäßig durch die enge Mitte einer Sanduhr lief. Irgendwann gab es im unteren Teil des Glases mehr Informationen als im oberen. Und dann schien der Sand schneller durch die enge Mitte zu rieseln und ans Ziel zu kommen. An diesem Punkt waren sie mit Meadows, dem Bankraub, der ganzen Sache. Die Fakten fügten sich aneinander.

Sie gingen durch die vordere Lobby hinaus auf den Rasen, wo im Halbkreis träge acht US-Flaggen und das kalifornische Banner an Masten hingen. Heute gab es hier keine Demonstranten. Die Luft war warm und ungewöhnlich feucht.

»Müssen wir hier draußen reden?« fragte Eleanor. »Ich wäre lieber oben in der Nähe der Telefone. Du könntest Kaffee trinken.«

»Ich möchte rauchen.«

Sie liefen Richtung Norden zum Wilshire Boulevard.

Bosch sagte: »Es ist 1975. Saigon geht gerade vor die Hunde. Captain Binh bezahlt Leute, die ihn und seinen Anteil an den Diamanten rausbringen. Wen er bezahlt, wissen wir nicht. Was wir wissen, ist, daß er die ganze Zeit über wie ein VIP behandelt wird. Die meisten Leute sind mit Booten rausgekommen. Er ist geflogen. Vier Tage von Saigon in die Staaten. Er wird begleitet von einem amerikanischen Zivilberater, der manches vereinfachen soll. Das ist Meadows. Er ...«

»Er wird möglicherweise begleitet«, sagte sie. »Du hast das Wort ›möglicherweise‹ vergessen.«

»Wir sind hier nicht vor Gericht. Ich sage es, wie ich glaube, daß es gewesen sein könnte, okay? Hinterher kannst du – wenn es dir nicht gefällt – sagen, was du glaubst.«

Sie hob beschwichtigend die Arme, und Bosch fuhr fort.

»Also, Meadows und Binh sind zusammen. 1975. Meadows arbeitet bei der Rückzugssicherung oder so was. Schließlich ist er selbst auf der Flucht. Vielleicht kennt er Binh von seinem alten Nebenjob, der Heroindealerei. Die Möglichkeit besteht. Wahrscheinlich hat er sogar für Binh gearbeitet. Also, kann sein, daß er gewußt hat, was Binh in die Staaten bringt. Die Möglichkeit besteht, daß er zumindest eine Ahnung davon hatte.«

Bosch blieb stehen, um seine Gedanken zu ordnen, und widerstrebend übernahm Eleanor.

»Binh ist mißtrauisch, seine kulturell bedingte Abneigung hindert ihn, Geld in die Hände von Banken zu geben. Aber er hat noch ein weiteres Problem. Sein Geld ist nicht koscher. Es ist nicht deklariert, keiner weiß davon. Er besitzt es illegal. Er kann es nicht anmelden oder irgendwo einzahlen, denn es würde auffallen und müßte dann deklariert werden. Also bewahrt er sein ansehnliches Vermögen an einem ungefährdeten Ort auf: einem Tresor mit Schließfächern. Wohin gehen wir?«

Bosch antwortete nicht. Er war zu sehr in Gedanken. Sie kamen an den Wilshire. Als das grüne Licht über dem Zebrastreifen blinkte, ließen sie sich mit der Menge treiben. Auf der anderen Straßenseite bogen sie nach Westen ab, liefen an den Hecken entlang, die den Veteranenfriedhof säumten. Bosch übernahm die Geschichte.

»Okay, Binh versteckt seinen Anteil also in dem Tresor. Er fängt den amerikanischen Traum als Flüchtling an. Nur ist er ein reicher Flüchtling. Inzwischen kehrt Meadows aus dem Krieg zurück, findet sich im normalen Leben nicht zurecht, wird seine Sucht nicht los und fängt an, Dinger zu drehen, um die Sucht zu finanzieren. Nur ist es hier nicht so einfach wie in Saigon. Er wird geschnappt, verbringt einige Zeit im Bau. Er kommt raus, geht wieder rein, kommt raus, dann wird er von einem Bundesgericht wegen zweier Bankeinbrüche zu mehreren Jahren verurteilt.«

Es gab einen Durchgang in der Hecke und dahinter einen gepflasterten Weg. Bosch folgte ihm, und sie standen da und überblickten die Weite des Friedhofs. Reihen behauener Steine, wettergegerbtes Weiß in einem Meer von Grün. Die hohe Hecke hielt den Lärm der Straße ab. Augenblicklich war es still.

»Es ist wie ein Park«, sagte Bosch.

»Es ist ein Friedhof«, flüsterte sie. »Gehen wir.«

»Du mußt nicht flüstern. Laufen wir etwas. Es ist so friedlich.«

Eleanor zögerte, aber dann ging sie hinterher, als er dem Plattenweg unter eine Eiche folgte, in deren Schatten einige Gräber von Veteranen aus dem Ersten Weltkrieg lagen. Sie holte ihn ein und nahm das Gespräch wieder auf.

»Jetzt haben wir Meadows also auf TI. Irgendwoher hört er von dieser Charlie Company. Er macht den Ex-Soldaten und Welterneuerer, der den Laden leitet, auf sich aufmerksam, sichert sich dessen Unterstützung und wird vorzeitig von TI entlassen. In der Charlie Company hat er Kontakt zu zwei alten Kriegskameraden. Das nehmen wir zumindest an. Delgado und Franklin. Allerdings waren sie nur einen Tag zu dritt in der Charlie Company. Nur einen Tag. Willst du mir erzählen, sie haben sich das ganze Ding an einem Tag ausgedacht?«

»Ich weiß nicht«, sagte Bosch. »Könnte sein, aber ich bezweifle es. Es könnte später geplant worden sein, nachdem sie wieder Kontakt aufgenommen hatten. Wichtig ist, daß wir sie zusammen haben oder zumindest in unmittelbarer Nähe: 1975 in Saigon. Dann sind sie wieder zusammen in der Charlie Company. Danach wird Meadows entlassen, nimmt zur Tarnung ein paar Jobs an, bis seine Bewährung zu Ende geht. Dann kündigt er und verschwindet von der Bildfläche.«

»Bis?«

»Bis zum Einbruch bei der WestLand National. Sie gehen rein, brechen die Fächer auf, bis sie Binhs gefunden haben. Vielleicht wußten sie auch, welches seins war. Als sie die Sache geplant haben, müssen sie ihm gefolgt sein, um rauszufinden, wo er seinen Anteil der Diamanten versteckt hat. Wir sollten uns noch mal an die Tresorakten setzen und nachsehen, ob dieser Frederic B. Isley den Tresor irgendwann zur selben Zeit wie Binh besucht hat. Ich möchte wetten, daß es so war. Er hat Binhs Box gesehen, weil er zur selben Zeit im Tresor war.

Und bei dem Einbruch haben sie sich zuerst sein Fach vorgenommen, dann zur Tarnung alle anderen. Das Geniale daran war, daß Binh nicht melden konnte, was man ihm gestohlen hatte, weil es rechtlich gar nicht existierte. Das wußten sie. Es war perfekt. Besonders, weil sie das ganze andere Zeug auch mitgenommen haben, nur um das eigentliche Ziel zu vertuschen: die Diamanten.«

»Das perfekte Verbrechen«, sagte sie, »bis Meadows das Armband mit den Jade-Delphinen versetzt. Es kostet ihn das Leben. Was uns zurück zu der Frage bringt, die wir uns schon vor einigen Tagen gestellt haben. Wieso? Und noch etwas macht keinen Sinn: Warum – wenn er beim Raub im Tresor dabei war – wohnte Meadows in diesem Loch? Er war ein reicher Mann, der sich nicht wie ein reicher Mann benahm.«

Bosch lief ein Stück weit schweigend. Es war die Frage, die ihn schon seit dem Treffen mit Ernst beschäftigte. Er dachte über Meadows' Miete nach, die er für elf Monate im voraus bezahlt hatte. Wäre er noch am Leben, würde er in der kommenden Woche ausziehen. Während sie durch den Park mit den weißen Steinen spazierten, schien plötzlich alles zu einem Ganzen zu werden. Im Oberteil der Sanduhr war kein Sand mehr.

Schließlich sagte er: »Weil das perfekte Verbrechen erst zur Hälfte vollendet war. Mit dem Versetzen des Armbands gab er es zu früh preis. Also mußte er weg, und sie mußten das Armband zurückholen.«

Sie blieb stehen und sah ihn an. Sie befanden sich auf der Zufahrtsstraße neben Gräbern aus dem Zweiten Weltkrieg. Bosch bemerkte, daß die Wurzeln einer alten Eiche ein paar von den verwitterten Steinen aus der Reihe geschoben hatten. Sie sahen aus wie Zähne, die auf einen Kieferorthopäden warteten.

»Erklär mir, was du gerade gesagt hast«, sagte Eleanor.

»Sie bohren mehrere Fächer auf, um zu tarnen, daß sie in Wirklichkeit Binhs Box haben wollen. Okay?«

Sie nickte. Noch immer gingen sie nicht weiter.

»Okay. Also, um diese Tarnung aufrechtzuerhalten, was würde man da tun? Das Zeug aus den anderen Fächern loswerden, damit es nie wieder auftauchen kann. Und ich meine nicht, es an Hehler zu verkaufen. Ich meine, es loszuwerden, zu vernichten, versenken, vergraben, irgendwo, wo man es nie wieder finden kann. Denn in dem Augenblick, in dem der erste Edelstein oder die erste alte Münze oder Aktie auftaucht und die Polizei davon erfährt, gibt es eine Spur, der man folgen kann.«

»Du glaubst also, Meadows wurde ermordet, weil er das Armband versetzt hat?« sagte sie.

»Nicht nur deshalb. Es muß noch etwas anderes geben, das diese ganze Sache verbindet. Wenn Meadows einen Teil von Binhs Diamanten hatte, warum sollte er sich die Mühe machen, ein Armband zu versetzen, das ein paar tausend Dollar wert ist? Warum sollte er so leben, wie er gelebt hat? Es macht keinen Sinn.«

»Ich kann dir nicht folgen, Harry.«

»Ich kann mir selbst nicht folgen. Aber betrachte es mal einen Moment lang so. Angenommen, Meadows und die anderen wissen, wo Binh und der andere Captain, Nguyen Tran, sind und wo die beiden den Rest ihrer Diamanten versteckt haben. Angenommen, es gibt zwei Banken, und die Diamanten befinden sich in zwei Schließfächern. Und angenommen, sie wollen in beide einbrechen. Also nehmen sie zuerst Binhs Bank. Und dann nehmen sie Trans.«

Sie nickte, daß sie ihm folgen konnte. Bosch spürte, wie seine Aufregung wuchs.

»Okay. Also, die Planung solcher Dinge braucht Zeit, um die Strategie zu entwickeln. Die Sache muß für einen Zeitpunkt geplant werden, an dem die Bank drei Tage in Folge geschlossen ist, denn soviel Zeit brauchen sie, um genug Fächer aufzubohren, damit es echt aussieht. Und dann ist da noch die Zeit, die sie für den Tunnelbau brauchen.«

Er hatte vergessen, sich eine Zigarette anzuzünden. Das merkte er jetzt und steckte sich eine in den Mund, fing aber an zu reden, bevor er sie anzündete.

»Kannst du mir noch folgen?«

Sie nickte. Er steckte die Zigarette an.

»Okay, was tut man am besten, wenn man die erste Bank geknackt, sich aber noch nicht an die zweite rangemacht hat? Man hält sich bedeckt und gibt auf keinen Fall etwas preis. Man schafft das ganze andere Zeug weg, die Tarnung, die Sachen aus den anderen Fächern. Man behält nichts davon. Und man sitzt auf den Diamanten aus Binhs Fach. Man darf sie nicht verkaufen, denn damit könnte man die Aufmerksamkeit auf sich lenken und den zweiten Coup gefährden. Wahrscheinlich hatte Binh außerdem seine Fühler ausgestreckt und war auf der Suche nach den Diamanten. Im Laufe der Jahre hat er sicher angefangen, sie nach und nach zu Geld zu machen und war mit der Hehlerei von Edelsteinen vertraut. Auf ihn mußten sie daher auch noch achten.«

»Meadows hat also gegen die Regeln verstoßen«, sagte sie. »Er hat etwas für sich behalten. Das Armband. Seine Partner haben es rausgefunden und ihn umgelegt. Dann sind sie in die Pfandleihe eingebrochen und haben das Armband zurückgeholt.« Sie schüttelte den Kopf vor Bewunderung über den Plan. »Der Coup wäre nach wie vor perfekt, wenn er es nicht getan hätte.«

Bosch nickte. Sie standen da und blickten über das Friedhofsgelände. Bosch ließ seine Zigarette fallen und trat sie aus. Hinten am Hügel waren die schwarzen Mauern des Vietnam Veterans Memorial zu sehen.

»Was soll das da oben?« fragte sie. »Ich weiß nicht. Es ist eine Kopie. Marmorimitat. Ich glaube, sie fahren damit über Land, falls jemand es sehen möchte und dafür nicht extra nach Washington fahren kann.«

Eleanor hielt kurz die Luft an und drehte sich zu ihm um.

»Harry, nächsten Montag ist Memorial Day.«

»Ich weiß. Die Banken haben zwei Tage geschlossen, manche drei. Wir müssen Tran finden.«

Sie kehrte um und wollte zum FBI zurück. Er warf einen letzten Blick auf das Ehrenmal. Die lange Mauer mit all den Namen darauf war in den Hang des Hügels eingelassen. Ein Mann in grauer Uniform fegte auf dem Weg davor einen Haufen violetter Blüten von einem Jakarandabaum zusammen.

Harry und Eleanor schwiegen, bis der Friedhof hinter ihnen lag und sie über den Wilshire zum Federal Building gingen. Sie stellte eine Frage, auf die Bosch bisher noch keine passende Antwort gefunden hatte.

»Warum jetzt? Warum nach so langer Zeit? Es ist fünfzehn Jahre her.«

»Ich weiß nicht. Vielleicht war es einfach der richtige Zeitpunkt. Menschen, Dinge, unsichtbare Mächte wirken von Zeit zu Zeit zusammen. Da bin ich ganz sicher. Wer weiß? Vielleicht hatte Meadows Binh vollkommen vergessen und ihn dann eines Tages auf der Straße gesehen, und da ist es ihm eingefallen. Der perfekte Plan. Vielleicht hatte auch ein anderer den Plan, oder sie haben ihn tatsächlich an diesem einen Tag ausgebrütet, den sie gemeinsam in der Charlie Company waren. Das Warum werden wir nie erfahren. Was wir brauchen, ist das Wie und das Wer.«

»Du weißt, Harry, wenn sie da draußen sind – ich sollte besser sagen: da unten – und einen Tunnel graben, dann bleiben uns weniger als zwei Tage, sie zu finden. Wir müssen ein paar Trupps unter die Erde schicken, die nach ihnen suchen.«

Er dachte, eine Mannschaft in das Tunnelsystem der Stadt zu schicken, um dort den Eingang zu einem illegalen Tunnel zu finden, wäre eine reichlich vage Angelegenheit. Sie hatte ihm erzählt, daß allein L.A. mehr als 2400 Kilometer unterirdischer Wege besäße. Sie würden den falschen Tunnel vielleicht nicht mal finden, wenn sie einen Monat Zeit hätten. Der Schlüssel war Tran. Finde den letzten Captain, dann finde seine Bank. Dort findest du die Einbrecher. Und die Mörder von Meadows und Sharkey.

Er sagte: »Glaubst du, Binh würde uns sagen, wo Tran ist?«

»Er hat nicht mal gemeldet, daß sein Vermögen aus dem Tresor gestohlen wurde, also dürfte er kaum jemand sein, der Tran an uns verrät.«

»Stimmt. Ich glaube, wir sollten versuchen, Tran selbst zu finden, bevor wir zu Binh gehen. Nehmen wir Binh als letzte Möglichkeit.«

»Ich fang' mit dem Computer an.«

»Genau.«

Der FBI-Computer und das Netzwerk, auf das er zurückgreifen konnte, gaben den Aufenthaltsort von Nguyen Tran nicht preis. Bosch und Wish fanden keinerlei Erwähnung bei der Verkehrsbehörde, dem INS, dem Finanzamt oder in den Akten der Sozialversicherung. Es gab nichts in der Liste falscher Namen im Archiv von Los Angeles, keine Erwähnung in den Akten der Wasser- und Stromversorgung oder den Vermögenssteuer- oder Wählerlisten. Bosch rief Hector Villabona an und erfuhr, daß Tran tatsächlich am selben Tag wie Binh in die Staaten eingereist war. Weitere Einträge gab es nicht. Nachdem sie vier Stunden auf die bernsteinfarbenen Lettern des Bildschirms gestarrt hatten, stellte Eleanor ihn ab.

»Nichts«, sagte sie. »Er lebt unter anderem Namen. Aber er hat ihn nicht offiziell ändern lassen, zumindest nicht in diesem County. Der Mann ist nirgendwo registriert.«

Sie saßen da, niedergeschlagen und schweigend. Bosch trank den letzten Schluck Kaffee aus seinem Styroporbecher. Es war nach fünf, und sie saßen allein im Einsatzraum. Rourke war nach Hause gegangen, nachdem man ihn über die neuesten Entwicklungen informiert und er entschieden hatte, seine Leute nicht hinunter in die Tunnel zu schicken.

»Wissen Sie, wie viele Kilometer der unterirdische Hochwasserschutz von L.A. umfaßt?« hatte er gefragt. »Das ist wie ein Straßennetz. Diese Typen könnten – falls sie wirklich da unten sind – überall sein. Wir würden nur im Dunkel herumtappen. Sie wären im Vorteil, und von uns könnte jemand verletzt werden.«

Bosch und Wish wußten, daß er recht hatte. Sie stritten nicht und machten sich daran, Tran zu finden. Ohne Erfolg.

»Also gehen wir jetzt zu Binh«, sagte Bosch, als er seinen Kaffee ausgetrunken hatte.

»Glaubst du, er wird kooperieren?« sagte sie. »Er weiß, wenn wir Tran suchen, müssen wir auch über ihre gemeinsame Vergangenheit Bescheid wissen. Über die Diamanten.«

»Ich weiß nicht, was er tun wird«, sagte er. »Ich werde ihn morgen besuchen. Hast du Hunger?«

»Wir werden ihn morgen besuchen«, korrigierte sie ihn und lächelte. »Ja, ich habe Hunger. Verschwinden wir hier.«

Sie aßen in einem Restaurant am Broadway in Santa Monica. Eleanor hatte den Laden ausgesucht, und da er in der Nähe ihrer Wohnung lag, war Bosch guten Mutes und entspannt. In der Ecke spielte ein Trio auf einer Holzbühne, aber wegen der kahlen Mauern des Ladens war die Akustik schlecht. Nach dem Essen saßen Harry und Eleanor schweigend und zufrieden vor ihrem Espresso. Es war eine Wärme zwischen ihnen, die Bosch sich nicht erklären konnte. Er kannte diese Frau nicht, die ihm da gegenüber saß. Ein Blick in ihre harten, braunen Augen hatte es ihm gezeigt. Er wollte dahinter sehen. Sie hatten sich geliebt, aber er wollte verliebt sein. Er wollte sie.

Und als könnte sie seine Gedanken lesen, fragte sie: »Kommst du heute abend mit zu mir?«

Lewis und Clarke befanden sich im zweiten Geschoß der Parkgarage, die auf der anderen Straßenseite und einen halben Block vom Broadway Bar & Grill entfernt lag. Lewis war ausgestiegen, hockte am Geländer und spähte durch die Kamera. Das Dreißig-Zentimeter-Objektiv ruhte auf einem Ständer und war auf die Eingangstür des Restaurants gerichtet. Er hoffte, das Licht über der Tür des Lokals würde genügen. Er hatte einen High-Speed-Film in der Kamera, aber der blinkende, rote Punkt im Sucher zeigte ihm an, besser nicht zu fotografieren. Es war immer noch nicht genug Licht. Er beschloß, es trotzdem zu versuchen, ohne Automatik.

»Du wirst nichts draufkriegen«, sagte Clarke hinter ihm. »Nicht bei dem Licht.«

»Laß mich meine Arbeit machen. Wenn ich es nicht draufkriege, krieg' ich es eben nicht drauf. Wen interessiert's?«

»Irving.«

»Der kann mich mal. Er sagt, er will mehr Dokumentation. Die kann er haben. Ich versuch' nur, es dem Mann recht zu machen.«

»Wir sollten vielleicht da runter zu dem Lebensmittelladen gehen, etwas näher ran ...«

Clarke brach den Satz ab und drehte sich um, weil er Schritte hörte. Lewis blieb mit dem Auge an der Kamera, wartete auf seine Gelegenheit. Die Schritte stammten von einem Mann in der blauen Uniform eines Sicherheitsbeamten.

»Darf ich mal fragen, was Sie beide da machen?« fragte der Wachmann.

Clarke zeigte ihm die Marke und sagte: »Wir sind hier bei der Arbeit.«

Der Wachmann, ein junger Schwarzer, trat näher heran, um sich Marke und Ausweis anzusehen und griff danach. Clarke riß seine Marke zurück.

»Nicht anrühren, Bruder. Niemand rührt meine Marke an.«

»Da steht LAPD. Haben Sie sich mit dem Revier von Santa Monica abgesprochen? Wissen die, daß Sie hier draußen sind?«

»Scheiß doch der Hund drauf. Laß uns einfach in Ruhe.«

Clarke wandte sich ab. Als der Wachmann nicht gehen wollte, drehte er sich wieder um und sagte: »Kleiner, kann ich was für dich tun?«

»Diese Garage ist mein Revier, Detective Clarke. Hier kann ich tun, was ich will.«

»Du kannst die Fliege machen. Ich kann ...«

Clarke hörte den Verschluß der Kamera und das automatische Weiterspulen. Er wandte sich zu Lewis um, der grinsend aufstand.

»Ich hab' ihn – per Hand«, sagte Lewis, als er sich aufrichtete. »Sie sind unterwegs. Gehen wir.«

Lewis schob die Teleskopbeine des Stativs zusammen und setzte sich eilig auf den Beifahrersitz des grauen Caprice, den sie gegen den schwarzen Plymouth eingetauscht hatten.

»Bis bald mal, Bruder«, sagte Clarke zu dem Wachmann. Er klemmte sich hinters Lenkrad.

Der Wagen setzte zurück, zwang den Sicherheitsbeamten, aus dem Weg zu springen. Clarke sah grinsend in den Rückspiegel, als er die Rampe zur Ausfahrt ansteuerte. Er sah, daß der Wachmann in sein Walkie-Talkie sprach.

»Da kannst du quatschen, soviel du willst«, sagte er.

Der IAD-Wagen hielt vor dem Häuschen an der Ausfahrt. Clarke reichte dem Mann im Häuschen den Parkschein und zwei Dollar. Der nahm alles entgegen, hob aber nicht die schwarzweiß gestreifte Schranke.

»Benson sagt, ich soll Sie beide hier festhalten«, sagte der Mann im Häuschen.

»Was? Wer zum Teufel ist Benson?« sagte Clarke.

»Der Wachmann. Er sagt, Sie sollen einen Moment warten.«

In diesem Augenblick sahen die IAD-Detectives, wie Bosch und Wish in Richtung Fourth Street am Parkhaus vorbeifuhren. Sie würden sie verlieren. Clarke hielt dem Kassierer seine Marke hin.

»Wir sind im Dienst. Machen Sie das gottverdammte Tor auf. Sofort!«

»Er wird gleich kommen. Ich muß tun, was er sagt. Sonst bin ich meinen Job los.«

»Mach das Tor auf, sonst bist du ihn ganz bestimmt los, du Pfeife«, schrie Clarke.

Er trat aufs Gas und ließ den Motor aufheulen, um zu zeigen, daß er durchfahren wollte.

»Was meinen Sie, wieso wir da eine feste Schranke haben und kein dünnes Stück Holz? Fahren Sie ruhig zu. Das wird Sie die Windschutzscheibe kosten, Mister. Machen Sie, was Sie wollen, aber er wird gleich kommen.«

Im Rückspiegel sah Clarke, daß der Sicherheitsbeamte die Rampe herunterkam. Clarkes Gesicht bekam vor Wut ganz rote Flecken. Er spürte Lewis' Hand an seinem Arm.

»Ganz ruhig, Partner«, sagte Lewis. »Sie haben Händchen gehalten, als sie aus dem Restaurant kamen. Wir verlieren sie nicht. Die gehen nur in ihre Wohnung. Ich wette mit dir um eine Woche Fahrdienst, daß wir sie da finden.«

Clarke schüttelte die Hand ab und stieß einen langen Seufzer aus. Seine Miene entspannte sich etwas. Er sagte: »Ist mir egal. Die ganze Scheiße gefällt mir nicht.«

Am Ocean Park Boulevard fand Bosch einen Parkplatz gegenüber von Eleanors Wohnung. Er parkte ein, machte aber keine Anstalten, auszusteigen. Er sah sie an, spürte die Wärme der Minuten vorher, unsicher, wohin das alles führen sollte. Sie schien es zu wissen, fühlte vielleicht sogar genauso. Sie legte ihre Hand auf seine und beugte sich herüber, um ihn zu küssen. Sie flüsterte: »Komm mit rein.«

Er stieg aus und kam auf ihre Seite. Sie war schon draußen, und er schloß die Tür. Sie gingen um die Front des Wagens herum, blieben stehen und wollten einen herankommenden Wagen vorbeilassen. Der Wagen hatte Fernlicht eingeschaltet. Bosch drehte sich weg und sah Eleanor an. Daher war sie es, die als erste bemerkte, daß das Fernlicht mit hoher Geschwindigkeit in ihre Richtung kam.

»Harry?«

»Was?«

»Harry!«

Da drehte sich Bosch dem heranrasenden Wagen zu und sah die Scheinwerfer: zwei Paar quadratische Doppelscheinwerfer. In den wenigen Sekunden, die blieben, wurde Bosch eindeutig klar, daß der Wagen auf sie zuhielt. Zeit war das, was sie am wenigsten hatten, und doch schien die Zeit stehenzubleiben. Bosch kam es vor, als drehte er sich im Zeitlupentempo nach rechts zu Eleanor. Aber sie brauchte keine Hilfe. Gleichzeitig sprangen sie auf die Haube von Boschs Wagen. Er rollte über sie, und beide stürzten auf den Gehsteig, als sein

Wagen einen Satz machte und das Kreischen von berstendem Metall zu hören war. Bosch sah im Augenwinkel, wie blaue Funken nach allen Seiten stoben. Sie landeten aufeinander auf dem schmalen Rasenstreifen zwischen Bordstein und Gehweg. Bosch spürte, daß sie in Sicherheit waren. Erschrocken, aber für den Augenblick in Sicherheit.

Er rappelte sich hoch, hielt seine Waffe mit beiden Händen. Der Wagen, der es auf sie abgesehen hatte, hielt nicht an. Er war schon fünfzig Meter weiter östlich, raste davon, wurde immer schneller. Bosch gab einen Schuß ab und meinte, die Kugel wäre an der Heckscheibe abgeprallt. Auf diese Entfernung konnte sie kein Glas zerschlagen. Er hörte, wie Eleanors Waffe neben ihm zweimal abgefeuert wurde, sah aber keinen Schaden am flüchtenden Wagen.

Ohne ein Wort stürmten beide in Boschs Wagen. Bosch hielt den Atem an, während er den Zündschlüssel drehte, aber der Motor startete, und mit quietschenden Reifen fuhr der Wagen an. Bosch riß das Lenkrad von einer Seite zur anderen, während sie an Geschwindigkeit zunahmen. Die Aufhängung fühlte sich etwas schwammig an. Er hatte keine Ahnung, wie groß der Schaden war. Als er in den Außenspiegel sehen wollte, merkte er, daß es keinen mehr gab. Er machte das Licht an, aber nur der Scheinwerfer auf der Beifahrerseite funktionierte.

Der flüchtende Wagen war fünf Blocks voraus, fast schon dort, wo der Ocean Boulevard hinter dem Hügel verschwand. Die Rücklichter des anderen Wagens verschwanden, als er über den Kamm des Hügels fuhr. Er will zum Bundy Drive, dachte Bosch. Von da war es nur ein kurzes Stück zur 10. Er wäre weg, und sie würden ihn nie mehr kriegen. Bosch schnappte sich das Funkgerät und bat um Unterstützung. Aber er konnte keine Beschreibung des Wagens abgeben, nur die Fahrtrichtung nennen.

»Er fährt zum Freeway, Harry«, schrie Eleanor. »Bist du okay?«

»Ja, Und du? Hast du die Automarke?«

»Alles klar. Hab' mich nur erschrocken. Keine Marke. Amerikanisch, glaub' ich. Mh, eckige Scheinwerfer. Keine Farbe, nur dunkel. Die Farbe hab' ich nicht gesehen. Wir kriegen ihn nicht, wenn er es zum Freeway schafft.«

Sie fuhren Richtung Osten auf dem Ocean Park, parallel zur 10. Sie kamen zum Kamm des Hügels, und Bosch schaltete den Scheinwerfer aus. Als sie drüber waren, sah er, wie der unbeleuchtete Wagen über die beleuchtete Kreuzung an der Lincoln fuhr. Ja, er wollte zum Bundy. An der Lincoln bog Bosch links ein und trat das Gas durch. Er machte das Licht wieder an. Und während der Wagen schneller wurde, hörten sie ein Rumpeln. Der linke Vorderreifen und die Spur waren beschädigt.

»Wo willst du hin?« rief Eleanor.

»Ich will zuerst auf dem Freeway sein.«

Kaum hatte Bosch es gesagt, da kamen die Schilder für die Auffahrt, und der Wagen schlingerte mit einem weiten Bogen nach rechts auf die Rampe. Der Reifen hielt. Sie rasten die Rampe hinunter mitten in den Verkehr.

»Wie sollen wir ihn erkennen?« rief Eleanor. Der Lärm vom Reifen war jetzt sehr laut, ein fast konstantes Wummern.

»Ich weiß nicht. Such' nach viereckigen Scheinwerfern.«

Eine Minute später kamen sie zur Ausfahrt Bundy, aber Bosch hatte keine Ahnung, ob sie den anderen Wagen überholt hatten oder ob er schon weit vor ihnen war. Ein Wagen kam die Rampe herauf und fuhr auf die Beschleunigungsspur. Er war weiß und ausländisch.

»Ich glaube nicht«, rief Eleanor.

Bosch trat wieder durch und raste voran. Sein Herz hämmerte fast so schnell wie der Reifen, halb vor Aufregung über die Jagd, halb vor Aufregung darüber, daß er noch am Leben war und nicht zerquetscht auf der Straße vor Eleanors Wohnung lag. Er prügelte den Wagen voran, als hielte er die Zügel eines galoppierenden Pferdes. Sie fuhren mit hundertfünfzig durch den spärlichen Verkehr, sahen sich beide die Frontpartien der Wagen an, die sie überholten, suchten nach viereckigen Scheinwerfern oder einer verbeulten rechten Seite.

Eine halbe Minute später – Boschs Knöchel waren weiß, so sehr klammerte er sich am Lenkrad fest – kamen sie zu einem dunkelbraunen Ford, der mindestens hundertzwanzig auf der rechten Spur fuhr. Bosch scherte hinter ihm aus und fuhr an ihm vorbei. Eleanor hielt ihre Waffe in Händen, ließ sie aber unter der Scheibe, damit sie von außen nicht zu sehen war. Der Weiße am Steuer sah nicht herüber. Als sie ihn überholt hatten, rief Eleanor: »Eckige Lampen, nebeneinander.«

»Ist das der Wagen?« rief Bosch ihr aufgeregt zu.

»Ich kann nicht ... ich weiß nicht. Ich kann nicht sehen, ob die rechte Seite beschädigt ist. Könnte sein. Der Kerl läßt sich nichts anmerken.«

Sie waren jetzt eine knappe Wagenlänge voraus. Bosch nahm das Warnlicht und schwang es durchs Fenster aufs Dach. Er schaltete das Blaulicht ein und drängte den Ford langsam auf den Seitenstreifen. Eleanor streckte eine Hand aus dem Fenster und winkte den Wagen ab. Der Fahrer fügte sich. Bosch bremste scharf und schob ihn auf den Seitenstreifen, dann brachte er seinen Wagen dahinter zum Stehen. Als sie an der Lärmschutzwand parkten, merkte Bosch, daß er ein großes Problem hatte. Er machte das Fernlicht an, aber immer noch reagierte nur der Scheinwerfer auf der Beifahrerseite. Der Wagen vor ihm stand so nah an der Mauer, daß Bosch und Wish nicht sehen konnten, ob die rechte Seite beschädigt war. Währenddessen saß der Fahrer in seinem Wagen, in der Dunkelheit fast nicht zu sehen.

»Scheiße«, sagte Bosch. »Okay. Komm erst nach vorn, wenn ich sage, daß alles klar ist, okay?«

»Verstanden«, sagte sie.

Bosch mußte sich mit seinem ganzen Gewicht gegen die Tür

werfen, um sie zu öffnen. Er stieg aus, die Waffe in einer Hand, die Taschenlampe in der anderen. Er hielt die Lampe weit von sich und richtete den Lichtstrahl auf den Fahrer des Wagens. Bosch wollte gegen den brüllenden Verkehrslärm anschreien, aber ein Dieselhorn übertönte ihn, und ein Windstoß, verursacht von einem vorbeifahrenden Sattelschlepper, schob ihn voran.

Bosch versuchte es noch einmal, rief dem Fahrer zu, beide Hände aus dem Fenster zu strecken, damit Bosch sie sehen konnte. Nichts. Er rief dasselbe noch mal. Sekunden später, als Bosch schon sprungbereit am hinteren Kotflügel lauerte, fügte sich der Fahrer endlich. Bosch leuchtete durch die Heckscheibe und sah keine weiteren Insassen. Er lief nach vorn, hielt die Lampe auf den Fahrer gerichtet und wies ihn an, langsam auszusteigen.

»Was soll das?« protestierte der Mann. Er war klein, hatte blasse Haut, rötliches Haar und ein durchsichtiges Oberlippenbärtchen. Er öffnete die Fahrertür und stieg mit erhobenen Händen aus. Er trug ein weißes Hemd mit geknöpftem Kragen und sandfarbene Hosen. Er sah flehend zu den vorüberfahrenden Autos, als suchte er nach einem Zeugen für diesen Alptraum eines jeden Pendlers.

»Kann ich Ihre Marke sehen?« stammelte er. Bosch machte einen Satz nach vorn, riß ihn herum und knallte ihn an die Seite des Wagens, Kopf und Schultern auf das Dach. Eine Hand hielt ihn am Rücken fest, die andere drückte die Waffe an sein Ohr, und Bosch rief Eleanor zu, daß alles klar sei.

»Sieh dir den Wagen an.«

Der Mann unter Bosch stöhnte wie ein verängstigtes Tier, und Bosch spürte, daß er zitterte. Sein Nacken fühlte sich feucht an. Bosch ließ ihn nicht aus den Augen, um nach Eleanor zu sehen. Plötzlich war ihre Stimme direkt hinter ihm.

»Laß ihn los«, sagte sie. »Er ist es nicht. Da ist nichts zu sehen. Wir haben den Falschen erwischt.«

Sechster Teil

Freitag, 25. Mai

Sie wurden von der Santa Monica Polizei, der California Highway Patrol, dem LAPD und dem FBI vernommen. Man unterzog Bosch einem Alkoholtest. Negativ. Und gegen zwei Uhr morgens saß er hundemüde in einem Vernehmungszimmer im Revier von West Los Angeles und fragte sich, ob als nächstes die Küstenwache oder das Finanzamt kommen würde. Eleanor und er waren getrennt worden, und er hatte sie nicht mehr gesehen, seit er vor drei Stunden hergebracht worden war. Es belastete ihn, daß er nicht bei ihr sein konnte, um sie vor den Vernehmungsbeamten zu schützen. Da trat Lieutenant Harvey »Ninety-eight« Pounds ein und erklärte Bosch, daß sie für heute fertig seien. Bosch merkte, daß Ninety-eight wütend war, und das nicht nur, weil man ihn aus dem Bett geholt hatte.

»Was ist das für ein Cop, der nicht die Marke des Wagens erkennt, der ihn überfahren will?« fragte er.

Bosch war schon an den besserwisserischen Ton der Fragen gewöhnt. So war es die ganze Nacht gegangen.

»Wie ich es schon allen anderen gesagt habe, war ich zu dem Zeitpunkt ziemlich beschäftigt. Ich habe versucht, meinen Arsch zu retten.«

»Und dieser Mann, den sie abgedrängt haben«, ging Pounds dazwischen. »Meine Güte, Bosch, Sie nehmen ihn am Straßenrand auseinander. Jedes Arschloch mit einem Autotelefon wählt neun-eins-eins und meldet Kidnapping, Mord, wer weiß was noch. Hätten Sie nicht versuchen können, sich die rechte Seite des Wagens anzusehen, bevor Sie ihn abdrängten?«

»Es war unmöglich. Steht doch alles in unserem Bericht, Lieutenant. Ich bin das heute bestimmt schon zehnmal durchgegangen.«

Pounds tat, als hörte er ihn nicht. »Und dann ist er auch noch Anwalt.«

»Na und?« sagte Bosch und verlor endgültig die Geduld. »Wir haben uns entschuldigt. Es war ein Fehler. Der Wagen sah genauso aus. Und wenn er jemanden verklagt, dann das FBI. Die haben tiefere Taschen. Also machen Sie sich keine Sorgen.«

»Nein, er will uns alle verklagen. Das hat er schon gesagt, verdammt. Und jetzt ist auch nicht der Zeitpunkt für billige Witze, Bosch.«

»Und es ist genausowenig der Zeitpunkt, sich Sorgen darum zu machen, was wir richtig oder falsch gemacht haben. Kein einziger von diesen Anzugtypen, die zur Vernehmung hier drin waren, schien sich dafür zu interessieren, daß jemand versucht hat, uns zu überfahren. Die wollten nur wissen, wie weit ich weg war, als ich geschossen habe, ob ich Umstehende gefährdet und wieso ich den Wagen ohne triftigen Grund angehalten habe. Mann, ihr könnt mich alle mal. Da will jemand mich und meine Partnerin umbringen. Entschuldigen Sie bitte, daß es mir nicht sonderlich leid tut um den Anwalt, dem dabei die Hosenträger verdreht wurden.«

Auf dieses Argument war Pounds vorbereitet.

»Bosch, nach der Beweislage zu urteilen, könnte es auch ein Betrunkener gewesen sein. Und was meinen Sie mit ›Partner‹? Sie sind für diese Ermittlungen ausgeliehen worden. Und nach dem heutigen Abend, denke ich, wird diese Ausleihe rückgängig gemacht. Fünf volle Tage haben Sie mit dem Fall verbracht, und nach allem, was ich von Rourke höre, haben Sie nichts gefunden.«

»Es war kein Betrunkener, Pounds. Er hatte uns im Visier. Und es interessiert mich nicht, was Rourke erzählt. Ich werde diesen Fall klären. Und wenn Sie aufhören würden, unsere Bemühungen zu untergraben, zur Abwechslung mal an Ihre Leute glauben und mir vielleicht diese Arschgeigen vom IAD vom Hals schaffen würden, könnte vielleicht was von dem Lorbeer für Sie abfallen, wenn wir Erfolg haben.«

Pounds' Augenbrauen bäumten sich auf wie die Wagen auf einer Achterbahn.

»Ja, ich weiß über Lewis und Clarke Bescheid«, sagte Bosch. »Und ich weiß, daß die Berichte auch an Sie gegangen sind. Ich schätze, die beiden haben Ihnen nichts von unserem kleinen Gespräch erzählt, was? Ich hab' sie erwischt, als sie an meinem Haus rumgeschnüffelt haben.«

Pounds' Miene machte klar, daß er davon nichts wußte. Lewis und Clarke hielten sich bedeckt, und Bosch würde wegen seiner Strafaktion keinen Ärger bekommen. Er fing an, sich zu fragen, wo die beiden IAD-Detectives gewesen waren, als man Eleanor und ihn beinah überfahren hatte.

Seit geraumer Zeit war Pounds still. Er war wie ein Fisch, der um den Köder schwamm, den Bosch geworfen hatte. Er schien zu wissen, daß ein Haken daran war, schien aber auch zu glauben, daß es eine Möglichkeit gäbe, den Köder ohne den Haken zu schnappen. Schließlich forderte er Bosch auf, die bisherigen Ermittlungen für ihn zusammenzufassen. Er hing am Haken. Bosch berichtete von der vergangenen Woche, und obwohl Pounds während der folgenden zwanzig Minuten kein Wort sagte, sah Bosch an den Achterbahn-Augenbrauen, wann er etwas sagte, das Rourke für sich behalten hatte.

Als die Geschichte zu Ende war, erwähnte Pounds mit keinem Wort mehr, daß Bosch der Fall entzogen werden sollte. Trotzdem war Bosch der ganzen Sache überdrüssig. Er wollte schlafen, aber Pounds hatte immer noch Fragen.

»Wenn das FBI keine Leute in die Tunnel schicken will, wieso machen wir es dann nicht?« fragte er.

Bosch merkte, daß Pounds an der Festnahme teilhaben

wollte, falls es eine geben sollte. Wenn er LAPD-Leute in die Abwassertunnel schickte, würde das FBI das Department nicht außen vor lassen können, wenn es um die Ehrungen für die Festnahme ging. Der Chief würde Pounds auf die Schulter klopfen, sollte es dazu kommen.

Nur war Bosch zu der Überzeugung gekommen, daß Rourkes Argumente stimmig und korrekt waren. Ein Suchtrupp lief im Tunnel Gefahr, auf die Diebe zu stoßen und dabei getötet zu werden.

»Nein«, sagte Bosch zu Pounds. »Lassen Sie uns erst sehen, ob wir Tran und sein Diamantenversteck finden können. Es könnte sein, daß es diesmal gar nicht um eine Bank geht.«

Pounds stand auf, hatte genug gehört. Er sagte, Bosch könne gehen. Während der Lieutenant die Tür ansteuerte, sagte er: »Bosch, ich glaube nicht, daß Sie irgendwelche Probleme wegen dieser Sache heute haben dürften. Für mich klingt es, als hätten Sie getan, was Sie konnten. Der Anwalt hat ein paar Federn gelassen, aber die werden schon wieder nachwachsen.«

Bosch sagte nichts und lächelte auch nicht über den lauen Scherz.

»Eins noch«, fuhr Pounds fort. »Die Tatsache, daß es vor Agent Wishs Haustür passiert ist, macht mir etwas Sorge, weil es unschicklich wirkt. Sie haben sie nur zur Haustür begleitet, hab' ich recht?«

»Eigentlich ist es mir egal, wie es wirkt, Lieutenant«, antwortete Bosch. »Ich hatte dienstfrei.«

Pounds sah Bosch einen Moment lang an, schüttelte den Kopf, als hätte Bosch seine ausgestreckte Hand ignoriert, dann verschwand er durch die Tür des kleines Raumes.

Bosch fand Eleanor allein in einem Vernehmungszimmer neben seinem. Sie hatte die Augen geschlossen und den Kopf auf die Hände gestützt, die Ellbogen auf einen zerkratzten Holztisch gelegt. Als er hereinkam, öffnete sie ihre Augen und lächelte. Augenblicklich waren Erschöpfung, Enttäuschung und Wut wie weggeblasen. So lächeln sich Kinder an, die unter einer Decke stecken.

»Fertig?« sagte sie.

»Ja. Und du?«

»Bin schon seit über einer Stunde fertig. Dich wollten sie grillen, nicht mich.«

»Wie üblich. Rourke ist weg?«

»Ja, er ist los. Hat gesagt, ich soll ihn morgen alle zwei Stunden anrufen. Nach dem, was heute abend passiert ist, meint er, er hätte die Zügel bei dieser Sache nicht fest genug in der Hand.«

»Oder dich.«

»Ja. Sieht so aus, als wenn das dazukäme. Er wollte wissen, was wir in meiner Wohnung wollten. Ich habe ihm gesagt, du hättest mich nur zur Tür bringen wollen.«

Bosch setzte sich müde auf die andere Seite des Tisches und schob, auf der Suche nach der letzten Zigarette, einen Finger in die Packung. Er steckte die Zigarette in den Mund, zündete sie aber nicht an.

»Abgesehen davon, daß das, was wir gemacht haben könnten, ihn erregt oder eifersüchtig macht, was glaubt Rourke, wer uns überfahren wollte?« fragte er. »Ein Betrunkener, wie meine Leute zu glauben scheinen?«

»Er hat die Theorie mit dem Betrunkenen nicht erwähnt. Dafür hat er gefragt, ob ich einen eifersüchtigen Liebhaber hätte. Abgesehen davon scheint er keine große Sorge zu haben, daß es etwas mit unserem Fall zu tun haben könnte.«

»An den Ex-Liebhaber hatte ich noch gar nicht gedacht. Was hast du ihm erzählt?«

»Du bist genauso hinterhältig wie er«, sagte sie und strahlte ihn an. »Ich habe ihm gesagt, daß es ihn nichts anginge.«

»Gut gegeben. Geht es mich was an?«

»Die Antwort lautet nein.« Sie ließ ihn ein paar Sekunden

hängen, dann fügte sie hinzu: »Das heißt: nein, keine eifersüchtigen Ex-Liebhaber. So, können wir jetzt gehen und da weitermachen, wo wir« – sie sah auf ihre Uhr – »vor gut vier Stunden aufgehört hatten?«

Bosch lag wach in Eleanor Wishs Bett, lange bevor das Morgengrauen um die Gardinen kroch. Unfähig, der Schlaflosigkeit zu entkommen, stand er schließlich auf und duschte im Badezimmer im Erdgeschoß. Danach sah er sich in ihren Küchenschränken und dem Kühlschrank um und stellte sich ein Frühstück aus Kaffee, Eiern und Zimt-Rosinen-Brötchen zusammen. Schinken konnte er nicht finden.

Als er hörte, wie die Dusche oben anging, brachte er ein Glas Orangensaft hinauf und fand sie vor dem Badezimmerspiegel. Sie war nackt und bürstete ihr Haar, das sie in drei dicke Büschel aufgeteilt hatte. Sie ließ ihn herein und beobachtete ihn, während sie ihr Haar gekonnt zu einem dicken Zopf flocht. Dann nahm sie den Saft und einen langen Kuß von Bosch entgegen. Sie zog ihren kurzen Mantel an, und sie gingen nach unten, um zu essen.

Danach öffnete Harry die Küchentür, stellte sich nach draußen und rauchte eine Zigarette.

»Weißt du«, sagte er. »Ich bin nur froh, daß nichts passiert ist.«

»Du meinst, gestern abend auf der Straße?«

»Ja. Dir. Ich weiß nicht, wie ich damit fertig geworden wäre. Ich weiß, wir haben uns gerade erst kennengelernt und so, aber ... du bist mir sehr nah. Weißt du das?«

»Du mir auch.«

Bosch hatte geduscht, aber seine Sachen waren so frisch wie der Aschenbecher in einem Gebrauchtwagen. Nach einer Weile sagte er, er müsse nach Hause, sich umziehen. Eleanor sagte, sie würde zum FBI fahren, nachsehen, ob sich wegen des gestrigen Abends etwas ergeben hatte und was sie über Binh in den Akten finden konnte. Sie verabredeten sich in der Hollywood Station an der Wilcox, weil sie dort Binhs Geschäft am nächsten waren und Bosch ohnehin seinen demolierten Wagen abgeben mußte. Sie brachte ihn zur Tür, und sie küßten sich, als ginge ihr Mann zur Arbeit ins Büro.

Als Bosch zu Hause ankam, fand er weder Nachrichten auf seinem Anrufbeantworter noch Anzeichen dafür, daß jemand in die Wohnung eingedrungen war. Er rasierte sich, zog sich um und fuhr dann den Hügel hinunter durch den Nichols Canyon rüber zur Wilcox. Er saß an seinem Schreibtisch und brachte seinen Ermittlungsbericht auf den neuesten Stand, als Eleanor um zehn Uhr eintraf. Der Einsatzraum war voll, und die meisten männlichen Detectives sahen von ihrer Arbeit hoch, um sie zu begutachten. Sie lächelte unbehaglich, als sie sich auf einen Metallstuhl neben den Tisch für die Mordfälle setzte.

»Stimmt irgendwas nicht?«

»Ich glaube, ich würde lieber durch Biscailuz laufen«, sagte sie und meinte das Gefängnis des Sheriffs.

»Oh, ja, diese Jungs können sich besser zur Schau stellen als die meisten Exhibitionisten. Möchtest du ein Glas Wasser?«

»Nein. Nicht nötig. Bist du soweit?«

»Gehen wir.«

Sie nahmen Boschs neuen Wagen, der mindestens drei Jahre älter war und hundertzwanzigtausend Kilometer drauf hatte. Der Fahrdienstleiter, der nur noch Innendienst machte, seit er bei dem Versuch, an Halloween eine Rohrbombe aufzusammeln, vier Finger verloren hatte, sagte, was Besseres habe er nicht auf Lager. Haushaltskürzungen verhinderten den Ankauf neuer Wagen, obwohl die Reparatur der alten das Department eigentlich mehr kostete. Bosch stellte fest, daß wenigstens die Klimaanlage einigermaßen arbeitete. Leichte Santa-Ana-Winde wehten, und in der Vorhersage war die Rede von einem ungewöhnlich warmen, langen Wochenende.

Eleanors Ermittlungen bezüglich Binh zeigten, daß er ein Büro und ein Geschäft an der Vermont nahe dem Wilshire besaß. Es gab mehr koreanisch geführte Läden in dieser Gegend als vietnamesische, aber sie bestanden problemlos nebeneinander. Soweit Wish herausfand, kontrollierte Binh eine Reihe von Läden, die billige Kleidung, Elektro- und Videogeräte aus dem Orient importierten und dann über Südkalifornien nach Mexiko ausführten. Viele Dinge, von denen »turistas« meinten, sie könnten sie in Mexiko billig bekommen und mit in die Staaten bringen, waren schon einmal dort gewesen. Auf Papier hörte sich das alles ganz erfolgreich an, wenn auch im kleinen Stil. Trotzdem fragte sich Bosch, ob Binh die Diamanten eigentlich brauchte. Oder überhaupt je besessen hatte.

Das Gebäude, in dem Binhs Büro und der Discount-Video-Laden untergebracht waren, gehörte ihm. In den 30er Jahren war es ein Ausstellungsraum für Autos gewesen und lange vor Binhs Zeit umgebaut worden. Unverstärkter Betonblock mit großen Panoramascheiben, Zusammenbruch beim ersten kräftigen Erdstoß garantiert. Aber für jemanden, der wie Binh aus Vietnam gekommen war, stellten Erdbeben wahrscheinlich nur eine geringfügige Unannehmlichkeit dar, kein Risiko.

Nachdem sie einen freien Parkplatz gegenüber von Ben's Electronics gefunden hatten, erklärte Bosch Eleanor, sie solle das Gespräch übernehmen, zumindest anfangs. Bosch konnte sich vorstellen, daß Binh dem FBI gegenüber vielleicht aufgeschlossener wäre. Sie nahmen sich vor, etwas mit ihm zu plaudern und dann nach Tran zu fragen. Bosch erzählte ihr nicht, daß er noch einen zweiten Plan hatte.

»Sieht nicht gerade aus wie der Laden von jemandem, der ein Fach voller Diamanten in der Bank hat«, sagte Bosch, als sie ausstiegen.

»In der Bank hatte«, sagte sie. »Und denk dran, er konnte mit dem Zeug nicht angeben. Er mußte wie alle anderen

Einwanderer sein. Den Anschein erwecken, von einem Tag auf den anderen zu leben. Die Diamanten, falls es welche gab, waren die Sicherheit für seinen Laden, für seine amerikanische Erfolgsgeschichte. Aber es mußte so aussehen, als hätte er es aus dem Nichts heraus geschafft.«

»Warte mal«, sagte Bosch, als sie auf die andere Straßenseite kamen. Er erklärte Eleanor, er habe vergessen, Jerry Edgar zu bitten, ihn heute nachmittag im Gericht zu vertreten. Er deutete auf eine Telefonzelle an einer Tankstelle neben Binhs Laden und trottete hinüber. Eleanor blieb zurück, sah sich die Schaufenster an.

Bosch rief Edgar an, sagte aber kein Wort vom Gericht.

»Jed, du mußt mir einen Gefallen tun. Du mußt dafür nicht mal aufstehen.«

Edgar zögerte, wie Bosch es erwartet hatte.

»Was brauchst du?«

»So solltest du es nicht sagen. Du solltest sagen: ›Klar, Harry, was kann ich für dich tun‹?«

»Komm schon, Harry, wir wissen beide, daß sie uns im Auge haben. Wir müssen vorsichtig sein. Sag, was du willst, und ich sage dir, ob ich es tun kann.«

»Ich möchte nur, daß du mich in zehn Minuten anpiepst. Ich muß aus einem Treffen raus. Piep mich an, und wenn ich zurückrufe, leg den Hörer zwei Minuten beiseite. Und wenn ich nicht zurückrufe, piep mich nach fünf Minuten noch mal an. Das ist alles.«

»Das ist alles? Nur anpiepen?«

»Genau. In zehn Minuten.«

»Okay, Harry«, sagte Edgar sichtlich erleichtert. »Hey, ich habe von deinem Ding letzte Nacht gehört. Das war knapp. Und hier drüben hört man, es wäre kein Betrunkener gewesen. Also paß auf dich auf.«

»Immer. Was passiert bei Sharkey?«

»Nichts. Ich hab' seine Clique aufgetrieben, wie du gesagt

hast. Zwei von ihnen haben gesagt, sie wären an dem Abend bei ihm gewesen. Ich glaub', sie haben Schwule ausgenommen. Sie sagen, sie hätten ihn aus den Augen verloren, als er in den Wagen stieg. Zwei Stunden, bevor der Anruf einging, daß er in dem Tunnel oben am Bowl lag. Ich denke, der Täter saß im Wagen.«

»Beschreibung?«

»Vom Wagen? Nicht besonders. Dunkle Farbe, amerikanische Limousine. Irgendwas neueres. Das war's auch schon.«

»Was für Scheinwerfer?«

»Na ja, ich hab' ihnen das Autobuch gegeben, und sie haben verschiedene Rücklichter rausgesucht. Einer runde, der andere rechteckige. Aber die Scheinwerfer. Beide sagen, sie ...«

»Quadratisch. Nebeneinander liegende Vierecke.«

»Stimmt. Hey, Harry, meinst du, das ist der Wagen, der dich und diese FBI-Frau umfahren wollte? Himmel, wir sollten uns zusammensetzen.«

»Später. Vielleicht später. Vorerst piep mich in zehn Minuten an.«

»Zehn Minuten, gut.«

Bosch hängte ein und ging zurück zu Eleanor, die sich die Ghetto-Blaster im Schaufenster ansah. Sie traten ein, schüttelten zwei Verkäufer ab, umgingen einen Stapel verpackter Camcorder für 500 Dollar das Stück und erklärten einer Frau, die an der Registrierkasse im hinteren Teil des Ladens stand, daß sie mit Binh sprechen wollten. Die Frau starrte sie mit leerem Blick an, bis Eleanor ihre Marke und den FBI-Ausweis zückte.

»Sie warten hier«, sagte die Frau und verschwand durch eine Tür hinter der Kasse. In der Tür war ein kleines Spiegelfenster eingelassen, das Bosch an das Vernehmungszimmer an der Wilcox erinnerte. Er sah auf seine Uhr. Ihm blieben noch acht Minuten.

Der Mann, der aus der Tür hinter der Kasse trat, sah aus wie etwa sechzig. Er hatte weißes Haar und war klein, aber Bosch konnte sehen, daß er einmal sehr kräftig gewesen sein mußte. Immer noch breit und stämmig, durch das bequemere Leben aber etwas weicher geworden. Er trug eine Brille mit Silbergestell und pinkfarbenen Gläsern, ein Hemd mit offenem Kragen und dazu Golfhosen. Seine Brusttasche hing vom Gewicht eines guten Dutzends Kugelschreiber und kleiner Taschenlampen durch. Ngo Van Binh hatte nichts Auffälliges an sich.

»Mr. Binh? Mein Name ist Eleanor Wish. Ich bin vom FBI. Das hier ist Detective Bosch, LAPD. Wir würden Ihnen gern ein paar Fragen stellen.«

»Ja«, sagte er, ohne die strenge Miene zu verziehen.

»Es geht um den Einbruch in die Bank, in der Sie ein Schließfach hatten.«

»Ich habe keinen Verlust gemeldet. In meinem Fach war nur sentimentaler Inhalt.«

Diamanten stehen ziemlich weit oben, was Sentimentalitäten angeht, dachte Bosch. »Mr. Binh, könnten wir in Ihr Büro gehen und uns da unterhalten?« sagte er statt dessen.

»Ja, aber ich hatte keinen Verlust. Sehen Sie nach. Es steht in den Berichten.«

Eleanor streckte ihre Hand aus und bat Binh vorauszugehen. Sie folgten ihm durch die Tür mit dem verspiegelten Fenster in eine Art Lagerraum. Hunderte von Kisten mit elektronischen Geräten standen auf Stahlregalen entlang der Wände. Sie kamen in einen kleineren Raum, der eine Reparatur- oder Montagewerkstatt war. Eine gedrungene Frau saß an einer Werkbank und schlürfte Suppe aus einer Schüssel. Sie sah nicht auf, als sie vorübergingen. An der Rückseite der Werkstatt gab es zwei Türen, und durch eine davon zog die Prozession in Binhs Büro. Hier war es vorbei mit Binhs ärmlicher Aufmachung. Das Büro war groß und plüschig. Ein Schreibtisch und zwei Sessel standen zur Rechten, eine dunkle, L-förmige Couch zur Linken. Vor der Couch lag ein Orientteppich, der einen kampfbereiten, dreiköpfigen Drachen zeigte. Die Regale an den Wänden gegenüber standen voll mit Büchern, Stereo- und Videoanlagen, weit besser als das, was Bosch vorn im Laden gesehen hatte. Wir hätten ihn zu Hause besuchen sollen, dachte Bosch. Sehen, wie er wohnt, nicht, wie er arbeitet.

Eilig sah sich Bosch im Raum um und entdeckte das weiße Telefon auf dem Schreibtisch. Es war antik, die Sorte, bei der der Hörer in einer Gabel über der Wählscheibe lag. Binh wollte hinter seinen Schreibtisch treten, aber Bosch sprach ihn gleich an.

»Mr. Binh? Wäre es okay, wenn wir uns hier drüben auf die Couch setzen würden? Wir möchten diese Sache so informell wie möglich halten. Ehrlich gesagt, sitzen wir den ganzen Tag am Schreibtisch.«

Binh zuckte mit den Schultern, als machte es für ihn keinen Unterschied. Egal, wo sie saßen, ungelegen kamen sie sowieso. Es war eine sehr amerikanische Geste, und Bosch nahm an, daß sein unbeholfenes Englisch ein Vorwand war, um sich besser abschirmen zu können. Binh setzte sich auf die eine Seite der Couch, Eleanor und Bosch auf die andere. »Hübsches Büro«, sagte Bosch und sah sich um. Er fand kein weiteres Telefon im Raum.

Binh nickte. Er bot ihnen weder Tee noch Kaffee an, auch keinen Small Talk. Er sagte nur: »Was möchten Sie, bitte?«

Bosch sah Eleanor an.

Sie sagte: »Mr. Binh, wir gehen nur unseren Ermittlungen nach. Sie haben nach dem Einbruch nichts als gestohlen gemeldet. Wir ...«

»Das ist richtig. Kein Verlust.«

»Das ist korrekt. Was haben Sie in dem Fach aufbewahrt?«

»Nichts.«

»Nichts?«

»Papiere und so was, ohne Wert. Das habe ich schon allen erzählt.«

»Ja, das wissen wir. Es tut uns leid, Sie nochmals behelligen zu müssen. Aber der Fall ist noch ungeklärt, und wir müssen sehen, ob uns etwas entgangen ist. Können Sie mir detailliert sagen, welche Papiere Sie verloren haben? Es könnte uns helfen, sollten wir die Beute finden und identifizieren wollen, wem was gehört.«

Eleanor holte ein kleines Notizbuch und einen Schreiber aus ihrer Handtasche. Binh sah seine beiden Besucher an, als könne er sich beim besten Willen nicht vorstellen, wie seine Information ihnen helfen sollte. Bosch sagte: »Sie würden sich wundern, was kleine Dinge ...«

Sein Pieper ging los. Bosch nahm das Gerät vom Gürtel und starrte auf das Display. Er stand auf und sah sich um, als nehme er den Raum zum ersten Mal wahr. Er fragte sich, ob er es übertrieb.

»Mr. Binh, darf ich Ihr Telefon benutzen? Ein Ortsgespräch.«

Binh nickte, und Bosch trat hinter den Schreibtisch, beugte sich vor und nahm den Hörer ab. Mit großer Geste betrachtete er die Ziffern auf dem Pieper, dann wählte er Edgars Nummer. Mit dem Rücken zu Eleanor und Binh blieb er stehen. Er sah an der Wand hoch, als bewunderte er die Seidentapeten. Er hörte, wie Binh Eleanor seine Einreise- und Einbürgerungspapiere beschrieb, die aus dem Fach verschwunden waren. Bosch schob den Pieper in seine Manteltasche und nahm ein kleines Taschenmesser, die T-9-Telefonwanze und die kleine Batterie heraus, die er von seinem eigenen Telefon abgeklemmt hatte.

»Hier ist Bosch, wer ruft mich?« sagte er ins Telefon, als Edgar abnahm. Nachdem Edgar den Hörer beiseite gelegt hatte, sagte er: »Ein paar Minuten vielleicht, aber sagen Sie ihm, ich wäre mitten in einem Gespräch. Was ist so wichtig?«

Mit dem Rücken zur Couch gewandt, drehte sich Bosch leicht nach rechts und neigte den Kopf, als klemmte er den Hörer an sein linkes Ohr, wo Binh, der noch immer redete, ihn nicht sehen konnte. Bosch brachte den Hörer auf Bauchhöhe, löste den Deckel der Hörmuschel – räusperte sich dabei – und holte dann das Abhörgerät hervor. Einhändig verband er die Wanze mit der Batterie – das hatte er vorher geübt, während er beim Fahrdienst an der Wilcox auf den neuen Wagen warten mußte. Dann schob er Wanze und Batterie in den Griff des Hörers. Er baute ihn wieder zusammen, klappte den Deckel drauf und hustete laut, um das Geräusch zu übertönen.

»Okay«, sagte Bosch ins Telefon. »Na gut, sag ihm, ich ruf zurück, wenn ich hier fertig bin. Danke, Mann.«

Er stellte das Telefon auf den Tisch zurück, während er das Messer wieder in seine Tasche schob. Dann kehrte er zur Couch zurück, wo Eleanor etwas in ihr Notizbuch schrieb. Als sie fertig war, sah sie Bosch an, und ohne jeden weiteren Hinweis wußte Bosch, daß das Gespräch jetzt eine Wendung nehmen würde.

»Mr. Binh«, sagte sie. »Sind Sie sicher, daß das alles ist, was Sie in Ihrer Box hatten?«

»Ja, sicher, warum fragen Sie mich soviel?«

»Mr. Binh, wir wissen, wer Sie sind, und wir kennen die Umstände Ihrer Einreise in dieses Land. Wir wissen, daß Sie Polizeibeamter waren.«

»Ja, und? Was heißt das?«

»Wir wissen noch andere Dinge ...«

»Wir wissen«, ging Bosch dazwischen, »daß Sie als Polizeibeamter in Saigon hochbezahlt waren. Wir wissen, daß Ihre Arbeit zum Teil mit Diamanten vergütet wurde.«

»Was soll das bedeuten, was er sagt?« sagte Binh, sah Eleanor an und deutete mit der Hand auf Bosch. Er versteckte sich hinter der Sprachbarriere. Sein Englisch schien immer schlechter zu werden, je länger das Gespräch dauerte.

»Es bedeutet genau das, was er sagt«, antwortete sie. »Wir wissen von den Diamanten, die Sie aus Vietnam mitgebracht haben, Captain Binh. Wir wissen, daß Sie sie in ihrem Schließfach im Tresor aufbewahrt haben. Wir glauben, daß diese Diamanten das Motiv für den Einbruch waren.«

Die Neuigkeit erschütterte ihn nicht weiter. Soweit schien er es sich schon gedacht zu haben. Er rührte sich nicht. Er sagte: »Das nicht richtig.«

»Mr. Binh, wir haben Ihre Akten«, sagte Bosch. »Wir wissen alles über Sie. Wir wissen, daß Sie in Saigon waren, was Sie getan haben. Wir wissen, was Sie mitgebracht haben, als Sie herkamen. Ich weiß nicht, was Sie jetzt treiben – es sieht alles legal aus, aber das ist uns auch egal. Nicht egal ist uns, wer diese Bank ausgeraubt hat. Und man hat sie Ihretwegen ausgeraubt. Man hat Ihnen die Sicherheit für alles, was Sie besitzen, geraubt. Ich glaube nicht, daß wir Ihnen etwas sagen, was Sie sich nicht schon selbst überlegt und zusammengereimt hätten. Vielleicht haben Sie sogar schon daran gedacht, daß Ihr alter Partner Nguyen Tran dahinterstecken könnte, weil er wußte, was Sie hatten und wo es war. Kein schlechter Gedanke, aber wir glauben es nicht. Wir glauben, er ist der nächste auf der Liste.«

Nichts rührte sich auf dem Stein, der Binhs Gesicht war.

»Mr. Binh, wir möchten mit Tran sprechen«, sagte Bosch. »Wo ist er?«

Binh starrte durch den gläsernen Kaffeetisch auf den dreiköpfigen Drachen hinab. Er legte seine Hände in den Schoß, schüttelte den Kopf und sagte: »Wer ist dieser Tran?«

Eleanor funkelte Bosch an und versuchte, von dem Verhältnis, das vor Boschs Eingreifen zwischen ihr und dem Mann bestanden hatte, zu retten, was zu retten war.

»Captain Binh, wir haben keinerlei Interesse daran, irgend etwas gegen Sie zu unternehmen. Wir wollen nur einen weiteren Bankraub verhindern. Würden Sie uns bitte helfen?«

Binh antwortete nicht. Er starrte seine Hände an.

»Hören Sie, Binh, ich weiß nicht, was Sie in dieser Sache unternommen haben«, sagte Bosch. »Vielleicht haben Sie Leute losgeschickt, die versuchen, dieselben Männer zu finden wie wir. Aber ich sage es Ihnen gleich: Sie sind draußen. Also erzählen Sie uns, wo Tran ist.«

»Ich kenne diesen Mann nicht.«

»Wir sind Ihre einzige Hoffnung. Wir müssen Tran finden. Die Leute, die Sie ausgeraubt haben, sind wieder in den Tunneln unterwegs. In diesem Augenblick. Wenn wir Tran nicht dieses Wochenende finden, wird für Sie und ihn nichts mehr übrig sein.«

Binh blieb – wie Bosch erwartet hatte – ein Stein. Eleanor stand auf.

»Denken Sie drüber nach, Mr. Binh«, sagte sie.

»Für uns wird die Zeit knapp, genau wie für Ihren alten Partner«, sagte Bosch, als sie schon auf dem Weg zur Tür waren.

Nachdem Bosch den Ausstellungsraum durchquert hatte, lief er über die Vermont zum Wagen. Eleanor kam hinterher, und ihre Schritte waren steif und eckig vor Wut. Bosch stieg ein und griff hinter dem Vordersitz nach dem Nagra. Er stellte es an und schaltete die schnellste Aufnahmegeschwindigkeit ein. Er glaubte nicht, daß sie lange warten mußten. Er hoffte, die elektronischen Geräte im Laden würden den Empfang nicht behindern. Eleanor stieg auf der Beifahrerseite ein und fing an, sich zu beschweren.

»Das war ja großartig«, sagte sie. »Von dem erfahren wir nichts mehr. Er wird Tran anrufen und ... was zum Teufel ist das?«

»Etwas, das ich den Schmeißfliegen abgenommen habe. Sie hatten eine Wanze in meinem Telefon installiert. Der älteste Trick der Welt.«

»Und du hast sie gerade in ...« Sie zeigte auf die andere Straßenseite, und Bosch nickte.

»Bosch, bist du dir darüber im klaren, was mit uns passieren könnte, was das bedeutet? Ich werde jetzt da rübergehen und ...«

Sie öffnete die Tür, aber er beugte sich vor und zog sie zu.

»Das solltest du nicht tun. Es ist unsere einzige Chance, an Tran ranzukommen. Binh hätte uns nichts erzählt, egal, wie wir das Gespräch angegangen wären, und hinter deinen blitzenden Augen weißt du das genau. Also alles oder nichts. Wenn Binh Tran warnt, werden wir nie erfahren, wo er ist, es sei denn, wir benutzen das hier, um ihn vielleicht zu finden. Vielleicht. Wir werden es wohl bald erfahren.«

Eleanor starrte geradeaus und schüttelte den Kopf.

»Bosch, das könnte uns den Job kosten. Wie konntest du das tun, ohne mich vorher zu fragen?«

»Aus genau dem Grund. Es könnte *mich meinen* Job kosten. Du wußtest nichts davon.«

»Ich könnte es nie beweisen. Das Ganze wirkt wie eine Falle. Ich lenke ihn ab, während du an seinem Telefon herumbastelst.«

»Es war eine Falle, nur wußtest du nichts davon. Außerdem sind Binh und Tran nicht Teil unserer Ermittlungen. Wir sammeln keine Beweise gegen sie, nur von ihnen. Es wird in keinem Bericht stehen. Und falls er die Wanze finden sollte, kann er nicht beweisen, daß ich sie eingebaut habe. Sie hat keine Registriernummer. Ich hab' nachgesehen. So blöd waren die Lackaffen doch nicht. Alles klar. Keine Sorge.«

»Harry, das dürfte wohl kaum ...«

Das rote Licht am Nagra ging an. Jemand benutzte Binhs Telefon. Bosch prüfte, ob das Band lief.

»Eleanor, du bestimmst«, sagte Bosch und hielt den Recorder hoch. »Stell ab, wenn du willst. Du hast die Wahl.«

Sie drehte sich um und sah den Recorder an, dann Bosch.

In diesem Augenblick hörte das Wählen auf, und es wurde still im Wagen. Am anderen Ende der Leitung klingelte ein Telefon. Sie wandte sich ab. Jemand antwortete. Ein paar vietnamesische Worte wurden gewechselt, dann Schweigen. Eine neue Stimme kam an den Apparat, und ein Gespräch begann, ebenfalls auf vietnamesisch. Bosch hörte, daß eine der Stimmen Binh gehörte. Die andere klang wie ein Mann in Binhs Alter. Es waren Binh und Tran, wieder vereint. Eleanor schüttelte den Kopf und preßte ein kurzes Lachen hervor.

»Brillant, Harry. Wer soll uns das übersetzen? Wir dürfen es keinem erzählen. Das können wir nicht riskieren.«

»Ich will es nicht übersetzen.« Er stellte den Empfänger ab und spulte das Band zurück. »Nimm Block und Schreiber.«

Bosch stellte den Recorder auf die langsamste Geschwindigkeit und drückte auf Start. Als das Wählen begann, lief es so langsam, daß Bosch mitzählen konnte, wie oft es klickte. Er nannte Eleanor die Ziffern, und sie schrieb auf, welche Nummer Binh gewählt hatte.

Die Vorwahl war 714. Orange County. Bosch stellte den Empfänger ein. Das Gespräch zwischen Binh und dem unbekannten Mann hielt an. Er stellte ab und nahm das Funkmikro. Er gab die Telefonnummer an die Vermittlung weiter und bat um den dazugehörigen Namen und die Adresse. Es würde ein paar Minuten dauern, bis jemand im umgekehrten Telefonbuch nachgesehen hatte. Inzwischen ließ Bosch den Wagen an und fuhr auf der 10 Richtung Süden. Er war schon im Orange County, als die Vermittlung ihn rief.

Die Telefonnummer gehörte einem Geschäft namens Tan Phu Pagoda in Westminster. Bosch sah Eleanor an, die sich abwandte.

»Little Saigon«, sagte er.

Nach einer Stunde Fahrzeit waren Bosch und Wish an der Tan Phu Pagoda. Es war ein Einkaufszentrum an der Bolsa Avenue, einer Gegend ohne englischsprachige Straßenschilder. Das Gebäude war weiß und stuckverziert. Schaufenster von einem halben Dutzend Läden säumten den Parkplatz. Fast alle verkauften so unnötiges Zeug wie elektronische Geräte oder T-Shirts. An beiden Enden gab es vietnamesische Restaurants. Neben einem der Restaurants befand sich eine Glastür, die entweder zu einem Büro oder einem Laden ohne Schaufenster führte. Da weder Bosch noch Wish die Worte an der Tür entziffern konnten, hielten sie dies für den Eingang zum Büro des Einkaufszentrums.

»Wir müssen reingehen und sicherstellen, daß es sich um Trans Laden handelt, sehen, ob er da ist und ob es noch andere Ausgänge gibt«, sagte Bosch.

»Wir wissen nicht mal, wie er aussieht«, erinnerte ihn Wish.

Er überlegte kurz. Falls Tran nicht unter seinem richtigen Namen lebte, wäre er gewarnt, wenn man nach ihm fragte.

»Ich hab' eine Idee«, sagte Wish. »Such dir eine Telefonzelle. Dann geh' ich ins Büro. Du wählst die Nummer vom Tonband, und wenn ich drinnen bin, weiß ich, ob es klingelt. Wenn ich das Telefon höre, sind wir richtig. Gleichzeitig kann ich nach Tran und den Notausgängen sehen.«

»Könnte sein, daß da drinnen alle zehn Sekunden Telefone klingeln«, sagte Bosch. »Könnte ein Drogenlabor oder eine Sklavenfabrik sein. Woher willst wissen, daß ich dran bin?«

Sie schwieg einen Moment.

»Höchstwahrscheinlich sprechen sie kein Englisch oder zumindest nicht gut«, sagte sie. »Also bittest du darum, Englisch zu sprechen oder jemanden zu holen, der es kann. Wenn du jemanden dran hast, der dich versteht, sag irgendwas, das eine Reaktion provoziert, die ich erkennen kann.«

»Du meinst, falls das Telefon in dem Raum klingelt, in dem du zufällig gerade bist.«

Sie zuckte mit den Achseln, hatte genug davon, daß er jeden ihrer Vorschläge ablehnte. »Es ist das einzige, was wir tun können. Komm, da ist ein Telefon. Wir haben nicht viel Zeit.«

Er fuhr vom Parkplatz und ein Stück weit zu einer Telefonzelle vor einem Schnapsladen. Wish lief zurück zur Tan Phu Pagoda, und Bosch sah hinterher, bis sie an der Tür zum Büro war. Er warf einen Quarter ein und wählte die Nummer, die er auf seinem Block notiert hatte. Die Leitung war besetzt. Er drehte sich zur Bürotür um. Wish war nicht zu sehen. Wieder warf er den Quarter ein und wählte. Besetzt. Er tat es noch zweimal kurz hintereinander, bis das Freizeichen kam. Er glaubte schon, er hätte sich verwählt, als abgenommen wurde.

»Tan Phu«, sagte eine männliche Stimme. Jung, asiatisch, Anfang Zwanzig, dachte Bosch. Nicht Tran.

»Tan Phu?« fragte Bosch.

»Ja, bitte.«

Bosch wußte nicht, was er tun sollte. Er pfiff ins Telefon. Die Reaktion war eine heftige Verbalattacke, von der Bosch kein einziges Wort verstand. Dann wurde der Hörer am anderen Ende aufgeknallt. Bosch ging zum Wagen, fuhr zurück auf den kleinen Parkplatz vor dem Einkaufszentrum. Er fuhr Schrittempo, als Wish in Begleitung eines Mannes an der Glastür erschien. Ein Asiate. Wie Binh hatte auch er graues Haar und diese gewisse Aura natürlicher Überlegenheit. Er hielt Eleanor die Tür auf und nickte ihr zu, als sie sich bedankte. Er sah ihr hinterher und verschwand wieder in der Tür.

»Harry«, sagte sie, als sie in den Wagen stieg, »was hast du zu dem Mann am Telefon gesagt?«

»Kein Wort. Also, war es das Büro?«

»Ja, ich glaube, es war unser Mr. Tran, der mir die Tür aufgehalten hat. Netter Mensch.«

»Was hast du angestellt, daß er so nett zu dir war?«

»Ich habe gesagt, ich wäre Maklerin. Ich habe darum gebeten, den Chef sprechen zu dürfen. Da kam Mr. Grauhaar aus einem Büro. Er sagte, sein Name wäre Jimmie Bok. Ich habe gesagt, ich würde japanische Investoren vertreten und gefragt, ob er Interesse an einem Angebot hätte. Er hat abgelehnt. Er sagte – in sehr gepflegtem Englisch – ›Ich kaufe, ich verkaufe nicht.‹ Dann hat er mich hinausbegleitet. Ich glaube, es war Tran. Er hatte so etwas an sich.«

»Ja, ich hab' es gesehen«, sagte Bosch. Dann nahm er das Funkgerät und bat die Vermittlung, den Namen Jimmie Bok durch die Computer von NCIC und Verkehrsbehörde laufen zu lassen.

Eleanor beschrieb das Innere des Büros. Eine zentrale Empfangshalle, dahinter ein Korridor mit vier Türen, einschließlich einer am hinteren Ende, die – nach dem Doppelschloß zu urteilen – wie ein Ausgang aussah. Keine Frauen. Mindestens vier Männer außer Bok. Zwei davon sahen aus wie Leibwächter. Sie standen von der Couch am Empfang auf, als Bok aus der mittleren Tür des Korridors trat.

Bosch fuhr vom Parkplatz und um den Block. Er bog in die Lieferantengasse hinter dem Einkaufszentrum ein und hielt, als er einen goldenen Stretch-Mercedes vor einer Hintertür des Komplexes stehen sah. Die Tür hatte ein Doppelschloß.

»Das muß seine Kutsche sein«, sagte Wish.

Sie beschlossen, den Wagen zu beobachten. Bosch fuhr daran vorbei ans Ende der Gasse und parkte hinter einem Müllcontainer. Als er merkte, daß der voller Abfälle aus dem Restaurant war, setzte er zurück und fuhr ganz hinaus. Er parkte so in der Seitenstraße, daß sie beide aus dem Beifahrerfenster das Heck des Mercedes sahen. Außerdem konnte Bosch gleichzeitig Eleanor ansehen.

»Dann warten wir also«, sagte sie.

»Scheint so. Schwer zu sagen, ob er nach Binhs Warnung etwas unternimmt. Vielleicht hat er schon was unternommen, nachdem Binh im letzten Jahr ausgeraubt wurde, und wir laufen hier ganz umsonst heiß.«

Bosch bekam einen Rückruf von der Vermittlung: Jimmie Bok stand nicht in der Verkehrssünderkartei. Er wohnte in Beverly Hills und hatte keine Vorstrafen. Das war alles.

»Ich geh' wieder zur Telefonzelle«, verkündete Eleanor. Bosch sah sie an. »Ich muß mich melden. Ich werde Rourke sagen, daß wir diesen Mann an der Angel haben, und sehen, ob er nicht vielleicht jemanden abstellen kann, der ein paar Banken anruft und den Namen durchgibt. Um zu sehen, ob er Kunde bei ihnen ist. Außerdem würde ich ihn gern in den Grundbuchcomputer eingeben. Er sagte: ›Ich kaufe, ich verkaufe nicht.‹ Ich möchte wissen, was er kauft.«

»Schieß einmal in die Luft, wenn du mich brauchst«, sagte Bosch und lächelte, als sie die Tür öffnete.

»Möchtest du was essen?« fragte sie. »Ich überlege, ob ich aus einem der Restaurants vorne was zum Lunch hole.«

»Nur Kaffee«, sagte er. Vietnamesisch gegessen hatte er seit zwanzig Jahren nicht. Er sah, wie sie zur Vorderseite der Anlage ging.

Etwa zehn Minuten später, Bosch beobachtete den Mercedes, sah er am anderen Ende der Gasse einen Wagen vorbeifahren. Augenblicklich erkannte er ihn als Polizeiwagen. Ein weißer Ford LTD ohne Radabdeckungen, nur mit den normalen Radkappen und Weißwandreifen. Er war zu weit weg, um erkennen zu können, wer drin saß. Abwechselnd behielt er den Mercedes und den Rückspiegel im Auge, um zu sehen, ob der LTD um den Block kam. Nach fünf Minuten hatte er ihn noch immer nicht gesehen.

Zehn Minuten später kam Wish zurück. Sie trug eine fettverschmierte, braune Tüte, aus der sie einen Kaffee und zwei Kartons holte. »Gekochter Reis und Crab Boh«, sagte sie. Er lehnte dankend ab und kurbelte sein Fenster herunter. Er probierte seinen Kaffee und verzog das Gesicht.

»Schmeckt, als hätten sie ihn in Saigon gekocht und dann importiert«, sagte er. »Hast du Rourke erreicht?«

»Ja. Er will jemanden auf Bok ansetzen und mich anpiepen, wenn sie was finden. Wir sollen ihm über Funk Bescheid geben, wenn der Mercedes abfährt.«

Zwei Stunden vergingen schnell, während sie plauderten und den goldenen Mercedes im Auge behielten. Schließlich kündigte Bosch an, er wolle die Zelte abbrechen und zur Abwechslung einmal um den Block fahren. Was er für sich behielt, war, daß er sich langweilte, ihm der Hintern einschlief und er den weißen LTD suchen wollte.

»Meinst du, wir sollten anrufen, um zu sehen, ob er noch da ist, und auflegen, wenn er rangeht?« sagte sie.

»Falls Binh ihn gewarnt hat, könnte ihn ein solcher Anruf mißtrauisch machen, ihm zeigen, daß irgendwas vor sich geht.«

Er fuhr den Wagen zur Ecke und an der Front des Einkaufszentrums entlang. Ihm fiel nichts Ungewöhnliches auf. Er kurvte um den Block und parkte wieder an derselben Stelle wie vorher. Den LTD hatte er nicht gesehen.

Gleich, als sie wieder standen, ging Wishs Pieper los, und sie stieg aus, um zur Telefonzelle zu gehen. Bosch konzentrierte sich auf den goldenen Mercedes und vergaß den LTD für einen Moment. Nur als Eleanor zwanzig Minuten wegblieb, wurde er nervös. Es war drei Uhr nachmittags, und Bok/Tran war noch nicht weggefahren, wie sie es erwartet hatten. Irgendwas stimmte da nicht. Aber was? Bosch betrachtete die vordere Ecke des Einkaufszentrums, sah sie sich genau an, wartete, daß Eleanor um die verputzte Seitenwand kam. Er hörte ein Geräusch, ähnlich wie ein gedämpfter Aufprall. Zwei- oder dreimal. Schüsse? Er dachte an Eleanor, und eine Faust schlug ihm das Herz bis in die Kehle. Oder wurden nur Autotüren zugeschlagen? Er sah zum Mercedes hinüber, konnte aber nur den Kofferraum und die Rücklichter erkennen. Da war keiner. Wieder zur Ecke. Keine Eleanor. Dann wieder zum Mercedes, und er sah, daß die Bremslichter leuchteten. Bok fuhr ab. Bosch ließ den Wagen an und fuhr zur Ecke. Die Hinterräder spuckten Kies, als er voranpreschte. An der Ecke sah er Eleanor auf dem Bürgersteig in seine Richtung kommen. Er hupte und winkte, daß sie sich beeilen sollte. Eleanor spazierte zum Wagen und stieg gerade ein, als der Mercedes in Boschs Rückspiegel auftauchte und aus der Gasse in ihre Richtung kam.

»Runter«, sagte er und riß Eleanor auf den Sitz.

Der Mercedes schwebte vorbei und bog auf die Bolsa ein. Er ließ ihren Nacken los. »Was soll das eigentlich werden?« fluchte sie, als sie wieder hochkam.

Bosch deutete auf den Mercedes, der sich entfernte. »Sie hätten dich erkannt, weil du heute bei ihnen im Laden warst. Wieso hast du so lange gebraucht?«

»Sie mußten Rourke suchen. Er war nicht in seinem Büro.«

Harry fuhr an und folgte dem Mercedes in einem Abstand von etwa zwei Blocks. Als sie sich nach einiger Zeit wieder gefangen hatte, sagte Eleanor: »Ist er allein?«

»Ich weiß nicht. Ich hab' nicht gesehen, ob er eingestiegen ist. Ich habe die Ecke beobachtet und nach dir gesucht. Ich glaube, ich hab' mehr als eine Autotür gehört. Eigentlich bin ich mir sicher.«

»Aber du weißt nicht, ob Tran eingestiegen ist?«

»Stimmt. Ich weiß es nicht. Aber es wird spät. Ich glaube, er müßte es sein.«

Bosch merkte, daß er in die älteste aller Fallen getappt war. Bok oder Tran, oder wer immer er sein mochte, konnte einfach einen seiner Handlanger in dem Hunderttausenddollarwagen weggeschickt haben, um Verfolger abzulenken.

»Was meinst du? Zurück?« sagte er.

Wish antwortete erst, als er sie ansah. »Nein«, sagte sie. »Halten wir uns an das, was wir haben. Zweifle nicht an deiner Intuition. Du hast recht mit der Uhrzeit. Eine Menge Banken schließen vor dem langen Wochenende um fünf. Er mußte los. Binh hat ihn gewarnt. Ich glaube, er ist es.«

Bosch fühlte sich besser. Der Mercedes bog nach Westen ab und dann nordwärts auf den Golden State Freeway nach Los Angeles. Der Verkehr kroch langsam in Richtung Innenstadt. Der goldene Wagen fuhr dann westwärts auf den Santa Monica Freeway und bog um zwanzig vor fünf an der Ausfahrt Robertson ab. Sie wollten nach Beverly Hills. Am Wilshire Boulevard reihte sich von Downtown bis zum Meer eine Bank an die andere. Als der Mercedes nach Westen abbog, spürte Bosch, daß sie nah dran sein mußten. Tran wird seinen Schatz in einer Bank nahe seinem Haus aufbewahren, dachte er. Er hatte richtig getippt. Er entspannte sich etwas und fragte Eleanor endlich, was Rourke gesagt hatte.

»Mit Hilfe des Ordnungsamts im Orange County konnte er bestätigen, daß Jimmie Bok Nguyen Tran ist. Die haben eine Liste mit falschen Namen. Er hat seinen Namen vor neun Jahren geändert. Wir hätten beim Orange County fragen sollen. Little Saigon hatte ich ganz vergessen.

Außerdem«, sagte sie, »falls dieser Tran Diamanten hatte, könnte es sein, daß er sie vielleicht schon aufgebraucht hat. Im Grundbuch steht, daß er noch zwei weitere Einkaufszentren besitzt. In Monterey Park und Diamond Bar.«

Bosch hielt es trotzdem für möglich. Die Diamanten konnten seine Sicherheit für das Immobilienimperium sein. Genau wie bei Binh. Er konzentrierte sich auf den Mercedes, der nur noch einen Block weit vor ihnen war, weil der Feierabendverkehr zugenommen hatte und Bosch sich nicht abhängen lassen wollte. Er beobachtete, wie die schwarzen Scheiben des Wagens über die Straße schwebten, und er war sicher, daß sie auf dem Weg zu den Diamanten waren.

»Und das Beste habe ich für den Schluß aufbewahrt«, verkündete Wish. »Mr. Bok, auch bekannt als Mr. Tran, kontrolliert seine umfangreichen Besitztümer über eine Gesellschaft. Und der Name besagter Gesellschaft lautet – nach Special Agent Rourkes Aktenprüfungen – Diamond Holdings Incorporated.«

Sie passierten den Rodeo Drive und kamen ins Zentrum des Geschäftsviertels. Die Gebäude entlang des Wilshire wurden immer würdevoller, als wüßten sie vom Reichtum in ihrem Inneren. In manchen Gegenden kroch der Verkehr nur noch, und Bosch kam auf zwei Wagenlängen an den Mercedes heran. Wegen einer roten Ampel wollte er nicht den Anschluß verlieren. Sie waren schon fast am Santa Monica Boulevard, und Bosch glaubte allmählich, daß sie nach Century City fahren würden. Er sah auf seine Uhr. Es war zehn vor fünf. »Wenn er zu einer Bank in Century City will, dürfte er es kaum noch schaffen.«

In diesem Augenblick bog der Mercedes rechts in ein Parkhaus. Bosch hielt am Bordstein, und ohne ein Wort sprang Wish hinaus und lief hinterher. Bosch bog bei der nächsten Möglichkeit rechts ab und fuhr um den Block. Autos drängten von den Büroparkplätzen, schnitten ihm immer wieder den Weg ab. Als er endlich zurück war, stand Eleanor schon am Straßenrand. Er hielt, und sie beugte sich herein.

»Such dir einen Parkplatz«, sagte sie und deutete auf die andere Seite, einen halben Block die Straße hinunter. Dort sah man einen abgerundeten Vorbau im Erdgeschoß aus einem Hochhaus ragen. Die Wände des Halbkreises bestanden aus Glas. Im Inneren dieses riesigen, gläsernen Raumes schimmerte die polierte Stahltür eines Tresors. Auf einem Schild draußen am Gebäude stand Beverly Hills Safe & Lock. Er sah Eleanor an, und sie lächelte.

»War Tran im Wagen?« fragte er.

»Natürlich. So ein Fehler würde dir nicht unterlaufen.«

Er lächelte zurück. Dann sah er, daß gleich vor ihm eine Lücke entstand. Er fuhr hin und parkte ein.

»Seit wir glauben, daß es einen zweiten Tresoreinbruch geben wird, habe ich nur Banken im Blick gehabt«, sagte Eleanor Wish. »Weißt du, Harry? Vielleicht auch eine Sparkasse. Zweimal die Woche fahr' ich an diesem Ding vorbei. Mindestens. Aber daran hab ich nie gedacht.«

Sie waren den Wilshire hinuntergelaufen und standen gegenüber vom Beverly Hills Safe & Lock. Genauer gesagt stand sie hinter ihm und spähte über seine Schulter. Tran, oder Bok, wie er sich jetzt nannte, wußte, wie sie aussah, und sie konnten nicht riskieren, hier entdeckt zu werden. Büroangestellte drängten sich auf dem Bürgersteig, strömten aus den Drehtüren der Gebäude, stürmten die Parkhäuser in dem Versuch, dem Verkehr vor dem langen Wochenende fünf Minuten abzuringen.

»Aber es paßt«, sagte Bosch. »Er kommt her, traut den Banken nicht, wie dein Freund beim Außenministerium schon sagte. Also sucht er einen Tresor ohne Bank. Da ist er. Und noch besser. Solange du bezahlen kannst, brauchen diese Leute nicht zu wissen, wer du bist. Keine bundeseinheitlichen Bankvorschriften, da es keine Bank ist. Du kannst eine Box mieten und dich nur per Brief oder Zahlencode ausweisen.«

Das Beverly Hills Safe & Lock wirkte äußerlich wie eine Bank, war jedoch weit davon entfernt, eine zu sein. Es gab keine Spar- oder Girokonten. Keine Kreditabteilung, keine Kassen. Was geboten wurde, war das, was man im Schaufenster sah. Ein polierter Stahltresor. Es war ein Unternehmen, das Wertsachen schützte, nicht Geld. In einer Gegend wie Beverly Hills bestand in dieser Hinsicht große Nachfrage. Die Reichen und Berühmten verwahrten hier ihre Juwelen. Ihre Pelze. Ihre vorehelichen Vereinbarungen.

Und der Tresor war offen einzusehen. Hinter Glas. Er lag im Erdgeschoß des vierzehnstöckigen J. C. Stock Building, einem unauffälligen Bauwerk, sah man von dem gläsernen Tresorraum ab, der in einem Halbkreis aus der Fassade im Erdgeschoß hervorragte. Der Eingang befand sich seitlich am Gebäude in der Rincon Street, wo Mexikaner in kurzen, gelben Uniformjacken bereit standen, den Wagen eines Kunden in Empfang zu nehmen.

Nachdem Eleanor abgesetzt worden war, hatte sie beobachtet, wie Tran und zwei Leibwächter aus dem goldenen Mercedes stiegen und zum Tresor gingen. Falls sie wußten, daß sie verfolgt wurden, hatten sie sich nichts anmerken lassen. Sie drehten sich nicht um. Einer der Leibwächter trug einen stählernen Aktenkoffer.

Eleanor sagte: »Ich glaube, mindestens ein Leibwächter ist bewaffnet. Das Jackett von dem anderen ist zu weit, um was zu erkennen. Ja, da ist er.«

Tran wurde von einem Mann in dunkelblauem Anzug in den Tresorraum eskortiert. Ein Leibwächter kam mit dem Stahlkoffer hinterher. Bosch sah, wie der breitschultrige Mann den Bürgersteig draußen absuchte, bis Tran und der blaue Anzug durch die Tresortür verschwanden. Der Mann mit dem Koffer wartete. Auch Bosch und Wish warteten. Nach etwa drei Minuten kam Tran heraus, gefolgt von dem Mann im blauen Anzug, der ein stählernes Schließfach von der Größe eines Schuhkartons trug. Der Leibwächter folgte ihnen, und die drei Männer verließen den gläsernen Raum, waren nicht mehr zu sehen.

»Nett, persönlicher Service«, sagte Wish. »Beverly Hills von vorne bis hinten. Wahrscheinlich bringt er die Box in einen separaten Raum, um den Tausch vorzunehmen.«

»Meinst du, du kriegst Rourke zu fassen, damit er jemanden herschickt, der Tran folgt?« fragte Bosch. »Ruf ihn an. Wir sollten uns vom Funk fernhalten, denn die Leute unter der Erde haben hier oben jemanden, der unsere Frequenz belauscht.«

»Ich nehme an, wir warten hier beim Tresor?« fragte sie, und Bosch nickte. Sie dachte einen Augenblick nach und sagte: »Ich rufe ihn an. Er wird sich freuen zu hören, daß wir es gefunden haben. Jetzt können wir den Tunneltrupp runterschicken.«

Sie sah sich um, fand neben einer Bushaltestelle an der nächsten Ecke eine Telefonzelle und wollte sich auf den Weg machen. Bosch hielt sie am Arm fest.

»Ich geh' rein, seh' mir an, was da passiert. Denk dran, sie kennen dich, also halt dich zurück, bis sie weg sind.«

»Was ist, wenn sie abhauen, bevor die Verstärkung da ist?«

»Ich bleib' beim Tresor. Tran ist mir egal. Willst du die Schlüssel? Du kannst den Wagen haben und ihm folgen.«

»Nein, ich bleib' beim Tresor. Bei dir.«

Sie drehte sich um und steuerte das Telefon an. Bosch überquerte den Wilshire und betrat die Tresorvermietung, wobei er an einem bewaffneten Sicherheitsbeamten vorüberkam, der mit seinem Schlüsselring in der Hand an der Tür stand.

»Wir schließen, Sir«, sagte der Wachmann, schroff und überheblich wie ein Ex-Bulle.

»Ich brauch' nur eine Minute«, sagte Bosch ohne stehenzubleiben.

Der Knabe im blauen Anzug, der Tran in den Tresor begleitet hatte, war einer von drei jungen, blonden Männern, die im Empfangsbereich auf einem grauen Plüschteppich an antiken Schreibtischen saßen. Er sah von seinen Papieren auf, musterte Bosch und sagte zu dem jüngeren der anderen beiden: »Mr. Grant, würden Sie diesem Gentleman behilflich sein.«

Obwohl Grant im stillen verneint hatte, stand er auf, ging um den Schreibtisch herum und kam Bosch mit seinem besten gespielten Lächeln entgegen.

»Ja, Sir?« sagte der Mann. »Möchten Sie ein Schließfach bei uns mieten?«

Bosch wollte gerade eine Frage stellen, als der Mann seine Hand ausstreckte und sagte: »James Grant, fragen Sie, was Sie wollen. Auch wenn uns nur wenig Zeit bleibt. Wir schließen in wenigen Minuten.«

Grant schob den Ärmel seines Jacketts zurück, um nach der Zeit zu sehen.

»Harvey Pounds«, sagte Bosch und nahm die Hand entgegen. »Woher wußten Sie, daß ich nicht schon ein Schließfach habe?«

»Sicherheit, Mr. Pounds. Wir verkaufen Sicherheit. Ich kenne jeden Tresorkunden persönlich. Ebenso wie Mr. Avery und Mr. Bernard.« Er wandte sich etwas um und deutete auf den blauen Anzug und den anderen Verkäufer, die feierlich nickten.

»An Wochenenden nicht geöffnet?« fragte Bosch und gab sich Mühe, enttäuscht zu klingen.

Grant lächelte. »Nein, Sir. Wir sind der Ansicht, daß unsere Kunden Menschen sind, die ihre Zeit gut planen, ihr ganzes Leben gut planen. Sie behalten sich das Wochenende für angenehme Dinge vor, nicht für solche Gänge. Zur Bank hetzen, zum Geldautomaten. Das haben unsere Kunden nicht nötig, Mr. Pounds. Und wir auch nicht. Darüber sollten Sie froh sein.«

Ein höhnischer Unterton lag in seiner Stimme, als er dies sagte. Aber Grant hatte recht. Der Laden war geschniegelt wie eine große Anwaltskanzlei, mit denselben Öffnungszeiten und denselben aufgeblasenen Verkäufertypen.

Bosch sah sich ausgiebig um. Rechts, in einer Nische konnte man acht Türen sehen. An der dritten standen die beiden Leibwächter. Bosch nickte Grant zu und lächelte.

»Na, wie ich sehe, haben Sie überall Wachen aufgestellt. Das ist die Art von Sicherheit, die ich suche, Mr. Grant.«

»Es tut mir leid, Mr. Pounds, aber diese Männer warten lediglich auf einen Kunden, der sich in einem der Privatbüros aufhält. Aber ich versichere Ihnen, daß unsere Sicherheitsmaßnahmen unmöglich zu umgehen sind. Sind Sie auf der Suche nach einem geeigneten Schließfach, Sir?«

Der Mann hatte einen bedrohlicheren Charme als ein

Fernsehprediger. Bosch mochte weder ihn noch seine Ausstrahlung.

»Sicherheit, Mr. Grant. Ich bin auf der Suche nach Sicherheit. Ich möchte einen Tresor mieten, aber ich muß mich vergewissern, was die Sicherheit sowohl von innen als auch von außen anbelangt, wenn Sie verstehen, was ich meine.«

»Natürlich, Mr. Pounds, aber haben Sie eine Vorstellung von den Kosten unserer Dienstleistungen, der Sicherheit, die wir bieten?«

»Weiß ich nicht und interessiert mich auch nicht, Mr. Grant. Sehen Sie, Geld ist nicht das Thema. Es geht um den Seelenfrieden. Hab' ich nicht recht? Letzte Woche hatte mein Nachbar nebenan – nur drei Häuser von unserem ehemaligen Präsidenten entfernt – einen Einbruch. Der Alarm war kein Hindernis. Man hat sehr wertvolle Dinge mitgenommen. Ich möchte nicht darauf warten, daß mir so etwas zustößt. Heutzutage ist man nirgendwo mehr sicher.«

»Wirklich eine Schande, Mr. Pounds«, sagte Grant mit ungehemmter Erregung in der Stimme. »Ich wußte gar nicht, daß es in Bel Air auch schon so weit ist. Ich muß Ihnen voll und ganz zustimmen, was Ihr Vorhaben angeht. Nehmen Sie doch an meinem Schreibtisch Platz, damit wir uns unterhalten können. Möchten Sie Kaffee, vielleicht einen Brandy? Ausnahmsweise, weil wir fast schon Cocktail-Stunde haben. Eine der kleinen Annehmlichkeiten, die wir im Gegensatz zu Banken bieten können.«

Daraufhin lachte Grant leise, nickte mit dem Kopf auf und ab. Bosch lehnte dankend ab, und der Verkäufer setzte sich, zog seinen Stuhl heran. »Nun, lassen Sie mich Ihnen erklären, wie wir arbeiten. Wir unterliegen keinerlei Regierungsbeschränkungen. Ich denke, das dürfte Ihrem Nachbarn gefallen.«

Er blinzelte Bosch zu, der sagte: »Nachbar?«

»Unser ehemaliger Präsident natürlich.« Bosch nickte, und

Grant fuhr fort. »Wir bieten eine lange Liste von Sicherheitsdienstleistungen, sowohl hier als auch bei Ihnen zu Hause, sogar eine bewaffnete Eskorte, wenn nötig. Wir sind Sicherheitsspezialisten auf allen Gebieten. Wir ...«

»Was ist mit dem Schließfachtresor?« schnitt Bosch ihm das Wort ab. Er wußte, daß Tran jeden Augenblick aus dem Privatbüro kommen konnte. Vorher wollte er im Tresor sein.

»Ja, natürlich, der Tresor. Wie Sie gesehen haben, ist er für alle Welt einzusehen. Das Glasrondell, wie wir es nennen, ist vielleicht unser brillantester Coup. Wer würde wagen, es aufzubrechen? Vierundzwanzig Stunden am Tag stellt es sich offen zur Schau. Mitten auf dem Wilshire Boulevard. Genial, nicht?«

Grants Lächeln war breit und triumphierend. Er nickte leicht, in dem Bemühen, die Zustimmung seines Zuhörers zu finden.

»Wie steht es damit von unten?« fragte Bosch, und der Mund des Mannes wurde wieder zu einem geraden Strich.

»Mr. Pounds, Sie können nicht von mir erwarten, daß ich Ihnen unsere strukturellen Sicherheitsvorkehrungen verrate, aber seien Sie versichert, daß der Tresor nicht zu erschüttern ist. Unter uns im Vertrauen: Sie werden in dieser Stadt in keiner Bank einen Tresor finden, der soviel Beton und Stahl im Boden hat, in den Wänden, in der Decke des Tresorraums. Und die elektronische Anlage? Sie können in dem runden Raum – wenn Sie den Ausdruck entschuldigen wollen – nicht mal einen fahren lassen, ohne die Geräusch-, Bewegungs- und Wärmesensoren auszulösen.«

»Darf ich ihn sehen?«

»Den Tresor?«

»Natürlich.«

»Natürlich.«

Grant zupfte sein Jackett zurecht und geleitete Bosch zum Allerheiligsten. Eine Glaswand und eine Schleuse trennten den halbrunden Tresorraum vom Rest des Beverly Hills Safe & Lock. Grant deutete mit der Hand auf das Glas und sagte: »Doppellagiges, gehärtetes Glas. Vibrationsmelder zwischen den Glasschichten, um auszuschließen, daß sich jemand daran zu schaffen macht. Dasselbe Prinzip finden Sie an den Außenscheiben. Im Grunde ist der Tresorraum mit zwei Schichten von zwei Zentimeter dickem Glas versiegelt.«

Wie ein Fotomodell, das bei einer Spielshow die Preise vorstellt, deutete er mit der Hand auf ein kastenförmiges Gerät neben der Tür zur Schleuse. Es hatte etwa die Größe eines Wasserspenders. Oben war ein Kreis aus weißem Plastik eingearbeitet, auf dem man die schwarzen Umrisse einer Hand mit gespreizten Fingern sah.

»Um in den Tresorraum zu gelangen, muß Ihre Hand gespeichert sein. Die Knochenstruktur. Ich zeige es Ihnen.«

Er legte seine rechte Hand auf die schwarzen Umrisse. Das Gerät fing an zu summen, und das weiße Plastik wurde von innen erleuchtet. Wie bei einem Kopierer fuhr ein Lichtstab unter Grants Hand entlang.

»Röntgenstrahlen«, sagte Grant. »Besser als Fingerabdrükke, und der Computer kann das Bild in sechs Sekunden bearbeiten.«

Nach sechs Sekunden gab die Maschine einen kurzen Piepton von sich, und das elektronische Schloß an der ersten Tür der Schleuse schnappte auf. »Sehen Sie, hier werden Ihre Hände zu Ihrer Unterschrift, Mr. Pounds. Wir brauchen keine Namen. Sie geben Ihrem Fach einen Code und die Knochenstruktur Ihrer Hand in unsere Datei. Sechs Sekunden Ihrer Zeit. Mehr brauchen wir nicht.«

Hinter sich hörte Bosch die Stimme des Mannes im blauen Anzug. Avery war sein Name. »Ah, Mr. Long, sind wir soweit?«

Bosch drehte sich um und sah Tran aus der Nische hervortreten. Jetzt trug er den Koffer selbst, und einer der Leibwächter trug das Schließfach. Der andere sah Bosch direkt an.

Bosch drehte sich zu Grant um und sagte: »Können wir reingehen?«

Er folgte Grant in die Schleuse. Die Tür fiel hinter ihnen ins Schloß. Sie standen in einem Raum aus Glas und weißem Stahl, etwa doppelt so groß wie eine Telefonzelle. Am anderen Ende gab es eine zweite Tür. Dahinter stand ein weiterer bewaffneter Wachmann.

»Dies hier ist ein Detail, das wir aus dem Bezirksgefängnis von L.A. übernommen haben«, sagte Grant. »Die Tür vor uns läßt sich nur öffnen, wenn die hinter uns geschlossen ist. Maury, unser bewaffneter Wachmann, nimmt einen abschließenden visuellen Check vor und öffnet die letzte Tür. Sie sehen, hier arbeiten Mensch und Elektronik Hand in Hand, Mr. Pounds.« Er nickte Maury zu, der die letzte Tür entriegelte und öffnete. Bosch und Grant traten in den Tresorraum. Bosch machte sich nicht die Mühe, darauf hinzuweisen, daß er die ausgeklügelten Hindernisse erfolgreich umgangen hatte, indem er Grants Raffgier provoziert und ihm die Geschichte mit der Adresse in Bel Air untergeschoben hatte.

»Und nun zum Tresor«, sagte Grant und streckte seinen Arm aus wie ein Gastgeber.

Der Tresor war größer, als Bosch ihn sich vorgestellt hatte. Er war nicht breit, reichte aber weit in das Gebäude hinein. Die Schließfächer befanden sich an den Seitenwänden und in einer Stahlkonstruktion in der Mitte des Tresors. Während die beiden Männer den Gang nach links hinunter liefen, erklärte Grant, daß die mittleren Fächer größere Kapazitäten zu bieten hätten. Bosch sah, daß diese Türen viel größer waren als die an den Seitenwänden. Einige waren so groß, daß man hineingehen konnte. Grant sah, daß Bosch sie anstarrte, und lächelte.

»Pelze«, sagte er. »Nerze. Wir haben hier oft teure Pelze, Kleider, was Sie wollen. Die Damen von Beverly Hills verwahren sie außerhalb der Saison bei uns. Immense Versicherungsersparnis, ganz zu Schweigen vom Seelenfrieden.«

Bosch blendete das Verkaufsgespräch aus und beobachtete, wie Tran den Tresor betrat, dahinter Avery. Noch immer trug Tran den Koffer, und Bosch sah ein schmales Metallband an seinem Handgelenk. Er war an den Koffer gefesselt. Bosch spürte den Adrenalinschub. Avery trat an eine offene Schließfachtür mit der Nummer 237 und schob die Box hinein. Er schloß die Tür und verriegelte eines der Schlösser. Tran kam heran, steckte seinen Schlüssel in das andere Schloß und drehte ihn. Dann nickte er Avery zu, und beide Männer gingen hinaus, ohne daß Tran Bosch eines Blickes gewürdigt hätte.

Als Tran draußen war, erklärte Bosch, er habe genug vom Tresor gesehen und wolle jetzt gehen. Er trat an das doppellagige Glas, sah hinaus auf den Wilshire Boulevard und beobachtete Tran, der – flankiert von seinen beiden Leibwächtern – zu dem Parkhaus ging, in dem sein Mercedes stand. Niemand folgte ihnen. Bosch sah sich um, aber Eleanor konnte er nirgendwo entdecken.

»Stimmt irgendwas nicht, Mr. Pounds?« sagte Grant hinter ihm.

»Ja«, sagte Bosch. Er griff in seine Jackentasche und holte seine Marke hervor. Er hielt sie über seine Schulter, damit Grant sie sehen konnte. »Holen Sie mir lieber den Geschäftsführer von diesem Laden. Und nennen Sie mich nicht mehr Mr. Pounds.«

Lewis stand an einem offenen Münzfernsprecher vor einem Vierundzwanzig-Stunden-Diner mit Namen Darling's um die Ecke vom Beverly Hills Safe & Lock, etwa einen Block weit die Straße hinunter. Über eine Minute war es schon her, daß Officer Mary Grosso den Anruf entgegengenommen und gesagt hatte, sie würde Deputy Chief Irving an den Apparat holen. Lewis dachte, wenn der Mann schon stündlich Berichte wollte – und dann noch per Telefon –, wäre es wohl das mindeste, daß er auf diese verdammten Anrufe auch prompt reagierte. Er nahm den Hörer auf die andere Seite und suchte in seiner Jackentasche nach etwas, mit dem er sich zwischen den Zähnen herumstochern konnte. Sein Handgelenk war wund und scheuerte an der Tasche. Aber der Gedanke, daß Bosch ihn gefesselt hatte, machte ihn nur wütend, also versuchte er, sich auf seine Ermittlungen zu konzentrieren. Er hatte keine Ahnung, was vor sich ging, was Bosch und die FBI-Frau planten, aber Irving war überzeugt davon, daß sie ein Ding drehten, und Clarke war es auch. Falls es stimmte, so schwor sich Lewis in der Telefonzelle, wollte er derjenige sein, der Bosch die Handschellen anlegte.

Ein alter Bettler mit unruhigen Augen und weißem Haar schlurfte zum Apparat neben Lewis und suchte das Rückgabefach ab. Es war leer. Er streckte seinen Finger nach Lewis' Telefon aus, aber der IAD-Detective schlug sie weg.

»Wenn was drin ist, gehört es mir«, sagte Lewis.

Unbeeindruckt sagte der Bettler: »Hätten Sie einen Vierteldollar, damit ich mir was zu essen kaufen kann?«

»Zisch ab«, sagte Lewis.

»Was?« sagte eine Stimme.

»Was?« sagte Lewis, und dann merkte er, daß die Stimme aus dem Hörer kam. Es war Irving. »Oh, nicht Sie, Sir. Ich hatte nicht gemerkt, daß Sie – äh, ich hatte gerade, äh, ich hab' da ein Problem mit jemandem. Ich ...«

»So sprechen Sie mit einem Bürger?«

Lewis langte in seine Hosentasche und zog einen Dollar hervor. Er reichte ihn dem weißhaarigen Mann und verscheuchte ihn.

»Detective Lewis, sind Sie da?«

»Ja, Chief. Tut mir leid. Ich hab' die Situation jetzt im Griff. Ich wollte mich melden. Es hat sich eine wichtige Entwicklung ergeben.«

Er hoffte, Irving damit endlich von seiner Taktlosigkeit

ablenken zu können. Irving sagte: »Sagen Sie mir, was es gibt. Haben Sie Bosch noch im Auge?«

Lewis atmete scharf aus, erleichtert.

»Ja«, sagte er. »Detective Clarke setzt die Beschattung fort, während ich Ihnen Bericht erstatte.«

»Also gut, dann erstatten Sie. Wir haben Freitag nachmittag, Detective. Ich möchte gern zu einer angemessenen Zeit zu Hause sein.«

Lewis verbrachte die folgende Viertelstunde damit, Irving über Boschs Verfolgung des goldenen Mercedes aus dem Orange County zum Beverly Hills Safe & Lock in Kenntnis zu setzen. Er sagte, dort habe die Verfolgung ihr Ende gefunden.

»Was machen sie jetzt, Bosch und die FBI-Frau?«

»Sie sind noch drinnen. Sieht aus, als würden sie den Geschäftsführer vernehmen. Irgendwas geht da vor sich. Es sah aus, als wüßten sie nicht, wohin sie fuhren, aber als sie dann da waren, wußten sie, daß es das war.«

»Was war?«

»Das ist es ja. Ich weiß es nicht. Was immer sie vorhaben. Ich glaube, der Mann, dem sie gefolgt sind, hat dort etwas deponiert. Es gibt da einen Tresor, einen großen Tresor im Schaufenster.«

»Ja, ich weiß, wo Sie meinen.«

Lange Zeit sagte Irving kein Wort, und Lewis, der seinen Bericht beendet hatte, war klug genug, ihn nicht zu unterbrechen. Er träumte davon, Bosch Handschellen auf dem Rücken anzulegen und ihn an laufenden Fernsehkameras vorbeizuführen. Er hörte, wie Irving sich räusperte.

»Ich weiß nicht, was sie planen«, sagte der Deputy Chief. »Aber ich möchte, daß Sie bei ihnen bleiben. Falls die beiden heute nacht nicht nach Haus gehen, tun Sie es auch nicht. Verstanden?«

»Ja, Sir.«

»Wenn sie den Mercedes haben wegfahren lassen, wollten

sie sicher den Tresor finden. Die beiden werden den Tresor beschatten. Und Sie werden im Gegenzug die beiden beschatten.«

»Ja, Chief«, sagte Lewis, obwohl er es immer noch nicht verstand.

In den folgenden zehn Minuten gab Irving seinem Detective genaue Anweisungen und unterbreitete ihm seine Theorie, was mit dem Tresor geschah. Lewis holte Block und Schreiber hervor und machte sich Notizen. Am Ende des Monologs vertraute Irving Lewis seine Privatnummer an und sagte: »Gehen Sie nicht ohne meine vorherige Genehmigung da rein. Sie können mich jederzeit unter dieser Nummer erreichen, Tag und Nacht. Verstanden?«

»Ja, Sir«, sagte Lewis eilig.

Ohne ein weiteres Wort legte Irving auf.

Bosch wartete im Empfangsbereich, wollte Grant und den anderen Verkäufern nicht sagen, was los war, bevor Wish eingetroffen war. Mit offenen Mündern standen sie hinter ihren schicken Schreibtischen. Als Eleanor an die Tür kam, war sie verschlossen. Sie klopfte und hielt ihre Marke hoch. Der Wachmann ließ sie herein.

Als Verkäufer Avery den Mund aufmachte, um etwas zu sagen, sagte Bosch: »Das ist FBI-Agent Eleanor Wish. Sie gehört zu mir. Wir ziehen uns für ein kurzes Gespräch in eines Ihrer Privatbüros zurück. Wird nur eine Minute dauern. Wenn es hier einen Chef gibt, möchten wir ihn sprechen, sobald wir wieder draußen sind.«

Grant, noch immer ganz durcheinander, deutete auf die zweite Tür in der Nische. Bosch trat durch die dritte Tür, und Wish folgte ihm. Er schloß die Tür vor den Augen der drei Verkäufer und verriegelte sie.

»Also, was haben wir? Ich weiß nicht, was ich denen sagen soll«, flüsterte er, während er zwischen Schreibtisch und Stühlen nach einem Zettel oder irgendwas suchte, das Tran vielleicht versehentlich zurückgelassen hatte. Da war nichts. Er zog die Schubladen des Mahagonischreibtischs auf. Er fand Kugelschreiber und Bleistifte, Umschläge und einen Stapel Büttenpapier. Sonst nichts. An der Wand gegenüber der Tür stand ein Faxgerät, aber es war nicht angestellt.

»Wir passen auf und warten«, sagte sie sehr schnell. »Rourke sagt, er stellt einen Tunneltrupp zusammen. Die gehen runter und sehen sich mal um. Vorher wollen sie mit dem DWP reden, um rauszufinden, was genau da unten ist. Die müßten wissen, wo die beste Stelle für einen Tunnel wäre, und da fangen sie dann an. Harry, glaubst du wirklich, wir sind hier richtig?«

Er nickte. Er wollte lächeln, ließ es aber. Ihre Begeisterung war ansteckend.

»Hat er noch rechtzeitig jemanden geschickt, der Tran folgt?« fragte er. »Hier kennt man ihn übrigens als Mr. Long.«

Es klopfte an der Tür, und jemand sagte: »Entschuldigen Sie bitte. Entschuldigen Sie.« Bosch und Wish ignorierten es.

»Tran, Bok, jetzt Long«, sagte Wish. »Wegen der Beschattung weiß ich nicht. Rourke hat gesagt, er will es versuchen. Ich habe ihm das Kennzeichen durchgegeben und gesagt, wo der Mercedes steht. Schätze, wir werden es noch erfahren. Außerdem hat er gesagt, er will uns einen Wachtrupp schikken. Um acht Uhr haben wir im Parkhaus gegenüber eine Besprechung. Was haben die hier gesagt?«

»Ich habe ihnen noch nicht erzählt, was los ist.«

Wieder klopfte es, diesmal lauter.

»Na gut, dann sehen wir uns diesen Chef mal an.«

Der Besitzer und Leiter des Beverly Hills Safe & Lock entpuppte sich als Averys Vater Martin B. Avery III. Er war aus demselben Holz geschnitzt wie die meisten seiner Kunden und wollte, daß alle Welt es wußte. Am Ende der Nische hatte er ein eigenes Büro. Hinter seinem Schreibtisch stand eine

Sammlung gerahmter Fotografien, die belegten, daß er nicht nur ein Halsabschneider war, der die Reichen schröpfte, sondern einer von ihnen war. Man sah Avery III mit ein paar Präsidenten, ein oder zwei Filmmogulen und Mitgliedern des englischen Königshauses. Ein Foto zeigte Avery und den Prince of Wales in voller Polomontur, obwohl Avery für einen Reiter zu rundliche Hüften und zu ausgeprägte Hängebacken hatte.

Bosch und Wish faßten die Situation für ihn zusammen, doch er war von vornherein skeptisch. Er sagte, sein Tresor sei unbezwingbar. Sie sagten, er könne sich die Verkaufsmasche sparen, und baten darum, den Bau- und Funktionsplan des Tresors sehen zu dürfen. Avery III klappte seine 60-Dollar-Schreibunterlage um, auf deren Rückseite eine schematische Zeichnung klebte. Es wurde deutlich, daß Avery III und seine geschniegelten Verkäufer den Tresor über seine Kapazitäten hinaus vermieteten. Die äußerste Schicht des Tresors bestand aus einer zweieinhalb Zentimeter dicken Panzerplatte, dann folgten dreißig Zentimeter Stahlbeton und noch einmal zweieinhalb Zentimeter Panzerplatte. Oben und unten zeigten sich die Wände dicker, mit fast sechzig Zentimeter Beton. Wie bei allen Tresoren war das Eindrucksvollste die mächtige Stahltür, aber sie war nur Show. Genau wie das Röntgen der Hände und die Schleuse. Alles nur Show. Bosch wußte, wenn die Tunnelgräber wirklich da unten waren, würden sie wenig Probleme haben, zum Luftschnappen aufzutauchen.

Avery III erzählte, daß in den vergangenen beiden Nächten jeweils einmal Alarm ausgelöst worden sei, Donnerstag nacht zweimal. Jedesmal habe ihn die Polizei von Beverly Hills zu Hause angerufen. Er wiederum hatte seinen Sohn Avery IV angerufen und beauftragt, sich mit den Beamten zu treffen. Die Beamten und der Erbe betraten das Geschäft und stellten die Alarmanlage ab, nachdem nichts fehlte.

»Wir hatten keine Ahnung, daß unter uns in den Abwasserkanälen jemand sein könnte«, sagte Avery III. Er sagte es, als sei das Wort Abwasserkanäle weit unter seinem Niveau. »Nicht zu fassen, nicht zu fassen.«

Bosch stellte weitere, detaillierte Fragen zu den Sicherheitsvorkehrungen. Ohne sich der Bedeutung bewußt zu sein, erwähnte Avery III beiläufig, daß es bei seinem Tresor, im Gegensatz zu konventionellen Banksafes, eine Möglichkeit gab, das Zeitschloß außer Kraft zu setzen. Es gab einen Code, den man in den Computer eingab und so die Koordinaten des Zeitschlosses löschte. Dann konnte man die Tresortür jederzeit öffnen.

»Wir müssen auf die Bedürfnisse unserer Kunden eingehen«, erklärte er. »Sollte eine Lady aus Beverly Hills sonntags anrufen, weil sie ihr Diadem für den Wohltätigkeitsball braucht, möchte ich in der Lage sein, ihr das Diadem zu besorgen. Schließlich sind wir ein Serviceunternehmen.«

»Wissen alle Kunden von diesem Wochenendservice?« fragte Wish.

»Natürlich nicht«, sagte Avery III. »Nur ein paar Auserwählte. Sehen Sie, wir verlangen eine saftige Gebühr. Wir müssen extra einen Wachmann dafür herholen.«

»Wie lange dauert es, das Zeitschloß außer Kraft zu setzen und die Tür zu öffnen?« fragte Bosch.

»Nicht lange. Ich tippe den Löschcode auf der Tastatur neben der Tresortür ein, und dann ist es nur noch eine Sache von Sekunden. Man gibt den Code zum Öffnen des Tresors ein, dreht an einem Rad, und die Tür öffnet sich dann durch ihr Eigengewicht. Dreißig Sekunden, vielleicht eine Minute, vielleicht weniger.«

Nicht schnell genug, dachte Bosch. Trans Box befand sich vorn im Tresor. Dort würden die Diebe arbeiten. Sie würden sehen und hören, wenn die Tresortür geöffnet wurde. Kein Überraschungseffekt.

Eine Stunde später saßen Bosch und Wish wieder im Wagen. Sie waren in den ersten Stock des Parkhauses am Wilshire, einen halben Block östlich vom Beverly Hills Safe & Lock umgezogen. Von dort hatten sie freien Blick auf den Tresorraum. Nachdem sie Avery III verlassen und ihren Wachposten bezogen hatten, konnten sie sehen, wie Avery IV und Grant die riesige, rostfreie Stahltür schlossen. Sie drehten das Rad, tippten auf der Computertastatur herum und schlossen ab. Dann gingen überall die Lichter aus, bis auf die im gläsernen Tresorraum. Die blieben immer an und ließen das Symbol der Sicherheit erstrahlen.

»Glaubst du, sie kommen heute nacht raus?« fragte Wish.

»Schwer zu sagen. Ohne Meadows fehlt ihnen ein Mann. Vielleicht liegen sie hinter ihrem Zeitplan zurück.«

Sie hatten Avery III gesagt, er solle nach Hause fahren und sich bereithalten. Der Besitzer willigte ein, blieb allerdings dem ganzen Szenario gegenüber skeptisch.

»Wir werden uns unterirdisch an sie ranmachen müssen«, sagte Bosch und hielt die Hände am Lenkrad, als würde er fahren. »Wir kriegen die Tür niemals schnell genug auf.«

Träge blickte Bosch nach links den Wilshire hinauf. Er sah einen weißen LTD, der einen Block entfernt am Bordstein parkte. Er stand neben einem Feuerhydranten, und zwei Gestalten saßen drin. Bosch hatte nach wie vor Gesellschaft.

Bosch und Wish standen neben seinem Wagen im ersten Stock des Parkhauses an der südlichen Stützmauer. Seit über einer Stunde war das Parkhaus praktisch leer, aber der triste Betonbau roch nach Auspuffgasen und heißgelaufenen Bremsen. Bosch war sicher, daß der Bremsengestank von seinem Wagen stammte. Die Stop-and-Go-Verfolgung von Little Saigon hatte ihren Tribut gefordert. Von ihrer Position aus konnten sie den Wilshire einen halben Block westwärts bis zum gläsernen Tresor des Beverly Hills Safe & Lock überblicken. Der Himmel über dem Wilshire färbte sich rosa, und die untergehende

Sonne zeigte sich in dunklem Orange. Die Lichter der Stadt gingen an, und der Verkehr ließ nach. Bosch blickte nach Osten den Wilshire hinauf und sah den weißen LTD am Straßenrand, die Silhouetten der Insassen hinter der getönten Windschutzscheibe.

Um acht Uhr kam eine Prozession von drei Wagen die Rampe herauf und fuhr über die leere Parkfläche zu der Mauer, an der Bosch und Wish standen.

»Na, wenn unsere Täter in einem der Hochhäuser einen Ausguck haben und diese kleine Parade gesehen haben, möchte ich wetten, daß sie jetzt raufgeholt werden«, sagte Bosch.

Rourke und vier weitere Männer stiegen aus zwei ungekennzeichneten Wagen. An den Anzügen erkannte Bosch, daß drei von ihnen FBI-Agenten waren. Der Anzug des vierten Mannes war dafür etwas zu abgetragen, die Taschen genauso ausgebeult wie Boschs. Er hatte eine Papprolle bei sich. Harry hielt ihn für den Mitarbeiter des DWP, den Wish angekündigt hatte. Drei Uniformierte aus Beverly Hills, einer mit den Abzeichen eines Captain am Kragen, stiegen aus dem Streifenwagen. Auch der Captain trug eine Papprolle unter dem Arm.

Sie versammelten sich alle um Boschs Wagen und benutzten dessen Haube als Arbeitsfläche. Rourke stellte die Männer kurz vor. Die drei vom BHPD waren da, weil diese Operation in ihren Zuständigkeitsbereich fiel. Eine Geste zwischen den Departments, sagte Rourke. Außerdem standen sie zur Verfügung, weil das Beverly Hills Safe & Lock bei der Abteilung für Geschäftseinbrüche beim örtlichen Polizeirevier einen Bauplan hinterlegt hatte. Sie würden der Besprechung nur beiwohnen, sagte Rourke, und dann später hinzugezogen werden, sollte man Verstärkung brauchen. Zwei der FBI-Agenten, Hanlon und Houck, würden gemeinsam mit Bosch und Wish die Nachtschicht übernehmen. Rourke wollte das Beverly Hills Safe & Lock aus mindestens zwei Blickwinkeln beobachtet wissen. Der dritte Agent war der SWAT-Koordinator des FBI.

Und der letzte Mann war Ed Gearson, zuständig für die unterirdischen Anlagen des DWP.

»Okay, sehen wir uns die Schlachtpläne mal an«, verkündete Rourke, als er alle vorgestellt hatte. Ohne zu fragen, nahm er Gearson die Papprolle weg und zog einen zusammengerollten Plan heraus. »Das ist eine Schemazeichnung dieser Gegend. Sämtliche Versorgungsleitungen, Tunnel und Abwasserkanäle sind eingetragen. Hier sehen wir genau, was da unten ist.«

Er rollte eine graue Karte mit verschmierten, blauen Linien auf der Haube auseinander. Die drei Beverly Hills Cops hielten das andere Ende fest. Es wurde dunkel im Parkhaus, und der SWAT-Mann, ein Agent namens Heller, hielt eine kleine Taschenlampe mit überraschend breitem und hellem Strahl über die Zeichnung. Rourke nahm einen Schreiber aus seiner Hemdtasche und zog ihn auseinander, bis daraus ein Zeigestock geworden war.

»Okay, wir sind ... genau ...« Bevor er die Stelle finden konnte, streckte Gearson seinen Arm ins Licht und zeigte auf den Plan. Rourke brachte seinen Zeigestock an die Stelle. »Ja, genau hier«, sagte er und warf Gearson einen Leg-dich-nicht-mit-mir-an-Blick zu. Es schien, als zöge der DWP-Mann mit seinem abgewetzten Jackett etwas den Kopf ein.

Alle um den Wagen Versammelten beugten sich näher über die Haube, um ihren Standort zu sehen. »Beverly Hills Safe & Lock ist hier«, sagte Rourke. »Der eigentliche Tresor ist da. Können wir jetzt Ihren Plan sehen, Captain Orozco?«

Orozco, der gebaut war wie eine umgekehrte Pyramide, breite Schultern und schmale Hüften hatte, entrollte seine Zeichnung auf dem DWP-Plan. Es war eine Kopie des Plans, den Avery III Bosch und Wish gezeigt hatte.

»Eintausend Quadratmeter Tresorfläche«, sagte Orozco und deutete mit der Hand auf den Tresor. »Kleine Privatfächer an den Seiten und freistehende Schränke in der Mitte. Falls sie da drunter sind, könnten sie irgendwo an den beiden

Gängen hochkommen. Wir haben hier etwa zwanzig Meter, auf denen sie den Boden durchbrechen könnten.«

»Nun, Captain«, sagte Rourke, »wenn Sie das kurz nehmen würden, und wir uns noch einmal den Plan vom DWP ansehen, haben wir die Durchbruchzone genau hier.« Mit einem phosphoreszierenden, gelben Textmarker umrandete er den Boden des Tresors auf der Karte der Versorgungsleitungen. »Wenn wir dies als Anhaltspunkt nehmen, können wir die nächstgelegenen unterirdischen Strukturen erkennen. Was meinen Sie, Mr. Gearson?«

Gearson beugte sich noch ein paar Zentimeter weiter über die Motorhaube und betrachtete die Karte. Auch Bosch beugte sich vor. Er sah dicke Linien, von denen er vermutete, daß sie die Ost-West-Verbindungen der Hauptentwässerungskanäle anzeigten. So etwas würden die Tunnelbauer suchen. Ihm fiel auf, daß sie mit den Hauptstraßen übereinstimmten: Wilshire, Olympic, Pico. Gearson zeigte auf den Wilshire-Kanal und sagte, er läge zehn Meter unter der Erde und wäre groß genug, daß ein Lastwagen hindurchfahren könne. Mit dem Finger verfolgte der DWP-Mann den Wilshire-Kanal zehn Blocks ostwärts zur Robertson, einer Ost-West-Hauptleitung. Von dieser Kreuzung, sagte er, sei es nur eine Meile südwärts zu einem Abwasserkanal neben dem Santa Monica Freeway. Der Eingang zu diesem Abwasserkanal war groß wie ein Garagentor und nur mit einem Vorhängeschloß gesichert.

»Ich würde sagen, da könnten sie reingekommen sein«, sagte Gearson. »Wenn sie den Straßen gefolgt sind. Man nimmt den Robertson-Kanal zum Wilshire, biegt links ab und ist praktisch da an der gelben Linie. Beim Tresor. Aber ich glaube kaum, daß sie einen Tunnel vom Wilshire-Kanal aus bauen würden.«

»Nein?« sagte Rourke. »Wieso das?«

»Weil da zuviel los ist«, sagte Gearson, der spürte, daß er der Mann mit den Antworten war, während ihn neun Augenpaare anstarrten. »In diesen Hauptleitungen haben wir ständig DWP-Leute. Die suchen nach Rissen, Verstopfungen, Problemen aller Art. Und der Wilshire ist da unten die Hauptstraße von Ost nach West. Genau wie oben. Wenn jemand ein Loch in die Wand schlägt, würde man es merken. Verstehen Sie?«

»Was wäre, wenn sie das Loch verbergen könnten?«

»Sie meinen wie vor gut einem Jahr bei diesem Einbruch in der Stadt? Ja, das könnte gehen, irgendwo anders vielleicht, aber am Wilshire-Kanal wären die Chancen, entdeckt zu werden, zu groß. Wir halten inzwischen nach so was Ausschau. Und, wie ich sagte, da unten am Wilshire-Kanal ist eine Menge los.«

Es herrschte Schweigen, während sie darüber nachdachten. Die Motoren der Wagen knackten, kühlten ab.

»Wo könnten sie sonst graben, Mr. Gearson, wenn sie in den Tresor wollen?« sagte Rourke schließlich.

»Es gibt alle möglichen Verbindungen da unten. Glauben Sie nicht, wir würden nicht selbst von Zeit zu Zeit daran denken, wenn wir da unten arbeiten. Sie wissen schon, das perfekte Verbrechen und so. Ich habe das hin und her überlegt, besonders, nachdem ich in der Zeitung von dem letzten Ding gelesen hatte. Wenn das tatsächlich der Tresor ist, in den sie reinwollen, würden sie es immer noch so machen, wie ich gesagt habe: die Robertson raufkommen und dann durch den Wilshire-Kanal. Aber dann, glaube ich, würden sie einen der Servicetunnel nehmen, um etwas aus der Schußlinie zu kommen. Die Servicetunnel sind einen bis zwei Meter breit. Sie sind rund. Platz genug zum Arbeiten und um Ausrüstung mitzubringen. Da unten laufen die Hauptkanäle mit den Straßenabflußrohren und den Versorgungsleitungen der Gebäude zusammen.«

Er schob seine Hand ins Licht und zeigte diese schmaleren Kanäle auf dem DWP-Plan.

»Wenn sie es richtig gemacht haben«, sagte er, »sind sie

unten beim Freeway durch das Tor gefahren, haben ihre Ausrüstung bis rauf zum Wilshire gebracht und dann rüber in ihr Zielgebiet. Sie laden ihr Zeug aus, verstecken es in einem dieser Servicetunnel und bringen ihr Fahrzeug wieder raus. Sie laufen zu Fuß zurück und machen sich im Servicetunnel an die Arbeit. Sie könnten bestimmt fünf, sechs Wochen arbeiten, bis wir zufällig mal in diesen bestimmten Kanal kommen.«

Für Bosch hörte sich das alles noch immer zu einfach an.

»Was ist mit diesen anderen Hochwasserkanälen?« fragte er und deutete auf Olympic und Pico. Ein Schachbrettmuster aus kleineren Servicetunneln war zu sehen, die von diesen Leitungen aus nordwärts zum Tresor verliefen. »Wie wäre es, wenn man einen davon benutzen würde und hinter dem Tresor hochkäme?«

Gearson kratzte sich mit einem Finger an der Unterlippe und sagte: »Das wäre prima. Das ginge auch. Aber die Sache ist, daß diese Leitungen einen nicht so nah an den Tresor bringen wie die Abzweigungen vom Wilshire. Verstehen Sie, was ich meine? Wieso sollten sie einen hundert Meter langen Tunnel graben, wenn sie mit dreißig auskommen könnten?«

Es gefiel Gearson hofzuhalten, das Bewußtsein, mehr zu wissen als die Seidenanzüge und Uniformen um ihn herum. Nachdem er seine Rede beendet hatte, richtete er sich auf, ein zufriedenes Lächeln auf seinem Gesicht. Bosch wußte, daß der Mann wahrscheinlich mit jedem Detail recht hatte.

»Was ist mit der Abraumbeseitigung?« fragte Bosch. »Diese Typen graben einen Tunnel durch Erde und Stein, Beton. Wohin schaffen sie das alles? Und wie?«

»Bosch, Mr. Gearson ist kein Detective«, sagte Rourke. »Ich möchte bezweifeln, daß er jede Einzelheit dieser ...«

»Kein Problem«, sagte Gearson. »Die Böden dieser Hauptkanäle wie Wilshire und Robertson sind zur Mitte hin um drei Grad abschüssig. Da läuft ständig Wasser, sogar an den meisten

Tagen einer Dürreperiode. Vielleicht regnet es oben nicht, aber Wasser fließt trotzdem. Sie wären überrascht, wieviel. Entweder stammt es aus den Reservoirs oder aus wirtschaftlicher Nutzung oder beides. Die Feuerwehr wird gerufen, und was glauben Sie, wohin das Wasser abfließt, wenn der Brand gelöscht ist? Was ich sagen will, ist: Wenn sie genug Wasser hatten, konnten sie damit den Abraum, oder wie immer Sie es nennen wollen, wegschaffen.«

»Das müssen Tonnen sein.« Hanlon sagte zum ersten Mal etwas.

»Aber es sind nicht gleich Tonnen auf einmal. Sie sagen, die Leute hätten mehrere Tage zum Graben gehabt. Verteilen Sie es über einige Tage, und der Abfluß könnte es schaffen. Sollten sie in einem dieser Servicetunnel sein, müßten sie sich eine Möglichkeit ausdenken, Wasser bis zum Hauptkanal hindurchzulenken. Ich würde die Feuerhydranten in der Gegend überprüfen. Wenn einer leckt oder gemeldet wurde, daß einer aufgedreht wurde, dann waren das Ihre Jungs.«

Einer der Uniformierten beugte sich zu Orozcos Ohr hinüber und sagte etwas. Orozco lehnte sich über die Haube und zeigte auf eine blaue Linie. »Hier wurde vorgestern abend ein Hydrant beschädigt.«

»Jemand hat ihn aufgedreht«, sagte der Uniformierte, der es dem Captain zugeflüstert hatte, »mit einem Bolzenschneider wurde die Kette durchtrennt, an der der Verschluß hing. Sie haben den Verschluß mitgenommen, und die Feuerwehr brauchte eine Stunde, bis sie mit einem Ersatz da war.«

»Das wäre eine Menge Wasser«, sagte Gearson. »Das hätte einiges von Ihrem Abraum verschwinden lassen.«

Er sah Bosch an und lächelte. Bosch lächelte zurück. Es gefiel ihm, wenn sich die Teile eines Puzzles ineinanderfügten.

»Davor, mal sehen, das war Samstag nacht, da hatten wir eine Brandstiftung«, sagte Orozco. »Eine kleine Boutique hinten im Stock Building an der Rincon.«

Gearson sah sich die Stelle auf dem Plan an, die Orozco als Standort der Boutique angab. Er legte einen Finger auf den Standort des Hydranten. »Das Wasser aus diesen beiden Vorfällen wäre in drei Gullis gelaufen, hier, hier und hier«, sagte er und fuhr geschickt mit der Hand über das graue Papier. »Diese beiden führen in diese Leitung. Der andere in diese.«

Die Männer betrachteten die beiden Abflußkanäle. Der eine verlief hinter dem J. C. Stock Building parallel zum Wilshire. Der andere verlief senkrecht zum Wilshire, ein geradliniger Ausläufer gleich neben dem Gebäude.

»Bei beiden hätten wir nach wie vor einen, sagen wir, dreißig Meter langen Tunnel?« sagte Wish.

»Mindestens«, sagte Gearson. »Wenn sie geradeaus graben konnten. Möglicherweise sind sie unter der Erde auf irgendwelche Anlagen oder Felsen gestoßen und mußten einen Umweg machen. Ich möchte bezweifeln, daß ein Tunnel da unten überhaupt geradeaus führen kann.«

Das SWAT-Experte zog an Rourkes Ärmel, und die beiden entfernten sich ein Stück weit von der Gruppe, um sich leise zu unterhalten. Bosch sah Wish an und sagte sanft: »Sie wollen nicht reingehen.«

»Was meinst du damit?«

»Wir sind nicht in Vietnam. Niemand muß da runtergehen. Wenn Franklin und Delgado und sonstwer da unten in einem dieser Kanäle sind, gibt es keine Möglichkeit, sicher und unbemerkt runterzugehen. Sie haben die besseren Karten. Sie würden wissen, daß wir kommen.«

Forschend betrachtete sie sein Gesicht, sagte aber nichts.

»Es wäre falsch«, sagte Bosch. »Wir wissen, daß sie bewaffnet sind und wahrscheinlich Sprengsätze gelegt haben. Wir wissen, daß sie Killer sind.«

Rourke kehrte zu der Versammlung an der Motorhaube zurück und bat Gearson, in einem der FBI-Wagen zu warten, bis er mit seinen Ermittlern zu einem Ergebnis gekommen war. Der DWP-Mann ging mit gesenktem Kopf zum Wagen, enttäuscht, daß er nicht länger an dem Plan teilhaben durfte.

»Wir werden nicht runtergehen«, sagte Rourke, nachdem Gearson die Wagentür geschlossen hatte. »Zu gefährlich. Sie haben Waffen, Sprengstoff. Wir können sie nicht überraschen. Wir müßten mit großen Verlusten auf unserer Seite rechnen ... Also locken wir sie in die Falle. Wir lassen die Sache laufen, und dann erwarten wir sie bei ihrem Aufstieg draußen, in sicherer Deckung. Dann haben wir das Überraschungsmoment auf unserer Seite.

Heute nacht will das SWAT eine Erkundungsfahrt durch den Wilshire-Kanal machen und nach der Eingangsstelle suchen. Gearson gibt uns ein paar DWP-Uniformen. Dann richten wir uns ein und warten an der geeignetsten Stelle, dort, wo es für uns am sichersten ist.«

Einen Augenblick lang herrschte Schweigen, nur unterbrochen von einer Hupe auf der Straße. Dann protestierte Orozco.

»Augenblick mal.« Er wartete, bis alle Blicke auf ihn gerichtet waren. Alle außer Rourkes. Der würdigte Orozco keines Blickes.

»Wir können nicht hier rumsitzen, in der Nase bohren und warten, bis sich diese Typen den Weg in den Tresor freisprengen«, sagte Orozco. »Bis sie reingehen, ein paar hundert Fächer aufbohren und dann abhauen. Meine Aufgabe ist es, das Eigentum der Bürger von Beverly Hills zu schützen, die wahrscheinlich neunzig Prozent der Kunden dieses Unternehmens stellen. Da spiel' ich nicht mit.«

Rourke schob seinen Zeigestock zusammen, steckte ihn in die Innentasche seines Jacketts und fing an zu sprechen. Orozco sah er dabei nicht an.

»Orozco, Ihren Einwand können wir in den Akten vermerken, aber niemand bittet Sie, mitzuspielen«, sagte Rourke.

Bosch fiel auf, daß Rourke Orozco nicht nur ohne jede Rangbezeichnung ansprach, sondern sich auch jede falsche Höflichkeit ersparte.

»Dies ist eine Bundesangelegenheit«, fuhr Rourke fort. »Sie sind lediglich der Form halber hier. Außerdem – wenn ich richtig liege – werden die nur ein einziges Fach aufbohren. Da dies leer ist, werden sie das ganze Unternehmen abblasen und den Tresor wieder verlassen.«

Orozco wußte nicht weiter. Es war ihm anzusehen. Bosch merkte, daß man ihm offensichtlich nicht viele Details der Nachforschungen mitgeteilt hatte. Er tat ihm leid, denn Rourke führte ihn vor.

»Es gibt Dinge, die wir an dieser Stelle nicht besprechen können«, sagte Rourke. »Aber wir glauben, daß sie es nur auf eine bestimmte Box abgesehen haben. Und wir haben Grund zu der Annahme, daß die inzwischen leer ist. Wenn die Täter in den Tresor einbrechen, diese bestimmte Box öffnen und nichts drin ist, glauben wir, daß sie sich schnellstens zurückziehen werden. Unser Job ist es, darauf vorbereitet zu sein.«

Bosch wunderte sich über Rourkes Vermutung. Würden sich die Diebe zurückziehen? Oder würden sie glauben, sie hätten die falsche Box und weiterbohren, auf der Suche nach den Diamanten? Oder würden sie die anderen Boxen ausräumen, in der Hoffnung, genug Wertgegenstände zu finden, damit sich der Tunnelbau lohnte? Bosch wußte es nicht. Keinesfalls aber war er so sicher wie Rourke. Allerdings konnte es auch sein, daß der FBI-Agent nur so tat als ob, um Orozco aus dem Weg zu schaffen.

»Was ist, wenn sie sich nicht zurückziehen?« fragte Bosch. »Was ist, wenn sie weiterbohren?«

»Dann haben wir alle ein langes Wochenende vor uns«, sagte Rourke, »denn wir werden auf sie warten.«

»In jedem Fall werden Sie dem Geschäft die Existenzgrundlage nehmen«, sagte Orozco und deutete auf das Stock Building. »Wenn bekannt wird, daß jemand ein Loch in den Tresor gesprengt hat, den sie da draußen in dem großen Fenster stehen haben, wird die Öffentlichkeit kein Vertrauen mehr haben. Niemand wird seine Wertsachen mehr da unterbringen.«

Rourke starrte ihn nur an. Der Appell des Captain stieß auf taube Ohren.

»Wenn Sie sie nach dem Einbruch erwischen können, wieso dann nicht vorher?« sagte Orozco. »Wieso gehen wir nicht da rein, lassen eine Sirene aufheulen, machen ein bißchen Lärm, postieren einen Streifenwagen vor der Tür? Tun was, damit sie merken, daß wir da sind und über sie Bescheid wissen. Das wird sie rausscheuchen, bevor sie einbrechen. Wir fassen sie und retten die Firma. Wenn nicht, retten wir die Firma trotzdem und erwischen sie ein andermal.«

»Captain«, sagte Rourke mit gespielter Freundlichkeit, »wenn Sie denen zeigen, daß wir da sind, nehmen Sie uns unseren Vorteil – die Überraschung – und provozieren eine Schießerei in den Tunneln und vielleicht oben auf der Straße. Dabei dürfte es denen egal sein, wer getroffen wird, wer sterben muß. Sie selbst oder unschuldige Passanten. Wie rechtfertigen wir dann vor der Öffentlichkeit und vor uns selbst, daß wir es so gemacht haben, nur weil wir ein Geschäft retten wollten?«

Rourke wartete kurz, um seine Worte wirken zu lassen, dann fuhr er fort: »Sehen Sie, Captain, ich möchte bei dieser Operation nicht die Sicherheit aus den Augen verlieren. Ich darf es nicht. Diese Männer da unten, die wollen nicht nur Angst machen. Sie töten. Zwei Menschen sind ihnen zum Opfer gefallen, darunter ein Zeuge. Und das nur in der letzten Woche. Nie im Leben lassen wir sie entkommen. Niemals.«

Orozco beugte sich über die Haube und rollte seinen Plan zusammen. Als er ein Gummiband darum schnappen ließ, sagte er: »Meine Herren, machen Sie keinen Fehler. Falls doch, wird sich weder mein Department noch werde ich mich mit lautstarker Kritik und den Details dieser Besprechung zurückhalten. Gute Nacht.«

Er drehte sich um und ging zu dem Streifenwagen. Die beiden Uniformierten folgten ihm unaufgefordert. Alle anderen sahen nur zu. Als der Streifenwagen die Rampe hinunterfuhr, sagte Rourke: »Tja, Sie haben den Mann gehört. Wir dürfen keine Fehler machen. Hat noch jemand einen Vorschlag?«

»Wie wäre es, Leute in den Tresor zu schicken, die warten, bis sie raufkommen?« sagte Bosch. Er hatte es sich nicht genau überlegt, sagte es, wie es ihm in den Sinn kam.

»Nein«, sagte der SWAT-Mann. »Wenn Sie Leute in den Tresor schicken, sitzen die in der Falle. Keine Chance. Kein Fluchtweg. Ich würde nicht mal Freiwillige nehmen.«

»Sie könnten bei der Sprengung verletzt werden«, fügte Rourke hinzu. »Keiner weiß, wann und wo die Täter auftauchen.«

Bosch nickte. Sie hatten recht.

»Können wir den Tresor öffnen und reingehen, wenn wir wissen, daß sie drin sind?« fragte einer der Agenten. Bosch konnte sich nicht erinnern, ob es Hanlon oder Houck war.

»Ja, es gibt eine Möglichkeit, die Tür vom Zeitschloß abzukoppeln«, sagte Wish. »Wir müßten Avery, den Besitzer, holen.«

»Nach dem, was Avery gesagt hat, würde es wohl zu lange dauern«, sagte Bosch. »Zu langsam. Avery kann sie vom Zeitschloß abkoppeln und öffnen, aber es ist eine Zwei-Tonnen-Tür, die sich unter ihrem eigenen Gewicht öffnet. Es würde mindestens eine halbe Minute dauern, sie aufzubekommen. Vielleicht weniger, aber die Leuten drinnen wären immer noch im Vorteil. Dasselbe Risiko, als wenn man durch die Tunnel reingeht.«

»Wie wär's, wenn wir sie blenden?« sagte einer der Agenten.

»Wir öffnen die Tür ein Stück und werfen eine Blendgranate. Dann gehen wir rein und schnappen sie uns.«

Rourke und der SWAT-Mann schüttelten gleichzeitig den Kopf.

»Aus zwei Gründen«, sagte der SWAT-Mann. »Falls der Tunnel verdrahtet ist, wovon wir ausgehen, könnten wir damit die Sprengsätze zünden. Der ganze Wilshire Boulevard würde um zehn Meter absacken, und wer will das schon? Denken Sie an den Papierkram.«

Als niemand lächelte, fuhr er fort. »Zweitens haben wir hier einen Glasraum. Unsere Position da drinnen wäre ziemlich angreifbar. Wenn sie draußen jemanden haben, sind wir tot. Wir nehmen an, daß Funkstille herrscht, wenn sie die Sprengsätze angebracht haben. Aber was, wenn nicht, und dieser Posten sagt ihnen, daß wir da draußen sind? Sie könnten etwas zu uns nach draußen werfen.«

Rourke fügte seine eigenen Überlegungen hinzu. »Ganz abgesehen von dem Posten. Wenn wir ein SWAT-Team in diesen Glasraum schicken, finden wir uns im Fernsehen wieder. Jeder Sender der Stadt würde da draußen auf dem Bürgersteig seine Kameras aufbauen, und der Verkehr würde sich bis Santa Monica zurückstauen. Der reinste Affenzirkus. Vergessen Sie's. SWAT wird sich mit Gearson treffen, eine Erkundungsfahrt machen und die Ausgänge drüben am Freeway bewachen. Wir warten unten auf sie und schnappen sie auf unsere Weise. Das wär's.«

Der SWAT-Mann nickte, und Rourke fuhr fort. »Von heute abend an werden wir den Tresor rund um die Uhr von oben überwachen. Ich möchte Wish, Bosch auf der Tresorseite des Gebäudes haben. Hanlon, Houck an der Rincon Street, von wo aus man die Tür einsehen kann. Wenn es so aussieht oder sich so anhört, als würde es losgehen, möchte ich angerufen werden, und ich rufe das SWAT-Team zur Unterstützung. Benutzen Sie – wenn möglich – Landleitungen. Wir wissen nicht, ob sie unsere Frequenzen abhören. Die Leute, die für die Überwachung zuständig sind, werden sich beim Funken einen Code überlegen müssen. Haben das alle verstanden?«

»Was ist, wenn der Alarm ausgelöst wird?« fragte Bosch. »Das ist diese Woche schon dreimal passiert.«

Rourke dachte einen Moment darüber nach und sagte: »Wickeln Sie es routinemäßig ab. Treffen Sie sich mit dem Manager, diesem Avery oder wem auch immer, an der Tür, stellen Sie die Alarmanlage ab und schicken Sie ihn weg. Ich werde Orozco sagen, daß er seine Streife bei Alarm schicken soll, wir uns aber darum kümmern.«

»Avery wird rausgerufen werden«, sagte Wish. »Er weiß schon, was hier passieren soll. Was ist, wenn er den Tresor öffnen und sich umsehen will?«

»Lassen Sie es nicht zu. Ganz einfach. Der Tresor gehört ihm, aber sein Leben wäre in Gefahr. Das darf nicht sein.«

Rourke sah in die Gesichter der anderen. Es gab keine Fragen mehr.

»Dann sind wir soweit. Ich will, daß alle in neunzig Minuten auf ihrem Posten sind. Das gibt der Nachtschicht Zeit zu essen, zu pinkeln und Kaffee zu holen. Wish, ich möchte Ihre Berichte per Telefon um Mitternacht und um sechs Uhr früh. Alles klar?«

»Alles klar.«

Rourke und der SWAT-Mann stiegen in den Wagen, in dem Gearson wartete, und fuhren die Rampe hinunter. Bosch, Wish, Hanlon und Houk einigten sich auf einen Code. Sie beschlossen, Straßennamen aus der Innenstadt zu nehmen. Falls jemand die »Simplex 5 Public Safety«-Frequenz hörte, würde er glauben, es ginge um eine Überwachung an der Ecke Broadway und Rincon in Beverly Hills. Außerdem beschlossen sie, über Funk vom Tresor als der »Pfandleihe« zu sprechen. Daraufhin trennten sich die beiden Gruppen und verabredeten, sich zu Beginn der Überwachung zu melden. Als Hanlons und Houcks Wagen zur Rampe fuhr, fragte Bosch, der zum ersten Mal, seit der Plan stand, mit Wish allein war, was sie davon halte.

»Ich weiß nicht. Mir gefällt die Vorstellung nicht, sie erst in den Tresor und dann hinterher frei rumlaufen zu lassen. Ich frage mich, ob das SWAT-Team wirklich was ausrichten kann.«

»Ich schätze, wir werden es noch erfahren.«

Ein Wagen kam die Rampe herauf und fuhr auf sie zu. Die Lichter blendeten Bosch, und für einen Moment dachte er an den Wagen, der sie am Abend vorher hatte überfahren wollen. Aber dann machte das Fahrzeug einen Schwenk und hielt. Es waren Hanlon und Houck. Das Beifahrerfenster wurde heruntergekurbelt, und Houck reichte einen dicken Umschlag heraus.

»Die Post ist da, Harry«, sagte der Agent. »Hab' vergessen, Ihnen das hier zu geben. Jemand aus Ihrem Büro hat es heute beim FBI abgegeben und gesagt, Sie würden drauf warten, wären aber nicht an der Wilcox gewesen, um es abzuholen.«

Bosch nahm den Umschlag und hielt ihn von sich weg. Houck bemerkte das Unbehagen auf seinem Gesicht.

»Der Mann hieß Edgar, ein Schwarzer. Hat gesagt, Sie wären Partner gewesen«, sagte Houck. »Sagt, es liegt schon zwei Tage in Ihrem Fach, und es wäre wichtig. Er will jemandem ein Haus draußen in Westwood zeigen und dachte sich, er bringt es Ihnen vorbei, wenn er sowieso schon in der Gegend ist. Klingt das okay für Sie?«

Bosch nickte, und die beiden Agenten fuhren ab. Der schwere Umschlag war versiegelt, aber der Absender lautete auf US-Armed Services Record Archive in St. Louis. Er riß das Ende des Umschlags ab und sah hinein. Drin lag eine dicke Akte.

»Was ist es?« fragte Wish.

»Meadows' Akte. Ich hatte schon vergessen, daß ich sie bestellt habe. Das war am Montag, da wußte ich noch nicht, daß ihr den Fall bearbeitet. Egal, das Zeug hab' ich schon gesehen.«

Er warf den Umschlag durch das offene Fenster des Wagens auf den Rücksitz.

»Hunger?« fragte sie ihn.

»Ich brauch' wenigstens einen Kaffee.«

»Ich weiß einen Laden.«

Bosch trank dampfend heißen Kaffee aus einem Plastikbecher, den er aus einem italienischen Laden an der Pico hinter Century City mitgenommen hatte. Er saß im Wagen, wieder im ersten Stock des Parkhauses gegenüber vom Tresor. Wish öffnete die Tür und stieg ein, nachdem sie ihren mitternächtlichen Anruf bei Rourke getätigt hatte.

»Sie haben den Jeep gefunden.«

»Wo?«

»Rourke sagt, das SWAT-Team hat seine Erkundungsfahrt durch den Wilshire-Kanal gemacht, aber keine Spur von Eindringlingen oder einem Tunneleingang gefunden. Sieht so aus, als hätte Gearson recht. Sie haben sich in einem der kleinen Nebenkanäle versteckt. Jedenfalls sind die SWAT-Leute zum Hochwasserkanal am Freeway gefahren, um die Falle einzurichten. An drei Ausgängen hatten sie sich aufgebaut, als sie auf den Jeep gestoßen sind. Rourke sagt, da unten am Freeway gibt es einen Parkplatz. Auf dem steht ein beigefarbener Jeep mit einem Pritschenanhänger. Das ist ihrer. Die drei blauen ATVs, diese Geländewagen, sind auf dem Hänger.«

»Beschafft er uns eine Ermächtigung?«

»Ja, er hat jemanden, der versucht, einen Richter zu finden. Also werden sie wohl eine bekommen. Aber sie wollen erst ran, wenn die Operation läuft. Für den Fall, daß jemand rauskommt und die ATVs holen will. Oder irgendeiner, der schon draußen ist, taucht auf und fährt sie rein.«

Bosch nickte und trank. So konnte es funktionieren. Ihm

fiel ein, daß seine Zigarette im Aschenbecher glomm, und er warf sie aus dem offenen Fenster.

Als könnte sie Gedanken lesen, sagte sie: »Rourke meint, nach allem, was sie sehen können, liegt keine Decke im Kofferraum. Aber wenn es der Jeep sein sollte, mit dem Meadows' Leiche zum Wasserreservoir gebracht wurde, müßten noch Faserspuren zu finden sein.«

»Was ist mit dem Siegel, das Sharkey an der Tür gesehen hat?«

»Rourke sagt, da wäre kein Siegel. Aber sie könnten es entfernt haben, als sie den Jeep abgestellt haben.«

»Ja«, sagte Bosch. Ein paar Augenblicke später sagte er: »Stört es dich eigentlich, daß sich alles so gut zusammenfügt?«

»Sollte es?«

Bosch zuckte mit den Achseln. Er sah den Wilshire hinauf. Am Bordstein vor dem Hydranten stand niemand. Seit sie vom Essen gekommen waren, hatte Bosch den weißen LTD nicht mehr gesehen. Er hielt ihn für einen IAD-Wagen, wußte aber nicht, ob Lewis und Clarke noch da waren oder schon Feierabend hatten.

»Harry, gute Polizeiarbeit zahlt sich mit Fällen aus, bei denen sich am Ende alles zusammenfügt«, erklärte Eleanor. »Ich meine, wir sind bei dieser Sache noch lange nicht am Ziel. Aber ich glaube, wir haben inzwischen doch etwas Überblick. Verdammt viel mehr als vor drei Tagen. Wozu also die Sorge, weil endlich manches paßt?«

»Vor drei Tagen hat Sharkey noch gelebt.«

»Wenn du schon dabei bist, wieso nimmst du nicht auch die Schuld für alle anderen auf dich, die jemals die Wahl hatten und dann umgebracht wurden. Du kannst es nicht ändern, Harry. Und du mußt nicht den Märtyrer spielen.«

»Was soll das heißen? Sharkey hatte keine Wahl.«

»Die hatte er allerdings. Als er sich für die Straße entschieden hat, wußte er, daß er vielleicht dort sterben würde.«

»Das glaubst du doch selbst nicht. Er war ein Kind.«

»Ich glaube einfach, daß viel Scheiße passiert. Ich glaube, daß man sich in diesem Job nur bemühen kann und daß es am Ende unentschieden steht. Manche gewinnen und manche verlieren. Es läßt hoffen, daß die Guten immerhin die Hälfte der Zeit gewinnen. Das sind wir, Harry.«

Bosch trank seinen Becher aus, und sie saßen eine Zeitlang schweigend da. Sie hatten einen guten Blick auf den Tresor, der wie ein Thron in der Mitte des Glasraums aufragte. Da draußen im Freien, poliert und schimmernd unter den hellen Deckenleuchten, schien er der Welt zu sagen: »Nimm mich«. Und irgendwer würde es tun. Und wir lassen es zu, dachte Bosch.

Wish nahm das Funkgerät, drückte zweimal auf den Sendeknopf und sagte: »Broadway Eins an First, können Sie mich hören?«

»Wir können Sie hören, Broadway. Was gibt's?« Es war Houcks Stimme. Man hörte einiges Rauschen, da die Funkwellen von den umstehenden Hochhäusern abprallten.

»Nur zur Kontrolle. Wie ist Ihre Position?«

»Wir stehen südlich der Eingangstür vor der Pfandleihe. Deutlich zu sehen, daß nichts passiert.«

»Wir stehen östlich. Können den ...« Sie stellte das Mikro ab und sah Bosch an. »Wir haben unseren Code für den Tresor nicht näher definiert. Hast du eine Idee?«

Bosch schüttelte den Kopf, dann sagte er: »Saxophone. Ich hab' Saxophone im Fenster der Pfandleihe gesehen. Musikinstrumente, Unmengen davon.«

Sie klickte das Mikro wieder an. »Tut mir leid, First Street, wir haben hier technische Probleme. Wir stehen östlich der Pfandleihe, haben das Klavier im Schaufenster im Blick. Drinnen keine Aktivitäten.«

»Haltet die Augen auf.«

»Na logo. Broadway over.«

Bosch grinste und schüttelte den Kopf.

»Was?« sagte sie. »Was?«

»Ich hab' ja schon einige Instrumente in Pfandleihen gesehen, aber noch kein Klavier. Wer bringt schon sein Klavier in die Pfandleihe? Man bräuchte einen Lastwagen. Du hast unsere Tarnung verraten.«

Er nahm das Mikro, und ohne den Sendeknopf zu drücken, sagte er: »Ähm ... First Street, hören Sie. Da steht kein Klavier im Fenster. Es ist ein Akkordeon. Unser Fehler.«

Sie boxte ihn an die Schulter und sagte, er solle sich keine Sorgen um das Klavier machen. Sie machten es sich bequem und genossen die Stille. Überwachungsjobs waren der Fluch im Leben fast aller Detectives. Nur Bosch hatte in seinen fünfzehn Jahren im Job gegen keine einzige Überwachung etwas einzuwenden gehabt. Im Gegenteil, er genoß sie meistens, wenn er in netter Gesellschaft war. Nette Gesellschaft bedeutete für ihn nicht etwa Konversation, sondern genau das Gegenteil davon. Wenn man nicht reden mußte, um sich wohl zu fühlen, war das die richtige Gesellschaft. Bosch dachte über den Fall nach und sah sich den Verkehr an, der am Tresor vorüberfuhr. Er rekapitulierte die Ereignisse in ihrer chronologischen Reihenfolge, vom Anfang bis jetzt. Führte sich Szenerien vor Augen, lauschte noch einmal den Gesprächen. Er hatte festgestellt, daß diese Art der Erinnerung ihm bei der nächsten Entscheidung oder dem nächsten Schritt half. Was er sich jetzt besonders durch den Kopf gehen ließ, woran er herumbohrte wie mit der Zunge an einem losen Zahn, war die Fahrerflucht. Der Wagen, der sie am Abend vorher hatte überfahren wollen. Wieso? Was hatten sie zu diesem Zeitpunkt gewußt, daß sie so gefährlich waren? Es kam ihm äußerst unklug vor, einen Cop und einen FBI-Agenten zu ermorden. Warum hatte man es versucht? Seine Gedanken schweiften zurück zu der Nacht, die sie zusammen verbracht hatten, nachdem alle Fragen gestellt waren. Eleanor war aufgewühlt gewesen. Mehr noch als er. Als er sie im Bett in den Armen gehalten hatte, kam er sich vor, als beruhigte er ein verängstigtes Tier. Und er umarmte und streichelte sie, während sie gegen seinen Hals atmete. Sie hatten sich nicht geliebt. Sie hatten sich nur umarmt. Es war ihnen irgendwie intimer vorgekommen.

»Denkst du an gestern abend?« fragte sie.

»Woher weißt du?«

»Geraten. Fällt dir was dazu ein?«

»Na, ich fand, es war schön. Ich fand, wir ...«

»Ich rede davon, wer uns gestern abend überfahren wollte.«

»Oh. Nein, keine Ahnung. Ich dachte an hinterher.«

»Oh ... ich hab' mich noch gar nicht bei dir bedankt, Harry. Dafür, wie du zu mir warst, daß du nichts erwartet hast.«

»Ich sollte mich bei dir bedanken.«

»Du bist süß.«

Wieder drifteten sie in ihre eigenen Gedanken ab. Gegen die Tür gelehnt, den Kopf an der Seitenscheibe, wandte sich Bosch kaum noch vom Tresor ab. Auf dem Wilshire herrschte nur spärlicher, wenn auch stetiger Verkehr. Leute, die zu den Clubs drüben am Santa Monica Boulevard oder beim Rodeo Drive fuhren oder von dort kamen. Wahrscheinlich fand in der nahegelegenen Academy Hall gerade eine Premiere statt. Es schien Bosch, als versammelten sich heute nacht sämtliche Limousinen der Stadt auf dem Wilshire. Stretch-Limos aller Marken und Farben rollten vorbei, eine nach der anderen. Sie waren schön und faszinierend mit ihren schwarzen Scheiben. Wie exotische Frauen mit Sonnenbrillen. Ein Wagen nur für die Stadt, dachte Bosch.

»Ist Meadows schon beerdigt worden?«

Sie überraschte ihn. Er fragte sich, wie sie darauf gekommen war. »Nein«, antwortete er. »Montag, drüben auf dem Veteranenfriedhof.«

»Eine Beerdigung am Memorial Day. Wie passend. Dann

hat sein Leben als Krimineller ihn also nicht disqualifiziert, in heiliger Erde bestattet zu werden?«

»Nein. Er war in Vietnam. Sie haben ihm ein Grab reserviert. Mir wahrscheinlich auch. Warum fragst du?«

»Ich weiß nicht. Ich hab nur so dran gedacht. Gehst du hin?«

»Wenn ich nicht hier sitze und diesen Tresor bewache.«

»Das wäre nett von dir. Schließlich hat er dir mal was bedeutet. An einem bestimmten Punkt in deinem Leben.«

Er ging nicht darauf ein, aber dann sagte sie: »Harry, erzähl mir von dem schwarzen Echo. Was du neulich gesagt hast. Was hast du damit gemeint?«

Zum ersten Mal wandte er sich vom Tresor ab und sah Eleanor an. Ihr Gesicht lag im Schatten, aber Scheinwerfer eines vorbeifahrenden Autos erhellten kurz den Innenraum des Wagens, und er konnte sehen, daß ihre Augen auf ihn gerichtet waren. Er wandte sich wieder dem Tresor zu.

»Da gibt es eigentlich nichts zu erzählen. Es war Teil des Unbestimmbaren.«

»Des Unbestimmbaren?«

»Es gab keine Bezeichnung dafür, also haben wir uns eine ausgedacht. Es war die Dunkelheit, die feuchte Leere, die du gefühlt hast, wenn du allein da unten in diesen Tunneln warst. Du fühltest dich dort wie tot. Tot und begraben in der Finsternis. Aber du warst am Leben. Und du hattest Angst. Dein eigener Atem hallte aus der Finsternis zurück, laut genug, dich zu verraten. Oder zumindest glaubtest du das. Ich weiß nicht. Es ist schwer zu erklären. Eben ... das schwarze Echo.«

Sie ließ etwas Zeit vergehen, bevor sie sagte: »Ich finde, es wäre nett, wenn du bei der Beerdigung wärst.«

»Stimmt irgendwas nicht?«

»Was meinst du?«

»Was ich gesagt habe. Wie du redest. Seit gestern abend

wirkst du so anders. Als wenn irgendwas ... ich weiß nicht, vergiß es.«

»Ich weiß es auch nicht, Harry. Ich glaube, als die Anspannung nachließ, habe ich irgendwie Angst bekommen. Ich bin ins Grübeln gekommen.«

Bosch nickte, sagte aber nichts. Seine Gedanken schweiften ab, und er erinnerte sich, wie eine Einheit im Dreieck von Vietnam, Laos und Kambodscha schwere Verluste durch Heckenschützen hatte hinnehmen müssen und auf den Eingang zu einem Tunnelsystem gestoßen war. Bosch, Meadows und zwei weitere Ratten namens Jarvis und Hanrahan wurden in einer nahegelegenen Landezone abgesetzt und zum Loch eskortiert. Als erstes ließen sie zwei Fackeln hineinfallen, eine blaue und eine rote, und drückten den Rauch mit einem Ventilator hinein, um die anderen Eingänge im Dschungel zu finden. Ziemlich bald stiegen im Umkreis von zweihundert Metern an zwei Dutzend Stellen Rauchschwaden auf. Der Rauch trat aus den Spinnenlöchern, in denen die Heckenschützen saßen. Es gab so viele davon, daß sich der Dschungel vom Rauch ganz rot färbte. Meadows war zugedröhnt. Er schob eine Cassette in den tragbaren Recorder, den er immer bei sich hatte, und fing an, den Tunnel mit Hendrix's »Purple Haze« zu beschallen. Es war – abgesehen von seinen Träumen – eine der lebhaftesten Erinnerungen an den Krieg.

Rock hatte er danach nie mehr gemocht. Die aufrüttelnde Energie der Musik erinnerte ihn zu sehr an den Krieg.

»Bist du jemals am Ehrenmal gewesen?« fragte Eleanor.

Sie mußte nicht sagen, welches. Es gab nur das eine in Washington. Aber dann erinnerte er sich an die lange, schwarze Kopie, deren Errichtung er auf dem Friedhof beim Federal Building beobachtet hatte.

»Nein«, sagte er nach einer Weile. »Ich war noch nie da.«

Nachdem sich die Luft über dem Dschungel geklärt hatte und die Hendrix-Cassette zu Ende war, hatten sich die vier in den Tunnel hinabgelassen, während der Rest der Einheit auf Rucksäcken saß und futterte und wartete. Eine Stunde später waren nur Bosch und Meadows zurückgekommen. Meadows hatte drei nordvietnamesische Skalps bei sich. Er hielt sie für die Truppe hoch und rief: »Vor euch steht der schwärzeste Blutsbruder des schwarzen Echos.« Daher der Name. Später fanden sie Jarvis und Hanrahan in den Tunneln. Sie waren in Punji-Fallen gelaufen. Sie waren tot.

Eleanor sagte: »Ich war da, als ich in D.C. gewohnt habe. Ich hatte es nicht fertiggebracht, zweiundachtzig zur Einweihung zu gehen. Aber einige Jahre später habe ich irgendwann meinen ganzen Mut zusammengenommen. Ich wollte den Namen meines Bruders sehen. Ich dachte, es würde mir vielleicht helfen, ein paar Dinge zu klären.«

»Und hat es das?«

»Nein. Es hat alles nur noch schlimmer gemacht. Ich habe diesen Zwang zur Gerechtigkeit bekommen, falls das einen Sinn macht. Ich wollte Gerechtigkeit für meinen Bruder.«

Wieder herrschte Stille im Wagen, und Bosch schenkte sich Kaffee nach. Er spürte, wie das Koffeinzittern einsetzte, aber er konnte nicht aufhören. Er war süchtig. Er beobachtete, wie zwei Betrunkene die Straße hinuntertaumelten und an der Scheibe vor dem Tresor stehenblieben. Einer der beiden warf seine Hände in die Luft, als wollte er die mächtige Tür des Tresors ausmessen. Nach einer Weile gingen sie weiter. Er dachte an die Wut, die Eleanor wegen ihres Bruders empfunden haben mußte. Die Hilflosigkeit. Er dachte an seine eigene Wut. Er kannte diese Gefühle, vielleicht nicht im selben Maße, aber aus einer anderen Perspektive. Jeder, der mit dem Krieg zu tun hatte, kannte diese Gefühle mehr oder weniger. Er hatte sie nie ganz in den Griff bekommen und war auch nicht sicher, ob er es wollte. Wut und Trauer gaben ihm etwas, das besser war als diese absolute Leere. Ob Meadows sie auch empfunden hatte? fragte er sich. Diese Leere. Hatte sie ihn von Job zu Job und von Nadel zu Nadel getrieben, bis er sich bei seiner letzten Mission endlich und endgültig verausgabt hatte? Bosch beschloß, zu Meadows' Beerdigung zu gehen. Das war er ihm schuldig.

»Weißt du noch, was du mir neulich über diesen Typen erzählt hast, den Dollmaker-Killer?«

»Was ist mit ihm?«

»Das IAD hat versucht, dir nachzuweisen, daß du ihn exekutiert hast?«

»Ja, hab' ich doch erzählt. Sie haben es versucht. Aber da war nichts zu machen. Sie konnten mich nur wegen Verstoßes gegen die Dienstvorschriften suspendieren.«

»Ich wollte nur sagen: Selbst wenn sie recht hatten, hatten sie unrecht. Für mich war das Gerechtigkeit. Du wußtest, was mit so einem passiert. Sieh dir den Night Stalker an. Der kommt nie in die Gaskammer. Oder es dauert zwanzig Jahre.«

Bosch wurde es unbehaglich. Über seine Motive und Vorgehensweisen im Dollmaker-Fall hatte er bisher nur nachgedacht, wenn er allein war. Noch nie hatte er laut darüber gesprochen. Er wußte nicht, worauf sie hinaus wollte.

Sie sagte: »Ich weiß, wenn es so wäre, könntest du es niemals zugeben, aber ich glaube, daß du bewußt oder unbewußt eine Entscheidung getroffen hast. Du wolltest Gerechtigkeit für all diese Frauen, seine Opfer. Vielleicht sogar für deine Mutter.«

Erschrocken drehte sich Bosch zu ihr um und wollte gerade fragen, was sie von seiner Mutter wußte und wie sie auf eine Verbindung zu Dollmaker kam. Dann fielen ihm die Akten ein. Wahrscheinlich stand es da irgendwo. Als er sich beim Department beworben hatte, mußte er angeben, ob er oder ein naher Verwandter jemals Opfer eines Verbrechens geworden war. Mit elf sei er Waise geworden, hatte er geschrieben, nachdem man seine Mutter erdrosselt in einer Seitenstraße am Hollywood Boulevard aufgefunden hatte. Er mußte nicht schreiben, womit sie ihren Lebensunterhalt verdient hatte. Die Ortsangabe und das Verbrechen sagten alles.

Als er sich wieder gefaßt hatte, fragte Bosch Eleanor, was sie im Sinn hatte.

»Nichts weiter«, sagte sie. »Ich ... respektiere das. Ich an deiner Stelle hätte dasselbe getan, glaube ich. Ich hoffe, ich hätte den Mut aufgebracht.«

Er sah zu ihr hinüber, beide Gesichter im Schutz der Dunkelheit. Inzwischen war es spät, und kein Auto fuhr vorbei, das ihre Gesichter erhellt hätte.

»Nimm du ruhig die erste Schlafschicht«, sagte er. »Ich hab zuviel Kaffee getrunken.«

Sie antwortete nicht. Er bot an, ihr eine Decke aus dem Kofferraum zu holen, aber sie lehnte ab, wollte nicht.

»Hast du mal gehört, was J. Edgar Hoover über Gerechtigkeit gesagt hat?« fragte sie.

»Wahrscheinlich hat er eine Menge gesagt, aber ich kann mich an nichts Bestimmtes erinnern.«

»Er hat gesagt, Gerechtigkeit hätte mit Recht und Ordnung nur am Rande zu tun. Ich glaube, er hatte recht.«

Weiter sagte sie nichts, und nach einer Weile hörte er, wie sie immer tiefer und langsamer atmete. Wenn hin und wieder ein Auto vorbeifuhr, sah er in ihr Gesicht und beobachtete, wie das Licht darüberstrich. Sie schlief wie ein Kind, hatte den Kopf in ihre Hände gelegt. Bosch öffnete das Fenster einen Spalt weit und steckte sich eine Zigarette an. Er rauchte und überlegte, ob er sich in sie verlieben konnte oder würde und sie sich in ihn. Der Gedanke war überwältigend und beunruhigend zugleich.

Siebter Teil

Samstag, 26. Mai

Morgengrauen lag über der Straße und warf mattes Licht in den Wagen. Es nieselte leicht, die Straße war feucht, und die untere Hälfte der Scheiben am Beverly Hills Safe & Lock war beschlagen. Soweit sich Bosch erinnern konnte, war es seit Monaten der erste Regen. Wish schlief, und er beobachtete den Tresor. Nach wie vor schimmerte das Licht der Deckenlampen auf Chrom und Stahl. Es war schon nach sechs, aber Bosch hatte den Anruf bei Rourke vergessen und Eleanor schlafen lassen. Die ganze Nacht über hatte er sie nicht geweckt. Er wurde einfach nicht müde. Houck hatte sich um halb vier über Funk gemeldet, um sicherzugehen, daß einer von ihnen wach war. Danach gab es keine Störungen mehr und auch keine Aktivitäten im Tresorraum. Den Rest der Nacht dachte Bosch abwechselnd an Eleanor Wish und den Tresor, den er bewachte.

Er griff nach seiner Tasse auf dem Armaturenbrett und sah nach, ob er noch einen Schluck kalten Kaffee hatte, aber sie war leer. Er ließ sie hinter sich auf den Boden fallen, wobei er das Paket aus St. Louis auf dem Rücksitz bemerkte. Er langte nach hinten, zog den dicken Packen Papier aus dem braunen Umschlag, blätterte träge darin herum und sah alle paar Sekunden zum Tresor hinüber.

Das meiste von Meadows' Militärakten hatte er schon gesehen. Bald aber merkte er, daß einiges darunter war, was er nicht aus dem FBI-Ordner kannte, den Wish ihm gegeben hatte. Dies war eine vollständigere Akte. Dazu gehörte eine Fotokopie seines Einberufungsbescheids und des Musterungsgutachtens. Weiterhin gab es medizinische Gutachten aus Saigon. Zweimal war er gegen Syphilis behandelt worden, einmal wegen akuter Streßsymptome.

Beim Durchblättern des Packens blieb er an der Kopie eines zweiseitigen Briefes von einem Kongreßabgeordneten namens Noone aus Louisiana hängen. Neugierig fing Bosch an zu lesen. Der Brief stammte aus dem Jahr 1973, war an Meadows in der Botschaft von Saigon adressiert und trug das offizielle Siegel des Kongresses. Noone dankte Meadows für seine Gastfreundschaft und Hilfe während eines kürzlich abgeschlossenen Informationsbesuchs des Kongreßabgeordneten. Noone betonte, wie angenehm überrascht er gewesen sei, in einem fremden Land auf jemanden aus seiner Heimatstadt New Iberia zu stoßen. Bosch fragte sich, wie zufällig dieses Treffen wohl gewesen war. Wahrscheinlich hatte man Meadows dem Abgeordneten zugeteilt, damit dieser von vornherein wohlgesonnen war und mit einer hohen Meinung von Personal und Moral in Südostasien nach Washington heimkehrte. Es gibt keine Zufälle.

Auf der zweiten Seite des Briefes wurde Meadows zu seiner Beförderung gratuliert. Man bezog sich dabei auf die lobenden Berichte, die Noone von Meadows' Vorgesetzten bekommen hatte. Bosch las weiter. Meadows' Einsatz wurde besonders hervorgehoben, da er während des Aufenthaltes des Kongreßabgeordneten ein illegales Eindringen in das Botschaftshotel verhindert hatte. Ein gewisser Lieutenant Rourke hatte den Mitarbeitern des Abgeordneten Einzelheiten dieser Heldentat geliefert. Bosch spürte ein Zittern unter dem Herzen, als würde alles Blut dort abfließen. Der Brief endete mit einigem Geplauder über seine Heimatstadt. Darunter standen die große, fließende Unterschrift des Kongreßabgeordneten und ein maschinengeschriebener Hinweis am linken unteren Rand:

Kopien an: US Army, Records Division, Washington, D.C.
Lt. John H. Rourke, US Botschaft, Saigon, V.N.
The Daily Iberian; Nachrichtenredaktion

Bosch starrte die zweite Seite lange an, ohne sich zu rühren oder zu atmen. Er spürte, wie Übelkeit in ihm aufstieg, und er wischte sich mit der Hand über die Stirn. Er überlegte, ob er Rourkes zweiten Namen oder dessen Anfangsbuchstaben jemals gehört hatte. Aber das war egal. Es gab keinen Zweifel. Keine Zufälle.

Eleanors Pieper ging los, erschreckte beide wie ein Schuß. Sie beugte sich vor und fing an, in ihrer Handtasche herumzukramen, bis sie den Pieper gefunden und den Lärm abgestellt hatte.

»Oh, Gott, wie spät ist es?« fragte sie völlig durcheinander.

Er sagte, es sei zwanzig nach sechs, und erst da fiel ihm ein, daß sie sich bei Rourke vor zwanzig Minuten per Telefon hätten melden sollen. Er schob den Brief wieder zwischen die Papiere, steckte alles in den Umschlag zurück und warf ihn auf den Rücksitz.

»Ich muß mich melden«, sagte Wish.

»Hey, laß dir Zeit mit dem Aufwachen«, warf Bosch schnell ein. »Ich werd ihn anrufen. Ich muß mir sowieso eine Toilette suchen, und dann besorg' ich uns Kaffee und Wasser.«

Er öffnete die Tür und stieg aus, bevor sie gegen seinen Plan Protest einlegen konnte. Sie sagte: »Harry, wieso hast du mich schlafen lassen?«

»Ich weiß nicht. Wie ist seine Nummer?«

»Ich sollte ihn anrufen.«

»Laß mich. Gib mir die Nummer.«

Sie gab sie ihm, und Bosch lief um die Ecke und ein kleines Stück zu dem rund um die Uhr geöffneten Darling's. Den ganzen Weg über war er wie benommen, ignorierte die Bettler, die mit der Sonne herausgekommen waren, und versuchte sich vorzustellen, daß Rourke der Informant war. Was machte er? Irgend etwas fehlte, und Bosch kam nicht drauf. Wenn Rourke der Informant war, wieso gestattete er ihnen dann, den Tresor zu observieren? Wollte er, daß seine Leute gefaßt wurden? Er sah die Telefonzellen vor dem Restaurant.

»Sie sind spät dran«, sagte Rourke nach einem halben Klingeln.

»Wir hatten es vergessen.«

»Bosch? Wo ist Wish? Sie sollte anrufen.«

»Keine Sorge, Rourke, sie paßt – wie verabredet – auf den Tresor auf. Was machen Sie?«

»Ich hab gewartet, von Ihnen zu hören, bevor ich mich auf den Weg mache. Sind Sie beide eingeschlafen, oder was? Was geht da vor sich?«

»Nichts geht vor sich. Aber das wissen Sie doch längst, oder?«

Es folgte Schweigen, während ein alter Mann an die Telefonzelle trat und Bosch um Geld anbettelte. Bosch stieß ihn weg.

»Sind Sie noch da, Rourke?« sagte er ins Telefon.

»Was soll das heißen? Woher soll ich wissen, was vor sich geht, wenn keiner von Ihnen sich – wie verabredet – meldet? Und Sie immer mit Ihren versteckten Andeutungen ... Bosch, ich verstehe Sie nicht.«

»Ich möchte Sie was fragen. Haben Sie tatsächlich Leute an den Tunnelausgängen postiert, oder waren die Karte, der Zeigestock und der SWAT-Mann nur Show?«

»Geben Sie mir Wish. Ich weiß nicht, wovon Sie reden.«

»Tut mir leid, sie kann im Augenblick nicht ans Telefon kommen.«

»Bosch, kommen Sie zurück. Irgendwas stimmt doch nicht. Sie sind schon die ganze Nacht auf den Beinen. Ich glaube, Sie sollten ... nein, ich werde zwei neue Leute darauf ansetzen. Ich werde Ihren Lieutenant anrufen und ...«

»Sie kannten Meadows.«

»Wie?«

»Wie ich es gesagt habe. Sie kannten ihn. Ich habe seine Akte, Mann. Seine *vollständige* Akte. Nicht die gekürzte Version, die Wish mir gegeben hat. Sie waren sein Vorgesetzter in der Botschaft in Saigon. Ich weiß Bescheid.«

Schweigen. Dann: »Ich war der Vorgesetzte von einer Menge Leute, Bosch. Ich habe sie nicht alle gekannt.«

Bosch schüttelte den Kopf.

»Das ist lau, Lieutenant Rourke. Ziemlich lau. Das ist schlimmer, als es zuzugeben. Ich will Ihnen was sagen: Wir sprechen uns später.«

Bosch hängte ein und ging ins Darling's, wo er zwei Kaffees und zweimal Mineralwasser bestellte. Er stand an der Kasse, wartete, daß das Mädchen seine Bestellung holte, und sah aus dem Fenster. Er dachte nur noch an Rourke.

Das Mädchen brachte die Bestellung in einem Pappkarton an die Kasse. Er zahlte, gab ihr Trinkgeld und ging wieder hinaus zur Telefonzelle.

Wieder wählte Bosch Rourkes Nummer, nur weil er wissen wollte, ob er noch da war. Nach dem zehnten Klingeln legte er auf. Dann rief er die LAPD-Einsatzzentrale an und bat den Operator, die FBI-Einsatzzentrale anzurufen und nachzufragen, ob die ein SWAT-Team in der Gegend um den Wilshire oder in Beverly Hills hatten und ob die vielleicht Hilfe brauchten. Während er wartete, versuchte er, sich in Rourke hineinzuversetzen. Er machte einen Kaffeebecher auf und nippte daran.

Der Operator meldete sich mit der Bestätigung, daß das FBI tatsächlich eine SWAT-Observation im Wilshire District hatte. Verstärkung wurde nicht angefordert. Bosch bedankte sich und hängte ein. Jetzt glaubte er zu wissen, was Rourke vorhatte. Es gab nur eine Erklärung: Da waren gar keine Männer, die in den Tresor einbrachen. Die Falle im Tresor war nichts weiter als das: eine Falle. Der Tresor war ein Köder. Bosch dachte daran, wie er Tran hatte gehen lassen, nachdem er ihm zum Tresor gefolgt war. Er hatte den zweiten Captain und seine Diamanten aufgespürt, damit sich Rourke über ihn hermachen konnte. Bosch hatte ihm den Mann in die Hände gespielt.

Als Bosch wieder beim Wagen war, sah er, daß Wish in Meadows' Akte las. Noch war sie nicht bei dem Brief des Kongreßabgeordneten angekommen.

»Wo bist du gewesen?« fragte sie freundlich.

»Rourke hatte eine Menge Fragen.« Er nahm ihr Meadows' Akte aus den Händen und sagte: »Ich möchte, daß du dir hier was ansiehst. Von wem hattest du die Akte über Meadows, die du mir gezeigt hast?«

»Ich weiß nicht. Rourke hatte sie. Wieso?«

Er fand den Brief und reichte ihn ihr, ohne ein Wort zu sagen.

»Was ist das? Neunzehnhundertdreiundsiebzig?«

»Lies es. Das ist Meadows' Akte, von der ich eine Kopie aus St. Louis bekommen habe. So ein Brief existiert nicht in der Akte, die Rourke dir für mich gegeben hat. Er hat sie gesäubert. Lies, dann verstehst du, warum.«

Er sah hinüber zur Tresortür. Nichts geschah, aber er erwartete auch nichts. Dann beobachtete er sie beim Lesen. Sie schob eine Augenbraue hoch, während sie beide Seiten überflog, sah den Namen aber nicht.

»Ja, er war also eine Art Held, steht da. Ich weiß nicht ...« Ihre Augen wurden groß, als sie unten ankam. »Kopie an Lieutenant John Rourke.«

»Mh-hm. Den ersten Hinweis hast du übersehen.«

Er deutete auf den Satz, in dem Rourke als Meadows' Vorgesetzter genannt wurde.

»Der Informant. Was meinst du, was wir tun sollen?«

»Ich weiß nicht. Bist du sicher? Das beweist nichts.«

»Wäre es ein Zufall gewesen, hätte er sagen können, daß er den Mann kennt. Genau wie ich. Ich habe es gesagt. Er nicht, weil er nicht wollte, daß die Verbindung bekannt wurde. Ich habe ihn am Telefon danach gefragt. Er hat gelogen. Er wußte nicht, daß wir das hier haben.«

»Jetzt weiß er, daß du es weißt?«

»Ja. Ich habe keine Ahnung, was er glaubt, was ich wissen könnte. Ich hab' aufgelegt. Die Frage ist, was wir deswegen unternehmen. Wahrscheinlich ist der ganze Aufwand hier völlig umsonst. Die ganze Sache ist eine Farce. In den Tresor bricht keiner ein. Wahrscheinlich haben sie sich Tran geschnappt, als er seine Diamanten geholt hat und weggefahren ist. Wir haben ihn direkt zur Schlachtbank geführt.«

Dann fiel ihm ein, daß vielleicht der weiße LTD den Dieben gehörte, nicht Lewis und Clarke. Sie waren Bosch und Wish zu Tran gefolgt.

»Einen Moment mal«, sagte Eleanor. »Ich weiß nicht. Was ist mit dem Alarm die ganze Woche? Der Feuerhydrant und die Brandstiftung? Es muß so sein, wie wir angenommen haben.«

»Ich weiß nicht. Im Augenblick macht nichts mehr Sinn. Vielleicht lockt Rourke seine Leute in die Falle. Oder in den Tod.«

Beide starrten sie den Tresor an. Der Regen hatte nachgelassen, die Sonne war aufgegangen und ließ die Stahltür erstrahlen. Schließlich begann Eleanor zu sprechen.

»Ich glaube, wir brauchen Hilfe. Wir haben Hanlon und Houck auf der anderen Seite der Bank, und das SWAT-Team, es sei denn, die gehören zu Rourkes Plan.«

Bosch erzählte ihr, daß er die SWAT-Observation überprüft hatte und diese tatsächlich vor Ort lief.

»Was hat Rourke also vor?« sagte sie.

»Alle Fäden auf einmal ziehen.«

Sie dachten ein paar Minuten lang darüber nach und

beschlossen, Orozco bei der Beverly Hills Police anzurufen. Vorher meldete sich Eleanor bei Hanlon und Houck. Bosch wollte, daß sie blieben, wo sie waren.

»Sind Sie wach da drüben?« sagte sie ins Motorola.

»Kann ich nicht gerade behaupten. Ich fühl' mich wie dieser Typ, der nach dem Erdbeben in Oakland mit seinem Wagen in der Überführung festgesessen hat. Ist irgendwas?«

»Nein, nur Kontrollruf. Was macht die Eingangstür?«

»Die ganze Nacht über nichts los.«

Sie meldete sich ab, und einen Moment war alles still, bis Bosch ausstieg, um Orozco anzurufen. Er wandte sich wieder zu ihr um.

»Du weißt, daß er gestorben ist«, sagte er.

»Wer ist gestorben?«

»Der Mann, der auf dieser Überführung festsaß.«

In diesem Augenblick spürten sie einen Schlag, der den Wagen leicht erzittern ließ. Es war kein Geräusch, sondern eher eine Vibration, eine Erschütterung, ganz ähnlich dem ersten Stoß eines Erdbebens. Es gab keine weitere Vibration. Aber nach einer oder zwei Sekunden ging ein Alarm los. Das Läuten kam klar und deutlich von der Beverly Hills Safe & Lock Company. Bosch saß stocksteif da und starrte den Tresorraum an. Es gab kein sichtbares Zeichen von Eindringlingen. Beinahe augenblicklich knisterte das Funkgerät, und Hanlons Stimme war zu hören.

»Wir hören eine Klingel. Wie sollen wir vorgehen?«

Zuerst beantworteten weder Bosch noch Wish den Funkruf. Sie starrten nur den Tresor an, sprachlos. Rourke hatte seine Leute direkt in die Falle laufen lassen. Oder zumindest machte es den Anschein.

»Himmelarsch«, sagte Bosch. »Sie sind drin.«

Bosch sagte: »Sag Hanlon und Houck, daß sie sich zurückhalten sollen, bis wir unsere Befehle haben.«

»Und wer soll uns die Befehle geben?« fragte Eleanor.

Bosch antwortete nicht. Er überlegte, was im Tresor vor sich ging. Warum lockte Rourke seine Leute in eine Falle?

»Es muß so sein, daß er keine Gelegenheit hatte, sie zu warnen, ihnen zu sagen, daß die Diamanten nicht da und wir hier oben sind«, sagte er. »Ich meine, vor vierundzwanzig Stunden wußten wir weder von diesem Unternehmen, noch was da los ist. Vielleicht war es schon zu spät, als wir drauf gekommen sind. Sie waren schon zu weit drin.«

»Also haben sie einfach weitergemacht wie geplant«, sagte Eleanor.

»Sie werden als erstes Trans Fach aufbrechen, falls sie ihre Hausaufgaben gemacht haben und wissen, welches seins ist. Aber sie werden nichts finden. Was machen sie dann? Hauen sie ab oder brechen sie die anderen Fächer auf, bis sie genug zusammen haben, daß sich die ganze Sache für sie lohnt?«

»Ich glaube, sie werden abhauen«, antwortete sie. »Ich glaube, wenn sie Trans Fach öffnen und keine Diamanten finden, denken sie sich, daß irgendwas los ist und ziehen sich so schnell wie möglich zurück.«

»Dann bleibt uns nicht viel Zeit. Ich nehme an, sie werden ihre Geräte im Tresor bereithalten, das Fach aber erst aufbohren, wenn wir die Alarmanlage abgestellt und den Schauplatz verlassen haben. Wir können das Abstellen etwas hinauszögern, aber wenn es zu lange dauert, könnten sie mißtrauisch werden und sich zurückziehen, kampfbereit und auf unsere Leute in den Tunneln vorbereitet.«

Er stieg aus dem Wagen und sah zu Eleanor hinein.

»Nimm das Funkgerät. Sag den Jungs, sie sollen da bleiben, wo sie sind, dann gib eine Nachricht an eure SWAT-Leute durch. Sag ihnen, wir glauben, daß jemand im Tresor ist.«

»Sie werden wissen wollen, wieso Rourke es ihnen nicht sagt.«

»Denk dir was aus. Sag ihnen, du wüßtest nicht, wo Rourke ist.«

»Wohin gehst du?«

»Ich geh' dem Streifenwagen entgegen und laß Orozco rufen.«

Er knallte die Tür zu und ging die Rampe des Parkhauses hinunter. Eleanor nahm das Mikro in die Hand.

Als sich Bosch dem Beverly Hills Safe & Lock näherte, holte er seine Marke hervor und hängte sie an die Brusttasche seines Jacketts. Er bog am gläsernen Tresorraum um die Ecke und steuerte gerade auf die Stufen am Eingang zu, als ein Streifenwagen mit Blaulicht, aber ohne Sirene vorfuhr. Zwei Cops stiegen aus, zogen Knüppel aus den Plastikhalterungen an den Türen und befestigten sie an ihren Gürteln. Bosch stellte sich vor, erklärte ihnen, was er hier machte, und bat sie, so schnell wie möglich eine Nachricht an Captain Orozco durchzugeben. Einer der beiden Cops sagte, der Besitzer, ein Mann namens Avery, sei angerufen worden, um den Alarm abzustellen. Reine Routine. Sie sagten, sie würden den Mann inzwischen kennen, da dies der dritte Alarm war, zu dem sie in dieser Woche gerufen wurden. Außerdem sagten sie, sie hätten bereits Order, jede Unregelmäßigkeit direkt an Orozcos Privatnummer weiterzugeben, egal zu welcher Uhrzeit.

»Sie meinen, diese Einsätze ... das war kein blinder Alarm?« sagte der Cop namens Onaga.

»Wir sind nicht sicher«, sagte Bosch. »Aber wir wollen es behandeln wie einen blinden Alarm. Der Geschäftsführer wird rausgerufen, und gemeinsam stellen Sie den Alarm ab. Dann gehen alle ihrer Wege. Okay? Ganz ruhig und entspannt. Nichts Ungewöhnliches.«

»Meinetwegen«, sagte der andere Cop. Auf der Kupferplatte über seiner Tasche stand Johnstone. Mit einer Hand am Schlagstock trottete er zu seinem Wagen zurück, um Orozco anzurufen.

»Da kommt unser Mr. Avery«, sagte Onaga.

Ein weißer Cadillac schwebte heran und blieb am Bordstein

hinter dem Streifenwagen stehen. Avery III, der ein pinkfarbenes Sporthemd und Madras-Hosen trug, stieg aus und kam herüber. Er erkannte Bosch und begrüßte ihn mit Namen.

»Hat es einen Einbruch gegeben?«

»Mr. Avery. Wir sind der Meinung, daß hier etwas vor sich gehen könnte, aber genau wissen wir es nicht. Wir brauchen Zeit, um es rauszufinden. Von Ihnen möchten wir, daß Sie das Büro aufschließen, sich umsehen, wie Sie es sonst auch getan haben, wenn der Alarm ausgelöst wurde. Dann stellen Sie die Alarmanlage ab und schließen wieder zu.«

»Das ist alles? Was ist, wenn ...«

»Mr. Avery, wir möchten, daß Sie in Ihren Wagen steigen und ganz normal wegfahren, so als würden Sie nach Hause wollen. Aber ich möchte Sie bitten, um die Ecke zum Darling's zu fahren. Gehen Sie rein und trinken Sie einen Kaffee. Entweder komme ich vorbei, um Ihnen zu sagen, was passiert, oder ich lasse Sie holen. Ich möchte, daß Sie sich entspannen. Wir haben hier alles im Griff. Wir haben Leute, die sich darum kümmern, und um den Schein zu wahren, möchten wir, daß es aussieht, als würden wir es als einen weiteren blinden Alarm abtun.«

»Verstehe«, sagte Avery und zog einen Schlüsselring aus seiner Tasche. Er trat an die Eingangstür und öffnete sie. »Übrigens ist das, was wir da hören, nicht der Tresoralarm. Es ist der Außenalarm, ausgelöst durch die Vibrationen der Scheiben im Tresorraum. Er klingt anders, wissen Sie.«

Bosch dachte sich, daß die Tunnelgräber den Tresoralarm unterbrochen hatten, ohne zu merken, daß der Außenalarm ein getrenntes System war.

Onaga und Avery gingen hinein, mit Bosch im Schlepptau. Als Harry im Eingang stand, nach Rauch suchte und keinen fand, nach Kordit schnüffelte, aber keines roch, kam Johnstone herein. Bosch hielt seine Hände an die Lippen, um den Beamten zu warnen, daß er nicht gegen den Alarm anschreien sollte. Johnstone nickte, legte seine Hand an Boschs Ohr und erklärte, daß Orozco in spätestens zwanzig Minuten hier sein würde. Er wohnte oben im Valley. Bosch nickte und hoffte, es wäre noch früh genug.

Der Alarm ging aus. Avery und Onaga verließen Averys Büro und traten in die Lobby hinaus, wo Johnstone und Bosch warteten. Onaga sah Bosch an und schüttelte den Kopf, gab ihm zu verstehen, daß nichts fehlte.

»Gehen Sie normalerweise in den Tresorraum?« fragte Bosch.

»Wir sehen uns nur um«, sagte Avery. Er trat an das Röntgengerät, schaltete ein und erklärte, daß es fünfzig Sekunden dauere, bis es warm sei. Die Zeit verstrich ohne ein Wort. Schließlich legte Avery seine Hand auf das Lesegerät. Es erkannte die Knochenstruktur, und das Schloß an der ersten Tür der Schleuse schnappte auf.

»Da mein Wachmann nicht im Tresor ist, muß ich den Code an der zweiten Tür löschen«, sagte Avery. »Meine Herren, wenn es Ihnen nichts ausmacht, möchte ich Sie bitten, wegzusehen, wenn wir drinnen sind.«

Zu viert schoben sie sich in die winzige Schleuse, und Avery drückte eine Reihe von Ziffern am Kombinationsschloß der zweiten Tür. Es schnappte auf, und sie traten in den Tresorraum. Außer Stahl und Glas gab es hier nichts zu sehen. Bosch stand an der Tresortür und lauschte, hörte aber nichts. Er trat an die Glaswand und spähte den Wilshire hinauf. Er konnte sehen, daß Eleanor oben auf dem ersten Deck des Parkhauses im Wagen saß. Er wandte seine Aufmerksamkeit wieder Avery zu, der neben ihn trat, als wolle er ebenfalls aus dem Fenster sehen. Statt dessen gab er sich verschwörerisch.

»Denken Sie daran, daß ich den Tresor öffnen kann«, flüsterte er.

Bosch sah ihn an und schüttelte den Kopf. Dann sagte er:

»Nein. Das will ich nicht. Zu gefährlich. Sehen wir zu, daß wir hier rauskommen.«

Avery verzog erstaunt das Gesicht, aber Bosch machte sich auf den Weg. Fünf Minuten später war das Beverly Hills Safe & Lock verlassen und verriegelt. Die beiden Cops setzten ihre Streife fort, und Avery fuhr davon. Bosch kehrte zum Parkhaus zurück. Inzwischen war auf der Straße mehr los, und der Lärm des Tages setzte ein. Das Parkhaus füllte sich mit Autos und dem Gestank von Abgasen. Im Wagen erklärte Wish ihm, daß Hanlon, Houck und das SWAT-Team auf ihren Positionen blieben. Er sagte, Orozco sei auf dem Weg.

Bosch fragte sich, wie lange es wohl dauern würde, bis sich die Männer im Tunnel sicher genug fühlten und mit dem Bohren anfingen. Orozco würde erst in zehn Minuten da sein. Bis dahin konnte viel passieren.

»Also, was machen wir, wenn er kommt?« sagte sie.

»Es ist sein Revier, also seine Entscheidung«, sagte er. »Wir klären ihn über die Lage auf und tun, was er sagt. Wir erklären ihm, daß unsere Operation hier aus dem Ruder läuft und wir nicht wissen, wem wir trauen können. Dem Verantwortlichen jedenfalls nicht.«

Schweigend saßen sie ein paar Minuten da. Bosch rauchte eine Zigarette, und Eleanor sagte nichts dazu. Sie war in Gedanken versunken und sah ziemlich ratlos aus. Etwa alle dreißig Sekunden sahen beide nervös auf ihre Uhren.

Lewis wartete, bis der weiße Cadillac, den er verfolgte, nach Norden vom Wilshire abgebogen war. Sobald man seinen Wagen vom Beverly Hills Safe & Lock aus nicht mehr sehen konnte, nahm Lewis das blaue Blinklicht vom Boden und setzte es auf das Armaturenbrett. Er schaltete es ein, aber der Fahrer des Cadillac fuhr schon vor dem Darling's an den Straßenrand. Lewis stieg aus und ging nach vorn zu dem Cadillac. Avery kam ihm auf halbem Weg entgegen.

»Was gibt's, Officer?« sagte Avery.

»Detective«, sagte Lewis und klappte sein Etui mit der Marke auf. »Abteilung für Innere Angelegenheiten, LAPD. Ich habe ein paar Fragen an Sie, Sir. Wir stellen Ermittlungen gegen Detective Harry Bosch an, mit dem Sie gerade im Beverly Hills Safe & Lock gesprochen haben.«

»Wen meinen Sie mit ›wir‹?«

»Ich habe meinen Partner am Wilshire zurückgelassen, damit er ein Auge auf Ihr Geschäft hat. Aber ich möchte Sie bitten, mit in meinen Wagen zu kommen, damit wir uns ein paar Minuten unterhalten können. Irgendwas geht da vor sich, und ich muß wissen, was.«

»Dieser Detective Bosch ... hey, woher soll ich wissen, daß Sie echt sind?«

»Woher wissen Sie, daß er es ist? Wir observieren Detective Bosch schon seit einer Woche, Sir, und wir wissen, daß er in Aktivitäten verstrickt ist, die, sollten sie nicht illegal sein, so doch sehr unangenehm für das Department sein könnten. Im Augenblick sind wir nicht sicher, um welche Aktivitäten es geht. Dafür brauche ich Sie, Sir. Würden Sie bitte mitkommen?«

Avery machte zwei zögerliche Schritte zum IAD-Wagen, dann schien er zu denken: Was soll's? Zielstrebig trat er an die Beifahrerseite und stieg ein. Avery wies sich als Besitzer des Beverly Hills Safe & Lock aus und erklärte Lewis knapp, was während seiner beiden Begegnungen mit Bosch und Wish gesagt worden war. Lewis hörte kommentarlos zu, dann öffnete er die Wagentür. »Warten Sie bitte hier. Ich bin gleich zurück.«

Eilig lief Lewis zum Wilshire hinauf. Einige Zeit stand er an der Ecke und suchte offenbar jemanden, dann sah er mit großer Geste auf seine Uhr. Er kehrte zum Wagen zurück und schob sich hinters Lenkrad. Auf dem Wilshire stand Clarke in der Nische eines Ladeneingangs und hatte den Tresor im

Blick. Er bemerkte Lewis' Zeichen und kam zum Wagen geschlendert.

Als Clarke sich auf den Rücksitz schob, sagte Lewis: »Mr. Avery hier sagt, Bosch hätte ihn gebeten, ins Darling's zu gehen und zu warten. Er sagt, da wären vielleicht Leute im Tresor. Die kommen von unten.«

»Hat Bosch gesagt, was er machen will?« fragte Clarke.

»Kein Wort«, sagte Avery.

Alle schwiegen, dachten nach. Lewis konnte sich keinen Reim darauf machen. Wenn Bosch korrupt war, was hatte er dann vor? Er dachte noch etwas darüber nach, und ihm wurde klar, daß – falls Bosch in den Tresoreinbruch verwickelt war – er sich in der perfekten Lage befand, der Mann zu sein, der draußen das Sagen hatte. Er konnte die Meldungen über den Einbruch beeinflussen. Er konnte sämtliche Männer an die falsche Stelle schicken, während seine Leute sicher ihr Ding durchzogen.

»Er hat alle an der Leine«, sagte Lewis mehr zu sich selbst als zu den anderen beiden im Wagen.

»Wer? Bosch?« fragte Clarke.

»Er lenkt den Coup. Wir können nur zusehen. Wir können nicht in den Tresor. Wir können nicht unter die Erde, solange wir nicht wissen, wohin wir sollen. Das SWAT-Team hat er schon unten am Freeway eingespannt. Die warten auf Gangster, die nie kommen, verdammt noch mal.«

»Augenblick, Augenblick«, sagte Avery. »Der Tresor. Sie können rein.«

Lewis drehte sich auf seinem Sitz um und sah Avery an. Der Tresorbesitzer erklärte ihnen, daß die Bundesvorschriften für das Bankenwesen nicht auf das Beverly Hills Safe & Lock zutrafen, da es keine Bank war, und daß er einen Computercode hatte, mit dem er den Tresor öffnen konnte.

»Haben Sie Bosch davon erzählt?« fragte Lewis.

»Gestern und heute.«

»Wußte er es schon?«

»Nein. Er wirkte überrascht. Er stellte detaillierte Fragen, wie lange es dauern würde, den Tresor zu öffnen, was ich dafür tun müßte, solche Sachen. Dann, als wir heute diesen Alarm hatten, habe ich ihn gefragt, ob wir ihn öffnen sollten. Er sagte nein. Er meinte nur, wir sollten machen, daß wir rauskommen.«

»Verdammt«, sagte Lewis aufgeregt. »Ich ruf' besser Irving an.«

Er sprang aus dem Wagen und trottete zu den Telefonzellen vor dem Darling's. Er rief Irving zu Hause an, erreichte ihn aber nicht. Er rief im Büro an, wo nur der wachhabende Officer war, der Irving die Nummer der Telefonzelle über den Pieper durchgeben sollte. Dann lief er fünf Minuten vor der Zelle auf und ab, besorgt über die vertane Zeit. Das Telefon klingelte nicht. Vom Apparat daneben rief er noch einmal den wachhabenden Officer an, um sicherzugehen, daß Irving auch wirklich gerufen worden war. War er. Lewis kam zu dem Schluß, daß er nicht mehr warten konnte. Er würde diese Entscheidung allein treffen müssen, und dann würde man ihn allein als Helden feiern. Er ließ die Reihe von Telefonzellen hinter sich und kehrte zum Wagen zurück.

»Was hat er gesagt?« fragte Clarke.

»Wir gehen rein«, sagte Lewis und startete den Wagen.

Der Polizeifunk rauschte zweimal kurz, dann hörte man Hanlons Stimme.

»Hey, Broadway, wir haben hier Besuch an der First.«

Bosch griff sich das Mikro.

»Was ist los bei euch, First? Am Broadway ist nichts zu sehen.«

»Wir haben drei männliche Weiße, die auf unserer Seite reingehen. Mit einem Schlüssel. Sieht aus wie der Mann, der vorhin mit Ihnen hier war. Alter Mann. Karierte Hosen.«

Avery. Bosch hielt das Mikrofon und zögerte, war unsicher,

was er sagen sollte. »Und jetzt?« sagte er zu Eleanor. Wie Bosch starrte auch sie die Straße hinunter zum Tresor, aber da waren keine Besucher zu sehen. Sie sagte nichts.

»Mh, First«, sagte Bosch ins Mikro. »Haben Sie ein Fahrzeug gesehen?«

»Kein Fahrzeug«, meldete sich Hanlons Stimme. »Sie sind aus einer Nebenstraße auf unserer Seite gekommen. Müssen da geparkt haben. Wollen Sie, daß wir nachsehen?«

»Nein, warten Sie einen Moment.«

»Sie sind jetzt drinnen, kein Sichtkontakt mehr. Anweisung, bitte.«

Er drehte sich zu Wish um und hob die Augenbrauen. Wer konnte das sein?

»Bitte um Beschreibungen der Männer bei Avery«, sagte sie.

Das tat er.

»Männliche Weiße«, begann Hanlon. »Nummer eins und zwei in Anzügen, abgetragen und zerknittert. Weiße Hemden. Beide Anfang Dreißig. Einer rothaarig, untersetzt, einssiebzig, neunzig Kilo. Der andere dunkelbraunes Haar, schlanker. Ich weiß nicht, ich würde sagen, die Typen sind Cops.«

»Heckle und Jeckle?« sagte Eleanor.

»Lewis und Clarke. Sie müssen es sein.«

»Was machen die da drinnen?«

Bosch wußte es nicht. Wish nahm ihm das Mikro weg.

»First?«

Das Funkgerät klickte.

»Begründeter Verdacht, daß die beiden Subjekte in Anzügen Polizeibeamte der Stadt Los Angeles sind. Bitte warten.«

»Da kommen sie«, sagte Bosch, als drei Gestalten in den hell erleuchteten Tresorraum traten. Er öffnete das Handschuhfach und holte ein Fernglas heraus.

»Was machen sie?« fragte Wish, als er hindurchsah.

»Avery steht an der Tastatur neben dem Tresor. Ich glaube, er schließt das verdammte Ding auf.«

Durch das Fernglas sah Bosch, wie Avery von der Tastatur zurücktrat und das Chromrad an der Tresortür betätigte. Er beobachtete, daß Lewis sich ein Stück weit umdrehte und zum Parkhaus auf der anderen Straßenseite herübersah. War da der Anflug eines Lächelns? Bosch meinte, es zu erkennen. Dann beobachtete er durch das Fernglas, wie Lewis seine Waffe aus dem Holster unter seinem Arm zog. Clarke tat dasselbe, und Avery begann am Rad zu drehen, der Kapitän am Ruder der Titanic.

»Die blöden Hunde machen ihn auf!«

Bosch sprang aus dem Wagen und rannte die Rampe hinunter. Er zog seine Waffe, sah eine Lücke im Verkehr und stürmte über die Straße, Wish nur kurz hinter ihm.

Bosch hatte noch fünfundzwanzig Meter vor sich und wußte, er würde zu spät kommen. Schon drehte Avery nicht mehr am Rad, und Bosch konnte sehen, daß er mit aller Kraft daran zog. Langsam begann die Tür sich zu öffnen. Bosch hörte Eleanors Stimme hinter sich.

»Nein!« schrie sie. »Avery, nein!«

Aber Bosch wußte, daß der Tresorraum durch die Doppelverglasung schalldicht war. Avery konnte sie nicht hören, und Lewis und Clarke wollten nicht hören, selbst wenn sie es gekonnt hätten.

Was sich abspielte, wirkte auf Bosch wie ein Film. Ein alter Stummfilm. Die sich langsam öffnende Tresortür gab immer mehr von der Finsternis im Inneren preis, verlieh dem Bild etwas Unwirkliches, fast wie unter Wasser, etwas Unabwendbares in Zeitlupe. Bosch war zumute, als befinde er sich auf einem Rollband, das sich in die falsche Richtung bewegte, so als trete er auf der Stelle. Er behielt die Tresortür im Blick. Der schwarze Spalt wurde immer breiter. Dann trat Lewis vor die Tresortür. Beinahe augenblicklich wurde er von einer unsichtbaren Macht nach hinten geschleudert. Seine Hände flogen in die Luft, seine Waffe flog an die Decke und fiel dann lautlos zu Boden. Beim Rückwärtstaumeln rissen Rücken und Kopf auf, Blut und Hirn spritzten über die Glaswand hinter ihm. Bosch konnte sehen, wie eine Mündung im Dunkel aufblitzte. Und als dann die Kugeln lautlos einschlugen, überzogen Risse wie Spinnweben das Doppelglas. Lewis torkelte in eine gesprungene Scheibe, durchschlug sie und stürzte auf den Gehweg einen Meter unter ihm.

Der Tresor stand jetzt halb offen, und der Schütze hatte ein freieres Schußfeld. Das Sperrfeuer des Maschinengewehrs traf jetzt Clarke, der ungeschützt, mit offenem Mund dastand. Bosch konnte die Schüsse jetzt hören. Er sah, wie Clarke versuchte, aus der Schußlinie zu springen. Aber es war den Aufwand nicht wert. Auch er wurde von der Wucht einschlagender Kugeln nach hinten geschleudert. Er stieß mit Avery zusammen, und beide Männer stürzten übereinander auf den polierten Marmorboden.

Die Schüsse aus dem Tresor hörten auf.

Bosch sprang durch das Loch, wo die Glaswand gewesen war, und rutschte auf dem Bauch über Marmor und Glasstaub. Dabei spähte er in den Tresor und sah gerade noch, wie ein Mann im Boden verschwand. Die Bewegung wirbelte Betonstaub und Qualm auf, der im Tresor hing. Wie ein Magier verschwand der Mann im Staub. Dann trat ein zweiter Mann aus dem Dunkel an die Tür. Er wich zum Loch im Boden aus und schwang ein M-16-Sturmgewehr zur Deckung. Bosch erkannte Art Franklin, einen der Männer aus der Charlie Company.

Als sich die schwarze Mündung des M-16 in seine Richtung bewegte, hielt Bosch seine Waffe mit beiden Händen, die Handgelenke auf dem kalten Boden, und feuerte. Franklin feuerte im selben Augenblick. Seine Schüsse gingen über Bosch hinweg, und splitterndes Glas war zu hören. Bosch feuerte noch zweimal in den Tresor. Er hörte, wie eine Kugel am Tresor abprallte. Die andere traf Franklin in die obere, rechte Brust und warf ihn rückwärts zu Boden, aber mit einer schnellen Bewegung rollte der Mann zur Seite und fiel kopfüber in das Loch. Bosch hielt seine Waffe auf den Eingang des Tresors gerichtet, wartete, ob noch jemand kam. Aber es war nichts zu hören, nur Clarke und Lewis, die links von ihm röchelten und stöhnten. Bosch stand auf, hielt die Waffe auf den Tresor gerichtet. Da stieg Eleanor in den Vorraum, ihre Beretta in der Hand. Wie Scharfschützen robbten Bosch und Wish zu beiden Seiten der Tür an den Tresor heran. Neben der Tastatur des Computers gab es rechts an der Stahlwand einen Lichtschalter. Bosch drückte auf den Knopf, und das Innere des Tresors wurde hell. Er nickte ihr zu, und Wish ging zuerst hinein. Dann folgte er ihr. Der Raum war leer.

Bosch kam heraus und lief zu Clarke und Avery, die noch immer übereinander am Boden lagen. Avery sagte: »Oh, mein Gott, oh mein Gott.« Clarke hatte sich an die Kehle gegriffen und schnappte nach Luft, sein Gesicht so rot, daß es für Bosch einen bizarren Augenblick lang aussah, als erwürgte er sich selbst. Er lag auf Averys Bauch, und alles war voll mit seinem Blut.

»Eleanor«, rief Bosch. »Ruf Verstärkung und Krankenwagen. Sag dem SWAT-Team, daß sie kommen. Mindestens zwei. Automatische Waffen.«

Er zerrte Clarke von Avery herunter, packte ihn bei den Schultern seines Jacketts und brachte ihn aus der Schußlinie. Der IAD-Detective hatte eine Kugel in die untere Halspartie bekommen. Blut sickerte zwischen seinen Fingern hindurch, und an den Mundwinkeln bildeten sich blutfarbene Bläschen. Er hatte Blut in der Brusthöhle. Er zitterte, und der Schock setzte ein. Er starb. Harry wandte sich Avery zu, der Blut an Brust und Hals hatte und einen bräunlich-gelben Fetzen an der Wange, der aussah wie ein feuchter Schwamm. Ein Stück von Lewis' Hirn.

»Avery, sind Sie verletzt?«

»Ja, oh ... oh, oh, ich glaube ... ich weiß nicht«, brachte er mit erstickter Stimme hervor.

Bosch kniete sich neben ihn und suchte eilig seine blutige Kleidung ab. Er war unverletzt. Bosch ging dorthin, wo das Doppelglasfenster gewesen war und sah zu Lewis hinab, der rücklings auf dem Bürgersteig lag. Er war tot. Die Kugeln hatten ihn in einem Bogen getroffen. Er hatte Einschußlöcher an der rechten Hüfte, am Bauch, der linken Brust und links an der Stirn. Er mußte tot gewesen sein, bevor er durch die Scheibe geflogen war. Seine Augen standen offen und starrten ins Leere.

Wish kam aus der Lobby herein.

»Verstärkung ist auf dem Weg«, sagte sie.

Ihr Gesicht war rot, und sie atmete fast so schwer wie Avery. Sie schien ihre Augen, die unruhig den ganzen Raum absuchten, kaum unter Kontrolle zu haben.

»Wenn die Verstärkung kommt«, sagte Bosch, »sag ihnen, daß da unten im Tunnel einer von uns ist. Und sag es auch deinen SWAT-Leuten.«

»Wovon redest du?«

»Ich geh runter. Ich hab einen getroffen, aber ich weiß nicht, wie schwer. Es war Franklin. Der andere ist direkt vor ihm runter. Delgado. Aber die Verstärkung soll wissen, daß ich da unten bin. Sag ihnen, ich trage einen Anzug. Die beiden, die ich verjagt habe, tragen schwarze Tarnanzüge.«

Er öffnete seine Waffe, nahm die drei leeren Hülsen heraus und lud Patronen aus seiner Tasche nach. In der Ferne heulte eine Sirene. Er hörte scharfes Klopfen und sah, wie Hanlon mit dem Kolben seiner Waffe gegen die gläserne Eingangstür schlug. Aus diesem Winkel konnte der FBI-Agent nicht sehen, daß die Glaswand des Tresorraums eingeschlagen war. Bosch winkte, daß er herumkommen sollte.

»Warte mal«, sagte Wish. »Das kannst du nicht machen, Harry. Die haben automatische Waffen. Warte, bis Verstärkung da ist und wir einen Plan haben.«

Er trat an die Tresortür und sagte: »Die haben jetzt schon Vorsprung. Ich muß los. Denk dran, Bescheid zu sagen, daß ich da unten bin.« Er ging an ihr vorbei in den Tresor, drückte im Vorübergehen den Lichtschalter. Er spähte über den Rand des Lochs. Gut drei Meter ging es hinunter. Betonbrocken und Stahlstreben lagen am Boden. Er sah Blut auf dem Schutt und eine Taschenlampe.

Es war zu hell. Falls sie da unten auf ihn warteten, wäre er ein leichtes Opfer. Er trat zurück und hinter die Tresortür. Er drückte seine Schulter dagegen und begann langsam, die dicke Stahlplatte zuzuschieben.

Bosch hörte, daß mehrere Sirenen näher kamen. Bei einem Blick auf die Straße sah er, daß eine Ambulanz und zwei Streifenwagen den Wilshire herunterrasten. Ein neutraler Wagen kam mit quietschenden Reifen vor dem Eingang zum Stehen, und Houck stürzte mit gezogener Waffe heraus. Die Tür stand nur noch halb offen und bewegte sich jetzt unter ihrem eigenen Gewicht. Bosch schlüpfte in den Tresor. Während das Licht immer trüber wurde, stand er über das Loch im Boden gebeugt. Ihm wurde klar, daß er lange auf einen solchen Moment gewartet hatte. Der Moment am Eingang war immer der spannendste und der beängstigendste. Er war am verletzlichsten, wenn er sich in das Loch hinabließ. Sollten Franklin oder Delgado da unten auf ihn warten, hatten sie ihn.

»Harry«, hörte er Wish rufen, obwohl er nicht begriff, wie ihre Stimme durch den Spalt dringen konnte. »Harry, sei vorsichtig. Vielleicht sind es mehr als zwei.«

Ihre Stimme hallte im stählernen Raum. Er starrte ins Loch hinab und orientierte sich. Als er hörte, wie die Tür ins Schloß fiel, und absolute Finsternis um ihn war, sprang er.

Unten hockte Bosch auf dem Schutthaufen und feuerte einen Schuß aus seiner Smith & Wesson in die Finsternis, dann warf er sich flach auf den Boden des Tunnels. Es war eine Kriegslist. Schieß, bevor sie dich erschießen. Aber niemand erwartete ihn. Keiner schoß zurück. Nichts war zu hören außer weit entfernten Schritten auf dem Marmorboden über ihm. Ihm fiel ein, daß er Eleanor hätte vorwarnen, ihr hätte sagen sollen, daß der erste Schuß von ihm stammen würde.

Er hielt sein Feuerzeug weit vom Körper ab und ließ es aufleuchten. Auch eine Kriegslist. Dann sammelte er die Taschenlampe auf, machte sie an und sah sich um. Er merkte, daß er in eine Sackgasse geschossen hatte. Der Tunnel, den die Diebe zum Tresor gegraben hatten, führte in die andere Richtung. Westwärts, nicht ostwärts, wie sie am Abend vorher anhand der Pläne vermutet hatten. Das bedeutete, sie waren nicht von dem Kanal gekommen, den Gearson angenommen hatte. Nicht vom Wilshire, sondern vielleicht von Olympic oder Pico im Süden oder vom Santa Monica im Norden. Bosch wurde klar, daß Rourke den Mann vom DWP und alle anderen Agenten gezielt in die falsche Richtung gelenkt hatte. Nichts würde so sein, wie sie es geplant oder gedacht hatten. Harry war auf sich allein gestellt. Er richtete den Lichtstrahl auf den schwarzen Schlund des Tunnels, der erst nach unten, dann wieder nach oben führte. Er hatte nur etwa zehn Meter Sicht. Der Tunnel führte nach Westen. Das SWAT-Team wartete im Süden und Osten. Es wartete umsonst.

Er hielt die Taschenlampe nach rechts, von sich weg, und kroch den Gang hinunter. Der Tunnel war nur wenig höher als ein Meter und kaum einen Meter breit. Er robbte langsam voran, hielt seine Waffe in der Hand. Der Geruch von Kordit lag in der Luft, und bläulicher Qualm hing im Licht der Taschenlampe. Purple Haze, dachte Bosch. Er schwitzte, aus Angst und vor Hitze. Alle drei Meter hielt er inne, um sich mit dem Ärmel seines Jacketts Schweiß aus den Augen zu wischen. Er zog das Jackett nicht aus, weil er der Beschreibung entsprechen wollte, die das SWAT-Team von ihm hatte. Er wollte nicht von den eigenen Leuten erschossen werden.

Fünfzig Meter weit beschrieb der Tunnel abwechselnd Kurven nach links, dann nach rechts, verwirrte Bosch, was die Himmelsrichtung anging. An einer Stelle senkte sich der Gang unter einem Rohr ab, und manchmal konnte man das Rumpeln des Verkehrs hören. Es klang, als würde der Tunnel atmen. Alle zehn Meter brannte eine Kerze in einer Nische in der Wand. Im sandigen Schutt am Boden suchte er nach Stolperdrähten und fand dabei eine Blutspur.

Nachdem er einige Minuten langsam vorwärts gekrochen war, löschte er die Taschenlampe und hockte sich hin. Er wollte ausruhen und sein Keuchen unter Kontrolle bekommen. Aber es schien, als würde er nicht genug Luft in seine Lungen bekommen. Einen Moment schloß er die Augen, und als er sie wieder öffnete, merkte er, daß an der Kurve vor ihm ein schwaches Licht leuchtete. Für eine Kerze war das Licht zu gleichmäßig. Langsam kroch er weiter, ließ die Lampe aus. Als er um die Biegung kam, verbreiterte sich der Tunnel zu einem Raum. Hoch genug, um stehen zu können, und breit genug, um während des Grabens darin wohnen zu können. Das Licht stammte von einer Kerosinlampe auf einer Kühltasche in der Ecke des unterirdischen Raumes. Außerdem gab es zwei zusammengerollte Decken und einen tragbaren Coleman-Gasofen. Dazu eine chemische Toilette. Er sah zwei Gasmasken und zwei Rucksäcke mit Lebensmitteln und Ausrüstung. Und zwei volle Müllsäcke. Es war ein Wohnraum, genau wie der, den man nach dem Einbruch in den WestLand-Tresor entdeckt hatte. Bosch betrachtete die Ausrüstung und dachte an Eleanors Warnung, daß sie vielleicht nicht nur zu zweit wären. Sie täuschte sich. Es gab alles nur paarweise.

Der Tunnel führte auf der anderen Seite des Wohnraums weiter. Bosch drehte die Flamme der Laterne aus, um nicht von hinten beleuchtet zu werden, und kroch in den etwa einen Meter breiten Gang. Hier gab es keine Kerzen in den Wänden. Von Zeit zu Zeit benutzte er die Taschenlampe, um sich zu orientieren, und kroch dann ein kurzes Stück im Dunkeln. Ab und zu blieb er sitzen, hielt den Atem an und lauschte. Die Verkehrsgeräusche schienen sich zu entfernen. Und weiter hörte er nichts. Etwa zwanzig Meter hinter dem Wohnraum endete der Tunnel in einer Sackgasse, aber Bosch sah einen Kreis am Boden, ein rundes Stück Sperrholz, von etwas Erde verdeckt. Vor zwanzig Jahren hätte er Rattenloch dazu gesagt. Er hockte sich hin und untersuchte die Platte. Er fand keinen Hinweis auf eine Falle. Eigentlich erwartete er auch keinen Hinterhalt. Wenn die Tunnelbauer das Loch präpariert hatten, dann zum Schutz gegen die, die herein wollten, nicht heraus. Der Sprengstoff mußte auf dieser Seite der Platte sein. Trotzdem nahm er sein Taschenmesser und zeichnete mit der Spitze vorsichtig den Kreis nach und hob dann den Deckel um einen Zentimeter an. Er leuchtete in den Spalt und sah weder Drähte noch sonst irgendwas an der Unterseite der Holzplatte. Dann klappte er sie hoch. Niemand schoß. Er kroch zum Rand des Lochs und sah unter sich einen weiteren Tunnel. Er schob seine Taschenlampe durch das Loch und machte sich für die unvermeidlichen Schüsse bereit. Wieder nichts. Er sah, daß der untere Gang vollkommen rund war. Glatter Beton mit schwarzen Algen und einem Rinnsal von Wasser am Boden des Rohres. Es war ein Entwässerungstunnel. Er ließ sich durch das Loch hinab, verlor im Schlamm sofort den Halt und rutschte aus. Er stützte sich ab und begann, mit der Taschenlampe eine Spur im schwarzen Schleim zu suchen. Da war kein Blut, aber in der Algen sah man Schleifspuren, die von Schuhen stammen mußten, die Halt gesucht hatten. Das Rinnsal nahm dieselbe Richtung wie die Schleifspuren. Bosch folgte ihnen.

Inzwischen hatte er die Orientierung verloren, aber er meinte, nach Norden zu gehen. Er machte das Licht aus, ging langsam sechs, sieben Meter weiter, und knipste es wieder an. Da war die Spur erneut. Etwa auf halber Höhe der rechten Tunnelwand war ein blutverschmierter Handabdruck zu sehen. Einen Meter weiter fand sich weiter unten der nächste. Franklin verlor Blut und Kraft. Hier war er stehengeblieben, um nach seiner Wunde zu sehen. Er konnte nicht mehr weit sein.

Langsam schlich Bosch voran, versuchte, sein Atmen so leise wie möglich zu halten. Das Rohr stank wie ein nasses Handtuch, und die Luft war so feucht, daß sich ein Film auf seine Haut legte. Irgendwo in der Nähe rumpelte der Verkehr. Sirenen waren zu hören. Er spürte, daß das Rohr gleichmäßig abwärts führte, was das Rinnsal in Gang hielt. Es ging immer weiter unter die Erde. Seine aufgerissenen Knie bluteten und brannten, während er über den Boden rutschte und schrammte.

Nach etwa dreißig Metern blieb Bosch stehen, machte das Licht an und hielt die Waffe in der Hand bereit. An der runden Wand vor ihm war noch mehr Blut. Als er das Licht löschte, merkte er, daß sich die Dunkelheit vor ihm veränderte. Er sah einen Schimmer, der wie graues Morgenlicht wirkte. Er wußte, daß das Rohr dort bei dem trüben Licht zu Ende war, oder zumindest einen anderen Gang kreuzte. Dann wurde ihm klar, daß er Wasser hörte. Eine Menge Wasser, verglichen mit dem, was zwischen seinen Knien lief. Es klang, als läge ein großer Kanal vor ihm. Langsam und leise rutschte er bis an das trübe Licht heran. Das Rohr, in dem er kauerte, saß wie ein Bullauge in der Wand eines riesigen Kanals. Er war in einem Seitenrohr. Über den Boden des Kanals floß silberschwarzes Wasser. Bosch konnte nicht erkennen, ob das Wasser zehn Zentimeter oder einen Meter tief war.

Er hockte sich an den Rand und lauschte, ob außer plätscherndem Wasser noch etwas zu hören war. Da er nichts hörte, beugte er den Oberkörper langsam vor, um in den

Kanal zu sehen. Das Wasser floß in die linke Richtung. Dorthin blickte er zuerst und sah, daß die schwachen Umrisse des Ganges eine Biegung nach rechts beschrieben. Trübes Licht fiel in regelmäßigen Abständen durch Löcher in der Decke. Er nahm an, daß dieses Licht von den Einstiegsluken zehn Meter über ihm stammte. Dies war ein Hauptkanal, wie Gearson sagen würde. Welcher, wußte Bosch nicht, und es war ihm auch egal. Er hatte keinen Plan, nach dem er vorgehen konnte.

Er drehte sich um, sah stromaufwärts und zog augenblicklich den Kopf wie eine Schildkröte ins Rohr zurück. Eine schwarze Gestalt lehnte an der Innenwand des Kanals. Und in der Dunkelheit hatte Bosch zwei rote Augen leuchten sehen, die ihn anstarrten.

Bosch rührte sich nicht und atmete eine ganze Minute lang kaum. Brennender Schweiß lief ihm in die Augen. Er schloß sie, hörte nichts weiter als das Rauschen des schwarzen Wassers. Dann schob er sich langsam wieder an den Rand, bis er die dunkle Gestalt sehen konnte. Sie hatte sich nicht bewegt. Zwei Augen, die aussahen, als ob sie von Blitzlicht geblendet würden, stierten Bosch an. Er hielt die Taschenlampe um die Ecke und machte sie an. Im Lichtkegel sah er Franklin, der an der Wand zusammengesunken war. Die M-16 hatte er sich um die Brust geschnallt, aber seine Hände waren ins Wasser gesunken. Das Ende des Laufs lag ebenfalls im Wasser. Franklin trug eine Maske, und Bosch brauchte ein paar Sekunden, bis er merkte, daß es keine Maske war. Er trug eine Nachtsichtbrille.

»Franklin, es ist aus«, rief Bosch. »Ich bin von der Polizei. Geben Sie auf.«

Es kam keine Antwort, und Bosch hatte auch keine erwartet. Wieder suchte er den Hauptkanal in beide Richtungen ab, dann sprang er ins Wasser. Es reichte ihm nur bis über die Knöchel. Er hielt das Licht und seine Waffe auf die reglose

Gestalt gerichtet, glaubte aber kaum, daß er sie brauchen würde. Franklin war tot. Bosch sah, daß noch immer Blut aus einer Brustwunde trat und vorn an seinem schwarzen T-Shirt herabsickerte. Dort mischte es sich mit dem Wasser und wurde fortgespült. Bosch tastete den Hals des Mannes ab, um seinen Puls zu fühlen, fand ihn aber nicht. Er steckte seine Waffe weg und nahm dem Toten die M-16 ab. Dann zog er die Nachtsichtbrille herunter und setzte sie auf.

Er sah in die eine Richtung, dann in die andere. Es war, als säße man vor einem alten Schwarzweißfernseher. Nur waren die Weiß- und Grautöne bernsteinfarben. Er würde etwas Zeit brauchen, sich daran zu gewöhnen, aber mit der Brille konnte er besser sehen.

Als nächstes durchsuchte er die Taschen an den Oberschenkeln von Franklins schwarzen Tarnhosen. Er fand ein triefend nasses Päckchen Zigaretten und Streichhölzer, außerdem ein volles Ersatzmagazin, das Bosch in seine Jackentasche schob. Ansonsten war da ein zusammengefaltetes, feuchtes Blatt Papier, aus dem blaue Tinte lief. Vorsichtig entfaltete er es und sah, daß es sich um eine handgemalte Karte handelte. Keine Namen, mit denen man irgendwas hätte anfangen können. Nur verschmierte, blaue Linien. In der Mitte befand sich ein Quadrat, das Bosch für den Tresor hielt. Die blauen Linien waren Abwasserkanäle. Er drehte die Karte hin und her, aber das Muster kam ihm nicht bekannt vor. Eine Linie an der Vorderseite des Quadrats war am dicksten eingezeichnet. Das mußten Wilshire oder Olympic sein. Linien, die diese durchkreuzten, waren Querstraßen: Robertson, Doheny, Rexford und andere. Man sah ein Schachbrettmuster von weiteren Linien, die sich bis an den Rand des Blattes fortsetzten. Dann einen Kreis mit einem X. Der Ausgang.

Bosch kam zu dem Schluß, daß die Karte nutzlos war, da er nicht wußte, wo er war oder welche Richtung er genommen hatte. Er warf sie ins Wasser und sah zu, wie sie davonschwamm. In diesem Augenblick beschloß er, der Strömung zu folgen. Die Entscheidung war so gut wie jede andere.

Bosch watete durchs Wasser, lief mit der Strömung in die Richtung, die er für Westen hielt. Das schwarze Wasser brach sich in dunklen Strudeln an der Wand. Es reichte bis über seine Knöchel und die Schuhe waren voll davon, machten das Gehen mühsam und unsicher.

Er dachte daran, wie gut Rourke alles eingefädelt hatte. Es machte nichts, daß man den Jeep und die ATVs unten am Freeway gefunden hatte. Das alles war nur ein Köder, eine Falle. Rourke und seine Komplizen hatten etwas vorgetäuscht und dann das Gegenteil davon getan. Beim Ausarbeiten der Schlachtpläne hatte Rourke es ihnen eingeredet. Das SWAT-Team bereitete da unten einen Empfang vor, zu dem niemand kommen würde.

Er suchte nach einer Spur im Kanal, fand aber nichts. Das Wasser riß alles mit sich. Er sah Markierungen an den Wänden, sogar Gang-Graffiti, aber die Zeichen mochten schon seit Jahren da sein. Er sah sie sich alle an, erkannte aber keins davon als Hinweis oder Richtungsweiser. Diesmal hatten Hänsel und Gretel keine Spur hinterlassen.

Die Verkehrsgeräusche nahmen zu, und es wurde heller. Bosch klappte die Nachtsichtbrille hoch und sah verschwommen bläuliche Lichtkegel, die etwa alle dreißig Meter durch Gullideckel und Einstiegsluken fielen. Nach einiger Zeit kam er an eine unterirdische Kreuzung, und da das Wasser aus seinem Kanal auf das Wasser aus dem anderen traf und aufspritzte, schob sich Bosch an der Wand entlang und spähte langsam um die Ecke. Er sah und hörte niemanden. Er hatte keine Ahnung, in welche Richtung er gehen sollte. Delgado konnte in jeden der drei Gänge gelaufen sein. Bosch beschloß, dem neuen Kanal nach rechts zu folgen, weil er annahm, daß er ihn weiter vom SWAT-Team entfernte.

Er hatte erst drei Schritte in den neuen Tunnel gemacht, als er vor sich lautes Flüstern hörte.

»Artie, kannst du es schaffen? Komm schon, mach, Artie!«

Bosch erstarrte. Die Stimme war gut zwanzig Meter vor ihm. Aber er konnte niemanden sehen. Er wußte, daß die Nachtsichtbrille, die er trug, ihn davor bewahrt hatte, in die Falle zu gehen. Aber die Tarnung würde nicht lange halten. Wenn er näher kam, würde Delgado wissen, daß er nicht Franklin war.

»Artie!« rief die Stimme heiser. »Komm!«

»Ich komm ja schon!« flüsterte Bosch. Er machte einen Schritt vorwärts und spürte instinktiv, daß es nicht funktioniert hatte. Delgado wußte Bescheid. Er warf sich nach vorn, hielt die M-16 im Fallen hoch.

Bosch sah, wie vor ihm etwas nach links stürzte, dann sah er eine Mündung aufblitzen. Der Schuß im Betontunnel war ohrenbetäubend. Bosch erwiderte das Feuer und hielt seinen Finger fest am Abzug, bis er merkte, daß er keine Patronen mehr hatte. Es klingelte in seinen Ohren, aber er konnte hören, daß Delgado, oder wer immer da vor ihm stand, ebenfalls nicht mehr schoß. Bosch hörte, daß er ein neues Magazin in seine Waffe schob, dann hallten schnelle Schritte auf trockenem Boden. Delgado rannte weg, in einen anderen Gang. Harry sprang auf und folgte ihm, zog das leere Magazin aus seiner geliehenen Waffe und ersetzte es durch ein neues.

Nach etwa fünfundzwanzig Metern kam er an ein Seitenrohr. Es war etwa einsfünfzig im Durchmesser, und Bosch mußte sich hochziehen, um hineinzugelangen. Schwarze Algen breiteten sich auf dem Boden aus, es gab aber kein fließendes Wasser. Dort im Schlamm lag das leere Magazin einer M-16.

Bosch war im richtigen Tunnel, aber Delgados Schritte konnte er nicht mehr hören. Eilig schlich er durch die Röhre. Sie stieg leicht an, und nach etwa dreißig Sekunden kam er an eine beleuchtete Kreuzung, etwa zehn Meter unter einem

Kanaldeckel. Auf der anderen Seite des Raumes setzte sich der Gang fort. Bosch hatte keine Wahl, er mußte ihm folgen, und diesmal war die Röhre leicht abfallend. Fünfzig Meter weiter sah er, daß sie in einen größeren Gang führte – einen Hauptkanal. Er hörte Wasser rauschen.

Zu spät merkte Bosch, daß er zu schnell lief, um stehenbleiben zu können. Als er den Halt verlor und auf den Algen ausrutschte, wurde ihm klar, daß Delgado ihn in eine Falle gelockt hatte. Bosch stemmte die Absätze in den schwarzen Schlamm, versuchte vergeblich stehenzubleiben. Statt dessen flog er mit rudernden Armen und den Füßen voran in den neuen Hauptkanal.

Es kam ihm seltsam vor, aber er spürte die Kugel in seiner rechten Schulter, bevor er den Schuß hörte. Es war, als ob ein Haken an einem Seil von oben herabgekommen wäre, sich in seine rechte Schulter gebohrt und ihn dann rückwärts von den Füßen und zu Boden gerissen hätte.

Er ließ seine Waffe los und hatte das Gefühl, etwa dreißig Meter tief zu stürzen. Das stimmte natürlich nicht. Er knallte mit dem Hinterkopf auf den Kanalboden, auf dem nur etwa fünf Zentimeter hoch Wasser floß. Er verlor die Brille. Regungslos und unbeteiligt beobachtete er, wie über ihm die Funken flogen, Kugeln in die Wände schlugen und abprallten.

Als er zu sich kam, schien es ihm, als wären Stunden vergangen, aber er merkte bald, daß es nur Sekunden gewesen waren. Noch immer hallten die Schüsse im Tunnel nach. Er roch Kordit. Wieder hörte er schnelle Schritte. Er rennt weg, dachte er. Hoffte er.

Bosch rollte in der Finsternis im Wasser herum, um die M-16 und die Brille zu finden. Nach einer Weile gab er es auf und versuchte, seine Waffe zu ziehen. Der Holster war leer. Er setzte sich auf und schob sich an die Wand. Er merkte, daß seine rechte Hand taub war. Die Kugel hatte ihn ins Schultergelenk getroffen, und dumpfer Schmerz summte in seinem

Arm, von der Wunde bis hinunter in die gefühllose Hand. Er spürte, daß unter seinem Hemd Blut die Brust und den Arm hinablief.

Er wurde sich bewußt, daß er keuchend nach Luft schnappte, und bemühte sich, sein Atmen zu regulieren. Es waren erste Anzeichen für einen Schock, das wußte er. Aber er konnte nichts dagegen tun.

Dann hörten die schnellen Schritte auf. Bosch hielt die Luft an und lauschte. Warum war er stehengeblieben? Er war in Sicherheit. Bosch schob seine Beine über den Boden des Tunnels, um seine Waffe zu finden. Sie war nicht auszumachen, und im Dunkeln konnte er nicht sehen, wohin sie gefallen war. Auch die Taschenlampe war weg.

Dann hörte er eine Stimme, zu weit entfernt und zu gedämpft, als daß er sie erkennen oder verstehen konnte, aber irgend jemand sagte etwas. Und dann hörte er eine zweite Stimme. Zwei Männer. Bosch versuchte zu verstehen, was gesagt wurde, konnte es aber nicht. Plötzlich wurde die zweite Stimme schrill, dann folgte ein Schuß, dann noch einer. Der Abstand zwischen den Schüssen war zu groß, dachte Bosch. Das war keine M-16.

Während er noch über die Bedeutung dieser Beobachtung nachdachte, hörte er wieder Schritte im Wasser. Nach einer Weile war er sicher, daß diese Schritte in seine Richtung kamen.

Die Schritte hatten nichts Gehetztes an sich. Langsam, gleichmäßig, gemessen, wie eine Braut auf dem Weg zum Altar. Bosch saß an die Wand gelehnt und suchte wieder mit den Beinen in dem feuchten, schleimigen Boden nach einer seiner Waffen. Ohne Erfolg. Er war schwach und müde, wehrlos. Der summende Schmerz in seinem Arm hatte zu pulsieren begonnen. Seine rechte Hand war noch immer nicht zu gebrauchen, und er preßte die Linke gegen das aufgerissene Fleisch an seiner

Schulter. Er zitterte heftig, stand unter Schock, und wußte, daß er bald das Bewußtsein verlieren und nicht wieder aufwachen würde.

Dann konnte Bosch ein kleines Licht erkennen, das sich im Tunnel in seine Richtung bewegte. Mit starrem Blick und offenem Mund sah er es an. Die Kontrolle über einige seiner Muskeln hatte er schon verloren. Kurz darauf blieben die watenden Schritte vor ihm stehen, und wie die Sonne hing das Licht über ihm. Es war nur eine Stiftlampe, aber trotzdem zu hell. Er konnte nicht dahinter sehen. Egal, er wußte, wessen Gesicht dort war, wessen Hand die Lampe hielt und was in der anderen war.

»Sagen Sie«, flüsterte er heiser. Er hatte gar nicht gemerkt, wie trocken sein Hals war. »Die Lampe da. Gab es die im Geschenkset mit dem kleinen Zeigestock?«

Rourke hielt die Lampe nach unten, bis sie auf den Boden zeigte. Bosch sah sich um und entdeckte die M-16 und seine eigene Waffe nebeneinander an der gegenüberliegenden Wand im Wasser. Zu weit weg. Er merkte, daß Rourke, der seinen schwarzen Overall in die Stiefel gestopft hatte, eine weitere M-16 auf ihn gerichtet hielt.

»Sie haben Delgado erschossen«, sagte Bosch. Eine Feststellung, keine Frage.

Rourke sagte nichts. Er hob die Waffe in der Hand.

»Und jetzt wollen Sie einen Cop erschießen. Hab' ich recht?«

»Es ist die einzige Möglichkeit, heil aus dieser Sache rauszukommen. Es wird aussehen, als hätte Delgado Sie zuerst mit diesem Ding erwischt.« Er hielt die M-16 hoch. »Dann hab ich ihn gekriegt. Und steh als Held da.«

Bosch wußte nicht, ob er Wish erwähnen sollte. Es würde sie ihn Gefahr bringen. Aber ihm konnte es das Leben retten.

»Vergessen Sie es, Rourke«, sagte er schließlich. »Wish weiß alles. Ich habe es ihr gesagt. Es gibt einen Brief in Meadows'

Akte, der Sie verrät. Wahrscheinlich hat sie es längst allen erzählt. Geben Sie auf und helfen Sie mir. Es wäre besser für Sie, wenn Sie mich hier rausschaffen würden. Ich steh' unter Schock, Mann.«

Bosch war nicht sicher, aber er meinte, eine leichte Veränderung in Rourkes Miene, in seinen Augen zu erkennen. Sie waren zwar offen, aber es schien, als hätten sie aufgehört zu sehen, als würden sie nur noch nach innen schauen. Dann waren sie wieder da, sahen Bosch mitleidslos an, haßerfüllt. Bosch stemmte seine Absätze in den Schlamm und versuchte, sich an der Wand aufzurichten. Aber er hatte sich nur ein paar Zentimeter bewegt, als Rourke sich vorbeugte und ihn problemlos zu Boden stieß.

»Bleiben Sie sitzen, verdammt. Rühren Sie sich nicht von der Stelle. Sie glauben, ich schaff' Sie hier raus? Ich schätze, Sie kosten uns fünf, vielleicht sechs Millionen, gemessen an dem, was Tran in seiner Box hatte. Soviel müßte es gewesen sein. Wir werden es nie mehr erfahren. Sie haben uns das perfekte Verbrechen versaut. Sie kommen hier bestimmt nicht raus.«

Bosch ließ den Kopf sinken, bis sein Kinn auf der Brust lag. Er wollte schlafen, aber er kämpfte dagegen an. Er stöhnte, sagte aber nichts.

»Sie waren das einzig Unberechenbare in dem ganzen verdammten Plan. Und was passiert? Das einzig Unberechenbare tritt ein. Sie sind eine einzige Katastrophe, Mann.«

Bosch schaffte es, zu Rourke aufzusehen. Es war ein schrecklicher Kampf. Danach rutschte seine Hand von der Schulterwunde. Er hatte nicht mehr die Kraft, sie dort zu lassen.

»Was?« preßte er hervor. »W-was ... meinen Sie? ... Unberechenbar?«

»Ich meine den Zufall. Sie werden zu Meadows gerufen. Das war nicht eingeplant, Bosch. Ist das zu fassen? Ich frage mich, wie die Chancen stehen. Ich meine, Meadows wird in eine Röhre gelegt, von der wir wissen, daß er schon früher da übernachtet hat. Wir hoffen, er wird erst nach zwei Tagen gefunden, und dann dauert es vielleicht noch zwei, drei Tage, bis man seine Identität anhand der Fingerabdrücke ermittelt. Bis dahin ist er längst als Überdosis abgehakt, ein Namenloser. Der Mann steht als Drogenkonsument in den Akten. Wieso nicht?

Aber was passiert? Prompt meldet dieser Junge die Leiche«, er schüttelte den Kopf, als belästigte man ihn, »und wer kriegt den Auftrag? Ein runtergekommener Plattfuß, der den Toten auch noch kennt und ihn zwei Sekunden später identifiziert. Ein verdammter Busenfreund aus den Tunneln von Vietnam. Nicht zu fassen.

Sie haben alles kaputtgemacht, Bosch. Sogar Ihr eigenes beschissenes Leben ... Hey, hören Sie mir noch zu?«

Bosch spürte, wie sein Kopf sich hob, den Lauf der Waffe unter dem Kinn.

»Hören Sie noch zu?« fragte Rourke wieder, und dann stach er den Lauf in Boschs rechte Schulter. Eine Schockwelle aus neonrotem Schmerz brannte seinen Arm hinab und durch die Brust, bis runter in die Eier. Er stöhnte und japste nach Luft, dann griff er in Zeitlupe nach der Waffe. Es reichte nicht. Er griff in die Luft. Er schluckte Erbrochenes herunter und spürte, wie Schweißtropfen durch sein feuchtes Haar liefen.

»Sie sehen gar nicht gut aus, Sportsfreund«, sagte Rourke. »Ich glaube, vielleicht muß ich es gar nicht tun. Vielleicht hat der gute Delgado Sie mit dem ersten Schuß geschafft.«

Der Schmerz hatte Bosch wieder zu sich gebracht, machte ihn munter, zumindest vorübergehend. Schon jetzt spürte er, daß er das Bewußtsein wieder verlor. Noch immer stand Rourke über ihn gebeugt. Er sah auf und bemerkte die Laschen, die an Brust und Taille des Overalls hingen. Der FBI-Agent trug den Overall links herum. Irgendwo klickte es in Boschs Gehirn. Er erinnerte sich daran, daß Sharkey meinte, einen leeren Werkzeuggürtel um die Hüfte des einen

Mannes am Reservoir gesehen zu haben. Das war Rourke. Er hatte den Overall auch in jener Nacht links herum getragen. Weil auf dem Rücken FBI stand. Er wollte nicht riskieren, daß jemand es sah. Diese Information war jetzt nutzlos, aber aus irgendeinem Grund freute sich Bosch, dem Puzzle ein weiteres Teil hinzufügen zu können.

»Was grinst du so? Du bist so gut wie tot«, sagte Rourke.

»Am Arsch.«

Rourke hob einen Fuß und trat gegen Boschs Schulter, aber Bosch war darauf vorbereitet. Er packte den Absatz mit der linken Hand und stieß ihn von sich weg. Rourkes anderer Fuß gab auf dem glatten Algenbett nach und rutschte unter ihm weg. Mit lautem Klatschen fiel er auf den Rücken. Nur ließ er die Waffe nicht los, wie Bosch gehofft hatte. Das war das Ende. Mehr war nicht drin. Bosch unternahm einen halbherzigen Versuch, die Waffe zu packen, aber Rourke löste seine Finger ohne Probleme vom Kolben und stieß ihn wieder an die Wand. Bosch beugte sich zur Seite und erbrach sich ins Wasser. Er spürte, wie Blut im Schwall aus seiner Schulter trat und den Arm herunterlief. Das war seine Chance gewesen. Jetzt war alles aus.

Rourke stand auf. Er kam nah heran und setzte die Waffe an Boschs Stirn. »Wissen Sie, Meadows hat mir den Unsinn vom schwarzen Echo erzählt. Den ganzen Quatsch. Tja, Harry, da wären Sie nun. Das war's.«

»Warum mußte er sterben?« flüsterte Bosch. »Meadows. Warum?«

Rourke trat zurück und sah sich nach allen Seiten um, bevor er sprach.

»Sie wissen, warum. Er war drüben ein Verlierer, er war hier ein Verlierer. Deswegen ist er gestorben.« Rourke schien sich daran zu erinnern und schüttelte angewidert den Kopf. »Einmal von ihm abgesehen, lief alles perfekt. Er hat das Armband behalten. Kleine Jade-Delphine auf Gold.«

Rourke starrte gedankenverloren ins Dunkel des Tunnels. »Das war es«, sagte er. »Sehen Sie, die Grundlage des Plans war seine hundertprozentige Einhaltung. Meadows, verdammt noch mal, hat sich eben nicht daran gehalten.«

Er schüttelte den Kopf, noch immer wütend auf den Toten, und schwieg. In diesem Augenblick meinte Bosch, irgendwo in der Ferne Schritte zu hören. Er war nicht sicher, ob er sie tatsächlich hörte oder nur zu hören hoffte. Er bewegte sein linkes Bein im Wasser. Nicht so sehr, daß Rourke abdrückte, aber doch so, daß das Wasser aufspritzte und die Schritte übertönte. Sollten da wirklich welche sein.

»Er hat das Armband behalten«, sagte Bosch. »Das war alles?«

»Das hat gereicht«, sagte Rourke aufgebracht. »Nichts durfte auftauchen. Verstehen Sie nicht? Das war doch das Geniale daran. Nichts würde auftauchen. Bis auf die Diamanten wollten wir alles verschwinden lassen. Und die wollten wir behalten, bis beide Jobs erledigt waren. Aber dieser Idiot konnte nicht warten, bis der zweite Job fertig war. Er klaut das billige Armband und versetzt es, um Drogen zu kaufen.

Ich habe es in den Pfandhaus-Meldungen entdeckt. Ja, nach der WestLand-Sache sind wir zum LAPD gegangen und haben sie gebeten, uns ihre monatlichen Pfandlisten zu schicken, damit wir die durchsehen konnten. Ich hab das Armband nur gefunden, weil ich danach gesucht habe und die Leute von der Abteilung Diebstahl nicht. Sie mußten tausend Sachen suchen. Ich nur eine einzige.

Ich wußte, daß jemand es behalten hatte. Beim ersten Tresor wurde eine Menge als gestohlen gemeldet, was gar nicht da war. Versicherungsbetrüger. Aber das Delphin-Armband existierte. Die alte Dame ... sie hat geweint. Die Geschichte mit ihrem Mann und die ganze sentimentale Scheiße. Ich hab sie selbst vernommen. Sie war keine Betrügerin. Also wußte ich, daß einer meiner Tunnelgräber das Armband behalten hatte.«

Er muß reden, dachte Bosch. Wenn er spricht, kriegt er dich nicht. Weg hier. Weg hier. Da kommt wer. Komm hierher. Er lachte im Delirium, und wieder mußte er sich übergeben. Rourke redete einfach weiter.

»Ich hatte von Anfang an auf Meadows getippt. Einmal an der Nadel ... Sie wissen, wie das läuft. Als das Armband auftauchte, bin ich als erstes zu ihm.«

Rourke überlegte, und Bosch bewegte wieder die Beine im Wasser. Inzwischen kam es ihm warm vor und kalt das Blut, das an seiner Seite herablief.

Schließlich sagte Rourke: »Wissen Sie, ich weiß wirklich nicht, ob ich Sie küssen oder töten soll, Bosch. Sie kosten uns Millionen bei diesem Job, aber andererseits ist mein Anteil am ersten Coup gestiegen, nachdem drei meiner Leute tot sind. Gleicht sich am Ende wahrscheinlich aus.«

Bosch glaubte nicht, daß er noch länger wach bleiben konnte. Er war müde, hilflos und resigniert. Seine Aufmerksamkeit ließ nach. Selbst jetzt, als er es schaffte, seine Hand zu heben und an die verletzte Schulter zu legen, fühlte er keinen Schmerz. Er begann, über das Wasser zu sinnieren, das langsam um seine Beine strich. Es fühlte sich so warm an, und ihm war so kalt. Er wollte sich hinlegen und es wie eine Decke über sich ziehen. Er wollte darin schlafen. Aber von irgend woher warnte ihn eine Stimme, nicht aufzugeben. Er dachte daran, wie Clarke krampfhaft seinen Hals festgehalten hatte. Das Blut. Er sah den Lichtstrahl in Rourkes Hand und versuchte es noch einmal.

»Warum so lange?« fragte er kaum noch flüsternd. »All die Jahre. Tran und Binh. Warum jetzt?«

»Keine Ahnung, Bosch. Manchmal kommt eben alles zusammen. Wie der Komet Halley. Der kommt alle zweiundsiebzig Jahre vorbei. Manchmal paßt es eben. Ich hatte ihnen geholfen, die Diamanten rüberzubringen. Hab' die ganze Sache für sie eingefädelt. Ich wurde gut bezahlt und hab' auch nie daran gedacht. Und dann ist die Saat, die wir gepflanzt haben, eines Tages aufgegangen. Wir brauchten es nur zu nehmen, und, Mann, wir haben es genommen. Ich habe es genommen! Deswegen jetzt.«

Ein hämisches Grinsen fuhr über Rourkes Miene. Wieder hielt er die Mündung der Waffe vor Boschs Gesicht. Bosch konnte nur zusehen.

»Ich hab' keine Zeit mehr, Bosch, und Sie auch nicht.«

Rourke umfaßte die Waffe mit beiden Händen und spreizte die Beine. In diesem allerletzten Moment schloß Bosch die Augen. Er dachte an nichts anderes mehr als an das Wasser. Es war so warm wie eine Decke. Er hörte zwei Schüsse, die wie Donner durch den Betontunnel hallten. Er zwang sich, die Augen zu öffnen, und sah Rourke an der anderen Wand lehnen, beide Hände in der Luft. Eine hielt die M-16, die andere seine Taschenlampe. Die Waffe fiel klappernd ins Wasser, dann die Lampe. Sie tanzte auf den Wellen und warf mit ihrem Licht unruhige Muster an Decke und Wände des Tunnels, während sie langsam davonschwamm.

Rourke sagte kein Wort mehr. Langsam rutschte er an der Wand herunter und starrte nach rechts, in die Richtung, aus der Bosch meinte, die Schüsse gehört zu haben. Eine Blutspur blieb an der Wand zurück. Im trüben Licht sah Bosch zunächst die Überraschung in seinem Blick, dann das Ende. Jetzt saß er wie Bosch an der Wand. Wasser umspielte seine Beine, und die toten Augen stierten ins Nichts.

Dann verschwamm alles vor Boschs Augen. Er wollte etwas fragen, brachte aber die Worte nicht heraus. Da war ein zweites Licht im Tunnel, und er glaubte, eine Stimme zu hören, die Stimme einer Frau, die ihm sagte, alles sei okay. Dann meinte er, Eleanor Wishs Gesicht zu sehen, das scharf und wieder unscharf wurde. Schließlich versank es in tiefem Schwarz.

Achter Teil

Sonntag, 27. Mai

Bosch träumte vom Dschungel. Meadows war da und sämtliche Soldaten aus Harrys Fotoalbum. Sie standen um ein Loch am Boden eines blätterübersäten Schützengrabens. Über ihnen hing grauer Dunst im Baldachin des Dschungels. Die Luft war still und warm. Bosch machte mit seiner Kamera Fotos von den anderen Ratten. Meadows wollte runter. Aus dem Licht in die Finsternis. Er sah Bosch durch die Kamera an und sagte: »Denk an dein Versprechen, Hieronymus.«

»Reimt sich auf Anonymus«, sagte Bosch.

Aber bevor er ihm sagen konnte, daß er nicht gehen solle, sprang Meadows mit den Füßen zuerst ins Loch und verschwand. Bosch lief zum Rand und starrte hinunter, sah aber nichts, nur rabenschwarze Finsternis. Gesichter kamen ins Blickfeld, dann versanken sie im Dunkel. Es waren Meadows und Rourke und Lewis und Clarke. Hinter sich hörte er eine Stimme, aber ihm wollte kein Gesicht dazu einfallen.

»Harry, komm schon, Mann. Ich muß mit dir reden.«

Dann spürte Bosch den furchtbaren Schmerz in seiner Schulter, der vom Ellbogen bis zum Hals pochte. Jemand klopfte ihm auf die linke Hand, tätschelte sie leicht. Er schlug die Augen auf. Es war Jerry Edgar.

»Ja, gut so«, sagte Edgar. »Ich hab' nicht viel Zeit. Dieser Typ an der Tür sagt, sie können jeden Moment hiersein. Außerdem geht seine Schicht zu Ende. Ich wollte mit dir reden, bevor die Bonzen kommen. Wollte schon gestern da sein, aber der Laden hier war gerammelt voll mit Seidenhemden. Und ich hab' gehört, daß du die meiste Zeit weggetreten warst. Im Delirium.«

Bosch starrte ihn nur an.

Edgar sagte: »Ich hab' schon oft gehört, daß man am besten sagt, man könne sich an nichts erinnern. Dann können sie es drehen, wie sie wollen. Ich meine, wenn du dir eine Kugel einfängst, können sie ja kaum behaupten, du hättest es dir ausgedacht. Das Bewußtsein macht dicht, wenn der Körper ein traumatisches Erlebnis hat. Hab ich gelesen.«

Inzwischen war sich Bosch darüber im klaren, daß er im Krankenhaus lag, und er sah sich um. Er bemerkte fünf oder sechs Blumensträuße, und das ganze Zimmer roch ekelhaft süßlich. Außerdem merkte er, daß er Haltegurte um Brust und Taille hatte.

»Du bist im MLK, Harry. Die Ärzte sagen, du kommst wieder in Ordnung. Nur an deinem Arm ist noch einiges zu machen.« Edgar flüsterte. »Hab' mich reingeschlichen. Ich glaube, die Schwestern haben gerade Schichtwechsel oder so was. Der Cop an der Tür, der ist drüben von der Wilshire Patrol. Er hat mich reingelassen, weil er verkaufen will und wohl gehört hat, daß das mein Job ist. Ich hab' ihm gesagt, ich nehm' sein Haus für zwei Prozent in meine Liste auf, wenn er mich fünf Minuten reinläßt.«

Bosch hatte noch immer nichts gesagt. Er war nicht sicher, ob er es konnte. Er fühlte sich, als schwebte er, und hatte Schwierigkeiten, sich auf Edgars Worte zu konzentrieren. Was meinte er mit Prozent? Und wieso war er im Martin Luther King-Drew Medical Center in der Nähe von Watts? Er erinnerte sich noch, daß er in Beverly Hills gewesen war. Im Tunnel. Das UCLA-Med-Center oder Cedars wären näher gewesen.

»Jedenfalls«, sagte Edgar, »wollte ich dir nur das Nötigste mitteilen, bevor die Seidenhemden kommen und versuchen, dich durch die Mangel zu drehen. Rourke ist tot. Lewis ist tot. Clarke geht es schlecht, er hängt an der Maschine, und man sagt, sie halten ihn nur als Organspender am Leben. Sobald sie Leute beisammen haben, die welche brauchen, ziehen sie den Stecker raus. Wie würde dir das gefallen, wenn du am Ende mit dem Herz oder einem Auge von dem Arschloch rumlaufen müßtest? Aber wie gesagt, du müßtest ganz gut dastehen. Auf jeden Fall kannst du mit dem Arm deine achtzig Prozent kriegen, ohne Frage. Verletzt in Ausübung deiner Pflicht. Du bist ein gemachter Mann.«

Er lächelte Bosch an, der ihn nur mit leerem Blick betrachtete. Seine Kehle war trocken und versagte, als er schließlich zu sprechen versuchte.

»MLK?«

Es kam etwas schwach heraus, aber okay. Edgar schenkte ein Glas Wasser aus einer Karaffe auf dem Nachttisch ein und reichte es ihm. Bosch löste die Gurte, setzte sich zum Trinken auf und spürte augenblicklich, wie ihm übel wurde. Edgar merkte es nicht.

»Das hier sind Waffenspezialisten, Mann. Für eine Schußwunde gibt es im ganzen Land nichts besseres, schon gar nicht diese Yuppieärzte drüben am UCLA. Hier werden Militärärzte ausgebildet. Damit sie auf Kriegsverwundungen vorbereitet sind. Sie haben dich im Hubschrauber hergebracht.«

»Wie spät ist es?«

»Kurz nach sieben, Sonntag morgen. Du hast einen Tag verschlafen.«

Dann erinnerte sich Bosch an Eleanor. War sie im Tunnel gewesen? Was war geschehen? Edgar schien seine Gedanken zu lesen. Alle taten das in letzter Zeit.

»Deiner Partnerin geht es gut. Ihr beide steht im Rampenlicht, Mann, seid Helden.«

Helden. Bosch dachte darüber nach. Etwas später sagte Edgar: »Ich kann nicht lange bleiben. Wenn die rausfinden, daß ich als erster mit dir gesprochen habe, schicken sie mich rüber nach Newton.«

Bosch nickte. Die meisten Cops hätten nichts gegen die

Newton Division einzuwenden gehabt. *Nonstop Action in Shootin' Newton.* Nicht so Jerry Edgar, Immobilienmakler.

»Wer kommt?«

»Die Üblichen, nehme ich an. Das IAD, ein Untersuchungsteam wegen der Schießerei, das FBI. Beverly Hills auch. Ich glaube, alle fragen sich nach wie vor, was zum Henker da unten eigentlich passiert ist. Und sie haben nur Wish und dich, die ihnen was dazu erzählen können. Wahrscheinlich wollen sie sicherstellen, daß ihr beiden dieselbe Geschichte erzählt. Und deswegen rate ich dir: Sag ihnen, du kannst dich an rein gar nichts erinnern. Du bist angeschossen worden, Mann. Du bist ein verwundeter Officer. Im Dienst verletzt. Es ist dein gutes Recht, dich nicht mehr daran zu erinnern, was passiert ist.«

»Was weißt du über das, was passiert ist?«

»Das Department sagt kein Wort. Da dringt überhaupt nichts durch. Als ich davon gehört habe, bin ich raus zum Tatort, und Pounds war schon da. Er hat mich gesehen und zurückbeordert. Arschloch Ninety-eight wollte keinen Piep sagen. Also weiß ich nur, was in der Presse stand. Der übliche Quatsch. Das Fernsehen wußte gestern abend überhaupt nichts. Die *Times* heute morgen hatte auch nicht viel. Department und FBI stellen alle als tapfere Soldaten dar.«

»Alle?«

»Ja. Rourke, Lewis, Clarke ... alle in Ausübung ihres Dienstes ...«

»Das hat Wish gesagt?«

»Nein. Sie kommt in der Geschichte nicht mal vor. Ich meine, sie wurde nicht zitiert. Ich nehme an, man hält sie zurück, bis die Untersuchung beendet ist.«

»Wie ist die offizielle Darstellung?«

»In der *Times* steht, daß das Department sagt, Lewis und Clarke und du, ihr hättet an der FBI-Observation des Tresors teilgenommen. Aber ich weiß ja, daß es gelogen ist, weil du diese Clowns nie in die Nähe deiner Einsätze gelassen hättest. Außerdem sind sie vom IAD. Ich glaube, die *Times* weiß, daß irgendwas daran nicht stimmt. Dieser Bremmer, den du kennst, hat mich gestern angerufen und wollte wissen, was ich weiß. Aber ich hab nichts gesagt. Wenn mein Name in der Zeitung steht, erwartet mich Schlimmeres als Newton. Falls es so was gibt.«

»Ja«, sagte Bosch. Deprimiert wandte er sich von seinem ehemaligen Partner ab. Sein Arm schien stärker zu pochen.

»Hör mal, Harry«, sagte Edgar nach einer halben Minute. »Ich sollte hier besser verschwinden. Ich weiß nicht, wann sie kommen, aber sie kommen bestimmt, Mann. Paß auf dich auf, und mach, was ich dir sage. Gedächtnisschwund. Dann nimm die achtzigprozentige Dienstunfähigkeit, und sie können dich mal gern haben.«

Edgar tippte mit einem Finger an seine Schläfe und nickte. Geistesabwesend nickte Harry ebenfalls, und dann ging Edgar hinaus. Bosch sah einen uniformierten Beamten auf dem Stuhl vor der Tür.

Nach einer Weile nahm sich Bosch das Telefon neben dem Bett. Er bekam kein Freizeichen, also drückte er den Rufknopf für die Schwester. Ein paar Minuten später kam eine herein und erklärte ihm, das Telefon sei auf Anweisung des LAPD abgestellt worden. Er bat um eine Zeitung, und sie schüttelte den Kopf. Auch das nicht.

Er wurde noch deprimierter. Er wußte, daß sowohl das LAPD als auch das FBI in dieser Sache große Probleme mit der Öffentlichkeit haben würden, aber er sah keine Möglichkeit, wie man sie vertuschen könnte. Zu viele Behörden. Zu viele Leute. Sie konnten es niemals geheimhalten. Wären sie dumm genug, es zu versuchen?

Er löste den Gurt an seiner Brust und versuchte, sich ganz aufzusetzen. Ihm wurde schwindlig, und sein Arm schrie nach Ruhe. Er merkte, wie ihm übel wurde, und griff nach einer

Blechschüssel auf dem Nachttisch. Das Gefühl ließ nach. Aber es löste die Erinnerung an den Tunnel und Rourke gestern morgen aus. Teile des Gesprächs fielen ihm ein. Er versuchte, die neuen Informationen mit dem zusammenzufügen, was er schon gewußt hatte. Dann dachte er über die Diamanten nach – die Beute vom WestLand-Coup – und ob man sie gefunden hatte. Wo? So sehr er die Planung des Coups bewunderte, brachte er es doch nicht über sich, den Initiator zu bewundern: Rourke.

Bosch spürte, wie Müdigkeit ihn überkam wie eine Wolke, die sich vor die Sonne schob. Er sank ins Kissen zurück. Und bevor er wegdöste, dachte er als letztes noch daran, was Rourke im Tunnel gesagt hatte. Daß er einen größeren Anteil bekommen würde, weil Meadows, Franklin und Delgado tot waren. Und als er gerade in das schwarze Dschungelloch glitt, in das Meadows zuvor gesprungen war, wurde sich Bosch der ganzen Bedeutung von Rourkes Worten bewußt.

Der Mann auf dem Besucherstuhl trug einen 800-Dollar-Nadelstreifenanzug, goldene Manschettenknöpfe und einen Onyxring am kleinen Finger. Aber er konnte sich nicht verstellen.

»IAD, stimmt's?« sagte Bosch und gähnte. »Vom Traum zum Alptraum.«

Der Mann zuckte zusammen. Er hatte nicht gemerkt, daß Bosch wach war. Er stand auf und verließ wortlos das Zimmer. Bosch gähnte noch einmal und sah sich nach einer Uhr um. Es gab keine. Er löste wieder den Brustgurt und versuchte, sich aufzusetzen. Diesmal ging es schon besser. Kein Schwindelgefühl. Keine Übelkeit. Er sah zu den Blumenarrangements auf der Fensterbank und der Kommode hinüber. Sie schienen während seines Schlafs zahlreicher geworden zu sein. Er fragte sich, ob auch von Eleanor welche dabei waren. War sie dagewesen, um ihn zu besuchen? Wahrscheinlich hatte man sie nicht hereingelassen.

Nach einer Minute kam der Mann mit den Nadelstreifen zurück, hatte ein Bandgerät bei sich und führte eine Prozession an, die aus vier weiteren Anzügen bestand. Einer war Lieutenant Bill Haley, Chef der LAPD-Einheit, die sich um Schießereien kümmerte, ein anderer war Deputy Chief Irvin Irving, Chef des IAD. Bosch vermutete, daß die beiden anderen vom FBI kamen.

»Wenn ich gewußt hätte, daß so viele schicke Anzüge auf mich warten, hätte ich mir den Wecker gestellt«, sagte Bosch. »Aber man hat mir keinen Wecker gegeben, und kein funktionstüchtiges Telefon, keinen Fernseher, keine Zeitung.«

»Bosch, Sie wissen, wer ich bin«, sagte Irving und deutete auf die anderen. »Und Sie kennen Haley. Das ist Agent Stone und das da Agent Folsom, FBI.«

Irving sah den Mann mit den Nadelstreifen an und deutete mit einer Kopfbewegung zum Nachttisch. Der Mann trat vor und stellte den Recorder auf den Tisch, legte einen Finger an den Aufnahmeknopf und drehte sich zu Irving um. Bosch sah ihn an und sagte: »Und dich stellt man mir nicht vor?«

Der Nadelstreifen ignorierte ihn, wie alle anderen auch.

»Bosch, ich möchte das hier schnell hinter mich bringen, und zwar ohne Ihre seltsame Art von Humor«, sagte Irving. Er spannte seine enormen Unterkiefermuskeln und nickte dem Nadelstreifen zu. Der Recorder lief. Irving nannte trocken Datum und Uhrzeit. Es war 11.30 Uhr vormittags. Bosch hatte nur ein paar Stunden geschlafen, fühlte sich aber viel kräftiger als bei Edgars Besuch.

Dann fügte Irving die Namen der Anwesenden hinzu, wobei er diesmal auch den des Nadelstreifens nannte. Clifford Galvin jr. Abgesehen vom »jr.«, derselbe Name wie der eines anderen Deputy Chiefs im Department. Junior wird gehätschelt und getätschelt, dachte Bosch. Er war unter Irvings Fittichen auf der Überholspur.

»Fangen wir von vorn an«, sagte Irving. »Detective Bosch,

Sie beginnen, indem Sie uns alles über diese Sache berichten, und zwar seit dem Augenblick, in dem Sie dazugestoßen sind.«

»Haben Sie zwei Tage Zeit?«

Irving trat an den Recorder und drückte die Pausentaste.

»Bosch«, sagte er, »wir alle wissen, was für ein cleverer Bursche Sie sind, aber davon wollen wir heute nichts hören. Ich halte das Band nur dieses eine Mal an. Wenn ich es wieder tue, steckt Ihre Marke Dienstag früh in einem Glasblock. Und das nur, weil morgen Feiertag ist. Und Ihre Pension können Sie vergessen. Ich werde dafür sorgen, daß Sie achtzig Prozent von nichts kriegen.«

Er bezog sich darauf, daß das Department einem pensionierten Cop nicht gestattete, seine Marke zu behalten. Dem Chief und dem Stadtrat mißfiel die Vorstellung, daß einige der ehemals Besten der Stadt herumzogen und ihre Marken vorzeigen konnten. Razzien, freie Mahlzeiten, freie Unterkunft. Der Skandal war auf hundert Meilen abzusehen. Wenn man seine Marke also mitnehmen wollte, konnte man das tun: in einem hübschen Kunstharzblock mit einer dekorativen Uhr und einer Kantenlänge von gut dreißig Zentimetern. Zu groß, um ihn in die Tasche zu stecken.

Irving nickte, und Junior drückte wieder auf den Knopf. Bosch erzählte, wie es gewesen war, ließ nichts aus und legte nur eine Pause ein, als Junior das Band umdrehen mußte. Die Seidenanzüge stellten von Zeit zu Zeit Fragen, ließen ihn aber meist erzählen. Irving wollte wissen, was Bosch vom Pier in Malibu hatte fallen lassen. Bosch erinnerte sich kaum noch. Niemand machte Notizen. Sie sahen ihm einfach beim Erzählen zu. Anderthalb Stunden später kam das Ende seiner Geschichte. Irving sah Junior an und nickte. Junior hielt das Band an.

Als sie keine Fragen mehr hatten, stellte Bosch seine.

»Was haben Sie in Rourkes Wohnung gefunden?«

»Das geht Sie nichts an«, sagte Irving.

»Und ob es das tut. Es gehört zu den Ermittlungen in einem Mordfall. Rourke war der Mörder. Er hat es mir gegenüber gestanden.«

»Sie haben den Fall nicht mehr.«

Bosch sagte nichts, während Wut in ihm hochkam. Er sah sich im Zimmer um und merkte, daß keiner der anderen, nicht einmal Junior, ihn ansehen mochte.

Irving sagte: »Also, bevor ich rumlaufen und mir das Maul über einen Kollegen zerreißen würde, der im Dienst getötet wurde, würde ich dafür sorgen, daß ich die Fakten kenne. Und ich würde dafür sorgen, daß ich die Beweise hätte, diese Fakten zu belegen. Wir wollen nicht, daß über gute Männer Gerüchte verbreitet werden.«

Bosch konnte sich nicht mehr zurückhalten.

»Und Sie glauben, Sie kommen damit durch? Was ist mit Ihren beiden Gorillas? Wie wollen Sie das erklären? Erst setzen sie eine Wanze in mein Telefon, dann platzen sie in eine gottverdammte Observation und lassen sich erschießen. Und Sie wollen aus denen Helden machen. Wem wollen Sie was vormachen?«

»Detective Bosch, wir haben schon alles erklärt. Das soll nicht Ihre Sorge sein. Außerdem steht es Ihnen nicht zu, den öffentlichen Erklärungen des Departments oder des FBI in dieser Sache zu widersprechen. Das, Detective, ist ein Befehl. Wenn Sie mit der Presse darüber sprechen, wird dies Ihre letzte Tat als Detective der Polizei von Los Angeles sein.«

Jetzt war es Bosch, der sie nicht ansehen mochte. Er starrte die Blumen auf dem Tisch an und sagte: »Wieso dann das Band, die Aussage, die ganzen Leute, die Sie bei sich haben? Welchen Sinn macht das, wenn Sie die Wahrheit nicht wissen wollen?«

»Wir wollen die Wahrheit wissen, Detective. Was wir allerdings die Öffentlichkeit wissen lassen, steht auf einem anderen Blatt. Intern garantieren ich und das Federal Bureau of

Investigation, daß wir Ihre Ermittlungen zu Ende bringen und, wenn nötig, die angemessenen Schritte einleiten werden.«

»Das ist doch alles Geschwafel.«

»Genau wie bei Ihnen, Detective. Wie bei Ihnen.« Irving beugte sich über das Bett und kam so nah heran, daß Bosch seinen säuerlichen Atem riechen konnte. »Dies ist einer der seltenen Augenblicke, in denen Sie Ihre Zukunft selbst in der Hand haben, Detective Bosch. Tun Sie das Richtige, und vielleicht finden Sie sich im Morddezernat wieder. Oder Sie können das Telefon da nehmen – ja, ich werde die Schwester bitten, es wieder anzustellen – und Ihre Freunde drüben an der Spring Street anrufen. Aber wenn Sie es tun, sollten Sie sich bei denen besser gleich nach den Berufschancen für einen ehemaligen Detective der Mordkommission erkundigen.«

Alle fünf gingen und ließen Bosch mit seiner Wut allein. Er setzte sich auf und wollte schon mit seinem gesunden Arm eine Vase mit Gänseblümchen vom Nachttisch fegen, als die Tür aufging und Irving hereinkam. Allein. Ohne Recorder.

»Detective Bosch, das ist jetzt inoffiziell. Ich habe den anderen gesagt, ich hätte vergessen, Ihnen das hier zu geben.«

Er zog eine Grußkarte aus seiner Jackentasche und stellte sie am Fensterbrett auf. Die Vorderseite zeigte eine vollbusige Polizistin, deren Uniform bis zum Bauchnabel aufgeknöpft war. Ungeduldig hielt sie ihren Schlagstock in der Hand. In einer Sprechblase vor ihrem Mund stand: »Werd gesund, sonst ...« Bosch würde die Karte aufklappen müssen, um die Pointe zu lesen.

»Ich hatte sie nicht vergessen. Ich wollte nur noch etwas Privates sagen.« Schweigend stand er am Fußende des Bettes, bis Bosch nickte. »Sie sind ein guter Mann, Detective Bosch. Jeder weiß das. Aber es heißt nicht, daß Sie auch ein guter Polizeibeamter wären. Sie weigern sich, Teil der Familie zu werden. Und das ist nicht gut. Ich dagegen muß dieses Department schützen. Für mich ist das der wichtigste Job der Welt. Und eine der besten Möglichkeiten, ihm gerecht zu werden, besteht darin, die öffentliche Meinung zu kontrollieren. Damit alle glücklich sind. Und wenn das bedeutet, ein paar nette Pressemitteilungen herauszugeben und ein paar große Beerdigungen mit dem Bürgermeister und den ganzen Bonzen vor laufenden Fernsehkameras zu inszenieren, dann werden wir das tun. Der Schutz des Departments ist wichtiger als die Tatsache, daß zwei dumme Cops einen Fehler begangen haben.

Das gleiche gilt für das Federal Bureau of Investigation. Die machen Sie fertig, bevor sie in der Öffentlichkeit wegen Rourke das Gesicht verlieren würden. Also, was ich Ihnen sagen will, ist, daß Regel Nummer Eins lautet: Sie müssen den Kopf einziehen, wenn Sie ihn behalten wollen.«

»Das ist Unsinn, und Sie wissen das.«

»Nein, ich weiß es nicht. Und tief in Ihrem Inneren wissen Sie es auch nicht. Ich will Sie was fragen. Was glauben Sie, wieso Lewis und Clarke von der Dollmaker-Sache zurückgezogen wurden? Was meinen Sie, wer die beiden an die Zügel genommen hat?«

Als Bosch nichts sagte, nickte Irving. »Sehen Sie, wir mußten eine Entscheidung fällen. Wäre es besser, wenn einer unserer Detectives durch die Schlagzeilen geht und unter Anklage gerät, oder wenn er in aller Stille degradiert und versetzt wird?« Das ließ er etwas im Raum stehen, bevor er weitersprach. »Und noch was. Lewis und Clarke sind letzte Woche mit der Geschichte zu mir gekommen, was Sie mit ihnen angestellt haben. Sie an diesen Baum zu fesseln. Das war wirklich brutal. Aber sie haben sich gefreut wie zwei Cheerleader auf der Highschool nach einem Abend mit dem Footballteam. Die beiden hatte Sie bei den Eiern und wollten schon ihren Bericht einreichen. Sie ...«

»Sie hatten mich, aber ich hatte sie.«

»Nein. Das wollte ich Ihnen gerade sagen. Die beiden sind mit dieser Geschichte über die Wanze im Telefon zu mir gekommen. Die Sache ist nur, daß sie die Wanze gar nicht installiert haben, wie Sie angenommen hatten. Ich habe es nachgeprüft. Das meinte ich ja gerade. Die beiden hatten Sie.«

»Aber wer ...« Bosch sprach nicht weiter. Er wußte die Antwort.

»Ich habe ihnen gesagt, sie sollten zwei Tage warten. Beobachten, sehen, was passiert. Irgendwas war los. Die beiden waren immer schwer zu bändigen, wenn es um Sie ging. Nur haben sie ihre Kompetenzen überschritten, als sie diesen Avery angehalten und ihn aufgefordert haben, sie zum Tresor zu begleiten. Aber dafür haben sie bezahlt.«

»Was ist mit dem FBI? Was sagen die zu der Wanze?«

»Ich weiß es nicht, und ich werde auch nicht fragen. Wenn ich es täte, würden sie sagen: ›Welche Wanze?‹ Das wissen Sie.«

Bosch nickte und hatte genug von dem Mann. Ein Gedanke ging ihm durch den Kopf, der ihm nicht behagte. Er sah von Irving zum Fenster hinüber. Irving erklärte ihm noch einmal, er solle erst an das Department denken, bevor er etwas unternahm, dann ging er hinaus. Als er sicher war, daß Irving den Korridor verlassen hatte, holte Bosch mit dem linken Arm aus und schleuderte die Vase mit den Gänseblümchen in die Ecke des Zimmers. Sie war aus Plastik und zerbrach nicht. Der Schaden bestand nur aus verschüttetem Wasser und Blumen. Galvin Junior schob sein Frettchengesicht herein und zog es wieder zurück. Er sagte nichts, aber Bosch war klar, daß der IAD-Mann draußen auf dem Gang Posten bezogen hatte. Zu seinem Schutz? Oder zu dem des Departments? Bosch wußte es nicht. Er wußte überhaupt nichts mehr.

Bosch stieß sein unangetastetes Tablett mit dem Krankenhausessen von sich. Truthahn-Hackbraten mit Mehlschwitze, Mais, süßen Kartoffeln, einem harten Brötchen, das eigentlich weich sein sollte, und Erdbeertörtchen mit abgestandener Sahne.

»Wenn du das ißt, kommst du hier nie mehr raus.«

Er sah auf. Es war Eleanor. Sie stand in der offenen Tür und lächelte. Er lächelte zurück. Er konnte nichts dagegen tun.

»Ich weiß.«

»Wie geht es dir, Harry?«

»Okay. Ich bin bald wieder auf dem Damm. Kann vielleicht keine Klimmzüge mehr machen, aber damit werde ich auch noch fertig. Wie geht es dir, Eleanor?«

»Gut«, sagte sie, und ihr Lächeln erschlug ihn glatt. »Haben Sie dich heute durch den Wolf gedreht?«

»Oh, ja. In Scheiben und Würfel geschnitten. Die Besten und Klügsten aus meinem Department – auch zwei von deinen Freunden – haben mich den ganzen Morgen weichgeklopft. Da steht ein Stuhl auf dieser Seite.«

Sie ging um das Bett, blieb aber neben dem Stuhl stehen. Sie sah sich um und legte die Stirn leicht in Falten, als sei ihr das Zimmer bekannt und sie wüßte, daß irgendwas nicht stimmte.

»Mich haben sie auch geholt. Gestern abend. Sie wollten mich nicht zu dir lassen, bevor sie mit dir fertig waren. Es war ein Befehl. Sie wollten nicht, daß wir über die Geschichte sprechen. Aber ich nehme an, unsere Versionen haben übereingestimmt. Jedenfalls haben sie mich nicht zurückgeholt, nachdem sie heute mit dir gesprochen hatten. Sie haben mir gesagt, das wäre alles.«

»Haben sie die Diamanten gefunden?«

»Nicht daß ich wüßte, aber sie erzählen mir nicht mehr viel. Seit heute arbeiten zwei Teams daran, aber ich bin raus. Ich sitze am Schreibtisch, bis sich alles abgekühlt hat und die Untersuchung wegen der Schießerei vorbei ist. Wahrscheinlich sind sie immer noch in Rourkes Wohnung und suchen.«

»Was ist mit Tran und Binh? Kooperieren die?«

»Nein. Sie sagen kein Wort. Ich weiß es von einem Freund,

der bei der Vernehmung war. Sie wissen nichts von irgendwelchen Diamanten. Wahrscheinlich haben sie ihre eigenen Leute losgeschickt. Die werden auf Schatzsuche sein.«

»Was glaubst du, wo die Diamanten sind?«

»Keine Ahnung. Diese ganze Sache hat mich irgendwie aus der Bahn geworfen, Harry. Ich weiß nicht mehr, was ich von irgendwas halten soll.«

Er wußte, dazu gehörte auch, wie sie über ihn dachte. Er sagte nichts, und nach einer Weile wurde das Schweigen drückend.

»Was ist passiert, Eleanor? Irving hat gesagt, Lewis und Clarke hätten Avery abgefangen. Aber mehr weiß ich nicht. Ich verstehe es nicht.«

»Sie haben die ganze Nacht zugesehen, wie wir den Tresor beobachtet haben. Sie müssen gedacht haben, wir wären die Posten. Geht man von ihrer Annahme aus, daß du ein korrupter Cop bist, wärst du vielleicht zu demselben Schluß gekommen. Als sie dann sehen, wie du Avery zurückweist und die beiden Uniformierten nach Hause schickst, glauben sie zu wissen, was du im Schilde führst. Sie schnappen sich Avery am Darling's, und der erzählt ihnen von deinem Besuch am Tag zuvor, und von dem mehrfachen Alarm in der letzten Woche, und dann rutscht ihm raus, daß du ihn nicht den Tresor öffnen lassen wolltest.«

»Und sie sagen: ›Sie meinen, Sie können den Tresor öffnen?‹ und als nächstes schleichen sie sich von hinten an.«

»Ja. Sie wollten gerne Helden sein. Die bösen Cops und die Räuber gleichzeitig fassen. Hübscher Plan, bis sie die Quittung kriegten.«

»Arme Schweine.«

»Arme Schweine.«

Dann kehrte das Schweigen zurück, doch Eleanor wartete nicht darauf, daß es sich ausbreitete.

»Na ja, ich wollte nur sehen, wie es dir geht.«

Er nickte.
»Und ... und dir sagen ...«
Jetzt kommt er, dachte Bosch, der Abschiedskuß.
»... ich habe beschlossen zu kündigen. Ich werde das FBI verlassen.«
»Was ist mit ... Was hast du vor?«
»Ich weiß noch nicht. Aber ich werde nicht bleiben, Harry. Ich habe etwas Geld, also werde ich reisen und mir dabei überlegen, was ich tun will.«
»Eleanor, wieso?«
»Ich kann ... es fällt mir schwer, das zu erklären. Aber alles, was passiert ist, alles, was mit dem Job zu tun hat, ist schiefgegangen. Ich glaube nicht, daß ich zurückgehen und wieder in diesem Büro arbeiten kann, nach allem, was geschehen ist.«
»Wirst du nach L.A. zurückkommen?« Sie sah auf ihre Hände und dann wieder im Zimmer umher.
»Ich weiß nicht. Harry, es tut mir leid. Es kam mir vor ... ich weiß nicht, ich bin im Moment wegen mancher Sachen ziemlich durcheinander.«
»Welcher Sachen?«
»Ich weiß nicht. Wegen uns. Wegen dem, was passiert ist. Wegen allem.«
Wieder breitete sich Schweigen im Raum aus, so laut, daß Bosch hoffte, eine Schwester oder Galvin Junior würden den Kopf hereinstecken, um nachzusehen, ob alles in Ordnung wäre. Er brauchte dringend eine Zigarette. Er merkte, daß er zum ersten Mal an diesem Tag ans Rauchen dachte. Eleanor betrachtete ihre Füße, und er sein unangetastetes Essen. Er nahm das Brötchen und fing an, es wie einen Baseball immer wieder in die Luft zu werfen. Nach einer Weile unternahmen Eleanors Augen ihre dritte Rundreise durchs Zimmer, ohne zu finden, was sie suchte. Bosch konnte es sich nicht erklären.
»Hast du die Blumen nicht bekommen, die ich dir geschickt habe?«

»Blumen?«

»Ja, ich habe Gänseblümchen geschickt. Wie sie auf dem Hügel unter deinem Haus wachsen. Ich seh' hier keine.«

Gänseblümchen, dachte Bosch. Die Vase, die er an die Wand geworfen hatte. Wo sind meine gottverdammten Zigaretten, wollte er schreien.

»Wahrscheinlich kommen sie später. Hier oben wird nur einmal täglich ausgeliefert.«

Sie sah ihn skeptisch an.

»Weißt du«, sagte Bosch, »wenn Rourke wußte, daß wir den zweiten Tresor gefunden und gesehen hatten, wie Tran reinging und seine Box leerte, wieso hat er seine Leute nicht rausgeholt? Das stört mich daran. Wieso hat er die Sache durchgezogen?«

Langsam schüttelte sie den Kopf. »Ich weiß nicht. Vielleicht ... na ja, ich hab' schon überlegt: Vielleicht wollte er, daß sie umkommen. Er kannte die Männer, vielleicht wußte er, daß sie bei einer Schießerei umkommen würden, daß er ohne sie die Diamanten aus dem ersten Tresor für sich behalten konnte.«

»Ja, aber weißt du, den ganzen Tag über denke ich schon darüber nach, wie wir da unten waren. Ich erinnere mich langsam wieder an alles. Auch daran, daß er irgendwas davon sagte, daß sein Anteil größer wäre, weil Meadows und die anderen beiden tot wären. Er hat immer noch das Wort ›Anteil‹ verwendet, als müßte er nach wie vor mit jemandem teilen.«

Sie schob die Augenbrauen hoch. »Aber das könnte auch Wortklauberei sein, Harry.«

»Vielleicht.«

»Ich muß gehen. Weißt du, wie lange du noch hier liegen sollst?«

»Man hat mir nichts gesagt, aber ich denke, ich werde mich morgen entlassen. Ich möchte zu Meadows' Beerdigung.«

»Eine Beerdigung am Veteranentag. Klingt passend.«

»Willst du mitkommen?«

»Mmmm, nein. Ich glaube nicht, daß ich noch etwas mit Mr. Meadows zu tun haben möchte ... Aber ich werde morgen im Büro sein. Meinen Schreibtisch ausräumen und ein paar Zwischenberichte zu den Fällen schreiben, die ich an andere Agenten weitergebe. Du könntest vorbeikommen, wenn du möchtest. Ich koch' dir frischen Kaffee, wie immer. Aber weißt du, ich glaube eigentlich nicht, daß sie dich so bald entlassen werden, Harry. Nicht mit einer Schußwunde. Du brauchst Ruhe. Sie muß heilen.«

»Klar«, sagte Bosch. Er wußte, daß sie Abschied von ihm nahm.

»Okay, also, vielleicht sehen wir uns.«

Sie beugte sich vor und gab ihm einen Kuß, und er wußte, es war der Abschied von allem, was zwischen ihnen gewesen war. Sie war schon fast draußen, als er die Augen aufschlug.

»Eins noch«, sagte er, und sie drehte sich an der Tür um und sah ihn an. »Wie hast du mich gefunden, Eleanor? Du weißt schon, im Tunnel bei Rourke.«

Sie zögerte, und wieder wanderten ihre Augenbrauen nach oben.

»Na, ich bin mit Hanlon runtergegangen. Aber als wir aus dem engen Tunnel kamen, haben wir uns getrennt. Er ist in die eine Richtung und ich in die andere. Ich hab' das große Los gezogen und das Blut gefunden. Und dann Franklin. Tot. Danach hatte ich etwas Glück. Ich hab' die Schüsse gehört, und dann die Stimmen. Meistens Rourkes Stimme. Der bin ich gefolgt. Wie kommst du jetzt darauf?«

»Ich weiß nicht. Ist mir einfach so eingefallen. Du hast mir das Leben gerettet.«

Sie sahen sich nicht an. Ihre Hand lag auf dem Griff der Tür, die gerade so weit offen stand, daß Bosch draußen Galvin Junior sehen konnte, der im Gang auf einem Stuhl saß.

»Ich kann mich nur bei dir bedanken.«
Sie winkte ab.
»Du mußt nichts sagen.«
»Kündige nicht.«
Er sah, daß sich die Tür schloß. Schweigend stand sie da.
»Geh nicht.«
»Ich muß. Wir sehen uns, Harry.«
Dann zog sie die Tür ganz auf.
»Leb wohl«, sagte sie, und dann war sie draußen.

Über eine halbe Stunde blieb Bosch reglos im Bett liegen. Er dachte an zwei Leute: Eleanor Wish und John Rourke. Lange schloß er die Augen und dachte an den Ausdruck auf Rourkes Gesicht, als er zusammengebrochen und ins schwarze Wasser gesackt war. Mich hätte es genauso überrascht, dachte Bosch, aber da war noch etwas anderes gewesen, etwas, das er nicht genau festmachen konnte. Eine Art wissender Blick von Erkenntnis und Klarheit – nicht des eigenen Todes, sondern einer anderen, geheimen Wahrheit.

Nach einer Weile stand er auf und machte ein paar zögerliche Schritte neben dem Bett. Er fühlte sich schwach, aber nach dem Schlaf der letzten sechsunddreißig Stunden war er rastlos. Nachdem er sich orientiert hatte, und seine Schulter sich schmerzvoll auf die Erdanziehung eingestellt hatte, fing er an neben dem Bett auf und ab zu gehen. Er trug einen hellgrünen Krankenhauspyjama, nicht einen dieser Kittel, die am Rücken offen standen und die er erniedrigend fand. Mit nackten Füßen trottete er im Zimmer umher, blieb stehen, um die Karten bei den Blumen zu lesen. Die Polizistenvereinigung hatte eine Vase geschickt. Die anderen stammten von ein paar Cops, die er kannte, denen er aber nicht sonderlich nahestand, von der Witwe eines ehemaligen Partners, von seinem Gewerkschaftsanwalt und einem anderen ehemaligen Partner, der in Ensenada wohnte.

Er wandte sich von den Blumen ab und trat an die Tür. Er öffnete sie einen Spalt und sah Galvin dort sitzen und in einem Katalog für Polizeiausrüstungen blättern. Bosch zog die Tür ganz auf. Galvins Kopf zuckte hoch, er klappte das Heft zu und schob es in eine Aktentasche an seinen Füßen. Er sagte kein Wort.

»Also, Clifford – ich hoffe, ich darf Sie so nennen – was machen Sie hier? Bin ich vielleicht in Gefahr?«

Der jüngere Cop antwortete nicht. Bosch blickte den Gang auf und ab und sah, daß er bis zum zwanzig Meter entfernten Schwesternzimmer leer war. Er betrachtete seine Tür und stellte fest, daß er in Nummer 313 lag.

»Detective, bitte gehen Sie wieder in Ihr Zimmer«, sagte Galvin schließlich. »Ich soll hier nur die Presse fernhalten. Der Deputy Chief glaubt, daß sie wahrscheinlich versuchen werden, ein Interview mit Ihnen zu bekommen, und ich soll verhindern, daß man Sie stört.«

»Was ist, wenn die sich der hinterhältigen Methode bemächtigen«, – Bosch sah den Korridor auf und ab, ob auch niemand lauschte – »und mich anrufen?«

Galvin atmete hörbar aus und sah Bosch weiter an. »Die Schwestern fangen Ihre Anrufe ab. Bis auf Familienangehörige. Und ich habe gehört, Sie hätten keine Familie. Also keine Anrufe.«

»Wie ist diese FBI-Agentin an Ihnen vorbeigekommen?«

»Sie hatte Irvings Genehmigung. Gehen Sie bitte wieder in Ihr Zimmer.«

»Selbstverständlich.«

Bosch saß auf seinem Bett und versuchte, sich den Fall noch einmal durch den Kopf gehen zu lassen. Aber je mehr er die Teile drehte und wendete, desto größer wurde seine Befürchtung, hier auf dem Bett seine Zeit zu vergeuden. Er ahnte, daß er etwas auf der Spur war, was ihm bei dem Fall den endgültigen Durchbruch bringen würde. Die Aufgabe eines Detectives war es, die Beweise durchzugehen, jedes Teil zu untersuchen und aufzunehmen. Am Ende würde alles zusammengenommen den Fall lösen. Oder auch nicht. Bosch war komplett, aber er fing an zu glauben, daß Stücke fehlten. Was hatte er übersehen? Was hatte Rourke ihm am Ende gesagt? Nicht so sehr mit Worten, sondern zwischen den Zeilen. Mit diesem Ausdruck auf seinem Gesicht. Überraschung. Aber Überraschung worüber? Hatte die Kugel ihm einen Schock versetzt? Oder woher oder von wem sie kam? Es hätte beides sein können, aber was es auch war, was bedeutete es?

Rourkes Erwähnung, daß sich sein Anteil durch Meadows', Franklins und Delgados Tod vergrößern würde, störte ihn nach wie vor. Er versuchte, sich in Rourkes Lage zu versetzen. Wenn seine Partner tot wären und er plötzlich der einzige Nutznießer des ersten Coups wäre, würde er sagen: »Mein Anteil hat sich vergrößert«? Oder würde er einfach sagen: »Jetzt gehört alles mir«? Boschs Magengrube sagte ihm, er würde letzteres sagen, es sei denn, es gäbe noch jemanden, der Anspruch auf die Beute erhob.

Er kam zu dem Schluß, daß er etwas unternehmen mußte. Er konnte nicht in diesem Zimmer sitzen. Er stand nicht unter Hausarrest, aber er wußte, wenn er ging, würde Galvin ihm folgen und es Irving melden. Er nahm das Telefon, und es funktionierte, wie Irving versprochen hatte. Keine Anrufe, aber Harry konnte telefonieren.

Er stand auf und sah in den Schrank. Seine Sachen waren da, oder das, was davon übrig war. Schuhe, Socken und Hose, mehr nicht. Die Hose hatte Schürfspuren an den Knien, war allerdings vom Krankenhaus gereinigt und gebügelt worden. Sein Sportsakko und das Hemd hatte man wahrscheinlich in der Notaufnahme zerschnitten und entweder weggeworfen oder als Beweisstück in eine Tüte gesteckt. Er nahm seine Sachen und zog sich an, stopfte als letztes den Pyjama in die Hose. Er sah plump aus, aber es mußte genügen, bis er draußen an neue Kleidung kam. Der Schmerz in seiner Schulter war am erträglichsten, wenn er den Arm vor seine Brust hielt, also legte er seinen Gürtel um die Schultern, um ihn als Schlinge zu benutzen, was allerdings sehr auffällig war. Deshalb zog er den Gürtel wieder durch die Schlaufen seiner Hose. Er sah in die Schublade des Nachtschränkchens, fand seine Brieftasche und die Marke, aber keine Waffe.

Als er fertig war, nahm er das Telefon, rief die Vermittlung an und fragte nach der Pflegestation im dritten Stock. Die Stimme einer Frau sagte »Hallo«, und Bosch stellte sich als Deputy Chief Irvin Irving vor. »Könnten Sie mir Detective Galvin, meinen Mitarbeiter vor Zimmer 313 unten im Gang, an den Apparat holen? Ich muß ihn sprechen.«

Bosch stellte das Telefon aufs Bett und schlich zur Tür. Er öffnete sie gerade so weit, daß er Galvin mit seinem Katalog auf den Knien sehen konnte. Bosch hörte die Stimme der Krankenschwester, die ihn ans Telefon rief, und Galvin stand auf. Bosch wartete etwa zehn Sekunden, bis er den Flur hinuntersah. Galvin war noch immer auf dem Weg zur Schwesternstation. Bosch trat aus dem Zimmer und lief leise in die andere Richtung.

Nach zehn Metern kamen mehrere Gänge zusammen, und Bosch nahm den linken. Er kam an einen Fahrstuhl mit dem Hinweis: Nur für Krankenhauspersonal. Bosch drückte den Knopf. Die Kabine war aus Stahl und Holzimitat mit zwei weiteren Türen an der Rückwand, groß genug, mindestens zwei Betten hineinzuschieben. Er drückte den Knopf für den ersten Stock, und die Tür schloß sich. Die Behandlung seiner Schußwunde war beendet.

Der Fahrstuhl brachte Bosch in die Notaufnahme. Er ging hindurch und in die Nacht hinaus. Auf dem Weg zur Hollywood Station ließ er den Taxifahrer an seiner Bank halten, wo er Geld aus dem Automaten holte, und fuhr dann zu einem Drugstore, wo er ein billiges Sporthemd, eine Schachtel Zigaretten, ein Feuerzeug – da er keine Streichhölzer benutzen konnte – und etwas Watte, frische Bandagen und eine Armschlinge kaufte. Die Schlinge war marineblau. Für eine Beerdigung wäre sie perfekt.

Er bezahlte den Taxifahrer vor dem Revier an der Wilcox und ging durch die Eingangstür hinein, da er wußte, daß man ihn hier kaum erkennen oder ansprechen würde. Am Tresen saß ein Neuer, den er nicht kannte, mit demselben pickelgesichtigen Pfadfinder, der Sharkey die Pizza gebracht hatte. Bosch hielt seine Marke hoch und ging ohne ein Wort vorbei. Das Büro der Detectives lag, wie an den meisten Sonntagabenden, dunkel und verlassen da. Und das sogar in Hollywood. Bosch hatte eine Schreibtischlampe an seinem Platz. Er stellte sie an, um nicht die Deckenbeleuchtung benutzen zu müssen, die neugierige Streifenbeamte aus dem Büro des Wachhabenden anlocken konnte. Harry war nicht danach, Fragen zu beantworten, nicht einmal die nett gemeinten der uniformierten Truppe.

Zuerst setzte er hinten eine Kanne Kaffee auf. Dann ging er in eins der Vernehmungszimmer, um das neue Hemd überzuziehen. Seine Schulter bohrte ihm brennende Pfeile durch Brust und Arm, als er das Krankenhaushemd auszog. Er setzte sich auf einen Stuhl und suchte den Verband nach durchgesickertem Blut ab. Es war nichts zu sehen. Vorsichtig zog er das neue, extra große Hemd über. Diesmal waren die Schmerzen nicht so heftig. Auf der linken Brust hatte das Hemd eine kleine Zeichnung, die einen Berg, Sonne und eine Seelandschaft zeigte. Darunter die Worte City of Angels. Bosch verdeckte das Bild, als er die Schlinge anlegte und einrichtete, damit sie seinen Arm fest vor der Brust hielt.

Der Kaffee war fertig, als er sich umgezogen hatte. Er trug eine dampfende Tasse an seinen Tisch, steckte sich eine Zigarette an und zog die Mordakte und weitere Mappen zum

Fall Meadows aus der Schublade. Er sah sich den Stapel an und wußte weder, wo er anfangen sollte, noch wonach er suchte. Er fing an, alles durchzulesen, hoffte, er würde irgendwo hängenbleiben. Es konnte alles sein, ein neuer Name, die Unstimmigkeit in einer Aussage, etwas, das sie früher als unwichtig abgetan hatten, was aber jetzt in anderem Licht erschien.

Eilig überflog er seine eigenen Berichte, da er sich an die meisten Informationen noch erinnerte. Dann las er noch einmal Meadows' Militärakte. Es war die ausgedünnte Version vom FBI. Er hatte keine Ahnung, was mit der detaillierteren Akte geschehen war, die er aus St. Louis bekommen und im Wagen liegengelassen hatte, als er gestern morgen zum Tresor gerannt war. Außerdem fiel ihm ein, daß er keine Ahnung hatte, wo der Wagen geblieben war.

Mit der Militärakte hatte Bosch kein Glück. Während er sich die gemischten Papiere im hinteren Teil des Ordners ansah, ging die Deckenbeleuchtung an, und ein alter Cop namens Pederson kam herein. Mit einem Festnahmebericht in der Hand steuerte er eine der Schreibmaschinen an und bemerkte Bosch erst, als er sich setzte. Er drehte sich um, als er die Zigaretten und den Kaffee roch, und sah den Detective mit dem Arm in der Schlinge.

»Harry, wie geht's? Dich haben sie aber schnell wieder rausgelassen. Ich hatte gehört, du wärst ziemlich mitgenommen.«

»Nur ein Kratzer, Peds. Nicht so schlimm wie die Fingernägel von den Tunten, die du samstags einkassierst. Bei Kugeln muß man sich wenigstens keine Sorgen um AIDS machen.«

»Das kann man wohl sagen.« Instinktiv massierte Pederson seinen Nacken, an dem er noch immer Narben hatte, die ihm eine HIV-infizierte Transvestitennutte beigebracht hatte. Zwei Jahre hatte der alte Cop geschwitzt und alle drei Monate einen Test gemacht, den Virus aber nicht bekommen. Es war ein Alptraum gewesen, eine Legende und wahrscheinlich der einzige Grund, warum die Durchschnittsbelegung der Zellen für Prostituierte im Revier seitdem um die Hälfte gesunken war. Keiner wollte sie mehr einsperren, es sei denn, es ging um Mord.

»Jedenfalls«, sagte Pederson, »tut mir leid, daß da draußen alles so schiefgegangen ist, Harry. Ich hab' gehört, der zweite Cop ist gerade eben auf Code Sieben gegangen. Zwei Cops und ein Feebee bei einer Schießerei draufgegangen. Von deinem Arm mal abgesehen. Wahrscheinlich eine Art Rekord in dieser Stadt. Kann ich auch eine Tasse haben?«

Bosch wies auf die Kaffeekanne. Er hatte nicht gewußt, daß Clarke tot war. Code Sieben. Außer Betrieb, endgültig. Noch immer brachte er keinerlei Mitgefühl für die IAD-Cops auf, dafür bemitleidete er sich selbst. Es schien, als hätte er endgültig jede menschliche Regung verloren. Für niemanden hatte er mehr Mitgefühl, nicht mal für arme Schweine, denen ein Fehler unterlaufen war und die erschossen worden waren.

»Hier erzählt dir keiner mehr was«, sagte Pederson beim Einschenken, »aber als ich die Namen in der Zeitung gelesen habe, hab' ich gesagt: ›Wow, die Typen kenn' ich.‹ Lewis und Clarke. Die waren beim IAD, nicht beim Raubdezernat. Sie hießen überall ›die großen Entdecker‹. Haben immer rumgeschnüffelt, immer versucht, jemandem Ärger zu machen. Ich glaube, außer dem Fernsehen und der *Times* wußten alle, wer sie waren. Jedenfalls war es wirklich seltsam, weißt du, was die da zu suchen hatten.«

Bosch wollte nicht anbeißen. Pederson und die anderen Cops würden sich eine andere Quelle suchen müssen, wenn sie wissen wollten, was im Beverly Hills Safe & Lock tatsächlich passiert war. Im Gegenteil, er begann sich zu fragen, ob Pederson tatsächlich ein Verhaftungsprotokoll tippen mußte. Oder hatte der Neue an der Rezeption die Nachricht verbreitet, daß Bosch im Büro war, und der alte Cop war nach hinten geschickt worden, um ihn auszuhorchen?

Pederson hatte Haar, das weißer war als Kreide, und er wirkte wie ein alter Cop, war aber nur wenige Jahre älter als Bosch. Seit zwanzig Jahren fuhr oder lief er auf dem Boulevard Streife, was einen vorzeitig ergrauen lassen konnte. Bosch mochte Pederson. Er war eine Goldgrube an Informationen über die Straße. Es gab kaum einen Mord auf dem Boulevard, bei dem Bosch nicht Rücksprache mit ihm hielt, um zu sehen, was seine Informanten sagten. Und fast immer kam etwas dabei heraus.

»Ja, es ist seltsam«, sagte Bosch. Weiter nichts.

»Schreibst du einen Bericht über die Schießerei?« fragte Pederson, nachdem er sich vor der Schreibmaschine eingerichtet hatte. Als Bosch nicht antwortete, fügte er hinzu: »Hast du noch welche von den Zigaretten da?«

Bosch stand auf und brachte Pederson die ganze Schachtel. Er legte sie vor dem Cop auf die Schreibmaschine und sagte, er könne sie behalten. Pederson verstand. Es war nicht persönlich gemeint, aber Bosch würde nichts zu der Schießerei sagen, speziell nicht, was zwei IAD-Detectives dort gewollt hatten.

Daraufhin machte sich Pederson an die Arbeit, und Bosch widmete sich wieder seiner Mordakte. Er las alles, ohne daß ihm auch nur das kleinste Licht aufgegangen wäre. Er saß da, im Hintergrund die klappernde Schreibmaschine, rauchte und überlegte, was er noch tun konnte. Es gab nichts. Er stand vor einer Wand.

Er beschloß, zu Hause anzurufen und seinen Anrufbeantworter abzuhören. Er nahm den Hörer, dann überlegte er es sich und legte auf. Es bestand die geringe Chance, daß sein Apparat nicht angezapft war, also ging er an Jerry Edgars Platz und benutzte dessen Telefon. Sein Anrufbeantworter meldete sich, er tippte einen Code ein und hörte ein Dutzend Nachrichten ab. Die ersten neun stammten von Cops und alten Freunden, die ihm baldige Genesung wünschten. Die letzten drei, die neuesten Nachrichten, stammten von dem Arzt, der ihn behandelt hatte, von Irving und von Pounds.

»Mr. Bosch, hier ist Dr. McKenna. Ich halte es für höchst unvernünftig und unklug, daß Sie das Krankenhaus verlassen haben. Sie riskieren, daß sich Ihr Zustand verschlimmert. Wenn Sie diese Nachricht abhören, kommen Sie bitte wieder ins Krankenhaus. Wir halten Ihnen das Bett frei. Ich kann Sie nicht länger behandeln oder als meinen Patienten betrachten, wenn Sie nicht zurückkommen. Bitte. Danke.«

Irving und Pounds waren nicht so sehr um Boschs Gesundheit besorgt.

Irvings Nachricht lautete: »Ich weiß nicht, wo Sie sind und was Sie treiben, aber ich hoffe für Sie, daß Ihre Flucht am Krankenhausessen liegt. Denken Sie daran, was ich Ihnen gesagt habe, Detective Bosch. Machen Sie keinen Fehler, der uns beiden leid tun könnte.«

Irving hatte sich nicht die Mühe gemacht, seinen Namen zu nennen, mußte es aber auch nicht. Ebenso Pounds. Seine Nachricht war die letzte. Sie war der Schlußakkord.

»Bosch, rufen Sie mich zu Hause an, sobald Sie das hier hören. Man hat mir gesagt, Sie hätten das Krankenhaus verlassen. Wir müssen reden. Bosch, ich wiederhole, Sie sind nicht befugt, etwaige Ermittlungen im Zusammenhang mit der Schießerei am Samstag fortzusetzen. Rufen Sie mich an.«

Bosch legte auf. Keinen von ihnen würde er zurückrufen. Noch nicht. Auf Edgars Tisch lag ein Notizblock, auf dem der Name Veronica Niese stand. Sharkeys Mutter. Daneben war eine Telefonnummer vermerkt. Edgar schien sie angerufen zu haben, um sie über den Tod ihres Sohnes zu informieren. Bosch stellte sich vor, wie sie den Anruf entgegennahm, einen ihrer Wichser erwartete und statt dessen Jerry Edgar dran war, der ihr sagen wollte, daß ihr Sohn tot war.

Der Gedanke an den Jungen erinnerte Bosch an die Vernehmung. Es gab keine Abschrift des Tonbands. Er beschloß, es sich anzuhören und kehrte an seinen Platz zurück. Er zog seinen Recorder aus der Schublade. Das Band war verschwunden. Er erinnerte sich, daß er es Eleanor gegeben hatte. Er versuchte sich auszurechnen, ob die Vernehmung noch auf der Sicherungskopie sein konnte. Wenn das Sicherungsband durchgelaufen war, spulte es zurück und überspielte alles. Je nachdem, wie oft die Anlage im Vernehmungszimmer seit dem Dienstag mit Sharkey benutzt worden war, konnte das Frage-Antwort-Spiel noch auf dem Band sein.

Bosch holte die Cassette aus dem Recorder und brachte sie an seinen Tisch. Er legte sie in sein eigenes Gerät, setzte Kopfhörer auf und spulte zum Anfang. Er hörte die Aufnahme ab, suchte, ob er seine Stimme, Sharkeys oder Eleanors erkannte, und spulte dann gut zehn Sekunden vor. Diesen Vorgang wiederholte er mehrere Minuten lang, bis er Sharkeys Vernehmung auf der zweiten Hälfte des Bands fand.

Als er es hatte, spulte er ein Stück zurück, damit er die Befragung von vorn hören konnte. Er spulte zu weit und lauschte eine halbe Minute lang dem Schluß einer anderen Vernehmung. Dann erkannte er Sharkeys Stimme.

»Was gucken Sie so?«

»Ich weiß nicht.« Es war Eleanor. »Ich frage mich, ob Sie mich kennen. Sie kommen mir bekannt vor. Ich hab' gar nicht gemerkt, daß ich Sie anstarre.«

»Was? Wieso sollte ich Sie kennen? Ich hab' nie Scheiße gebaut, die gegen Bundesgesetze verstößt, Mann. Ich weiß nicht ...«

»Egal, Sie kamen mir bekannt vor, mehr nicht. Ich hatte überlegt, ob Sie mich kennen. Warten wir auf Detective Bosch.«

»Ja, okay. Cool.«

Dann folgte Schweigen auf dem Band. Bosch war ganz verwirrt. Dann merkte er, daß das, was er gerade gehört hatte, gesagt worden war, bevor er in das Vernehmungszimmer kam.

Was hatte sie vorgehabt? Das Schweigen auf dem Band endete, und Bosch hörte seine eigene Stimme.

»Sharkey, wir werden dieses Gespräch aufzeichnen, weil es uns später vielleicht helfen könnte, es besser nachzuvollziehen. Wie gesagt: Du stehst nicht unter Mordverdacht, also brauchst du ...«

Bosch hielt das Band an und spulte zu der Stelle mit dem Jungen und Eleanor zurück. Er hörte sie sich noch mal an, und noch mal. Jedesmal kam es ihm vor, als schlüge ihm eine Faust ins Herz. Seine Hände schwitzten, und die Finger rutschten vom Recorder ab. Schließlich nahm er die Kopfhörer und warf sie auf den Tisch.

»Verdammt«, sagte er.

Pederson hörte auf zu tippen und sah herüber.

Neunter Teil

Montag, 28. Mai
Memorial Day

Als Bosch zum Veteranenfriedhof kam, war es kurz nach Mitternacht.

Er hatte sich einen neuen Wagen von der Fahrbereitschaft an der Wilcox geholt und war dann an Eleanors Wohnung vorbeigefahren. Es brannte kein Licht, und er kam sich vor wie ein Teenager, der einer Freundin nachspionierte, die ihn verlassen hatte. Obwohl ihn keiner sehen konnte, war es ihm peinlich. Er wußte nicht, was er getan hätte, wäre ihr Fenster hell erleuchtet gewesen. Er fuhr wieder Richtung Osten zum Friedhof, dachte an Eleanor und daß sie ihn in der Liebe und im Beruf hintergangen hatte, alles zur gleichen Zeit.

Seine Vermutung war, daß Eleanor Sharkey gefragt hatte, ob er sie kannte, weil sie in dem Jeep gewesen war, mit dem man Meadows' Leiche zum Reservoir transportiert hatte. Sie hatte herausfinden wollen, ob der Junge es wußte und sie erkannte. Aber das tat er nicht. Nachdem Bosch dazu gekommen war, sagte Sharkey weiter, er hätte zwei Leute gesehen, die er für Männer hielt. Er sagte, der kleinere von beiden wäre auf dem Beifahrersitz geblieben und hätte nicht mitgeholfen. Dieser Irrtum hätte eigentlich Sharkeys Leben retten können. Aber Bosch wußte, daß er selbst Sharkey zum Verhängnis geworden war, als er vorschlug, ihn zu hypnotisieren. Dies hatte Eleanor an Rourke weitergeleitet, der wußte, daß er dieses Risiko nicht eingehen durfte.

Die nächste Frage war: Wozu? Geld war die Antwort auf alle Fragen, aber dieses Motiv kam in Bezug auf Eleanor nicht in

Frage. Da mußte noch etwas sein. Zwischen allen anderen – Meadows, Franklin, Delgado, Rourke – bestand sowohl die Verbindung Vietnam als auch die direkte Bekanntschaft mit Binh und Tran. Wie paßte Eleanor dazu? Bosch dachte an ihren Bruder, gefallen in Vietnam. War er die Verbindung? Er erinnerte sich daran, daß sie gesagt hatte, sein Name sei Michael gewesen, aber sie hatte nicht erwähnt, wie oder wann er umgekommen war. Bosch hatte sie nicht gelassen. Jetzt bereute er, sie unterbrochen zu haben, als sie offensichtlich von ihm erzählen wollte. Sie hatte das Ehrenmal in Washington erwähnt, und wie es sie verändert hatte. Was mochte sie gesehen haben? Was hatte diese Veränderung hervorgerufen? Was mochte die Mauer ihr gezeigt haben, was sie nicht längst wußte?

Er bog beim Friedhof am Sepulveda Boulevard ab und fuhr auf die großen, schwarzen Eisentore am Ende des Kieswegs zu. Bosch stieg aus und ging hinauf, aber sie waren mit einer Kette und einem Vorhängeschloß versperrt. Er spähte durch die schwarzen Stäbe und sah ein kleines Steinhaus etwa dreißig Meter entfernt. Er sah den bläulichen Schimmer eines Fernsehers durch die Gardinen. Bosch ging zum Wagen zurück und stellte die Sirene an. Er ließ sie eine Weile heulen, bis hinter den Vorhängen Licht anging. Kurze Zeit später trat der Friedhofswärter heraus und kam mit einer Taschenlampe in der Hand zum Tor, während Bosch seine Marke hervorholte und durch das Gitter zeigte. Der Mann trug schwarze Hosen und ein hellblaues Hemd mit einer Blechmarke.

»Polizei?« fragte er.

Bosch war danach zumute, Amway zu sagen. Statt dessen sagte er: »LAPD. Wenn Sie bitte aufmachen würden.«

Der Wärter richtete seine Taschenlampe auf die Marke und den Ausweis. Im Licht sah Bosch die weißen Barthaare im Gesicht des Mannes und nahm den leichten Geruch von Bourbon und Schweiß wahr.

»Was gibt's für ein Problem, Officer?«

»Detective. Ich ermittle in einem Mordfall, Mr. ...?«

»Kester. Mord? Wir haben hier einen Haufen Tote, aber die Fälle sind abgeschlossen, könnte man wohl sagen.«

»Mr. Kester, ich habe nicht die Zeit, ins Detail zu gehen, aber ich muß einen Blick auf das Vietnam Memorial werfen, den Nachbau, der hier übers Wochenende ausgestellt wird.«

»Was ist mit Ihrem Arm, und wo ist Ihr Partner? Seid Ihr Jungs nicht immer zu zweit?«

»Ich bin verwundet worden, Mr. Kester. Mein Partner bearbeitet einen anderen Teil der Ermittlungen. Sie sehen zuviel fern in Ihrem kleinen Zimmer. Zu viele Krimis.«

Bosch sagte den Rest mit einem Lächeln, aber er hatte längst genug von dem alten Wachmann. Kester drehte sich um, sah zu dem Häuschen und dann zu Bosch.

»Sie haben das Licht gesehen, stimmt's? Das hab' ich mir schon gedacht. Mh, das hier ist Bundesgelände, und ich weiß nicht, ob ich aufschließen darf, ohne ...«

»Hören Sie, Kester, ich weiß, Sie sind Beamter, und wahrscheinlich ist keiner mehr gefeuert worden, seit Truman Präsident war. Aber wenn Sie mir hier das Leben schwermachen, werde ich Ihnen das Leben schwermachen. Ich melde Sie Dienstag morgen wegen Alkohol im Dienst. Gleich als erstes. Also los jetzt. Schließen Sie auf und ich belästige Sie nicht weiter. Ich muß nur einen Blick auf die Mauer werfen.«

Bosch rasselte mit der Kette. Mit leerem Blick starrte Kester das Schloß an, dann fummelte er einen Schlüsselring von seinem Gürtel und öffnete das Tor.

»Tut mir leid«, sagte Bosch.

»Ich glaub' immer noch nicht, daß es in Ordnung ist«, sagte Kester böse. »Was hat dieser schwarze Stein überhaupt mit einem Mord zu tun?«

»Vielleicht alles«, sagte Bosch. Er wollte schon zu seinem Wagen gehen, aber dann drehte er sich noch mal um, weil ihm etwas einfiel, das er über das Ehrenmal gelesen hatte. »Es gibt da ein Buch, in dem steht, wo die Namen auf dem Ehrenmal zu finden sind. Man kann sie raussuchen. Ist das oben bei der Mauer?«

Kester machte ein verblüfftes Gesicht, wie Bosch sogar in der Dunkelheit erkennen konnte. Er sagte: »Von einem Buch weiß ich nichts. Ich weiß nur, daß die Leute vom US-Park Service das Ding hergebracht und aufgestellt haben. Mit einem Bulldozer haben sie die Stelle auf dem Hügel freigeschoben. Es gibt da einen, der während der Öffnungszeiten aufpaßt. Den müssen Sie nach Büchern fragen. Aber fragen Sie mich nicht, wo er ist. Ich weiß nicht mal seinen Namen. Bleiben Sie länger, oder soll ich offen lassen?«

»Schließen Sie lieber ab. Ich hol' Sie dann, wenn ich los will.«

Nachdem der Mann das Tor geöffnet hatte, fuhr Bosch mit seinem Wagen hinauf zum Kiesparkplatz in der Nähe des Hügels. Bosch konnte den dunklen Schimmer der Mauer auf der Anhöhe sehen. Es gab keine Laternen, und der Friedhof lag verlassen da. Er nahm eine Taschenlampe vom Sitz und stieg den Hang hinauf.

Zuerst leuchtete er mit der Lampe die Mauer ab, um eine Vorstellung von ihrer Größe zu bekommen. Sie war etwa zwanzig Meter lang, an beiden Enden abgeschrägt. Dann trat er nahe genug heran, um die Namen lesen zu können. Ein unerwartetes Gefühl überkam ihn. Abscheu. Er merkte, daß er all die Namen gar nicht lesen wollte. Zu viele waren darunter, die er kannte. Und schlimmer noch: Er konnte auf Namen stoßen, die er nicht erwartete, die Männern gehörten, von denen er nicht wußte, daß sie tot waren. Er schwenkte den Lichtstrahl herum und sah ein hölzernes Pult, ähnlich einem Bibelständer in der Kirche. Doch das Pult war leer. Die Parkwächter schienen das Namensverzeichnis zur Sicherheit mitgenommen zu haben. Bosch drehte sich um und betrachtete die Mauer, deren Enden in der Dunkelheit verschwanden.

Er sah nach seinen Zigaretten und merkte, daß er fast noch eine ganze Schachtel hatte. Er hatte geahnt, daß es so werden würde. Jeden Namen mußte er lesen. Er hatte es vorher gewußt. Er steckte sich eine Zigarette an und richtete seine Lampe auf die erste Tafel der Mauer.

Erst nach vier Stunden sah er einen Namen, den er kannte. Nicht Michael Scarletti. Es war Darius Coleman, ein Junge aus der Ersten Division. Coleman war der erste Gefallene, den Bosch gekannt, tatsächlich gekannt hatte. Alle nannten ihn nur Cake. Mit einem Messer hatte er sich den Namen Cake selbst in den Unterarm tätowiert. Er wurde von seinen eigenen Leuten getötet, weil ein zweiundzwanzigjähriger Lieutenant die falschen Koordinaten für einen Luftangriff angegeben hatte.

Bosch trat an die Mauer und fuhr mit den Fingern über die Buchstaben des Namens. Im Fernsehen und im Kino hatte er gesehen, wie Leute das taten. Er stellte sich Cake vor, mit einem Joint hinter dem Ohr, wie er auf seinem Rucksack saß und Schokoladenkuchen aus der Dose aß. Ständig tauschte er anderen den Kuchen ab. Die Joints waren der Grund für seinen Heißhunger auf Schokolade.

Danach ging Harry die anderen Namen durch, hielt nur an, um sich eine Zigarette anzuzünden. Irgendwann hatte er keine mehr. In fast vier weiteren Stunden war er auf drei Dutzend Namen von Soldaten gestoßen, die er kannte und von denen er wußte, daß sie tot waren. Keiner der Namen überraschte ihn, und von daher war seine Sorge unbegründet gewesen. Aber seine Verzweiflung rührte von etwas anderem her. Das kleine Bild eines Mannes in Uniform steckte in einem dünnen Spalt zwischen den Tafeln aus Marmorimitat. Der Mann zeigte der Welt sein breites, stolzes Lächeln. Jetzt war er nur noch ein Name an der Wand. Bosch hielt das Foto in der Hand und drehte es um. Dort stand: »George, wir vermissen Dein Lächeln. Alle Liebe dieser Welt, Mom und Teri.«

Vorsichtig steckte Bosch das Bild in den Spalt zurück und

fühlte sich wie ein Eindringling. Er dachte an George, diesen Mann, den er nie gekannt hatte, und wurde ohne bestimmten Grund traurig. Einige Zeit später suchte er weiter.

Am Ende, nach 58 132 Namen, gab es einen, den er nicht hatte finden können. Michael Scarletti. Genau, wie er es vermutet hatte. Bosch sah zum Himmel auf. Im Osten färbte er sich orange, und Bosch spürte eine leichte Brise aus Nordwest. Im Süden ragte das Federal Building über den Baumreihen auf wie ein riesenhafter, finsterer Grabstein. Bosch wußte nicht weiter. Er wußte nicht, wieso er hier war oder ob das, was er herausgefunden hatte, überhaupt von Bedeutung war. Lebte Michael Scarletti noch? Hatte er jemals existiert? Was Eleanor über ihre Reise zum Ehrenmal erzählt hatte, war ihm so real und wahrhaftig vorgekommen. Wie sollte das alles einen Sinn machen? Das Licht der Taschenlampe wurde schwach. Er machte sie aus.

Bosch schlief zwei Stunden im Wagen auf dem Friedhof. Als er aufwachte, stand die Sonne hoch am Himmel, und erst jetzt fiel ihm auf, daß der Friedhofsrasen von Fahnen übersät war, denn an jedem Grab steckte eine amerikanische Flagge aus Plastik an einem hölzernen Stab. Er ließ den Wagen an und fuhr über die schmalen Friedhofsstraßen zu der Stelle, an der Meadows beerdigt werden sollte.

Sie war nicht schwer zu finden. An einem der Wege, die sich in den nordöstlichen Teil des Friedhofs schlängelten, parkten vier Lkws mit Antennen. Daneben hatten sich noch andere Autos versammelt. Die Medien. Fernsehkameras und Reporter hatte Bosch nicht erwartet. Aber als er die Menge sah, fiel ihm ein, daß er vergessen hatte, daß Feiertage für die Nachrichten nicht besonders ergiebig waren. Und der »Tunnelraub«, wie er in den Medien genannt wurde, war nach wie vor ein heißes Eisen. Die Videovampire brauchten neue Bilder für die Abendnachrichten.

Er beschloß, im Wagen zu bleiben, und beobachtete, wie die kurze Zeremonie an Meadows' grauem Sarg in vierfacher Ausfertigung gefilmt wurde. Sie wurde geleitet von einem zerzausten Priester, der wahrscheinlich zu einer Mission in der Innenstadt gehörte. Es waren keine richtigen Trauergäste da, abgesehen von ein paar Profis von der Veteranenvereinigung. Eine dreiköpfige Ehrengarde stand stramm.

Als es vorbei war, drückte der Priester mit dem Fuß auf ein Pedal, und der Sarg sank langsam in die Tiefe. Die Kameras gingen nah heran. Hinterher strebten die Teams in verschiedene Richtungen, um in der Nähe des Grabes ihre Kommentare aufzunehmen. Sie bauten sich im Halbkreis auf. So würde es aussehen, als wäre jeder Reporter exklusiv bei der Beerdigung gewesen. Bosch erkannte ein paar Leute, die ihm schon mal Mikros unter die Nase gehalten hatten. Dann merkte er, daß einer der Männer, den er eigentlich zu den professionellen Trauergästen gezählt hatte, in Wahrheit Bremmer war. Der Reporter von der *Times* trat vom Grab zurück und steuerte einen der Wagen an, die entlang der Zufahrtsstraße parkten. Bosch wartete, bis Bremmer fast an seinem Wagen war, dann kurbelte er die Scheibe herunter und rief ihn.

»Harry, ich dachte, Sie liegen im Krankenhaus.«

»Ich dachte, ich komm' mal vorbei. Aber ich hatte nicht mit diesem Zirkus gerechnet. Habt Ihr nichts Besseres zu tun?«

»Hey, ich gehör' nicht zu denen. Das ist doch eine verdammte Scheiße.«

»Was?«

»Fernsehreporter. Also, was machen Sie hier? Ich dachte nicht, daß man Sie so schnell entlassen würde.«

»Ich bin abgehauen. Wieso steigen Sie nicht ein, und wir fahren ein Stück?« Dann zeigte Bosch auf die Fernsehreporter und sagte: »Die könnten mich hier sehen, angreifen und uns überrollen.«

Bremmer kam herum und stieg ein. Bosch nahm den Weg

zum Westteil des Friedhofs. Er parkte im Schatten einer riesigen Eiche, von der aus sie das Vietnam Memorial sehen konnten. Einige Leute liefen dort herum, meist Männer, meist allein. Sie alle betrachteten schweigend den schwarzen Stein. Zwei der Männer trugen alte Tarnjacken mit abgeschnittenen Ärmeln.

»Haben Sie schon die Zeitungen oder das Fernsehen zu dieser Sache gesehen?« fragte Bremmer.

»Noch nicht. Aber ich hab' gehört, was rausgegeben wurde.«

»Und?«

»Blödsinn. Das meiste davon jedenfalls.«

»Können Sie mir was erzählen?«

»Es darf nicht von mir kommen.«

Bremmer nickte. Sie kannten sich schon lange. Bosch mußte sich nichts versprechen lassen, und Bremmer wußte Bescheid über die Unterschiede zwischen vertraulichen Informationen, Hintergrundinfos und Informationen ohne Quellenangabe. Ihr gegenseitiges Vertrauen basierte auf gegenseitiger Glaubwürdigkeit.

»Um drei Dinge sollten Sie sich kümmern«, sagte Bosch. »Niemand hat sich nach Lewis und Clarke erkundigt. Die gehörten nicht zu meiner Observation. Sie haben für Irving drüben beim IAD gearbeitet. Wenn Sie das erst mal klargestellt haben, machen Sie ihnen die Hölle heiß, damit erklärt wird, was die beiden da zu suchen hatten.«

»Was hatten die beiden da zu suchen?«

»Das muß Ihnen jemand anders sagen. Ich weiß, daß Sie verschiedene Quellen im Department haben.«

Bremmer schrieb in einem dieser langen, schmalen Notizbücher, mit denen sich Reporter immer verrieten. Er nickte, während er schrieb.

»Zweitens: Finden Sie raus, was mit Rourkes Beerdigung ist. Wahrscheinlich wird sie irgendwo außerhalb von Kalifornien stattfinden. Irgendwo weit weg, damit die Medien hier nicht extra jemanden schicken. Aber schicken Sie trotzdem jemanden hin. Jemanden mit einer Kamera. Wahrscheinlich wird er der einzige sein. Wie bei der Beerdigung heute. Das müßte Ihnen doch was sagen.«

Bremmer sah von seinem Notizbuch auf. »Sie meinen: kein Heldenbegräbnis? Wollen Sie sagen, Rourke hat in dieser Sache mit dringesteckt, oder hat er sie nur versaut? Himmel, das FBI – und wir, die Medien – machen aus dem Mann einen wiederauferstandenen John Wayne.«

»Ja, na ja, ihr habt ihm das Leben nach dem Tod geschenkt. Ich denke, ihr könnt es ihm auch wieder nehmen.«

Bosch sah ihn einen Moment an, überlegte, wieviel er preisgeben sollte, wann es für ihn zu einem Risiko werden würde. Einen Augenblick lang war er so wütend, daß er Bremmer alles erzählen wollte, was er wußte, und darauf scheißen, was passieren würde. Aber er tat es nicht. Seine Selbstbeherrschung kehrte zurück.

»Was ist das dritte?« fragte Bremmer.

»Beschaffen Sie sich die Militärakten von Meadows, Rourke, Franklin und Delgado. Das müßte den Zusammenhang herstellen. Sie waren in Vietnam, zur selben Zeit, in derselben Einheit. Da hat die ganze Sache angefangen. Wenn Sie soweit sind, rufen Sie mich an, und ich werde versuchen, Ihnen mit dem auszuhelfen, was fehlt.«

Dann hatte Bosch plötzlich genug von dem falschen Spiel, das sein Department und das FBI spielten. Der Gedanke an den Jungen, Sharkey, kam ihm immer wieder in den Sinn. Tot auf dem Rücken, der Kopf in diesem seltsamen, ekelerregenden Winkel verdreht. Das Blut. Sie wollten ihn unter den Tisch kehren, als zählte er nicht.

»Da wäre noch ein Viertes«, sagte er. »Ein Junge.«

Als die Geschichte von Sharkey zu Ende war, ließ Bosch den Wagen an und fuhr Bremmer den Weg hinunter zu seinem eigenen Wagen. Die Fernsehreporter hatten den Friedhof verlassen, und ein Mann in einem kleinen Bagger schob Erde in Meadows' Grab. Ein anderer Mann stützte sich daneben auf seine Schaufel und wartete.

»Ich werde wahrscheinlich einen Job brauchen, wenn Ihre Geschichte erscheint«, sagte Bosch, nachdem sie den Totengräbern eine Weile zugesehen hatten.

»Sie werden nicht als Quelle genannt. Außerdem, wenn ich die Militärakten bekomme, sprechen die für sich selbst. Ich werde die Presseleute beim Department dazu bringen, das andere zum Teil zuzugeben, damit es aussieht, als käme es von denen. Und gegen Ende der Geschichte wird stehen: ›Detective Harry Bosch verweigerte jede Aussage.‹ Wie klingt das?«

»Ich werde wahrscheinlich einen Job brauchen, wenn Ihre Geschichte erscheint.«

Bremmer sah den Detective lange an.

»Gehen Sie rüber zum Grab?«

»Vielleicht. Wenn Sie mich allein lassen.«

»Ich geh' schon.« Er öffnete die Tür und stieg aus, dann beugte er sich herein. »Danke, Harry. Das wird eine gute Sache. Da werden Köpfe rollen.«

Bosch sah den Reporter an und schüttelte traurig den Kopf. »Nein, werden sie nicht«, sagte er.

Bremmer sah ihn betreten an, und Bosch schickte ihn mit einer Handbewegung weg. Der Reporter schloß die Tür und ging zu seinem eigenen Wagen. Bosch machte sich keine falschen Vorstellungen von Bremmer. Der Reporter wurde weder von tiefer Entrüstung noch von seiner Rolle als Wachhund der Öffentlichkeit getrieben. Alles, was er wollte, war eine Story, die kein anderer Reporter hatte. Daran dachte Bremmer, und vielleicht an das Buch, das daraus entstand, den Fernsehfilm, das Geld und den Ruhm. Das motivierte ihn, nicht die Entrüstung, die Bosch getrieben hatte, ihm die

Geschichte zu erzählen. Bosch wußte und akzeptierte es. So war er nun mal.

»Köpfe rollen nie«, sagte er zu sich selbst.

Er sah zu, wie die Totengräber ihre Arbeit beendeten. Nach einer Weile stieg er aus und ging hinüber. Ein kleiner Blumenstrauß lag neben der Flagge, die im weichen, orangefarbenen Boden steckte. Die Blumen stammten von der Veteranenvereinigung. Bosch wußte nicht, was er empfinden sollte. Vielleicht eine Art sentimentaler Zuneigung oder Reue. Meadows war unter der Erde, diesmal endgültig. Bosch fühlte nichts dabei. Nach einer Weile sah er vom Grab auf hinüber zum Federal Building. Er begann, in diese Richtung zu gehen. Er kam sich vor wie ein Geist, der dem Grab entstiegen war und Gerechtigkeit wollte. Oder vielleicht auch nur Rache.

Falls sie von Boschs Besuch überrascht war, ließ Eleanor Wish sich nichts anmerken. Er hatte dem Wachmann im ersten Stock seine Marke gezeigt, und der hatte nur auf den Fahrstuhl gedeutet. An Feiertagen war hier keiner an der Rezeption, also hatte er die Nachtglocke gedrückt, und jetzt stand Eleanor an der Tür. Sie trug verwaschene Jeans und eine weiße Bluse. An ihrem Gürtel steckte keine Waffe.

»Ich hab' mir schon gedacht, daß du kommst, Harry. Warst du bei der Beerdigung?«

Er nickte, rührte sich aber nicht von der Stelle. Sie hielt die Tür auf und sah ihn lange an, die Augenbrauen zu diesem liebenswerten, fragenden Blick hochgezogen, der typisch für sie war. »Also, willst du reinkommen oder den ganzen Tag da draußen stehen bleiben?«

»Ich dachte, wir könnten ein Stück gehen. Uns allein unterhalten.«

»Ich muß meine Key Card holen, damit ich wieder reinkomme.« Sie hatte sich schon abgewandt, da drehte sie sich wieder um. »Ich denke, du hast es noch nicht gehört, denn es wurde noch nicht veröffentlicht. Man hat die Diamanten gefunden.«

»Was?«

»Ja. In irgendwelchen öffentlichen Schließfächern in Huntington Beach. Irgendwo bei Rourke waren Quittungen gefunden worden. Heute morgen kam der Gerichtsbeschluß, und sie wurden geöffnet. Ich hab' es über Funk gehört. Sie sagen, es wären Hunderte von Diamanten. Man wird einen Schätzer brauchen. Wir hatten recht, Harry. Diamanten. Du hattest recht. Die anderen Sachen haben sie auch gefunden, in einem zweiten Schließfach. Rourke hatte noch nichts verschwinden lassen. Die Besitzer kriegen ihr Zeug zurück. Es wird eine Pressekonferenz geben, aber ich möchte bezweifeln, daß sie sagen werden, wem die Fächer gehört haben.«

Er nickte nur, und sie verschwand durch die Tür. Bosch ging hinüber zu den Fahrstühlen, drückte auf den Knopf und wartete auf sie. Sie hatte ihre Handtasche bei sich, als sie herauskam, und das erinnerte ihn daran, daß er unbewaffnet war. Und im stillen schämte er sich dafür, daß es ihn einen Moment lang beunruhigt hatte. Auf dem Weg nach unten sprachen sie nicht, erst als sie das Gebäude verlassen hatten und in Richtung Wilshire liefen. Bosch überlegte genau, was er sagen wollte, fragte sich, ob das Auffinden der Diamanten etwas zu bedeuten hatte. Sie schien darauf zu warten, daß er das unangenehme Schweigen durchbrach.

»Mir gefällt die blaue Schlinge«, sagte sie schließlich. »Wie geht es dir überhaupt? Ich staune, daß sie dich so bald entlassen haben.«

»Ich bin einfach gegangen. Es geht mir gut.« Er blieb stehen, um sich eine Zigarette in den Mund zu stecken. In der Lobby hatte er ein Päckchen aus dem Automaten gezogen. Mit seinem Feuerzeug steckte er sie an.

»Weißt du«, sagte sie, »jetzt wäre eine gute Gelegenheit, mit den Dingern aufzuhören. Mach einen neuen Anfang.«

Er ignorierte den Vorschlag und atmete den Rauch tief ein. »Eleanor, erzähl mir von deinem Bruder.«

»Von meinem Bruder? Ich hab' es dir schon erzählt.«

»Ich weiß. Ich möchte es noch einmal hören. Was mit ihm passiert ist und was dir passiert ist, als du an der Mauer in Washington warst. Du hast gesagt, es hätte für dich alles verändert. Wieso hat es alles verändert?«

Sie waren am Wilshire. Bosch deutete auf die andere Straßenseite, und sie gingen hinüber zum Friedhof. »Mein Wagen steht da drüben. Ich fahr' dich zurück.«

»Ich mag keine Friedhöfe. Das weißt du.«

»Wer mag die schon?«

Sie schoben sich durch die Lücke in den Büschen, und der Verkehr wurde leiser. Vor ihnen breitete sich grüner Rasen aus, übersät mit weißen Steinen und amerikanischen Flaggen.

»Meine Geschichte ist wie die tausend anderer auch«, sagte sie. »Mein Bruder ist da rübergegangen und nicht wiedergekommen. Das ist alles. Und dann, an diesem Ehrenmal, na ja, da habe ich sehr gegensätzliche Gefühle gehabt.«

»Wut?«

»Ja, auch.«

»Empörung?«

»Ja, ich glaube schon. Es war sehr persönlich. Was ist los, Harry? Was hat das mit ... mit irgendwas zu tun?«

Sie waren auf dem Kiesweg, der neben den Reihen weißer Steine verlief. Bosch führte sie zu der Mauer.

»Du hast gesagt, dein Vater war Karrieresoldat. Habt ihr die Einzelheiten erfahren, was den Tod deines Bruders angeht?«

»Er ja, aber er und meine Mutter haben mir nie irgendwas erzählt. Was die Einzelheiten betrifft, meine ich. Sie haben nur gesagt, er würde bald nach Hause kommen, und ich hatte einen Brief von ihm, in dem stand, daß er käme. Dann, vielleicht eine Woche später, sagten sie, er sei tot. Er hat es nicht mehr bis nach Hause geschafft. Harry, du gibst mir das Gefühl ... Was willst du? Ich versteh' dich nicht.«

»Du verstehst sehr gut, Eleanor.«

Sie blieb stehen und starrte zu Boden. Bosch sah, daß eine leichte Blässe ihr Gesicht überzog, und sie wirkte resigniert. Es war unterschwellig, aber zu bemerken. Wie Mütter und Frauen, denen man den Tod eines nahen Verwandten mitteilte. Man mußte ihnen nicht sagen, daß jemand gestorben war. Sie machten die Tür auf und wußten, was los war. Und jetzt war es Eleanor anzusehen. Sie wußte, daß Bosch ihr Geheimnis kannte. Sie sah auf und in die Weite, weg von ihm. Ihr Blick blieb an dem schwarzen Ehrenmal hängen, das oben auf dem Hügel in der Sonne glänzte.

»Das ist es, nicht? Ich soll es mir ansehen.«

»Ich könnte dich bitten, mir zu zeigen, wo der Name deines Bruders steht. Aber wir wissen beide, daß er nicht da ist.«

»Nein ... ist er nicht.«

Wie angewurzelt stand sie da und starrte die Mauer an. Bosch sah an ihrem Gesicht, daß ihr Widerstand gebrochen war. Das Geheimnis wollte heraus.

»Dann erzähl mir davon«, sagte er.

»Ich hatte tatsächlich einen Bruder, und er ist gestorben. Ich habe dich nie angelogen, Harry. Ich habe nie gesagt, er wäre da drüben gefallen. Ich habe gesagt, er ist nie zurückgekommen, und das ist er auch nicht. Es stimmt. Aber er ist hier in L.A. gestorben. Auf dem Heimweg. 1973.«

Sie schien sich in die Erinnerung zu vertiefen. Dann tauchte sie wieder auf.

»Erstaunlich. Ich meine, einen solchen Krieg zu überleben und dann die Heimreise nicht zu schaffen. Es macht keinen Sinn. Auf dem Weg zum Heldenempfang, den wir ihm in D.C. bereiten wollten, hatte er zwei Tage Aufenthalt in L.A. Ein sicherer Job wartete auf ihn, den Vater ihm übers Pentagon besorgt hatte. Nur fand man ihn in einem Bordell in Hollywood. Die Nadel steckte noch in seinem Arm. Heroin.«

Sie sah zu Bosch auf, dann wandte sie sich ab.

»So sah es jedenfalls aus, aber so war es nicht. Es wurde als Überdosis abgetan, aber er war ermordet worden. Genau wie Meadows Jahre später. Man hat meinen Bruder genauso abgeschrieben, wie Meadows abgeschrieben werden sollte.«

Bosch fürchtete, sie würde anfangen zu weinen. Sie mußte bei der Sache bleiben, die Geschichte erzählen.

»Was ist los, Eleanor? Was hat das mit Meadows zu tun?«

»Nichts«, sagte sie und sah den Weg zurück, den sie gekommen waren.

Jetzt log sie. Er wußte, da war etwas. Er hatte das schreckliche Gefühl in der Magengrube, daß sie der Schlüssel zu der ganzen Sache war. Er dachte an die Gänseblümchen, die sie ihm ins Krankenhaus geschickt hatte. Die Musik, die sie in ihrer Wohnung gehört hatten. Daß sie ihn im Tunnel gefunden hatte. Zu viele Zufälle.

»Alles«, sagte er, »es gehörte alles zu deinem Plan.«

»Nein, Harry.«

»Eleanor, woher wußtest du, daß auf dem Hang unter meinem Haus Gänseblümchen wachsen?«

»Ich habe sie gesehen, als ich ...«

»Du hast mich nachts besucht. Weißt du noch? Du konntest unterhalb der Terrasse nichts erkennen.« Das ließ er etwas wirken. »Du warst schon vorher dagewesen, Eleanor. Als ich mich um Sharkey gekümmert habe. Und dann dein Besuch am selben Abend ... das war kein Besuch. Es war ein Test. Wie der Anruf, bei dem du aufgelegt hast. Denn du hast mein Telefon angezapft. Diese ganze Sache war ... Warum erzählst du es mir nicht einfach?«

Sie nickte, ohne ihn anzusehen. Er konnte sich nicht von ihr abwenden. Sie sammelte sich und begann.

»Hast du jemals etwas gehabt, das dir Kraft gegeben hat, das der Kern deiner Existenz war? Jeder hat eine unabänderliche Wahrheit in seinem Innersten. Für mich war es mein Bruder. Mein Bruder und seine Opferung. So bin ich mit seinem Tod umgegangen. Indem ich ihn und sein Ende überlebensgroß gemacht habe. Ihn zum Helden stilisiert habe. Das war der Keim, den ich gehegt und gepflegt habe. Ich habe eine harte Schale darum errichtet und ihn mit meiner Bewunderung begossen, und während er wuchs, wurde er ein größerer Teil von mir. Er wurde zu dem Baum, der Schatten auf mein Leben warf. Und dann, eines Tages, war er plötzlich weg. Die Wahrheit war eine Scheinwahrheit. Der Baum wurde gefällt, Harry. Kein Schatten mehr. Nur grelle Sonne.«

Einen Moment lang war sie still, und Bosch betrachtete sie. Ganz plötzlich schien sie so zerbrechlich, daß er sie zu einer Bank bringen wollte, damit sie nicht zusammenbrach. Sie umfaßte einen Ellbogen mit der Hand und legte die andere Hand an ihre Lippen. Ihm dämmerte, was sie sagen wollte.

»Du hast es nicht gewußt, oder?« sagte Bosch. »Deine Eltern ... Keiner hatte dir die Wahrheit gesagt.«

Sie nickte. »Ich bin in dem Glauben aufgewachsen, er wäre ein Held gewesen, wie meine Mutter und mein Vater es mir gesagt hatten. Sie haben mich geschützt. Sie haben gelogen. Aber wie sollten sie auch ahnen, daß man eines Tages ein Denkmal mit allen Namen errichten würde ... mit allen Namen, außer dem meines Bruders.«

Sie schwieg, aber diesmal wartete er ab.

»Eines Tages, vor ein paar Jahren, war ich am Ehrenmal. Und ich glaubte, jemandem wäre vielleicht ein Fehler unterlaufen. Da lag ein Buch, eine Liste der Namen, und ich habe nachgesehen. Er war nicht aufgeführt. Kein Michael Scarletti. Ich habe die Parkleute angeschrien. ›Wie könnt ihr jemanden in dem Buch auslassen?‹ Und so habe ich den Rest des Tages damit verbracht, die Namen auf der Mauer zu lesen. Alle. Ich wollte ihnen beweisen, wie sehr sie sich getäuscht hatten.

Aber ... da war er auch nicht. Ich konnte nicht ... Weißt du, wie es ist, fast fünfzehn Jahre deines Lebens an etwas zu glauben, dein Weltbild um eine einzige, glanzvolle Tatsache zu bauen und dann ... feststellen zu müssen, daß diese die ganze Zeit über wie ein Geschwür in deinem Inneren gewachsen ist?«

Bosch wischte mit der Hand die Tränen auf ihren Wangen weg. Er hielt sein Gesicht nah an ihres.

»Und was hast du getan, Eleanor?«

Die Faust an ihren Lippen wurde fester, die Knöchel blutleer wie die einer Toten. Bosch sah eine Parkbank ein Stück den Weg hinunter, nahm sie bei der Schulter und führte sie dorthin.

»Diese ganze Sache«, sagte er, nachdem sie sich gesetzt hatten. »Ich verstehe es nicht, Eleanor. Diese ganze Sache. Du warst die ... Du wolltest so was wie Rache an ...«

»Gerechtigkeit. Nicht Rache, nicht Vergeltung.«

»Wo ist der Unterschied?«

Sie antwortete nicht.

»Erzähl mir, was du unternommen hast.«

»Ich habe meine Eltern zur Rede gestellt. Und schließlich haben sie mir von L.A. erzählt. Ich bin all meine Sachen von ihm durchgegangen und habe einen Brief gefunden, seinen letzten Brief. Er lag noch immer bei meinen Sachen im Haus meiner Eltern, aber ich hatte ihn ganz vergessen. Ich habe ihn bei mir.«

Sie öffnete ihre Handtasche und holte eine kleine Mappe heraus. Bosch konnte den Kolben der Waffe in ihrer Handtasche sehen. Sie schlug die Mappe auf und zog ein zweimal gefaltetes liniertes Blatt hervor. Vorsichtig entfaltete sie es und hielt es so, daß er lesen konnte. Er rührte es nicht an.

Ellie,
ich bleibe hier nur noch so kurz, daß ich die Krebse schon fast riechen kann. In zwei Wochen oder so müßte ich zu Hause sein. Vorher muß ich in Los Angeles noch etwas Geld verdienen. Ha Ha! Ich habe einen Plan (aber

erzähl es nicht dem AH). Ich soll ein »Diplomaten«-Päckchen in L.A. abliefern. Aber vielleicht gibt es eine Möglichkeit, etwas Besseres damit anzufangen. Wenn ich wieder da bin, können wir ja rauf zum Pocono fahren, bevor ich wieder für die »Kriegsmaschinerie« arbeiten soll. Ich weiß, wie du das findest, aber ich kann es dem AH nicht abschlagen. Mal sehen, wie es geht. Auf jeden Fall bin ich froh, hier rauszukommen. Sechs Wochen war ich im Inland, bis ich mich hier in Saigon etwas ausruhen konnte. Ich will nicht, daß sie mich zurückschicken, also lasse ich mich gegen die Ruhr behandeln. (Frag den AH, was das ist! Ha Ha.) Ich mußte hier nur in einem Restaurant essen, um die Symptome zu bekommen. Also, das wär's erstmal so weit. Ich bin in Sicherheit und bald zu Hause. Hol schon mal die Krebsfallen aus dem Schuppen.

In Liebe,
Michael

Vorsichtig faltete sie den Brief zusammen und steckte ihn weg.

»Der AH?«

»Der Alte Herr.«

»Ja, klar.«

Sie fand ihre Selbstbeherrschung wieder. Ihre Miene nahm die harten Züge an, die Bosch am ersten Tag ihrer Bekanntschaft gesehen hatte. Sie schlug die Augen nieder, betrachtete seinen Arm in der blauen Schlinge.

»Ich habe kein Tonband bei mir, Eleanor«, sagte er. »Ich bin ohne Zeugen hier. Ich allein will es wissen.«

»Deswegen habe ich nicht dahin gesehen«, sagte sie. »Ich wußte, daß du kein Tonband bei dir hast. Ich habe an deinen Arm gedacht. Harry, wenn es irgend etwas gibt, was du glauben kannst ... was du glauben mußt, dann glaube mir, daß niemand zu Schaden kommen sollte.

Niemand ... Alle sollten verlieren. Mehr nicht. Nach dem Tag am Ehrenmal habe ich gesucht und nachgeforscht und rausgefunden, was meinem Bruder zugestoßen war. Ich habe Ernst im Ministerium benutzt, das Pentagon, meinen Vater, ich habe benutzt, wen ich konnte und alles über meinen Bruder erfahren.«

Sie suchte in seinem Blick, aber er gab sich Mühe, die Gedanken dahinter nicht preiszugeben.

»Und?«

»Und es war, wie Ernst gesagt hat. Gegen Ende des Krieges haben die drei Captains, die Triade, den Transport von Heroin in die Staaten in die Hand genommen. Eine Verbindung war Rourke mit seinen Leuten in der Botschaft, die Militärpolizei. Zu denen gehörten Meadows, Delgado und Franklin. In den Bars von Saigon haben sie Männer gesucht, die bald entlassen werden sollten, und ihnen einen Vorschlag gemacht. Ein paar tausend Dollar dafür, daß sie ein versiegeltes Diplomatenpäckchen durch den Zoll brachten. Da war nichts dabei. Es ließ sich arrangieren, daß sie vorübergehend den Status von Kurieren bekamen. Man setzte sie ins Flugzeug, und in L.A. wartete jemand auf das Päckchen. Mein Bruder gehörte zu denen, die sich darauf eingelassen haben ... Aber Michael hatte einen Plan. Man mußte kein Hellseher sein, um sich denken zu können, was man da transportierte. Also muß er gedacht haben, er könnte hier rüberkommen und es auf eigene Faust verkaufen. Ich weiß nicht, wie weit er das durchdacht oder geplant hatte. Aber es ist auch egal. Sie haben ihn gefunden, und sie haben ihn ermordet.«

»Sie?«

»Ich weiß nicht, wer. Leute, die für die Triade arbeiteten. Für Rourke. Es war perfekt. Er wurde auf eine Art und Weise ermordet, daß die Armee, seine Familie, so gut wie jeder Stillschweigen darüber bewahren würde. Es wurde schnell alles unter den Teppich gekehrt, und das war's dann.«

Bosch saß neben ihr, während sie zu Ende erzählte, und unterbrach sie nicht, bis sie fertig war. Bis die Geschichte wie ein Dämon heraus war.

Sie sagte, Rourke hätte sie zuerst gefunden und kaum glauben können, daß er beim FBI war. Sie hatte ihre Sachen gepackt und sich von D.C. zu seinem Team nach L.A. versetzen lassen. Sie hatte einen anderen Nachnamen als ihr Bruder. Rourke wußte nicht, wer sie war. Danach ließen sich Meadows, Delgado und Franklin problemlos in den Gefängnissen aufspüren. Die saßen fest.

»Rourke war der Schlüssel«, sagte sie. »Ihn habe ich bearbeitet. Ich denke, man könnte sagen, ich habe ihn zu dem Plan überredet.«

Bosch spürte, wie in seinem Inneren etwas zerriß, ein letztes Gefühl für sie.

»Ich machte unmißverständlich klar, daß ich meinen Anteil wollte. Ich wußte, daß er sich darauf einlassen würde, weil er schon seit Jahren korrupt war. Und er war gierig. Eines Abends hat er mir von den Diamanten erzählt, wie er geholfen hatte, diese beiden Männer mit Kisten voller Diamanten aus Saigon herauszubringen. Das waren Tran und Binh. Von da an war es einfach, die ganze Sache zu planen. Rourke rekrutierte die anderen drei und zog anonym ein paar Fäden, damit sie vorzeitig in die Charlie Company entlassen wurden. Es war ein perfekter Plan, und Rourke glaubte tatsächlich, es wäre seine Idee gewesen. Das machte die Sache perfekt. Am Ende wollte ich mit den Steinen verschwinden. Binh und Tran wären ihr Vermögen los, das sie ein Leben lang gehortet hatten, und die anderen vier würden einen Vorgeschmack auf die größte Beute ihres Lebens bekommen und diese dann verlieren. Es wäre die beste Möglichkeit, ihnen wehzutun. Und niemand außerhalb dieses Kreises würde Schaden nehmen ... Es ist anders gekommen.«

»Meadows hat das Armband genommen«, sagte Bosch.

»Ja. Meadows hat das Armband genommen. Ich habe es auf der Pfandliste des LAPD gesehen. Es war reine Routine, aber ich bin in Panik geraten. Diese Listen gehen an jedes Raubdezernat im Land. Ich dachte, irgend jemandem müsse es auffallen, Meadows würde verhaftet werden und die Geschichte ausplaudern. Ich habe Rourke davon erzählt. Und der ist genauso in Panik geraten. Er hat gewartet, bis sie mit dem zweiten Tunnel fast fertig waren, und dann haben er und die beiden anderen Meadows zur Rede gestellt. Ich war nicht dabei.«

Ihr Blick war auf einen Punkt in weiter Ferne fixiert. Ihre Stimme war vollkommen ohne jede Emotion, kraft- und ausdruckslos. Bosch mußte sie nicht drängen. Der Rest kam von selbst heraus.

»Ich war nicht dabei«, sagte sie noch einmal. »Rourke hat mich angerufen. Er sagte, Meadows sei gestorben, ohne den Pfandschein herzugeben. Er sagte, er habe es aussehen lassen wie eine Überdosis. Der Scheißkerl sagte tatsächlich, er würde Leute kennen, die es früher schon so gemacht hatten – vor langer Zeit – und damit durchgekommen wären. Verstehst du? Er hat von meinem Bruder gesprochen. Als er das sagte, wußte ich, daß ich das Richtige tat ...

Jedenfalls brauchte er meine Hilfe. Sie hatten Meadows' Wohnung durchsucht und konnten den Pfandschein nicht finden. Es bedeutete, daß Delgado und Franklin in den Laden einbrechen und das Armband wiederholen mußten. Aber Rourke wollte, daß ich ihm mit Meadows half. Mit der Leiche. Er wußte nicht, was er damit machen sollte.«

Sie sagte, sie wußte aus Meadows' Akte, daß er wegen Herumstreunens am Reservoir verhaftet worden war. Es fiel ihr nicht schwer, Rourke davon zu überzeugen, daß dies ein guter Ort wäre, die Leiche loszuwerden.

»Aber ich wußte außerdem, daß das Reservoir zur Hollywood Division gehörte, und daß du, auch wenn es nicht dein

Fall werden sollte, dich wahrscheinlich dafür interessieren würdest, hatte man Meadows erst einmal identifiziert. Ich wußte über dich und Meadows Bescheid. Und jetzt wußte ich, daß Rourke außer Kontrolle war. Du warst das Sicherheitsventil, für den Fall, daß ich die ganze Sache auffliegen lassen mußte. Ich konnte Rourke nicht noch einmal damit durchkommen lassen.«

Sie ließ ihren Blick über die Steine schweifen, hob abwesend eine Hand und ließ sie wieder auf ihren Schoß fallen, eine Geste der Resignation.

»Als wir seine Leiche in den Jeep verfrachtet und zugedeckt hatten, ist Rourke noch einmal reingegangen, um die Wohnung ein letztes Mal zu durchsuchen. Ich bin draußen geblieben. Da lag eine Eisenstange hinten drin. Ich hab' sie genommen und ihm auf die Finger geschlagen. Meadows' Finger. Damit jemand merkte, daß es Mord war. Ich erinnere mich noch genau an das Geräusch der Knochen. So laut, daß ich dachte, Rourke hätte es vielleicht gehört ...«

»Was war mit Sharkey?« fragte Bosch.

»Sharkey«, sagte sie nachdenklich, als spräche sie den Namen zum ersten Mal aus.

»Nach der Vernehmung habe ich Rourke gesagt, daß Sharkey unsere Gesichter oben am Damm nicht gesehen hatte. Sharkey war sogar der Meinung, ich wäre ein Mann gewesen, der da im Wagen saß. Aber ich habe einen Fehler gemacht. Ich habe erwähnt, daß wir erwogen hatten, ihn zu hypnotisieren. Obwohl ich dich davon abhalten konnte und dir vertraut habe, daß du es nicht ohne mich tun würdest, wollte Rourke sich nicht auf dich verlassen. Also hat er das mit Sharkey gemacht. Nachdem man uns an den Tatort gerufen und ich ihn gesehen hatte, habe ich ...«

Sie sprach den Satz nicht zu Ende, aber Bosch wollte alles wissen.

»Hast du was?«

»Später habe ich ihn zur Rede gestellt und gesagt, ich würde alles auffliegen lassen, weil er vollkommen den Verstand verloren hätte. Er könnte doch nicht unschuldige Leute umbringen. Er erklärte mir, die Sache wäre nicht mehr aufzuhalten. Franklin und Delgado wären im Tunnel und nicht mehr zu erreichen. Sie hatten die Funkgeräte abgestellt, als sie das C-4 reinbrachten. Es war zu unsicher. Er sagte, man könne sie nicht aufhalten, ohne noch mehr Blut zu vergießen. Dann, am nächsten Abend, wurden wir fast überfahren. Ich bin sicher, das war Rourke.«

Sie sagte, seitdem hätten die beiden ein unterschwelliges Spiel aus beiderseitigem Argwohn und Mißtrauen gespielt. Der Einbruch in das Beverly Hills Safe & Lock ging wie geplant vonstatten, und Rourke brachte Bosch und alle anderen davon ab, hinunterzusteigen und ihn aufzuhalten. Er mußte Franklin und Delgado weitermachen lassen, selbst wenn keine Diamanten mehr in Trans Box waren. Rourke konnte auch nicht riskieren, selbst hinunterzusteigen, um sie zu warnen.

Eleanor schließlich beendete das Spiel, als sie Bosch in den Tunnel folgte und Rourke erschoß, seine Augen hatten sie angestarrt, als er in das schwarze Wasser glitt.

»Und das ist die ganze Geschichte«, sagte sie leise.

»Mein Wagen steht da drüben«, sagte Bosch, als er von der Bank aufstand. »Ich fahr dich zurück.«

Sie gingen zu seinem Wagen, und bevor sie einstieg, bemerkte Bosch, daß ihr Blick auf die frische Erde von Meadows' Grab fiel. Er fragte sich, ob sie vom Federal Building aus zugesehen hatte, wie der Sarg in die Erde gelassen worden war. Als er zum Ausgang fuhr, sagte Harry: »Wieso konntest du nicht auf sich beruhen lassen, was deinem Bruder passiert ist? Es war eine andere Zeit, ein anderes Land. Wieso konntest du es nicht ruhen lassen?«

»Du weißt nicht, wie oft ich mich das gefragt habe und wie oft ich keine Antwort darauf wußte. Ich weiß es noch immer nicht.«

Sie standen vor der Ampel am Wilshire, und Bosch überlegte, was er machen sollte. Und wieder las sie seine Gedanken, spürte seine Unentschlossenheit.

»Willst du mich jetzt mitnehmen, Harry? Es könnte schwierig werden, das alles zu beweisen. Sie sind alle tot. Es könnte so aussehen, als hättest du dazugehört. Willst du das riskieren?«

Er sagte nichts. Die Ampel sprang um, und er fuhr hinunter zum Federal Building, wo er am Straßenrand vor dem Rasen mit den Flaggen hielt.

Sie sagte: »Falls es dir irgend etwas bedeutet: Das zwischen dir und mir war absolut nicht eingeplant. Ich weiß, du wirst niemals wissen, ob es stimmt, aber ich wollte dir sagen ...«

»Tu's nicht«, sagte er. »Sag kein Wort mehr dazu.«

Ein paar beklemmende Augenblicke vergingen.

»Läßt du mich gehen?«

»Ich glaube, es wäre das beste, Eleanor, wenn du dich selbst stellen würdest. Besorg dir einen Anwalt und dann stell dich. Sag ihnen, du hattest mit den Morden nichts zu tun. Erzähl ihnen die Geschichte von deinem Bruder. Es sind vernünftige Leute, und sie werden es nicht an die große Glocke hängen, um einen Skandal zu vermeiden. Der Staatsanwalt wird wahrscheinlich nicht auf Mord plädieren. Das FBI wird sich fügen.«

»Und was ist, wenn ich mich nicht stelle? Verrätst du es ihnen?«

»Nein. Wie du gesagt hast: Ich stecke zu tief mit drin. Die würden niemals glauben, was ich ihnen erzähle.«

Er dachte lange nach. Was er als nächstes sagen wollte, durfte er nur sagen, wenn er es wirklich so meinte. Und es auch tun würde.

»Nein, ich werde es ihnen nicht verraten ... Aber wenn ich nicht in ein paar Tagen höre, daß du dich gestellt hast, werde ich Binh informieren. Und Tran. Denen werde ich nichts beweisen müssen. Ich werde ihnen die Geschichte in allen

Einzelheiten erzählen, bis sie wissen, daß es stimmt. Und weißt du, was sie machen werden? Sie werden tun, als wüßten sie nicht, wovon zum Teufel ich rede, und sie werden mir sagen, ich soll verschwinden. Und dann werden sie dich jagen, Eleanor, und dieselbe Gerechtigkeit einklagen, die du für deinen Bruder bekommen hast.«

»Das würdest du tun, Harry?«

»Wenn ich es sage. Ich gebe dir zwei Tage, dich zu stellen. Dann erzähl' ich ihnen die ganze Geschichte.«

Sie sah ihn an, und die schmerzvolle Miene fragte ihn, wieso.

Harry sagte: »Irgend jemand muß für Sharkey geradestehen.«

Sie wandte sich ab, legte ihre Hand auf den Türgriff und sah durch die Scheibe zu den Flaggen auf, die im Santa-Ana-Wind flatterten. Sie drehte sich nicht zu ihm um, als sie sagte: »Dann habe ich mich also in dir getäuscht.«

»Falls du den Dollmaker-Fall meinst, ist die Antwort: Ja, du hast dich in mir getäuscht.«

Mit einem matten Lächeln sah sie ihn an, als sie die Tür öffnete. Hastig beugte sie sich vor und küßte ihn auf die Wange. Sie sagte: »Leb wohl, Harry Bosch.«

Dann war sie draußen, stand im Wind und sah zu ihm herein. Sie zögerte, dann schloß sie die Tür. Als Harry anfuhr, warf er noch einen letzten Blick in den Spiegel und sah sie am Straßenrand stehen. Sie stand da und starrte zu Boden, wie jemand, dem etwas in den Gulli gefallen war. Danach drehte er sich nicht mehr um.

Epilog

Am Morgen nach dem Veteranentag meldete sich Harry Bosch im MLK zurück, wo er von seinem Arzt scharf zurechtgewiesen wurde. Anschließend fand dieser Arzt, so schien es Harry zumindest, ein perverses Vergnügen daran, die selbstgemachten Bandagen von seiner Schulter zu reißen und dann die Wunde mit einer brennenden Salzlösung auszuwaschen. Er ruhte sich zwei Tage aus und wurde dann in den Operationssaal gerollt, wo man ein paar Muskeln befestigen wollte, die die Kugel vom Knochen gerissen hatte.

Am zweiten Tag nach dieser Operation brachte ihm eine der Schwesternschülerinnen eine *Los Angeles Times* vom Tag zuvor, damit er sich nicht so langweilte. Bremmers Story war auf der Titelseite, daneben das Bild eines Priesters vor einem einsamen Sarg auf einem Friedhof in Syracuse, New York. Es war der Sarg von Special Agent John Rourke. Nach dem Foto zu urteilen, waren bei Meadows' Beerdigung mehr Trauergäste gewesen, vor allem mehr Medienleute. Aber Bosch legte das Titelblatt beiseite, nachdem er die ersten paar Absätze der Geschichte gelesen hatte und merkte, daß sie nicht von Eleanor handelte. Er blätterte zum Sportteil.

Am nächsten Tag bekam er Besuch. Lieutenant Harvey Pounds erklärte Bosch, daß er nach seiner Gesundung wieder die Mordfälle beim Revier in Hollywood übernehmen solle. Pounds sagte, keiner von ihnen habe in dieser Sache eine Wahl. Der Befehl käme aus dem sechsten Stock im Parker Center. Viel mehr hatte der Lieutenant nicht zu sagen, und den Zeitungsartikel erwähnte er mit keinem Wort. Harry nahm die Neuigkeit lächelnd und kopfnickend entgegen, wollte sich nicht anmerken lassen, was er dachte oder fühlte.

»Natürlich ist das alles davon abhängig, ob Sie nach Ihrer Entlassung den Gesundheitstest des Departments bestehen«, fügte Pounds hinzu.

»Natürlich«, sagte Bosch.

»Wissen Sie, Bosch, manche Beamte würden sich über so eine Dienstunfähigkeit freuen ... wenn man sich mit achtzig Prozent des Gehalts zur Ruhe setzen kann. Sie könnten sich einen Job in der Privatwirtschaft suchen und es sich nett machen. Sie hätten es verdient.«

Ah, dachte Harry, das ist der Grund für seinen Besuch.

»Möchte das Department, daß ich das tue, Lieutenant?« fragte er. »Sind Sie der Überbringer dieser Botschaft?«

»Natürlich nicht. Das Department möchte, daß Sie tun, was Sie wollen, Harry. Ich weise nur auf die Vorteile der Situation hin. Sie wissen schon, etwas, worüber man nachdenken kann. Soweit ich gehört habe, sollen Privatdetekteien in den Neunzigern das große Geschäft werden. Es gibt kein Vertrauen mehr, wissen Sie? Heutzutage besorgen sich die Menschen heimlich den kompletten Hintergrund – medizinisch, finanziell, sexuell – derjenigen, die sie heiraten wollen.«

»Hört sich nicht gerade so an, als wär das was für mich.«

»Dann wollen Sie wieder die Mordfälle?«

»Sobald ich den Gesundheitstest hinter mir habe.«

Am nächsten Tag kam eine Besucherin. Er hatte sie erwartet. Sie kam vom Büro des Bundesstaatsanwalts. Ihr Name war Chavez, und sie erkundigte sich nach der Nacht, in der Sharkey ermordet worden war. Da wußte Bosch, daß Eleanor Wish sich gestellt hatte.

Er erklärte der Staatsanwältin, er sei mit Eleanor zusammengewesen, und bestätigte ihr Alibi. Chavez sagte, sie müsse nur fragen, um sicherzugehen, bevor sie sich auf einen Deal einließen. Sie stellte noch einige weitere Fragen zu dem Fall, dann erhob sie sich vom Besucherstuhl und wollte gehen.

»Was passiert mit ihr?« fragte Bosch.

»Darüber darf ich nichts sagen, Detective.«

»Inoffiziell?«

»Inoffiziell wird sie sicher einsitzen müssen, aber wahrscheinlich nicht lange. Die Stimmung ist danach, diese Sache in aller Stille zu bereinigen. Sie hat sich gestellt, sie hat einen fähigen Rechtsbeistand und scheint nicht direkt für die Morde verantwortlich zu sein. Wenn Sie mich fragen, wird sie leicht aus dieser Sache rauskommen. Sie wird sich schuldig bekennen und vielleicht höchstens dreißig Monate oben in Tehachapi absitzen.«

Bosch nickte, und schon war Chavez draußen.

Auch Harry war am nächsten Tag draußen, wurde für sechs Wochen auf Genesungsurlaub nach Hause geschickt, bevor er sich wieder im Revier an der Wilcox melden sollte. Als er an seinem Haus am Woodrow Wilson Drive ankam, fand er einen gelben Zettel im Briefkasten. Er ging zur Post und tauschte ihn gegen ein breites, flaches Paket in braunem Papier ein. Er machte es erst zu Hause auf. Es kam von Eleanor Wish, auch wenn es nicht draufstand: Er wußte es einfach. Als er das Papier und die Plastikhülle abgerissen hatte, fand er darunter einen gerahmten Druck von Hoppers *Nighthawks*. Es war das Bild, das er am ersten Abend bei ihr über der Couch gesehen hatte.

Bosch hängte den Druck in den Flur neben seine Eingangstür. Von Zeit zu Zeit blieb er stehen und betrachtete ihn, wenn er hereinkam, besonders nach einem aufreibenden Tag bei der Arbeit. Das Bild hörte niemals auf, ihn zu faszinieren oder Erinnerungen an Eleanor Wish wachzurufen. Die Düsternis. Die triste Einsamkeit. Der Mann, der dort allein saß, das Gesicht den Schatten zugewandt. Dieser Mann bin ich, dachte Harry Bosch jedesmal, wenn er ihn sah.

JAMES ELLROY

Stiller Schrecken
Ullstein Taschenbuch 22057

Blutschatten
Ullstein Taschenbuch 22654

Die Schwarze Dahlie
Ullstein Taschenbuch 22834

Blut auf dem Mond
Ullstein Taschenbuch 22979

In der Tiefe der Nacht
Ullstein Taschenbuch 22980

Browns Grabgesang
Ullstein Taschenbuch 22987

Heimlich
Ullstein Taschenbuch 22988

Stadt der Teufel
Ullstein Taschenbuch 23034

Hügel der Selbstmörder
Ullstein Taschenbuch 23160

Ellroy ist der wohl wahnsinnigste unter den lebenden Dichtern und der Triebtäter der amerikanischen Literatur. Er beschreibt ein Land, in dem Hirngespinste und die Illlusionen wirklicher sind als die Wirklichkeit.

Süddeutsche Zeitung

Ullstein